HEYNE <

Das Buch

21. Dezember 2026: Die ersten hundert Kolonisten brechen zum Mars auf. Fünfzig Männer und fünfzig Frauen aus verschiedenen Ländern stellen sich der größten Herausforderung der Menschheitsgeschichte. Sie sollen aus einer leblosen, kalten Felswüste einen grünen, lebendigen Planeten wie die Erde machen. Doch schon auf dem neunmonatigen Flug wird klar: Nicht jeder ist mit diesem Plan einverstanden. Die Siedler zerfallen in verschiedene Fraktionen. Die einen wollen den Mars terraformen, die anderen ihn so bewahren, wie er ist. Wieder andere plädieren für eine gänzlich neue politische Ordnung, unabhängig von der Erde, während einige eng mit großen Firmenkonsortien zusammenarbeiten, die an der Ausbeutung der Mars-Rohstoffe interessiert sind. Und eine weitere Gruppe hat eigene, geheime Pläne. Im Laufe der ersten Jahre spitzen sich diese Konflikte immer weiter zu, bis der Mars am Ende ein gewaltiges Pulverfass ist, das jeden Moment zu explodieren droht …

Der Autor

Kim Stanley Robinson wurde 1952 in Illinois geboren, studierte Literatur an der University of California in San Diego und promovierte über die Romane von Philip K. Dick. Mitte der Siebzigerjahre veröffentlichte er seine ersten Science-Fiction-Kurzgeschichten, 1984 seinen ersten Roman. 1992 erschien mit *Roter Mars* der Auftakt der Mars-Trilogie, die ihn weltberühmt machte und für die er mehrfach mit dem Hugo, dem Nebula und dem Locus Award ausgezeichnet wurde. Kim Stanley Robinson lebt mit seiner Familie in Kalifornien. Im Wilhelm Heyne Verlag sind zuletzt seine Romane *2312* und *Schamane* erschienen.

Mehr zu Kim Stanley Robinson und seinen Büchern finden Sie auf:

diezukunft.de

KIM STANLEY
ROBINSON

ROTER MARS

ROMAN

WILHELM HEYNE VERLAG
MÜNCHEN

Titel der amerikanischen Originalausgabe:
RED MARS
Deutsche Übersetzung von Winfried Petri
Durchgesehen und überarbeitet von Elisabeth Bösl

Für Lisa

MIX
Papier | Fördert gute Waldnutzung
FSC® C014496

Penguin Random House Verlagsgruppe FSC® N001967

5. Auflage
Vollständige Neuausgabe 11/2015

in der Penguin Random House Verlagsgruppe GmbH,
Neumarkter Straße 28, 81673 München
produktsicherheit@penguinrandomhouse.de
(Vorstehende Angaben sind zugleich Pflichtinformationen nach GPSR)

Umschlaggestaltung: DAS ILLUSTRAT, München
Satz: Schaber Datentechnik, Austria
Druck und Bindung: GGP Media GmbH, Pößneck
Printed in Germany

ISBN: 978-3-453-31696-6

diezukunft.de

INHALT

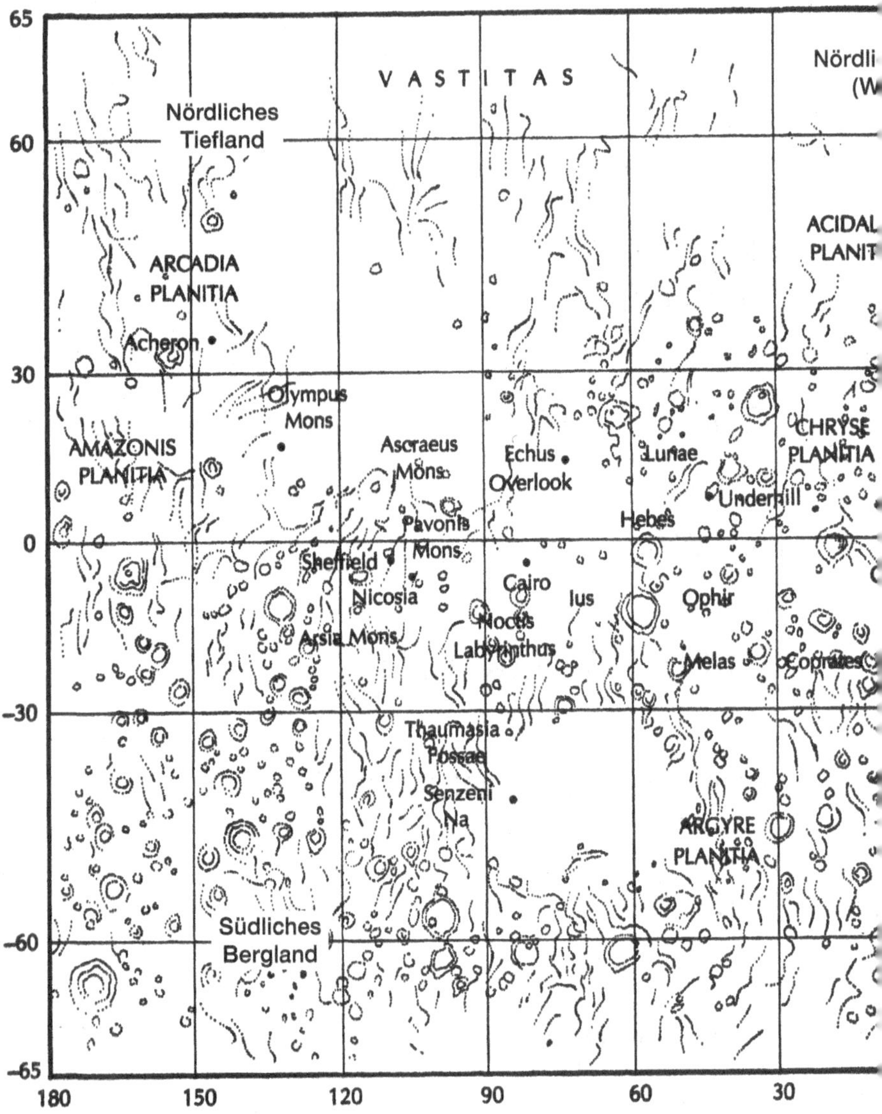
65
60
30
0
-30
-60
-65
180
150
120
90
60
30
VASTITAS
Nördliches
Tiefland
ARCADIA
PLANITIA
Acheron
AMAZONIS
PLANITIA
Olympus
Mons
Ascraeus
Mons
Echus
Overlook
Lunae
CHRYSE
PLANITIA
ACIDAL
PLANIT
Underhill
Hebes
Pavonis
Mons
Sheffield
Nicosia
Cairo
Ius
Ophir
Noctis
Labyrinthus
Arsia Mons
Melas
Coprates
Thaumasia
Fossae
Senzeni
Na
ARGYRE
PLANITIA
Südliches
Bergland

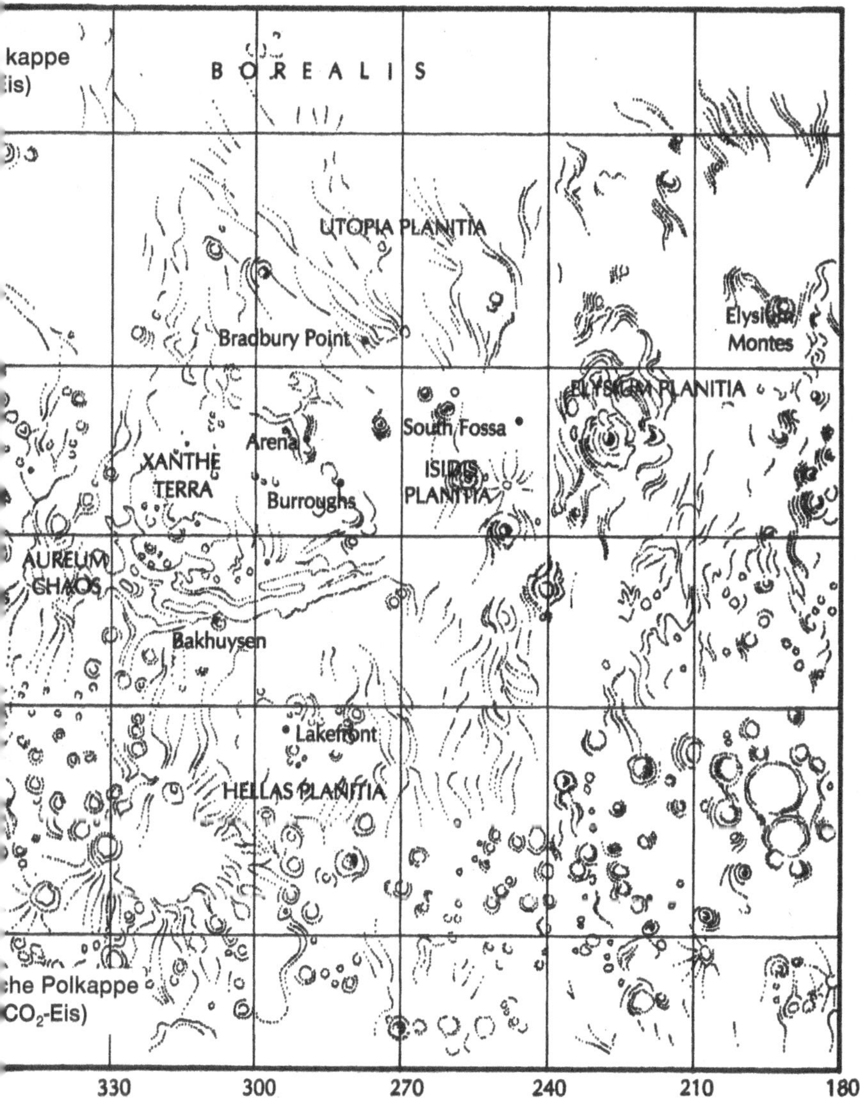

kappe
Eis)
B O R E A L I S
UTOPIA PLANITIA
Bradbury Point
Montes
ELYSIUM PLANITIA
South Fossa
Arena
XANTHE TERRA
Burroughs
ISIDIS PLANITIA
AUREUM CHAOS
Bakhuysen
Lakefront
HELLAS PLANITIA
che Polkappe
(CO_2-Eis)
330
300
270
240
210
180

ERSTER TEIL

DAS FEST

Der Mars war leer, ehe wir kamen.

Das soll nicht heißen, dort wäre niemals etwas geschehen. Der Planet hatte sich zusammengeballt, war geschmolzen, aufgewühlt und abgekühlt. Das hatte eine Oberfläche hinterlassen, die durch gewaltige geologische – oder besser: areologische – Besonderheiten geprägt war: Krater, Schluchten, Vulkane. Aber all das war in mineralischer Bewusstseinslosigkeit geschehen und wurde von niemandem beobachtet. Es gab keine Zeugen – mit Ausnahme von uns, die wir von dem benachbarten Planeten aus zuschauten, und das erst im letzten Moment seiner langen Geschichte. Wir sind das ganze Bewusstsein, das der Planet je besaß.

Jeder kennt die Bedeutung des Mars für die Menschheit. Dass er für alle vorgeschichtlichen Generationen einer der wichtigsten Sterne am Himmel war wegen seiner roten Farbe und schwankenden Helligkeit sowie der Art, wie er auf seiner Wanderung über den Himmel manchmal anhielt und bisweilen sogar die Richtung änderte. Es war, als wollte er uns mit alldem etwas sagen. So ist es vielleicht nicht überraschend, dass gerade die ältesten Namen für den Mars besonders gewichtig wirken: Nirgal, Mangala, Auqakuh, Harmakhis. Sie klingen so, als wären sie noch älter als die uralten Sprachen, in denen sie vorkommen, als wären es fossile Wörter aus der Eiszeit oder noch früher. Ja, im Laufe von Jahrtausenden war der Mars in den Augen der Menschen eine heilige Macht; und seine Farbe machte ihn zu einer gefährlichen Kraft, weil sie für Blut, Zorn, Krieg und das Herz stand.

Dann erlaubten uns die ersten Fernrohre einen genaueren Anblick. Wir sahen die kleine orangefarbene Scheibe mit ihren weißen

Polen und dunklen Flecken, die sich im Verlauf der langen Jahreszeiten des Planeten ausdehnten und zusammenzogen. Selbst die fortschrittlichsten Teleskope ließen uns niemals mehr sehen als das. Aber die besten von der Erde aus gewonnenen Bilder gaben Percival Lowell genügend undeutliche Hinweise für die Erfindung einer Geschichte, die wir alle kennen: der Geschichte von einer sterbenden Welt und einem heldenhaften Volk, das in seiner Verzweiflung Kanäle baute, um das letzte tödliche Vordringen der Wüste zu verhindern.

Das war eine großartige Geschichte. Aber dann schickten die Sonden Mariner *und* Viking *ihre Fotos, und alles änderte sich. Unser Wissen über den Mars erweiterte sich schlagartig, und wir erfuhren buchstäblich millionenfach mehr über ihn als je zuvor. Und so entfaltete sich vor unseren Augen eine neue Welt, eine Welt, die niemand auch nur erahnt hatte.*

Doch sie schien eine Welt ohne Leben zu sein. Die Forscher suchten nach Anzeichen früheren oder gegenwärtigen Lebens auf dem Mars, von Mikroben bis hin zu den unglückseligen Erbauern der Kanäle und sogar nach Besuchern von außerhalb. Wie Sie wissen, wurden niemals irgendwelche Beweise dafür gefunden. Und so sind natürlich Geschichten aufgeblüht, um die Lücke zu füllen – genauso wie zu Lowells oder Homers Zeiten oder der der Höhlenmenschen und Bewohnern der Savannen. Geschichten von Mikrofossilien, die durch unsere Bio-Organismen vernichtet wurden, oder von Ruinen, die von Staubstürmen freigelegt wurden und dann für immer verloren gingen, vom Großen Mann und seinen Abenteuern sowie den nur schwer zu fassenden kleinen roten Männchen, die man immer nur aus dem Augenwinkel zu sehen bekommt. Diese Geschichten werden erzählt, um einen lebenden Mars zu schaffen oder ihn wieder mit Leben zu erfüllen. Denn wir sind immer noch die Wesen, die die Eiszeit überlebt haben, die voll Staunen zum Nachthimmel aufgeschaut und sich Geschichten erzählt haben. Und der Mars hat nie aufgehört, das zu sein, was er für uns von Anbeginn an gewesen ist – ein großes Zeichen, ein großes Symbol, eine große Macht.

Und so sind wir hierhergekommen. Er war eine Macht, jetzt ist er ein Ort.

»... und so sind wir hierhergekommen. Was sie aber nicht erkannt hatten, war, dass wir, als wir auf dem Mars ankamen, durch die lange Reise so verändert sein würden, dass die Aufträge, die sie uns erteilt hatten, keine Rolle mehr spielten. Es war nicht wie Leben unter Wasser oder wie die Eroberung des Wilden Westens – es war *eine völlig neue Erfahrung*. Und als der Flug der *Ares* andauerte, war die Erde schließlich so weit entfernt, dass sie nichts weiter war als ein blauer Lichtpunkt unter all den anderen, und die Funksprüche kamen mit so großer Verzögerung bei uns an, dass sie aus einem früheren Jahrhundert zu stammen schienen. Wir waren auf uns allein gestellt und wurden so zu *fundamental anderen Wesen.*«

Lauter Lügen, dachte Frank Chalmers wütend. Er saß unter einer Reihe von Würdenträgern und verfolgte, wie sein alter Freund John Boone seine übliche Anfeuerungsrede hielt. Die stimmte Chalmers missmutig. In Wahrheit war die lange Reise zum Mars wie eine endlose Eisenbahnfahrt gewesen. Sie waren nicht zu anderen Wesen, sondern mehr denn je sie selbst geworden. Man hatte sie aller Gewohnheiten entblößt, bis nur noch das nackte Rohmaterial von ihnen übrig geblieben war. Aber John stand da oben, richtete einen mahnenden Zeigefinger auf die Menge und sagte: »Wir sind hierhergekommen, um etwas völlig Neues zu tun, und als wir eintrafen, sind unsere irdischen Differenzen, die in dieser neuen Welt irrelevant sind, verschwunden!« Ja, er meinte das alles wörtlich. Seine Vision vom Mars war eine Linse, die alles verzerrte, was er sah, wie eine Art Religion. Er würde denselben Nonsens auch in einem Privatgespräch von sich geben, egal, wie sehr sein Gesprächspartner die Augen rollte.

Chalmers hörte nicht mehr hin und ließ seinen Blick über die neue Stadt schweifen. Sie würden sie Nicosia taufen. Es war die allererste große Stadt, die auf der Marsoberfläche freistehend erbaut wurde. Alle Gebäude befanden sich unter einem ungeheuer großen durchsichtigen Zelt, das von einem fast unsichtbaren Rahmen getragen wurde. Es stand auf dem Tharsis-Buckel, westlich von Noctis Labyrinthus. Dieser Standort bot eine prächtige Aussicht, und der ferne Horizont wurde nur im Westen durch den breiten Gipfel von Pavonis Mons unterbrochen. Für die Marsveteranen in der Menge war es berauschend: Sie waren raus aus den Gräben und Mesas und Kratern und konnten unendlich weit sehen! Hurra!

Ein Lachen im Publikum lenkte Franks Aufmerksamkeit wieder zurück auf seinen alten Freund. John Boone hatte eine leicht heisere Stimme und den angenehmen Akzent des Mittelwestens; und er war abwechselnd (und manchmal sogar zugleich) entspannt, angestrengt, ergeben, selbstkritisch, bescheiden, vertrauensvoll, ernsthaft und spaßig. Kurzum – der perfekte öffentliche Redner. Die Zuhörerschaft war hingerissen. Das war *der erste Mensch auf dem Mars*, der zu ihnen sprach; und ihren Mienen nach zu urteilen hätten sie ebenso gut zuschauen können, wie Jesus ihr Abendessen aus Broten und Fischen vermehrte. Und John verdiente wirklich ihre Verehrung, weil er auf einem anderen Planeten ein ähnliches Wunder vollbrachte, indem er das eingeschränkte Leben dort in eine phantastische Reise verwandelte. »Auf dem Mars werden wir uns mehr als je zuvor umeinander kümmern«, sagte John. Das bedeutete, dachte Chalmers alarmiert, die Art von Verhalten, die man in Überbevölkerungs-Experimenten bei Ratten beobachtet hat. »Der Mars ist ein erhabener, exotischer und gefährlicher Ort«, fuhr John fort, und meinte die gefrorene Kugel aus oxidiertem Gestein, auf der sie etwa fünfzehn Rem jährlich ausgesetzt waren. »Und mit unserer Arbeit gestalten wir eine neue soziale Ordnung und den nächsten Schritt in der Geschichte der Menschheit«, also die neuste Stufe im Kampf der Primaten um die Vorherrschaft.

John schloss mit dieser Floskel, und es gab natürlich lautstarken Beifall. Dann betrat Maya Toitovna das Podium, um Chalmers anzukündigen. Frank warf ihr einen schnellen Blick zu, der besagte, dass er keineswegs in Stimmung für einen ihrer Scherze war. Sie verstand ihn und sagte: »Unser nächster Redner ist der Treibstoff in unserem kleinen Raketenschiff gewesen«, was das Publikum zum Lachen brachte. »Es waren vor allem seine Vision und seine Energie, die uns zum Mars gebracht haben, also richten Sie bitte Ihre Beschwerden, wenn Sie welche haben, an unseren nächsten Redner – meinen alten Freund Frank Chalmers.«

Auf dem Podium war er überrascht, wie groß die Stadt wirkte. Sie hatte die Form eines langen Dreiecks; und sie waren an dessen höchstem Punkt versammelt, einem Park, der den westlichen Scheitel einnahm. Sieben Wege verliefen strahlenförmig nach unten durch die Anlage, um zu breiten, von Bäumen gesäumten und mit Gras bewachsenen Boulevards zu werden. Sie wurden von niedrigen, trapezförmigen Gebäuden gesäumt, die alle mit polierten Steinen in unterschiedlichen Farben verkleidet waren. Größe und Architektur verliehen den Bauten einen Hauch von Paris, wie es ein betrunkener Fauvist im Frühling sah, mit Straßencafés und so weiter. Vier oder fünf Kilometer weiter unten war das Ende der Stadt durch drei schlanke Wolkenkratzer markiert, jenseits davon lagen die flachen Grünflächen der Farm. Die Wolkenkratzer bildeten einen Teil des Zeltgerüstes, das ein gewölbtes Netz aus Linien in der Farbe des Himmels über ihren Köpfen aufspannte. Das eigentliche Material des Zeltes war unsichtbar, sodass es aussah, als stünde man *unter freiem Himmel.* Er war goldfarben. Nicosia würde ein beliebter Wohnort werden.

Chalmers sagte das alles seinen Zuhörern und erhielt begeisterte Zustimmung. Offenbar hatte er das Publikum, launisch wie es war, ebenso fest in der Hand wie John. Chalmers war stämmig und dunkelhaarig und wusste, dass er einen scharfen Kontrast zum gutaussehenden, blonden John bildete. Er wusste aber ebenso gut, dass er seinen eigenen groben Charme hatte; und als er in Schwung kam, zog er die Menge mit und griff auf seinen Vorrat an Phrasen zurück.

Dann fiel zwischen den Wolken ein Sonnenstrahl wie eine Lanze herunter, traf die nach oben gewandten Gesichter der Menge; und Chalmers Magen krampfte sich zusammen. So viele Leute hier, so viele *Fremde*! Menschenmassen hatten etwas Erschreckendes – all diese feuchten, halbflüssigen Augen in rosa Fassungen, die ihn anschauten ... Wenn er vor einem so großen Publikum redete, suchte er sich normalerweise ein paar Gesichter in der Menge aus und sprach sie direkt an. Die anderen waren nur Hintergrund. Aber mit dem Sonnenstrahl, der über seine Schulter fiel, war die ganze Menge direkt beleuchtet – das war fast zu viel. Fünftausend Menschen in einer einzigen Stadt auf dem Mars! Nach all den Jahren in Underhill war das schwer zu glauben.

Törichterweise versuchte er, seinen Hörern das mitzuteilen. Er sagte: »Seht euch nur um! Unsere Anwesenheit hier ist ... seltsam.«

Die Menge entglitt ihm. Wie sollte er es ausdrücken? Wie sollte er ihnen sagen, dass sie in dieser steinernen Welt das einzig Lebendige waren, sie, deren Gesichter wie Lampions bei Nacht leuchteten? Wie sollte er sagen, dass dies hier, selbst wenn Lebewesen nichts weiter waren als Träger unbarmherziger Gene, immer noch besser war als das nackte mineralische Nicht-Leben da draußen?

Natürlich konnte er das nicht in Worte fassen. Vielleicht niemals – und bestimmt nicht in einer Rede. Also nahm er sich zusammen und sagte: »In der Einsamkeit des Mars ist die Präsenz des Menschen eine bemerkenswerte Tatsache.« (Sie würden sich mehr umeinander kümmern denn je zuvor, wiederholte zynisch eine innere Stimme.) »Der Planet als solcher ist ein toter, gefrorener Albtraum« (deshalb exotisch und grandios), »und wir sind auf uns allein gestellt und befinden uns deswegen in einem notwendigen Prozess einer gewissen … Reorganisation« (oder Bildung einer neuen Ordnung) – und ertappte sich dabei, dass er genau dieselben Lügen verkündete, die er gerade von John gehört hatte.

Lächerlich! Aber Lügen waren genau das, was die Leute erwarteten – sie gehörten eben zur Politik. So bekam er am Ende seiner Rede auch einen donnernden Beifall. Gereizt erklärte er, es sei Zeit fürs Essen, und nahm Maya damit die Chance auf ein Schlusswort. Obwohl sie wahrscheinlich geahnt hatte, dass er das tun würde, und sich gar keins zurechtgelegt hatte. Frank Chalmers liebte es, das letzte Wort zu haben.

Menschen strömten auf die improvisierte Bühne, um sich unter die Berühmtheiten zu mischen. Es war selten, dass man so viele der Ersten Hundert auf einem Fleck antraf. So drängten sie sich um John und Maya, Samantha Hoyle, Sax Russell und Chalmers.

Frank blickte über die Menge zu John und Maya. Er kannte die Terraner, die sich um sie drängten, nicht. Das machte ihn neugierig, also bahnte er sich einen Weg über das Podium. Als er näher kam, sah er, wie Maya und John sich einen Blick zuwarfen. »Es gibt keinen Grund, weshalb die irdischen Gesetze hier keine Gültigkeit haben sollten«, sagte gerade einer der Terraner.

Maya wandte sich ihm zu. »Hat Sie der Olympus Mons wirklich an Mauna Loa erinnert?«

»Sicher«, sagte der Mann. »Schildvulkane sehen alle gleich aus.«

Frank starrte über den Kopf dieses Idioten hinweg Maya an. Sie erwiderte seinen Blick nicht. John tat so, als hätte er Franks Hinzukommen nicht bemerkt. Samantha Hoyle sprach leise mit einem anderen Mann, dem sie etwas erklärte. Der Mann nickte und schaute dann unwillkürlich Frank an, dem Samantha weiter den Rücken zukehrte. Es war John, auf den es ankam, John und Maya. Doch diese beiden taten so, als wäre alles in bester Ordnung. Der Gegenstand des Gesprächs, was immer er gewesen sein mochte, war dahin.

Chalmers verließ das Podium. Immer noch strömten Menschen durch den Park nach unten, auf Tische zu, die an den Ausgangspunkten der sieben Boulevards aufgestellt waren. Chalmers folgte ihnen unter junge, frisch gepflanzte Sykomoren, deren khakifarbene Blätter das Licht des Nachmittags trübten, sodass der Park aussah wie der Boden eines Aquariums.

An den Tischen kippten Bauarbeiter Wodka hinunter und wurden ruppig – sich dunkel bewusst, dass mit der Fertigstellung der Konstruktion das heroische Zeitalter in Nicosia ein Ende gefunden hatte. Vielleicht galt das auch für den Mars insgesamt.

Die Luft war erfüllt von durcheinander tönenden Gesprächen. Frank tauchte unter und wanderte zur nördlichen Peripherie. An einer brusthohen Betonmauer blieb er stehen. Das war die Stadtmauer. Aus den Metallstreifen darauf strebten vier

Schichten aus klarem Kunststoff nach oben. Ein Schweizer gab mit fröhlichen Fingerzeigen einer Besuchergruppe Erklärungen.

»Eine äußere Membran aus piezoelektrischer Plastik erzeugt aus Wind Elektrizität. Die nächsten zwei Flächen enthalten eine Schicht aus isolierendem Luft-Gel. Die innere Fläche ist eine Strahlung absorbierende Membran, die sich purpurn färbt und ersetzt werden muss. Klarer als ein Fenster, nicht wahr?«

Die Besucher stimmten zu. Frank streckte seinen Arm aus und drückte die Hand gegen die innere Membran. Sie dehnte sich, bis seine Finger knöcheltief eindrangen. Leicht kühl. Auf dem Kunststoff war ein matter weißer Aufdruck: ISIDIS PLANITIA POLYMERE. Durch die Sykomoren konnte er über die Schulter die Bühne am Scheitel erkennen. John und Maya und ihr Haufen Bewunderer von der Erde waren dort noch in lebhaftem Gespräch. Sie führten die Geschäfte des Planeten; sie entschieden über das Schicksal des Mars.

Er hielt den Atem an und presste seine Backenzähne zusammen. Er schlug so heftig gegen die Zeltwand, dass er die äußerste Membran hinausdrückte. Ein Teil seiner Wut wurde so eingefangen und als Elektrizität ins Netz der Stadt eingespeist. Es war in dieser Hinsicht ein besonderes Polymer – Kohlenstoffatome, so mit Wasserstoff- und Fluoratomen verbunden, dass die resultierende Substanz sogar noch stärker piezoelektrisch war als Quarz. Wenn man aber eines der drei Elemente austauschte, veränderte sich alles. Zum Beispiel ergab der Austausch von Chlor durch Fluor das chemisch und mechanisch sehr resistente Verpackungsmaterial Saran.

Frank starrte auf seine eingehüllte Hand und dann wieder auf die anderen beiden Elemente, die noch miteinander verbunden waren. Aber ohne ihn waren sie ein Nichts!

Verärgert wandte er sich ab und ging durch die engen Straßen der Stadt.

Wie Miesmuscheln auf einem Stein drängte sich auf einer Plaza eine Gruppe Araber zusammen und trank Kaffee. Araber waren auf dem Mars erst vor zehn Jahren eingetroffen, bildeten aber schon jetzt eine Macht, mit der man rechnen musste. Sie besaßen sehr viel Geld und hatten sich mit den Schweizern zusammengetan, um ein paar Städte zu gründen, einschließlich dieser hier. Und es gefiel ihnen auf dem Mars. »Es ist wie ein kühler Tag in der Rub' al-Chali, dem Leeren Viertel«, sagten die Saudis. Die Ähnlichkeit des Mars mit der größten Sandwüste der Erde war so groß, dass arabische Wörter im Englischen übernommen wurden, weil ihr Vokabular für diese Landschaft umfangreicher war: *akaba* für die steilen Hänge an Vulkanen, *badia* für die großen Dünen, *nefuds* für tiefen Sand, *seyl* für die Milliarden Jahre alten trockenen Flussbetten … Die Leute witzelten, dass sie Arabisch eigentlich zur Amtssprache machen sollten.

Frank hatte einige Zeit mit Arabern verbracht, und die Männer auf der Plaza freuten sich, ihn zu sehen. »*Salaam aleyk!*«, begrüßten sie ihn; und er antwortete: »*Marhabba!*« Weiße Zähne blitzten unter schwarzen Schnurrbärten. Nur Männer waren da, wie üblich. Einige Jugendliche führten ihn zu einem Tisch in der Mitte, wo die Älteren saßen, einschließlich seines Freundes Zeyk. Zeyk sagte: »Wir werden diesen Platz *Hajr el-kra Meshab* nennen, den ›großen freien roten Granitplatz in der Stadt‹.« Er zeigte auf die rostfarbenen Fliesen. Frank nickte und fragte, was für eine Sorte Stein das sei. Er sprach Arabisch, solange er konnte, ging bis an die Grenzen seines Wortschatzes und erntete einige gutmütige Lacher. Dann nahm er an dem Tisch in der Mitte Platz und entspannte sich. Er hatte den Eindruck, als wäre er auf einer Straße in Damaskus oder Kairo, und fühlte sich in dem Gemisch aus Arabisch und teurem Aftershave wohl.

Er studierte die Gesichter der Männer, während sie sprachen. Ohne Zweifel Angehörige einer fremdartigen Kultur. Sie würden sich nicht verändern, nur weil sie auf dem Mars waren, womit sie Johns Vision Lügen straften. Ihr Denken prallte direkt auf das westliche. Zum Beispiel hielten sie die Trennung von Kirche und Staat für falsch, was es ihnen unmöglich machte, mit Westlern hinsichtlich der Grundlagen einer Regierung gleicher Meinung zu sein. Und sie waren so patriarchalisch, dass es hieß, manche ihrer Frauen seien Analphabeten – auf dem Mars! Das war ein Zeichen. Tatsächlich hatten diese Männer den gefährlichen Blick, den Frank mit Machotum verband, den Blick von Männern, die ihre Frauen so grausam unterdrückten, dass diese natürlich zurückschlugen, wo sie konnten, und Söhne terrorisierten, die dann Frauen terrorisierten, die wiederum Söhne terrorisierten und so weiter, in einer endlosen Todesspirale von verzerrter Liebe und Geschlechterhass, sodass sie in diesem Sinne alle Wahnsinnige waren.

Das war einer der Gründe, weshalb Frank sie mochte. Und bestimmt würden sie sich ihm als eine neue Macht auf dem Mars als nützlich erweisen. Man verteidige einen schwachen neuen Nachbarn, um die alten mächtigen zu schwächen, hatte Machiavelli gesagt. Also trank er mit ihnen Kaffee, und allmählich gingen sie aus Höflichkeit ins Englische über. Frank ließ sie damit ihre Überlegenheit in puncto Fremdsprachen demonstrieren, aber zugleich fiel es ihm so leichter, das Gespräch zu kontrollieren.

»Wie haben euch die Reden gefallen?«, fragte er und blickte in den schwarzen Schlamm auf dem Boden seiner Tasse.

Der alte Zeyk antwortete: »John Boone ist immer derselbe.« Die anderen lachten gereizt. »Wenn er sagt, dass er eine bodenständige Mars-Kultur schaffen will, dann meint er, dass hier einige irdische Kulturen gefördert und andere bekämpft werden sollen. Die, die man für rückständig hält, werden ausgegliedert und vernichtet. Das ist eine Form des Atatürkismus.«

»Er denkt, dass jeder auf dem Mars Amerikaner werden sollte«, meinte ein Mann namens Nejm.

»Warum nicht?«, fragte Zeyk lächelnd. »Auf der Erde ist das schon passiert.«

»Nein«, entgegnete Frank. »Ihr solltet Boone nicht missverstehen. Viele halten ihr für egozentrisch, aber ...«

»Er *ist* egozentrisch!«, rief Nejm. »Er lebt in einem Spiegelsaal. Er denkt, wir seien auf den Mars gekommen, um eine gute alte amerikanische Superkultur aufzubauen, und dass jeder zustimmen wird, weil es der Plan von John Boone ist.«

»Er begreift nicht, dass andere Leute andere Meinungen haben«, sagte Zeyk.

»Das ist es nicht«, erklärte Frank. »Er ist nur davon überzeugt, die Meinungen anderer Leute wären weniger sinnvoll.«

Sie lachten darüber, aber das Gejohle der jüngeren Männer hatte einen bitteren Unterton. Sie alle glaubten, dass Boone vor ihrer Ankunft heimlich gegen das Votum der UN für arabische Siedlungen agitiert hatte. Frank verstärkte diese Gerüchte, die fast stimmten; denn John missbilligte jede Ideologie, die ihm in die Quere kommen konnte. Er wollte, dass jeder Neuankömmling ein möglichst unbeschriebenes Blatt war.

Die Araber glaubten indessen, dass John insbesondere sie nicht leiden konnte. Der junge Selim el-Hayil öffnete den Mund und wollte etwas sagen, aber Frank warf ihm einen schnellen warnenden Blick zu. Selim erstarrte und verzog dann wütend das Gesicht. Frank sagte: »Naja, ganz so schlecht ist er auch wieder nicht. Obwohl ich ihn sagen hörte, es wäre besser gewesen, wenn die Amerikaner und Russen den Planeten für sich beansprucht hätten, als sie eintrafen. Wie Pioniere in den alten Zeiten.« Das Gelächter war kurz und grimmig. Selim bewegte eine Schulter, als hätte er einen Schlag erhalten. Frank zuckte mit den Achseln, breitete die Arme weit aus und lächelte. »Aber das ist zwecklos! Ich meine, was kann er schon ausrichten?«

Der alte Zeyk hob die Augenbrauen. »Es gibt unterschiedliche Meinungen dazu, die sich ständig ändern.«

Chalmers erhob sich, um weiterzugehen. Er erhaschte einen scharfen Blick Selims. Dann schlenderte er durch eine Seitenstraße, eine jener schmalen Gassen, die die sieben Hauptboulevards der Stadt verbanden. Die meisten waren mit Kieselsteinen oder Gras bedeckt; aber diese bestand aus grobem gelbem Beton. Er ging langsam an einer zurückgesetzten Einfahrt vorbei und schaute in das Fenster einer geschlossenen Schuhwerkstatt. Sein verzerrtes Spiegelbild erschien in einem Paar großer Stiefel für Außenarbeiten.

Meinungen ändern sich. Ja, viele Leute hatten John Boone unterschätzt – das war selbst Chalmers öfter passiert. Vor seinem geistigen Auge erschien ein Bild von John im Weißen Haus, mit einem von Überzeugung geröteten Gesicht, sein widerspenstiges blondes Haar wild flatternd, die Sonne schien durch die Fenster des Oval Office und beleuchtete ihn, während er mit den Händen gestikulierte und im Raum hin und her schritt, ständig redend. Der Präsident nickte und seine Berater passten auf, Strategien entwerfend, wie sie dieses elektrisierende Charisma nutzen könnten. Oh, in jenen Tagen waren sie beide, Chalmers und Boone, in Hochform gewesen: Frank mit den Ideen und John als der Frontmann, mit einer Energie, die praktisch unaufhaltsam war. Dazu hätte man diesen Zug schon zum Entgleisen bringen müssen.

Selim el-Hayils Spiegelbild erschien zwischen den Stiefeln.

»Ist es wahr?«, fragte er.

»Ist was wahr?«, sagte Frank knapp.

»Ist Boone anti-arabisch?«

»Was glaubst du?«

»War er es, der die Genehmigung zum Bau der Moschee auf Phobos blockiert hat?«

»Er ist ein mächtiger Mann.«

Der junge Saudi verzog das Gesicht. »Der mächtigste Mann auf dem Mars, und er will noch mehr! Er will König sein!« Selim ballte die Faust und schlug damit in die andere Hand. Er war schlanker als die anderen Araber, mit einem schwachen Kinn, und sein schütterer Schnurrbart bedeckte seinen kleinen Mund. Er sah aus wie ein Hase, aber mit scharfen Zähnen.

Frank sagte: »Bald steht die Erneuerung des Vertrags an. Und Boones Koalition umgeht mich.« Er knirschte mit den Zähnen. »Ich kenne ihre Pläne nicht, werde sie aber heute Abend herausfinden. Du kannst dir vorstellen, wie sie aussehen werden. Sicher westliche Tendenzen. Er könnte seine Zustimmung so lange hinausschieben, bis der neue Vertrag garantiert, dass alle neuen Siedlungen nur mit den Unterschriften der ursprünglichen Signatarmächte genehmigt werden.« Selim erschauerte, und Frank fuhr eindringlich fort: »Das ist es, was er will. Und es ist sehr wahrscheinlich, dass er es bekommt, denn seine neue Koalition macht ihn mächtiger denn je. Das könnte das Ende für die Besiedlung durch Nichtsignatare bedeuten. Ihr wärt damit Gastwissenschaftler. Oder werdet zurückgeschickt.«

Im Fenster sah die Spiegelung von Selims Gesicht wie eine wütende Maske aus. »*Battal, battal*«, murmelte er. Sehr schlimm, sehr schlimm. Er rang unbewusst die Hände und brummte etwas über den Koran und Camus, Persepolis und den Pfauenthron – Brocken ohne logischen Zusammenhang. Nervöses Gestammel.

Chalmers sagte rau: »Reden bringt nichts. Wenn es so weit ist, spielt nur Handeln eine Rolle.«

Das ließ den jungen Araber verstummen. Schließlich sagte er: »Ich bin mir nicht sicher.«

Frank schüttelte ihn am Arm und sah, wie ein Zittern durch den Mann lief. »Es ist *dein* Volk, über das wir reden. Es ist dieser Planet, um den es hier geht.«

Selims Mund verschwand unter seinem Schnurrbart. Nach einiger Zeit sagte er: »Das ist wahr.«

Frank erwiderte nichts. Sie blickten gemeinsam in das Fenster, als würden sie die Stiefel betrachten.

Endlich hob Frank die Hand und sagte ruhig: »Ich werde mit Boone reden. Heute Abend. Er reist morgen ab. Ich werde versuchen, zu ihm durchzudringen und ihn zur Vernunft zu bringen. Ich bezweifle, dass das etwas bringt. Das war noch nie der Fall. Aber ich werde es versuchen. Danach … sollten wir uns treffen.«

»Ja.«

»Im Park auf dem südlichsten Weg. Um elf Uhr.«

Selim nickte.

Chalmers durchbohrte ihn mit einem Blick. »Reden bringt nichts«, sagte er und ging fort.

Der nächste Boulevard, den Chalmers erreichte, war voller Menschen, die sich vor zur Straße hin offenen Bars oder Kiosken drängten, wo es Couscous und Bratwurst gab – arabisch und schweizerisch. Das schien eine seltsame Kombination zu sein, passte aber gut zusammen.

Einige Schweizer verteilten Masken aus der Tür eines Apartments. Anscheinend feierten sie dieses Stadtfest als eine Fastnacht oder Mardi Gras, mit Masken, Musik und der Umkehrung der sozialen Ordnung, genau so, wie es in Basel, Zürich oder Luzern in den wilden Februarnächten üblich war … John reihte sich spontan in die Schlange ein. »Um jeden tiefsinnigen Geist wächst immer eine Maske«, sagte er zu zwei jungen Frauen, die vor ihm standen. Sie nickten höflich und nahmen dann ihre Konversation auf Schwyzerdütsch wieder auf, einem gutturalen Dialekt, der nie Schriftsprache geworden war; einem privaten Code, der sogar für Deutsche unverständlich war. Die Schweizer hatten eine noch unzugänglichere Kultur als die Araber. Das ist es, dachte Frank. Sie arbeiteten gut zusammen, weil beide Parteien kulturell so insular sind, dass sie nie einen echten Kontakt herstellten. Er lachte laut, als er eine Maske nahm – ein schwarzes Gesicht, beklebt mit roten Strass-Steinen. Er setzte sie auf.

Eine Reihe maskierter Feiernder schlängelte sich den Boulevard hinunter – betrunken, gelöst, fast außer Kontrolle. An einer Kreuzung öffnete sich die Straße zu einem kleinen Platz, wo ein Springbrunnen vom Sonnenlicht gefärbtes Wasser in die Luft spritzte. Rings um die Fontäne hämmerte eine Blechtrommelband eine Kalypsomelodie. Leute sammelten sich um sie, tanzten oder hüpften im Rhythmus des tiefen *Bummbumm* der Basstrommel. Hundert Meter über ihnen versorgte eine Entlüftungsöffnung im Zeltgerüst den Platz mit frischer Luft – Luft, die so kalt war, dass kleine Schneeflocken darin schwebten, die im Licht wie Glimmer blitzten. Dann knatterte ein Feuerwerk direkt unter dem Zeltdach los, und zwischen den Schneeflocken fielen bunte Funken zu Boden.

Der Sonnenuntergang machte mehr als jede andere Tageszeit deutlich, dass sie auf einem fremden Planeten standen. Etwas an dem Winkel der Strahlen und der Röte des Lichts war völlig falsch und widersprach den Erwartungen, die im Laufe von Jahrmillionen in das menschliche Savannengehirn eingeprägt worden waren. Dieser Abend lieferte ein besonders krasses und beunruhigendes Beispiel für das Phänomen. Frank ging in diesem Licht zurück zur Stadtmauer. Die Ebene außerhalb der Stadt war mit Steinen übersät, die alle einen langen schwarzen Schatten warfen. Unter dem Betonbogen des südlichen Stadttores hielt er an. Niemand da. Die Tore wurden bei Festen wie diesem verriegelt, um zu verhindern, dass Betrunkene hinausgingen und zu Schaden kamen. Aber Frank hatte den Notfallcode der Feuerwehr-KI. Er vergewisserte sich, dass niemand zusah, gab den Code ein und betrat schnell die Schleuse. Dort legte er Schutzanzug, Stiefel und Helm an und ging erst durch die mittlere, dann durch die äußere Tür. Draußen war es wie immer sehr kalt, und das rhombusförmige Heizelement des Schutzanzugs brannte durch seine Kleidung. Seine Schritte knirschten über Beton und Hartkruste. Loser Sand flog, vom Wind getrieben, nach Osten.

Er schaute sich grimmig um. Überall Steine. Ein Planet, der milliardenfach von Trümmern getroffen worden war. Und die Meteoriten fielen immer noch. Eines Tages würde eine der Städte einen Treffer erhalten. Er wandte sich um und blickte zurück. Nicosia sah wie ein in der Dämmerung leuchtendes Aquarium aus. Es würde keine Vorwarnung geben, alles würde sofort zertrümmert werden: Wände, Fahrzeuge, Bäume, Körper. Die Azteken hatten geglaubt, dass die Welt auf eine von vier Arten enden würde: Erdbeben, Feuer, Überschwemmung oder vom Himmel fallende Jaguare. Hier wird es kein Feuer geben. Auch kein Erdbeben und keine Flut, dachte er. Die Jaguare werden kommen.

In der Dämmerung war der Himmel über Pavonis Mons ein trübes Rosa. Nach Osten hin bergab erstreckte sich die Farm von Nicosia, ein langes flaches Gewächshaus. Von Franks Standort aus konnte man erkennen, dass die Farm größer als die eigentliche Stadt und voller grüner Felder war. Frank ging zu einer ihrer äußeren Schleusentüren und trat ein.

Im Innern der Farm war es heiß, volle dreißig Grad wärmer als in der Stadt und hundertzwanzig Grad wärmer als auf der Oberfläche. Er musste seinen Helm aufbehalten, da die Luft hier auf die Pflanzen abgestimmt war, reich an Kohlendioxid und arm an Sauerstoff. Er blieb bei einer Werkbank stehen und wühlte in Schubladen voller kleiner Werkzeuge und Pestizidpflaster, Handschuhe und Beutel. Er suchte sich drei kleine Pflaster aus und steckte sie in einen Plastikbeutel; dann schob er den Beutel in die Tasche des Anzugs. Die Pflaster waren raffinierte Pestizide, Biosaboteure, die dazu dienen sollten, Pflanzen mit systemeigenem Schutz zu versorgen. Er hatte sich informiert und kannte eine Kombination, die bei Tieren tödlich sein würde …

In die andere Tasche steckte er eine Schere. Schmale Kieswege führten ihn zwischen langen Beeten mit Gerste und Weizen hindurch wieder nach oben, zurück zur Stadt. Er betrat die Schleuse, nahm den Helm ab, zog Anzug und Stiefel aus und verstaute den Inhalt der äußeren Taschen in seiner Jacke. Dann kehrte er in die Stadt zurück.

Am unteren Ende hatten die Araber eine Medina angelegt. Sie glaubten, ein solches Altstadtviertel sei wichtig für die Gesundheit einer Stadt. Die Boulevards wurden enger, und zwischen ihnen lagen Labyrinthe aus gewundenen Gassen, die den Karten von Tunis oder Algier entnommen oder willkürlich geschaffen worden waren. Nirgends konnte man von einem Boulevard zum nächsten sehen, und der Himmel über den Köpfen war nur in schmalen Streifen zwischen den sich einander zuneigenden Häusern sichtbar.

Die meisten Gassen waren jetzt leer, da die Party oben in der Stadt in vollem Gange war. Ein paar Katzen schlichen herum und erkundeten ihre neue Heimat. Frank holte die Schere aus der Tasche und kratzte in einige Plastikfenster »Jude, Jude, Jude, Jude« in arabischer Schrift. Dann ging er pfeifend weiter. Eck-Cafés waren kleine Höhlen voller Licht. Flaschen klirrten wie die Hämmer von Goldsuchern. Ein Araber saß auf einem breiten schwarzen Lautsprecher und spielte auf einer elektrischen Gitarre.

Chalmers erreichte den zentralen Boulevard und ging ihn hinauf. Im Geäst der Linden und Sykomoren riefen sich Teenager Lieder auf Schwyzerdütsch und Englisch zu.

»John Boone / Went to the Moon / No fast cars / He went to Mars!«

Kleine Musikergruppen quetschten sich durch die immer dichter werdende Menge. Einige Männer mit Schnurrbärten, kostümiert wie amerikanische Cheerleader, tanzten geschickt einen komplizierten Cancan. Kinder schlugen kleine Plastiktrommeln. Das Zeltdach dämpfte die Geräusche, deswegen gab es unter den Kuppeln keine Echos, aber laut war es trotzdem.

Weiter oben, wo der Boulevard in den Sykomorenpark führte, stand John, inmitten einer kleinen Menge. Er sah Chalmers herankommen, erkannte ihn trotz der Maske und winkte ihm zu. So gut kannten die Ersten Hundert einander …

»He, Frank«, sagte er. »Du scheinst dich ja gut zu amüsieren.«

»Allerdings«, sagte Frank durch seine Maske. »Ich liebe Städte wie diese, du nicht auch? Eine bunte Mischung an Leuten. Sie zeigt einem, wie viele verschiedene Kulturen inzwischen auf dem Mars versammelt sind.«

John lächelte leicht. Sein Blick glitt über den unter ihnen liegenden Boulevard.

In scharfem Ton fuhr Frank fort: »So eine Stadt ist ein Hindernis für deinen Plan, nicht wahr?«

Boone wandte sich ihm wieder zu. Die Menge ringsum zerstreute sich; sie spürte, dass der Wortwechsel einen scharfen Zug annahm. Boone sagte zu Frank: »Ich habe keinen Plan.«

»Ach ja? In deiner Rede klang das anders.«

Boone zuckte die Achseln. »Die hat Maya geschrieben.«

Eine zweifache Lüge: dass Maya sie geschrieben hatte und dass John nicht an das, was er gesagt hatte, glaubte. Selbst nach all diesen Jahren kam es ihm fast so vor, als spräche er zu einem Fremden. Zu einem Politiker. »Jetzt mal ehrlich, John«, zischte Frank. »Du glaubst das alles doch. Aber was willst du mit den ganzen unterschiedlichen Nationalitäten machen? All dem ethnischen Hass, dem religiösen Fanatismus? Deine Koalition kann all das nicht unterdrücken. Du kannst den Mars nicht für dich allein haben, John. Er ist keine Forschungsstation mehr, und du wirst keinen Vertrag durchsetzen können, der ihn wieder zu einer macht.«

»Das versuchen wir ja auch gar nicht.«

»Warum wolltest du mich dann aus den Gesprächen heraushalten?«

»Das wollte ich nicht!« John machte ein gekränktes Gesicht. »Entspann dich, Frank. Wir werden es zusammen durchstehen, wie immer. Nur die Ruhe!«

Frank starrte seinen alten Freund verwirrt an. Sollte er das glauben? Er hatte nie gewusst, was er von John halten sollte – die Art, wie er Frank als Sprungbrett benutzt hatte, seine Freundlichkeit ... Hatten sie nicht als Verbündete begonnen?

Es fiel ihm auf, dass John sich nach Maya umsah. »Wo ist sie denn?«

»Irgendwo hier«, antwortete John knapp.

Es war Jahre her, dass sie über Maya hatten sprechen können. Boone warf ihm einen scharfen Blick zu, als wollte er sagen, dass ihn das nichts angehe, dass alles, was für Boone im Laufe der Jahre wichtig geworden war, Frank gar nichts anginge.

Frank ließ ihn wortlos stehen.

Der Himmel war inzwischen tief violett, mit Streifen aus gelben Zirruswolken. Frank kam an zwei Gestalten vorbei, die Dominos aus Keramik trugen, ein lachendes und ein weinendes Gesicht, Komödie und Tragödie, und mit Handschellen aneinander gefesselt waren. Die Straßen der Stadt waren dunkel geworden. Fenster, hinter denen Partys stattfanden, leuchteten grell. In jeder verschwommenen Maske blitzten große Augen – auf der Suche nach der Quelle der in der Luft liegenden Spannung. Unter dem wie Ebbe und Flut brausenden Rauschen der Menge war ein dumpfer stürmischer Ton.

Er hätte nicht überrascht sein sollen. Er kannte John so gut, wie man einen anderen Menschen überhaupt nur kennen konnte, aber wann war es ihn je etwas angegangen? Er schlüpfte zwischen die Bäume des Parks, unter die handgroßen Blätter der Sykomoren. War es je anders gewesen? Die gemeinsame Zeit, all die Jahre der Freundschaft. Und nichts hatte eine Rolle gespielt. Diplomatie mit anderen Mitteln …

Er sah auf die Uhr. Fast elf. Er hatte sich mit Selim verabredet. Noch eine Verabredung. Sein ganzes Leben bestand aus in Viertelstunden unterteilte Tage, und er war daran gewöhnt, von einem Termin zum nächsten zu hetzen, die Masken zu wechseln, mit einer Krise nach der anderen fertig zu werden, zu managen und zu manipulieren und in nie endender Eile Geschäfte abzuwickeln. Heute war ein Feiertag: Mardi Gras, Fastnacht, aber er hatte Termine. Er kannte kein anderes Leben mehr.

Er kam zu einer Baustelle, einem Magnesiumgerüst, umgeben von Stapeln aus Back- und Pflastersteinen und Sandhaufen. Wie nachlässig von den Arbeitern, das einfach so herumliegen zu lassen. Er steckte einige große Steine, die er gerade noch in der Hand halten konnte, ein. Als er sich aufrichtete, bemerkte er, dass ihn jemand von der anderen Straßenseite aus beobachtete – ein kleiner Mann mit schmalem Gesicht unter struppigen schwarzen Dreadlocks. In seinem Blick lag etwas Scharfes, Beunruhigendes. Es war, als ob der Fremde alle seine Masken durchschaute, als kenne er seine Gedanken und Absichten.

Chalmers erschrak und zog sich rasch ins Unterholz im Park zurück. Als er sicher war, den Mann abgehängt zu haben und dass ihn sonst niemand beobachtete, fing er an, Steine in die unter ihm liegende Stadt zu schleudern. Einen für den Fremden, mitten ins Gesicht! Über ihm war das Zeltgerüst nur als ein schwaches Muster verdeckter Sterne zu erahnen. Es sah so aus, als stünden sie direkt im kühlen nächtlichen Wind. Die Luftzirkulation war in dieser Nacht natürlich stark. Zerbrochenes Glas, Rufe. Ein Schrei. Es war wirklich laut. Die Leute flippten aus. Ein letzter Stein, gezielt auf ein großes, erleuchtetes Fenster jenseits des Grases. Er traf nicht. Dann schlüpfte er unter die Bäume.

In der Nähe der Südmauer sah er jemanden unter einer Sykomore – Selim, der nervös herumging. Frank schwitzte, rief aber ruhig: »Selim!« Er griff in seine Brusttasche und fischte vorsichtig die drei Pflaster aus dem Beutel. Synergie konnte so mächtig sein, im Guten wie im Bösen. Er trat vor und nahm den jungen Araber kräftig in den Arm. Die Pflaster blieben kleben und durchtränkten Selims leichtes Baumwollhemd. Frank trat zurück.

Jetzt hatte Selim noch etwa sechs Stunden. Er fragte Frank: »Hast du mit Boone gesprochen?«

»Ich habe es versucht«, erwiderte Chalmers. »Er hat nicht zugehört. Er hat mich belogen.« Es war so leicht, Enttäuschung zu heucheln. »Fünfundzwanzig Jahre Freundschaft, und er hat mich belogen!« Er schlug mit der flachen Hand gegen einen Baumstamm; die Schutzstreifen der Pflaster lösten sich und flogen in die Dunkelheit. Er nahm sich zusammen. »Seine Koalition wird empfehlen, dass nur die Länder, die den ersten Vertrag unterzeichnet haben, Siedlungen auf dem Mars bauen dürfen.« Das war möglich und sogar recht plausibel.

»Er hasst uns!«, schrie Selim auf.

»Er hasst alles, was ihm in die Quere kommt. Und er hat erkannt, dass der Islam im Leben der Gläubigen noch eine echte Macht darstellt. Er formt die Denkweise der Menschen. Das kann Boone nicht ausstehen.«

Selim erschauerte. Im Dunkeln leuchtete das Weiß seiner Augen hell. »Er muss aufgehalten werden!«

Frank drehte sich zur Seite und lehnte sich an einen Baumstamm. »Ich … weiß nicht.«

»Du hast es selbst gesagt. Reden bringt nichts.«

Frank umkreiste den Baum. Er fühlte sich benommen. Du Idiot, dachte er. Reden ist *alles*. Wir sind nichts als ausgetauschte Informationen. Reden ist alles, was wir können!

Er drehte sich wieder zu Selim um und sagte: »Wie?«

»Der Planet. So müssen wir es machen.«

»Die Stadttore sind heute Nacht verriegelt.« Er hielt inne. Seine Hände verkrampften sich. »Aber das Tor zur Farm ist noch offen.«

»Aber die äußeren Schleusen der Farm werden abgeschlossen sein.«

Frank zuckte mit den Achseln und ließ ihn kurz nachdenken.

Selim zwinkerte und sagte: »Ah!« Dann war er verschwunden.

Frank setzte sich zwischen den Bäumen auf den Boden. Es war ein sandiger feuchter Schmutz, das Ergebnis intensiver Forschung. In dieser Stadt war nichts natürlich – nichts.

Nach einiger Zeit stand er auf und ging durch den Park. Er schaute sich die Leute an. Vor der Oper trafen maskierte Personen aufeinander, rauften und kämpften, umgeben von Zuschauern, die Blut witterten. Frank ging wieder zur Baustelle, um noch mehr Steine zu holen. Er warf sie; aber einige Leute sahen es diesmal. Er musste flüchten. Wieder zwischen die Bäume, in den kleinen Dschungel unter dem Zeltdach, um Raubtieren zu entkommen – durch Adrenalin aufgeputscht, die stärkste aller Drogen. Er lachte ungestüm.

Plötzlich erblickte er Maya, die allein bei der improvisierten Bühne am Scheitelpunkt stand. Sie trug einen weißen Domino, aber er erkannte sie an den Proportionen ihres Körpers, ihrem Haar und der Haltung – eindeutig Maya Toitovna. Die Ersten Hundert, die kleine Gruppe – sie waren für ihn die Einzigen, die wirklich am Leben waren. Alle anderen waren Gespenster. Über unebenen Boden eilte Frank zu ihr. Er umklammerte einen tief in der Jackentasche verborgenen Stein und dachte: Komm schon, du Schlampe! Sag etwas, um ihn zu retten! Sag etwas, das mich dazu bringt, durch die ganze Stadt zu laufen, um ihn zu retten!

Sie hörte ihn kommen und wandte sich um. Auf dem Domino leuchteten metallisch blaue Pailletten. Ihre Augen waren unter der Maske nicht zu erkennen.

»Hallo, Frank!«, sagte sie, als trüge er keine Maske. Er machte beinahe kehrt, um wegzulaufen. Schon das Wiedererkennen genügte fast, ihn so weit zu bringen …

Aber er blieb doch stehen und sagte: »Hallo, Maya. Es war ein schöner Sonnenuntergang, oder?«

»Eindrucksvoll. Die Natur hat es völlig übertrieben. Es war bloß eine Einweihungsfeier für eine Stadt, sah aber aus wie der Tag des Jüngsten Gerichts.«

»Ja.«

Sie standen im Schatten unter einer Straßenlaterne. »Hast du dich amüsiert?«, fragte sie.

»Sehr. Und du?«

»Es wird mir ein bisschen zu wild.«

»Das ist doch verständlich, Maya. Wir sind endlich aus unseren Erdlöchern heraus und auf der Oberfläche! Und was für einer Oberfläche! So einen Ausblick hat man nur auf dem Tharsis-Buckel.«

»Der Ort ist gut gewählt, ja«, stimmte sie zu.

»Es wird eine großartige Stadt werden«, meinte Frank. »Wo wohnst du derzeit, Maya?«

»In Underhill, Frank, wie immer. Das weißt du doch.«

»Aber du bist nie dort. Ich habe dich seit einem Jahr oder länger nicht mehr gesehen.«

»Ist das so lange her? Ich bin in Hellas gewesen. Das hast du sicher gehört.«

»Wer hätte mir das denn erzählen sollen?«

Sie schüttelte den Kopf, die blauen Pailletten glitzerten. »Ach, Frank.« Sie wandte sich ab, als ob sie den Konsequenzen der Frage ausweichen wollte.

Ungehalten trat Frank ihr in den Weg. »Damals auf der *Ares.*« Seine Stimme klang gepresst, und er räusperte sich, um die Kehle frei zu machen und leichter sprechen zu können. »Was ist passiert, Maya? Was ist nur passiert?«

Sie zuckte die Achseln und vermied es, ihn anzusehen. Längere Zeit sagte sie nichts. Dann blickte sie ihm ins Gesicht und sagte: »Eine Laune des Augenblicks.«

Und dann läutete es Mitternacht, und sie befanden sich im marsianischen Zeitschlupf, jener Lücke von neununddreißigeinhalb Minuten zwischen 24.00.00 und 00.00.01 Uhr, in der alle Uhren stillstanden. Die Ersten Hundert hatten ihn eingeführt, um den etwas längeren Marstag an die gewohnte Vierundzwanzigstundenzählung der Erde anzupassen. Diese Lösung hatte sich erstaunlicherweise gehalten. Jede Nacht scherten sie eine Weile aus den zuckenden Zahlen, dem erbarmungslosen Lauf des Sekundenzeigers aus …

Und als in dieser Nacht die Uhren Mitternacht schlugen, drehte die ganze Stadt durch. Diese fast vierzig Minuten außerhalb der Zeit waren der Höhepunkt der Party, das war jedem instinktiv klar. Feuerwerke wurden gezündet, Leute brüllten vor Freude, Sirenen schnitten durch den Lärm, und das Jubelgeschrei wurde noch lauter. Frank und Maya sahen sich das Feuerwerk an und hörten dem Krach zu.

Doch der veränderte sich plötzlich: verzweifelte Schreie, wütendes Geheul. »Was ist los?«, fragte Maya.

»Ein Kampf«, antwortete Frank und lauschte. »Vielleicht aus einer Laune des Augenblicks heraus.« Sie starrte ihn an, und er fügte rasch hinzu: »Vielleicht sollten wir uns das mal ansehen.«

Das Geschrei wurde lauter. Dort unten herrschte Aufruhr. Sie gingen durch den Park, ihre Schritte wurden immer länger, bis sie in den leichten Hüpfschritt der Marsianer verfallen waren. Der Park schien Frank größer als vorher zu sein, und einen Augenblick lang hatte er Angst.

Der zentrale Boulevard war voller Müll. Leute rannten wie Raubtiere in Rudeln durch die Finsternis. Eine ohrenbetäubende Sirene ging los – der Alarm, der ein Leck im Zelt anzeigte. In beiden Richtungen entlang der Straße splitterten Fenster. Auf dem Rasen lag ein Mann reglos auf dem Rücken. Das Gras um ihn herum war mit dunklen Streifen verschmiert.

Chalmers packte den Arm einer Frau, die sich über den leblosen Körper gebeugt hatte, und brüllte: »Was ist passiert?«

Sie weinte. »Ein Kampf. Sie kämpfen immer noch.«

»Wer? Schweizer, Araber?«

»Fremde«, sagte sie. »Ausländer.« Sie sah Frank tränenblind an. »Holen Sie Hilfe!«

Frank rannte wieder zu Maya, die mit einer Gruppe sprach, die um eine weitere reglose Gestalt herumstand. »Was, zum Teufel, ist hier los?«, fragte er sie, während sie gemeinsam zum Krankenhaus eilten.

»Es ist ein Aufstand. Ich weiß nicht, warum.« Ihr Mund war ein gerader Strich und ihr Gesicht so weiß wie der Domino, der immer noch ihre Augenpartie verhüllte.

Frank riss seine Maske herunter und warf sie weg. Die Straße war voller Glasscherben. Ein Mann rannte auf sie zu. »Frank! Maya!«

Es war Sax Russell. Frank hatte den kleinen Mann noch nie so aufgeregt gesehen. »Es ist John – man hat ihn angegriffen!«

»Was?«, riefen sie gleichzeitig.

»Er versuchte, einen Streit zu schlichten, und drei oder vier Männer haben ihn angesprungen. Sie schlugen ihn nieder und schleppten ihn weg.«

Maya schrie: »Und ihr habt sie nicht aufgehalten?«

»Wir haben es versucht. Einige von uns sind ihnen nach. Aber in der Medina haben wir sie verloren.«

Maya blickte Frank an.

Der rief: »Was geht hier bloß vor? Wohin wollen sie ihn bringen?«

»Zu den Toren«, sagte sie.

»Die sind nachts doch verriegelt.«

»Vielleicht nicht für jeden.«

Sie folgten Maya in die Medina. Straßenlampen waren zerbrochen; unter den Füßen knirschte Glas. Sie fanden einen Feuerwehrmann und rannten zum Türkischen Tor. Er schloss es auf. Dann eilten sie in die Schleuse und legten in Windeseile Schutzanzüge an. Hinaus in die Nacht, die von dem Bathysphärenschimmer der Stadt erhellt war. Sie fingen an zu suchen. Frank schmerzten die Gelenke von der nächtlichen Kälte, und seine Lunge fühlte sich an, als hätte man ihm zwei Eiskugeln in die Brust gestopft, um seinen rapiden Herzschlag abzukühlen.

Draußen war nichts. Wieder rein. Hinüber zur nördlichen Mauer und dem Syrischen Tor. Wieder hinaus unter die Sterne. Nichts.

Es dauerte lange, bis ihnen die Farm einfiel. Inzwischen bestand die Suchmannschaft aus etwa dreißig Personen in Schutzanzügen. Sie rannten durch die Schleuse und gingen die Schneisen zwischen den Feldern ab.

Sie fanden John bei den Rettichen. Seine Jacke war über das Gesicht gezogen, um eine Luftblase für den Notfall zu bilden. Das musste er unbewusst getan haben, denn als sie ihn vorsichtig auf die Seite drehten, sahen sie eine Schwellung hinter seinem Ohr.

Maya sagte mit bitter krächzender Stimme: »Bringt ihn ins Innere! Schnell!«

Vier Leute hoben ihn hoch. Chalmers hielt Johns Kopf, seine Finger berührten die Mayas. Sie stolperten durch das

Farmtor in die Stadt zurück. Einer der Schweizer führte sie zum nächsten medizinischen Zentrum, das schon mit verzweifelten Menschen überfüllt war. Sie legten John auf eine freie Bank. Er war bewusstlos, sein Gesicht verkrampft. Frank nahm den Helm ab und machte seinen Rang geltend, als er in die Notaufnahme platzte und die Ärzte und Schwestern anschrie. Die ignorierten ihn, bis eine Ärztin sagte: »Halt den Mund! Ich komme schon.«

Sie und die Schwestern trugen John in einen Raum und schlossen ihn an einen Monitor an. Dann untersuchte die Ärztin ihn mit dem abwesenden Blick, den alle Ärzte bei der Arbeit haben. Abtasten von Hals und Gesicht und Kopf und Brust, Stethoskop …

Maya teilte ihr mit, was sie wussten. Die Ärztin nahm ein Sauerstoffgerät von der Wand und blickte auf den Monitor. Sie hatte den Mund zu einem unzufriedenen kleinen Knoten verzogen. Maya saß mit verstörter Miene am Ende der Bank. Ihr Domino war längst verschwunden.

Frank setzte sich neben sie.

Die Ärztin sagte: »Wir könnten noch weitermachen. Aber ich fürchte, er ist tot. Er war zu lange ohne Sauerstoff.«

»Machen Sie weiter!«, rief Maya.

Natürlich taten sie das. Schließlich kamen weitere Mediziner hinzu, und sie rollten John in die Intensivstation. Frank, Maya, Max, Samantha und einige Einheimische saßen draußen im Flur. Ärzte kamen und gingen. Ihre Gesichter waren leer, in ihnen die Präsenz des Todes. Schutzmasken. Einer kam heraus und sagte: »Er ist tot. Er war zu lange draußen.«

Frank lehnte den Kopf gegen die Wand.

Als Reinhold Messner von der ersten Alleinbesteigung des Everest zurückkehrte, war er stark dehydriert und äußerst erschöpft. Während des letzten Teils des Abstiegs fiel er oft hin und brach schließlich auf dem Rongbuk-Gletscher zusammen, wo ihn die Frau, die seine einzige Hilfsmannschaft darstellte, fand. Und er sah im Delirium zu ihr auf und sagte: »Wo sind alle meine Freunde?«

Es war ruhig. Kein Laut außer dem leichten Summen und Zischen, dem man auf dem Mars nie entkam.

Maya legte Frank die Hand auf die Schulter, und er zuckte fast zurück. Seine Kehle verkrampfte sich. Es tat richtig weh. »Es tut mir leid«, brachte er hervor.

Sie wischte die Bemerkung beiseite und runzelte die Stirn. Sie hatte denselben Gesichtsausdruck wie die Ärzte, als sie sagte: »Du hast ihn doch nie besonders gemocht.«

»Stimmt.« Er dachte, es wäre klüger, in diesem Moment ehrlich zu ihr zu sein. Aber dann erbebte er und sagte bitter: »Was weißt du schon, wen ich mag und wen nicht?«

Er schüttelte ihre Hand ab und stand mühsam auf. Sie wusste nichts. Niemand wusste es. Er wollte in die Intensivstation gehen, überlegte es sich dann doch anders. Dafür war beim Begräbnis genug Zeit. Er fühlte sich leer, und plötzlich kam es ihm so vor, als gäbe es nichts Gutes mehr auf der Welt.

Er verließ das medizinische Zentrum und ging durch die seltsam stille Dunkelheit der Stadt, durch das Land des Schweigens, seinen sentimentalen Gedanken nachhängend. Die Straßen glitzerten, als wären Sterne auf das Pflaster gefallen. Die Menschen standen in Gruppen herum, schweigend, durch die Nachricht betroffen. Frank Chalmers bahnte sich seinen Weg zwischen ihnen hindurch und fühlte ihre Blicke auf sich ruhen. Ohne nachzudenken, begab er sich zu der Bühne am höchsten Punkt der Stadt. Dabei sagte er sich: *Jetzt wird sich zeigen, was* ich *mit diesem Planeten alles anfangen kann.*

ZWEITER TEIL

DIE REISE

»Wenn sie sowieso alle verrückt werden, *warum schicken wir dann nicht von vornherein Verrückte und ersparen ihnen so die Mühe?«, fragte Michel Duval.*

Er meinte es nur halb im Scherz. Er vertrat die Position, dass die Auswahlkriterien eine verwirrende Kombination aus Doppelbindungen waren.

Seine Kollegen starrten ihn an. »Können Sie irgendwelche spezifischen Verbesserungen vorschlagen?«, fragte der Vorsitzende der versammelten Psychiater, Charles York.

»Vielleicht sollten wir alle mit ihnen in die Antarktis fahren und sie gemeinsam in dieser ersten Periode beobachten. Das würde uns eine Menge aufzeigen.«

»Aber unsere Anwesenheit würde sie hemmen. Ich denke, dass nur einer von uns gehen sollte.«

Also schickten sie Michel Duval. Er traf die hundertfünfzig Finalisten in der McMurdo-Station. Am Anfang ähnelte das Treffen jeder x-beliebigen internationalen wissenschaftlichen Konferenz. Aber es gab einen gewaltigen Unterschied: Dies war die Fortsetzung eines Auswahlprozesses, der bereits Jahre gedauert hatte und noch ein weiteres Jahr dauern würde. Und diejenigen, die am Ende übrig blieben, würden zum Mars fliegen.

Also lebten sie über ein Jahr in der Antarktis zusammen. Sie machten sich mit den Habitaten und Geräten vertraut, die bereits in Robotschiffen auf dem Mars landeten, und mit einer Landschaft, die fast so kalt und rau war wie der Mars selbst. Sie lernten einander kennen. Sie lebten in Wright Valley, dem größten der Trockentäler der Antarktis, betrieben eine Biosphärenfarm und verbrachten in den Unterkünften einen dunklen südpolaren Winter. Sie bildeten sich in zweiten oder dritten Fachgebieten weiter und simulierten unablässig die unterschiedlichen Aufgaben, die sie auf dem Raumschiff Ares *und später auf dem Roten Planeten selbst würden erledigen müssen – immer in dem Bewusstsein, dass man sie beobachtete, bewertete und beurteilte.*

Nicht alle waren Astronauten oder Kosmonauten, obwohl es etwa je ein Dutzend davon gab. Aber die Mehrzahl der Kolonisten mussten, so gerne sie auch Astronauten werden wollten, Experten auf Gebieten sein, die erst nach der Landung ins Spiel kamen: Medizin, Computertechnik, Systementwicklung, Robotik, Architektur, Areologie, Biosphärenplanung, Gentechnik und Biologie, dazu alle Arten von Ingenieuren und Konstrukteuren. Diejenigen, die es bis in die Antarktis geschafft hatten, bildeten eine beeindruckende Gruppe von Experten in den relevanten Wissenschaften und Berufen, und sie verbrachten einen guten Teil ihrer Zeit damit, sich gegenseitig etwas beizubringen, um ihr Wissen auf sekundären und tertiären Gebieten zu vertiefen.

Und all das spielte sich unter dem ständigen Druck von Beobachtung, Bewertung und Beurteilung ab. Dieser Teil des Testes setzte sie natürlich unter Stress. Michel Duval wusste, dass das schlecht war, da es zu Zurückhaltung und Misstrauen bei den Kolonisten führte und das hohe Maß an Verträglichkeit, das das Auswahlkomitee suchte, nicht gewährleistete. Das war eine der vielen Doppelbindungen. Die Kandidaten ihrerseits schwiegen über diesen Aspekt, und er machte ihnen daraus keinen Vorwurf. Diese Doppelbindung war die beste Strategie, denn sie sicherte Ruhe und Frieden. Keiner konnte es wagen, einen anderen zu beleidigen oder sich zu laut zu beschweren. Sie konnten es auch nicht riskieren, sich zu sehr zurückzuziehen oder sich Feinde zu machen.

Also gaben sie sich brillant genug, um hervorzustechen, und normal genug, um mit dem Feld mitzuhalten. Sie waren alt genug, um eine Menge gelernt zu haben, aber noch jung genug, um der physischen Härte der Arbeit auf dem Mars gewachsen zu sein. Sie waren hinreichend motiviert, sich auszuzeichnen, aber ausreichend entspannt, um gesellig zu sein. Und sie waren verrückt genug, um die Erde für immer verlassen zu wollen, aber vernünftig genug, um diese fundamentale Verrücktheit zu verbergen und sie in der Tat als reine Rationalität und wissenschaftliche Neugier zu tarnen, was der einzig akzeptable Grund für diesen Wunsch zu sein schien. Deshalb behaupteten sie, die neugierigsten Wissenschaftler aller Zeiten zu sein. Das war aber noch nicht alles. Sie mussten entfremdet und einsam genug sein, dass es ihnen nichts ausmachte, jeden, den sie je gekannt hatten, für immer hinter sich zu lassen – und dennoch sozial genug, um mit all ihren neuen Bekannten in Wright Valley gut auszukommen, mit jedem einzelnen Mitglied dieses kleinen Dorfes, das die erste Kolonie bilden würde. Oh, es gab unendlich viele Doppelbindungen! Sie mussten gleichzeitig außergewöhnlich und völlig durchschnittlich sein. Unmöglich. Aber genau die Aufgabe, die zwischen ihnen und ihrem größten Herzenswunsch stand und deswegen Besorgnis, Furcht, Groll und Wut auslöste. Mit diesen ganzen Belastungen fertigwerden zu müssen …

Aber auch das war ein Teil der Prüfung. Michel beobachtete sie mit großem Interesse. Manche versagten, scheiterten auf die eine oder andere Weise. Ein amerikanischer Thermalingenieur wurde zunehmend introvertiert, zerstörte dann einige der Rover und musste mit Gewalt in Gewahrsam genommen und entfernt werden. Ein russisches Paar verliebte sich ineinander und trennte sich dann mit einem so heftigen Streit, dass sie sich nicht mehr zusammen im gleichen Raum aufhalten konnten und beide ausschieden. Dieses Melodram illustrierte die Gefahren einer Romanze und machte alle anderen in dieser Hinsicht sehr vorsichtig. Es entwickelten sich immer noch Beziehungen, und als sie die Antarktis verließen, hatte es drei Hochzeiten gegeben. Diese glücklichen sechs konnten sich sozusagen ihrer Sache »sicher« sein. Aber die meisten waren so darauf versessen, zum Mars zu fliegen, dass sie diesen Teil ihres Lebens auf Eis legten und höchstens diskrete sexuelle Partnerschaften eingingen, die in manchen Fällen jedermann verborgen blieben, in anderen nur vor dem Auswahlkomitee geheim gehalten wurden.

Michel wusste, dass er nur die Spitze des Eisbergs sah. Er wusste, dass in der Antarktis die entscheidenden Sachen hinter seinem Rücken passierten. Jede Beziehung hat einen Anfang, und manchmal bestimmt der, wie der Rest laufen wird. In den kurzen Stunden, in denen tagsüber die Sonne schien, konnte jemand das Lager verlassen und bis Lookout Point wandern, ein zweiter folgte dem ersten. Und was da draußen geschah, könnte seine Spuren für immer hinterlassen. Aber Michel würde das nie erfahren.

Als sie die Antarktis verließen, stand das Team fest. Es waren fünfzig Männer und fünfzig Frauen – fünfunddreißig Amerikaner, fünfunddreißig Russen und dreißig aus verschiedenen verbündeten Staaten, je fünfzehn von einem der zwei großen Partner eingeladen. Es war schwierig gewesen, eine so vollkommene Symmetrie einzuhalten, aber das Auswahlkomitee hatte darauf bestanden.

Die Glücklichen flogen nach Cape Canaveral oder Baikonur, um in den Orbit zu fliegen. Inzwischen kannten sie sich recht gut und zugleich überhaupt nicht. Sie waren ein Team, dachte Michel, mit festen Freundschaften und etlichen Gruppenzeremonien, Ritualen, Gewohnheiten und Tendenzen. Und zu diesen Tendenzen gehörte ein Instinkt, sich zu verstecken, eine Rolle zu spielen und das wahre Selbst hinter einer Maske zu verbergen. Vielleicht war das ja die Definition von dörflichem Leben, von sozialem Leben. Aber Michel schien es schlimmer als das zu sein. Niemand hatte sich je zuvor derart rigoros bemühen müssen, sich in ein Dorf einzufügen. Die radikale Trennung von öffentlichem und privatem Leben war neu und fremd. Den Kandidaten war jetzt ein unbewusster Konkurrenzkampf eingeprägt, ein ständiges subtiles Gefühl, dass jeder für sich allein kämpfte und dass jeder im Fall eines Problems von den Übrigen verlassen und aus der Gruppe verbannt werden könnte.

Damit hatte das Auswahlkomitee genau das Problem erst erschaffen, das es eigentlich hatte verhindern wollen. Einige Mitglieder waren sich dessen bewusst, deswegen sorgten sie natürlich dafür, dass zu den Kolonisten der bestqualifizierte Psychiater gehörte, den sie finden konnten.

Daher schickten sie Michel Duval.

Zuerst war es ein Druck auf der Brust. Dann wurden sie in ihre Sessel gepresst, und eine Sekunde lang war der Druck sehr vertraut: Ein g, die Schwerkraft, die sie nie wieder erleben würden. Die *Ares* hatte die Erde mit 28 000 Kilometern in der Stunde umkreist. Einige Minuten lang beschleunigte sie. Der Schub der Raketen war so stark, dass ihre Sicht unscharf wurde, als sich die Hornhaut abflachte, und das Atmen anstrengend. Bei 40 000 Stundenkilometern war Brennschluss. Sie hatten die Erdanziehung überwunden und waren nur noch im Sonnenorbit.

Die Kolonisten saßen blinzelnd in den Beschleunigungssesseln, ihre Haut rötete sich, und sie hatten Herzklopfen. Maya Katarina Toitovna, die offizielle Leiterin des russischen Kontingents, schaute sich um. Die Leute wirkten benommen. Wenn Besessene plötzlich das Objekt ihrer Begierde in Händen halten, was fühlen sie dann? Schwierige Frage. In gewissem Sinne war ihr Leben zu Ende. Aber etwas anderes, ein neues Leben, hatte endlich, endlich begonnen ... Sie war überwältigt von unterschiedlichen Gefühlen, die sie verwirrten. Es war eine Interferenzerscheinung, manche Gefühle waren verschwunden, andere verstärkt. Maya schnallte sich von ihrem Sitz los und bemerkte das Grinsen, das ihr Gesicht verzerrte. Auf den Gesichtern ringsum sah sie dasselbe nicht mehr zu unterdrückende Lächeln – bei allen außer Sax Russell, der gleichgültig wie eine Eule blinzelte, als er die Daten auf den Computerbildschirmen an den Wänden überflog.

Sie schwebten gewichtslos in der Kabine. 21. Dezember 2026: Sie bewegten sich schneller als je ein Mensch zuvor. Sie waren unterwegs. Es war der Beginn einer neunmonatigen Reise – einer Reise, die den Rest ihres Lebens dauern würde. Sie waren auf sich allein gestellt.

Die für die Steuerung der *Ares* Verantwortlichen zogen sich an die Kontrollkonsolen und gaben Anweisung, die seitlichen Raketen zu zünden. Die *Ares* fing an, sich um ihre Achse zu drehen und stabilisierte sich bei vier Umdrehungen pro Minute. Die Kolonisten sanken zu Boden und standen in einer künstlichen Schwerkraft von 0,38 g, die sie in etwa auch auf dem Mars fühlen würden. Viele Langzeittests hatten gezeigt, dass man in dieser Schwere recht gesund leben konnte. Sie war sehr viel vorteilhafter als Schwerelosigkeit, deswegen hatte man sich für ein rotierendes Schiff entschieden. Und es war ein großartiges Gefühl, dachte Maya. Gerade genug Anziehungskraft, um leicht die Balance halten zu können, aber keinerlei Belastung. Es spiegelte die allgemeine Hochstimmung perfekt wieder, als sie durch die Korridore zu dem großen Speisesaal in Torus D stolperten, ungehemmt und fröhlich, wie auf Wolken wandelnd.

Sie feierten den Abflug in einer Art Cocktailparty. Maya ging umher, nippte ungezwungen an einem Glas Champagner und fühlte sich unwirklich und überglücklich, eine Mischung, die sie an ihre Hochzeitsfeier vor vielen Jahren erinnerte. Sie hoffte, dass es diesmal besser klappen würde als damals, weil das jetzt tatsächlich für immer währen musste. Die verschiedenen Stimmen hallten durcheinander. »Es ist eine nicht so sehr soziologische als vielmehr mathematische Symmetrie. Eine Art ästhetischer Balance.« – »Wir hoffen, in den Bereich von eins zu einer Milliarde zu gelangen, aber das wird nicht leicht sein.« Maya lehnte ab, als ihr jemand nachschenken wollte, da ihr ein bisschen schwindlig war. Außerdem war das hier Arbeit. Sie war sozusagen Mit-Bürgermeisterin dieses Dorfes und verantwortlich für die Gruppendynamik, die bestimmt kompliziert wurde. Antarktische Gewohnheiten machten sich selbst in diesem Moment des Triumphs geltend, und sie lauschte und beobachtete wie ein Anthropologe – oder ein Spion.

»Die Seelenklempner hatten ihre Gründe. Wir werden am Ende fünfzig glückliche Paare sein.«

»Und sie wussten auch schon, wer mit wem.«

Sie sah, wie sie lachten. Schlau, gesund, wohlerzogen – war das endlich die rationale Gesellschaft, die wissenschaftlich geplante Gemeinschaft, die der Traum der Aufklärung gewesen war? Aber da waren noch Arkady, Nadia, Vlad und Ivana. Sie kannte das russische Kontingent zu gut, um sich irgendwelchen Illusionen hinzugeben. Es konnte ebenso gut damit enden, dass sie wie in einem Studentenwohnheim einer Technischen Universität leben würden, lauter bizarre Streiche und wilde Affären. Für so ein Leben sahen sie definitiv zu alt aus. Einige Männer bekamen bereits Glatzen, und viele Personen beiderlei Geschlechts zeigten graue Strähnen im Haar. Hinter ihnen lag bereits ein langer Weg. Das Durchschnittsalter betrug sechsundvierzig Jahre, mit Extremen von dreiunddreißig (Hiroko Ai, das japanische Wunderkind in der Biosphärenplanung) bis achtundfünfzig (Vlad Taneev, Nobelpreisträger für Medizin).

Aber jetzt war doch ein Hauch von Jugend auf allen Gesichtern. Arkady Bogdanov war ein Porträt in Rot: Haar, Bart, Haut. Aus all diesem Rot blitzten seine stahlblauen Augen fröhlich hervor, als er rief: »Endlich frei! Endlich frei! Unsere Kinder sind endlich frei!« Die Videokameras waren ausgeschaltet worden, nachdem Janet Blyleven eine Reihe Interviews für die Fernsehsender zu Hause aufgezeichnet hatte. Sie hatten keinen Kontakt mit der Erde, zumindest nicht im Speisesaal. Arkady sang, und die Leute um ihn stießen darauf an. Maya blieb stehen und gesellte sich zu dieser Gruppe. Endlich frei! Es war kaum zu glauben, sie waren wirklich unterwegs zum Mars! Überall scharten sich die Leute zusammen, die meisten Weltklasse auf ihrem Fachgebiet, und unterhielten sich: Ivana hatte, mit anderen, den Nobelpreis in Chemie gewonnen, Vlad war einer der berühmtesten Medizinbiologen der Welt, Sax gehörte in das Pantheon derer, die große Beiträge für die subatomare Theorie geleistet hatten, Hiroko war unerreicht in der Planung geschlossener Lebenserhaltungssysteme – und so weiter. Ein brillanter Haufen!

Und Maya war eine ihrer Anführer. Das war etwas entmutigend. Ihre Fähigkeiten als Ingenieurin und Kosmonautin waren eher bescheiden. Es war wohl ihr diplomatisches Geschick, das sie an Bord gebracht hatte. Dass man sie ausgewählt hatte, das ungleiche, uneinige russische Team, mit diversen Mitgliedern aus GUS-Staaten, zu leiten – nun, das war in Ordnung. Es war eine interessante Arbeit, an die sie gewöhnt war. Ihre Fähigkeiten könnten sich durchaus als die wichtigsten an Bord erweisen, schließlich mussten sie alle miteinander zurechtkommen. Andere Leute dazu zu bewegen, das zu tun, was man ihnen auftrug, war eine Sache von List, Schläue und Willenskraft. Sie blickte in die Menge leuchtender Gesichter und lachte. Hier an Bord waren alle gut in dem, was sie taten, aber einige waren zu Höherem berufen. Diese Personen musste sie sich herauspicken und kultivieren. Ihre Führungsposition hing davon ab, denn, dachte sie, am Ende würden sie eine Art loser, auf wissenschaftlichen Verdiensten beruhende Gemeinschaft sein. Und in einer solchen Gemeinschaft waren die außergewöhnlichen Talente die wichtigsten Kräfte. Wenn es hart auf hart ging, würden sie die wahren Führer der Kolonie werden – sie oder diejenigen, die sie beeinflussten.

Sie schaute sich um und entdeckte ihren Gegenspieler, Frank Chalmers. In der Antarktis hatte sie ihn nicht besonders gut kennengelernt. Ein hochgewachsener, großer Mann mit dunklem Teint. Er war kommunikativ und unglaublich energisch, aber schwer zu durchschauen. Sie fand ihn attraktiv. Sah er die Dinge so wie sie? Sie hatte das nie in Erfahrung bringen können. Er sprach gerade am anderen Ende des Raums mit einigen Leuten und hörte auf seine scharfe, schwer zu deutende Art zu, den Kopf zur Seite geneigt und bereit, mit einer geistreichen Bemerkung dazwischenzufahren. Sie musste mehr über ihn herausfinden. Schließlich musste sie mit ihm auskommen.

Sie ging durch den Saal und blieb dicht neben ihm stehen, sodass ihre Oberarme sich fast berührten. Sie neigte ihren Kopf seinem zu, machte eine Geste, die seine Gesprächspartner umfasste, und sagte: »Das wird großartig werden, meint ihr nicht auch?«

Chalmers sah sie an und sagte: »Wenn alles gut geht.«

Nach der Feier und dem Essen wanderte Maya, die nicht schlafen konnte, durch die *Ares*. Sie alle hatten schon einige Zeit im Weltraum verbracht, aber die *Ares* war sehr viel größer als jedes andere Schiff und jede Station. Sie war wirklich enorm. Am Bugende des Schiffs befand sich eine Art Penthaus, ein einziger Tank wie ein Bugspriet, der in entgegengesetzter Richtung zum Schiff rotierte, sodass er stillstand. Instrumente zur Sonnenbeobachtung, Richtantennen und alle anderen Geräte, die ohne Rotation besser arbeiteten, waren in diesem Tank untergebracht; und ganz an der Spitze war ein runder Raum aus transparentem Kunststoff, der Blasenkuppel genannt wurde. In ihm herrschte Schwerelosigkeit, und von hier aus bot sich der Besatzung ein Ausblick auf die Sterne und auf einen Teil des gewaltigen Schiffes.

Maya schwebte zur Fensterwand der Blasenkuppel und blickte neugierig auf die *Ares* zurück. Sie war aus Außentanks der Space Shuttles erbaut worden. Um die Jahrhundertwende hatten NASA und Glavkosmos angefangen, die Tanks mit kleinen Schubraketen in den Orbit zu bringen. Dutzende von Tanks waren losgeschickt worden. Man hatte sie zu den Baustellen geschleppt und umgebaut. Daraus waren zwei große Raumstationen, eine Station am Librationspunkt L5, eine Station in der Mondumlaufbahn, das erste bemannte Mars-Schiff und Dutzende unbemannter Frachter entstanden. Im Laufe der Zeit einigten sich die zwei Behörden auf den Bau der *Ares*. Die Arbeit mit den Tanks war inzwischen zur Routine geworden, mit standardisierten Kopplungselementen, Innenräumen, Antriebssystemen und so weiter. Der Bau des großen Schiffs hatte weniger als zwei Jahre gedauert.

Es sah aus wie mit einem dieser Baukästen für Kinder entwickelt, bei dem Zylinder an ihren Enden verbunden werden konnten, um kompliziertere Figuren zu bilden. In diesem Fall waren es acht Hexagone aus zusammengefügten Zylindern, die sie Tori nannten, aneinandergereiht und in der Mitte von einem zentralen Nabenschacht aus einem Bündel aus fünf Reihen Zylindern durchzogen. Die Tori waren mit der Nabe durch dünne begehbare Speichen verbunden; und das ganze Objekt sah irgendwie aus wie ein Teil einer landwirtschaftlichen Maschine, etwa der Arm eines Mähdreschers oder eine mobile Bewässerungsanlage. Oder wie acht wulstige Donuts, auf einer Stange aufgespießt, dachte Maya. Das würde auch einem Kind gefallen.

Die acht Ringwülste waren aus amerikanischen Tanks angefertigt, und die fünf des Zentralschachts waren russische. Beide Tank-Sorten waren ungefähr fünfzig Meter lang und hatten einen Durchmesser von zehn Metern. Maya schwebte ziellos durch die Tanks des Nabenschachts hinab. Das dauerte lange, aber sie hatte es nicht eilig. Sie gelangte in Torus G. Dort gab es Räume in allen Formen und Größen, darunter auch der größte im ganzen Schiff, der einen kompletten Tank beanspruchte. Der Boden in einem Raum, den sie passierte, halbierte einen Tank der Länge nach, sodass er einer langen Nissenhütte ähnelte. Aber die meisten Tanks waren in kleinere Räume unterteilt. Sie hatte gehört, dass die *Ares* fünfhundert Zimmer hatte, und dass der gesamte Innenraum ungefähr einem großen Stadthotel entsprach. Aber würde das genügen?

Vielleicht. Nach der engen Antarktis-Station war die *Ares* geradezu weitläufig, labyrinthisch und luftig. Ungefähr um sechs an jedem Morgen wich die Dunkelheit in den Wohntori langsam einer grauen Dämmerung, und um etwa sechs Uhr dreißig gingen die Lampen ganz an und markierten so den »Sonnenaufgang«. Maya wachte dabei auf, wie schon ihr ganzes Leben lang. Nach dem Waschen begab sie sich in die Küche von Torus D, wärmte eine Mahlzeit auf und ging damit in den großen Speisesaal. Dort setzte sie sich an einen Tisch zwischen Zitrusbäumen in Kübeln. Kolibris, Finken, Meisen, Sperlinge und Papageien pickten zwischen ihren Füßen herum und flitzten durch die Luft, vorbei an den Weinreben, die von der langen gewölbten Decke des Saales herabhingen, die in einem Graublau bemalt war, das sie an den Winterhimmel in St. Petersburg erinnerte. Sie aß langsam, beobachtete die Vögel, entspannte sich in ihrem Sessel und hörte den Gesprächen ringsum zu. Ein gemütliches Frühstück! Nach einem

Leben in der Tretmühle war es anfangs gewöhnungsbedürftig, fast beunruhigend, ein Luxus, der ihr eigentlich nicht zustand. Als sei jeder Morgen ein Sonntagmorgen, wie Nadia es ausdrückte. Mayas Sonntage waren nie besonders entspannt gewesen. In ihrer Kindheit hatten sie da immer die Einzimmerwohnung geputzt, in der sie mit ihrer Mutter gelebt hatte. Diese war Ärztin gewesen und hatte wie die meisten Frauen ihrer Generation hart arbeiten müssen, um auszukommen, Lebensmittel zu kaufen, ein Kind aufzuziehen, sich eine eigene Wohnung leisten zu können und Karriere zu machen. Schließlich war es zu viel für sie geworden, sie hatte es nicht mehr geschafft. Darum hatte sie sich den vielen wütenden Frauen angeschlossen, die ein besseres Leben forderten, als sie in den Sowjetjahren gehabt hatten, in denen sie nur schlecht bezahlte Jobs hatten und obendrein die ganze Hausarbeit erledigen mussten. Kein Warten mehr, kein stummes Ertragen. Sie mussten etwas erreichen, solange die Instabilität dauerte. »Auf dem Tisch steht alles«, sagte Mayas Mutter immer, wenn sie ihre mageren Mahlzeiten kochte. »Alles außer Essen!«

Und sie hatten Fortschritte erzielt. In der Sowjetära hatten die Frauen gelernt, einander zu helfen. Eine fast völlig in sich geschlossene Welt aus Müttern, Schwestern, Töchtern, Babuschkas, Freundinnen, Kolleginnen und sogar Fremden war entstanden. In den postsowjetischen GUS-Staaten hatte diese Welt das Erreichte gefestigt und war dann weiter in die Machtstruktur vorgedrungen, in die harten männlichen Oligarchien der russischen Regierung.

Besonders das Raumfahrtprogramm war davon betroffen gewesen. Mayas Mutter, die auf dem Gebiet der Weltraummedizin forschte, erklärte immer, dass die Kosmonautik mehr Frauen brauchte, und sei es auch nur, um Daten für medizinische Versuche zu liefern. »Sie können uns Valentina Tereschkowa nicht auf ewig vorhalten!«, pflegte ihre Mutter zu sagen. Und offenbar hatte sie recht; denn nach dem Studium der Luft- und Raumfahrttechnik an der Moskauer Universität hatte Maya an einem Projekt in Baikonur gearbeitet, sich dabei gut gemacht und einen Auftrag für die Station *Novy Mir* erhalten. Dort hatte sie die Innenräume für eine verbesserte ergonomische Leistungsfähigkeit umgebaut. Später war sie ein weiteres Jahr als Kommandantin auf der Station, und etliche erfolgreiche Notreparaturen mehrten ihren Ruf. Danach erledigte sie administrative Aufgaben in Baikonur und Moskau, und im Laufe der Zeit hatte sie es geschafft, in das kleine Politbüro von Glavkosmos vorzudringen und die Männer auf subtilste Weise gegeneinander auszuspielen. Sie heiratete einen davon, ließ sich scheiden und stieg als unabhängige Frau in der Glavkosmos-Hierarchie auf. Sie wurde ein Mitglied des innersten Kreises, des doppelten Triumvirats.

Und jetzt war sie hier und genoss ein gemütliches Frühstück. »So zivilisiert«, spottete Nadia öfter. Sie war Mayas beste Freundin auf der *Ares*, eine kleine Frau mit kurzgeschnittenem, graumeliertem Haar. Noch schlichter ging es kaum. Maya, die wusste, dass sie gut aussah und dass ihr das schon öfter geholfen hatte, liebte Nadias Schlichtheit, die ihre Kompetenz unterstrich. Nadia war Ingenieurin und sehr praktisch veranlagt, eine Expertin für Konstruktionstechniken in kaltem Klima. Sie hatten sich vor zwanzig Jahren in Baikonur kennengelernt und auf der *Novy Mir* einige Monate zusammengelebt. Im Lauf der Jahre waren sie zu Schwestern geworden – sie ähnelten sich kaum, kamen nicht immer gut miteinander aus und waren einander doch vertraut.

Jetzt schaute Nadia sich um und sagte: »Die russischen und amerikanischen Wohneinheiten in verschiedenen Tori unterzubringen war eine schlechte Idee. Wir arbeiten tagsüber alle zusammen, verbringen aber den größten Teil unserer Zeit mit den gleichen alten Bekannten. Das verstärkt nur die alten Grenzen zwischen uns.«

»Vielleicht sollte die Hälfte von uns die Zimmer tauschen.«

Arkady, der sein Frühstücksbrötchen verschlang, beugte sich vom Nachbartisch herüber. »Das genügt nicht«, warf er ein, als ob er die ganze Zeit an ihrer Unterhaltung beteiligt gewesen wäre. Sein roter Bart, der jeden Tag zotteliger aussah, war mit Krumen übersät. »Wir sollten jeden zweiten Sonntag zum Umzugstag erklären und die Wohnungen nach dem Zufallsprinzip tauschen. Die Leute würden einander besser kennenlernen, und es gäbe weniger Cliquen. Der Eindruck, dass man einen bestimmten Raum besitzt, würde auch gemindert.«

»Aber ich besitze gerne einen Raum«, widersprach Nadia.

Arkady verschlang ein weiteres Brötchen und grinste beim Kauen. Es war ein Wunder, dass er durch das Auswahlverfahren gekommen war.

Maya unterbreitete den Amerikanern diesen Vorschlag. Keinem gefiel Arkadys Plan, aber ein einmaliger Austausch der Wohnungen schien allen eine gute Idee. Nach einigen Beratungen und Diskussionen wurde der Umzug an einem Sonntagmorgen durchgeführt. Danach war das Frühstück etwas kosmopolitischer. Morgens im Speisesaal D saßen jetzt auch Frank Chalmers und John Boone sowie Sax Russell, Mary Dunkel, Janet Blyleven, Rya Jimenez, Michel Duval und Ursula Kohl.

John Boone erwies sich als Frühaufsteher und saß schon vor Maya im Speisesaal. »Dieser Raum ist weit und luftig, dass man wirklich das Gefühl hat, im Freien zu sein«, sagte er eines frühen Morgens von seinem Tisch aus, als Maya hereinkam. »Viel besser als der B-Saal.«

Maya erwiderte: »Der Trick dabei ist, das ganze Chrom und das weiße Plastik zu entfernen.« Ihr Englisch war ziemlich gut und wurde immer besser. »Und dann die Decke wie einen echten Himmel zu bemalen.«

»Also nicht einfach monoton blau?«

»Genau.«

Er erschien ihr als ein typischer Amerikaner: schlicht, offen, geradeheraus, entspannt. Und dennoch war dieses Exemplar eine der berühmtesten Personen der Menschheitsgeschichte. So eine gewichtige Tatsache konnte einen schon abheben lassen, aber Boone schien mit beiden Beinen auf dem Boden geblieben zu sein. Er widmete seinem Frühstück genauso viel Aufmerksamkeit wie den Nachrichtensendungen und redete nie über seine frühere Expedition zum Mars. Und wenn jemand dieses Thema anschnitt, tat er so, als würde sie sich nicht von den Weltraum-Missionen der anderen unterscheiden. Aber dem war nicht so, und nur seine Lässigkeit ließ es so wirken. Er saß jeden Morgen am gleichen Tisch, lachte über Nadias lahme Ingenieurswitze und beteiligte sich an den Gesprächen. Nach einer Weile musste man sich anstrengen, die ihn umgebende Aura noch wahrzunehmen.

Frank Chalmers war interessanter. Er kam immer spät und suchte sich einen Einzelplatz. Aufmerksamkeit schenkte er nur seinem Kaffee und dem Bildschirm am Tisch. Nach einigen Tassen redete er mit den Leuten in der Nähe – in einem unschönen, aber brauchbaren Russisch. Die meisten Frühstücksgespräche in Halle D wurden jetzt auf Englisch geführt, um es den Amerikanern leichter zu machen. Die linguistische Lage an Bord war wie eine Reihe ineinander geschachtelter Matryoshka-Puppen: Englisch war die größte Puppe, darin war Russisch, und darin die Sprachen der GUS-Staaten und dann die der restlichen Länder. Acht Personen an Bord waren idiolinguistisch, nach Mayas Ansicht sprachlich regelrecht verwaist. Diese Leute waren mehr auf die Erde fixiert als die übrigen und telefonierten häufig mit ihren Freunden zu Hause. Es war etwas seltsam, dass ihr Psychiater auch zu dieser Kategorie gehörte, denn obwohl er bilingual war, war er sehr auf Frankreich und alles Französische fixiert.

Englisch war die *Lingua franca* des Schiffs, und Maya hatte zuerst geglaubt, dass dies den Amerikanern einen Vorteil verschaffen würde. Aber dann merkte sie, dass die Amerikaner immer von allen um sie herum verstanden werden konnten, während der Rest gewissermaßen private Sprachen hatte, auf die sie umschalten konnten, wenn sie wollten.

Frank Chalmers war allerdings die Ausnahme. Er sprach fünf Sprachen, mehr als jeder andere an Bord. Und er hatte auch keine Scheu davor, sein Russisch zu benutzen, obwohl es sehr schlecht war. Er stieß abgehackte Fragen aus und lauschte den Antworten mit bohrender Intensität. Sein Lachen brach schnell und heftig aus. Er war ein ungewöhnlicher Amerikaner, erkannte Maya nach und nach. Zuerst schien er ihr typisch amerikanisch zu sein. Er war groß, laut, wahnsinnig energiegeladen, selbstbewusst und rastlos. Nach dem ersten Kaffee war er gesprächig und freundlich. Es dauerte eine Weile, bis sie bemerkte, dass er diese Freundlichkeit ein- und ausschalten konnte, und dahinterzukommen, wie wenig seine Gespräche über ihn verrieten. Zum Beispiel erfuhr Maya nie etwas über seine Vergangenheit, trotz entschlossener Bemühungen, ihn zum Reden zu bringen. Das machte sie neugierig. Chalmers hatte schwarzes Haar, einen dunklen Teint, hellbraune Augen – auf eine raue Art sah er gut aus. Sein Lächeln war kurz und sein Lachen scharf wie das von Mayas Mutter. Sein Blick war stechend, besonders, wenn er Maya ansah. Wahrscheinlich schätzte er sie als Konkurrentin ab. Er tat ihr gegenüber so, als würden sie sich schon lange kennen und seien sich einig, was sie verunsicherte, weil sie in der Antarktis nur wenig miteinander gesprochen hatten. Sie sah Frauen als ihre Verbündeten und Männer als attraktive, aber gefährliche Probleme. Ein Mann, der so tat, als sei er ihr Verbündeter, war umso problematischer. Und gefährlich. Und … noch etwas anderes.

Es hatte nur einen Moment gegeben, wo sie einen kurzen Blick hinter seine Fassade hatte erhaschen können. Das war damals in der Antarktis gewesen, nachdem der Thermalingenieur zusammengebrochen und nach Hause geschickt worden war und die Nachricht von seinem Ersatz eintraf. Als bekanntgegeben wurde, dass es sich um keinen Geringeren als John Boone handelte, waren alle höchst überrascht und aufgeregt. Boone hatte auf seiner früheren Expedition mehr als die maximale Höchstdosis an Strahlung abbekommen und sollte eigentlich nicht mehr fliegen. Der Aufenthaltsraum brodelte noch am Abend von der Nachricht, aber Maya hatte gesehen, wie Chalmers hereinkam und davon hörte. Er hatte den Kopf herumgeworfen, und seinen Gesprächspartner angestarrt. Sie hatte gesehen, wie für einen Sekundenbruchteil Wut in seinen Augen aufblitzte, so kurz, dass es unterbewusst gewesen sein musste.

Aber dadurch war sie erst auf ihn aufmerksam geworden. Zwischen ihm und John bestand eine seltsame Beziehung, und natürlich war das für Chalmers schwierig. Er war der offizielle Anführer der Amerikaner und hatte sogar den Titel »Captain«, aber Boone hatte mit seinem guten Aussehen, seiner Präsenz und Perfektion mehr natürliche Autorität. Er erschien vielen als der wahre amerikanische Anführer, und Frank Chalmers mehr wie ein übereifriger stellvertretender Offizier, der die unausgesprochenen Befehle Boones ausführte. Das konnte nicht angenehm sein.

Sie waren alte Freunde, hatte man Maya erzählt, als sie nachgefragt hatte. Aber sie selbst sah nur selten Anzeichen ihrer Freundschaft, obwohl sie die beiden aufmerksam beobachtete. Sie sprachen selten in der Öffentlichkeit miteinander und schienen privat keinen Kontakt zu haben. Umso genauer beobachtete sie die beiden, wenn sie nebeneinanderstanden, ohne sich je ernsthaft zu fragen, weshalb. Es schien in dieser Situation logisch zu sein. Wenn sie noch bei Glavkosmos gewesen wäre, hätte es strategisch Sinn ergeben, einen Keil zwischen Boone und Chalmers zu treiben. Aber hier dachte sie nicht an so etwas. Es gab jedoch vieles, über das Maya nicht bewusst nachdachte.

Dennoch hielt sie die Augen offen. Und eines Morgens brachte Janet Blyleven ihre Videobrille zum Frühstück in Halle D mit. Sie war Reporterin für das amerikanische Fernsehen und wanderte oft mit aufgesetzter Fernsehbrille durch das Schiff. Sie schaute sich um und sprach Kommentare ein, sammelte Geschichten und schickte sie nach Hause, wo sie, wie Arkady sich ausdrückte, »vorverdaut und als naive öffentliche Meinung ausgekotzt« werden würden.

Natürlich war das nichts Neues. Die Aufmerksamkeit der Medien war ein gewohnter Teil im Leben eines jeden Astronauten, und während des Auswahlprozesses waren sie mehr denn je aufs Korn genommen worden. Aber jetzt lieferten sie das Rohmaterial für Sendungen, die unendlich viel beliebter waren als jede andere Weltraumshow. Millionen sahen sie als die ultimative Space-Seifenoper, und das war einigen Kolonisten unangenehm. Als sich Janet daher mit ihrer schicken Brille, in deren Gestell eine Faseroptik steckte, am Ende des Tisches niederließ, stöhnten einige auf. Am anderen Ende des Tisches diskutierten Ann Clayborne und Sax Russell, ohne davon Notiz zu nehmen.

»Es wird Jahre dauern, bis wir herausgefunden haben, was dort oben eigentlich ist, Sax. Dekaden. Die Oberfläche des Mars ist genauso groß wie die Landfläche der Erde, und sie hat eine einzigartige Geologie und Chemie. Wir müssen den Mars gründlich studieren, ehe wir damit anfangen, ihn zu verändern.«

»Wir werden ihn schon durch die Landung verändern.« Russell wischte Anns Einwände fort wie Spinnweben aus seinem Gesicht. »Die Entscheidung, zum Mars zu fliegen, ist wie der erste Teil eines Satzes, der da lautet …«

»*Veni, vidi, vici.*«

Russell zuckte die Achseln. »Wenn du es so ausdrücken willst.«

»Du bist ein Würstchen, Sax«, sagte Ann und verzog wütend den Mund. Sie war eine breitschultrige Frau mit wildem braunem Haar, eine Geologin mit unverrückbaren Ansichten und ein unangenehmer Diskussionspartner. »Der Mars ist eine Welt für sich. Du kannst deine Spielchen hinten auf der Erde treiben und da das Klima verändern, wenn du willst. Die brauchen deine Hilfe. Oder versuch es auf der Venus. Aber du kannst nicht einfach die drei Milliarden Jahre alte Oberfläche eines Planeten auslöschen.«

Russell wischte noch mehr Spinnweben beiseite und sagte einfach: »Der Mars ist tot. Und außerdem liegt diese Entscheidung ohnehin nicht bei uns. Sie wird uns aus den Händen genommen werden.«

»Niemand wird uns diese Entscheidungen aus den Händen nehmen!«, warf Arkady scharf ein.

Janet sah von Sprecher zu Sprecher und zeichnete alles auf. Ann wurde allmählich wütend und hob die Stimme. Maya blickte sich um und sah, dass Frank die Situation gar nicht gefiel. Aber wenn er sich jetzt einmischte, würde es für die Millionen Zuschauer so aussehen, also wollte er Debatten unter den Kolonisten vor den Augen der Weltbevölkerung verhindern. Also sah er über den Tisch und fing Boones Blick auf. Zwischen den beiden fand ein rasend schneller Informationsaustausch statt, dem Maya nicht folgen konnte.

»Als ich dort war, hatte ich den Eindruck, dass der Mars schon erdartig wäre«, mischte sich Boone in das Gespräch ein.

»Abgesehen von den –70 ° C Außentemperatur«, meinte Russell.

»Klar, aber es sah aus wie die Mojave-Wüste oder die Dry Valleys. Das erste Mal, als ich mich auf dem Mars umschaute, merkte ich, dass ich nach diesen mumifizierten Seehunden suchte, die wir in den Trockentälern der Antarktis gesehen hatten.«

Und so weiter. Janet wandte sich ihm zu, Ann nahm mit enttäuschtem Gesicht ihren Kaffee und verschwand.

Maya konzentrierte sich darauf, sich die Blicke wieder ins Gedächtnis zu rufen, die Boone und Chalmers ausgetauscht hatten. Sie waren wie eine Art Code gewesen oder wie eine private Sprache, die eineiige Zwillinge manchmal für sich erfinden.

Die Wochen vergingen, und alle Tage begannen mit einem langen Frühstück. Die Vormittage, die ihm folgten, waren dafür umso geschäftiger. Jeder hatte seinen Zeitplan, manche waren voller als andere. Der von Frank war gedrängt voll, wie er es gerne mochte, ein manischer Wirbel aus Aktivität. Die notwendigen Arbeiten waren nicht immer schön. Sie mussten das Schiff in Gang und sich am Leben und in Form halten, sich auf den Mars vorbereiten. Die Wartung des Schiffs umfasste Programmierungen und Reparaturen ebenso wie einfache Tätigkeiten – Vorräte aus dem Lager holen oder Abfall zu den Aufbereitern bringen. Das Biosphärenteam verbrachte die meiste Zeit auf der Farm, die große Teile der Tori C, E und F einnahm. Jedermann an Bord musste auf der Farm arbeiten. Die meisten hatten daran Freude, und manche halfen auch in ihrer Freizeit dort aus. Auf Anweisung der Ärzte mussten alle täglich drei Stunden auf Laufbändern, Rolltreppen, Laufrädern oder beim Krafttraining zubringen. Diese Stunden wurden genossen, ertragen oder geschmäht, je nach Temperament, aber selbst die, die sie nicht mochten, waren nach ihren Übungen in merklich (und sogar messbar) besserer Stimmung. »Beta-Endorphine sind die stärksten Drogen«, sagte Michel Duval immer.

»Was ein Glück ist, weil wir keine anderen haben«, antwortete John Boone ihm.

»Oh, es gibt Koffein …«

»Macht mich schläfrig.«

»Alkohol …«

»Bereitet mir Kopfschmerzen.«

»Prokain, Darvon, Morphin …«

»Morphin?«

»In den medizinischen Vorräten. Nicht für allgemeinen Gebrauch.«

Arkady lächelte. »Vielleicht sollte ich lieber krank werden.«

Die Ingenieure einschließlich Maya verbrachten viele Vormittage mit Trainingssimulationen. Diese fanden auf der Ersatzbrücke in Torus B statt, der mit Bildsynthesizern auf dem neusten Stand der Technik ausgestattet war. Die Simulationen waren so gut, dass es kaum einen sichtbaren Unterschied zwischen ihnen und der Realität gab. Das machte sie aber nicht unbedingt spannend. Die standardisierte Orbitalannäherung, allwöchentlich geübt, hatte den Spitznamen »Mantralauf« und wurde für jede Flugmannschaft zu einer langweiligen Tortur.

Aber manchmal war selbst die Langeweile den Alternativen vorzuziehen. Arkady war ihr Trainingsspezialist und hatte ein perverses Talent für das Entwerfen von Problemläufen, die so hart waren, dass sie oft jeden »töteten«. Diese Läufe waren seltsam unangenehme Erfahrungen und machten Arkady bei seinen Opfern nicht gerade beliebt. Er mischte Problemläufe und Mantraläufe willkürlich durcheinander, aber es waren immer mehr Problemläufe. Sie »näherten sich dem Mars« ganz normal, dann flammten rote Lampen auf, Sirenen heulten, und sie waren wieder mal in Schwierigkeiten. Einmal hatten sie einen Treffer durch ein Planetesimal von etwa fünfzehn Gramm, das einen großen Riss im Hitzeschild hinterließ. Sax Russell hatte berechnet, dass ihre Chancen, mit etwas zusammenzustoßen, das schwerer als ein Gramm war, ungefähr eins zu siebentausend Reisejahren stünden, aber trotzdem: *Alarm!* Adrenalin peitschte sie auf, obwohl sie über die Idee gerade noch die Nase gerümpfte hatten. Sie rannten in die Nabe, um die Raumanzüge anzulegen, damit sie rausgehen und das Loch flicken konnten, ehe sie in die Marsatmosphäre eintraten und knusprig gebraten werden würden. Sie waren noch nicht einmal zur Hälfte fertig, als über ihre Interkoms Arkadys Stimme erklang: »Nicht schnell genug! Wir sind längst alle tot.«

Das war noch einer der einfacheren Fälle. Es gab auch andere … Zum Beispiel wurde das Schiff durch ein Fly-by-wire-System gesteuert. Die Piloten gaben dem Flugcomputer Befehle, die dieser dann in die notwendigen Raketenschübe umsetzte, um das verlangte Resultat zu erzielen. Wenn man sich, so wie sie, mit hoher Geschwindigkeit einer Gravitationsmasse wie dem Mars näherte, war es für einen Menschen absolut unmöglich zu fühlen oder zu erahnen, welche Zündperiode den gewünschten Effekt erbringen würde, deshalb musste der Computer das übernehmen. Sie waren keine Piloten wie auf einem Flugzeug. Trotzdem ließ Arkady gern das ganze System inklusive Backup gerade dann ausfallen, wenn sie einen kritischen Moment erreichten (ein Versagen, das, so Sax Russell, mit einer Wahrscheinlichkeit von ungefähr eins zu zehn Milliarden eintrat), und sie mussten die Steuerung übernehmen und alle Raketen händisch zünden, während auf den Monitoren der Mars, orangefarben auf schwarzem Grund, auf sie zuraste. In diesen Fällen gab es nur zwei Ergebnisse: Wenn sie es schafften auszuweichen, drifteten sie in den tiefen Raum ab, wo sie langsam sterben würden. Oder sie schlugen auf den Planeten auf und starben sofort. Letzteres ließ Arkady sie bis zum simulierten tödlichen Crash mit 120 Kilometern in der Sekunde erleben.

Manchmal versagte die Mechanik: Hauptantrieb, Stabilisierungsraketen, Computerhardware oder -software, das Hitzeschild entfaltete sich nicht – all das musste beim Anflug perfekt funktionieren. In diesen Systemen war ein Versagen am allerwahrscheinlichsten, irgendwas um die eins zu zehntausend, meinte Sax (obwohl manche seine Methoden zur Risikokalkulation infrage stellten). Also simulierten sie es immer wieder, und rote Lampen leuchteten plötzlich auf, und sie stöhnten und sehnten sich einen Mantralauf herbei, auch wenn sie die neue Herausforderung teilweise begrüßten. Wenn sie es schafften, einen Mechanikfehler zu überleben, waren sie unendlich stolz auf sich. Das konnte der Höhepunkt einer ganzen Woche sein. Einmal gelang es John Boone, von Hand mit nur einer funktionierenden Rakete erfolgreich eine Atmosphärenbremsung durchzuführen. Er traf den einzig sicheren Anflugwinkel auf die Bogensekunde genau bei der einzig sicheren Fluggeschwindigkeit. Sie glaubten es kaum. »Reines Glück«, sagte Boone und grinste breit, als die Tat beim Essen zur Sprache kam.

Die meisten von Arkadys Simulationen endeten aber mit Versagen und Tod. Simuliert oder nicht, es war schwer, von diesen Erfahrungen nicht komplett eingeschüchtert zu werden, und hinterher waren viele sauer auf Arkady, weil er sie erfunden hatte. Einmal reparierten sie jeden Monitor auf der Brücke gerade noch rechtzeitig, um zu sehen, wie ein kleiner Asteroid in der Nabe einschlug und sie alle tötete. Ein andermal machte Arkady als Teil des Navigationsteams einen »Fehler« und erhöhte die Rotationsgeschwindigkeit des Schiffes, anstatt sie herabzusetzen. »Wir werden mit sechs g auf den Fußboden genagelt!«, schrie er in gespieltem Entsetzen, und sie mussten eine halbe Stunde lang auf dem Boden kriechen und so tun, als ob sie den Fehler korrigierten, während sie jeder eine halbe Tonne wogen. Als sie Erfolg hatten, sprang Arkady vom Boden auf und fing an, sie von ihren Kontrollmonitoren wegzustoßen.

»Was, zum Teufel, machst du da?«, kreischte Maya.

»Er ist verrückt geworden«, sagte Janet.

»Er *simuliert*, dass er verrückt geworden ist«, korrigierte Nadia sie. »Wir müssen herausfinden« – dabei drehte sie eine Runde um Arkady –, »wie wir mit jemandem fertig werden, der auf der Brücke verrückt wird!«

Nadia hatte recht. Aber sie konnten die ganze Zeit das Weiße in Arkadys Augen sehen, und es war keine Spur von Erkennen in ihm, als er sie stumm attackierte. Fünf Personen waren nötig, um ihn niederzuringen, und Janet und Phyllis Boyle machten Bekanntschaft mit seinen spitzen Ellbogen.

»Was?«, verteidigte er sich später beim Essen und grinste schief, weil seine Lippe angeschwollen war. »Was, wenn das wirklich passiert? Wir stehen alle unter gewaltigem Druck, und der Anflug wird das Allerschlimmste sein. Was, wenn jemand zusammenbricht?« Er wandte sich Russell zu, und sein

Grinsen wurde noch breiter. »Wie stehen die Chancen dafür, he?« Und er sang ein jamaikanisches Lied mit slawisch-karibischem Akzent: »Druckabfall, oh, Druckabfall, oho, der Druck wird fallen auch bei euch, oho!«

Jeden Tag übten sie weiter und nahmen die Problemläufe so ernst sie konnten, selbst den Angriff durch Eingeborene auf dem Mars oder den Verlust von Torus H, verursacht durch »Sprengbolzen, die beim Bau des Schiffs versehentlich installiert worden waren«, oder das Ausscheren von Phobos aus seiner Bahn im letzten Moment ihres Anflugs. Ihre Reaktionen auf die weniger plausiblen Szenarien waren bisweilen von surrealem schwarzem Humor durchtränkt; und Arkady spielte zur Unterhaltung gern seine Videoaufzeichnungen nach dem Essen ab, wodurch einige manchmal vor Lachen kaum noch Luft bekamen.

Aber die plausiblen Problemläufe … Die kamen ständig, jeden Morgen, einer nach dem anderen. Und trotz ihren Lösungen, trotz all den Protokollen, um diese Lösungen zu finden, sahen sie immer wieder den Roten Planet mit der unvorstellbaren Geschwindigkeit von 40 000 Kilometern in der Sekunde auf sie zurasen, bis er den Bildschirm ganz ausfüllte und kleine schwarze Buchstaben erschienen: *Kollision.*

Sie reisten zum Mars auf einer Typ-II-Hohmann-Ellipse. Das war ein langsamer, aber treibstoffsparender Kurs, den man hauptsächlich deshalb gewählt hatte, weil die beiden Planeten sich in der geeigneten Position dafür befunden hatten, als das Schiff endlich fertig war; Mars auf der Ekliptik ungefähr fünfundvierzig Grad vor der Erde. Während der Reise flogen sie halb um die Sonne und brauchten gut dreihundert Tage bis zum Mars. Ihre Zeit im Mutterleib, sagte Hiroko dazu.

Die Psychologen auf der Erde hatten es für sinnvoll gehalten, von Zeit zu Zeit Veränderungen in der Dauer von Tag und Nacht, beim Wetter und den Farben der Umgebung vorzunehmen, um auf der *Ares* den Ablauf von Jahreszeiten vorzutäuschen. Manche hatten sich dafür ausgesprochen, dass ihre Landung im Herbst sein sollte, andere wollten im Frühling landen. Nach kurzer Debatte wurde durch Abstimmung unter den Reisenden beschlossen, dass sie mit einem zeitigen Frühling anfangen würden, sodass sie im Sommer und nicht im Winter reisten. Und wenn sie sich dem Ziel näherten, würden die Farben des Schiffs die rötlichen Herbsttöne des Mars wiederspiegeln anstelle der hellen grünen Pastellfarben, die sie so weit hinter sich gelassen hatten.

Also gingen sie in diesen ersten Monaten nach getaner Vormittagsarbeit, wenn sie die Farm oder die Brücke verließen und mit Arkadys sadistischen Simulationen durch waren, in den Frühling. Die Wände waren mit blassgrünen Tafeln oder großen Fotos von Azaleen, Jacarandas und ornamentalen Kirschen geschmückt. Gerste und Senf in den großen Farmräumen leuchteten in lebhaftem Gelb ihrer neuen Blüten, und auch die Bäume und Sträucher im Schiff standen im Frühling ihrer Zyklen. Maya liebte diese farbigen Frühlingsblüten und erledigte nach der morgendlichen Arbeit einen Teil ihres physischen Trainings durch einen Spaziergang im Waldbiom, das einen hügligen Boden hatte und so dicht voller Bäume war, dass sie nicht vom einen Ende der Kammer zum anderen blicken konnte. Hier traf sie oft ausgerechnet Frank Chalmers, wenn er eine seiner kurzen Pausen machte. Er sagte, er liebe das Blattwerk im Frühling, obwohl er es nie anzusehen schien. Sie gingen nebeneinander her und unterhielten sich oder auch nicht, wie es sich gerade ergab. Wenn sie miteinander redeten, dann nie über etwas Wichtiges. Frank sprach nicht gerne über ihre Arbeit als Anführer der Expedition. Maya fand das sonderbar, sagte ihm das aber nicht. Ihre Tätigkeiten waren nicht genau dieselben, was seine Zurückhaltung erklären mochte. Mayas Position war ziemlich informell und nichthierarchisch – Kosmonauten hatten sich alle immer auf mehr oder weniger derselben Ebene befunden. Das war eine Tradition seit Korolyovs Tagen als leitender sowjetischer Raketenwissenschaftler. Das amerikanische Programm hatte eine eher militärische Tradition, die in den Titeln zum Ausdruck kam. Maya war bloß Koordinatorin des Russischen Kontingents, aber Frank war Captain Chalmers, im strengen Sinne der alten Segelschiff-Marinen.

Darüber, ob diese Autorität ihm die Arbeit erleichterte oder nicht, sprach er nie. Manchmal diskutierten sie über das Arboretum oder kleine technische Probleme oder Nachrichten von der Erde. Meistens aber schien er nur mit ihr spazieren gehen zu wollen. Stumme Märsche auf den engen Wegen, durch dichte Gruppen von Kiefern, Eschen und Birken. Und immer tat er vertraut mit ihr, als wären sie alte Freunde, oder als machte er ihr sehr schüchtern (oder subtil) den Hof.

Als Maya eines Tages darüber nachdachte, kam ihr in den Sinn, dass der Frühling als Beginn der Zeitrechnung auf der *Ares* ein Problem erzeugt haben könnte. Sie lebten hier in ihrem Mesokosmos, segelten durch den Frühling, und alles war fruchtbar und blühend, verschwenderisch und grün, die bewegte Luft voller Blütenduft, die Tage wurden länger und wärmer, und alle liefen in Shirts und Shorts herum, hundert gesunde Tiere auf engem Raum. Sie aßen, trieben Fitness, duschten, schliefen – natürlich hatten sie auch Sex.

Das war nichts Neues. Maya hatte im Weltraum phantastischen Sex gehabt, den besten während ihrer zweiten Dienstzeit auf der *Novy Mir*, wo sie, Georgi, Yeli und Irina jede vorstellbare Position in der Schwerelosigkeit ausprobiert hatten – und sie hatten sich eine Menge vorstellen können. Aber diesmal war es anders. Sie waren älter und mussten für immer zusammenbleiben. »In einem geschlossenen System ist *alles* anders«, hatte Hiroko oft in anderem Zusammenhang gesagt. Die NASA sah es lieber, wenn sie eher geschwisterliche Verhältnisse lebten. Von den 1348 Seiten des Wälzers, den sie unter dem Titel *Menschliche Beziehungen auf dem Flug zum Mars* herausgegeben hatte, war nur eine einzige Seite dem Thema Sex gewidmet, und diese Seite riet davon ab. Die Kolonisten waren, suggerierte der Text, so etwas wie eine Familie, und Inzest war tabu. Die Russen machten sich ausgiebig darüber lustig, aber die Amerikaner waren wirklich so prüde. Arkady sagte: »Wir sind kein Stamm. Wir sind die *Welt*!«

Aber es war Frühling, und es gab verheiratete Paare an Bord, von denen manche nicht gerade zurückhaltend waren. Sie hatten das Schwimmbecken in Torus E, die Sauna und den Whirlpool. Bei gemischter Gesellschaft trug man Badeanzüge, nur wegen der Amerikaner. Aber die Badeanzüge verhüllten nichts. Natürlich ging es los. Sie hörte von Nadia und Ivana, dass die Blasenkuppel für Verabredungen in den stillen Nachtstunden genutzt wurde. Viele Kosmonauten und Astronauten liebten die Schwerelosigkeit, und die vielen Winkel in den Parks und dem Arboretum dienten als Verstecke für diejenigen mit weniger Erfahrung. Die Parks waren darauf ausgelegt, den Leuten das Gefühl von Alleinsein und Privatsphäre zu geben. Außerdem hatte jeder ein eigenes schalldichtes Zimmer. Wenn also ein Paar eine Beziehung anfangen wollte, ohne dass es gleich jeder mitbekam, war es möglich, sehr diskret zu sein. Maya war sich sicher, dass mehr passierte, als je irgendeine Einzelperson erfahren würde.

Sie fühlte es. Anderen ging es zweifellos genauso. Leise Gespräche zwischen Paaren, ein Tischwechsel im Speisesaal, rasche Blicke, Hände, die im Vorbeigehen Schultern oder Ellbogen berührten – o ja, es geschah so einiges. Es lag eine gewisse Spannung in der Luft; eine Spannung, die nur zum Teil angenehm war. Wieder kamen die Ängste aus der Antarktis hoch, und außerdem gab es nur eine kleine Anzahl potenzieller Partner, was den Dingen den Anstrich einer »Reise nach Jerusalem« verlieh.

Und für Maya gab es noch zusätzliche Probleme. Sie wollte nichts mit einem russischen Mann anfangen, weil das für ihn bedeuten würde, mit der Vorgesetzten zu schlafen. Sie war in dieser Hinsicht argwöhnisch, weil sie nur zu genau wusste, wie sich das anfühlte – sie hatte das selbst schon gemacht. Außerdem war keiner von denen … nun, sie fand Arkady attraktiv, mochte ihn aber nicht, und er wirkte uninteressiert. Yeli kannte sie von früher, er war nur ein Freund. An Dmitri lag ihr nichts, Vlad war älter, Yuri nicht ihr Typ, Alex ein Freund Arkadys … und so weiter.

Und was die Amerikaner oder die Internationalen anging – nun, das war ein anderes Problem. Wie würde es ausgehen, wenn zwei Kulturen in einer Beziehung aufeinandertrafen? Sie blieb vorerst alleine. Aber sie dachte darüber nach. Und gelegentlich, wenn sie morgens aufwachte oder eine Fitnessübung beendete, überflutete sie eine Woge von Verlangen, das sie dann auf der Bettkante oder unter der Dusche davonspülte und hinterher ein Gefühl von Einsamkeit zurückließ.

So traf sie eines Morgens spät nach einem besonders anstrengenden Problemlauf, den sie fast geschafft und dann doch vergeigt hatten, im Arboretum auf Frank Chalmers und erwiderte seine Begrüßung. Sie gingen etwa zehn Meter in den

Wald und blieben dann stehen. Sie trug Shorts und ein knappes Oberteil, war barfüßig, verschwitzt und von der anstrengenden Simulation aufgeputscht. Er trug Shorts und ein T-Shirt, war auch barfüßig und von der Farm staubig. Plötzlich stieß er sein scharfes Lachen aus und streckte die Hand aus, um ihren Oberarm mit zwei Fingerspitzen zu berühren. »Du siehst heute glücklich aus«, sagte er mit diesem bewussten schnellen Lächeln.

Die beiden Anführer der Expedition. Gleichgestellte. Sie hob die Hand, um seine zu berühren, und mehr war nicht nötig.

Sie verließen den Pfad und tauchten in ein dichtes Kieferndickicht ein. Dort blieben sie stehen, um sich zu küssen. Ihr letzter Kuss war so lange her, dass es ihr seltsam vorkam. Frank stolperte über eine Wurzel und lachte leise – ein geheimnisvolles Lachen, das Maya erschauern ließ. Sie setzten sich auf Kiefernadeln und rollten herum wie Studenten bei Liebesspielen im Wald. Sie lachte. Sie mochte es auf die schnelle Tour, wenn sie einen Mann einfach umhauen konnte.

Sie hatten Sex, und ihre Leidenschaft riss sie einfach mit. Als es vorbei war, entspannte sie sich und genoss das Gefühl der Befriedigung. Dann wurde es irgendwie ein wenig unangenehm, weil sie nicht wusste, was sie sagen sollte. Auch jetzt hatte sie den Eindruck, als verberge er etwas; als versteckte er sich selbst beim Sex. Schlimmer noch, was sie hinter seiner Zurückhaltung zu sehen glaubte, war eine Art von Triumph, als hätte er gewonnen und sie verloren. Diese puritanischen Amerikaner, die glaubten, Sex sei etwas Unrechtes, zu dem Männer die Frauen verführen müssten. Sie rückte von ihm ab, verärgert durch sein heimliches Grinsen. Gewinnen und verlieren – kindisch.

Aber sie waren sozusagen Kollegen. Wenn es also für beide auf dasselbe hinauslief …

Sie unterhielten sich einige Zeit über Belangloses und hatten noch einmal Sex, ehe sie auseinandergingen. Es war nicht dasselbe wie beim ersten Mal. Diesmal war sie nicht bei der Sache. Beim Sex entzog sich vieles einer rationalen Beurteilung, und Maya fühlte bei ihren Partnern immer Dinge, die sie nicht analysieren oder gar in Worte fassen konnte. Aber immer gefiel ihr, was sie fühlte, oder es gefiel ihr nicht. Und als sie nach dem ersten Mal Frank Chalmers ins Gesicht geschaut hatte, hatte sie das Gefühl gehabt, dass etwas nicht stimmte. Ein ungutes Gefühl.

Aber sie gab sich freundlich und leidenschaftlich. Es hatte keinen Sinn, in einem solchen Moment aufzuhören, niemand würde so etwas verzeihen. Sie standen auf, zogen sich an und gingen wieder zum Torus D. Später aßen sie mit einigen anderen am gleichen Tisch; und da erschien es richtig, Distanz zu halten. Aber in den Tagen nach ihrem ersten Beisammensein stellte sie überrascht und verärgert fest, dass sie ihn mied und Vorwände suchte, um nicht mit ihm allein zu sein. Das war unangenehm und keineswegs das, was sie gewollt hatte. Sie wünschte sich, sie würde anders fühlen, und schlief noch ein paar Mal mit ihm, wenn er sie anmachte. Sie wollte, dass es funktionierte. Vielleicht hatte sie einen Fehler gemacht oder war einfach nur schlecht gelaunt gewesen? Aber es war immer dasselbe, immer dieses angedeutete triumphierende Grinsen, das Ich-habe-gewonnen-Lächeln, das sie so verabscheute, diese moralinsaure, puritanische, doppelbödige Schmutzigkeit.

Und so mied sie ihn immer mehr, um nicht wieder und wieder in dieselbe Ausgangssituation zu geraten. Er kapierte recht schnell, woher der Wind wehte. Eines Nachmittags bat er sie um einen Spaziergang ins Biotop; und als sie unter dem Vorwand, müde zu sein, ablehnte, blitzte Überraschung in seiner Miene auf, ehe sich sein Gesicht wie eine Maske verschloss. Sie fühlte sich schlecht, weil sie es nicht einmal sich selbst erklären konnte.

Im Versuch, diesen unvernünftigen Rückzug wiedergutzumachen, war sie danach freundlich und aufrichtig zu ihm, solange sie nicht allein waren. Ein paar Mal gab sie ihm indirekt zu verstehen, dass ihre Begegnungen für sie nur die Besiegelung ihrer Freundschaft gewesen wären; etwas, das sie auch mit anderen getan hatte. Sie musste ihm das zwischen den Zeilen mitteilen, und es war möglich, dass er sie missverstand. Nach dem ersten Moment des Begreifens schien er nur verwirrt zu sein. Einmal, als sie ihn inmitten einer Gruppe von Leuten stehen ließ, hatte sie gesehen, wie er ihr einen prüfenden Blick zuwarf. Ab dann war er nur noch distanziert und reserviert. Aber nie wirklich sauer. Er drängte sie nie oder kam zu ihr, um darüber zu reden. Gerade das wurde zu einem Teil des Problems: Es schien, dass er mit ihr nicht darüber sprechen *wollte*.

Vielleicht hatte er Affären mit anderen Frauen, mit Amerikanerinnen. Das war schwer zu sagen. Er war wirklich diskret. Aber es war … unangenehm.

Maya beschloss, der vertrackten Verlockung ein Ende zu bereiten, so aufregend sie sie auch fand. Hiroko hatte recht: In einem geschlossenen System war alles anders. Das war schade für Frank (falls es ihn kümmerte), weil er in dieser Hinsicht ihr Lehrmeister gewesen war. Sie nahm sich vor, es wiedergutzumachen, indem sie ihm eine gute Freundin war. Darum war sie so sehr bemüht, dass sie es einmal, fast einen Monat später, übertrieb und etwas zu weit ging; so weit, dass er glaubte, sie wolle wieder etwas von ihm. Sie waren mit anderen zusammengesessen und hatten sich bis spät in die Nacht unterhalten. Sie hatte dicht bei ihm gesessen. Dadurch hatte er eindeutig den falschen Eindruck bekommen und begleitete sie später durch Torus D zu den Baderäumen. Dabei redete er so charmant und umgänglich wie immer, bevor er sie verführt hatte. Maya war auf sich selbst wütend. Sie wollte eigentlich nicht launisch wirken, aber egal, was sie jetzt tat, es würde für ihn genau danach aussehen. Also ging sie mit, weil das einfacher war und weil ein Teil von ihr auch Sex wollte. Es sollte das letzte Mal, ein Abschiedsgeschenk sein, das die ganze unglückliche Affäre irgendwann zu einer netten Erinnerung werden lassen würde. Sie war leidenschaftlicher als je zuvor, wollte ihn wirklich befriedigen. Doch dann, kurz vor dem Orgasmus, schaute sie zu seinem Gesicht auf und blickte in Augen wie Fenster eines leeren Hauses.

Das war das letzte Mal.

Δv, v für Geschwindigkeit, Delta für Veränderung. Im Weltraum ist das die Summe aller Geschwindigkeitsveränderungen, die erforderlich sind, um von einem Ort zum anderen zu gelangen – und somit auch ein Maß für die dazu erforderliche Energie.

Alles bewegt sich bereits. Um ein Objekt von der sich bewegenden Oberfläche der Erde in eine Umlaufbahn zu bringen, ist ein Δv von mindestens zehn Kilometern in der Sekunde erforderlich. Um den Erdorbit zu verlassen und zum Mars zu fliegen, braucht man mindestens ein Δv von 3,6 Kilometern in der Sekunde. Der schwierigste Teil ist der Start von der Erde, denn dabei kommt ihre tiefe Gravitationssenke ins Spiel. Das Erklimmen dieser steilen Kurve der Raumzeit verlangt ungeheure Energie, um die Masseträgheit zu überwinden.

Auch Geschichte ist träge. Partikel (oder Ereignisse) haben in den vier Dimensionen der Raumzeit eine bestimmte Richtung. Um das zu verdeutlichen, zeichnen Mathematiker sogenannte »Weltlinien«. Die menschliche Geschichte sieht dann so aus, als kröchen die ganzen einzelnen Weltlinien aus der Dunkelheit der Vorgeschichte heraus und weiter durch die Zeit, wobei sie sich miteinander zu einem Knäuel von der Größe der Erde verflechten. Es umrundet die Sonne auf einer langen Ellipse. Dieses Knäuel aus ineinander verflochtenen Weltlinien ist die Geschichte. Wenn man sieht, wo es herkommt, ist klar, wohin es geht. Einfache Extrapolation. Wie groß müsste Δv *werden, um der Geschichte entrinnen zu können, ihrer fast übermächtigen Trägheit, und einen neuen Kurs zu bahnen?*

Der schwierigste Teil ist, die Erde hinter sich zu lassen.

Die Form der *Ares* verlieh ihrer Realität Struktur. Das Vakuum zwischen Erde und Mars kam Maya allmählich vor wie eine lange Reihe von Zylindern, die an ihren Verbindungsstellen um fünfundvierzig Grad geknickt waren. Es gab eine Art von Hindernisparcours, die um Torus C herumführte. An jeder Ecke verlangsamte Maya ihren Lauf und spannte ihre Beinmuskeln für den erhöhten Druck der zwei 22,5 Grad-Knicke. Dann konnte sie plötzlich die ganze Länge des nächsten Zylinders überblicken. Ihre Welt schien ihr immer enger zu werden.

Um das auszugleichen, wurden die Menschen im Innern immer größer. In einem langsamen Prozess warfen sie nach und nach ihre antarktischen Masken ab. Jedes Mal, wenn jemand eine neue und bis dahin unbekannte Eigenschaft an den Tag legte, gab das denjenigen, die es bemerkten, das Gefühl viel größerer Freiheit; was wiederum weitere verborgene Züge hervortreten ließ. Eines Sonntagmorgens feierten die Christen an Bord, etwa ein Dutzend an der Zahl, in der Blasenkuppel Ostern. Zu Hause war es April, obwohl in der *Ares* bereits Mittsommer herrschte. Nach dem Gottesdienst gingen sie zu einem zweiten Frühstück in den Speisesaal von Torus D. Maya, Frank, John, Arkady und Sax saßen an einem Tisch und tranken Kaffee und Tee. Die Gespräche zwischen ihnen und den anderen Tischen waren eng verflochten; und erst hörten nur Maya und Frank, was John zu Phyllis Boyle, der Geologin, die den Ostergottesdienst abgehalten hatte, sagte.

»Ich glaube an das Universum als eine Art Superwesen, dessen ganze Energie seine Gedanken sind. Das ist eine schöne

Vorstellung. Aber die Geschichte von Christus …« John schüttelte den Kopf.

»Kennst du die Geschichte denn?«, fragte Phyllis.

John antwortete kurz: »Ich wurde in Minnesota als Lutheraner erzogen. Ich ging zur Konfirmation. Mir wurde das ganze Zeug eingetrichtert.«

Und das, dachte Maya, war wohl der Grund, weshalb er sich auf solche Diskussionen überhaupt einlassen wollte. Zum ersten Mal sah Maya ihn unzufrieden, deswegen beugte sie sich etwas vor und konzentrierte sich. Sie musterte Frank. Der sah in seine Kaffeetasse, als wäre darin eine Traumwelt, aber sie war sich sicher, dass er zuhörte.

John fuhr fort: »Wir wissen doch längst, dass die Evangelien Jahrzehnte nach den Ereignissen von Leuten, die Christus nie begegnet sind, geschrieben wurden. Und es gibt apokryphe Evangelien, die von einem anderen Christus erzählen. Evangelien, die im dritten Jahrhundert als Folge eines politischen Prozesses aus der Bibel verbannt wurden. Christus ist in Wirklichkeit eine literarische Gestalt, eine politische Konstruktion. Über den Mann selbst wissen wir nichts.«

Phyllis schüttelte den Kopf. »Das ist nicht wahr.«

»Doch, ist es«, erwiderte John. Das ließ Sax und Arkady am Nebentisch aufblicken. »Schau, all dieses Zeug hat eine Geschichte. Monotheismus ist ein Glaubenssystem, das in frühen Viehzuchtgesellschaften entstand. Je stärker ihre Abhängigkeit von der Viehzucht, desto eher glaubten sie an einen Hirtengott. Eine exakte Korrelation, die man sehen und analysieren kann. Dieser Gott ist immer männlich, weil die Gesellschaften patriarchalisch waren. Es gibt eine Archäologie, eine Anthropologie – eine Soziologie der Religion, die das alles genau erklärt, wie sie entstand und welchen Bedürfnissen sie entsprach.«

Phyllis sah ihn mit einem leichten Lächeln an. »John, ich weiß nicht, was ich dazu sagen soll. Das ist keine Sache der Geschichte. Es ist eine Sache des Glaubens.«

»Glaubst du an die Wunder Christi?«

»Auf die Wunder kommt es nicht an, ebenso wenig wie auf die Kirche oder deren Dogmen. Jesus selbst ist es, auf den es ankommt.«

»Der ist doch aber nur eine literarische Konstruktion«, beharrte John. »Wie Sherlock Holmes oder der Lone Ranger. Und du hast meine Frage nach den Wundern nicht beantwortet.«

Phyllis zuckte die Achseln. »Für mich ist die Existenz des Universums das Wunder. Des Universums und all dessen, was darin ist. Oder bist du etwa anderer Meinung?«

»Ja«, sagte John. »Das Universum gibt es einfach. Ich definiere ein Wunder als eine Handlung, die deutlich gegen bekannte physikalische Gesetze verstößt.«

»Wie die Reise zu einem anderen Planeten?«

»Nein. Wie die Auferweckung von Toten.«

»Das machen Ärzte jeden Tag.«

»Nein, Ärzte haben das noch nie getan.«

Phyllis wirkte unbeeindruckt. »Ich weiß nicht, was ich dir sagen soll, John. Ich bin irgendwie überrascht. Wir wissen nicht alles. Wenn wir das behaupten, ist es Arroganz. Die Schöpfung ist geheimnisvoll. Etwas einen Namen zu geben wie ›Urknall‹ und dann zu denken, man hätte damit eine Erklärung – das ist schlechte Logik, schlechtes Denken. Außerhalb unseres normalen wissenschaftlichen Denkens liegt ein enormes Gebiet, das Bewusstsein, das wichtiger ist als jede Wissenschaft. Der Glaube an Gott ist ein Teil davon. Und ich nehme an, entweder hat man ihn oder nicht.« Sie stand auf. »Ich hoffe, dass du ihn eines Tages findest.« Sie verließ den Raum.

Nach ein paar Minuten des Schweigens seufzte John: »Tut mir leid, Leute. Manchmal packt es mich einfach.«

Sax sagte: »Immer wenn Wissenschaftler sagen, sie seien Christen, fasse ich das als ästhetische Aussage auf.«

»Die Wäre-doch-schön-so-Kirche«, sagte Frank, der immer noch in seine Tasse starrte.

»Sie meinen, dass uns eine spirituelle Dimension des Lebens fehlt«, führte Sax aus, »die die früheren Generationen noch hatten; und sie versuchen sie wiederzugewinnen, indem sie die gleichen Methoden anwenden.« Er blinzelte zufrieden, als wäre das Problem definiert und damit erledigt.

»Aber das führt zu so vielen Absurditäten!«, rief John aus.

»Du hast eben keinen Glauben«, sagte Frank und sah ihn an.

John ignorierte ihn. »Gerade die Leute, die im Labor so dickköpfig wie überhaupt möglich sein können – ihr solltet mal sehen, wie Phyllis die Schlüsse, die ihre Kollegen aus ihren Daten ziehen, ins Kreuzverhör nimmt! Gerade die fangen plötzlich an, alle Arten von rhetorischen Tricks anzuwenden, Ausflüchte, Qualifikationen, unscharfes Denken jeder Art. Sie werden zu völlig anderen Personen.«

»Du hast eben keinen Glauben«, wiederholte Frank.

»Und ich hoffe, das bleibt auch so! Das ist ja, als bekäme man mit einem Hammer eins auf den Kopf!«

John stand auf und trug sein Tablett zur Küche. Der Rest sah einander schweigend an. Er war wohl in einer sehr schlechten Konfirmationsklasse gewesen, dachte Maya. Offenbar hatten auch die anderen nichts von dieser Seite ihres unbekümmerten Helden gewusst. Was sie wohl als Nächstes über ihn oder einen anderen erfahren würden?

Die Nachricht von der Diskussion zwischen John und Phyllis machte in der Crew die Runde. Maya war sich nicht sicher, wer die Geschichte verbreitete. Weder John noch Phyllis schienen darüber reden zu wollen. Dann sah sie Frank und Hiroko lachen, als er ihr etwas erzählte. Als sie an ihnen vorbeiging, hörte sie Hiroko sagen: »Du musst zugeben, dass Phyllis in dieser Hinsicht recht hat. Wir verstehen ja wirklich nichts vom Warum der Dinge.«

Also Frank. Er säte Zwietracht zwischen Phyllis und John. Und (was nicht trivial war) das Christentum war immer noch eine große Kraft in Amerika und anderswo. Wenn es sich daheim herumspräche, dass John Boone gegen das Christentum war, könnte er Schwierigkeiten bekommen. Was Frank wiederum einen Vorteil verschaffen würde. Sie alle hatten ihre Sendezeit in den irdischen Medien, aber es war deutlich, dass manche mehr davon hatten als andere. Dadurch wirkten ihre Positionen stärker und wurden es dann auch. Zu dieser Gruppe gehörten Vlad und Ursula (von denen sie annahm, dass sie mehr als nur Freunde waren), Frank, Sax – alles Leute, die vor der Auswahl schon bekannt gewesen waren, aber niemand war bekannter als John. Jeder Prestigeverlust einer Person auf der Erde könnte auf ihren Status auf der *Ares* zurückfallen. Das schien Franks Politik zu sein.

Sie fühlten sich wie im Innern eines Hotels ohne Ausgänge, sogar ohne Balkone, eingesperrt. Der Druck nahm zu. Sie waren jetzt seit vier langen Monaten unterwegs, aber das war noch nicht mal die Hälfte der Reise. Und weder die sorgfältig geplante Inneneinrichtung noch die tägliche Routine konnte sie beschleunigen.

Eines Morgens absolvierte das Flugteam zwei gerade einen von Arkadys Problemläufen, als plötzlich auf verschiedenen Konsolen rote Lichter aufflammten.

»Die Sonnenüberwachungsgeräte haben eine Eruption auf der Sonne entdeckt«, sagte Rya.

Arkady stand sofort auf. »Das war ich nicht!«, rief er und beugte sich vor, um die Daten auf seinem Bildschirm zu studieren. Er schaute auf, sah das skeptische Grinsen seiner Kollegen und grinste zurück. »Tut mir leid, Freunde. Diesmal ist es wirklich der Wolf.«

Eine Notfallmeldung aus Houston bestätigte das. Sicher hätte er auch die vortäuschen können, aber Arkady war schon unterwegs zur nächsten Speiche. Simulation oder nicht, sie mussten etwas unternehmen.

Eine große Sonneneruption hatten sie schon oft simuliert. Jeder hatte bestimmte Aufgaben zu erledigen, etliche davon in sehr kurzer Zeit. Darum rannten sie um die Tori, fluchten auf ihr Pech und bemühten sich, einander nicht in die Quere zu kommen. Es gab sehr viel zu tun, da das Verschalen kompliziert und nicht automatisiert war. Während sie Pflanzenkästen in den dafür vorgesehenen Schutzraum schleppte, schrie Janet: »Ist das einer von Arkadys Tests?«

»Er sagt Nein.«

»Verdammt!«

Sie waren absichtlich während eines Minimums im Aktivitätszyklus der Sonne von der Erde gestartet, um die Wahrscheinlichkeit für das Auftreten einer solchen Eruption zu verringern. Jetzt blieb ihnen ungefähr eine halbe Stunde, bis die erste Strahlung eintraf; und weniger als eine Stunde später würde das wirklich harte Zeug folgen.

Notlagen im Weltraum können so auffällig sein wie eine Explosion oder so ungreifbar wie eine falsche Gleichung, aber ihre Augenfälligkeit sagt nichts über ihre Gefährlichkeit. Die Besatzung konnte den subatomaren Wind, der auf sie zukam, nicht mit ihren Sinnesorganen erfassen, und doch war er eine der schlimmsten Katastrophen, die passieren konnten. Das wussten sie alle. Sie hetzten durch die Tori, um alles abzudecken –

Pflanzen mussten verhüllt oder in geschützte Bereiche geschafft werden, die Hühner, Schweine, Zwergrinder und die übrigen Tiere und Vögel wurden in ihre eigenen gesicherten Schutzräume getrieben, Sämereien und gefrorene Embryos wurden eingesammelt und abgeschirmt. Empfindliche elektrische Geräte kamen in spezielle Kästen oder Schutzhüllen. Nachdem sie alles erledigt hatten, hangelten sie sich an den Speichen hinauf zum Zentralschacht und flüchteten sich durch dessen Mittelrohr in den Schutzraum, der sich am hinteren Ende des Schachtes befand.

Hiroko und ihre Biosphärenmannschaft kamen als Letzte durch die Schleuse, volle siebenundzwanzig Minuten nach dem ersten Alarm. Sie stürzten erhitzt und außer Atem in die Schwerelosigkeit im Raum. »Hat es schon angefangen?«

»Noch nicht.«

Sie rissen ihre persönlichen Dosimeter von einem Klettbandregal und befestigten sie an ihrer Kleidung. Der Rest der Crew schwebte schon in der halbzylindrischen Kammer, schwer atmend und mit der Behandlung von Prellungen und Zerrungen beschäftigt. Maya ließ sie durchzählen und war erleichtert, dass alle hundert Personen es ohne Ausfälle geschafft hatten.

Der Raum schien gedrängt voll zu sein. Seit vielen Wochen waren alle Hundert nicht mehr auf einem Fleck beisammen gewesen, und jetzt wirkte selbst ein großer Raum wie dieser nicht groß genug. Sie befanden sich in einem Tank im mittleren Strang des Nabenschachtes. Die vier Tanks um ihn herum waren mit Wasser gefüllt; und die andere Hälfte ihres Tanks mit Schwermetallen. Dessen flache Seite war ihr »Fußboden«. Er war auf kreisrunden Schienen in den Tank eingefügt und rotierte, um die Achsenrotation des Schiffs aufzuheben, sodass das Rohr immer zwischen den Menschen und der Sonne stand.

Sie schwebten in einem nicht rotierenden Raum, während sich das gewölbte Dach des Tanks über ihnen mit den üblichen vier Umläufen pro Minute drehte. Ein merkwürdiger Anblick, und durch die Schwerelosigkeit wurden einige Leute seekrank. Diese Unglücklichen sammelten sich am Ende des Schutzraums, wo sich die Toiletten befanden. Um ihnen visuell zu helfen, orientierten sich alle anderen nach dem Fußboden. Deshalb kam die Strahlung durch die Füße herein, meist Gammastrahlen, die von den Schwermetallen verstreut wurden. Maya unterdrückte den Impuls, die Knie zusammenzupressen. Die anderen schwebten an Ort und Stelle oder legten Sandalen mit Klettsohlen an, um über den Flur gehen zu können. Sie sprachen leise, fanden instinktiv ihre Türnachbarn, Arbeitskollegen und Freunde. Die Unterhaltungen verliefen gedämpft, als hätte man einer Cocktailgesellschaft verkündet, dass die Hors d'œuvres verdorben waren.

John Boone zwängte sich zu den Computerterminals am vorderen Ende des Raumes durch, wo Arkady und Alex das Schiff überwachten. Er gab einen Befehl ein, und die Daten über die äußere Strahlung erschienen plötzlich auf dem größten Bildschirm im Raum. »Wollen wir doch mal sehen, wie viel auf das Schiff trifft«, sagte er fröhlich.

Stöhnen. »Müssen wir?«, fragte Ursula.

»Wissen sollten wir das schon«, antwortete John. »Außerdem will ich sehen, wie gut dieser Schutz hier funktioniert. Der auf der *Rust Eagle* war ungefähr so wirkungsvoll wie das Lätzchen beim Zahnarzt.«

Maya lächelte. John erinnerte sie nur selten daran, dass er mehr Strahlung ausgesetzt gewesen war als jeder andere – ungefähr 160 Rem im Lauf seines Lebens, gab er auf eine dementsprechende Frage zur Antwort. Auf der Erde erhielt man ein Fünftel einer Äquivalentdosis jährlich; und im Erdorbit bekam man, noch innerhalb der Magnetosphäre der Erde, ungefähr fünfunddreißig pro Jahr ab. Also hatte John richtig viel eingesteckt; und das gab ihm jetzt irgendwie das Recht, die Daten zu verfolgen, wenn er das wollte.

Jeder, der auch daran interessiert war – etwa sechzig Personen –, drängten sich hinter ihm, um etwas sehen zu können. Der Rest sammelte sich am anderen Ende des Tanks bei den Seekranken, die es bestimmt nicht wissen wollten. Schon der Gedanke daran genügte bei einigen, dass sie aufs Klo eilten.

Dann schlug die Eruption mit voller Wucht zu. Die Daten der äußeren Strahlung stiegen erheblich über das normale Niveau des Sonnenwindes an und sausten dann jäh in die Höhe. Einige Beobachter sogen scharf die Luft ein, und mehrere stießen Schreckensschreie aus.

»Schaut mal, wie viel davon der Schutz aufhält!«, sagte John und prüfte das Dosimeter an seinem Hemd. »Es sind nur null Komma drei Rem.«

Das war zwar immer noch einige Lebensspannen an Zahnarzt-Röntgenbildern, aber die Strahlung außerhalb des Schutzraums betrug schon 70 Rem, fast eine tödliche Dosis. Sie kamen also noch gut davon. Aber die volle Strahlung flog durch den Rest des Schiffes! Milliarden Partikel drangen hindurch und wurden bei Zusammenstößen mit den Atomen von Wasser und Metall gebunden. Hunderte von Millionen flogen zwischen diesen Atomen und den Atomen ihrer Körper einfach hindurch, ohne etwas zu berühren, als wären sie nur Geister. Aber Tausende trafen auf die Atome in Fleisch und Knochen. Die meisten dieser Zusammenstöße waren harmlos. Doch unter all diesen Tausenden gab es höchstwahrscheinlich eines oder zwei (oder drei?), die einen Chromosomenstrang trafen und ihn in die falsche Richtung knickten. Das war's dann:

Jeder Tumor fing mit einem solchen Druckfehler im Buch des Lebens an. Und Jahre später, sofern die DNS des Opfers sich nicht glücklicherweise selbst heilte, würden die Tumore, die ein mehr oder weniger unvermeidlicher Teil des Lebens waren, zu wachsen beginnen, und dann blühte im Körper etwas anderes auf: höchstwahrscheinlich Krebs, Leukämie und ziemlich sicher der Tod.

Deswegen war es schwer, die angezeigten Werte nicht zu verfolgen. 1,4658 Rem. 1,7861. 1,9004. »Wie ein Streckenmessgerät«, kommentierte Boone ruhig, während er auf sein Dosimeter sah. Er packte ein Geländer mit beiden Händen und zog sich vor und zurück, als machte er Ausdauerübungen. Frank sah das und fragte: »John, was, zum Teufel, machst du da?«

»Ich weiche aus«, sagte John, amüsiert über Franks Ärger. »Du weißt schon – ein bewegliches Ziel ist schwerer zu treffen.«

Die Leute lachten ihn aus. Weil die Größe der Gefahr exakt durch Graphiken auf Bildschirmen angegeben war, fühlten sie sich weniger hilflos. Das war unlogisch; aber Definition war die Kraft, die einen Menschen zu einem guten Wissenschaftler machte. Sie waren alle Berufsgelehrte und Astronauten, darauf trainiert, das Risiko eines solchen Sturms zu akzeptieren. All diese mentalen Routinen setzten jetzt ein, und der Schock des Ereignisses verblasste ein wenig. Sie hatten es akzeptiert.

Arkady trat an ein Terminal und legte Beethovens Pastorale ein, den dritten Satz, wenn der Tanz der Landleute durch den Sturm unterbrochen wird. Er drehte die Lautstärke voll auf, und die Leute in dem langen Halbzylinder lauschten der Intensität von Beethovens Gewitter, das die Stöße des unsichtbaren Sturms auszudrücken schien. Er würde sicher genauso klingen! Streich- und Blasinstrumente schrien in wilden Böen auf, außer Kontrolle und gleichzeitig herrlich melodisch. Ein Schauer lief Maya über den Rücken. Sie hatte diesem alten Haudegen noch nie so bewusst zugehört und sah Arkady mit Bewunderung (und etwas Angst) an, der ausgelassen über die Wirkung seiner Discjockey-Idee strahlte und tanzte wie ein roter Irrwisch im Wind. Als der Sturm in der Sinfonie seinen Höhepunkt erreichte, konnten sie kaum glauben, dass die Werte auf den Dosimetern nicht auch anstiegen. Und als der musikalische Sturm abebbte, schien es, als würde es auch bei ihnen still. Donner rollte, die letzten Windstöße pfiffen. Das Englischhorn sang seine heitere Entwarnung.

Die Leute fingen an, über andere Dinge zu reden. Sie erörterten die verschiedenen Tätigkeiten, die so jäh unterbrochen worden waren, oder ergriffen die Gelegenheit, über andere Dinge zu plaudern. Nach gut einer halben Stunde wurde eines dieser Gespräche plötzlich lauter. Maya hatte nicht gehört, wie es anfing; aber plötzlich sagte Arkady sehr laut und auf Englisch: »Ich glaube nicht, dass wir uns um die Pläne kümmern sollten, die hinten auf der Erde gemacht wurden!«

Andere Gespräche verstummten, und alle wandten sich ihm zu. Er hatte sich abgestoßen und schwebte unter dem rotierenden Dach der Kammer, wo er sie alle überblicken und wie ein verrückter fliegender Geist zu ihnen sprechen konnte.

Er sagte: »Ich denke, wir sollten neue Pläne machen. Jetzt gleich. Alles sollte von Anfang an neu geplant werden und unser eigenes Denken zum Ausdruck bringen. Wir sollten über alles noch einmal diskutieren, auch über die ersten Habitate, die wir bauen werden.«

»Warum das denn?«, fragte Maya, die sich über seine Großspurigkeit ärgerte. »Die sind doch gut konstruiert.« Das gefiel ihr ganz und gar nicht. Arkady drängelte sich oft ins Rampenlicht, und die Leute schauten sie dann immer an, als wäre sie irgendwie für ihn verantwortlich; als wäre es ihre Aufgabe, ihn daran zu hindern, sie zu plagen.

Arkady sagte: »Gebäude sind die Schablonen einer Gesellschaft.«

»Sie sind Räume«, meinte Sax Russell.

»Aber Räume drücken die soziale Organisation in ihnen aus.« Arkady schaute sich um, als wollte er die Leute mit seinem Blick in die Debatte einbinden. »Das Arrangement eines Gebäudes zeigt, was nach Meinung des Erbauers darin geschehen soll. Das haben wir bereits zu Beginn der Reise gesehen, als Russen und Amerikaner in Torus D und B getrennt waren. Sie wollten, dass wir zwei getrennte Gruppen bleiben, versteht ihr? Auf dem Mars wird es das Gleiche sein. Gebäude drücken Werte aus, sie haben eine Art Grammatik, und Räume sind die Sätze. Ich will nicht, dass mir die Leute in Washington oder Moskau vorschreiben, wie ich mein Leben zu führen habe. Davon habe ich die Schnauze voll!«

»Was gefällt dir denn nicht am Entwurf der ersten Unterkünfte?«, fragte John mit interessierter Miene.

»Sie sind rechteckig«, sagte Arkady. Das rief Gelächter hervor, aber er fuhr fort: »Rechteckig, ganz konventionell! Arbeitsplatz und Wohnungen sind getrennt, als ob Arbeit kein Teil des Lebens wäre. Und die Wohnquartiere bestehen aus Privaträumen, wobei den Anführern größere Zimmer zugewiesen worden sind. Darin kommen Hierarchien zum Ausdruck.«

»Ist das nicht bloß, um ihnen die Arbeit zu erleichtern?«, fragte Sax.

»Nein. Größere Zimmer sind dafür nicht erforderlich. Es geht ums Prestige. Ein sehr konventionelles Beispiel für amerikanisches Geschäftsdenken, wenn ich so sagen darf.«

Protestierende Stimmen wurden laut. »Müssen wir politisch werden, Arkady?«, fragte Phyllis.

Bei der bloßen Erwähnung dieses Wortes zerstreuten sich die Zuhörer. Mary Dunkel und etliche andere zogen sich ans andere Ende des Raums zurück.

Arkady rief ihnen nach: »Alles ist politisch! Und nichts mehr als unsere Reise. Wir beginnen eine neue Gesellschaft. Wie könnte die anders sein als politisch?«

»Wir sind eine wissenschaftliche Forschungsstation«, sagte Sax. »Die muss sich nicht unbedingt mit Politik befassen.«

»Als ich das letzte Mal dort war, war das bestimmt noch nicht so«, sagte John und sah Arkady nachdenklich an.

»O doch«, widersprach Arkady, »es war nur einfacher. Ihr seid eine rein amerikanische Crew auf einer zeitlich begrenzten Mission gewesen und habt getan, was eure Vorgesetzten euch aufgetragen haben. Aber jetzt sind wir eine internationale Crew, die eine permanente Kolonie gründet. Das ist etwas ganz anderes.«

Allmählich drifteten Leute durch die Luft auf die Gesprächsteilnehmer zu, um besser zuhören zu können. Rya Jimenez sagte: »Ich interessiere mich nicht für Politik«, und Mary Dunkel stimmte vom anderen Ende des Raums aus zu: »Unter anderem deswegen bin ich hier: um davon wegzukommen.«

Mehrere Russen entgegneten ihr gleichzeitig: »Auch das ist eine politische Position!« Alex rief: »Ihr Amerikaner wollt mit Themen wie Politik und Geschichte Schluss machen, damit ihr weiterhin in einer Welt leben könnt, die ihr beherrscht!«

Einige Amerikaner wollten protestieren, aber Alex ließ sie nicht zu Wort kommen. »Das stimmt doch! Die ganze Welt hat sich in den letzten dreißig Jahren verändert, jedes Land denkt über seine Aufgaben nach und macht enorme Veränderungen durch, um Probleme zu lösen – alle außer den Vereinigten Staaten. Ihr seid das reaktionärste Land der Welt geworden.«

»Die Länder, die sich verändert haben, mussten das tun, weil sie vorher politisch steif und fast bankrott waren«, entgegnete Sax. »Die Vereinigten Staaten hatten schon ein flexibles System und mussten sich daher nicht so drastisch verändern. Der Amerikanische Weg ist glatter und deswegen überlegen. Er ist besser gebaut.«

Diese Analogie gab Alex etwas zum Nachdenken. John Boone, der sehr interessiert zugehört und dabei Arkady im Blick behalten hatte, nutzte Alex' Schweigen und sagte jetzt: »Um wieder auf die Unterkünfte zurückzukommen: Wie würdest du sie verändern?«

»Ich bin mir noch nicht ganz sicher«, antwortete Arkady. »Wir müssen die Orte sehen, an denen wir bauen, umhergehen und darüber diskutieren. Das ist ein Prozess, den ich befürworte. Im Allgemeinen denke ich, dass Arbeitsplatz und Wohnraum zusammengelegt sein sollten, soweit das praktikabel ist. Unsere Arbeit wird mehr für uns sein, als nur das Mittel, um Lohn zu verdienen. Sie wird unsere Kunst sein, unser ganzes Leben. Wir werden sie einander schenken und sie uns nicht erkaufen. Es sollte auch keine Anzeichen von Hierarchie geben. Ich glaube nicht einmal an das Führersystem, das wir jetzt haben.« Er nickte Maya höflich zu. »Wir alle sind gleichermaßen verantwortlich, und das sollten unsere Gebäude ausdrücken. Ein Kreis ist am besten – baulich schwierig, aber sinnvoll für die Wärme-Ersparnis. Eine geodätische Kuppel wäre ein guter Kompromiss – leicht zu errichten und ein Zeichen unserer Gleichheit. Was die Aufteilung im Inneren angeht, würde ich alles größtenteils offen bauen. Sicher sollte jeder seinen eigenen Raum haben, aber diese Zimmer sollten klein sein. Vielleicht am Rande angeordnet und gegenüber von größeren Gemeinschaftsräumen ...« Er griff nach der Maus des Computerterminals und fing an zu zeichnen. »Da! Das ist eine Architekturgrammatik, die sagt: ›Alle gleich.‹ Oder?«

»Wir haben aber viele vorgefertigte Bauteile zum Mars geschickt. Ich bin nicht sicher, ob die angepasst werden könnten«, warf John ein.

»Das können sie, wenn wir es wollen.«

»Aber ist das wirklich notwendig? Ich meine, es ist doch klar, dass wir ein Team aus Gleichgestellten sind.«

»Ist es das?«, fragte Arkady scharf und schaute sich um. »Wenn Frank und Maya uns sagen, dass wir etwas tun sollen, können wir diese Befehle dann einfach ignorieren? Wenn Houston oder Baikonur uns einen Auftrag geben, können wir die so einfach missachten?«

»Ich denke schon«, erwiderte John sanft.

Diese Äußerung trug ihm einen scharfen Blick von Frank ein. Die Konversation spaltete sich in diverse Diskussionen auf, da eine Menge Leute etwas dazu sagen wollten. Aber Arkady hob die Stimme und fuhr wieder dazwischen:

»Wir sind von unseren Regierungen hierhergeschickt worden, und alle unsere Regierungen haben Fehler, die meisten sogar katastrophale. Darum ist die Geschichte so ein blutiger Dreck. Jetzt sind wir auf uns allein gestellt, und ich für meinen Teil habe keine Lust, alle Fehler der Erdgeschichte zu wiederholen – nur wegen konventioneller Denkweisen. Wir sind die ersten Kolonisten auf dem Mars! Wir sind Wissenschaftler! Es ist unser Beruf, neue Dinge zu entdecken und zu entwickeln.«

Die Diskussion brach wieder los, lauter denn je. Maya wandte sich ab und fluchte im Stillen über Arkady. Es ärgerte sie, wie wütend die Leute wurden. Sie sah, dass John Boone grinste. Er stieß sich vom Fußboden ab, flog auf Arkady zu, bremste ab, indem er ihn rammte, und schüttelte ihm dann die Hand. Dadurch wurden sie beide in die Luft geschleudert wie in einem komischen Tanz. Diese Geste der Zustimmung führte dazu, dass die Leute innehielten und nachdachten. Maya sah es ihren überraschten Gesichtern an. John war neben seinem Ruhm auch dafür bekannt, dass er gemäßigt und zurückhaltend war. Wenn er Arkadys Ideen gut fand, warf das ein ganz neues Licht auf die Sache.

»Verdammt, Ark!«, rief John. »Erst diese verrückten Problemläufe und nun das. Du bist wirklich ein irrer Kerl. Warum, zum Teufel, hat man dich überhaupt auf dieses Schiff gelassen?«

Das frage ich mich auch, dachte Maya.

»Ich habe gelogen«, antwortete Arkady.

Alle lachten. Sogar Frank sah überrascht aus. »Sicher habe ich gelogen!«, brüllte Arkady. Ein breites Grinsen spaltete seinen roten Bart. »Wie sonst hätte ich es bis hierher schaffen sollen? Ich will zum Mars fliegen, um das zu tun, was ich will. Das Auswahlkomitee wollte eine Crew, die tut, was man ihr befiehlt. Das ist euch doch auch klar.« Er zeigte auf sie hinunter und rief: »Ihr habt alle gelogen, und das wisst ihr ganz genau!«

Frank lachte noch lauter. Sax machte sein übliches Pokerface à la Buster Keaton, hob aber einen Finger und sagte: »*The Revised Minnesota Multiphasic Personality Inventory*«, und allgemeines Gejohle brach aus. Sie alle hatten diesen Test machen müssen. Es war der am meisten benutzte psychologische Test der Welt und von Experten hoch geschätzt. 556 Aussagen musste entweder zugestimmt oder abgelehnt werden. Daraus wurde ein Persönlichkeitsprofil erstellt. Aber die Auswertung beruhte auf den Antworten einer Mustergruppe aus 2600 weißen verheirateten mittelständischen Farmern aus den 1930er Jahren. Allen späteren Revisionen zum Trotz waren die durch diese erste Testgruppe geschaffenen Tendenzen immer noch tief in dem Test verwurzelt – zumindest dachten das offensichtlich einige der Kolonisten. »Minnesota!«, brüllte Arkady und verdrehte die Augen. »Farmer! Farmer aus Minnesota! Ich gestehe, ich habe bei jeder einzelnen Antwort gelogen! Ich habe genau das Gegenteil von dem geantwortet, was ich wirklich fühle, und deswegen wurde ich als normal eingestuft!«

Wilde Beifallsrufe begrüßten diese Erklärung. John sagte: »Zum Teufel, ich *komme* aus Minnesota und musste auch lügen!«

Noch mehr Applaus. Frank war, wie Maya bemerkte, vor Lachen ganz rot im Gesicht und brachte kein Wort mehr heraus. Er presste sich die Hände auf den Magen, nickte und kicherte und konnte nicht mehr aufhören. Sie hatte ihn noch nie so lachen sehen.

Sax sagte: »Der Test hat dich zum Lügen gezwungen.«

»Was, dich etwa nicht?«, fragte Arkady. »Hast du nicht auch gelogen?«

»Eigentlich nicht«, sagte Sax und blinzelte, als ob ihm diese Idee nie gekommen wäre. »Ich habe bei jeder Frage die Wahrheit gesagt.«

Sie lachten noch lauter. Sax machte daraufhin ein erstauntes Gesicht, wirkte dadurch aber noch komischer.

Jemand rief: »Michel, was sagst du? Was hältst du davon?«

Michel Duval spreizte die Hände. »Vielleicht unterschätzt ihr die Raffinesse dieses Tests. Es gibt Fragen, die prüfen, wie ehrlich man ist.«

Nach dieser Äußerung unterzogen sie ihn einem Kreuzverhör, einer methodologischen Inquisition. Wie war das mit den Kontrollen? Wie überprüften die Tester ihre Theorien? Wie wiederholten sie das? Wie eliminierten sie eine alternative Auslegung der Daten? Wie konnten sie überhaupt in irgendeinem Sinne des Wortes für sich beanspruchen, wissenschaftlich zu arbeiten? Offensichtlich hielt eine Menge der Kolonisten Psychologie für eine Pseudowissenschaft. Viele ärgerten sich über die Reifen, durch die man sie hatte springen lassen. Der jahrelange Wettbewerb hatte seinen Tribut gefordert. Die Entdeckung dieses gemeinsamen Gefühls löste überall angeregte Diskussionen aus. Die durch Arkadys politische Rede aufgebaute Spannung verschwand.

Maya dachte, Arkady hatte vielleicht das eine durch das andere entschärft. Falls ja, war das sehr geschickt gewesen. Aber Arkady war ein kluger Mann. Sie dachte zurück. Nein, es war John Boone gewesen, der das Thema gewechselt hatte. Er war nach oben geflogen und Arkady zu Hilfe gekommen, und Arkady hatte die Chance ergriffen. Sie waren beide kluge, geschickte Männer. Zwischen ihnen schien ein Einvernehmen zu herrschen. Vielleicht bildeten sie sogar eine alternative Führerschaft – ein Amerikaner und ein Russe. Das würde sie im Auge behalten müssen.

Sie wandte sich an Michel: »Hältst du es für ein schlechtes Zeichen, dass wir uns alle als Lügner hingestellt haben?«

Michel zuckte die Achsel. »Es war jedenfalls befreiend, darüber zu sprechen. Jetzt erkennen wir, dass wir einander ähnlicher sind, als wir dachten. Keiner muss sich mehr den Vorwurf machen, gelogen zu haben, um an Bord zu kommen.«

»Und du?«, fragte Arkady. »Hast du dich als ein höchst rationaler und ausgeglichener Psychologe präsentiert und dabei den seltsamen Geist verborgen, den wir kennen und lieben gelernt haben?«

Michel lächelte leicht. »Du bist der Experte für seltsame Geister, Arkady.«

Die wenigen Crewmitglieder, die die Strahlungswerte noch beobachteten, riefen plötzlich. Die Werte hatten zu sinken begonnen. Nach einer Weile rutschten sie auf ein Maß nur knapp über normal ab.

Jemand schaltete die Pastorale an der Stelle wieder ein, wo das Horn ertönt. Der letzte Satz der Sinfonie, »Frohe und dankbare Empfindungen nach dem Sturm«, perlte aus dem Lautsprechersystem, und als sie den Schutzraum verließen und sich im Schiff verteilten wie Löwenzahnsamen im Wind, wurde die schöne alte volkstümliche Melodie durch die ganze *Ares* getragen und entfaltete sich in all ihrer beethovenschen Fülle. Zu ihren Klängen überprüften sie die geschützten Systeme des Schiffs – alle waren intakt geblieben. Die dickeren Wände der Farm und des Arboretums hatten den Pflanzen einigen Schutz geboten. Es gab einige Verluste, und eine ganze Ernte würde wohl nicht genießbar sein, aber die Saatgutbestände waren nicht geschädigt worden. Auch die Tiere waren zu verstrahlt, als dass sie sie hätten essen können, würden aber vermutlich eine gesunde neue Generation zur Welt bringen. Die einzigen Todesfälle waren einige Singvögel aus dem Speisesaal D, die man nicht hatte einfangen können und jetzt tot auf dem Boden lagen.

Der Schutzraum hatte die Crew vor allem über sechs Rem bewahrt. Ein hoher Wert, besonders, weil sie ihn in nur drei Stunden abbekommen hatten, aber es hätte schlimmer sein können. Die Hülle des Schiffs hatte mehr als 140 Rem, eine tödliche Dosis, erhalten.

Sechs Monate in einem Hotel, ohne einen einzigen Spaziergang nach draußen. Drinnen herrschte Spätsommer, und die Tage waren lang. Sattes Grün beherrschte die Wände und Decken, und die Leute gingen barfuß. Leise Unterhaltungen waren neben dem Summen der Maschinen und dem Brausen der Ventilatoren kaum zu hören. Das Schiff wirkte irgendwie leer.

Ganze Sektionen waren wie ausgestorben, als die Crew sich an das Warten gewöhnte. Kleine Menschengruppen saßen in den Sälen in den Tori B und D und unterhielten sich. Manche unterbrachen ihre Gespräche, wenn Maya vorbeikam, was diese natürlich beunruhigend fand. Sie schlief schlecht ein und wachte nur schwer auf. Die Arbeit machte sie ruhelos. Den Ingenieuren blieb nichts anderes übrig als Warten, und die Simulationen waren schier unerträglich geworden. Die Zeit schien gar nicht zu vergehen. Sie stolperte öfter als sonst. Sie hatte Vlad deswegen um Rat gefragt, und er hatte Überhydrierung empfohlen, mehr Laufen, mehr Schwimmen.

Hiroko riet ihr, mehr Zeit auf der Farm zu verbringen. Sie versuchte es und beschäftigte sich stundenlang mit Jäten, Ernten, Beschneiden, Düngen, Bewässern, Reden, auf einer Bank sitzen und Blätter betrachten. Abstand gewinnen. Die Farmen waren überwiegend in großen Räumen angelegt, deren gewölbte Dächer mit hellen UV-Lampen besetzt waren. Die vielstöckigen Beete waren voller Getreide, vieles davon nach dem Sturm neu angepflanzt. Es gab nicht genügend Platz, um so viel zu ziehen, dass die Leute gänzlich mit Farmkost ernährt werden konnten, und Hiroko gefiel das nicht. Sie kämpfte dagegen an, indem sie Lagerräume nutzte, wenn diese leer wurden. Weizen, Reis, Soja und Gerste wuchsen in Reihen auf übereinandergestapelten Paletten. Darüber hingen Ampeln mit hydroponischem Gemüse und enorme durchsichtige Krüge mit grünen und gelben Algen, die dem Gasaustausch dienten.

Einige Tage lang schaute Maya nur den Farmarbeiten zu. Hiroko und ihr Assistent Iwao ließen sich eine Menge einfallen, um ihrem großen Ziel, einem geschlossenen biologischen Lebenserhaltungssystem, näher zu kommen. Unterstützt wurden sie von einer Gruppe Mitarbeiter: Raul, Rya, Gene, Evgenia, Andrea, Roger, Ellen, Bob und Tasha. Der Erfolg ihres Projektes wurde in der Größe *K* gemessen, wobei *K* für Geschlossenheit stand. Also galt für jede Substanz, die recycelt wurde, die Formel:

$$K = I - \frac{e}{E}$$

Darin war *E* das, was in dem System verbraucht wurde, *e* das Maß der (unvollständigen) Geschlossenheit und *I* eine Konstante, für die Hiroko bereits früher einen Richtwert definiert hatte. Das Ideal, $K = I - 1$, war unerreichbar, aber der schönste Zeitvertreib der Farmbiologen war eine asymptotische Annäherung an diesen Wert, so gut es ging. Was darüber hinaus lebensnotwendig für ihre Existenz auf dem Mars war. Gespräche über dieses Thema konnten sich tagelang hinziehen und verliefen sich dann in Komplexitäten, die niemand wirklich verstand. Im Grunde war das Farmteam schon bei der realen Arbeit, worauf Maya neidisch war. Sie hatte endgültig genug von den Simulationen!

Hiroko war ein Rätsel für Maya. Reserviert und ernst, schien sie immer in ihrer Arbeit versunken zu sein, und ihr Team war immer bestrebt, um sie zu sein; als sei sie die Königin eines eigenen Reiches, das mit dem Rest des Schiffs nichts zu tun hatte. Maya gefiel das nicht, aber sie konnte nichts daran ändern. Und etwas in Hirokos Verhalten machte das nicht zu einer Bedrohung. Es war einfach eine Tatsache. Die Farm war ein abgesonderter Ort, ihre Mannschaft eine Gesellschaft für sich. Vielleicht konnte Maya sie irgendwie als Gegengewicht zum Einfluss von Arkady und John benutzen. Darum machte sie sich keine Sorgen über Hirokos eigenes kleines Reich. Sie schloss sich dem Farmteam öfter als früher an. Manchmal ging sie mit ihnen am Ende einer Arbeitsperiode in die Nabe, um ein Spiel zu spielen, das das Farmteam erfunden und Tunnelspringen genannt hatte. Einmal längs durch die Nabe lief ein zentraler Schacht über die ganze Länge des Schiffes hindurch. Die Verbindungselemente zwischen den Zylindern hatten alle denselben Durchmesser, sodass ein einziges glattes Rohr entstanden war. Es gab zwar Handläufe, um schnelle Vorwärts- und Rückwärtsbewegungen das Rohr entlang zu ermöglichen, aber bei dem Spiel ging es darum, von der Schleusentür zum Strahlenschutzraum abzuspringen und durch die komplette Länge der Röhre, die vollen fünfhundert Meter, bis zur Schleuse der Blasenkuppel hinauf zu schweben, ohne die Wände oder Handläufe zu berühren. Die Corioliskräfte machten das fast unmöglich, und wenn man nur über die halbe Strecke kam, hatte man normalerweise gewonnen. Eines Tages kam Hiroko auf ihrem Weg zur Blasenkuppel, wo sie testweise Getreide züchtete, an den Spielern vorbei, grüßte sie und kauerte sich dann auf der Schutzraumschleuse hin und sprang ab. Sie schwebte langsam durch die volle Länge des Tunnels, rotierte unterwegs und bremste schließlich mit einer ausgestreckten Hand an der Kuppelschleuse ab.

Die Spieler starrten in verblüfftem Schweigen den Tunnel empor.

»He!«, rief Rya Hiroko zu. »Wie hast du das gemacht?«

»Was denn?«

Sie erklärten ihr das Spiel. Hiroko lächelte, und Maya war sich plötzlich sicher, dass sie die Regeln doch gekannt hatte. Rya wiederholte: »Wie hast du das gemacht?«

»Man muss geradeaus springen!«, antwortete Hiroko und verschwand in der Blasenkuppel.

An diesem Abend machte die Geschichte beim Essen die Runde. Frank sagte zu Hiroko: »Vielleicht hast du bloß Glück gehabt.«

Hiroko lächelte. »Vielleicht sollten du und ich zwanzig Sprünge machen und sehen, wer gewinnt.«

»Das finde ich gut.«

»Um was wollen wir wetten?«

»Um Geld?«

Hiroko schüttelte den Kopf. »Glaubst du wirklich, dass Geld noch etwas bedeutet?«

Ein paar Tage später schwebte Maya mit Frank und John unter der Wölbung der Blasenkuppel. Sie schauten nach vorn zum Mars, der inzwischen eine gewölbte Scheibe von der Größe eines Cent-Stücks war.

John bemerkte beiläufig: »Eine Menge Streitereien dieser Tage. Ich habe gehört, dass Alex und Mary ernsthaft aneinandergeraten sind. Michel sagt, das sei zu erwarten gewesen, aber trotzdem …«

»Vielleicht haben wir zu viele Anführer an Bord«, sagte Maya.

»Vielleicht hättest du die einzige sein sollen«, witzelte Frank.

»Zu viele Häuptlinge?«, fragte John.

Frank schüttelte den Kopf. »Das ist es nicht.«

»Nein? Es sind viele Stars an Bord.«

»Der Drang, sich auszuzeichnen, und der Drang zu führen sind nicht dasselbe. Ich glaube sogar, dass es Gegensätze sind.«

»Das Urteil überlasse ich dir, Captain.« John grinste über Franks mürrische Miene. Er schien die einzige noch entspannte Person zu sein, dachte Maya.

»Die Seelenklempner haben das Problem vorausgeahnt«, fuhr Frank fort. »Es war selbst für sie klar genug zu erkennen. Sie wandten die Harvard-Lösung an.«

»Die Harvard-Lösung«, wiederholte John und ließ sich den Ausdruck auf der Zunge zergehen.

»Vor langer Zeit stellten die Administratoren von Harvard fest, dass, wenn sie nur Einserabiturienten zuließen, dann aber den Erstsemestern die volle Bandbreite an Noten erteilten, eine betrübliche Anzahl Studenten über ihre Dreier und Vierer unglücklich waren und durch Selbstmorde das Gelände versauten.«

»So was Dummes!«, sagte John.

Maya rollte mit den Augen. »Ihr beide seid wohl auf Berufsschulen gegangen?«

»Man fand heraus, dass der Trick zur Vermeidung dieser Unannehmlichkeit darin bestand, eine gewisse Prozentzahl an Studenten zuzulassen, die an mittelmäßige Zensuren gewöhnt waren, sich aber auf irgendeine andere Weise ausgezeichnet hatten …«

»Wie zum Beispiel durch ihre Kühnheit, sich mit mäßigen Zensuren in Harvard zu bewerben …«

»… gewöhnt an die schlechtere Benotung und glücklich, überhaupt in Harvard zu sein.«

»Und woher weißt du das?«, fragte Maya.

Frank lächelte. »Ich war einer von denen.«

»Wir haben auf diesem Schiff keine Mittelmäßigkeit«, sagte John.

Frank sah ihn zweifelnd an. »Wir fliegen mit einem Haufen genialer Wissenschaftler ohne das geringste Interesse an Verwaltungsangelegenheiten. Viele von ihnen halten das für langweilig. Administration, ihr wisst schon. Sie sind froh, das Leuten wie uns übertragen zu können.«

»Beta-Männchen«, sagte John und nahm damit Frank und dessen Interesse an Soziobiologie aufs Korn. »Brillante Schafe.« Die Art, wie sie einander aufzogen …

»Du irrst dich«, sagte Maya zu Frank.

»Vielleicht. So oder so sind sie der politische Kern. Sie haben zumindest die Kraft zu folgen.« Er sagte das so, als bedrückte ihn der Gedanke.

John, der zur Schicht auf die Brücke musste, verabschiedete sich und ging.

Frank schwebte zu Maya hinüber, und sie wich nervös zur Seite aus. Sie hatten nie über ihre kurze Affäre gesprochen; und das Thema war seit einiger Zeit schon nicht mal mehr indirekt aufgetaucht. Sie hatte darüber nachgedacht, was sie sagen würde, wenn es je dazu käme. Sie würde sagen, dass sie sich gelegentlich mit Männern einließ, die ihr gefielen. Dass es eine Laune des Augenblicks gewesen wäre.

Aber Frank deutete nur auf das rote Centstück am Himmel. »Ich frage mich, warum wir da überhaupt hinfliegen.«

Maya zuckte die Schultern. Wahrscheinlich meinte er nicht *wir*, sondern *ich*. Sie antwortete: »Jeder hat so seine Gründe.«

Er schaute sie an. »Das ist nur zu wahr.«

Sie ignorierte seinen Tonfall und sagte: »Vielleicht sind es unsere Gene. Vielleicht haben sie gespürt, dass die Dinge auf der Erde schieflaufen. Wie einen zunehmenden Mutationsdruck oder etwas in der Art.«

»Deshalb haben sie uns zu einem Neustart getrieben.«

»Ja.«

»Die Theorie des egoistischen Gens. Die Intelligenz nur als ein Werkzeug zur Unterstützung erfolgreicher Fortpflanzung.«

»So in der Art.«

»Aber diese Reise gefährdet erfolgreiche Fortpflanzung«, sagte Frank. »Hier draußen ist es gefährlich.«

»Aber auf der Erde ist es auch gefährlich. Verschmutzung, Strahlung, andere Menschen …«

Frank schüttelte den Kopf. »Nein. Ich glaube nicht, dass die Selbstsucht genetisch veranlagt ist. Ich vermute, die steckt irgendwo anders.« Er streckte den Zeigefinger aus und stupste sie an die Brust – ein kräftiger Stoß gegen das Brustbein, durch den er in Richtung Boden zurückgetrieben wurde. Er starrte sie unverwandt an und berührte sich an derselben Stelle an der Brust. »Gute Nacht, Maya.«

Zwei Wochen später war Maya in der Farm bei der Kohlernte und ging eine Schneise zwischen langen Palettenstapeln entlang. Sie hatte den Raum für sich allein. Die Kohlköpfe sahen aus wie Gehirne, die nachdenklich in dem hellen Nachmittagslicht glänzten.

Plötzlich sah sie eine Bewegung und blickte zur Seite. Quer durch den Raum, durch eine Algenflasche hindurch, sah sie ein Gesicht. Es wurde vom Glas der Flasche verzerrt. Das Gesicht eines Mannes mit brauner Haut. Der Mann schaute in die andere Richtung und bemerkte sie nicht. Er schien mit jemandem zu sprechen, den sie nicht sehen konnte. Dabei bewegte er sich, und das Bild seines Gesichts wurde deutlicher, vergrößert durch die Wölbung der Flasche. Schlagartig wurde ihr klar, warum sie ihn anstarrte und warum ihr Magen sich verkrampfte: Sie hatte ihn noch nie gesehen!

Er wandte sich um und blickte in ihre Richtung. Durch zwei gekrümmte Glasflächen hindurch begegneten sich ihre Augen. Ein Fremder, mit schmalem Gesicht und großen Augen.

Er verschwand mit einer plötzlichen Bewegung. Maya hatte Angst, ihm zu folgen, und zögerte eine Sekunde. Dann zwang sie sich, durch den Raum und die zwei Biegungen der Verbindung hinauf in den nächsten Zylinder zu rennen. Der war leer. Sie lief durch drei weitere Zylinder, ehe sie stehen blieb und mit keuchenden Atemzügen auf Tomatenranken starrte. Sie schwitzte und gleichzeitig fröstelte sie. Ein Fremder?! Unmöglich. Aber sie hatte ihn gesehen! Sie konzentrierte sich und versuchte sich sein Gesicht ins Gedächtnis zu rufen. Vielleicht war es … Aber nein. Es war keiner der Hundert gewesen, das wusste sie. Die Gesichtserkennung gehörte zu den stärksten Fähigkeiten des Geistes und war erstaunlich exakt. Und er war bei ihrem Anblick weggelaufen.

Ein blinder Passagier. Aber auch das war unmöglich! Wo hatte er sich versteckt, wie lebte er? Wo hatte er während des Sonnensturms Schutz gesucht?

Halluzinierte sie etwa? War es das?

Sie ging in ihr Zimmer zurück. Ihr war übel. Die Gänge von Torus D wirkten trotz der hellen Beleuchtung düster, und in ihrem Nacken kribbelte es. Sie tauchte durch die Tür in das Refugium ihres Zimmers. Aber da gab es nur ein Bett und einen Tisch an der Wand, einen Stuhl und eine Toilette sowie einige Regale. Sie saß eine Stunde lang nur da, dann noch eine. Es gab nichts, das sie tun konnte, keine Antworten, keine Zerstreuungen. Kein Entrinnen.

Maya konnte niemandem erzählen, was sie gesehen hatte; und das war irgendwie noch erschreckender als der Vorfall an sich, weil es seine Unmöglichkeit noch hervorhob. Wem sie es auch erzählte, er oder sie würde denken, sie sei übergeschnappt. Eine andere Schlussfolgerung gab es nicht. Was aß er, wo versteckte er sich? Nein. Zu viele Leute müssten eingeweiht sein. Es war wirklich unmöglich. Aber dieses Gesicht!

Eines Nachts träumte sie davon und wachte schweißgebadet auf. Halluzination war eines der Anzeichen für die Raumkrankheit. Sie kam während langer Aufenthalte im Erdorbit recht häufig vor. Einige Dutzend Fälle waren aktenkundig. Gewöhnlich fing es damit an, dass die Leute in dem ständig vorhandenen Hintergrundgeräusch der Ventilation und Apparate Stimmen hörten; aber oft sahen sie auch einen Arbeitskollegen, der nicht da war, oder, noch schlimmer, einen Doppelgänger, als hätte sich der leere Raum mit Spiegeln gefüllt. Man nahm an, dass ein Mangel an Sinneseindrücken diese Phänomene bewirkte. Die lange Reise der *Ares*, weg von der Erde, die man durchs Fenster betrachten konnte, und mit ihrer brillanten (manche würden sagen: besessenen) Besatzung, war als ein mögliches Risiko eingestuft worden. Dies war einer der Gründe, weshalb man den Schiffsräumen eine solche Vielfalt an Farben und Strukturen gegeben hatte, zusammen mit täglich und jahreszeitlich sich änderndem Wetter. Und dennoch hatte sie etwas gesehen, das es gar nicht geben konnte.

Wenn sie jetzt durch das Schiff ging, schien es ihr, als spaltete die Crew sich in kleine private Gruppen auf, die kaum

Beziehungen untereinander unterhielten. Das Farmteam verbrachte fast die ganze Zeit in den Agrarabteilungen, nahm sogar die Mahlzeiten dort auf dem Fußboden ein und schlief (miteinander, wie man raunte) zwischen den Pflanzenreihen. Das medizinische Team hatte in Torus B seine eigene Suite aus Quartieren, Büros und Labors und verbrachte seine Zeit dort, vertieft in Experimente, Beobachtungen und Konsultationen mit der Erde. Das Flugteam bereitete sich auf den Eintritt in den Marsorbit vor und ließ jeden Tag mehrere Simulationen laufen. Und der Rest war … verstreut. Schwer zu finden. Wenn Maya durch die Tori ging, erschienen ihr die Räume leerer als je zuvor. Speisesaal D war nie voll. Und dann bemerkte sie, dass in den Grüppchen während des Essens häufig Streitereien ausbrachen, die sehr rasch wieder gedämpft wurden. Privater Streit, aber worum?

Maya selbst sagte am Tisch wenig und hörte mehr zu. Aus den aufkommenden Gesprächsthemen konnte man eine Menge über eine Gesellschaft erfahren. Bei ihnen drehte sich das Gespräch fast immer um wissenschaftliche Fragen. Fachsimpelei: Biologie, Ingenieurswesen, Geologie, Medizin, was auch immer. Über das Zeug konnten sie ewig schwatzen.

Wenn weniger als vier Leute sich unterhielten, änderten sich die Themen. Das Fachsimpeln wurde durch Klatsch angereichert (oder gänzlich ersetzt). Und der drehte sich immer um die zwei großen Triebfedern sozialer Dynamik: Sex und Politik. Die Stimmen wurden gesenkt, die Köpfe zusammengesteckt, und Gerüchte verbreiteten sich. Geflüsterte Geschichten über sexuelle Beziehungen waren an der Tagesordnung und wurden bissiger und ausufernder. Manchmal, wie bei der unglücklichen Dreiecksbeziehung zwischen Janet Blyleven, Mary Dunkel und Alex Zhalin, zerriss sich das ganze Schiff den Mund darüber. Über andere Fälle flüsterte man nur, begleitet von gehässigen, vielsagenden Blicken. Janet Blyleven kam mit Roger Calinks in den Speisesaal, und Frank sagte zu John mit einem Unterton, der Maya galt: »Janet denkt wohl, wir leben in Panmixie.« Maya wollte ihn eigentlich ignorieren, wie immer, wenn er so zynisch daherredete, schlug dieses Wort aber später in einem soziobiologischen Lexikon nach und erfuhr, dass Panmixie bedeutete, dass sich jedes Männchen mit jedem Weibchen paarte.

Am nächsten Tag sah sie Janet neugierig an. Sie hatte ja keine Ahnung gehabt. Janet war freundlich, sie beugte sich aufmerksam vor, wenn man mit ihr sprach, und hörte wirklich zu. Lächelte häufig. Aber … nun, das Schiff war so gebaut, dass es viel Privatsphäre sicherte. Zweifellos ging mehr vor sich, als irgendjemand je erfuhr.

Und könnte es unter diesen geheimen Leben nicht auch ein noch geheimeres Leben geben, das für sich allein oder mit einigen wenigen unter ihnen, einer kleinen Clique, geführt wurde? Eines Tages fragte sie Nadia beim Frühstück: »Ist dir in letzter Zeit etwas Komisches aufgefallen?«

Nadia zuckte die Achseln. »Die Leute sind gelangweilt. Es ist höchste Zeit, dass wir ankommen.«

Vielleicht war das ja alles.

»Hast du von Hiroko und Arkady gehört?«, fragte Nadia.

Über Hiroko kursierten ständig Gerüchte. Maya fand es geschmacklos und lästig, dass der einzigen asiatischen Frau unter ihnen angedichtet wurde, sie sei eine Drachenlady, geheimnisvoller Orient und alles … Unter den wissenschaftlich-rationalen Oberflächen der Leute lauerte ein tiefer und mächtiger Aberglaube. Alles könnte passieren, alles war möglich.

Wie ein Gesicht, das man durch ein Glas sieht.

Und so hörte sie mit einem angespannten Gefühl im Magen zu, wie Sasha Yefremov sich vom Nachbartisch herüberbeugte und auf Nadias Frage antwortete, dass Hiroko sich vielleicht einen männlichen Harem aufbaue. Das war Unsinn, obwohl eine Allianz zwischen Hiroko und Arkady für Maya beunruhigend logisch klang. Sie wusste nicht, warum. Arkady sprach sehr offen über seinen Standpunkt, sich vom Kontrollzentrum auf der Erde unabhängig zu machen. Hiroko redete nie darüber. Aber sie hatte mit ihrer Art das ganze Farmteam vom Rest der Mannschaft entfremdet, sodass es in einem geistigen Torus, den die anderen nie betreten konnten, lebte.

Als Sasha dann aber behauptete, dass Hiroko plante, etliche ihrer Eier mit dem Sperma aller Männer auf der *Ares* zu befruchten und dann tiefgefroren für späteres Wachstum auf dem Mars aufzuheben, nahm Maya kopfschüttelnd ihr Tablett und ging zu den Spülmaschinen. Ihr war leicht schwindlig. Die Leute wurden wunderlich.

Die rote Sichel wuchs zur Größe eines 50-Cent-Stücks an, und das Gefühl von Spannung stieg entsprechend, als wäre es die Stunde vor einem Gewitter und die Luft voller Staub, Kreosot und statischer Elektrizität. Als wartete der Kriegsgott wirklich dort auf dem blutigen Fleck vor ihnen auf sie. Die grünen Wandverkleidungen in der *Ares* hatten jetzt gelbe und braune Flecken, und das Nachmittagslicht war mit der blassen Bronzefarbe der Natriumdampflampen getränkt.

Die Leute verbrachten Stunden in der Blasenkuppel und betrachteten, was außer John noch niemand von ihnen gesehen hatte. Die Fitnessgeräte wurden ständig benutzt und die Simulationen mit frischem Enthusiasmus ausgeführt. Janet zog durch die Tori und schickte Videos von allen Veränderungen in ihrer kleinen Welt zur Erde. Eines Tages warf sie ihre Brille auf den Tisch und kündigte ihre Stellung als Reporterin. Sie sagte: »Ich habe keine Lust mehr, ein Außenseiter zu sein.

Jedes Mal wenn ich in einen Raum komme, verstummen alle oder fangen an, ihre offiziellen Plattitüden vorzutragen. Als wäre ich ein Spion für den Feind, verdammt noch mal!«

»Das warst du auch«, sagte Arkady und drückte sie fest an sich.

Zuerst wollte keiner ihren Job übernehmen. Houston signalisierte Bedauern, dann Rügen und dann verschleierte Drohungen. Jetzt, da sie kurz davor standen, den Mars zu erreichen, bekam die Expedition viel mehr Sendezeit; und die Situation konnte zur »Nova« werden, wie Mission Control sich ausdrückte. Sie erinnerte die Kolonisten daran, dass dieser Ansturm von Aufmerksamkeit in den Medien für das Raumfahrtprogramm letztlich alle Arten von Vorteilen bringen würde. Darum sollten die Kolonisten filmen und senden, was sie täten, um öffentliche Unterstützung für die späteren Marsmissionen anzuregen, von denen sie abhängig sein würden. Es war ihre Pflicht, ihre Geschichten zu erzählen!

Frank schlug vor, dass Mission Control ihre Videoberichte aus Material von Robotkameras zusammenschustern könnte. Hastings, der Chef in Houston, war über diese Antwort sichtlich wütend. Aber dann sagte Arkady mit einem alles umfassenden Grinsen: »Was können die machen?«

Maya schüttelte den Kopf. Sie schickten ein schlechtes Zeichen und enthüllten, was die Videoberichte bis dahin verheimlicht hatten, dass sich nämlich die Gruppe in rivalisierende Cliquen aufspaltete. Worin zum Ausdruck kam, dass es Maya selbst an Kontrolle über die russische Hälfte der Expedition mangelte. Sie wollte schon Nadia bitten, diese Aufgabe zu übernehmen, um ihr einen Gefallen zu tun, als sich Phyllis und einige ihrer Freunde in Torus B freiwillig dafür meldeten. Maya lachte über Arkadys Gesichtsausdruck und gab ihre Zustimmung. Arkady tat so, als ob es ihm nichts ausmachte.

Maya sagte wütend auf Russisch: »Du weißt, dass du eine Chance vertan hast! Wirklich eine Chance, unsere Realität zu gestalten!«

»Nicht unsere Realität, Maya. Ihre Realität. Und es ist mir egal, was sie denken.«

Maya und Frank begannen sich über die Aufgabenverteilung nach der Landung zu beraten. In gewissem Umfang war diese schon durch die Fachgebiete der einzelnen Mitglieder vorbestimmt. Aber weil so viele von ihnen auf verschiedenen Gebieten ausgebildet waren, mussten trotzdem einige Entscheidungen getroffen werden. Arkadys Provokationen hatten zumindest eines bewirkt: Die Pläne der Bodenstation vor dem Flug wurden jetzt von allen nur bestenfalls als provisorisch angesehen. Es schien aber auch niemand geneigt, die Autorität von Maya oder Frank anzuerkennen, wodurch die Lage angespannt wurde, als durchdrang, woran die beiden arbeiteten.

Der Plan vor dem Flug sah die Einrichtung einer Basiskolonie auf der Ebene nördlich von Ophir Chasma vor, dem riesigen nördlichen Arm der Valles Marineris. Das ganze Farmteam wurde dieser Basis zugeteilt sowie eine Mehrheit des technischen und medizinischen Personals – insgesamt etwa sechzig der hundert Leute. Der Rest wurde auf Nebeneinsätze verteilt und sollte nur ab und zu zur Basis zurückkehren. Die größte Nebenmission bestand darin, mit einem Teil der demontierten *Ares* am Phobos anzudocken und damit zu beginnen, den Mond in eine Raumstation umzubauen. Eine weitere, kleinere Mission sollte das Basislager verlassen und nach Norden zur Polkappe reisen, um ein Bergbausystem einzurichten, das Eisblöcke zum Habitat befördern sollte. Eine dritte Mission sollte eine Reihe geologischer Untersuchungen durchführen und den ganzen Planeten bereisen – ein glanzvoller Auftrag. Alle kleineren Gruppen würden für längere Zeiträume bis zu einem Jahr halb autonom sein. Darum war die Auswahl keine leichte Aufgabe. Sie wussten jetzt alle, wie lang ein Jahr sein konnte.

Arkady und eine Gruppe seiner Freunde – Alex, Roger, Samantha, Edvard, Janet, Tatiana, Elena – wollten unbedingt auf Phobos arbeiten. Als Phyllis und Mary davon hörten, kamen sie zu Maya und Frank, um dagegen zu protestieren. »Die versuchen offenbar, Phobos zu übernehmen, und wer weiß, was sie damit machen werden?«

Maya nickte. Sie sah, dass Frank das auch nicht gefiel. Das Problem war, dass niemand sonst auf Phobos bleiben wollte. Nicht einmal Phyllis und Mary beanspruchten, Arkadys Leute zu ersetzen. Keinem war klar, was er gegen Arkady unternehmen sollte.

Lautere Streitigkeiten entbrannten, als Ann Clayborne ihre Mannschaftsliste für die geologische Erkundung herumgehen ließ. Eine Menge Leute wollten da mitmachen; und einige von denen, die auf der Liste fehlten, drohten, sie würden losziehen, ob Ann sie haben wollte oder nicht.

Die Diskussionen wurden häufiger und heftiger. Fast alle an Bord wollten unbedingt an der einen oder anderen Mission teilnehmen und empfahlen sich für die endgültigen Entscheidungen. Maya merkte, dass sie im Begriff stand, jede Kontrolle über das russische Kontingent zu verlieren, und gab wütend Arkady die Schuld. Bei einer allgemeinen Versammlung schlug sie sarkastisch vor, den Computer die Zuweisungen treffen zu lassen. Die Idee wurde ohne Rücksicht auf ihre Autorität verworfen. Sie warf die Hände hoch: »Was sollen wir denn sonst tun?«

Niemand wusste es.

Sie und Frank berieten sich privat. »Lass uns versuchen, ihnen die Illusion zu geben, dass sie die Entscheidung träfen«, sagte er mit einem flüchtigen Lächeln. Sie erkannte, dass es ihm nicht unlieb gewesen war, sie bei der allgemeinen Versammlung scheitern gesehen zu haben. Erinnerungen an ihr kurzes Verhältnis kamen ihr in den Sinn, und sie verfluchte sich selbst, weil sie so dumm gewesen war. Kleine Politbüros waren gefährlich …

Frank fragte alle nach ihren Wünschen und hängte dann auf der Brücke die Ergebnisse aus, wobei er für jedermann die erste, zweite und dritte Wahl auflistete. Die geologischen Erkundungsfahrten waren beliebt, der Aufenthalt auf Phobos dagegen nicht. Das war schon vorher allgemein bekannt gewesen; und die ausgestellten Listen zeigten, dass es weniger Konflikte gab, als es den Anschein gehabt hatte. »Ihr wollt nicht, dass Arkady Phobos übernimmt«, sagte Frank bei der nächsten öffentlichen Versammlung, »aber keiner außer ihm und seinen Freunden will diesen Job. Jeder andere möchte auf die Marsoberfläche hinunter.«

»Wir sollten eigentlich einen Härteausgleich erhalten«, feixte Arkady.

»Es sieht dir gar nicht ähnlich, über Ausgleich zu reden«, sagte Frank sanft.

Arkady grinste und setzte sich wieder hin.

Phyllis fand das nicht lustig. »Phobos wird ein Bindeglied zwischen Erde und Mars sein, wie die Raumstationen im Erdorbit. Ohne sie gelangt man nicht vom einen Planeten zum anderen. Sie sind das, was Marinestrategen Flaschenhälse, *choke points*, nennen.«

Arkady sagte zu ihr: »Ich verspreche, meine Hände von deinem Hals zu lassen.«

Frank fuhr auf. »Wir sitzen alle im selben Boot! Alles, was wir tun, betrifft uns gemeinsam! Und danach zu urteilen, wie ihr euch benehmt, wird uns diese Trennung auf Zeit guttun.

Ich für meinen Teil hätte nichts dagegen, Arkady einige Monate nicht sehen zu müssen.«

Arkady verbeugte sich: »Phobos, wir kommen!«

Aber Phyllis, Mary und ihre Anhänger waren immer noch nicht zufrieden. Sie konferierten lange mit Houston; und immer, wenn Maya in Torus B kam, schienen die Gespräche zu verstummen und die Augen folgten ihr misstrauisch, als würde die Tatsache, dass sie Russin war, sie automatisch in Arkadys Lager einsortieren. Sie beschimpfte sie als Idioten und verfluchte Arkady. Er hatte das alles angezettelt.

Letzten Endes ließ es sich nur schwer sagen, was in hundert Menschen vorging, die über ein Schiff verstreut waren, das ihnen plötzlich so groß erschien. Interessengruppen, Mikropolitik – sie waren wirklich gespalten. Nur hundert Personen, aber dennoch waren sie eine zu große Gemeinschaft, um wirklich zusammenzuhalten. Und es gab nichts, was sie oder Frank dagegen tun konnten.

Eines Nachts träumte sie wieder von dem Fremden in der Farm. Sie wachte zitternd auf und konnte nicht wieder einschlafen. Plötzlich schien alles außer Kontrolle zu sein. Sie flogen durch das Vakuum des Weltraums im Innern eines kleinen Bündels aus Blechbüchsen, und sie sollte dieses verrückte Schiffsungetüm leiten. Das war absurd!

Sie verließ ihr Zimmer und nahm den Speichentunnel von D zum Zentralschacht. Sie zog sich in die Blasenkuppel, ohne an das Tunnelspringen-Spiel auch nur zu denken.

Es war vier Uhr morgens. Das Innere der Blasenkuppel war wie ein Planetarium, nachdem das Publikum gegangen ist: still, leer, mit Tausenden von Sternen, dicht gedrängt in der schwarzen Hemisphäre der Kuppel. Der Mars hing direkt über ihrem Kopf, aufgeblasen und deutlich sphärisch, als ob eine steinerne Orange zwischen die Sterne geschleudert worden wäre. Die vier großen Vulkane sahen aus wie sichtbare Pockennarben, und die langen Klüfte der Mariner-Gräben waren deutlich zu erkennen. Sie schwebte direkt darunter, Arme und Beine gespreizt und langsam rotierend, bemüht, etwas Besonderes aus dem dichten Interferenzmuster ihrer Emotionen herauszufiltern. Wenn sie zwinkerte, strebten kleine kuglige Tränentropfen aus ihren Augen und davon zwischen die Sterne.

Die Schleusentür ging auf. John Boone schwebte herein, sah sie und ergriff den Türgriff, um anzuhalten. »Oh, tut mir leid. Darf ich dir Gesellschaft leisten?«

»Ja.« Maya schnaufte und rieb sich die Augen. »Warum bist du schon so früh auf?«

»Ich stehe oft früh auf. Und du?«

»Schlimme Träume.«

»Wovon?«

»Ich kann mich nicht erinnern«, log sie und hatte das Gesicht vor ihrem geistigen Auge.

Er stieß sich ab und schwebte an ihr vorbei zur Kuppel. »Ich kann mich nie an meine Träume erinnern.«

»Nie?«

»Naja, selten. Wenn mich mittendrin etwas aufweckt und ich Zeit habe, darüber nachzudenken, dann erinnere ich mich daran, zumindest für kurze Zeit.«

»Das ist normal. Aber es ist ein schlechtes Zeichen, wenn man sich überhaupt nicht an seine Träume erinnert.«

»Wirklich? Wofür ist das ein Symptom?«

»Für extreme Verdrängung, wenn ich mich recht erinnere.« Sie war an die Seite der Kuppel getrieben, stieß sich ab und hielt dicht bei ihm an. »Aber vielleicht ist das freudianisch.«

»Mit anderen Worten: so etwas wie die Phlogistontheorie.«

Sie lachte. »Genau.«

Beide schauten hinaus zum Mars und wiesen einander auf Oberflächenmerkmale hin. Unterhielten sich. Maya sah ihn an, wenn er redete. Er sah so sanft und glücklich und zufrieden aus. Er war wirklich nicht ihr Typ. Tatsächlich hatte sie seine Fröhlichkeit zuerst für eine Art von Einfältigkeit gehalten. Aber im Verlauf der Reise hatte sie erkannt, dass er nicht dumm war.

»Was sagst du zu all den Diskussionen darüber, was wir da oben tun sollten?«, fragte sie und deutete auf den roten Stein über ihnen.

»Ich weiß nicht.«

»Ich denke, Phyllis hat eine Menge Punkte gemacht.«

Er zuckte die Achseln. »Ich glaube nicht, dass das eine Rolle spielt.«

»Was glaubst du dann?«

»Das Einzige, was bei einer Diskussion wirklich wichtig ist, ist, was wir von denen halten, die sich streiten. X behauptet a, Y behauptet b. Sie tragen Argumente vor, um ihre Ansprüche zu begründen, mit beliebig vielen Punkten. Wenn sich ihre Zuhörer aber an die Diskussion erinnern, kommt es nur darauf an, dass X an *a* glaubt und Y an *b*. Sie bilden sich ihre Meinung danach, was sie von X und Y halten.«

»Aber wir sind doch Wissenschaftler! Wir sind dazu ausgebildet, das Beweismaterial abzuwägen.«

John nickte. »Stimmt. Da ich dich mag, räume ich dir diesen Punkt ein.«

Sie lachte und schubste ihn; und sie wirbelten an den Seiten der Kuppel voneinander fort nach unten.

Maya, von sich selbst überrascht, hielt erst an, als sie auf dem Boden aufkam. Sie wandte sich um und sah, dass John ebenfalls auf dem Boden landete. Er sah sie lächelnd an, ergriff eine Schiene und schwang sich in die Luft, quer durch den Kuppelraum direkt auf sie zu.

Maya begriff sofort. Sie vergaß völlig ihren Entschluss, so etwas zu vermeiden, und stieß sich ab, um ihn abzufangen. Sie flogen genau aufeinander zu; und um einen schmerzhaften Zusammenstoß zu vermeiden, mussten sie sich packen und mitten in der Luft drehen wie im Tanz. Sie rotierten mit ineinander verschlungenen Händen und schwebten in Spiralen langsam die Kuppel hinauf. Es war ein Tanz, der ein klares und unvermeidliches Ende nehmen würde, wann immer es ihnen gefiel. Verdammt! Mayas Puls raste, ihr Atem ging stoßweise. Sie drehten sich immer noch, dann zogen sie sich mit den Armen aufeinander zu, so langsam wie ein andockendes Raumschiff, und küssten sich.

John stieß sich lächelnd von ihr ab, nach unten, sodass sie auf die Glaskuppel zuflog. Auf dem Boden hielt er an und zog sich zur Schleusenluke. Er schloss sie ab.

Maya löste ihr Haar und schüttelte es, sodass es um ihren Kopf herum schwebte. Sie lachte wild auf. Sie fühlte sich nicht gerade auf der Schwelle einer großen oder überwältigenden Liebe. Es würde einfach Spaß machen, und dieses Gefühl von Einfachheit war … Sie empfand einen reißenden Ansturm von Lust und stieß sich von der Kuppel zu John hin ab. Sie rollte sich zu einem langsamen Salto zusammen und zog dabei den Reißverschluss ihrer Jacke auf. Ihr Herz klopfte wie eine Trommel und all ihr Blut drängte sich nach außen in die Haut, die förmlich vibrierte, während sie sich weiter auszog und dabei mit John zusammenprallte. Nachdem sie übereilig an seinem Ärmel gezogen hatte, trieb sie wieder davon. Sie schwebten in dem Raum umher, während sie sich auszogen, verschätzten sich bei den Winkeln und Impulsen, bis sie mit sanftem Schub zueinander flogen, sich in einer rotierenden Umarmung vereinten und sich küssten, zwischen ihren dahintreibenden Kleidern schwebend.

In den nachfolgenden Tagen kamen sie immer wieder zusammen. Sie machten keinen Versuch, die Beziehung geheim zu halten. Sie waren ein Paar, und jeder wusste Bescheid. Viele an Bord schienen durch diese Entwicklung überrascht zu sein. Eines Morgens kam Maya in den Speisesaal und fing einen raschen Blick von dem an einem Ecktisch sitzenden Frank auf, der sie frösteln ließ. Er erinnerte sie an eine andere Zeit, an einen Zwischenfall und einen Ausdruck auf seinem Gesicht, den sie sich nicht ganz in Erinnerung rufen konnte.

Aber die meisten Leute an Bord schienen erfreut zu sein. Es war schließlich eine Art *Royal Match*, eine Allianz der beiden Mächte hinter der Kolonie, die Harmonie ausdrückte. Tatsächlich schien ihre Verbindung weitere Beziehungen nach sich zu ziehen, die entweder die Heimlichtuerei aufgaben oder in dem jetzt emotional übersättigten Milieu einfach entstanden. Vlad und Ursula, Dmitri und Elena, Raul und Marina – neue Paare, die es ganz offen zeigten, gab es überall, bis es so weit kam, dass die Singles anfingen, nervöse Scherze darüber zu machen. Aber Maya glaubte weniger Spannung in Gesprächen, weniger Streitigkeiten und mehr Lachen zu bemerken.

Eines Nachts, als sie im Bett lag und darüber nachdachte, ob sie John besuchen sollte, fragte sie sich, warum sie zusammengefunden hatten. Nicht aus Liebe; denn sie liebte ihn immer noch nicht, sie empfand für ihn nicht mehr als Freundschaft, aufgeladen mit einer Lust, die stark, aber unpersönlich war. Es war wirklich eine sehr *nützliche* Verbindung. Nützlich für sie, ja, aber auch für die Expedition im Ganzen. Ja, sie war politisch. Wie Feudalpolitik oder die antiken Komödien von Frühling und Wiedererstehen. So fühlte es sich für sie an, als handele sie nach Imperativen, die stärker waren als ihre eigenen Wünsche, so als ob sie das Verlangen einer größeren

Macht verwirklichte. Vielleicht das des Mars selbst. Das war kein unangenehmes Gefühl.

Was die Idee anging, sie könnte Einfluss auf Arkady, Frank oder Hiroko gewonnen haben ... Nun, sie vermied es erfolgreich, darüber nachzudenken. Das war eines ihrer Talente.

Ein Hauch von Gelb, Rot und Orange breitete sich auf den Wänden aus. Der Mars war jetzt so groß wie der Mond am Himmel der Erde. Es war Zeit, die Ernte ihrer ganzen Bemühungen einzufahren. Nur noch eine Woche, und sie würden da sein.

Es gab noch Spannungen wegen der ungelösten Probleme der Verteilung der nach der Landung anstehenden Aufgaben. Und Maya fand es jetzt schwieriger denn je, mit Frank zusammenzuarbeiten. Es war nichts Offenkundiges, aber sie hatte den Eindruck, dass ihm ihre Unfähigkeit, die Lage zu beherrschen, nicht unangenehm war. Vor allem Arkady störte immer wieder, daher schien es mehr ihr Fehler zu sein als seiner. Mehr als einmal verließ sie eine Besprechung mit Frank und ging zu John in der Hoffnung auf etwas Hilfe. Aber John hielt sich aus den Diskussionen heraus und befürwortete in der Öffentlichkeit alles, was Frank vorschlug. Sein privater Rat für Maya war scharfsinnig; aber das Problem war, dass er Arkady mochte und Phyllis nicht. Darum riet er ihr oft, Arkady zu unterstützen – und war sich offenkundig nicht bewusst, dass das ihre Autorität bei den anderen Russen untergraben würde. Allerdings wies sie ihn nie darauf hin. Ob ein Liebespaar oder nicht – es gab noch Dinge, die sie weder mit ihm noch jemand anderem erörtern wollte.

Aber eines Nachts in seinem Zimmer war sie mit den Nerven am Ende. Sie lag da, konnte nicht schlafen, grübelte über dies und jenes und sagte: »Hältst du es für möglich, einen blinden Passagier auf dem Schiff zu verstecken?«

Er sagte erstaunt: »Hm, ich weiß nicht. Warum fragst du?«

Sie schluckte kräftig und erzählte ihm von dem Gesicht hinter der Algenflasche.

Er richtete sich im Bett auf und starrte sie an. »Bist du sicher, dass es nicht ...?«

»Es war keiner von uns.«

Er rieb sich das Kinn. »Nun ... ich nehme an, wenn er von jemandem aus der Crew Unterstützung fände ...«

»Hiroko«, unterbrach Maya ihn. »Ich meine, nicht bloß, weil sie Hiroko ist, sondern wegen der Farm und so. Es würde sein Nahrungsproblem lösen, und es gibt dort eine Menge Verstecke. Und er könnte während des Strahlungssturms bei den Tieren Schutz gefunden haben.«

»Die haben eine Menge Rems abbekommen.«

»Er könnte sich aber hinter ihrem Wasservorrat verborgen haben. Ein kleiner Ein-Personen-Bunker wäre nicht allzu schwer einzurichten.«

John hatte diese Idee noch nicht recht verdaut. »Neun Monate versteckt!«

»Es ist ein großes Schiff. Es wäre machbar, nicht wahr?«

»Nun, ich denke, ja. O ja, das ginge wohl. Aber warum?«

Maya zuckte mit den Achseln. »Ich habe keine Ahnung. Jemand, der mitwollte, aber die Auswahltests nicht bestanden hat. Jemand, der einen Freund oder Freunde hatte ...«

»Trotzdem! Ich meine, dass viele von uns Freunde hatten, die mitkommen wollten. Das bedeutet aber nicht, dass ...«

»Ich weiß, ich weiß.«

Sie redeten fast eine Stunde lang darüber. Sie diskutierten die möglichen Gründe, die Methoden, die man hätte anwenden können, um einen Passagier an Bord zu schmuggeln, ihn zu verstecken und so weiter. Und dann fühlte Maya sich endlich viel besser und war gut gelaunt. John glaubte ihr! Er dachte nicht, dass sie verrückt geworden war! Sie fühlte einen Schwall von Erleichterung und Glück und schlang die Arme um ihn. »Es ist so gut, mit dir darüber sprechen zu können!«

Er lächelte. »Maya, wir sind Freunde. Du hättest es schon früher ansprechen sollen.«

»Ja.«

Die Blasenkuppel wäre ein wundervoller Ort gewesen, um die letzte Annäherungsphase an den Mars zu beobachten, aber sie mussten eine Atmosphärenbremsung durchführen, um die Geschwindigkeit zu verringern; und die Kuppel wurde durch den Hitzeschild, den sie jetzt ausfuhren, geschützt. Keine Aussicht.

Durch die Atmosphärenbremsung sparten sie enorme Mengen an Treibstoff, die sonst zum Verlangsamen erforderlich gewesen wären. Aber es war eine äußerst schwierige Prozedur und deshalb gefährlich. Sie hatten einen Spielraum von weniger als einer tausendstel Bogensekunde. Darum begann schon einige Tage vor dem Eintritt in den Marsorbit das Navigationsteam damit, ihren Kurs mit kleinen Brennstößen fast stündlich leicht zu modifizieren und so die Annäherung fein abzugleichen. Als sie noch näher kamen, hielten sie die Rotation des Schiffs an. Die Rückkehr zur Schwerelosigkeit, auch in den Tori, war ein Schock. Maya wurde jäh klar, dass das nicht einfach nur eine weitere Simulation war. Sie glitt in hohem Bogen durch die zugige Luft der Gänge, sah alles aus einer seltsamen neuen Perspektive, und zum ersten Mal wirkte alles real.

Sie schlief in kurzen Etappen, eine Stunde hier, drei Stunden dort. Beim Aufwachen war sie, in ihrem Schlafsack schwebend, jedes Mal einen Moment lang desorientiert und glaubte wieder in der *Novy Mir* zu sein. Dann kam die Erinnerung zurück, und das Adrenalin peitschte sie hoch. Sie schoss durch die Säle des Torus, stieß sich an den Wandverkleidungen aus Gold und Bronze ab. Auf der Brücke traf sie auf Mary oder Raul oder Marina oder sonst jemand aus dem Navigationsteam. Alles noch auf Kurs. Sie näherten sich dem Mars so schnell, dass es schien, sie könnten auf den Bildschirmen zusehen, wie er größer wurde.

Sie mussten den Planeten um dreißig Kilometer verfehlen. Das war etwa ein Zehnmillionstel der zurückgelegten Distanz. Kein Problem, sagte Mary mit einem raschen Blick auf Arkady. Bis jetzt waren sie im Mantralauf und hofften, dass keines seiner bizarren Probleme auftreten würde.

Die nicht mit der Navigation beschäftigten Besatzungsmitglieder wurden dafür eingesetzt, alles zu verschalen und auf die Dreh- und Stoßkräfte vorzubereiten, die die zweieinhalb g mit sich bringen würden. Einige arbeiteten im freien Raum außerhalb des Schiffs, um zusätzliche Hitzeschilde und dergleichen anzubringen. Es gab eine Menge zu tun, und dennoch schienen die Tage irgendwie lang zu sein.

Es würde mitten in der Nacht passieren. Darum blieben an diesem Abend alle Lichter eingeschaltet, und niemand ging zu Bett. Jeder hatte seinen Posten – manche im Dienst, aber die meisten nur abwartend. Maya saß in ihrem Sessel auf der Brücke und beobachtete die Schirme und Monitore. Es sah genauso aus wie bei einer Simulation in Baikonur. Würden sie wirklich in eine Umlaufbahn um den Mars eintreten?

Sie würden. Die *Ares* traf mit 40 000 Kilometern in der Stunde auf die dünne Hochatmosphäre des Mars, und sofort vibrierte das Schiff heftig. Mayas Sessel schüttelte sie in raschen, harten Stößen durch, und es erklang ein schwaches, tiefes Dröhnen, als ob sie durch einen Hochofen flögen. So sah es auch aus, denn die Schirme erglühten in einem intensiven orangeroten Schein. Komprimierte Luft prallte von den Hitzeschilden ab und fauchte an den Außenkameras vorbei, sodass die ganze Brücke in die Farben des Mars getaucht war. Dann kehrte die Schwerkraft mit voller Wucht zurück. Mayas Rippen wurden so gequetscht, dass sie kaum atmen konnte und ihre Sicht unscharf wurde. Es tat weh!

Sie pflügten durch die dünne Luft mit einer Geschwindigkeit und in einer Höhe, die so berechnet waren, dass sie in einen von Aerodynamikern als Übergangsströmung beschriebenen Zustand zwischen freier molekularer und Kontinuumsströmung gerieten. Freie Molekularströmung wäre vorzuziehen gewesen. Dabei wurde die auf den Hitzeschild treffende Luft zur Seite gedrückt und das resultierende Vakuum hauptsächlich durch molekulare Diffusion aufgefüllt. Aber sie bewegten sich dafür zu schnell und konnten nur knapp die entsetzliche Hitze der Kontinuumsströmung vermeiden, bei der sich Luft über den Schild und das Schiff als Teil einer Welle bewegte. Das Beste, was sie tun konnten, war, den höchsten möglichen Kurs zu wählen, der sie hinreichend bremsen und in die Übergangsströmung bringen würde, die zwischen den beiden Strömungen schwankte und den Flug daher bockig machte. Und darin lag die Gefahr. Falls sie auf eine Hochdruckzelle in der Marsatmosphäre stießen, wo Hitze, Vibration oder Gravitationskräfte irgendeinen empfindlichen Mechanismus beschädigen konnten, würden sie in einen von Arkadys Albträumen geschleudert werden, in denen sie in ihre Sessel gepresst wurden und jeder fast zweihundert Kilogramm »wiegen« würde – was Arkady nie wirklich hatte simulieren können. Maya dachte grimmig, dass sie immer gerade dann am hilflosesten waren, wenn sie auch am meisten verwundbar waren.

Aber wie das Schicksal es wollte, war das Wetter in der Stratosphäre des Mars stabil, und sie blieben im Mantralauf, der sich in der Realität als atemberaubende acht Minuten voller Gebrüll und Erschütterungen erwies. Keine einzige Stunde in Mayas Leben hatte je so lange gedauert. Sensoren zeigten, dass der Hauptthitzeschild bis auf 600 Kelvin erwärmt worden war …

Und dann hörte die Vibration auf. Das Gebrüll verstummte. Sie waren aus der Atmosphäre hinausgeglitten, nachdem sie etwa ein Viertel des Planeten umrundet hatten. Sie waren um etwa 20 000 Kilometer in der Stunde langsamer geworden, und die Temperatur des Hitzeschildes hatte 710 Kelvin erreicht – fast die Obergrenze. Aber das Manöver hatte funktioniert. Alles war still. Sie schwebten wieder schwerelos, nur durch ihre Sitzgurte festgehalten. Es war, als hätten sie völlig aufgehört, sich zu bewegen, als würden sie in reiner Stille schwimmen.

Zögernd schnallten sie sich los und flogen wie Geister durch die kühle Luft des Schiffes. Sie hatten ein leises Klingeln in den Ohren, was die Stille noch betonte. Sie redeten zu laut und schüttelten sich die Hände. Maya fühlte sich benommen und konnte nicht verstehen, was die Leute zu ihr sagten – nicht weil sie sie nicht hören konnte, sondern weil sie nicht darauf achtete.

Zwölf schwerelose Stunden später führte sie ihr neuer Kurs wieder zu einer Periapsis in 35 000 Kilometern Entfernung vom Mars. Dort, an der tiefsten Stelle ihrer Umlaufbahn, zündeten sie kurz die Hauptraketen, um ihre Geschwindigkeit um etwa hundert Stundenkilometer zu erhöhen. Danach wurden sie wieder vom Mars angezogen. Ihre Flugbahn beschrieb eine Ellipse, die sie bis auf 500 Kilometer an die Oberfläche heranführte. Sie waren jetzt im Orbit.

Jede elliptische Umrundung des Planeten dauerte etwa einen Tag. Während der nächsten zwei Monate würden computergesteuerte Brennstöße ausgeführt werden, die sie auf eine kreisförmige Umlaufbahn knapp innerhalb der von Phobos bringen würde. Aber die Landegruppen mussten schon davor zur Oberfläche hinabfliegen, wenn der tiefste Bahnpunkt noch so niedrig lag.

Sie fuhren die Hitzeschilde wieder ein und gingen in die Blasenkuppel, um sich umzuschauen.

Am Perigäum nahm der Mars fast die ganze Kuppel ein, als ob sie in einem Flugzeug darüber hinwegzögen. Die Tiefe der Valles Marineris war eindeutig erkennbar, ebenso die Höhe der vier großen Vulkane, deren breite Gipfel über dem Horizont erschienen, noch ehe die umgebende Landschaft in Sicht kam. Überall auf der Oberfläche gab es Krater. Deren runde Innenflächen leuchteten sandfarben, ein bisschen heller als die Gebiete um sie herum. Vermutlich Staub. Die kurzen gezackten Bergketten waren dunkler als das sie umgebende Land – eine durch schwarze Schatten unterbrochene Rostfarbe. Aber sowohl die hellen wie die dunklen Farben waren nur leicht anders getönt als das allgegenwärtige rostig-orangefarbene Rot, das alle Bergspitzen, Krater, Schluchten, Dünen und sogar der gekrümmte Streifen der von Staub erfüllten Atmosphäre aufwiesen, der hoch über der hellen Kurve des Planeten zu sehen war. Roter Mars! Er war faszinierend, hypnotisierend. Das fühlten sie alle.

Sie verbrachten lange Stunden mit Arbeit, und das war endlich richtige Arbeit. Das Schiff musste teilweise zerlegt werden. Der Hauptkörper würde zuletzt auf eine Parkbahn nahe Phobos gebracht werden, um als Rückkehrschiff für den Notfall dienen zu können. Zwanzig Tanks außen am Nabenschacht mussten von der *Ares* getrennt und zu Landungsschiffen umgebaut werden, die die Kolonisten in Fünfergruppen hinunterbringen sollten. Das erste davon sollte sofort aufbrechen, wenn es abgekoppelt und vorbereitet war. Darum arbeiteten sie schichtweise rund um die Uhr und verbrachten viel Zeit im freien Raum. Sie rückten zu den Essenszeiten müde und heißhungrig an und führten laute Gespräche. Die Langeweile der Reise war vergessen. Eines Nachts schwebte Maya im Baderaum und machte sich bettfertig. Ihre Muskeln fühlten sich so steif an wie seit Monaten nicht mehr. Um sie herum plauderten Nadia, Sasha und Yeli Zudov fröhlich miteinander, und bei dem warmen Schwall aus gewandtem Russisch hatte sie plötzlich den Eindruck, dass alle glücklich waren. Sie erlebten einen letzten Moment der Vorfreude – einer Vorfreude, die schon ein halbes Leben lang in ihren Herzen geruht hatte, oder schon seit ihrer Kindheit, und jetzt plötzlich unter ihnen aufgetaucht war wie die Mars-Zeichnung eines Kindes. Sie wurde größer und kleiner, als hüpfte sie wie ein Jojo vor ihnen auf und ab, und lockte sie mit all ihrem immensen Potenzial. Tabula rasa. Eine leere rote Tafel. Alles war möglich, alles konnte passieren. In diesem Sinne waren sie gerade in diesen letzten Tagen vollkommen frei. Frei von der Vergangenheit, frei von der Zukunft, schwerelos in ihrer warmen Luft, wie Geister umherschwebend, die eine materielle Welt erkunden wollten … Im Spiegel erhaschte Maya einen Blick auf das vom Zähneputzen verzerrte Grinsen in ihrem Gesicht und hielt sich an einem Geländer fest, um ihre Position zu halten. Ihr kam der Gedanke, dass sie vielleicht nie wieder so glücklich sein würden. Schönheit war das Versprechen von Glück, aber nicht das Glück selbst; und die erwartete Welt war oft schöner als die Wirklichkeit. Aber wer konnte diesmal sagen, wie es sein würde? Diesmal könnte wirklich das goldene Zeitalter anbrechen.

Sie ließ das Geländer los und spie Zahnpasta in einen Abwasserbeutel. Dann schwebte sie in den Korridor zurück. Komme, was wolle, sie hatten ihr Ziel erreicht. Sie hatten sich zumindest die Chance auf einen Versuch verdient.

Die Demontage der *Ares* war für viele ein seltsames Gefühl. Es war, wie John bemerkte, als ob man eine Stadt zerlegte und die Häuser in alle Richtungen fortschleuderte. Und die *Ares* war die einzige Stadt, die sie hatten! Unter dem Riesenauge des Mars kamen alle ihre Meinungsverschiedenheiten noch deutlicher zum Vorschein. Jetzt wurde es kritisch, und es blieb nur noch wenig Zeit. Die Leute diskutierten, offen oder im Verborgenen. Es gab jetzt so viele kleine Gruppen, die nur mit sich selbst beschäftigt waren ... Was war aus jenem kurzen Moment des Glücks geworden? Maya gab hauptsächlich Arkady die Schuld. Er hatte die Büchse der Pandora geöffnet. Hätte sich ohne ihn und seine Reden das Farmteam so eng um Hiroko geschart? Hätte das medizinische Team sich so isoliert? Sie glaubte, nein.

Sie und Frank arbeiteten angestrengt, um Differenzen auszubügeln und einen Konsens zu schmieden; ihnen das Gefühl zu geben, dass sie immer noch ein geschlossenes Team bildeten. Das schloss lange Konferenzen mit Phyllis und Arkady, Ann und Sax, Houston und Baikonur ein. Dabei entwickelte sich eine Beziehung zwischen den beiden Anführern, die noch komplexer war als ihre früheren Techtelmechtel im Park, obwohl die auch dazu gehörten. Maya erkannte jetzt bei den gelegentlichen Anflügen von Sarkasmus bei Frank, dass ihn dieses Erlebnis mehr bewegt hatte, als sie gedacht hatte. Aber jetzt konnte sie nichts mehr daran ändern.

Schließlich wurde die Phobosmission tatsächlich Arkady und seinen Freunden übertragen, hauptsächlich deshalb, weil sie sonst niemand wollte. Es wurde allen, die es wollten, ein Platz bei einer geographischen Forschungsreise versprochen. Und Phyllis und der Rest der »Houston-Gruppe« erhielten die Zusicherung, dass die Einrichtung des Basislagers nach den Plänen aus Houston erfolgen sollte. Die Gruppe beabsichtigte in der Basis zu arbeiten, um zu sehen, dass das auch wirklich so umgesetzt wurde. »Fein, fein«, knurrte Frank am Ende einer solchen Konferenz. »Wir werden schließlich alle *auf dem Mars* leben; müssen wir denn wirklich darüber streiten, was genau wir dort *tun* werden?«

»So ist das Leben«, sagte Arkady fröhlich. »Auf dem Mars oder nicht, das Leben geht weiter.«

Frank spannte die Kiefermuskeln an. »Ich bin hierhergekommen, um diesen Dingen zu entkommen!«

Arkady schüttelte den Kopf. »Das ist dir nicht gelungen. Diese Dinge sind dein Leben, Frank. Was würdest du ohne sie tun?«

Eines Abends kurz vor der Landung gab es ein Festessen für die ganze Besatzung. Die meisten Lebensmittel waren auf der Farm gewachsen und auf der *Ares* verarbeitet worden: Pasta, Salat und Brot, dazu Rotwein aus den Beständen, der für einen besonderen Anlass aufgespart worden war.

Bei einem Dessert aus Erdbeeren stieß sich Arkady in die Luft, um einen Toast auszubringen. »Auf die neue Welt, die wir jetzt erschaffen!«

Ein Chor aus Murren und Applaus. Inzwischen wussten alle, was er meinte. Phyllis schluckte eine Erdbeere und sagte: »Schau, Arkady, diese Niederlassung ist eine wissenschaftliche Station. Deine Ideen spielen keine Rolle. Vielleicht in fünfzig oder hundert Jahren. Aber vorerst wird es ähnlich sein wie bei den Stationen in der Antarktis.«

»Das stimmt«, sagte Arkady. »Aber antarktische Stationen sind in Wirklichkeit höchst politisch. Die meisten von ihnen wurden eingerichtet, damit die betreffenden Länder bei der Revision des Antarktisabkommens mitreden können. Und jetzt werden die Stationen von Gesetzen beherrscht, die dieses Abkommen aufgestellt hat, welches durch einen sehr politischen Prozess zustande gekommen ist. Du darfst also nicht einfach den Kopf in den Sand stecken und rufen: ›Ich bin Wissenschaftler, ich bin Wissenschaftler!‹« Er legte in einer dramatischen Geste einen Handrücken an die Stirn, als sei er eine Diva, der Ohnmacht nahe. »Nein. Alles, was du damit aussagst, ist nur: ›Ich will nicht über komplexe Systeme nachdenken!‹ Was echten Wissenschaftlern bestimmt nicht würdig ist.«

»Die Antarktis wird von einem Abkommen regiert, weil dort außer in Forschungsstationen niemand lebt«, sagte Maya verärgert. Sollte ihr Schlussbankett, ihr letzter Moment der Freiheit, derartig kaputtgemacht werden?!

»Stimmt«, sagte Arkady. »Denk aber an das Ergebnis! In der Antarktis kann niemand Land besitzen. Kein Land und keine Organisation kann ohne die Zustimmung aller Vertragspartner die Bodenschätze ausbeuten. Keiner kann sie für sich beanspruchen oder sie anderen verkaufen, wodurch manche profitieren würden, während andere für ihre Nutzung bezahlen müssten. Seht ihr nicht, wie sehr sich das davon unterscheidet, wie der Rest der Welt betrieben wird? Die Antarktis war das letzte Gebiet auf der Erde, das organisiert wurde und ein Gesetzeswerk bekommen hat. Alles, was alle Regierungen in gemeinsamer Arbeit instinktiv für fair halten, offenbart sich in einem Land, das frei von Herrschaftsansprüchen und sogar von jeglicher Geschichte ist. Es ist, um es schlicht zu sagen, der beste Versuch der Erde, gerechte Eigentumsverhältnisse zu schaffen. Versteht ihr? Dies ist eine Methode, nach der die ganze Welt regiert werden sollte, wenn wir sie nur von der Zwangsjacke der Geschichte freimachen könnten!«

Sax Russell blinzelte und sagte: »Aber Arkady, der Mars soll doch nach einem Abkommen regiert werden, das auf dem alten Antarktisvertrag beruht. Was hast du denn dagegen? Der Weltraumvertrag besagt, dass kein Land Boden auf dem Mars beanspruchen kann, dass keine militärischen Aktivitäten gestattet sind und alle Basen jedem Land für Inspektionen offenstehen. Auch die Bodenschätze des Mars können nicht Eigentum einer einzelnen Nation sein. Die UN wird eine internationale Behörde einrichten, der alle montane oder sonstige Ausbeutung untersteht. Wenn alles nach diesen Richtlinien geschieht, wovon ich sicher ausgehe, dann haben alle Nationen der Welt daran Anteil.« Er hob die Hand. »Ist nicht das, wofür du dich einsetzt, schon geschehen?«

»Es ist ein Anfang«, erwiderte Arkady. »Aber es gibt Aspekte dieses Vertrages, die du nicht erwähnt hast. Zum Beispiel werden auf dem Mars errichtete Basen dem Land gehören, das sie gebaut hat. Wir werden amerikanische und russische Basen bauen, wie im Gesetz vorgesehen. Und damit sind wir wieder in den Albtraum irdischen Rechts und irdischer Geschichte zurückgeworfen. Amerikanische und russische Firmen werden das Recht bekommen, den Mars auszubeuten, solange die Profite irgendwie allen Nationen zugutekommen, die den Vertrag unterzeichnen. Der UN wird irgendein Prozentsatz davon bezahlt, der nicht mehr als ein Bestechungsgeld ist. Ich glaube nicht, dass wir diese Maßnahmen auch nur einen Augenblick lang anerkennen sollten!«

Schweigen.

Ann Clayborne sagte schließlich: »Dieser Vertrag besagt auch, dass wir Maßnahmen ergreifen müssen, um die Zerstörung der planetaren Umwelt zu verhindern. Das steht in Artikel sieben. Das scheint mir das Terraforming ausdrücklich zu verbieten, über das so viele von euch reden.«

Arkady sagte schnell: »Ich würde sagen, dass wir auch diese Vorgabe ignorieren. Unser Wohlergehen hängt davon ab.«

Dieser Gedanke war populärer als seine anderen; und mehrere Leute stimmten ihm zu.

»Wenn ihr aber einen Artikel missachten wollt«, erklärte Arkady, »dann solltet ihr auch den Rest verwerfen. Oder nicht?«

Wieder ein unbehagliches Schweigen.

»All diese Veränderungen werden unvermeidlich eintreten«, meinte Sax Russell achselzuckend. »Das Leben auf dem Mars wird uns evolutionär verändern.«

Arkady schüttelte so heftig den Kopf, dass er sich ein wenig über dem Tisch drehte. »Nein, nein, nein! Geschichte ist keine Evolution! Das ist eine falsche Analogie. Evolution ist eine Sache von Umgebung und Zufall, die sich in Lebenszeitaltern und manchmal in Jahren abspielt, oder Monaten oder Tagen. Geschichte verläuft nach Lamarck! Wenn wir uns also entschließen, gewisse Institutionen auf dem Mars zu etablieren, wird es sie geben! Und wenn wir andere haben wollen, wird es die geben.« Eine Handbewegung schloss sie alle ein, die an den Tischen Sitzenden und die, die zwischen den Weinranken umherschwebten. »Ich sage, wir sollten selbst diese Wahl treffen und das nicht Leuten hinten auf der Erde überlassen. Leuten, die eigentlich schon lange tot sind.«

Phyllis sagte scharf: »Du willst eine Art kommunaler Utopie, und das ist unmöglich. Man sollte meinen, dass dich die russische Geschichte in dieser Hinsicht einiges gelehrt haben dürfte.«

»Das hat sie«, stimmte Arkady zu. »Jetzt wende ich praktisch an, was sie mich gelehrt hat.«

»Indem du eine schlecht definierte Revolution befürwortest? Eine Krisensituation anstiftest? Alle gegeneinander aufhetzt?«

Eine Menge Leute nickten; aber Arkady winkte ab. »Ich lehne es ab, jetzt für all eure Probleme verantwortlich gemacht zu werden. Ich habe nur gesagt, was ich denke, und das ist mein gutes Recht. Ich bereite einigen von euch Unbehagen, aber das ist deren Problem. Das kommt daher, dass euch die Konsequenzen von dem nicht gefallen, was ich sage, ihr aber keine Gegenargumente finden könnt.«

»Manche von uns verstehen nicht, was du sagst«, rief Mary.

»Ich sage nur das«, erklärte Arkady und starrte sie mit seinen Glubschaugen an. »Wir werden für immer auf dem Mars bleiben. Wir werden nicht nur unsere Häuser und unsere Nahrung selbst herstellen, sondern auch unser Wasser und sogar die Luft, die wir atmen – alles auf einem Planeten, der nichts davon hat. Wir können das tun, weil wir die Technik haben, um Materie bis hinab auf molekulare Ebene zu manipulieren. Das ist eine außergewöhnliche Fähigkeit, überlegt mal! Und dennoch glauben einige von euch, dass wir die ganze physische Realität dieses Planeten umformen werden, ohne dass wir selbst oder unsere Lebensweise davon verändert wird. Als Wissenschaftler des einundzwanzigsten Jahrhunderts auf dem Mars zu sein, aber gleichzeitig in den sozialen Systemen des neunzehnten Jahrhunderts zu leben, gegründet auf Ideologien des siebzehnten Jahrhunderts – das ist absurd, das ist verrückt, es ist …« Er fasste sich an den Kopf, raufte sich die Haare und brüllte: »Es ist unwissenschaftlich! Und ich sage, unter all den vielen Dingen, die wir auf dem Mars umgestalten werden, sollten auch wir selbst und unsere soziale Realität sein. Wir müssen nicht nur den Mars, sondern auch uns selbst verändern.«

Niemand wagte, dem zu widersprechen. Arkady in vollem Schwung ließ sich kaum aufhalten; und viele waren durch seine Worte ins Grübeln gebracht worden und brauchten Zeit zum Nachdenken. Andere waren bloß verstimmt, hatten aber keine Lust, bei diesem Abendessen, das als Feier gedacht war, viel Staub aufzuwirbeln. Es war einfacher, mit den Augen zu rollen und mit anzustoßen: »Auf den Mars! Auf den Mars!« Erst als sie nach dem Dessert umherschwebten, sagte Phyllis verächtlich: »Erst müssen wir überleben. Wie gut werden unsere Chancen da stehen bei diesen Unstimmigkeiten?«

Michel Duval bemühte sich, sie zu beschwichtigen. »Viele dieser Meinungsverschiedenheiten sind Symptome des Fluges. Einmal auf dem Mars, werden wir zusammenhalten. Und wir haben mehr als das, was wir auf der *Ares* mitgebracht haben, um uns dabei zu helfen – wir werden die Ausrüstung haben, die die unbemannten Landeschiffe schon geliefert haben: Geräte und Nahrung überall auf der Oberfläche und den Monden. Das ist alles nur für uns dorthin gebracht worden. Die einzige Grenze wird unsere Ausdauer sein. Und diese Reise ist ein Teil davon. Sie ist eine Art Vorbereitung, ein Test. Wenn wir hier versagen, sollten wir es auf dem Mars gar nicht erst versuchen.«

»Das ist genau das, was ich meine!«, sagte Phyllis. »Wir werden scheitern.«

Sax stand auf, machte ein gelangweiltes Gesicht und stieß sich zur Küche hin ab. Der Saal war mit dem Rauschen vielstimmiger Diskussionen erfüllt, manche davon ziemlich bissig. Viele Leute waren offensichtlich wütend auf Arkady, worüber sich andere wiederum ärgerten.

Maya folgte Sax in die Küche. Während er sein Tablett reinigte, seufzte er: »Die Menschen sind so gefühlsbetont. Manchmal komme ich mir vor wie in einer endlosen Vorstellung des Stücks ›Geschlossene Gesellschaft‹.«

»Das ist das, wo sie nicht aus einem kleinen Raum hinauskönnen, oder?«

Er nickte. »Wo andere Leute die Hölle sind. Ich hoffe, dass wir diese Hypothese nicht beweisen werden.«

Einige Tage später waren die Landeschiffe bereit. Die Landung würde über einen Zeitraum von fünf Tagen erfolgen. Nur das Phobosteam sollte in dem zurückbleiben, was von der *Ares* noch übrig war, und zur Beinahe-Landung auf den kleinen Mond fliegen. Arkady, Alex, Dmitri, Roger, Samantha, Edvard, Janet, Raul, Marina, Tatiana und Elena hatten Lebewohl gesagt, geistig schon mit der bevorstehenden Aufgabe beschäftigt. Sie versprachen, sofort nachzukommen, wenn die Phobos-Station errichtet war.

In der Nacht vor der Landung konnte Maya nicht schlafen. Schließlich gab sie den Versuch auf und zog sich durch die Räume und Korridore zur Nabe. Alles, was ihr im Schiff vertraut gewesen war, zeigte sich jetzt dank Schlaflosigkeit und Adrenalin verändert, oder durch festgezurrte Kistenstapel oder ein abgedichtetes Rohr. Es war, als hätten sie die *Ares* schon verlassen. Sie schaute sich ein letztes Mal um, konnte aber nichts mehr fühlen. Dann zog sie sich durch die Schleusen in das ihr zugewiesene Landeschiff. Sie konnte ebenso gut hier warten. Sie kroch in ihren Raumanzug und hatte das Gefühl, wie schon oft, wenn der wahre Moment kam, dass sie nur eine weitere Simulation durchlief. Sie fragte sich, ob sie diesem Gefühl je entrinnen würde, ob der Aufenthalt auf dem Mars dazu ausreichte, es loszuwerden. Allein das wäre es schon wert: dass sie sich selbst wirklich als real empfand. Sie ließ sich in ihrem Sitz nieder.

Einige schlaflose Stunden später stießen Sax, Vlad, Nadia und Ann zu ihr. Ihre Gefährten gurteten sich an, und sie gingen gemeinsam die Checkliste durch. Schalter wurden umgelegt. Dann kam der Countdown. Die Raketen zündeten. Der Lander trieb von der *Ares* weg. Ein neuer Raketenstoß. Sie fielen auf den Planeten zu. Sie gerieten in die Obergrenze der Atmosphäre, und ihr einziges trapezförmiges Fenster erglühte in marsfarbener Luft. Maya vibrierte mit dem Schiff und starrte hinauf. Sie fühlte sich angespannt und unglücklich, konzentrierte sich mehr nach rückwärts als nach vorn und dachte an alle, die noch auf der *Ares* waren. Sie glaubte, dass sie versagt hatte, und dass die fünf im Lander eine ungeordnete Gruppe zurückließen. Ihre beste Chance, eine gewisse Eintracht zu schaffen, war vertan. Der momentane Anflug von Glück, den sie beim Zähneputzen erlebt hatte, war genau das gewesen – nur ein Anflug. Sie hatte versagt. Sie gingen getrennte Wege, zersplittert in ihren Ansichten. Und selbst nach zwei Jahren des erzwungenen Beisammenseins waren sie wie jede andere menschliche Gruppe nicht mehr als eine Ansammlung von Fremden. Die Würfel waren gefallen.

DRITTER TEIL

SCHMELZTIEGEL

Er entstand zusammen mit dem Rest des Sonnensystems vor etwa fünf Milliarden Jahren, das sind fünfzehn Millionen menschliche Generationen. Steinbrocken prallten im Weltraum aufeinander und blieben schließlich aneinander haften, alles wegen der geheimnisvollen Kraft, die wir Gravitation nennen. Dieselbe mysteriöse Verzerrung im Geflecht der Dinge bewirkte, dass der Gesteinshaufen, als er groß genug war, in seinem Zentrum so viel Druck aufbaute, dass die Hitze den Stein schmolz. Der Mars ist klein, aber massereich mit einem Kern aus Nickel und Eisen. Er ist so klein, dass das Innere sich schneller abgekühlt hat als das der Erde. Der Kern rotiert nicht mehr so schnell innerhalb der Kruste. Darum hat der Mars praktisch kein Magnetfeld. Es ist kein Dynamo mehr da. Aber eine der letzten inneren Fluten des geschmolzenen Kerns und Mantels bewirkte, dass ein gewaltiger Klumpen auf einer Seite nach außen drängte und die Kruste zu einer elf Kilometer hohen Beule von der Größe eines Kontinents hochpresste – dreimal so hoch wie das tibetische Hochland im Vergleich zu seiner Umgebung. Diese Beule zog viele andere Erscheinungen nach sich: Ein System radialer Brüche, das eine ganze Hemisphäre erfasste, einschließlich der größten aller Grabenbrüche, der Valles Marineris, ein Netz aus Canyons, das so groß war wie die Vereinigten Staaten von Küste zu Küste. Dieser Buckel ließ auch eine Anzahl Vulkane entstehen, einschließlich dreier quer über seinem Rücken: Ascraeus Mons, Pavonis Mons und Arsia Mons – und an seinem Nordwestrand Olympus Mons, den höchsten Berg im Sonnensystem, dreimal so hoch wie der Everest und mit der hundertfachen Masse des Mauna Loa, dem größten Vulkan der Erde.

Die Tharsis-Beule war der wichtigste Einfluss bei der Gestaltung der Marsoberfläche. Der andere bedeutende Faktor war der Einschlag von Meteoriten. In der noachischen Zeit, vor drei bis vier Milliarden Jahren, fielen Meteoriten in gewaltiger Menge auf den Mars, millionenfach; und Tausende davon waren Planetesimale, Steinbrocken so groß wie Vesta oder Phobos. Ein solcher Einschlag hinterließ das Hellas-Becken, den größten von der Erde sichtbaren Krater im Sonnensystem, obwohl Daedalia Planum ein Impaktbecken von 4500 Kilometern Durchmesser zu sein scheint. Das sind gewaltige Ausmaße, aber es gibt Areologen, die glauben, dass die ganze nördliche Marshemisphäre ein altes Einschlagbecken ist.

Diese großen Einschläge bewirkten so verheerende Explosionen, dass man sie sich kaum vorstellen kann. Davon ausgeworfene Gesteinsbrocken landeten auf der Erde, dem Mond oder endeten als Trojaner und Asteroiden zwischen Mars und Jupiter. Manche Areologen meinen, dass der Tharsis-Buckel auf den Hellas-Aufprall zurückgeht. Andere glauben, dass Phobos und Deimos aus Auswurfmaterial entstanden sind. Und das waren nur die größten Treffer. Kleinere Steine fielen jeden Tag, sodass die ältesten Oberflächen auf dem Mars von Kratern zernarbt sind und die Gegend ein Palimpsest aus neuen Ringen ist, die alte verdecken. Kein Stück Land blieb verschont. Und jeder dieser Einschläge löste Explosionen aus, die Gestein zum Schmelzen brachten. Elemente wurden auseinandergerissen und in Form von heißem Gas, Flüssigkeit und neuen Mineralien ausgeschleudert. Zusammen mit dem Ausgasen aus dem Kern wurde eine Atmosphäre erzeugt – und viel Wasser. Es gab Wolken, Stürme, Regen und Schnee, Gletscher, Flüsse und Seen, die allesamt das Land überspülten und es erodierten. Dabei hinterließen sie unmissverständliche Spuren – Flussbetten, Küstenmarkierungen und jede Art von hydrologischen Hieroglyphen.

Aber all das verging. Der Planet war zu klein und zu weit von der Sonne entfernt. Die Atmosphäre gefror und sank zu Boden. Subli-

miertes Kohlendioxid bildete eine dünne neue Atmosphäre, während der Sauerstoff sich mit Mineralien verband und sie rot färbte. Das Wasser gefror und sickerte im Lauf der Äonen durch Kilometer von meteoritenzerfressenem Gestein in die Tiefe. Schließlich war diese Regolithschicht ganz mit Eis durchsetzt, aber die tiefsten Stellen waren warm genug, um das Eis zu schmelzen. Daher entstanden auf dem Mars Seen unter der Oberfläche. Wasser fließt immer nach unten. Deswegen wanderten diese wassertragenden Schichten langsam sickernd in die Tiefe, bis sie von irgendeinem Hindernis, einer Felsrippe oder einer gefrorenen Bodenschicht, aufgehalten wurden und sich davor ansammelten. Manchmal baute sich starker artesischer Druck gegen diese Dämme auf, und manchmal schlug ein Meteorit ein, oder ein Vulkan entstand, sodass der Damm brach; und ein ganzes unterirdisches Meer ergoss sich in enormen Fluten, die die Strömung des Mississippi zehntausendfach übertrafen, über die Oberfläche. Schließlich gefror die Sintflut wieder und wurde in den unaufhörlichen trockenen Winden sublimiert, um als Nebelkappe allwinterlich auf die Pole zu sinken. Dadurch wurden die Polkappen dicker; und ihr Gewicht drückte das Eis in den Boden, bis das sichtbare Eis nur die Spitze zweier den Planeten überdachender Linsen aus unterirdischem Permafrost bildete. Diese Linsen hatten hundertfach mehr Volumen als die sichtbaren Kappen. Inzwischen bekamen am Äquator neue Wasserschichten Platz durch das weitere Ausgasen des Kerns. Und einige der alten unterirdischen Meere füllten sich aufs Neue.

Und so näherte sich dieser sehr langsame Zyklus seiner zweiten Runde. Aber als sich der Planet immer mehr abkühlte, geschah dies alles immer langsamer, wie eine ablaufende Uhr. Der Mars bekam die Gestalt, in der wir ihn heute sehen. Aber Veränderung ist ein nicht endender Prozess. Die rastlosen Winde erodierten das Land durch den mitgeführten Staub, der immer feiner zerrieben wurde. Die Exzentrizität der Marsbahn bewirkte, dass die südliche und nörd-

liche Hemisphäre in einem Zyklus von 51 000 Jahren die kühlen und warmen Winter vertauschten, sodass Trockeneiskappen mit denen aus Wassereis die Plätze wechselten. Jede Schwingung dieses Pendels deponierte eine neue Schicht Sand, und die Täler neuer Dünen durchschnitten ältere Schichten, bis die Gegend um die Pole herum ein Tüpfelmuster nach Art der Navajo-Sandbilder zeigte, das den ganzen oberen Teil dieser Welt umspannt.

Die farbigen Sande in ihren Mustern, die geriffelten und gezackten Wände der Canyons, die sich in den Himmel reckenden Vulkane, das lockere Gestein des chaotischen Geländes, die Unmenge an Kratern, Ringembleme vom Anfang des Planeten … Noch schöner oder herber als das: knapp, streng, nackt, schweigend, stoisch, steinig, unveränderlich. Erhaben. Die Sprache der mineralischen Existenz der Natur.

Mineralisch – nicht animalisch oder vegetabilisch oder von Viren bestimmt. Das hätte passieren können. Es geschah aber nicht. Es gab nie eine Urzeugung aus dem Schlamm oder den schwefelhaltigen heißen Quellen. Keine Spore fiel aus dem Weltraum herunter, keine Berührung eines Gottes. Was auch immer Leben hervorbringt (wir wissen nicht, was), auf dem Mars geschah es nicht. Der Mars umkreist die Sonne als ein Beweis für die Andersartigkeit der Welt, für ihre steinige Vitalität.

Und dann, eines Tages …

Sie trat mit beiden Beinen kräftig auf den Boden. Es war nicht schwer, die Gewichtskraft nach neun Monaten in der *Ares* vertraut. Und mit dem Gewicht des Anzugs war es nicht viel anders als Gehen auf der Erde, soweit sie sich erinnern konnte. Der Himmel war rosa, mit sandfarbenen Tönungen, eine Nuance kräftiger und feiner als auf allen Fotos. Ann sagte: »Seht euch den Himmel an!« Maya schwatzte vor sich hin. Sax und Vlad drehten sich wie rotierende Statuen. Nadezhda Francine Cherneshevsky machte einige weitere Schritte und fühlte, wie die Oberfläche unter ihren Stiefeln knirschend nachgab. Sie bestand aus durch Salz verhärtetem Sand, einige Zentimeter dick, und knackte, wenn man darüber ging. Die Geologen sprachen von Durikruste oder Caliche – rohem Salpeter. Die Stiefelabdrücke waren von kleinen radialen Brüchen geрändert.

Sie war draußen und hatte sich vom Lander entfernt. Der Boden war dunkel orange-rostfarben, bedeckt mit einer ebenen lockeren Gesteinsschicht der gleichen Farbe, wenn auch manche Steine rote, schwarze oder gelbe Töne aufwiesen. Im Osten standen einige Landemodule, jedes von anderer Form und Größe, und am Horizont sah man noch mehr davon. Alle waren so orangerot verkrustet wie der Boden. Das war ein seltsamer, aufregender Anblick, als wäre man auf einem schon lange aufgegebenen Alien-Raumflughafen. Baikonur könnte in einer Million Jahren so aussehen.

Sie ging zu einem der nächsten Lander, einem Frachtbehälter von der Größe eines Einfamilienhauses, der auf dem Gerippe seines vierbeinigen Raketenantriebs stand. Er sah so aus, als stünde er schon seit Jahrzehnten da. Die Sonne leuchtete über ihren Köpfen, zu grell, um sie selbst durch ein Schutzvisier direkt anzuschauen. Es ließ sich durch die Polarisations- und andere Filter schwer beurteilen, aber ihr schien, dass das Tageslicht dem auf der Erde sehr ähnlich war, soweit sie sich entsinnen konnte. Ein heller Wintertag.

Sie schaute sich wieder um und wollte alles in sich aufnehmen. Sie stand auf einem leicht hügligen Gelände, das von kleinen scharfkantigen Steinen bedeckt war, die alle zur Hälfte im Staub steckten. Hinten im Westen wurde der Horizont durch einen kleinen Berg mit flachem Gipfel markiert. Es konnte ein Kraterrand sein, aber das war schwer zu sagen. Ann war auf halbem Wege dorthin und immer noch eine recht große Gestalt. Der Horizont war näher, als es richtig schien. Nadia hielt inne und machte sich im Geiste eine Notiz. Sie vermutete, dass sie sich bald daran gewöhnt haben und es nicht mehr bemerken würde. Aber er war nicht irdisch, dieser merkwürdig nahe Horizont, das fiel ihr jetzt deutlich auf. Sie stand auf einem kleineren Planeten.

Sie machte einen angestrengten Versuch, sich die Erdschwere ins Gedächtnis zu rufen, und wunderte sich, dass das so schwierig war. Das Gehen in den Wäldern, durch die Tundra und im Winter über das Eis der Flüsse ... und jetzt: Schritt um Schritt. Der Boden war flach, aber man musste sich zwischen den überall vorhandenen Felsblöcken einen Weg suchen. Es gab auf der Erde keinen ihr bekannten Ort, an dem die so reichlich und gleichmäßig verteilt waren. Spring! Sie tat es und lachte. Selbst mit ihrem Anzug merkte sie, dass sie leichter war. Sie war so stark wie immer, wog aber nur dreißig Kilo! Dazu die vierzig Kilo des Anzugs ... Tja, der störte ihre Balance. Sie hatte ein Gefühl, als wäre sie hohl geworden.

Ihr Schwerpunkt war verlagert. Er lag jetzt mehr außerhalb ihrer Muskulatur, in der Haut, als in ihrem Inneren. Natürlich lag das am Anzug. Im Innern des Habitats würde es so sein, wie es in der *Ares* gewesen war. Aber hier draußen war sie eine hohle Frau. Mit diesem Bild im Kopf konnte sie sich plötzlich leichter bewegen, über einen Felsblock springen, heruntersegeln und sich drehen, tanzen! Einfach in die Luft hüpfen, tanzen und auf einem flachen Felsen landen – sich umschauen.

Sie stolperte, landete auf einem Knie und beiden Händen. Ihre Handschuhe brachen durch die Staubkruste. Die fühlte sich an wie eine Schicht von der Sonne zusammengebackenen Sandes am Strand, nur härter und spröder. Wie ausgetrockneter Schlamm. Und kalt! Ihre Handschuhe waren nicht beheizt wie die Stiefel und hatten nicht genügend Isolation, wenn man den Boden direkt berührte. Es war, als ob man Eis mit bloßen Fingern anfasste. Wow! Etwa 185 Kelvin, erinnerte sie sich, oder minus 90 Grad Celsius. Kälter als die Antarktis oder Sibirien im schlimmsten Winter. Ihre Fingerspitzen waren taub. Sie würden bessere Handschuhe brauchen, die wie ihre Stiefelsohlen mit Heizelementen bestückt waren, um arbeiten zu können. Dadurch würden sie aber dicker und weniger flexibel werden. Nadia würde ihre Fingermuskeln wieder in Form bringen müssen.

Sie hatte gelacht. Sie stand auf und ging zu einem anderen abgeworfenen Frachtcontainer. Dabei summte sie den »Royal Garden Blues«. Sie kletterte auf das Landebein und kratzte die Kruste aus rotem Staub von der auf der Seite des großen Metallbehälters eingravierten Aufschrift. Ein Mars-Bulldozer der Firma John Deere/Volvo mit Hydrazinantrieb, thermisch geschützt, halbautomatisch und voll programmierbar. Zusatz- und Reserveteile inbegriffen.

Sie verzog das Gesicht zu einem breiten Grinsen. Schürfbagger, Frontlader, Bulldozer, Traktoren, Planierraupen, Baugerät und Materialien jeder Art. Luftfilter, um Chemikalien aus der Atmosphäre zu ziehen. Kleine Fabriken, um diese Chemikalien zu verarbeiten. Ein ganzes Magazin mit Verpflegung. Alles, was sie brauchen würden, alles zur Hand in Dutzenden von Behältern, die über die Ebene verstreut waren. Sie hüpfte von einem Frachtbehälter zum anderen und machte Inventur. Einige waren offensichtlich hart aufgeschlagen, bei anderen waren die Spinnenbeine zusammengebrochen, bei manchen die Gehäuse angeknackt. Einer war sogar zu einem Haufen zerquetschter Kisten zusammengedrückt, die halb im Staub begraben waren. Aber das gab ihr nur Gelegenheit zu Bergungs- und Reparaturarbeiten – eine ihrer Lieblingsbeschäftigungen! Sie lachte laut und war ein bisschen übermütig, als sie sah, dass das Kommunikationslicht auf ihrer Handrückenkonsole blinkte. Sie schaltete auf die allgemeine Frequenz und war überrascht, als sie Maya, Vlad und Sax zugleich reden hörte: »Wo ist Ann? Hey, Mädels, kommt hierher zurück! He, Nadia, hilf uns, dieses verdammte Habitat in Betrieb zu nehmen! Wir können nicht einmal die Tür aufmachen!«

Sie lachte.

Die Habitate waren über die Landschaft verstreut wie alles andere. Aber sie waren in der Nähe von einem gelandet, von dem sie wussten, dass es einsatzfähig war. Es war vom Orbit aus vor einigen Tagen eingeschaltet worden und hatte einen vollständigen Check durchgemacht. Unglücklicherweise konnte die äußere Tür nicht in den Check einbezogen werden, und sie klemmte. Nadia machte sich grinsend an die Arbeit. Es sah komisch aus – wie ein verlassener Wohnwagen, aber mit der Schleusentür einer Raumstation ausgestattet. Nadia brauchte nur eine Minute, um sie zu öffnen, indem sie den Code für Notöffnung eingab und gleichzeitig an der Tür zog. Sie hatte sich vielleicht durch die Kälte ungleichmäßig zusammengezogen. Sie würden noch eine Menge solch kleiner Probleme haben.

Dann waren sie und Vlad in der Schleuse und danach im Habitat. Das sah immer noch wie ein Wohnwagen aus, aber mit dem Allerneusten an Küchengerät. Die Luft war warm und zirkulierte gut. Das Kontrollpaneel sah wie das eines Kernkraftwerks aus.

Während die anderen hineingingen, schritt Nadia durch eine Reihe kleiner Räume von einer Tür zur anderen; und plötzlich überkam sie ein höchst merkwürdiges Gefühl. Hier schien etwas nicht in Ordnung zu sein. Die Beleuchtung war eingeschaltet, aber einige Röhren flackerten. Am anderen Ende der Diele pendelte eine Tür langsam in ihren Angeln hin und her.

Das kam sicher von der Ventilation. Und der Stoß bei der Landung hatte vermutlich noch mehr in Unordnung gebracht. Nadia schüttelte das Gefühl ab und ging zurück, um die anderen zu begrüßen.

Nachdem sie alle gelandet und über die steinige Ebene gegangen waren – immer wieder anhaltend, stolpernd, den Horizont anstarrend, sich langsam drehend und dann weitergehend –, die drei funktionierenden Habitate betreten, ihre Raumanzüge abgelegt und verstaut, die Wohnanlage überprüft, etwas gegessen und dabei viel, viel geredet hatten, war die Nacht gekommen. Sie arbeiteten weiter an den Habitaten und unterhielten sich den größten Teil der Nacht weiter, zu aufgeregt, um Schlaf zu finden. Die meisten schliefen nur wenig bis zur Morgendämmerung. Dann erwachten sie, zogen sich an und gingen wieder hinaus, um sich umzuschauen, Listen zu überprüfen und Maschinen durchzuchecken. Wenn sie merkten, dass sie hungrig waren, gingen sie wieder hinein, um eine schnelle Mahlzeit hinunterzuschlingen. Und dann war schon wieder Nacht.

So vergingen am Anfang etliche Tage. Die Zeit verflog in einem wilden Trubel. Nadia erwachte beim Piepen ihrer Handgelenkskonsole und frühstückte rasch, wobei sie aus dem kleinen Fenster des Habitats nach Osten schaute. Die Dämmerung verlieh dem Himmel einige Minuten lang eine frische Morgenröte, ehe er von Rosa zu dem kräftigen Orange des Tages überging. Überall auf dem Fußboden schliefen ihre Gefährten auf Matratzen, die tagsüber an die beigen Wände gelehnt wurden. Küche und Aufenthaltsraum waren winzig und die vier Toiletten kaum mehr als Schränke. Ann rührte sich, als es im Raum hell wurde, und ging zu einer Toilette. John war schon in der Küche und bewegte sich leise. Die Verhältnisse waren so viel beengter und öffentlicher als auf der *Ares*, dass es manchen schwerfiel, sich anzupassen. Jeden Abend beklagte sich Maya, dass sie unter so vielen Leuten nicht schlafen könne; aber da lag sie nun, mit offenem Mund wie ein kleines Mädchen. Sie stand immer als Letzte auf, jetzt döste sie in dem Lärm und der Geschäftigkeit der anderen noch weiter.

Dann stieg die Sonne über den Horizont, und Nadia hatte ihre Cornflakes mit Instant-Milch, die mit aus der Atmosphäre gewonnenem Wasser zubereitet worden waren und entsprechend schmeckten, aufgegessen. Zeit, in den Schutzanzug zu steigen und nach draußen zur Arbeit zu gehen.

Die Schutzanzüge waren für die Marsoberfläche konstruiert und nicht wie die starren Druckanzüge, sondern aus einem elastischen Gewebe, das den Körper ungefähr auf dem Druck der Erdatmosphäre hielt. Sie verhinderten die Gewebeexpansion und die damit verbundenen Verletzungen, die ein schutzloser Körper in der dünnen Marsatmosphäre erleiden würde, und gaben den Trägern viel mehr Bewegungsfreiheit als in einem richtigen Druckanzug für den Weltraum. Außerdem funktionierten die Anzüge beschädigt weiter. Nur der harte Helm war luftdicht. Wenn man sich ein Loch am Knie oder Ellbogen riss, würde nur ein Stück der Haut verletzt werden und erfrieren, aber man würde nicht binnen Minuten ersticken und sterben.

Das Anlegen des Anzugs war ein hartes Stück Arbeit. Nadia zog erst die Hosen mit Mühe über ihr langes Unterzeug, legte dann die Jacke an und verband die beiden Teile mit einem Reißverschluss. Danach stieg sie in große beheizbare Stiefel und verband sie durch Ringverschlüsse mit der Hose des Anzugs; dasselbe machte sie mit den Handschuh-Ringen, die sie mit denen an den Ärmeln verband. Dann setzte sie einen normalen Helm auf und verband ihn mit dem Halsring des Anzugs. Danach schulterte sie den Rucksack mit dem Luftbehälter und verband dessen Schläuche mit dem Helm. Sie atmete ein paar Mal tief ein und aus, schmeckte das kühle Gemisch aus Sauerstoff und Stickstoff. Das Armbandgerät des Anzugs zeigte an, dass alle Anschlüsse dicht waren, und sie folgte John und Samantha in die Schleuse. Sie schlossen die Innentür, die Luft wurde abgepumpt, und John entriegelte die Außentür. Dann traten alle drei ins Freie.

Es war jeden Morgen aufregend, auf die steinige Ebene hinauszugehen, wenn die Morgensonne lange schwarze Schatten nach Westen warf und die vielen kleinen Buckel und Vertiefungen des Geländes deutlich hervortreten ließ. Gewöhnlich herrschte Südwind, und lockerer Staub wurde in Wellen über den Boden getrieben, sodass die Steine manchmal zu kriechen schienen. Aber selbst den stärksten Wind konnten sie kaum mit der ausgestreckten Hand spüren. Sie hatten allerdings noch keinen richtigen Sturm erlebt – bei 500 Kilometern in der Stunde würden sie sicher etwas merken. Bei zwanzig allerdings fast nichts.

Nadia und Samantha gingen zu einem der kleinen Geländewagen, die sie schon ausgeladen hatten, und stiegen hinein. Nadia fuhr den Rover etwa einen Kilometer nach Westen über die Ebene zu einem Traktor, den sie am Vortag gefunden hatten. Die Morgenkälte biss dort durch ihren Anzug, wo die X-förmigen Heizelemente im Gewebe nicht hinkamen. Ein eigenartiges Gefühl, aber in Sibirien hatte sie es oft noch kälter gehabt, und sie beklagte sich nicht.

Sie kamen zu dem großen Lander und stiegen aus. Nadia nahm einen Bohrer mit einem Kreuzschlitzaufsatz und fing an, den Container über der Landeeinheit zu zerlegen. Der Traktor darin war ein Mercedes-Benz. Sie steckte den Bohrer in einen Schraubenkopf, drückte auf den Knopf und sah zu, wie sich die Schraube herausdrehte. Sie hob sie auf und machte sich grinsend an die nächste. Nadia war in ihrer Jugend unzählige Male bei solcher Kälte ins Freie gegangen und hatte mit tauben und rissigen Händen titanische Kämpfe geführt, um festgefrorene oder überdrehte Schrauben zu lösen … Aber hier machte es *wutsch*, und die Schraube war draußen, und im Anzug war es wärmer als in Sibirien und angenehmer als im Weltraum. Er behinderte sie nicht mehr als ein dünner, etwas steifer Tauchanzug. Um Nadia herum waren Steine in unheimlicher Regelmäßigkeit verstreut. Stimmen schnatterten auf der allgemeinen Frequenz: »Hey, ich habe diese Solarpaneele entdeckt!« – »Ach ja? Ich habe gerade den verdammten *Kernreaktor* gefunden!« Ja, es war ein großartiger Morgen auf dem Mars.

Die aufgestapelten Wände des Frachtmoduls bildeten eine Rampe, um den Traktor vom Lander herunterzufahren. Sie sahen überhaupt nicht stark genug aus, aber da kam wieder die geringere Schwerkraft ins Spiel. Nadia hatte die Heizung des Traktors eingeschaltet, sobald sie an die Konsole herangekommen war. Jetzt kletterte sie in die Kabine und programmierte den Autopiloten. Es war bestimmt besser, das Ding allein herunterfahren zu lassen, während sie und Samantha von der Seite her zuschauten, nur für den Fall, dass die Rampe doch nicht so zuverlässig oder in der Kälte zerbrechlicher war. In den marsianischen Schwerkraftverhältnissen zu denken fiel ihr schwer – sie konnte diesen Konstruktionen nicht vertrauen. Die Rampe sah einfach zu schwach aus!

Aber der Traktor rollte ohne Unfall hinunter und hielt auf dem Boden an. Acht Meter lang, königsblau, mit übermannshohen Rädern aus Drahtgeflecht. Sie mussten über eine kurze Leiter in die Kabine steigen. Der Kran-Ansatz an der Front war schon vormontiert. Das machte es leicht, den Traktor mit der Winde, der Sandschaufel, den Kisten mit Ersatzteilen und schließlich den Wänden des Containers zu beladen. Als sie damit fertig waren, sah der Traktor so überladen und kopflastig aus wie eine Dampfpfeifenorgel, aber in der Marsschwerkraft war es nur eine Frage der Balance. Der Traktor selbst war ein riesiges Ungetüm, mit 600 Pferdestärken, einem großen Radstand und mächtigen hohen Rädern. Sein Hydrazinmotor zog noch schlechter an als ein Diesel, war aber absolut zuverlässig und unverwüstlich. Sie fuhren los und rollten langsam zu den Habitaten zurück. Da war sie, Nadezhda Cherneshevsky, und fuhr einen Mercedes-Benz auf dem Mars! Sie folgte Samantha zum Sortierplatz und fühlte sich wie eine Königin.

Und schon war der Vormittag vorbei. Zurück ins Habitat, Helm und Tank herunter und ein schneller Imbiss in Anzug und Stiefeln. Von der ganzen Arbeit hatten alle mächtigen Hunger.

Nach dem Mittagessen zogen sie mit dem Mercedes-Benz los und schleppten einen Boeing Air Miner zu einem Platz östlich der Habitate, wohin alle Fabriken kommen sollten. Die Air Miner waren große Metallzylinder, die Rümpfen einer 737 ähnelten, nur dass sie acht wuchtige Fahrgestelle hatten und Raketentriebwerke vertikal an den Seiten, dazu zwei Düsenmotoren vorn und hinten über dem Rumpf. Fünf solche Luftsammler waren vor zwei Jahren über dem Gelände abgeworfen worden. In der Zwischenzeit hatten die Düsenmotoren die dünne Luft eingesogen und durch eine Reihe von Kammern gejagt, in denen sie in Bestandteile zerlegt worden war. Die Gase wurden komprimiert, in großen Tanks gespeichert und standen jetzt zur Verfügung. Jeder Boeing enthielt inzwischen 5000 Liter Wassereis, 3000 Liter flüssigen Sauerstoff, 500 Liter Argon und 400 Liter Kohlendioxid.

Es war keine leichte Aufgabe, diese Giganten über das Geröll zu den großen Vorratstanks bei ihren Habitaten zu schleppen; aber es musste sein, denn nachdem sie die Boeings in die Tanks entleert hatten, konnte man sie wieder einschalten. Gerade an diesem Nachmittag hatte eine andere Gruppe einen leer gemacht und wieder in Tätigkeit gesetzt. Das tiefe Brummen seiner Düsen konnte man überall hören, sogar im Helm und im Habitat.

Nadias und Samanthas Miner war hartnäckiger. Am Nachmittag gelang es ihnen nur, ihn einige hundert Meter weit zu ziehen; und sie mussten den Bulldozer-Aufsatz ankoppeln, um auf der ganzen Strecke eine Art Straße in den Boden zu kratzen. Kurz vor Sonnenuntergang kehrten sie durch die Schleuse in ihr Habitat zurück, mit kalten Händen und völlig erschöpft. Sie zogen sich bis auf ihr komplett staubiges Unterzeug aus und gingen direkt in die Küche. Sie hatten schon wieder Heißhunger. Vlad schätzte, dass sie je etwa 6000 Kalorien am Tag verbrauchten. Sie kochten und verschlangen rehydrierte Pasta. An ihren Schüsseln verbrannten sie sich fast die klammen Finger. Erst als sie mit dem Essen fertig waren, gingen sie in den Umkleideraum für Frauen und versuchten, sich mit heißem Wasser und Schwämmen den Staub abzuwaschen, um dann saubere Pullover anzuziehen.

»Es wird schwer werden, unsere Kleidung sauber zu halten. Der Staub geht sogar durch die Verschlüsse am Handgelenk, und die Reißverschlüsse in der Taille sind wie offene Löcher.«

»Na ja, dieser Staub ist mikroskopisch fein. Wir werden damit mehr Probleme haben als nur schmutzige Kleider, das kann ich euch sagen. Das Zeug wird in alles eindringen, unsere Lungen, unser Blut, unsere Gehirne …«

»Das ist das Leben auf dem Mars.« Das sagten sie jedes Mal, wenn sie auf ein marsianisches Problem stießen, besonders, wenn es unlösbar war.

An manchen Tagen blieben nach dem Essen noch ein paar Stunden Tageslicht; und die rastlose Nadia ging dann wieder nach draußen. Oft verbrachte sie die Zeit damit, dass sie die neuen Container inspizierte, die an diesem Tag zur Basis geschleppt worden waren. Sie sammelte allmählich eine persönliche Werkzeugausrüstung zusammen und fühlte sich dabei wie ein Kind im Bonbonladen. Jahre in der sibirischen Energieindustrie, in der sie schwer unter mangelnder Ausrüstung gelitten hatte, hatten sie gutes Werkzeug schätzen gelehrt. In Nordjakutien war alles auf Permafrost gebaut. Die Plattformen sanken im Sommer ungleichmäßig ein und wurden im Winter vom Eis begraben, und die Bauteile kamen aus der ganzen Welt, schwere Maschinen aus der Schweiz und Schweden, Bohrer aus Amerika, Reaktoren aus der Ukraine. Dazu eine Menge altes ausgeschlachtetes sowjetisches Zeug – zum Teil noch gut, zum Teil völliger Schrott. Das alles passte natürlich nicht zusammen – einige Teile waren sogar noch in *Zoll* gemessen –, sodass sie ständig hatten improvisieren müssen. Sie bauten Ölbrunnen aus Eis und Bindfaden und schusterten Kernreaktoren zusammen, gegen die Tschernobyl wie eine Schweizer Uhr wirkte. Und jedes jämmerliche Tagewerk wurde mit einem Werkzeugsammelsurium vollbracht, über das ein Hobbybastler geweint hätte.

Jetzt konnte sie in dem rubinroten Licht des Sonnenuntergangs herumwandern und sich aus den Frachtcontainern jedes Werkzeug heraussuchen, das sie wollte, während sie ihre alte Jazz-Sammlung hörte, die aus der Stereoanlage des Habitats direkt in die Kopfhörer ihres Helmes übertragen wurde. Sie brachte ihre Geräte in einen kleinen Raum, den sie sich in einem der Lagerhäuser beschafft hatte, und pfiff dabei mit King Oliver's Creole Jazz Band vor sich hin. Ihre Sammlung wurde immer reicher und enthielt unter anderem folgende Stücke: einen Satz Allen-Schraubenschlüssel, einige Zangen, eine Bohrmaschine, diverse Klammern, einige Bügelsägen, einen Satz Drehmomentschlüssel, einen Satz kälteverträglicher Behelfslitzen, verschiedene Raspeln und Hobel; einen Satz Gabelschlüssel, ein Rändelgerät, fünf Hämmer, einige Arterienklemmen, drei hydraulische Wagenheber, einen Blasebalg, verschiedene Garnituren Schraubendreher, Bohrer und Beitel, einen tragbaren Zylinder für komprimiertes Gas, eine Kiste mit Plastiksprengstoff und Formladungen, ein Bandmaß, ein gigantisches Schweizer Militärmesser, Blechscheren, Pinzetten, eine Abisolierzange, eine Kreuzhacke, diverse Schlägel, einige Gewindeschneider, Schlauchklammern, einen Satz Stirnfräser, einen Satz Uhrmacherschraubenzieher, ein Vergrößerungsglas, alle Arten von Klebeband, Klempnerwerkzeug, eine Nähgarnitur, Scheren, Siebe, eine Drehbank, Wasserwaagen jeder Größe, Spitzzangen, Spannzwingen, Schneidkluppen, drei Schaufeln, einen Kompressor, einen Generator, eine Schweißeinrichtung, eine Schubkarre …

… und so weiter. Das war nur ihre Mechanikerausrüstung, ihr Zimmermannswerkzeug. In anderen Teilen des Lagerhauses häuften sich Forschungs- und Laborgeräte, geologische Messstationen und jede Menge Computer, Funkgeräte, Teleskope und Videokameras. Und das Biosphärenteam hatte eigene Lagerhäuser nur für sich, um die Farm einzurichten, die Wasseraufbereiter, den Mechanismus für den Gasaustausch – eigentlich ihre ganze Infrastruktur. Die medizinische Abteilung hatte auch Lagerhäuser für die Forschungslabors, gentechnische Einrichtungen und zum Verstauen der klinischen Vorräte. »Du weißt, was das ist«, sagte Nadia eines Abends zu Sax Russell, der sich in ihren Lagerbeständen umschaute. »Es ist eine ganze Stadt, zerlegt und in Einzelteilen über die Ebene verstreut.«

»Sogar eine sehr wohlhabende Stadt.«

»Stimmt. Mit erstklassigen Fakultäten für verschiedene Fachgebiete.«

»Aber noch in Einzelteilen.«

»Ja. Und mir gefällt sie so irgendwie.«

Bei Sonnenuntergang war es Vorschrift, in die Habitate zurückzukehren. In der Dämmerung stolperte Nadia dann in die Schleuse, drinnen aß sie auf dem Bett sitzend noch eine kalte Mahlzeit. Dabei lauschte sie den Gesprächen, die sich meistens um die Arbeit des nächsten Tages drehten und die Verteilung der Aufgaben für den nächsten Morgen. Frank und Maya sollten sie eigentlich einteilen, aber in Wirklichkeit geschah das spontan, in einer Art von improvisierten Tauschgeschäften. Hiroko war besonders gut darin, was alle überraschte, weil sie ja während des Flugs so zurückgezogen gelebt hatte. Aber jetzt, wo sie und ihr Team Hilfe von außerhalb brauchten, verbrachte sie den größten Teil des Abends damit, von einen zum anderen zu gehen, so zielstrebig und überzeugend, dass sie jeden Morgen eine ansehnliche Gruppe auf der Farm bei der Arbeit hatte. Nadia konnte das nicht recht verstehen. Sie hatten Vorräte an dehydrierter Nahrung und Konservendosen, die für fünf Jahre reichen würden. Für sie war das genug – die meiste Zeit ihres Lebens hatte sie wesentlich schlechter gegessen und ihrer Nahrung ohnehin kaum Beachtung geschenkt. Ihretwegen hätte sie auch Heu fressen oder sich jeden Abend wie ein Traktor auftanken können. Aber sie brauchten die Farm, um Bambus zu ziehen, den Nadia als Baumaterial in dem permanenten Habitat benutzen wollte, das sie bald errichten wollte. Alles griff ineinander. Ihre einzelnen Aufgaben hingen alle voneinander ab, bedingten einander und fügten sich zu einem Ganzen zusammen. Als also Hiroko sich neben sie hinsetzte, sagte sie: »Ja ja, um acht da sein. Aber du kannst die permanente Farm nicht einrichten, bevor das Basishabitat fertig ist. Also solltest du morgen eigentlich mir helfen, oder?«

»Nein, nein«, lachte Hiroko. »Übermorgen, okay?«

Hirokos größter Konkurrent bei der Rekrutierung von Arbeitskräften war Sax Russell und seine Mannschaft, die alle Fabriken in Gang setzen wollten. Vlad, Ursula und die biomedizinische Gruppe waren darauf aus, ihre Labors aufzubauen und in Betrieb zu nehmen. Diese drei Teams schienen bereit, auf unbegrenzte Zeit in den Containern zu leben, solange nur ihre Projekte vorankamen; aber zum Glück gab es eine Menge Leute, die nicht so sehr auf ihre Arbeit fokussiert waren. Menschen wie Maya und John und die übrigen Kosmonauten, die so bald wie möglich in größere und besser geschützte Quartiere umziehen wollten. Sie würden Nadias Projekt unterstützen.

Wenn Nadia mit dem Essen fertig war, brachte sie ihre Schüssel in die Küche und säuberte sie mit einem kleinen Putzlappen. Dann setzte sie sich zu Ann Clayborne, Simon Frazier und den anderen Geologen. Ann schien schon fast zu schlafen. Sie machte vormittags Märsche und lange Fahrten mit dem Rover und musste den ganzen Nachmittag schwer schuften, um ihre Exkursionszeit aufzuarbeiten. Nadia fand, dass sie recht angespannt war und weniger erfreut schien, auf dem Mars zu sein, als sie gedacht hatte. Ann wollte nicht an den Fabriken oder für Hiroko arbeiten. Tatsächlich arbeitete sie meistens für Nadia, vermutlich, weil sie ja nur Unterkünfte zu bauen versuchte, was dem Planeten weniger Schaden zufügte als die Projekte der ehrgeizigeren Teams. Vielleicht war es das, vielleicht auch nicht – Ann sagte es nicht. Sie war schwer zugänglich und launisch, nicht auf die extravagante russische Art Mayas, sondern subtiler und, dachte Nadia, auf eine viel düstere Art.

Um sie herum räumten die Leute nach dem Essen auf und redeten. Sie sahen Listen durch und redeten. Sie drängten sich um Computerterminals und redeten, wuschen Wäsche und redeten, bis die meisten ausgestreckt in ihren Betten lagen und mit gedämpften Stimmen weiterredeten, bis sie einschliefen. »Es ist wie die erste Sekunde des Universums«, bemerkte Sax Russell und rieb sich müde das Gesicht. »Alles zusammengedrängt und keine Differenzierung. Nur ein Haufen heißer Partikel, die umhersausen.«

Alle Tage liefen so ab. Keine nennenswerte Wetteränderung außer einem gelegentlichen Wolkenfetzen oder einem besonders windigen Nachmittag. Alles dauerte länger als geplant. Allein schon das Anlegen des Schutzanzugs und das Verlassen der Habitate waren anstrengend, und dann musste die ganze Ausrüstung erst erwärmt werden. Und obwohl sie nach einheitlichen Standards angefertigt worden war, gab es unvermeidbar Schwierigkeiten beim Zusammenbau und in der Funktionsweise, weil so viele verschiedene Unternehmen auf der ganzen Welt sie hergestellt hatten. Und der Staub! (»Nennt es nicht Staub!«, beklagte sich Ann. »Das ist so, als wenn man Staub als Kies bezeichnet. Nennt es lieber Grus!«) Der drang in alles ein. Die ganze körperliche Arbeit in der durchdringenden Kälte war so erschöpfend, dass sie langsamer vorankamen, als sie erwartet hatten. Es gab auch einige kleinere Verletzungen. Sie mussten so viele Arbeiten erledigen, an die sie zuvor gar nicht gedacht hatten. Zum Beispiel brauchten sie etwa einen Monat (sie hatten mit zehn Tagen gerechnet), nur um alle Frachtcontainer aufzumachen, ihren Inhalt zu prüfen und zu den entsprechenden Vorratslagern zu schaffen – dorthin, wo sie dann wirklich mit der Arbeit beginnen konnten.

Aber schließlich konnte Nadia endlich anfangen zu bauen. Und hier war sie in ihrem Element. Auf der *Ares* hatte sie nichts zu tun gehabt, es war wie eine Art Winterschlaf für sie gewesen. Etwas zu bauen war ihr großes Talent, der Kern ihrer Begabung, verfeinert in der bitteren Schule Sibiriens.

Sehr rasch wurde sie der wichtigste Troubleshooter der Kolonie, das Mädchen für alles, wie John sie nannte. Bei fast jeder Aufgabe benötigten die anderen ihre Hilfe; und wenn sie den ganzen Tag umherrannte, um Fragen zu beantworten und Rat zu erteilen, kam sie sich vor wie in einem zeitlosen Arbeitsparadies und blühte richtig auf. So viel zu tun! Jeden Abend bei den Planungssitzungen ließ Hiroko ihren Charme spielen, und die Farm nahm Gestalt an: Drei parallele Reihen Gewächshäuser, die wie die auf der Erde aussahen, nur kleiner und mit dickeren Wänden, damit sie nicht wie Luftballons zerplatzten. Selbst der Innendruck von nur 300 Millibar, der gerade so für den Farmbetrieb ausreichte, war im Vergleich zur Außenseite enorm. Eine schlechte Dichtung oder eine schwache Stelle, und die Farmen würden explodieren. Aber Nadia verstand sich gut auf Dichtungen bei kaltem Wetter, und deshalb rief Hiroko sie jeden zweiten Tag in Panik zu Hilfe.

Dann brauchten die Materialtechniker Unterstützung dabei, ihre Fabriken in Gang zu setzen, und die Leute, die den Kernreaktor montierten, benötigten ständig ihre Aufsicht – als könnten sie keinen Atemzug tun, ohne dass Nadia es ihnen sagte. Sie hatten Angst davor, etwas falsch zu machen, und Arkady, der von Phobos aus hartnäckig per Funk erklärte, sie würden keine so gefährliche Technik benötigen und sollten alle erforderliche Energie durch Windgeneratoren erzeugen, machte es auch nicht besser. Er und Phyllis stritten heftig darüber. Dann war es Hiroko, die Arkady mit einem japanisches Sprichwort zum Schweigen brachte: »*Shikata ga nai*« – »Wir haben keine andere Wahl.« Windmühlen hätten genügend Energie erzeugt, behauptete Arkady. Aber sie hatten keine. Stattdessen hatte man ihnen einen Rickover-Kernreaktor von der U.S. Navy geliefert, ein prächtiges Stück. Keiner wollte Zeit mit der Entwicklung des risikoreichen Windkraftsystems verschwenden – sie hatten es zu eilig. *Shikata ga nai* wurde zu einer oft wiederholten Redensart.

Und so bat das Tschernobyl-Bauteam (der Name stammte natürlich von Arkady) Nadia, mit ihnen hinauszugehen und alles zu überprüfen. Man hatte den Reaktor weit in den Osten der Siedlung verbannt, sodass sie einen vollen Tag dort bleiben sollte. Aber dann brauchten die Mediziner ihre Hilfe für den Bau einer Klinik und mehrerer Labors aus einigen der leeren Frachtbehälter, die sie gerade zu Unterkünften umbauten. Anstatt also draußen bei Tschernobyl zu bleiben, ging sie dann mittags zum Essen ins Habitat und half dann dem medizinischen Team. Jeden Abend brach sie erschöpft zusammen.

An manchen Abenden hatte sie lange Gespräche mit Arkady oben auf Phobos. Dessen Leute hatten Schwierigkeiten mit der Mikrogravitation dieses Mondes, und auch er wollte ihren Rat. »Wenn wir nur ein paar g bekommen könnten, nur um zu wohnen und zu schlafen!«, jammerte er.

»Macht aus einem der Tanks der *Ares* einen Zug und lasst ihn auf Schienen um den Mond herumfahren!«, schlug Nadia im Halbschlaf vor. »Geht an Bord und fahrt so schnell, dass ihr durch die Beschleunigung ein bisschen Schwerkraft gegen das Dach des Zuges bekommt!«

Rauschen, dann gackerte Arkady wild los. »Nadezhda Francine, ich liebe dich, ich liebe dich!«

»Du liebst nur die Schwerkraft.«

Bei all dieser Beratertätigkeit ging der Bau ihrer eigenen permanenten Unterkunft nur langsam voran. Nur einmal in der Woche konnte Nadia in einen offenen Mercedes klettern und über den zerwühlten Boden zum Ende des Grabens fahren, den sie angefangen hatte auszuheben. Er war zehn Meter breit, fünfzig lang und vier tief, was die von ihr gewünschte Tiefe war. Der Boden des Grabens war wie die Oberfläche: Ton, Grus, Steine aller Größe. Regolith. Während sie mit dem Bulldozer arbeitete, kletterten die Geologen darin herum, nahmen Proben und sahen sich um, sogar Ann. Wie sie den Boden aufrissen, gefiel ihr zwar nicht, aber noch nie hatte ein Geologe jemals einem Graben widerstehen können. Nadia hörte bei ihrer Arbeit deren Gesprächen zu. Sie vermuteten, dass die Regolithschicht bis hinab zum Muttergestein reichte. Das war sehr schade; denn Regolith war nicht gerade das, was sich Nadia unter einem idealen Baugrund vorstellte. Wenigstens war sein Wassergehalt niedrig, weniger als 0,01 Prozent, also würde er unter dem Fundament nicht einbrechen oder wegrutschen – der ständige Albtraum beim Bauen in Sibirien.

Nachdem sie den Regolithboden begradigt hatte, begann sie, ein Fundament aus Portlandzement zu legen; dem besten Beton, den sie mit den verfügbaren Materialien herstellen konnte. Er würde brechen, wenn sie ihn nicht zwei Meter dick gössen, aber *shikata ga nai*. Die Dicke würde eine gewisse Isolation gegen die Kälte schaffen. Aber sie musste die Masse in einen Behälter füllen und erwärmen, damit der Zement abbinden konnte. Unter 13 Grad Celsius ging das nicht, also brauchte sie Heizelemente … Langsam … alles ging schrecklich langsam.

Sie fuhr den Bulldozer vorwärts, um den Graben zu verlängern. Er fuhr sich im Untergrund fest und bockte kurz, ehe sich sein Gewicht bemerkbar machte, und die Schaufel schnitt in den Regolith und pflügte hindurch. »Was für ein Prachtstück!«, sagte Nadia zärtlich zu dem Vehikel.

»Nadia hat sich in einen Bulldozer verliebt«, rief Maya auf ihrer Privatfrequenz.

Wenigstens weiß ich, in wen ich verliebt bin, konterte Nadia lautlos. Sie hatte zu viele Abende der letzten Woche draußen im Werkzeugschuppen mit Maya verbracht und zugehört, wie sie über ihre Probleme mit John klagte, wie sie in vieler Hinsicht mit Frank wirklich besser zurechtkam, wie sie sich nicht entscheiden konnte, was sie fühlte, und dass Frank sie jetzt sicher hasste und so weiter und so fort. Nadia hatte beim Werkzeugsäubern nur *Da, da, da* gesagt und sich bemüht, ihr mangelndes Interesse zu verbergen. In Wahrheit war sie der Probleme Mayas überdrüssig und hätte lieber über Baumaterialien oder sonst etwas diskutiert.

Ein Anruf von der Tschernobylgruppe erreichte sie im Bulldozer. »Nadia, wie können wir so dicken Zement in der Kälte zum Abbinden bringen?«

»Erwärmen!«

»Machen wir schon.«

»Stärker erwärmen!«

»Oh!« Nadia schätzte, dass sie da draußen schon fast fertig sein müssten. Der Rickover war größtenteils schon vormontiert. Es war jetzt an der Zeit, die Formen zusammenzufügen, den stählernen Umhüllungstank einzupassen, die Rohre mit Wasser zu füllen (wodurch ihr Vorrat fast auf null sank), alles zu verkabeln, Sandsäcke darum aufzuschichten und die Kontrollstäbe herauszuziehen. Danach würden sie 300 Kilowatt zur Verfügung haben, was dem allabendlichen Streit darüber, wer am nächsten Tag den Löwenanteil an Generatorenergie kriegen würde, ein Ende setzen sollte.

Ein Anruf von Sax. Einer der Sabatier-Reaktoren war verstopft, und sie bekamen das Gehäuse nicht herunter. Also überließ Nadia die Arbeit mit dem Bulldozer John und Maya und nahm einen Rover zum Fabrikkomplex, um sich die Sache anzusehen. »Ich muss los, die Alchemisten besuchen«, sagte sie.

»Hast du dir schon einmal bewusst gemacht, wie sehr die Maschinerie hier den Charakter der Industrie ausdrückt, die sie gebaut hat?«, meinte Sax, als Nadia ankam und sich am Sabatier ans Werk machte. »Was von Autofirmen gebaut wurde, hat wenig Kraft, ist aber zuverlässig. Was von der Flugzeugindustrie gebaut wurde, hat ungeheuer viel Leistung, versagt aber zweimal täglich.«

»Und von mehreren Firmen entwickelte Geräte sind einfach nur schrecklich«, sagte Nadia.

»Stimmt.«

»Und chemisches Gerät ist heikel«, ergänzte Spencer Jackson.

»Das kannst du laut sagen. Besonders bei diesem Staub.«

Die Luftsammler waren nur der Anfang des Fabrikkomplexes gewesen. Deren Gase wurden in große kastenförmige Behälter gefüllt, um komprimiert, expandiert, separiert und dann rekombiniert zu werden, alles mithilfe chemisch-technischer Prozesse wie Entfeuchtung, Verflüssigung, fraktionierter Destillation, Elektrolyse, Elektrosynthese, dem Sabatierprozess, dem Raschigprozess, dem Oswaldprozess ... Sie stellten immer komplexere Chemikalien her, die durch ein Labyrinth, das aussah wie große Wohnwagen, die in einem Netz farbiger Tanks, Rohre, Leitungen und Kabel gefangen waren, von einer Fabrik zur nächsten geleitet wurden.

Spencers derzeitiges Lieblingsprodukt war Magnesium, das es hier reichlich gab. Sie gewannen fünfundzwanzig Kilo aus jedem Kubikmeter Regolith, sagte er. In der Marsschwere war es so leicht, dass sich ein großer Barren wie ein Stück Kunststoff anfühlte. »In reinem Zustand ist es zu spröde, aber wir legieren es ein bisschen und haben dann ein extrem leichtes und starkes Metall«, erklärte Spencer.

»Marsstahl«, sagte Nadia.

»Noch besser.«

Also Alchemie mit heimtückischen Maschinen. Nadia fand das Problem mit dem Sabatier und machte sich ans Werk, um eine gebrochene Vakuumpumpe zu reparieren. Es war erstaunlich, wie viel es bei dem Fabrikkomplex auf Pumpen ankam. Manchmal schien er allein aus Pumpen zu bestehen. Und die pflegten naturgemäß durch Grus verstopft zu werden und zu versagen.

Zwei Stunden später war der Sabatier repariert. Auf dem Rückweg zum Fuhrpark spähte Nadia in das erste Gewächshaus. Die Pflanzen standen schon in Blüte, das neue Getreide stieß aus seinem Beet aus frischem schwarzem Boden hervor. Grün strahlte intensiv in den roten Tönen dieser Welt. Es war eine Freude, das zu sehen. Der Bambus wuchs täglich um mehrere Zentimeter, hatte man ihr gesagt, und der Mais stand schon fast fünf Meter hoch. Es war abzusehen, dass sie bald mehr Mutterboden brauchen würden. Drüben bei den Alchemisten benutzten sie Stickstoff von den Boeings, um Dünger herzustellen. Hiroko brauchte ihn, denn der Regolith war ein Albtraum für den Ackerbau, stark salzig, explosiv durch Wasserstoffperoxid, extrem trocken und völlig ohne Biomasse. Sie würden Erde ebenso konstruieren müssen wie die Magnesiumbarren.

Nadia ging in ihr Habitat zu einem schnellen Lunch im Stehen, dann war sie auch schon wieder draußen. Der Boden des Grabens war in ihrer Abwesenheit fast eben gemacht worden. Sie trat an die Kante des Lochs und blickte hinein. Hier würde sie ein Gebäude errichten, das ihr überaus gefiel. Eines, an dem sie selbst in der Antarktis und auf der *Ares* gearbeitet hatte: eine einfache Reihe von Kammern mit gewölbter Decke und gemeinsamen Zwischenwänden. Am Anfang würden die Kammern halb eingegraben sein. Nach der Fertigstellung wären sie von zehn Metern Regolith in Sandsäcken bedeckt, um Strahlung abzuhalten, und auch weil sie einen Druck von 450 Millibar herstellen wollten, um die Bauten vor Explosion zu schützen. Das Material vor Ort lieferte alles, was sie dazu brauchten, Portlandzement und Backsteine, nur hier und da mit Plastik abgedichtet.

Unglücklicherweise hatten die Backsteinhersteller einige Schwierigkeiten und riefen Nadia an. Deren Geduld war am Ende, und sie stöhnte: »Da fliegen wir die ganze Strecke zum Mars, und ihr bringt nicht einmal Ziegel zustande?«

»Es ist nicht so, dass wir keine Backsteine machen könnten«, erwiderte Gene. »Es ist nur, dass ich sie nicht mag.« Die Ziegelfabrik vermischte Ton und Schwefel, die aus dem Regolith gewonnen wurden; und diese Kombination wurde in Backsteinformen gegossen und gebrannt, bis der Schwefel polymerisierte. Nachdem sie abgekühlt waren, wurden die Ziegel in einem anderen Teil der Maschine zusammengepresst. Die resultierenden schwärzlich roten Backsteine hatten eine Dehnfestigkeit, die für Tonnengewölbe ausreichend war; aber Gene war nicht zufrieden. Er sagte: »Wir wollen uns bei Dächern über unseren Köpfen nicht auf Minimalwerte beschränken. Was ist, wenn wir einen Sandsack zu viel darauf packten oder es ein kleines Marsbeben gäbe? Das gefällt mir nicht.«

Nach einigem Überlegen sagte Nadia: »Fügt Nylon hinzu!«

»Was?«

»Zieht los und sucht die Fallschirme von den Frachtabwürfen! Zerkleinert sie zu feinen Schnipseln und mischt sie dem Ton bei! Das wird die Dehnfestigkeit erhöhen.«

»Stimmt«, sagte Gene nach einer Pause. »Eine gute Idee! Glaubst du, dass wir die Fallschirme finden?«

»Die müssen sich irgendwo östlich von hier befinden.«

So hatten sie endlich für die Geologen eine Beschäftigung gefunden, die den Baubemühungen wirklich half. Ann, Simon, Phyllis und Sasha fuhren mit Langstreckenrovern weit über den Horizont der Basis hinaus nach Osten. Sie suchten und machten Vermessungen hinter Tschernobyl und fanden in der nächsten Woche fast vierzig Fallschirme, von denen jeder ein paar hundert Kilo brauchbaren Nylons abgab.

Eines Tages kamen sie aufgeregt zurück. Sie hatten Ganges Catena erreicht, eine Reihe von Dolinen in der Ebene etwa hundert Kilometer südöstlich. Igor sagte: »Es war eigenartig, weil man diese Löcher erst im letzten Moment sehen kann, und sie sind wie riesige Trichter von ungefähr zehn Kilometern Durchmesser und ein paar Kilometer tief, acht oder neun in einer Reihe, und sie werden immer kleiner und flacher. Fantastisch! Es sind wahrscheinlich thermische Karstbildungen, aber unglaublich groß!«

»Es war schön, nach all diesem Kram hier mit dem nahen Horizont so weit blicken zu können«, ergänzte Sasha.

»Ja, es sind Thermokarste«, sagte Ann. Sie hatten gebohrt, aber kein Wasser gefunden. Das begann ein Problem zu werden. Egal, wie tief sie gebohrt hatten, sie waren noch nirgendwo auf Grundwasser gestoßen und deswegen gezwungen, sich auf das zu beschränken, was die Luftsammler lieferten.

Nadia zuckte die Achseln. Die Miner waren recht zuverlässig. Und sie musste sich um ihre Gewölbe kümmern. Die neuen verbesserten Backsteine kamen, und sie konnte die Roboter für den Bau der Wände und Dächer einsetzen. Die Ziegelei belud kleine Robotwagen, die wie Spielzeugautos über die Ebene zu Kränen auf dem Baugelände rollten. Die Kräne holten Backsteine einzeln heraus und legten sie auf Kaltmörtel, den eine andere Roboter-Gruppe aufgetragen hatte. Dieses System funktionierte so gut, dass die Backsteinproduktion bald nicht mehr hinterher kam. Nadia hätte gern mehr Vertrauen in die Roboter gesetzt. Die schienen zwar zu funktionieren; aber ihre Erfahrungen auf der *Novy Mir* hatten sie vorsichtig gemacht. Roboter waren großartig, wenn alles perfekt lief. Aber es lief nie alles perfekt; und es war schwierig, die Entscheidungsalgorithmen so zu programmieren, dass sie weder zu vorsichtig wurden und ständig anhielten, noch so unkontrolliert, dass sie unglaubliche Dummheiten anrichteten, einen Fehler tausendmal wiederholten oder einen kleinen Ausrutscher zu einem kapitalen Fehler machten, wie in Mayas Gefühlsleben. Man bekam das von den Robotern zurück, was man ihnen gab, aber selbst die besten waren hirnlose Maschinen.

Eines Abends fing Maya Nadia in ihrem Werkzeugraum ab und bat sie, auf einen privaten Kanal umzuschalten. Sie jammerte: »Michel ist nutzlos. Ich habe wirklich Probleme, aber er glotzt nur und zieht mich mit seinen Blicken aus. Nadia, du bist der einzige Mensch, dem ich vertraue. Gestern habe ich Frank erzählt, dass ich glaube, John würde versuchen, seine Autorität in Houston zu untergraben, dass er diesen Verdacht aber nicht weitererzählen soll. Und schon am nächsten Tag fragt mich John, warum ich meine, dass er etwas gegen Frank hätte. Es gibt niemanden, der bloß zuhört und den Mund hält.«

Nadia nickte und verdrehte die Augen. »Bedaure, Maya, ich muss mit Hiroko über ein Leck sprechen, das sie nicht finden kann.« Sie stieß mit ihrer Helmscheibe leicht gegen die Mayas – Symbol für einen Kuss auf die Wange –, schaltete auf die allgemeine Frequenz um und ging. Genug war genug. Es war unendlich viel interessanter, mit Hiroko zu sprechen – echte Konversation über reale Probleme in der wirklichen

Welt. Hiroko bat Nadia fast jeden Tag um Hilfe, und das gefiel Nadia, weil Hiroko brillant und seit der Landung ihre Wertschätzung von Nadias Fähigkeiten deutlich gestiegen war. Gegenseitiger professioneller Respekt schafft Freundschaft. Und es war so angenehm, nur fachzusimpeln. Hermetische Verschlüsse, Schleusenmechanismen, Wärmetechnik, Glaspolarisation, Mensch-Agrar-Schnittstellen (Hiroko war allem immer ein paar Schritte voraus). Diese Themen waren Balsam nach all den emotionalen, geflüsterten Gesprächen mit Maya darüber, wen sie mochte und wen nicht, wie sie über dies und jenes dachte, und wer an diesem Tag mal wieder ihre Gefühle verletzt hatte … Puh! Hiroko war nie so seltsam; außer wenn sie etwas sagte, mit dem Nadia nichts anfangen konnte, wie: »Der Mars wird uns sagen, was er will, und dann werden wir es tun müssen.« Was sollte sie dazu noch sagen? Hiroko zeigte nur ihr breites Lächeln und lachte über Nadias Achselzucken.

Abends lief das Gespräch oft durcheinander, heftig, emotional, unbefangen. Dmitri und Samantha waren sich sicher, dass sie bald genetisch erzeugte, überlebensfähige Mikroorganismen in den Regolith einbringen könnten. Aber sie brauchten erst die Genehmigung von der UN. Nadia fand den Gedanken alarmierend. Die Alchemisten-Fabriken wirkten relativ simpel, mehr wie Ziegelherstellen im Vergleich zu den gefährlichen Schöpfungsakten, die Samantha vorschlug. Obwohl die Alchemisten auch selbst sehr kreativ waren. Fast jeden Tag kamen sie mit Proben neuer Materialien zum Habitatkomplex: Schwefelsäure, Zement für Gewölbemörtel, Ammoniumnitratsprengstoffe, ein Treibstoff für Geländewagen aus Calcium-Cyanamid, Polysulfidgummi, Hypersäuren auf Siliziumbasis, emulgierende Wirkstoffe, eine Sammlung von Reagenzröhrchen mit Spurenelementen, die aus den Salzen extrahiert worden waren, und vor Kurzem klares Glas. Dies war ein großer Erfolg, da frühere Versuche zur Glasherstellung nur schwarzes Glas geliefert hatten. Das Kunststück war endlich gelungen, indem man den Silikaten das Eisen entzog. Und so saßen sie eines Abends in ihrem Container und reichten kleine wellige Glasstücke herum, die noch Blasen und Fehlstellen wie Glas aus dem siebzehnten Jahrhundert enthielten.

Als sie die erste Kammer eingegraben und unter Druck gesetzt hatte, ging Nadia ohne Helm darin herum und schnupperte die Luft. Sie hatte einen Druck von 450 Millibar, den gleichen wie in den Helmen und den Habitaten, ein Gasgemisch aus Sauerstoff, Stickstoff und Argon, und war auf etwa 15 Grad Celsius erwärmt. Es fühlte sich großartig an!

Die Kammer war durch einen Boden aus Bambusstäben, die in der Backsteinwand in zweieinhalb Metern Höhe verankert waren, in zwei Stockwerke geteilt. Das halbierte Bambusrohr bildete eine angenehm grüne Decke, die von darunter hängenden Neonlampen erhellt wurde. An einer Wand befand sich eine Treppe aus Magnesium und Bambus, die durch ein Loch in das Obergeschoss führte. Sie stieg hinauf, um sich umzusehen. Bambusscheite über den Stämmen sorgten für einen annehmbar ebenen grünen Fußboden. Die Decke war niedrig, gerundet und bestand aus Backsteinen. Hier oben wollte man die Schlaf- und Badezimmer unterbringen, das Untergeschoss sollte Wohnraum und Küche sein. Maya und Simon hatten schon Wandvorhänge aus dem Nylon der geborgenen Fallschirme aufgehängt. Es gab keine Fenster. Das Licht kam nur von den Neonröhren. Nadia missfiel das. In dem größeren Habitat, das sie schon plante, würde es in fast jedem Raum Fenster geben. Aber eines nach dem anderen! Vorerst waren diese fensterlosen Räume das Beste, was sie bauen konnte. Und auf jeden Fall eine große Verbesserung nach dem Containerpark.

Als sie die Treppe hinunterging, strich sie mit den Fingern über die Backsteine und den Mörtel. Sie waren rau, aber warm anzufassen, durch dahinter angebrachte Elemente geheizt. Auch unter dem Fußboden gab es Heizkörper. Sie zog Schuhe und Socken aus und genoss die Wärme der rohen Backsteine unter ihren Füßen. Es war ein wundervoller Raum. Der Gedanke, dass sie den ganzen Weg bis zum Mars zurückgelegt hatte, um dort Häuser aus Ziegelsteinen und Bambus zu bauen, war schön. Sie erinnerte sich an Ruinen, die sie vor Jahren auf Kreta gesehen hatte, an einem Ort namens Aptera. Unterirdische römische Zisternen mit Tonnengewölbe und aus Backstein, in einer Bergflanke versteckt. Die waren fast ebenso groß gewesen wie diese Räume hier. Ihr Zweck war unbekannt; Speicher für Olivenöl, sagten manche, obwohl das eine ziemliche Menge Öl hätte sein müssen. Jene Gewölbe waren zweitausend Jahre nach ihrem Bau noch intakt, und das in einem Erdbebengebiet. Als Nadia ihre Stiefel wieder anzog, schmunzelte sie bei diesem Gedanken. In zweitausend Jahren würden ihre Nachfahren vielleicht diese Kammer betreten, die bis dahin sicher schon längst ein Museum war, falls sie überhaupt noch existierte – die erste auf dem Mars gebaute menschliche Wohnung! Und es war ihr Werk. Plötzlich fühlte sie die Augen jener Zukunft auf sich ruhen und erschauerte. Sie waren wie Cro-Magnon-Menschen in einer Höhle und führten ein Leben, das von den Archäologen künftiger Generationen studiert werden würde. Von Leuten wie ihr, die immer wieder staunten und nie ganz begriffen.

Mehr Zeit verging, und mehr Arbeit wurde erledigt. Für Nadia verschwamm alles irgendwie, sie war immer beschäftigt. Die

Innenausstattung der gewölbten Kammern war schwierig, und die Roboter konnten nicht viel helfen bei Installation, Heizung, Gasaustausch, Schleusen und Küchen. Nadias Team hatte das nötige Equipment und Werkzeug und konnte in Hosen und kurzärmligen Hemden arbeiten; aber es erforderte doch erstaunlich viel Zeit. Arbeit, Arbeit, Arbeit – Tag um Tag!

Eines Abends, kurz vor Sonnenuntergang, schleppte sich Nadia über aufgewühlten Dreck zum Habitat. Sie fühlte sich hungrig, zerschlagen und zutiefst entspannt, völlig wohl. Nicht dass sie am Ende eines Tages nicht vorsichtig hätte sein müssen. Sie hatte sich durch Unachtsamkeit am Vorabend ein Loch in den Rücken eines Handschuhs gerissen. Die Kälte war gar nicht so schlimm gewesen, etwa minus 50 Grad Celsius, nichts im Vergleich zu manchen Wintertagen in Sibirien; aber der geringe Luftdruck hatte sofort für einen Bluterguss gesorgt, der dann gefroren war, wodurch die Wunde zwar kleiner wurde, aber auch langsamer verheilen würde. Jedenfalls musste man aufpassen; aber ermüdete Muskeln am Ende eines Arbeitstages wirkten nun mal entspannend. Dazu kam das rostrote Sonnenlicht über der felsigen Ebene; und mit einem Mal merkte sie, dass sie glücklich war. In diesem Moment rief Arkady von Phobos an, und sie begrüßte ihn heiter. »Ich fühle mich wie ein Louis-Armstrong-Solo von 1947.«

»Warum 1947?«, fragte er.

»Weil das das Jahr war, in dem er am glücklichsten geklungen hat. Während der meisten Zeit seines Lebens hatte seine Musik eine scharfe Note, wirklich schön; aber 1947 war sie noch schöner, weil sie diese lässige fließende Freude ausstrahlte, die man bei ihm nie zuvor oder später noch einmal gespürt hat.«

»War wohl ein gutes Jahr für ihn?«

»O ja! Ein erstaunliches Jahr! Nach zwanzig Jahren in schrecklichen Big Bands trat er wieder mit kleinen Gruppen wie den Hot Five auf. Das war die Band, die er in seiner Jugend geleitet hatte. Jetzt war alles wieder da – die alten Songs, sogar einige der alten Gesichter. Aber alles besser als beim ersten Mal. Die Aufzeichnungstechnik, das Geld, das Publikum, seine eigene Power … Es muss wie ein Jungbrunnen für ihn gewesen sein.«

Arkady sagte: »Schick mir doch mal ein paar Aufzeichnungen!« Er versuchte zu singen: *»I can't give you anything but love, baby!«* Phobos stand knapp über dem Horizont, er hatte nur kurz anrufen wollen, um Hallo zu sagen. Ehe die Verbindung unterbrochen wurde, sagte er: »Das ist also dein Jahr 1947.«

Nadia räumte ihr Werkzeug auf und sang dasselbe Lied, aber richtig. Arkady hatte recht gehabt. Mit ihr war etwas Ähnliches geschehen wie mit Armstrong 1947 – trotz der miserablen Verhältnisse waren ihre Jugendjahre in Sibirien ihre glücklichsten gewesen. Danach hatte sie zwanzig Jahre Big-Band-Kosmonautik ertragen müssen, bestimmt von Bürokratie und Simulationen, ein Leben in geschlossenen Räumen – alles nur, um jetzt hier zu sein. Plötzlich war sie wieder im Freien, baute mit ihren Händen Dinge und bewegte schwere Maschinen. Sie löste täglich an die hundert Probleme, wie in Sibirien, nur besser. Es war genau wie Satchmos Rückkehr!

Als dann Hiroko auftauchte und sagte: »Nadia, dieser Gabelschlüssel ist in dieser Stellung total festgefroren«, sang Nadia zur Antwort: *»That's the only thing I'm thinking of – baby!«*, und schlug ihn gegen einen Tisch wie einen Hammer. Dann drehte sie die Scheibe, um Hiroko zu zeigen, dass er nicht festsaß, und lachte über ihre Miene. »So machen wir Ingenieure das«, erklärte sie und ging summend in ihre Schleuse mit dem

Gedanken, wie drollig Hiroko war, eine Frau, die ihr ganzes Ökosystem im Kopf hatte, aber keinen Nagel gerade einschlagen konnte.

Und an diesem Abend sprach sie mit Sax über die Arbeit des Tages und mit Spencer über Glas; und mitten drin fiel sie auf ihre Pritsche und kuschelte den Kopf ins Kissen. Sie fühlte sich dabei ganz großartig, und der grandiose Schlusschor von »Ain't Misbehavin'« geleitete sie in den Schlaf.

Aber im Laufe der Zeit ändern sich die Dinge. Nichts ist von Dauer, nicht einmal Stein, nicht einmal Glück. Eines Abends sagte Phyllis: »Ist dir klar, dass es schon $L_S = 170$ ist? Sind wir nicht bei $L_S = 7$ gelandet?«

Also waren sie seit einem halben Marsjahr auf dem Mars. Phyllis benutzte den von Planetologen entworfenen Kalender, der unter den Kolonisten inzwischen gebräuchlicher als das System der Erde war. Das Jahr dauerte auf dem Mars 668,6 Tage Ortszeit; der L_S-Kalender sagte ihnen genau, wo in diesem langen Jahr sie sich befanden. Das System definierte die Linie zwischen Sonne und Mars bei dessen Frühlings-Tagundnachtgleiche als 0°; und dann wurde das Jahr in 360 Grade geteilt, sodass der Nordfrühling von L_S = 0°-90° ging, 90°-180° der nördliche Sommer, 180°-270° der Nordherbst und 270°-360° – oder wieder 0° – der Winter auf der nördlichen Hemisphäre.

Die nach irdischen Begriffen sehr große Exzentrizität der Marsbahn machte alles etwas komplizierter; denn im Perihel ist der Mars der Sonne um etwa dreiundvierzig Millionen Kilometer näher als im Aphel und erhält so etwa fünfundvierzig Prozent mehr Sonnenlicht. Diese Fluktuation macht die südlichen und nördlichen Jahreszeiten sehr ungleich. Das Perihel tritt alljährlich bei $L_S = 250$ ein, spät im Südfrühling. Darum sind im Süden Frühling und Sommer viel wärmer als im Norden, mit um dreißig Grad höheren Spitzentemperaturen. Im Süden sind allerdings auch Herbst und Winter kälter, da sie in Nähe des Aphels eintreten – so viel kälter, dass die südliche

Polkappe größtenteils aus gefrorenem Kohlendioxid besteht, die nördliche dagegen zumeist aus Wassereis.

Der Süden ist die Hemisphäre der Extreme, der Norden dagegen gemäßigter. Und die Bahnexzentrizität bewirkt noch einen anderen merklichen Unterschied. Da die Planeten sich umso schneller auf ihren Bahnen bewegen, je näher sie der Sonne sind, sind die Jahreszeiten in Nähe des Perihels kürzer als in Nähe des Aphels. Auf dem Mars dauert der Herbst im Norden 143 Tage, der nördliche Frühling aber 194, also 51 Tage länger als der Herbst! Manche meinten, das allein reiche schon, um sich im Norden anzusiedeln.

Der Marskalender
Jahr 1 (2027 AD)

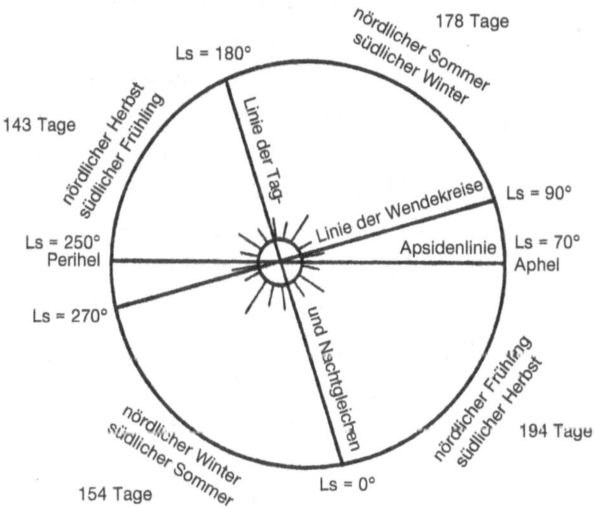

669 ganze Marstage in 1 Marsjahr
24 Monate =
21 Monate mit 28 Tagen
3 Monate (jeder achte) mit 27 Tagen

Sie waren im Norden; und der Sommer war vorbei. Die Tage wurden jeden Tag ein bisschen kürzer, aber die Arbeit ging weiter. Der Boden wurde immer zerwühlter und war kreuz und quer von Fahrrinnen durchzogen. Sie hatten eine Zementstraße nach Tschernobyl gebaut, und die Basis selbst war jetzt so groß, dass sie sich nach allen Richtungen über den Horizont erstreckte. Das Alchemistenviertel und die Straße nach Tschernobyl im Osten, das dauerhafte Wohnhabitat im Norden, das Lager und die Farm in Westen und das biomedizinische Zentrum im Süden.

Schließlich zogen alle in die fertigen Räume im Tonnengewölbe um. Die abendlichen Besprechungen waren dort kürzer und routinierter als in der Containersiedlung. Es vergingen Tage, in denen Nadia keine Hilferufe bekam. Manche Leute sah sie nur noch selten. Die Biomediziner in ihren Labors, den Erkundungstrupp von Phyllis und sogar Ann. Eines Abends warf Ann sich auf ihr Bett neben dem Nadias und lud sie zu einer Expedition nach Hebes Chasma ein, etwa 130 Kilometer im Südwesten. Offenbar wollte Ann ihr etwas außerhalb des Basisgebietes zeigen; aber Nadia lehnte ab. »Weißt du, ich habe zu viel zu tun.« Und als sie Anns Enttäuschung sah, fügte sie hinzu: »Vielleicht beim nächsten Mal.«

Dann ging es wieder an die Arbeit: Die Räume brauchten Innenausstattung, und sie wollte einen neuen Flügel bauen. Arkady hatte vorgeschlagen, das Habitat als unterirdisches Quadrat anzulegen, und Nadia wollte das umsetzen. Arkady erklärte, es wäre dann möglich, das von dem Quadrat umschlossene Areal zu überdachen. »Da werden wir diese Magnesiumbalken gut brauchen können. Wenn wir nur stärkere Glasscheiben machen könnten …«, sagte Nadia.

Sie hatten zwei Seiten des Quadrates fertiggestellt und zwölf Räume ganz hergerichtet, als Ann und ihr Team von Hebes zurückkamen. Am Abend sahen sie sich alle Anns Videos an. Sie zeigten, wie die Expeditionsrover über steinige Ebenen rollten. Dann erschien vorn ein Riss, der den ganzen Bildschirm ausfüllte, als ob sie sich dem Ende der Welt näherten. Schließlich zwangen seltsame kleine meterhohe Klippen die Rover zum Halten, und die Bilder wurden wackeliger, als einer ausstieg und mit laufender Helmkamera losging.

Dann kam abrupt das Panoramabild einer Schlucht, die so viel gewaltiger als die Senken von Ganges Catena war, dass es kaum zu fassen war. Die Wände der gegenüberliegenden Seite des Canyons waren am fernen Horizont gerade noch sichtbar. Hebes war ein fast geschlossener Schlund, eine versenkte Ellipse von ungefähr zweihundert Kilometern Länge und hundert Breite. Anns Gruppe hatte den Nordrand am späten Nachmittag erreicht, und die östliche Krümmung der Wand war von Sonnenlicht übergossen deutlich sichtbar. Nach Westen zu war sie nur als eine niedrige dunkle Linie zu sehen. Der Boden der Senke war eben, mit einer Vertiefung in der Mitte. »Wenn man eine Kuppel über dem Chasma schweben lassen könnte, hätte man ein großes geschlossenes Gebiet«, meinte Ann.

»Das müsste schon eine Zauberkuppel sein, Ann«, sagte Sax. »Das sind ungefähr zehntausend Quadratkilometer.«

»Ja, das gäbe eine schöne große Einfriedung. Und dann könnte man den Rest des Planeten sich selbst überlassen.«

»Das Gewicht dieser Kuppel würde die Wände des Canyons zum Einsturz bringen.«

»Darum habe ich gesagt, sie müsste schweben.«

Sax schüttelte bloß den Kopf.

»Das ist nicht absurder als der Weltraumlift, von dem du die ganze Zeit redest.«

»Ich möchte da wohnen – genau dort, wo du dieses Video gemacht hast«, warf Nadia ein. »Was für eine Aussicht!«

»Warte nur, bis du auf einen der Tharsis-Vulkane kommst. Da wirst du eine Aussicht haben!«, antwortete Ann gereizt.

Es gab jetzt dauernd solche kleinen Streits. Das erinnerte Nadia unangenehm an die letzten Monate auf der *Ares*. Arkady und seine Crew sendeten Videos von Phobos, die er kommentierte: »Der Stickney-Einschlag hat diesen Stein fast in Stücke gesprengt, und er ist chondritisch, fast zwanzig Prozent Wasser. Eine Menge Wasser ist bei dem Einschlag ausgegast, hat das Bruchsystem gefüllt und ist zu einem ganzen System aus Eis-Adern gefroren.« Eine faszinierende Sache, aber sie führte sofort zu einer Diskussion zwischen Ann und Phyllis, den beiden Spitzengeologinnen, ob das die richtige Erklärung für das Eis wäre. Phyllis schlug sogar vor, Wasser von Phobos herunterzubringen, was verrückt war, trotz ihrer kleinen Bestände und dem stetig wachsenden Bedarf. Tschernobyl brauchte eine Menge Wasser, die Farmer wollten in ihrer Biosphäre einen kleinen Sumpf, und Nadia wollte in einer der überwölbten Kammern ein Bad einrichten, komplett mit Schwimmbecken, drei Whirlpools und einer Sauna. Jeden Abend wurde Nadia gefragt, wie es damit voranginge, denn alle hatten es satt, sich mit Schwämmen zu waschen und trotzdem staubig zu bleiben und niemals richtig warm zu werden. Sie wollten ein Bad – in ihren alten delphinischen, von Wasser geprägten Gehirnen unterhalb des Großhirns, wo die Wünsche urtümlich und stürmisch waren, zog es sie zurück ins Wasser.

Sie brauchten unbedingt Grundwasser. Aber die seismischen Sondierungen lieferten keinen Hinweis auf Eisschichten unter der Oberfläche, und Ann meinte, es gäbe keine in dieser Region. Sie mussten sich weiter auf die Luftsammler verlassen oder Regolith zusammenkratzen und in die Boden-Wasser-Destillieranlagen füllen. Aber Nadia wollte die Destillen nicht überbeanspruchen, weil sie von einem französisch-ungarisch-chinesischen Konsortium gebaut waren und sicher versagen würden, wenn man sie zu stark belastete.

Aber so war das Leben auf dem Mars nun mal. Er war eine trockene Welt. *Shikata ga nai.*

»Es gibt immer Möglichkeiten«, sagte Phyllis dazu. Darum hatte sie auch vorgeschlagen, Lander mit Eis von Phobos zu beladen und herunterzubringen. Aber Ann hielt das für reine Energieverschwendung, und schon gab es wieder Streit.

Nadia ärgerte sich besonders darüber, weil sie so guter Dinge war. Sie sah keinen Grund für Streitigkeiten, und es störte sie, dass die anderen nicht genauso empfanden. Warum schwankte die Dynamik einer Gruppe so? Sie waren hier auf dem Mars, wo die Jahreszeiten doppelt so lang waren wie auf der Erde und jeder Tag vierzig Minuten länger dauerte. Warum konnten die Leute sich nicht entspannen? Nadia hatte das Gefühl, etwas tun zu müssen, obwohl sie immer beschäftigt war. Die zusätzlichen neununddreißigeinhalb Minuten pro Tag waren wahrscheinlich der wichtigste Grund für dieses Gefühl. Der Biorhythmus hatte sich im Laufe von Jahrmillionen der Evolution den Menschen eingeprägt. Aber jetzt hatten sie jeden Tag und jede Nacht plötzlich zusätzlich Zeit. Das musste Konsequenzen haben, dessen war Nadia sich sicher; denn trotz des hektischen Tempos jedes Arbeitstages und der tiefen Erschöpfung, in die sie jeden Abend verfiel, wachte sie immer ausgeruht auf. Diese seltsame Pause auf den Digitaluhren, wenn um Mitternacht die Ziffern 24.00.00 zeigten und dann jäh anhielten. Die unmarkierte Zeit verstrich, immer weiter und weiter, und manchmal schien das sehr lange zu dauern. Dann sprangen die Ziffern plötzlich auf 00.00.01, und die Zeit setzte ihren unaufhaltsamen Lauf fort. Der Zeitschlupf auf dem Mars war etwas ganz Besonderes. Oft verschlief Nadia ihn, wie die meisten anderen auch. Aber Hiroko stimmte einen Gesang im Zeitschlupf an, wenn sie wach war; und sie, das Farmteam und viele andere feierten jede Samstagnacht eine Party und sangen. Es war irgendetwas Japanisches. Nadia erfuhr nie, was, obwohl sie das Lied bisweilen vor sich hin summte, wenn sie im Gewölbe ihren Freunden zuhörte.

Aber eines Abends, als sie wieder einmal der völligen Erschöpfung nahe dasaß, kam Maya herüber, setzte sich eng neben sie und fing an zu reden. Maya, mit ihrem schönen Gesicht, immer sehr elegant und gepflegt, gutaussehend selbst in ihren Alltags-Overalls, sah verzweifelt aus. »Nadia, du musst mir einen Gefallen tun, bitte, bitte!«

»Was denn?«

»Du musst Frank etwas sagen.«

»Warum tust du das nicht selbst?«

»John darf uns nicht miteinander sprechen sehen. Ich muss ihm eine Nachricht zukommen lassen; und bitte, Nadezhda Francine, du bist meine einzige Möglichkeit dazu.«

Nadia knurrte missmutig.

»Bitte!«

Es war erstaunlich, wie viel lieber Nadia mit Ann oder Samantha oder Arkady gesprochen hätte. Wenn Arkady nur endlich von Phobos herunterkommen würde!

Aber Maya war ihre Freundin. Und ihre zutiefst unglückliche Miene … Nadia konnte nicht anders. »Was für eine Nachricht?«

»Sag ihm, dass ich ihn heute Abend im Lagerbereich treffen will!«, sagte Maya herrisch. »Um Mitternacht. Um zu reden.«

Nadia stöhnte. Aber später ging sie zu Frank und überbrachte ihm die Botschaft. Er nickte, ohne sie anzusehen, verlegen, mürrisch, unglücklich.

Ein paar Tage später säuberten Nadia und Maya zusammen den Backsteinboden der nächsten Kammer, die sie unter Druck setzen wollten; und Nadias Neugier siegte. Sie brach ihr übliches Schweigen zu diesem Thema und fragte Maya, was los wäre. Maya sagte kläglich: »Nun, es geht um John und Frank. Sie sind sehr eifersüchtig aufeinander. Sie sind wie Brüder, ja, aber unterschwellig ist da eine große Rivalität, vor allem bei Frank. John ist als Erster zum Mars geflogen und hat dann die Erlaubnis erhalten, noch einmal zu fliegen. Frank findet das unfair. Frank hat in Washington schwer gearbeitet, um die Kolonie zu finanzieren, und denkt, dass John schon immer die Vorteile seiner Arbeit genossen hat. Und jetzt ... John und ich verstehen einander gut. Ich mag ihn. Mit ihm ist es leicht. Leicht, aber vielleicht ein wenig ... Ich weiß nicht. Nicht langweilig. Aber auch nicht aufregend. Er geht gern spazieren und hängt mit der Farmcrew herum. Er spricht nicht viel. Aber Frank und ich, wir könnten ewig miteinander reden. Vielleicht streiten wir uns bis in alle Ewigkeit, aber wenigstens sprechen wir miteinander! Wir hatten eine ganz kurze Affäre auf der *Ares*, weißt du, ganz am Anfang. Es ist zwar nichts daraus geworden, aber er denkt immer noch, dass es das könnte.«

Warum er das wohl denkt?, fragte sich Nadia ironisch.

»Deswegen will er mich dauernd überreden, John zu verlassen und zu ihm zu kommen. Und John argwöhnt das. Darum gibt es zwischen ihnen große Eifersucht. Ich versuche nur zu verhindern, dass sie einander an die Gurgel gehen. Das ist alles.«

Nadia hatte sich längst entschieden, bei ihrem Vorsatz zu bleiben und nicht wieder danach zu fragen. Aber jetzt war sie wider Willen darin verwickelt. Maya kam immer öfter zu ihr, um zu reden und sie zu bitten, Frank Mitteilungen von ihr zu überbringen. »Ich bin keine Postbotin!«, protestierte Nadia ständig, machte es aber dann doch. Und ein paar Mal wurde sie dabei in lange Gespräche mit Frank verwickelt, natürlich über Maya. Wer sie wäre, wie sie wäre, warum sie so oder so gehandelt hätte. Nadia sagte ihm: »Schau, ich kann nicht für Maya sprechen. Ich weiß nicht, warum sie das tut, was sie tut. Du musst sie selbst fragen. Aber ich kann dir sagen, sie kommt aus der alten Moskauer Sowjetoberschicht, Universität und Kommunistischen Partei seitens ihrer Mutter und Großmutter. Für Mayas *Babuschka* waren Männer die Feinde, und für ihre Mutter auch. Sie lebten in einem Matriarchat. Mayas Mutter pflegte ihr zu sagen: ›Frauen sind die Wurzeln, Männer sind bloß die Blätter.‹ Das war eine Kultur aus Misstrauen, Manipulation und Furcht – und Maya kommt aus genau dieser Kultur. Und gleichzeitig haben wir diese Tradition von *amicochonstvo,* einer Art intensiver Freundschaft, wo man jedes noch so unwichtige Detail aus dem Leben seines Freundes – oder seiner Freundin – erfährt, wo man gewissermaßen in das Leben der anderen Person eindringt. Beides zusammenzuführen ist unmöglich und muss einfach schiefgehen.«

Frank nickte. Diese Darstellung sagte ihm eindeutig etwas. Nadia seufzte und fuhr fort: »Das sind genau die Freundschaften, die zu Liebe führen; und dann hat man in der Beziehung dieselben Schwierigkeiten, nur viel größer, vor allem wegen der ganzen Furcht, die ihr zugrunde liegt.«

Und Frank, groß, dunkelhaarig und irgendwie attraktiv, vor Energie strotzend, von seinem inneren Dynamo angetrieben, der amerikanische Politiker, jetzt von einer neurotischen russischen Schönheit um den Finger gewickelt – Frank nickte bescheiden und dankte ihr. Er sah enttäuscht aus – zu Recht.

Nadia versuchte, das alles zu ignorieren. Aber plötzlich war alles problematisch geworden. Vlad hatte es nie gefallen, wie viel Zeit sie am Tag auf der Oberfläche verbrachten. Er sagte: »Wir sollten die meiste Zeit drinnen bleiben und alle Labors eingraben. Die Außenarbeiten sollten auf eine Stunde am frühen Morgen und eine zweite am späten Nachmittag beschränkt werden, wenn die Sonne tief steht.«

»Ich denke ja nicht daran, den ganzen Tag drinnen zu bleiben«, quittierte Ann seinen Vorschlag. Viele pflichteten ihr bei.

»Wir haben eine Menge Arbeit zu tun«, warf Frank ein.

»Aber das meiste davon könnte durch ferngesteuerte Roboter erledigt werden«, sagte Vlad. »Und das sollte es auch. Was wir tun, ist nämlich ungefähr so, als würden wir uns zehn Kilometer von einer Atomexplosion entfernt aufhalten.«

»Und?«, fragte Ann. »Soldaten haben genau das getan ...«

»... die alle sechs Monate stattfindet«, schloss Vlad und starrte sie an. »Würdest du das wollen?«

Sogar Ann machte ein besorgtes Gesicht. Keine Ozonschicht, kein nennenswertes Magnetfeld. Sie wurden von Strahlung fast genauso geröstet wie im interplanetaren Raum, mit 10 Rem jährlich.

Also ordneten Frank und Maya an, dass sie ihre Zeit im Freien rationieren sollten. Es gab unter dem Hügel eine Menge Innenarbeiten zu tun, um die letzte Reihe von Kammern fertigzustellen. Und es war möglich, unter den Gewölben einige Keller zu graben, um mehr strahlungsgeschützten Raum zu schaffen. Viele Traktoren waren darauf eingerichtet, von Stationen im Innern aus ferngesteuert zu werden. Ihre Entscheidungsalgorithmen erledigten die Details, während die menschlichen Maschinisten Bildschirme beobachteten. Es ließ sich machen, aber niemandem gefiel dieses Leben. Sogar Sax Russell, dem es recht war, den größten Teil der Zeit drinnen zu verbringen, sah etwas verstört aus. An den Abenden fingen einige Leute an, sich für den sofortigen Beginn des Terraformings auszusprechen, und vertraten die Sache mit wachsender Intensität.

Frank entgegnete ihnen scharf: »Diese Entscheidung liegt nicht bei uns, sondern bei der UN. Außerdem dauert es Jahrhunderte, bis sich draußen etwas ändert. Darüber zu reden ist reine Zeitverschwendung!«

»Stimmt schon«, erwiderte Ann, »aber ich will meine Zeit nicht hier unten in diesen Höhlen verbringen. Wir sollten unser Leben so leben können, wie wir es wollen. Wir sind zu alt, um uns wegen der Strahlung noch Sorgen zu machen.«

Schon wieder Diskussionen, die bei Nadia den Eindruck erweckten, als wäre sie von dem guten soliden Gestein ihres Planeten wieder in die angespannte schwerelose Welt der *Ares* zurückversetzt worden. Nörgeleien, Beschwerden, Gezänk – bis die Leute davon genug hatten oder müde wurden und schlafen gingen. Nadia machte sich zur Angewohnheit, den Raum zu verlassen, sobald es losging. Sie suchte dann Hiroko auf, um über etwas Konkretes zu diskutieren. Aber es war schwer, diesen Themen auszuweichen und aufzuhören, über sie nachzudenken.

Dann kam eines Abends Maya weinend zu ihr. In der Dauersiedlung gab es Platz für ungestörte Gespräche, und Nadia ging mit ihr hinunter in die nordöstliche Ecke der Gewölbe, wo noch an der Innenausstattung gearbeitet wurde. Dort setzten sie sich dicht nebeneinander. Nadia fröstelte, hörte Maya zu, legte ab und zu einen Arm um sie und drückte sie an sich. »Schau«, sagte sie zu Maya, »warum entscheidest du dich nicht einfach? Warum hörst du nicht auf, den einen gegen den anderen auszuspielen?«

»Aber ich habe mich entschieden! Ich liebe John! Er ist es, ist es immer gewesen. Aber jetzt hat er mich mit Frank gesehen und denkt, dass ich ihn betrogen hätte. Das ist so kleinlich von ihm! Sie sind wie Brüder, sie sind Rivalen in jeder Hinsicht; aber diesmal ist es bloß ein Irrtum!«

Nadia wollte die Details gar nicht wissen, aber sie saß da und hörte trotzdem zu.

Plötzlich stand John vor ihnen. Nadia stand auf und wollte gehen, aber er schien sie gar nicht zu sehen. Er sagte zu Maya: »Schau, es tut mir leid, aber ich kann nicht mehr. Es ist vorbei.«

»Es ist nicht vorbei«, entgegnete Maya, sofort gefasst. »Ich liebe dich.«

John lächelte traurig. »Ja. Und ich liebe dich. Aber ich will klare Verhältnisse.«

»Sie sind klar.«

»Nein, das sind sie nicht. Ich meine, du kannst gleichzeitig in mehr als eine Person verliebt sein. Das kann jeder. So ist es eben. Aber du kannst nur einem treu sein. Und ich … ich will treu sein. Aber nur einer Person, die mir treu ist. Das meine ich mit klaren Verhältnissen, aber …«

Er schüttelte den Kopf, konnte das richtige Wort nicht finden. Er ging zurück in die östliche Reihe der Kammern und verschwand durch eine Tür.

»Amerikaner«, zischte Maya giftig. »Verdammte Kinder!« Dann ging sie hinter ihm her durch die Tür.

Sie kam aber bald zurück. Er hatte sich zu einer Gruppe in einem der Gesellschaftsräume gesellt und wollte nicht gehen. »Ich bin erschöpft«, versuchte Nadia sie abzuwimmeln, aber Maya hörte nicht zu. Sie wurde immer aufgebrachter. Sie diskutierten eine geschlagene Stunde lang darüber. Schließlich stimmte Nadia zu, John zu suchen und ihn darum zu bitten, noch einmal mit Maya über alles zu reden. Nadia ging mürrisch durch die Zimmer, ohne die Backsteine und bunten Nylonvorhänge zu beachten. Die Vermittlerin, die niemand bemerkte. Könnte man nicht Roboter *dafür* einsetzen? Sie fand John, der sich entschuldigte, dass er sie vorher ignoriert hatte. »Ich war durcheinander. Es tut mir leid. Ich dachte, du würdest es sowieso zu hören bekommen.«

Nadia zuckte die Achseln. »Kein Problem. Aber schau, du wirst mit ihr sprechen müssen. So ist das mit Maya. Wir Russen reden, reden und reden. Wenn du eine Beziehung mit ihr eingehen willst, musst du dauernd mit ihr reden – bis zum bitteren Ende. Rede mit ihr, sonst wird es für dich auf lange Sicht noch schlimmer sein, glaub mir!«

Das kam bei ihm an. Ernüchtert machte er sich auf die Suche nach Maya. Nadia ging zu Bett.

Am nächsten Tag arbeitete sie draußen auf einem Grabenbagger. Es war das dritte Problem dieses Tages, das sie zu lösen hatte, und das zweite hatte Schwierigkeiten gemacht. Samantha hatte versucht, mit einer Planierraupe eine enge Kurve zu fahren, während sie ziemlich viel auf der Schaufel hatte. Das Ding war vornüber gekippt und hatte die Stangen der Schaufelblätter aus ihren Lagern gerissen und hydraulische Flüssigkeit über den Boden vergossen, wo sie gefroren war, noch ehe sie sich ausbreiten konnte. Sie mussten Wagenheber unter das in der Luft schwebende Ende der Maschine schieben, dann den ganzen Schaufelansatz loskuppeln und das Fahrzeug auf die Heber heruntersenken. Es war eine Tortur gewesen.

Sobald das erledigt war, wurde Nadia zu Hilfe bei einer Sandvik-Tubex-Bohrmaschine gerufen, mit der sie verschalte Löcher durch große Felsblöcke bohrten, die beim Bau einer

Wasserleitung von den Alchemisten zur Wohnsiedlung im Wege waren. Der pneumatische Hammer war offenbar voll ausgestreckt eingefroren und steckte fest wie ein Pfeil, der durch einen Baumstamm gejagt worden war. Nadja sah sich den Hammerstiel an. Spencer fragte: »Hast du irgendwelche Vorschläge, wie man den Hammer freibekommen kann, ohne ihn zu zerbrechen?«

»Ihr müsst den Stein zertrümmern«, sagte Nadia müde. Sie ging los und brachte einen Traktor mit angehängtem Hecklader her. Sie fuhr den Lader über den Felsblock und wollte gerade einen kleinen hydraulischen Stoßhammer daran befestigen, als der große Hammer plötzlich hochstieß, den Stein dabei mitnahm und die Außenseite ihrer linken Hand gegen die Unterseite der Ramme quetschte.

Sie fuhr instinktiv zurück. Schmerzen schossen ihren Arm entlang bis hoch in die Brust. Die komplette linke Seite ihres Körpers brannte wie Feuer, und vor ihren Augen verschwamm alles. Rufe drangen an ihre Ohren. »Was ist los? Was ist passiert?« Sie antwortete mit einem schwachen Krächzen: »Hilfe!« Sie saß da, ihre gequetschte linke Hand noch zwischen Stein und Hammer eingeklemmt. Sie drückte mit dem Fuß gegen das Vorderrad des Traktors, schob mit aller Kraft und konnte fühlen, wie der Hammer ihre Knochen über Gestein rieb. Dann fiel sie ruckartig nach hinten auf den Rücken, die Hand war frei. Der Schmerz nahm ihr den Atem. Ihr war übel, und sie glaubte, ohnmächtig zu werden. Sie drückte sich mit der unverletzten Hand auf die Knie hoch und sah, dass die verletzte stark blutete. Der Handschuh war zerrissen und der kleine Finger verschwunden. Sie stöhnte, beugte sich vor, presste die Hand erst an sich und dann auf den Boden, den stechenden Schmerz ignorierend. Auch wenn die Hand blutete, müsste sie sofort einfrieren. Wie lange würde das dauern?

»Frier endlich zu, verdammt!«, jaulte sie. Sie schüttelte sich Tränen aus den Augen und zwang sich hinzuschauen. Überall dampfendes Blut. Sie presste die Hand so fest auf den Boden, wie sie es aushalten konnte. Es tat schon weniger weh. Bald würde sie ganz taub sein. Sie musste aufpassen, dass nicht die ganze Hand abfror! Erschrocken wollte sie sie wieder in ihren Schoß ziehen. Dann waren die anderen da und hoben sie hoch, und Nadia verlor das Bewusstsein.

Sie war verstümmelt. Neun-Finger-Nadia nannte Arkady sie am Telefon. Er schickte ihr Zeilen von Jewtuschenko, die er zum Tod von Louis Armstrong geschrieben hatte: »Mach weiter so, wie du es in der Vergangenheit getan hast / und spiele.«

»Wo hast du das her?«, fragte ihn Nadia. »Ich kann mir nicht vorstellen, dass du Jewtuschenko liest.«

»Doch, natürlich lese ich ihn. Er ist besser als McGonagall! Nein, das stand in einem Buch über Armstrong. Ich habe deinen Rat befolgt und seine Musik bei der Arbeit laufen lassen, und abends ein paar Bücher über ihn gelesen.«

»Ich wünschte, du könntest herunterkommen«, sagte Nadia.

Vlad hatte sie operiert. Er sagte ihr, es würde alles gut werden. »Es war eine saubere Amputation. Der Ringfinger ist etwas geschädigt, wird aber wahrscheinlich die Rolle des kleinen Fingers übernehmen. Ringfinger werden ohnehin nicht sehr belastet. Die zwei wichtigsten Finger bleiben so kräftig wie eh und je.«

Jeder kam zu Besuch. Nichtsdestoweniger sprach sie mit Arkady mehr als mit allen anderen, alleine, nachts, in den viereinhalb Stunden, in denen Phobos von West nach Ost über den Himmel zog. Zuerst rief er fast jede Nacht an, später noch öfter.

Sie war bald wieder aufgestanden und unterwegs, die Hand in einem Gipsverband, der verdächtig leicht war. Sie behob Störungen oder erteilte Ratschläge, um ihren Geist auf Trab zu halten. Michel Duval kam nie vorbei, was ihr merkwürdig erschien. Waren Psychologen nicht für solche Situationen da? Trotz allem fühlte sie sich deprimiert. Sie brauchte ihre Hände für ihre Arbeit, sie war eben ein Handwerker. Der Verband war hinderlich, und sie schnitt den Teil um das Handgelenk herum mit einer Schere aus ihrer Werkzeugsammlung ab. Wenn sie draußen war, musste sie die Hand mitsamt dem Verband in einem Futteral tragen, und es gab nicht viel, das sie dann noch ausrichten konnte. Es war wirklich deprimierend.

Samstagabend kam, und sie saß in dem kürzlich gefüllten Whirlpool, genoss ein Glas schlechten Weins und sah ihren Kameraden zu, die in ihren Badeanzügen planschten. Sie war keineswegs die einzige Verletzte. Nach so vielen Monaten harter körperlicher Arbeit waren alle ein wenig angeschlagen. Fast jeder hatte Erfrierungsnarben, Flecken aus schwarzer Haut, die sich irgendwann ablöste und neue zum Vorschein brachte – rosa, hässlich und in der Wärme der Bäder empfindlich. Etliche andere Personen hatten Gipsverbände an Händen, Fußgelenken, Armen und sogar Beinen. Alles Brüche oder Zerrungen. Sie konnten sich eigentlich glücklich schätzen, dass es noch keine Toten gegeben hatte.

All diese Körper, aber keiner für sie dabei. Sie kannten einander so gut wie eine Familie, dachte Nadia. Sie verarzteten sich gegenseitig, schliefen in den gleichen Räumen, zogen sich in den gleichen Schleusen an, waren gleich gekleidet und badeten im gleichen Wasser. Eine ganz gewöhnliche Schar menschlicher Tiere, augenfällig nur in der abgeschlossenen

Welt, die sie bewohnten, aber eher tröstend als erregend – zumindest meistens. Körper mittleren Alters. Nadia war rund wie ein Kürbis, eine plumpe, zähe, muskulöse Frau, vierschrötig und dennoch rundlich. Und allein. Ihr bester Freund in diesen Tagen war eine Stimme in ihrem Ohr, ein Gesicht auf dem Bildschirm. Wenn er von Phobos herunterkäme … Nun, schwer zu sagen. Er hatte eine Menge Freundinnen auf der *Ares* gehabt, und Janet Blyleven war mit auf Phobos, nur um bei ihm zu sein …

Die Leute stritten sich wieder, dort in den seichten Stellen des Schwimmbeckens. Ann, groß und hager, lehnte sich vor, um Sax Russell eine wütende Entgegnung an den Kopf zu werfen. Wie gewöhnlich schien er ihr gar nicht zuzuhören. Wenn das so weiterging, würde sie ihn eines Tages verprügeln. Es war merkwürdig, wie sich die Gruppe erneut veränderte. Alles fühlte sich schon wieder anders an. Sie konnte sich nie sicher sein. Die wirkliche Natur der gesamten Gruppe war eine Sache für sich und führte ein Eigenleben, das sich irgendwie von dem der Individuen, die sie bildeten, unterschied. Das musste Michels Aufgabe als Seelenklempner fast unmöglich machen. Nicht dass sie das sicher wusste. Michel war der ruhigste und unaufdringlichste Psychiater, der ihr je begegnet war. Ohne Zweifel der Richtige für diese Schar von Leuten, die die Psychologie insgesamt ablehnten. Aber sie fand es immer noch merkwürdig, dass er nach dem Unfall nicht gekommen war, um sie zu besuchen.

Eines Abends verließ sie die Speiseräume und ging hinunter zu dem Tunnel, den sie von den gewölbten Kammern zum Farmkomplex gruben. Ganz am Ende des Tunnels standen Maya und Frank und stritten sich so boshaft, dass nicht ihre Worte, sondern ihre Gefühle durch den Tunnel zu hallen schienen. Franks Gesicht war von Wut verzerrt, und Maya wandte sich weinend von ihm ab. Dann drehte sie sich wieder um und schrie: »So war es *nie!*« Dann rannte sie blindlings auf Nadia zu und an ihr vorbei. Ihr Mund war verzerrt, und Franks Gesicht eine Grimasse des Schmerzes.

Nadia drehte sich schockiert um und ging zurück in die Wohnräume. Sie stieg die Magnesiumtreppe empor zum Wohnzimmer im Sektor zwei und stellte den Fernseher an, um sich das rund um die Uhr laufende Nachrichtenprogramm von der Erde anzusehen, was sie sonst nur sehr selten tat. Nach einer Weile drehte sie den Ton herunter und blickte auf die Backsteinmuster in dem Gewölbe über sich. Maya kam herein und fing an, ihr die Dinge zu erklären: Es war nichts zwischen ihr und Frank. Das bildete er sich nur ein. Er wollte sie einfach nicht aufgeben, obwohl es von Anfang an sinnlos gewesen war. Sie wollte nur John; und es war nicht ihr Fehler, dass John und Frank sich jetzt so schlecht vertrugen. Das lag einzig und allein an Franks irrationalem Verlangen. Es war nicht ihr Fehler, aber sie fühlte sich so schuldig, weil die beiden Männer früher so enge Freunde gewesen waren, fast wie Brüder.

Nadia hörte mit mühsam geheuchelter Geduld zu und sagte »*Da, da*«, bis Maya heulend flach auf dem Rücken am Boden lag und Nadia, die auf der Kante eines Stuhles saß, sie anstarrte und sich fragte, wie viel davon wohl stimmte. Und worum sich der Streit in Wirklichkeit wohl gedreht hatte. Und ob sie eine schlechte Freundin wäre, wenn sie der Story ihrer alten Gefährtin so gänzlich misstraute. Aber irgendwie machte das Ganze den Eindruck, als ob Maya ihre Spuren verwischte und wieder jemanden manipulierte. Diese zwei verzerrten Gesichter, die sie im Tunnel gesehen hatte, waren doch der eindeutige Beweis für einen Streit zwischen zwei sich nahestehenden Personen gewesen. Also war Mayas Erklärung fast sicher eine Lüge. Nadia sagte etwas Beruhigendes zu ihr und ging zu Bett. Du hast mir schon zu viel von meiner Zeit und Energie und Konzentration mit diesen Spielchen geraubt, dachte sie. Du hast mich damit einen Finger gekostet, du Schlampe!

Ein neues Jahr neigte sich dem Ende des langen nördlichen Sommers zu; und sie hatten immer noch keine ausreichende Wasserversorgung. Darum schlug Ann vor, eine Expedition zur Polkappe zu unternehmen und eine Roboter-Destillieranlage einzurichten. Entlang des Weges könnten sie eine Route anlegen, der die Roboter auf Autopilot folgen sollten. Sie sagte zu Nadia: »Komm doch mit! Du hast noch nichts von dem Planeten gesehen außer dem Streifen zwischen hier und Tschernobyl, und das ist gar nichts. Du hast Hebes und Ganges versäumt und kannst hier gerade nicht viel tun. Wirklich, Nadia, ich kann nicht glauben, was für ein Arbeitstier du gewesen bist. Ich meine, wozu bist du überhaupt auf dem Mars?«

»Wozu?«

»Genau, *wozu*? Ich meine, es gibt hier zwei Arten von Aktivitäten: die Erforschung des Mars und die Sorge für das Überleben dieser Forscher. Und hier bist du völlig in der Überlebenssicherung aufgegangen, ohne dem Grund, weshalb wir in erster Linie hergekommen sind, die geringste Aufmerksamkeit zu schenken!«

»Nun, das tue ich eben gern«, sagte Nadia unsicher.

»Schön, etwas Abstand davon könnte dir nicht schaden. Zum Teufel, du hättest auch auf der Erde bleiben und Klempner werden können! Du hättest nicht den ganzen Weg zurücklegen müssen, um einen blöden *Bulldozer* zu fahren. Wie lange willst du hier noch weiter schuften, Toiletten installieren und Traktoren programmieren?«

»Okay, okay«, sagte Nadia und dachte an Maya und die ganze Geschichte. Das Gewölbequadrat war fast fertig. »Du hast recht. Ich könnte wirklich Urlaub brauchen.«

Sie fuhren in drei großen geländegängigen Rovern mit großer Reichweite los, Nadia und fünf Geologen: Ann, Simon Frazier, George Berkovic, Phyllis Boyle und Edvard Perrin. George, Phyllis und Edvard waren Freunde seit ihren Tagen bei der NASA und befürworteten »angewandte geologische Studien«, also die Suche nach Edelmetallen. Simon andererseits war ein stiller Verbündeter Anns, der sich reiner Forschung und einer gewissen Zurückhaltung verschrieben hatte. Nadia wusste all das, obwohl sie, außer mit Ann, nur sehr wenig Zeit allein mit diesen Leuten verbracht hatte. Es wurde so viel getratscht, sie hätte, wenn nötig, alle Neigungen eines jeden auf der Basis aufzählen können.

Die Rover bestanden aus je zwei vierrädrigen Wagen, die durch einen flexiblen Rahmen zusammengekoppelt waren, und sahen wie Riesenameisen aus. Sie waren von Rolls-Royce und einem multinationalen Aerospace-Konsortium gebaut worden und hatten eine hübsche meergrüne Lackierung. Die vorderen Wagen enthielten die Wohnräume und hatten auf allen Seiten getönte Fenster. Die Anhänger enthielten die Treibstoffbehälter und waren mit schwarzen rotierenden Solarzellen ausgestattet. Die acht Räder aus Drahtgeflecht waren zweieinhalb Meter hoch und sehr breit.

Während sie über Lunae Planum nach Norden fuhren, markierten sie mit kleinen grünen Transpondern, die sie alle paar Kilometer absetzten, ihre Route. Sie räumten auch Steine aus dem Weg, die einen Robot-Rover behindern könnten, wozu sie den Schneepflug-Ansatz oder den kleinen Kran vorne am ersten Rover benutzten. So bauten sie praktisch eine Straße. Auf Lunae kam diese Ausrüstung nur selten zum Einsatz. Sie fuhren fast mit Höchstgeschwindigkeit von dreißig Kilometern in der Stunde einige Tage lang glatt durch, immer nach Nordwesten, um die Canyonsysteme von Tempe und Mareotis zu umgehen. Diese Route führte sie über Lunae zu dem langen Abhang von Chryse Planitia. Beide Regionen sahen der Gegend um ihr Basislager sehr ähnlich, holprig und mit kleinen Steinen übersät. Aber da sie bergab fuhren, hatten sie oft viel weitere Ausblicke, als sie gewohnt waren. Für Nadia war es ein neues Vergnügen, immer weiter zu fahren und zu sehen, wie ständig neue Landschaften über dem Horizont auftauchten: Hügel, Senken, enorme einzeln stehende Felsblöcke und gelegentlich eine niedrige runde Mesa, die Außenseite eines Kraters.

Als sie in das Tiefland der nördlichen Hemisphäre hinuntergekommen waren, wandten sie sich direkt nach Norden und fuhren wieder mehrere Tage lang durch die riesige Acidalia Planitia. Ihre Radspuren zogen sich hinter ihnen her wie der erste Schnitt eines Rasenmähers durch Gras, und die Transponder schimmerten hell und auffällig zwischen den Steinen. Phyllis, Edvard und George sprachen davon, ein paar Abstecher zu machen, um einigen Hinweisen auf ungewöhnliche mineralische Ausbisse beim Perepelkin-Krater nachzugehen, die sie auf Satellitenfotos gesehen hatten. Ann erinnerte sie gereizt an ihren Auftrag. Es betrübte Nadia, dass Ann hier draußen fast genauso distanziert und verkniffen war wie in der Basis. Immer, wenn sie anhielten, ging Ann allein draußen herum, und wenn sie im Rover beisammensaßen, um zu essen, hielt sie sich abseits. Einmal versuchte Nadia sie aus der Reserve zu locken: »Ann, warum sind hier überall Steine verstreut?«

»Meteorite.«

»Aber wo sind die Krater?«

»Die meisten im Süden.«

»Und wie sind die Steine dann hierhergekommen?«

»Sie sind geflogen. Darum sind sie so klein. Nur kleinere Stücke konnten so weit geschleudert werden.«

»Aber ich dachte, du hättest gesagt, dass diese nördlichen Ebenen relativ jung wären, die ältere Kraterlandschaft im Süden dagegen relativ alt.«

»Das stimmt. Die Steine, die du hier siehst, stammen von späteren Meteoriteneinschlägen. Die gesamte Ansammlung loser Steine aus Einschlägen ist viel größer, als wir sehen können. Man nennt das Regolithfelder. Und die sind einen Kilometer tief.«

»Kaum zu glauben«, sagte Nadia. »Ich meine, dass es so viele Meteorite sind.«

Ann nickte. »Es sind Milliarden Jahre. Das ist der Unterschied zwischen hier und der Erde. Das Alter des Landes schwankt zwischen Millionen und Milliarden Jahren. Das ist ein kaum vorstellbarer Unterschied. Es kann helfen, wenn man solche Landschaften wie die hier sieht.«

Mitten auf Acidalia stießen sie auf lange, gerade Canyons mit steilen Wänden und flachem Boden. Sie sahen, wie George mehrfach bemerkte, eher aus wie die legendären ausgetrockneten Kanäle. Der geologische Name für sie war *fossae* (Gräben), und sie traten haufenweise auf. Selbst die kleineren dieser Schluchten waren für Rover unpassierbar. Wenn sie an eine kamen, mussten sie wenden und an ihrem Rand entlangfahren, bis sich ihr Boden hob oder die Wände zusammentraten. Dann konnten sie weiter nach Norden über die flache Ebene fahren.

Der Horizont vor ihnen war manchmal zwanzig Kilometer entfernt, manchmal nur drei. Krater wurden seltener, und die, an denen sie vorbeikamen, waren von niedrigen Hügeln umgeben, die blütenförmig von den Rändern ausgingen – Spritzkrater, wo Meteorite den Permafrost beim Aufprall in heißen Schlamm verwandelt hatten. Nadias Gefährten brachten einen ganzen Tag damit zu, emsig über die Hügel um einen dieser Krater herumzuwandern. Die runden Hänge wiesen, wie Phyllis sagte, ebenso deutlich auf altes Wasser hin, wie die Maserung in versteinertem Holz den ursprünglichen Baum verriet. Während sie darüber diskutierten, erkannte Nadia, dass das eine weitere Meinungsverschiedenheit zwischen ihr und Ann war. Phyllis glaubte an das Modell der langen nassen Vergangenheit des Mars, Ann an das der kurzen. Oder so ähnlich. Die Wissenschaft war für vieles gut, auch als Waffe, mit der man andere Wissenschaftler treffen konnte.

Weiter im Norden, auf 54° Breite, fuhren sie in das eigenartig aussehende Land der Thermokarste, ein buckliges Terrain, das von einer Menge ovaler Gruben mit steilen Wänden, sogenannten Dolinen, übersät war. Diese waren hundertmal größer als ihre Entsprechungen auf der Erde. Die meisten hatten zwei bis drei Kilometer Durchmesser und waren etwa sechzig Meter tief. Ein sicheres Anzeichen für Permafrost, da waren sich alle Geologen einig. Jahreszeitlich bedingtes Gefrieren und Auftauen des Bodens ließ ihn in dieser Form absinken. Gruben solcher Größe zeigten, dass der Boden einen hohen Wassergehalt gehabt haben müsse, sagte Phyllis. Sofern das nicht eine andere Manifestation für das unvorstellbare hohe geologische Alter der Oberfläche des Mars wäre, erwiderte Ann. Einfach eisiger Boden, der Äonen lang langsam eingesunken wäre.

Phyllis schlug verärgert vor, sie sollten Wasser aus dem Boden gewinnen, und Ann stimmte ebenso verärgert zu. Sie fanden einen glatten Abhang zwischen den Senken und hielten an, um einen Permafrost-Wassersammler zu installieren. Nadia leitete das Vorhaben mit einiger Erleichterung. Der Mangel an Beschäftigung ging ihr allmählich auf die Nerven. Sie brauchte fast einen ganzen Tag für die Arbeit: Sie grub mit der kleinen Aushubschaufel des vorderen Rovers einen zehn Meter langen Graben und legte den seitlichen Sammelstollen an, ein mit Kies gefülltes Rohr aus perforiertem rostfreiem Stahl. Dann prüfte sie die elektrischen Heizelemente, die in Streifen an dem Rohr und den Filtern angebracht waren, und füllte schließlich den Graben mit Ton und Steinen, die sie vorher ausgegraben hatten.

Über dem unteren Ende des Stollens befanden sich ein Sammelbehälter und eine Pumpe, und eine isolierte Leitung führte zu einem kleinen Vorratstank. Batterien speisten die Heizelemente, und Solarpaneele luden die Batterien. Wenn der Vorratstank voll war, schaltete sich die Pumpe ab, und es öffnete sich ein Solenoid-Ventil, das das Wasser vom Vorratstank in den Stollen zurücklaufen ließ, woraufhin auch die Heizelemente abgestellt wurden.

»Fast fertig«, erklärte Nadia spät am Tag, als sie sich daran machte, die Transportröhre auf dem letzten Magnesiumpfosten zu befestigen. Ihre Hände waren gefährlich kalt, und die verstümmelte schmerzte. Sie sagte: »Vielleicht könnte jemand mit dem kochen anfangen? Ich bin hier fast fertig.« Die Transportröhre musste in einen dicken Zylinder aus weißem Polyurethanschaum gepackt und dann in eine größere Schutzröhre eingepasst werden. Erstaunlich, wie sehr Isolation eine einfache Klempnerarbeit erschwerte.

Sechskantmutter, Dichtungsscheibe, Schließbolzen und ein fester Ruck am Schraubenschlüssel. Nadia ging an der Leitung entlang und prüfte die Kupplungsbänder an den Verbindungen. Alles fest. Sie schleppte ihr Werkzeug zum Rover eins hinüber, hielt kurz inne und schaute auf das Ergebnis eines Tagewerks zurück: ein Tank, eine kurze Röhre auf Pfosten, ein Kasten auf dem Boden, ein langer flacher Hügel aus aufgewühltem Boden, der bergauf führte und frisch, aber eigentlich nicht ungewöhnlich in diesem Land voller Klumpen aussah. Sie sagte: »Auf dem Rückweg werden wir frisches Wasser trinken.«

Sie hatten über zweitausend Kilometer nach Norden zurückgelegt und rollten endlich hinab in die Vastitas Borealis, einer alten Lavafläche mit Kratern, die die nördliche Hemisphäre zwischen 60° und 70° Breite umrundet. Ann und die anderen Geologen verbrachten jeden Morgen einige Stunden auf dem kahlen dunklen Gestein dieser Ebene und nahmen Proben, woraufhin sie dann den Rest des Tages weiter nach Norden fuhren und ihre Funde besprachen. Ann schien mehr in dieser Arbeit aufzugehen und glücklicher zu sein. Eines Abends bemerkte Simon, wie Phobos gerade über die niedrigen Berge im Süden stieg. Die Fahrstrecke des nächsten Tages würde ihn ganz unter dem Horizont verschwinden lassen. Das zeigte deutlich, wie niedrig die Bahn dieses kleinen Mondes verlief. Sie waren erst auf 69° Breite! Aber Phobos befand sich nur etwas mehr als 5000 Kilometer über dem Äquator des Planeten. Nadia winkte ihm einen Abschiedsgruß zu in dem Bewusstsein, dass sie dank der kürzlich eingetroffenen areosynchronen Funksatelliten immer noch mit Arkady würde sprechen können.

Drei Tage später hörte der kahle Fels auf und verschwand unter Wellen schwärzlichen Sandes. Es war, als käme man an das Ufer eines Meeres. Sie hatten die Großen Nördlichen Dünen erreicht, die den Planeten zwischen Borealis und der Polkappe wie ein ungefähr 800 Kilometer breites Band umschließen. Der Sand hatte die Farbe von Holzkohle mit purpurnen und rosafarbenen Tönen, eine wahre Augenweide nach all dem roten Schotter des Südens. Die Dünen zogen sich nach Norden und Süden in parallelen Kämmen hin, die gelegentlich gebrochen wurden oder zusammenliefen. Es war leicht darüberzufahren. Der Sand war fest gepackt, und sie mussten sich nur eine große Düne aussuchen und dann an ihrer buckligen Westseite entlangfahren.

Nach ein paar Tagen wurden die Dünen allerdings größer und zu etwas, das Ann (mit einem Ausdruck für einzeln stehende Dünen in der Kirgisensteppe) als »Barchan« bezeichnete. Diese Sicheldünen sahen aus wie große gefrorene Wellen mit hundert Meter hohen Vorderseiten und waren einige Kilometer lang. Wie so viele andere landschaftliche Merkmale auf dem Mars waren sie hundertmal größer als ihre Entsprechungen in der Sahara und Gobi. Die Expedition hielt einen ebenen Kurs über die Rücken dieser großen Wellen ein, indem sie von einer Welle zur nächsten kurvte. Die Rover waren wie kleine Schiffe, die über ein dunkles Meer fuhren, das auf dem Höhepunkt eines titanischen Sturms eingefroren war.

Eines Tages hielt Rover zwei auf diesem gigantischen Meer an. Ein rotes Licht auf dem Kontrollpult besagte, dass das Problem in dem flexiblen Rahmen zwischen den beiden Elementen steckte. Es zeigte sich, dass das hintere Modul nach links gekippt war und sich die Räder an der linken Seite in den Sand schaufelten. Nadia legte einen Anzug an und ging nach hinten, um nachzusehen. Sie nahm die Staubhülle von dem Gelenk, wo der Rahmen mit dem Chassis des Moduls verbunden war, und stellte fest, dass alle Bolzen, die diese Teile zusammenhalten sollten, gebrochen waren.

»Das wird eine Weile dauern«, sagte Nadia. »Ihr könnt euch inzwischen noch etwas umschauen.«

Bald kamen Phyllis und George in ihren Anzügen heraus, hinter ihnen Simon, Ann und Edvard. Phyllis und George nahmen einen Transponder von Rover drei und stellten ihn drei Meter rechts von ihrer »Straße« auf. Nadia machte sich bei dem gebrochenen Rahmen an die Arbeit, wobei sie die Dinge so wenig wie möglich anfasste. Es war ein kalter Nachmittag, vielleicht siebzig Grad unter Null, und sie spürte die schneidende Kälte bis ins Mark.

Die Enden der Bolzen wollten sich nicht aus der Seite des Moduls lösen, darum holte sie einen Bohrer und machte neue Löcher. Sie fing an, »The Sheik of Araby« zu summen. Ann, Edvard und Simon diskutierten über Sand. Es war so schön, dachte Nadia, einen Boden zu sehen, der nicht rot war. Zu hören, wie Ann in ihre Arbeit versunken war. Und selbst etwas zu tun zu haben.

An $L_S = 84$ hatten sie fast den Polarkreis erreicht. Bis zur nördlichen Sonnenwende waren es nur noch zwei Wochen. Also wurden die Tage lang. Nadia und George arbeiteten den ganzen Abend, während Phyllis das Essen erhitzte. Danach ging Nadia wieder hinaus, um die Arbeit zu vollenden. Die Sonne leuchtete rot in braunem Dunst, klein und rund, selbst kurz vor dem Untergang. Es gab nicht genug Atmosphäre, um sie durch Refraktion zu vergrößern und abzuflachen. Nadia wurde fertig, hatte ihr Werkzeug weggepackt und die äußere Schleusentür von Rover eins geöffnet, als sie Anns Stimme im Empfänger hörte: »Oh, Nadia, gehst du schon hinein?«

Nadia blickte auf. Ann war auf dem Grat der Düne im Westen und winkte ihr zu, eine schwarze Silhouette vor einem blutroten Himmel.

»Das hatte ich vor«, sagte Nadia.

»Komm nur für eine Minute hier herauf! Ich möchte, dass du diesen Sonnenuntergang siehst. Er verspricht schön zu werden.

Komm schon, es wird nur eine Minute dauern, und du wirst hinterher froh sein, dass du es getan hast. Im Westen gibt es Wolken.«

Nadia seufzte und machte die äußere Schleusentür wieder zu.

Die Ostseite der Düne war steil. Nadia trat vorsichtig in die Fußstapfen, die Ann beim Aufstieg gemacht hatte. Der Sand war hier dicht gepresst und meistens fest. Zum Kamm hin wurde es steiler, und sie lehnte sich vor und half mit den Fingern nach. Dann kletterte sie auf den breiten runden Grat, konnte sich aufrichten und umschauen.

Nur die Kämme der höchsten Dünen lagen noch im Sonnenschein. Die Welt war eine schwarze Fläche, die von kurzen sichelförmigen stahlgrauen Kurven durchschnitten wurde. Der Horizont war ungefähr fünf Kilometer entfernt. Ann hatte sich gebückt und etwas Sand in der Hand.

»Woraus besteht er?«, fragte Nadia.

»Dunkle feste mineralische Partikel.«

Nadia knurrte: »Das hätte ich dir auch sagen können.«

»Ehe wir hierhergekommen sind, hättest du das nicht gekonnt. Es hätte Grus-Abrieb in Verbindung mit Salzen sein können. Aber stattdessen ist es Gestein.«

»Warum so dunkel?«

»Vulkanisch. Schau, auf der Erde besteht Sand meistens aus Quarz, weil es dort eine Menge Granit gibt. Aber auf dem Mars gibt es nicht viel Granit. Diese Körner sind wahrscheinlich vulkanische Silikate. Obsidian, Feuerstein, etwas Granat. Schön, nicht wahr?«

Sie hielt Nadia eine Handvoll Sand zum Betrachten hin. Natürlich vollkommen ernsthaft. Nadia sah sich durch ihre Visierscheibe das schwarze Zeug an und sagte: »Schön.«

Sie standen da und betrachteten den Sonnenuntergang. Ihre Schatten liefen direkt auf den östlichen Horizont zu. Der Himmel war dunkelrot und trübe, nur im Westen über der Sonne etwas heller. Die von Ann erwähnten Wolken waren hellgelbe Streifen sehr hoch am Himmel. Etwas in dem Sand fing das Licht ein und färbte die Dünen purpurn. Die Sonne war ein kleiner goldener Knopf, und darüber leuchteten zwei Abendsterne: Venus und Erde.

Ann sagte leise: »Sie sind jetzt jeden Abend näher zusammengerückt. Die Konjunktion wird wunderbar werden.«

Die Sonne berührte den Horizont, und die Dünenkämme verblassten zu Schatten. Die kleine knopfartige Sonne sank unter die schwarze Linie im Westen. Jetzt war der Himmel eine kastanienbraune Kuppel, und die hohen Wolken hatten die Farbe von Leimkraut. Überall tauchten Sterne auf, und der braune Himmel verfärbte sich in ein lebhaftes dunkles Violett; eine metallene Farbe, die von den Dünenkämmen aufgenommen wurde, sodass es aussah, als lägen Halbmonde aus flüssiger Dämmerung über der schwarzen Ebene. Plötzlich fühlte Nadia, wie ein Kribbeln durch ihr Nervensystem kroch, das Rückgrat herauf und überall in die Haut hinein. Ihre Wangen röteten sich, und sie konnte ihr Rückenmark wie eine Geigensaite singen hören. Schönheit konnte einen erschauern lassen! Es war ein Schock, eine solche physische Reaktion auf Schönheit zu spüren, eine Erregung fast wie beim Sex. Und dabei war diese Schönheit so absolut *fremdartig*. Nadia hatte sie vorher nie wirklich gesehen oder empfunden, das wurde ihr jetzt bewusst. Sie hatte ihr Leben genossen, als wäre es ein zurechtgemachtes Sibirien gewesen, sodass sie tatsächlich in einer gewaltigen Analogie gelebt und alles mit den Begriffen ihrer Vergangenheit belegt hatte. Aber jetzt stand sie unter einem hohen violetten Himmel auf der Oberfläche eines versteinerten schwarzen Ozeans. Alles neu, alles fremdartig. Es war unmöglich, das mit irgendetwas zu vergleichen, das sie früher gesehen hatte. Und mit einem Mal entwich die Vergangenheit aus ihrem Kopf, und sie drehte sich in Kreisen wie ein kleines Mädchen, das sich schwindlig machen will, ohne einen Gedanken im Kopf. Von ihrer Haut aus sickerte Gewicht nach innen; und sie fühlte sich nicht mehr hohl. Im Gegenteil, sie fand sich äußerst massiv, kompakt, ausgeglichen. Ein kleiner denkender Felsblock, der wie ein Kreisel in Drehung versetzt wurde.

Sie rutschten die steile Vorderseite der Düne auf den Absätzen ihrer Stiefel hinunter. Unten angekommen, drückte Nadia Ann impulsiv an sich. »O Ann, ich weiß nicht, wie ich dir dafür danken kann!« Selbst durch die getönten Visierscheiben konnte sie Ann grinsen sehen. Ein seltenes Bild.

Danach sah Nadia die Dinge anders. Oh, sie wusste, dass es aus ihrem Innern kam, dass sie jetzt mit anderen Augen schauen, *sehen* konnte. Aber die Landschaft inspirierte diese Sinneseindrücke und nährte ihre neue Aufmerksamkeit. Denn schon am nächsten Tag verließen sie die schwarzen Dünen und fuhren auf etwas, das ihre Kameraden ein geschichtetes oder blätteriges Gelände nannten. Dies war das Gebiet aus flachem Sand, das im Winter unter der CO_2-Decke der Polkappe lag. Jetzt im Mittsommer war es frei und bildete eine Landschaft mit Mustern aus krummen Linien. Sie fuhren durch breite flache Mulden aus gelbem Sand, die durch lange gewellte Plateaus mit flachen Gipfeln begrenzt waren. Deren Hänge waren abgestuft und zeigten feine und gröbere Schichtungen. Sie sahen aus wie Holz, das geschnitten und poliert worden war, um eine hübsche Maserung zu zeigen. Niemand von ihnen hatte je ein auch nur entfernt ähnliches Gelände gesehen; und sie verbrachten die Morgen mit Entnahme von Proben und

Bohrungen. Sie kletterten mit kleinen Sprüngen wie in einem Marsballet umher und schwatzten und plapperten. Nadia war ebenso aufgeregt wie jeder andere. Ann erklärte ihr, dass der Frost in jedem Winter eine Art Lamelle auf der Oberfläche bewirkte. Dann hatte Winderosion Schluchten geschnitten und deren Wände abgewetzt. Jede Schicht wurde etwas stärker beschnitten als die darunterliegende, sodass die Wände dieser Trockentäler aus Hunderten schmaler Terrassen bestanden. Simon sagte: »Es ist, als wäre das Land seine eigene Konturenkarte.«

Sie fuhren tagsüber und gingen abends hinaus, in einer purpurnen Dämmerung, die bis kurz vor Mitternacht währte. Sie bohrten Löcher und holten Kerne heraus, die sandig und geschichtet waren, soweit sie nur bohren konnten. Eines Abends kletterte Nadia mit Ann eine Reihe paralleler Terrassen empor und lauschte mit halbem Ohr ihren Ausführungen über die Präzession von Aphel und Perihel, als sie über das Tal zurückblickte und sah, dass es wie Limonen und Aprikosen im Abendlicht schimmerte, und dass sich darüber blassgrüne linsenförmige Wolken befanden, die perfekt die Kurvenlinien des Terrains nachzeichneten. »Schau!«, rief sie aufgeregt.

Ann schaute zurück, sah es und wurde still. Sie sahen den niedrigen Wolkenbändern über ihren Köpfen nach.

Schließlich holte sie der Ruf zum Essen von den Rovern zurück. Und als sie über die abgestuften Terrassen aus Sand hinuntergingen, erkannte Nadia, dass sie sich tatsächlich verändert hatte – oder aber, dass der Planet immer fremdartiger und schöner wurde, je weiter nach Norden sie fuhren. Oder beides.

Sie rollten über flache Terrassen aus gelbem Sand, so fein und hart und frei von Steinen, dass sie mit voller Geschwindigkeit fahren konnten und nur auf den Böschungen dazwischen langsamer wurden. Gelegentlich machte ihnen ein abgerundeter Hang zwischen Terrassen einige Schwierigkeiten; und ein paar Mal mussten sie zurückfahren, um einen anderen Weg zu finden. Aber gewöhnlich ließ sich eine nach Norden führende Route ohne Schwierigkeit finden.

An ihrem vierten Tag in dem geschichteten Gelände rückten die Wände des Plateaus, das ihr flaches Tal begrenzte, zusammen, und sie fuhren durch den Spalt auf eine höhere Ebene. Und dort, vor ihnen an dem neuen Horizont, war ein weißer Berg, ein großes rundes Ding wie ein Ayers Rock in Weiß zu sehen. Ein weißer Berg – das war Eis! Ein Eisberg, etwa hundert Meter hoch und einen Kilometer breit. Und als sie um ihn herumfuhren, sahen sie, dass er sich über den Horizont nach Norden hinzog. Es war die Spitze eines Gletschers, vielleicht eine Zunge der Polkappe selbst. In den anderen Wagen ertönten Rufe; und bei dem Lärm und der Verwirrung konnte Nadia nur hören, wie Phyllis schrie: »Wasser, Wasser!«

Tatsächlich Wasser. Obwohl sie gewusst hatten, dass es hier sein würde, war es doch extrem aufregend, einen großen gefrorenen Berg zu finden, tatsächlich die höchste Erhebung, der sie auf den ganzen 5000 Kilometern ihrer Reise begegnet waren. Sie brauchten den ganzen ersten Tag, um sich daran zu gewöhnen. Sie hielten die Rover an, zeigten hin, plapperten, stiegen aus, um zu schauen, nahmen Proben von der Oberfläche und bohrten, berührten das Eis und kletterten sogar ein Stück hinauf. Der Eisberg war wie der Sand um ihn herum horizontal geschichtet, mit Staublinien in etwa einem Zentimeter Abstand. Zwischen den Linien war das Eis narbig und körnig. Bei diesem atmosphärischen Druck sublimierte es bei fast allen Temperaturen und hinterließ löchrige, verwitterte Seitenwände. Einige Zentimeter darunter war es fest und hart.

»Das ist eine *Menge* Wasser«, sagten sie alle an der einen oder anderen Stelle. Wasser, auf der Oberfläche des Mars …

Am nächsten Tag bildete der Gletscherhügel zur Rechten ihren Horizont, eine Wand, die den ganzen Tag während der Fahrt neben ihnen verlief. Er schien wirklich wie eine Menge Wasser auszusehen, besonders, als im Laufe des Tages die Wand höher wurde und sich bis auf etwa dreihundert Meter erhob. Wirklich eine Art weißer Bergrücken, der ihr flaches Tal auf der Ostseite begrenzte. Und dann erschien über dem Horizont im Nordwesten noch ein weißer Hügel – die Spitze eines anderen Grates, dessen Basis noch unter dem Horizont lag. Ein weiterer Gletscherberg, der sie in etwa dreißig Kilometern Entfernung im Westen abschloss.

Also waren sie im Chasma Borealis, einem von Wind ausgetieften Tal, das nach Norden etwa fünfhundert Kilometer in die Eiskappe einschnitt, mehr als die halbe Entfernung bis zum Pol. Der Boden war flacher Sand, hart wie Beton und oft mit einer Schicht Trockeneis bedeckt, die knirschend unter den Rädern zerbrach. Die Eiswände waren hoch, aber nicht senkrecht. Sie wichen in einem Winkel von weniger als fünfundvierzig Grad zurück; und wie die Bergflanken in dem geschichteten Gelände waren sie terrassiert, wobei die Terrassen durch Erosion und Sublimation ausgezackt waren, jene beiden Kräfte, die während Zehntausenden von Jahren das Chasma in seiner vollen Länge eingeschnitten hatten.

Anstatt zum Kopf des Tales hinaufzufahren, überquerten die Forscher das Chasma in westlicher Richtung auf einen Transponder zu, der bei einem Abwurf von Gerät zum Schürfen von Eis dabei gewesen war. Die Sanddünen waren in der Mitte des Chasmas niedrig und regelmäßig, und die Rover fuhren über das wellige Gelände, auf und ab, auf und ab. Als sie dann den Grat einer Sandwelle erreichten, erblickten sie das abgeworfene Gerät nicht mehr als zwei Kilometer vom Fuß der nordwestlichen Eiswand entfernt. Große limonengrüne Container auf skelettartigen Landemodulen, ein seltsames Bild in dieser weißen, braunen und rosafarbenen Welt. »Wie hässlich!«, rief Ann aus, aber Phyllis und George jubelten.

Während des langen Nachmittags nahm die im Schatten liegende westliche Eisflanke verschiedene blasse Farben an. Das reinste Wassereis war klar und bläulich, aber der größte Teil des Abhangs war transparent elfenbeinfarben, üppig getönt mit rosafarbenem und gelbem Staub. Unregelmäßige Flecken von Kohlendioxideis waren rein hellweiß. Der Kontrast zwischen Trockeneis und Wassereis war stark und machte es unmöglich, die wahren Konturen der Bergflanke zu erkennen. Und durch die perspektivische Verkürzung konnte man kaum abschätzen, wie hoch der Berg wirklich war. Er schien ewig hoch aufzuragen, erhob sich aber wahrscheinlich nur zwischen drei- und fünfhundert Meter über dem Boden von Borealis.

»Das ist eine *Menge* Wasser!«, rief Nadia.

Phyllis sagte: »Und unter der Oberfläche gibt es noch mehr davon. Unsere Bohrungen zeigen, dass sich die Kappe um viele Breitengrade weiter nach Süden erstreckt, als wir sehen können, unter dem geschichteten Gelände begraben.«

»Also haben wir mehr Wasser, als wir je brauchen werden!«

Ann verzog gereizt den Mund.

Der Abwurf der Schürfgeräte hatte die Lage des Eisgewinnungslagers bestimmt: die Westwand von Chasma Borealis auf 41 ° Länge und 83 ° nördlicher Breite. Deimos war gerade Phobos unter den Horizont gefolgt. Sie würden ihn nicht wiedersehen, bis sie südlich auf 82° N zurückgekehrt waren. Die Sommernächte bestanden aus einer Stunde purpurner Dämmerung. Den übrigen Teil drehte sich die Sonne um das Lager herum, nie mehr als zwanzig Grad über dem Horizont. Alle sechs verbrachten lange Stunden im Freien. Sie transportierten den Eis-Schürfer zur Wand und stellten ihn dann auf. Der Hauptteil war ein robotischer Tunnelbohrer, ungefähr so groß wie einer ihrer Rover. Er schnitt ins Eis und gab zylindrische Trommeln von anderthalb Metern Durchmesser aus. Als sie den Bohrer anstellten, erzeugte er ein lautes, tiefes Brummen, das noch stärker war, wenn sie ihre Helme gegen das Eis drückten oder es auch nur mit den Händen berührten. Nach einiger Zeit plumpsten weiße Eistrommeln in einen Ladewagen, und dann brachte sie ein kleiner robotischer Gabelstapler zu einer Destille, die das Eis schmolz und seinen beträchtlichen Anteil an Staub ausfilterte. Danach wurde das Wasser in Würfel von einem Meter Kantenlänge gefroren, die besser zum Beladen der Rover geeignet waren. Diese Geländelastwagen waren bestens imstande, selbstständig hin zu fahren, aufzuladen und wieder zur Basis zurückzukehren. Damit würde das Habitat eine regelmäßige Versorgung mit Wasser haben – mehr, als sie je brauchen würden. Rund vier bis fünf Millionen Kubikkilometer steckten in der sichtbaren Polkappe, rechnete Edvard aus, obwohl darin viele Schätzwerte enthalten waren.

Mehrere Tage lang testeten sie den Schürfer und stellten eine Reihe von Solarpaneelen auf, um ihn mit Energie zu versorgen. An den langen Abenden nach dem Essen kletterte Ann auf die Eismauer, vorgeblich, um noch mehr Bohrungen zu machen, obwohl Nadia wusste, dass sie bloß weg von Phyllis, Edvard und George wollte. Und natürlich wollte sie die ganze Strecke bis zum Gipfel ersteigen, um auf die Polkappe zu gelangen und sich umzuschauen und von den jüngsten Eisschichten Proben zu nehmen. Als nun eines Tages der Schürfer alle Probeläufe beendet hatte, standen Ann, Nadia und Simon in der Morgendämmerung auf – kurz nach zwei Uhr früh –, traten in die extrem kalte Morgenluft hinaus und kletterten los. Ihre Schatten waren wie große Spinnen, die vor ihnen krabbelten. Der Eishang hatte einen Neigungswinkel von etwa dreißig Grad, der noch größer wurde und dann nachließ, während sie allmählich die rohen Stufen in dem geschichteten Eis des Hügels erstiegen.

Es war sieben Uhr, als sich der Hang abflachte und sie auf der Oberfläche der Polkappe standen. Nach Norden zog sich eine Eisfläche hin, so weit sie sehen konnten, bis zu einer Horizontlinie in etwa dreißig Kilometern Entfernung. Zurückschauend gen Süden konnten sie weit über die geometrischen Strudel des laminaren Geländes hin blicken. Das war der weiteste Ausblick, den Nadia je auf dem Mars gehabt hatte.

Das Eis des Plateaus war ganz ähnlich geschichtet wie der laminare Sand unter ihnen, mit breiten, schmutzigroten Bändern, die reineres Material umgaben. Die andere Wand von Chasma Borealis lag fern im Osten und sah von ihrem Standort fast vertikal aus, lang, hoch, massiv. »So viel Wasser!«, sagte Nadia wieder. »Das ist mehr, als wir je brauchen werden.«

»Das kommt darauf an«, meinte Ann abwesend und drehte den kleinen Bohrer ins Eis. Das abgedunkelte Visier ihres Helmes wandte sich Nadia zu. »Wenn man die Terraformer gewähren lässt, wird das alles wie Tau an einem heißen Morgen verschwinden. In die Luft, um hübsche Wolken zu erzeugen.«

»Wäre das so schlimm?«, fragte Nadia.

Ann starrte sie an. Durch die getönte Visierscheibe sahen ihre Augen aus wie Stahlkugeln.

An diesem Abend beim Essen sagte sie: »Wir sollten einen Ausflug zum Pol machen.«

Phyllis schüttelte den Kopf. »Wir haben weder die Nahrung noch die Luft dazu.«

»Wir könnten anfordern, dass sie etwas abwerfen!«

Edvard schüttelte den Kopf. »Die Polkappe ist von Tälern durchschnitten, die fast so tief sind wie Borealis.«

»O nein«, sagte Ann. »Man könnte direkt hinfahren. Die Wirbeltäler sehen aus dem Weltraum dramatisch aus, aber das kommt durch den Unterschied in der Albedo zwischen Wasser und Kohlendioxid. Die Hänge sind in Wirklichkeit nicht mehr als sechs Grad gegen die Horizontale geneigt. Es ist bloß noch mehr geschichtetes Gelände.«

»Wir müssten aber erst mal auf die Kappe kommen«, warf George ein.

»Kein Problem. Wir fahren herum zu einer der Eiszungen, die zum Sand herunterführen. Die sind wie Rampen zum Zentralmassiv. Und einmal dort, fahren wir direkt zum Pol!«

Phyllis sagte: »Es gibt aber keinen Grund hinzufahren. Es wird bloß mehr von dem sein, was wir hier sehen. Und es bedeutet, mehr der Strahlung ausgesetzt zu sein.«

»Und«, fügte George hinzu, »wir sollten das, was wir an Nahrung und Luft haben, dazu benutzen, einige der Stellen zu erkunden, an denen wir auf dem Weg hierher vorbeigekommen sind.«

Darauf kam es ihnen also an. »Ich bin die Leiterin der geologischen Forschungen«, knurrte Ann scharf. Das stimmte; aber sie war eine schreckliche Politikerin, besonders im Vergleich zu Phyllis, die jede Menge Freunde in Houston und Washington hatte.

Phyllis sagte lächelnd: »Es gibt aber keinen geologischen Grund, zum Pol zu gehen. Es wird dasselbe Eis sein wie hier. Du willst bloß hin.«

»Na und?«, fragte Ann. »Ich will! Es gibt da oben immer noch wissenschaftliche Fragen zu beantworten. Hat das Eis die gleiche Zusammensetzung? Wie viel Staub? Überall, wohin wir hier kommen, sammeln wir wertvolle Daten.«

»Wir sind aber hier, um Wasser zu besorgen. Nicht, um uns herumzutreiben.«

»Das ist kein Herumtreiben!«, fuhr Ann auf. »Wir suchen Wasser, um forschen zu können. Wir forschen nicht bloß, um Wasser zu bekommen. Du siehst das verkehrt herum. Ich will gar nicht wissen, wie viele Leute in der Kolonie das auch tun.«

»Lasst uns hören, was sie in der Basis dazu sagen«, meinte Nadia. »Die könnten uns vielleicht unterstützen, vielleicht sind sie aber auch nicht imstande, Vorräte zu schicken. Woher sollen wir das wissen?«

Ann stöhnte. »Wir werden schließlich noch die Erlaubnis von der UN erbitten, jede Wette.«

Sie hatte recht. Frank und Maya gefiel die Idee nicht; John war interessiert, legte sich aber nicht fest. Arkady unterstützte das Vorhaben, als er davon hörte, und erklärte, er würde nötigenfalls Vorräte zur Hilfe abwerfen, was in Anbetracht der Phobos-Bahn bestenfalls unpraktisch sein würde. Dann rief Maya die Kontrollzentren in Houston und Baikonur an, und die Diskussion verlagerte sich nach draußen. Hastings widersetzte sich dem Plan; aber Baikonur und vielen in der wissenschaftlichen Gemeinschaft gefiel er.

Schließlich ging Ann ans Telefon. Sie sprach sehr knapp und arrogant, obwohl sie verschreckt aussah. »Ich bin hier die geologische Leiterin und sage, dass wir gehen müssen. Es wird keine bessere Gelegenheit geben, an Ort und Stelle Daten über die ursprüngliche Lage auf der Polkappe zu bekommen. Sie ist ein empfindliches System, und jede Veränderung in der Atmosphäre wird sie schwer treffen. Und ihr habt doch Pläne, das zu tun, nicht wahr? Sax, arbeitest du noch an diesen Windmühlenheizern?«

Sax hatte nicht an der Diskussion teilgenommen und musste ans Funkgerät gerufen werden. »Sicher«, sagte er, als die Frage wiederholt wurde. Er und Hiroko hatten die Idee aufgebracht, kleine Windmühlen herzustellen, die über dem ganzen Planeten von Luftschiffen abgeworfen werden sollten. Die beständigen Westwinde würden die Mühlen antreiben, die Rotation würde im Fuße der Mühlen in Spulen zu Wärme umgewandelt werden, und diese Wärme würde einfach in die Atmosphäre entlassen werden. Sax hatte schon eine robotische Fabrik für die Herstellung der Windmühlen entworfen. Er hoffte, sie zu Tausenden herstellen zu können. Vlad wies darauf hin, dass die gewonnene Wärme auf Kosten einer Verlangsamung der Winde gehen würde. Man konnte nichts umsonst haben. Sax argumentierte sofort, dass das ein Nebengewinn sein würde angesichts der Stärke der globalen Staubstürme, die der Wind manchmal bewirkte. »Etwas Wärme für ein bisschen Wind ist ein großer Gewinn.«

»Also eine Million Windmühlen«, sagte Ann. »Und das ist bloß der Anfang. Du hast doch auch davon gesprochen, schwarzen Staub auf die Polkappen zu streuen, nicht wahr, Sax?«

»Das würde die Atmosphäre schneller verdichten als jede andere Maßnahme, die wir ergreifen könnten.«

»Wenn ihr also freie Hand bekommt, ist das Schicksal der Kappen besiegelt«, sagte Ann. »Sie werden verdunsten; und dann werden wir fragen: ›Wie waren sie eigentlich?‹ Und wir werden es nicht wissen.«

»Habt ihr genügend Material und genug Zeit?«, fragte John.

»Wir werden euch Nachschub abwerfen«, sagte Arkady wieder.

»Es sind noch vier Monate Sommer«, gab Ann zu bedenken.

»Du willst einfach nur zum Pol!«, wiederholte Frank vorwurfsvoll Phyllis' Einwand.

»Und?«, entgegnete Ann. »Du bist vielleicht hierhergekommen, um Büropolitik zu machen, aber ich beabsichtige, mich hier etwas umzusehen.«

Nadia verzog das Gesicht. Damit war dieser Teil des Gesprächs beendet, und Frank würde wütend sein. Das war nie eine gute Idee. Ann, Ann …

Am nächsten Tag äußerten die Dienststellen der Erde die Ansicht, dass die Polkappe in ihrer urtümlichen Verfassung erforscht und dokumentiert werden müsse. Keine Einwände seitens der Basis, obwohl Frank nicht mehr ans Telefon ging. Simon und Nadia jubelten. »Auf nach Norden! Zum Pol!«

Phyllis schüttelte bloß den Kopf. »Ich verstehe das nicht. George, Edvard und ich werden als Rückendeckung hierbleiben und uns vergewissern, dass der Eisschürfer richtig funktioniert.«

Also nahmen Ann, Nadia und Simon den Rover drei, fuhren wieder das Chasma Borealis hinunter und dann nach Westen, wo ein von der Kappe heruntergleitender Gletscher sich zu einer perfekten Rampe abflachte. Die großen Roverräder griffen wie Ketten eines Schneemobils und liefen gut über alle verschiedenen Oberflächen der Kappe, über Flecke von freiliegendem grobem Staub, niedrige Hügel aus hartem Eis, Felder von blendend weißem CO_2-Reif und das übliche Spitzenmuster aus sublimiertem Wassereis. Flache Täler zogen sich im Uhrzeigersinn vom Pol weg; manche davon waren sehr breit. Bei deren Durchquerung mussten sie einen holprigen Abhang hinunterfahren, der sich nach rechts und links über beide Horizonte hinwegkrümmte. Das alles war bedeckt von hellem

Trockeneis. Es ging über zwanzig Kilometer so weiter, bis die ganze sichtbare Welt strahlend weiß war.

Dann erschien vor ihnen eine Steigung aus dem vertrauteren schmutzigroten Wassereis, von Konturlinien gestreift. Als sie den Boden der Senke kreuzten, teilte sich die Welt in zwei Teile: weiß hinten und schmutzig rosa vorn. Als sie die nach Süden gerichteten Hänge hinauffuhren, fanden sie das Wassereis matschiger als anderswo vor. Aber Ann erklärte, dass sich in jedem Winter ein Meter Trockeneis auf der beständigen Kappe absetzte und das morsche Filigran des Sommers zerquetschte, sodass die Gruben in jährlichem Rhythmus angefüllt wurden. Und die großen Räder des Rovers knirschten hindurch.

Nach den Strudeltälern befanden sie sich auf einer glatten weißen Ebene, die sich nach allen Richtungen bis zum Horizont hinzog. Hinter dem polarisierten und getönten Glas der Fenster des Rovers war das Weiß makellos und rein. Einmal passierten sie einen niedrigen Ringhügel, das Zeichen für einen relativ neuen Meteoritenaufprall, ausgefüllt durch nachfolgende Eisablagerung. Sie hielten natürlich an, um Bohrproben zu nehmen. Nadia musste Ann und Simon auf vier Bohrungen täglich beschränken, um Zeit zu sparen und zu verhindern, dass die Gepäckräume des Rovers überlastet wurden. Und es waren nicht bloß Bohrungen. Oft kamen sie an einzelnen schwarzen Felsen vorbei, die wie Magritte-Skulpturen auf dem Eis lagen. Das waren Meteorite. Sie sammelten die kleinsten von ihnen ein und nahmen Proben von den größeren. Einmal begegnete ihnen sogar einer, der so groß war wie der Rover. Sie bestanden größtenteils aus Nickeleisen, oder es waren steinige Chondrite. Während Ann auf einem solchen herumklopfte, sagte sie zu Nadia: »Man hat auf der Erde Meteorite gefunden, die vom Mars stammen. Das kommt auch umgekehrt vor, wenn auch nicht so oft. Es erfordert einen wirklich großen Aufprall, um Steine aus dem Schwerefeld der Erde zu schleudern, sodass sie hierherkommen – mindestens fünfzehn Kilometer pro Sekunde. Ich habe gehört, dass etwa zwei Prozent des der Erde entrissenen Materials auf dem Mars enden. Aber nur von den größten Treffern, wie dem an der Kreide-Tertiär-Grenze. Es wäre eigenartig, hier einen Brocken vom Yucatan-Meteoriten zu finden, nicht wahr?«

»Aber das war vor sechzig Millionen Jahren«, sagte Nadia. »Er wäre tief unter dem Eis begraben.«

»Stimmt.« Später, auf dem Rückweg zum Rover, sagte sie: »Nun, wenn sie diese Kappen abschmelzen, werden wir einige finden. Wir werden dann ein ganzes Museum von allen möglichen Meteoriten haben, die auf dem Sand herumliegen.«

Sie durchquerten immer mehr Strudeltäler und verfielen in die Schaukelbewegungen eines Schiffs über den Wellen. Diesmal waren es die bisher größten Wellen, vierzig Kilometer von Kamm zu Kamm. Sie benutzten die Uhren, um ihren Zeitplan einzuhalten, und parkten von zehn bis siebzehn Uhr auf kleinen Hügeln oder eingesunkenen Kraterrändern, um während der Pausen den Ausblick genießen zu können. Und sie verdunkelten die Fenster mit doppelter Polarisation, um nachts etwas Schlaf zu bekommen.

Dann, als sie eines Morgens dahinknirschten, stellte Ann das GPS an und begann Kontrollmessungen mit den areosynchronen Satelliten auszuführen. Sie sagte bei der Arbeit: »Es ist nicht leicht, den Pol zu finden. Die frühen Forschungsreisenden auf der Erde hatten es im Norden höllisch schwer. Sie waren immer im Sommer dort und konnten die Sterne nicht sehen. Sie hatten noch keine Satellitenpeilungen.«

»Wie haben sie es dann gemacht?«, fragte Nadia, plötzlich neugierig geworden.

Ann dachte darüber nach und lächelte. »Ich weiß es nicht. Wahrscheinlich nicht sehr gut, fürchte ich. Vermutlich Koppelnavigation.«

Nadia wurde von diesem Problem gepackt und fing an, auf einem Skizzenblock daran zu arbeiten. Geometrie war nie ihre Stärke gewesen. Aber vermutlich würde die Sonne am Mittsommertag einen perfekten Kreis um den Horizont beschreiben, ohne höher oder tiefer zu gehen. Wenn man also in Nähe des Pols war und fast am Mittsommertag, könnte man mit einem Sextanten die Höhe der Sonne über dem Horizont von Zeit zu Zeit messen ... War das richtig?

»Das ist es«, sagte Ann.

»Was?«

Sie hielten den Rover an und sahen sich um. Die weiße Ebene erstreckte sich in Wellen bis zum nahen Horizont, ohne Merkmale außer einigen breiten roten Konturlinien. Diese Linien bildeten keine konzentrischen Kreise um sie herum, und es sah nicht so aus, als hätten sie irgendeinen Höhepunkt erreicht.

»Wo genau?«, fragte Nadia.

»Nun, irgendwo gerade nördlich von hier.« Ann lächelte wieder. »Innerhalb von einem oder zwei Kilometern. Vielleicht in dieser Richtung.« Sie zeigte nach rechts. »Wir werden ein Stück dort hinübergehen und mit dem Satelliten wieder kontrollieren. Ein wenig Triangulation, und wir sollten imstande sein, genau ins Schwarze zu treffen. Jedenfalls plus oder minus etwa hundert Meter.«

»Wenn wir uns die Zeit nähmen, könnten wir es auf plus oder minus ein Meter bringen«, sagte Simon begeistert. »Lasst es uns genau festlegen!«

Also fuhren sie eine Minute lang weiter, befragten das GPS, machten nach rechts kehrt und fuhren weiter. Dann berieten sie sich wieder. Schließlich erklärte Ann, sie wären dort, oder nahe dran. Simon wies den Computer an, weiter daran zu arbeiten, und sie zogen sich an, gingen hinaus und wanderten etwas umher, um sich zu vergewissern, dass sie den Pol betreten hatten. Ann und Simon bohrten ein Loch. Nadia ging weiter, in einer Spirale, die vom Wagen wegführte. Eine rötliche weiße Ebene, der Horizont etwa vier Kilometer entfernt – zu nahe. Es überkam sie jäh, wie bei dem schwarzen Sonnenuntergang, wie fremdartig das alles war. Eine scharfe Empfindung der Nähe des Horizonts, die traumhaft geringe Schwere, eine Welt, die nur eben so groß war und nicht größer ... Und jetzt stand sie genau auf deren Nordpol. Es war $L_S = 92$, so nahe am Mittsommertag, wie sie nur sein konnten. Wenn sie also dastand, die Sonne direkt vor sich, und sich nicht bewegte, dann würde diese in gleicher Höhe bleiben und den Rest des Tages um sie kreisen, oder auch den Rest der Woche! Das war fremdartig. Sie drehte sich wie ein Kreisel. Wenn sie lange genug still stand, würde sie es dann fühlen?

Ihre polarisierte Visierscheibe reduzierte den Glanz der Sonne auf dem Eis zu einem Bogen aus kristallinen regenbogenfarbenen Punkten. Es war nicht sehr kalt. Sie konnte nur gerade eine Brise mit ihrer erhobenen Handfläche spüren. Ein lieblicher roter Streifen aus abgelagertem Schichtmaterial lief wie eine die geographische Länge markierende Linie über den Horizont. Sie lachte bei diesem Gedanken. Um die Sonne herum war ein sehr schwacher Eisring, so groß, dass sein unterer Bogen gerade so den Horizont berührte. Eis sublimierte von der Polkappe und schimmerte oben in der Luft. Dadurch entstanden die Kristalle in dem Ring. Grinsend stampfte sie die Abdrücke ihrer Stiefel in den Nordpol des Mars.

An diesem Abend stellten sie die Polarisatoren so ein, dass sie ein sehr gedämpftes Bild der weißen Wüste in den Fenstern des Moduls umgab. Nadia hatte sich mit einer leeren Essschüssel im Schoß zurückgelehnt und trank eine Tasse Kaffee. Die Digitaluhr sprang von 23.59.59 auf 0.00.00 und hielt an. Ihre Ruhe betonte die Stille im Wagen. Simon schlief, Ann saß im Fahrersitz und starrte auf die Landschaft hinaus. Sie hatte ihr Abendessen nur zur Hälfte verspeist. Kein Laut außer dem Summen des Ventilators. Nadia sagte: »Ich freue mich, dass du uns hier heraufgebracht hast. Es war großartig.«

»Irgendwer sollte sich darüber freuen«, erwiderte Ann. Wenn sie wütend oder mürrisch war, wurde ihre Stimme flach und distanziert. »Es wird hier nicht lange so bleiben.«

»Bist du sicher, Ann? Das Eis ist hier fünf Kilometer dick, hast du doch gesagt. Denkst du wirklich, dass es vollkommen verschwinden wird, bloß weil schwarzer Staub darauf liegt?«

Ann zuckte die Achseln. »Es kommt darauf an, wie warm wir es machen. Und wie viel Wasser es insgesamt auf dem Planeten gibt, und wie viel von dem Wasser im Regolith an die Oberfläche gelangen wird, wenn wir die Atmosphäre anheizen. Wir wissen von all diesen Dingen nichts, ehe sie eintreten. Aber ich fürchte, dass diese Kappe, da sie der primär exponierte Wasserkörper ist, gegen Veränderungen am empfindlichsten sein wird. Sie könnte gänzlich wegsublimieren, ehe ein bedeutender Teil des Permafrostes geschmolzen ist.«

»Völlig?«

»Oh, sicher wird jeden Winter etwas abgelagert werden. Aber das ist gar nicht *so* viel Wasser, wenn man es aus globaler Perspektive betrachtet. Dies ist eine trockene Welt, die Atmosphäre ist super-arid. Die Antarktis wirkt daneben wie ein Dschungel. Und denk daran, wie dieser Ort uns auszudörren versuchte. Wenn also die Temperaturen hoch genug ansteigen, wird das Eis wirklich in sehr hohem Tempo sublimieren. Diese ganze Kappe wird in die Atmosphäre verdampfen und nach Süden geweht werden, wo sie bei Nacht ausfriert. Also wird sie im Endeffekt wieder gleichmäßig über den ganzen Planeten verteilt werden, in einer Schicht von ungefähr einem Zentimeter Dicke.« Sie zog eine Grimasse. »Sogar noch weniger; denn das meiste davon wird in der Luft bleiben.«

»Wenn es aber noch wärmer wird, wird der Reif schmelzen, und es wird regnen. Dann haben wir Flüsse und Seen, nicht wahr?«

»Falls der atmosphärische Druck hoch genug ist. Flüssiges Oberflächenwasser hängt ebenso vom Luftdruck ab wie von der Temperatur. Wenn beide steigen, könnten wir in einigen Jahrzehnten hier auf Sand herumlaufen.«

»Das wird eine beachtliche Meteoritensammlung ergeben«, sagte Nadia im Versuch, Anns Stimmung zu heben.

Das klappte nicht. Ann zog den Mund zusammen, starrte aus dem Fenster und schüttelte den Kopf. Ihr Gesicht konnte so traurig sein. Das ließ sich nicht allein dem Mars zuschreiben. Da musste noch mehr dran sein, etwas, das diese starke innere Verkrampfung und diesen Ärger erklärte. Es fiel schwer zuzusehen. Wenn Maya unglücklich war, war es, als ob Ella Fitzgerald einen Blues sänge. Man wusste, es war aufgesetzt. Der Überschwang strömte einfach hindurch. Aber wenn Ann unglücklich war, schmerzte es hinzusehen.

Jetzt nahm sie ihre Schüssel mit Lasagne und lehnte sich zurück, um sie in die Mikrowelle zu tun. Hinter ihr schimmerte die weiße Ferne unter einem schwarzen Himmel, als ob die Welt draußen ein fotografisches Negativ wäre. Die Uhr sprang auf 0.00.01.

Vier Tage später waren sie vom Eis herunter. Während sie ihre Route rückwärts zu Phyllis, Edvard und George verfolgten, rollten die drei Reisenden über eine Steigung und hielten an. Am Horizont war eine Struktur. Aus dem flachen Sediment des Chasmabodens ragte ein klassischer griechischer Tempel empor, sechs dorische Säulen aus weißem Marmor, überdeckt von einem runden Flachdach.

»Was, zum Teufel …?«

Beim Näherkommen sahen sie, dass die Säulen aus Eistrommeln des Schürfers bestanden, die man aufeinandergetürmt hatte. Die Scheibe, die als Dach diente, war roh ausgehauen.

»Georges Idee«, sagte Phyllis über Funk.

»Ich habe bemerkt, dass die Eiszylinder ebenso groß waren wie die Marmorteile, die die Griechen für ihre Säulen benutzt haben«, sagte George, der sichtlich mit sich zufrieden war. »Danach lag es auf der Hand, den Tempel zu bauen. Und der Schürfer läuft perfekt. Also mussten wir etwas Zeit totschlagen.«

»Es sieht großartig aus«, meinte Simon. Und da hatte er recht. Ein fremdartiges Bauwerk schimmerte traumhaft wie rohes Fleisch in den langen Dämmerungszeiten, als ob Blut unter seinem Eis flösse. »Ein Tempel für Ares.«

»Für Neptun«, korrigierte George. »Ich glaube nicht, dass wir Ares allzu oft beschwören sollten.«

»Besonders in Anbetracht der Leute im Basislager«, sagte Ann.

Während sie nach Süden fuhren, zog sich ihre Bahn aus Radspuren und Transpondern vor ihnen her, so deutlich wie eine

Autobahn mit einer Betondecke. Es war nicht nötig, dass Ann extra darauf hinwies, wie sehr dies das Gefühl ihrer Reise veränderte. Sie erforschten nicht mehr unberührtes Land, und die Natur der Landschaft selbst war verändert, gespalten durch die parallelen Linien quergerippter Reifenspuren und durch die grünen, vom Staub leicht mattierten Kanister, die alle »den Weg« markierten. Es war nicht mehr Wildnis. Darauf kam es ja beim Straßenbau auch an. Sie konnten das Fahren dem Autopiloten von Rover drei überlassen, und taten das auch oft.

Also gondelten sie mit dreißig Stundenkilometer dahin mit nichts weiter zu tun, als die Aussicht zu genießen oder miteinander zu reden, was sie nicht häufig taten, außer an dem Morgen, wo sie in eine hitzige Diskussion über Frank Chalmers gerieten. Ann erklärte ihn für einen abgefeimten Machiavellisten, Phyllis bestand darauf, dass er nicht schlimmer wäre als jeder beliebige Machthaber. Nadia erinnerte sich an ihre Gespräche mit ihm über Maya und wusste, dass es komplizierter war als ihren Ansichten nach. Aber Anns Mangel an Diskretion machte sie bestürzt; und als Phyllis damit fortfuhr, wie Frank sie in den letzten Monaten der Reise zusammengehalten hätte, sah Nadia Ann scharf an, um ihr mit Blicken klarzumachen, dass sie zu dem falschen Publikum redete. Phyllis würde ihre Indiskretionen später gegen sie verwenden. Das war klar. Aber Ann verstand sich schlecht darauf, Blicke zu deuten.

Dann bremste der Rover plötzlich und blieb stehen. Niemand hatte aufgepasst, und sie sprangen alle zum Frontfenster.

Vor ihnen befand sich eine flache weiße Fläche, die ihre Straße auf fast hundert Meter bedeckte. »Was ist das?«, schrie George.

»Unsere Permafrostpumpe«, sagte Nadia und zeigte hin. »Sie muss versagt haben?«

»Oder hat zu gut gearbeitet«, sagte Simon. »Das ist Wassereis!«

Sie schalteten den Rover auf Handsteuerung und fuhren näher heran. Das übergelaufene Eis bedeckte die Straße wie eine Tünche aus weißer Lava. Sie zwängten sich in ihre Anzüge und gingen zum Ende des Ergusses.

»Unsere private Eisbahn«, sagte Nadia und ging zur Pumpe. Sie löste das Isolationspolster und warf einen Blick hinein. »Aha – ein Leck in der Isolation. Genau hier ist Wasser gefroren und hat den Sperrhahn in Stellung ›offen‹ blockiert. Ein ganz anständiger Druck, würde ich sagen. Ist gelaufen, bis es dick genug einfror, um es zum Stillstand zu bringen. Ein Hammerschlag könnte uns einen kleinen Geysir bescheren.«

Sie ging zu ihrem Werkzeugfach unterhalb des Moduls und holte eine Spitzhacke heraus. »Aufpassen!« Sie schlug einmal auf die weiße Eismasse dort, wo die Pumpe mit dem Zuleitungsrohr für den Tank verbunden war. Ein dicker Wasserstrahl spritzte einen Meter hoch in die Luft. »Wow!« Er platschte dampfend auf die weiße Eisfläche, wo er binnen Sekunden gefror und sich auf dem dort schon vorhandenen Eis wie in weißen Blütenblättern ausbreitete. »Seht euch das an!« Auch das ganze Loch fror zu, der Wasserstrom hörte auf, und der Dampf wurde davongetragen.

»Schaut, wie schnell es gefroren ist!«

»Sieht genauso aus wie diese Spritzkrater«, bemerkte Nadia grinsend. Es war ein wundervoller Anblick gewesen, wie Wasser ausströmte und wie verrückt dampfte, als es einfror.

Nadia klopfte an dem Eis um das Sperrventil herum, während Ann und Phyllis über Wanderung von Permafrost und

Wassermengen in dieser Breite etc. etc. diskutierten. Man hätte meinen können, sie wären dessen überdrüssig geworden. Aber sie mochten einander wirklich nicht und konnten nicht aufhören. Es wäre die letzte Reise, die sie zusammen unternehmen würden, das war sicher. Nadia hatte keine Lust, jemals wieder mit Phyllis, George und Edvard zu reisen. Die waren zu selbstgefällig und zu sehr eine kleine intime Gruppe für sich. Aber auch Ann war etlichen anderen Leuten entfremdet. Wenn sie nicht achtgäbe, würde sie überhaupt niemanden haben, um sie auf ihren Fahrten zu begleiten. Zum Beispiel Frank – die Bemerkung über ihn neulich in der Nacht und dann ausgerechnet Phyllis zu erzählen, wie schrecklich er war – entsetzlich!

Und wenn sie sich von allen außer Simon entfremdete, würde sie nach Konversation lechzen; denn Simon Frazier war der stillste Mann der ganzen Expedition. Er hatte während der ganzen Reise kaum zwanzig Sätze gesprochen. Es war geradezu unheimlich, als ob man mit einem Taubstummen führe. Außer er redete vielleicht mit Ann, wenn sie allein waren. Wer wusste das schon?

Nadia brachte das Ventil in Sperrstellung und schaltete dann die Pumpe ab. »Wir werden hier so weit im Norden dickere Isolierung brauchen«, sagte sie zu niemandem im Besonderen, als sie ihr Werkzeug wieder zum Rover brachte. Sie war all der Intrigen müde und wollte wieder ins Basislager zurück und an ihre Arbeit. Sie wollte mit Arkady sprechen. Er würde sie zum Lachen bringen. Und ohne es zu versuchen oder auch nur genau zu wissen, wie, würde sie ihn auch zum Lachen bringen.

Sie taten ein paar Stücke von dem übergelaufenen Eis zu den übrigen Proben und stellten um die Stelle vier Transponder auf, um Robotrover darum herumzuführen. »Obwohl es wegsublimieren könnte, nicht wahr?«, sagte Nadia.

Ann war in Gedanken versunken und hörte die Frage nicht. Sie murmelte vor sich hin: »Hier oben gibt es eine Menge Wasser.« Sie wirkte besorgt.

Phyllis rief: »Du hast verdammt recht, das gibt es. Warum werfen wir jetzt nicht einen Blick auf jene Bestände, die wir am Nordende von Mareotis geortet haben?«

Als sie der Basis näher kamen, wurde Ann noch wortkarger und zurückgezogener. Ihr Gesicht war so unbewegt wie eine Maske. »Was ist los?«, fragte Nadia eines Abends, als sie zusammen kurz vor Sonnenuntergang im Freien waren und einen defekten Transponder reparierten.

»Ich will nicht zurückgehen«, sagte Ann. Sie kniete bei einem freistehenden Felsblock und klopfte daran herum. »Ich wünschte mir, dass dieser Trip kein Ende nähme. Ich möchte die ganze Zeit unterwegs sein, hinab in die Canyons, hinauf auf die Vulkanränder, hinein in das Chaos und die Berge um Hellas. Ich werde nie stillstehen wollen.« Sie seufzte. »Aber … ich bin ein Teil des Teams. Also muss ich wieder in das elende Loch zurückkrabbeln zu all den anderen.«

»Ist das wirklich so schlimm?«, fragte Nadia und dachte an ihre schönen Tonnengewölbe, das dampfende Sprudelbad und ein Glas eisgekühlten Wodkas.

»Du weißt, dass es das ist! Vierundzwanzigeinhalb Stunden täglich unter der Oberfläche in diesen kleinen Räumen, wenn Maya und Frank ihre politischen Spielchen treiben und Arkady und Phyllis ständig über alles streiten – was ich übrigens jetzt verstehe, glaube mir. Und wo George jammert und John in einem Nebel schwebt und Hiroko von ihrem kleinen Imperium besessen ist. Vlad auch, Sax auch … Ich meine, was für ein Haufen!«

»Sie sind nicht schlechter als jeder andere. Nicht schlechter und nicht besser. Du musst dich damit abfinden. Du kannst hier nicht ganz für dich allein sein.«

»Nein. Aber ich habe das Gefühl, als wäre ich überhaupt nicht hier, wenn ich in der Basis bin. Ich könnte ebenso gut wieder auf dem Schiff sein.«

»Nein, nein«, sagte Nadia. »Du vergisst da etwas.« Sie gab dem Felsen, an dem Ann weiterarbeitete, einen Tritt, und Ann blickte überrascht auf. »Du kannst Steine wegstoßen, siehst du? Ann, wir sind hier. Hier auf dem Mars. Stehen auf ihm. Und jeden Tag kannst du hinausgehen und umherlaufen. Und du wirst in deiner Position mehr Reisen machen als jeder andere.«

Ann blickte weg. »Manchmal kommt es mir gar nicht so vor.«

Nadia starrte sie an. »Nun gut, Ann. Die Strahlung hält uns mehr unter der Oberfläche als alles andere. Was du sagst, läuft praktisch darauf hinaus, dass du willst, die Strahlung sollte verschwinden. Was bedeutet, die Atmosphäre dichter zu machen, was aufs Terraformen hinausläuft.«

»Ich weiß.« Ihre Stimme war gepresst – so sehr, dass mit einmal der zurückhaltende sachliche Ton verloren und vergessen war. »Glaubst du, dass ich das nicht weiß?« Sie stand auf und schwang den Geologenhammer. »Aber es ist nicht richtig! Ich meine, ich schaue auf dieses Land, und … und ich *liebe* es. Ich möchte immer draußen sein und es bereisen, es studieren, darauf leben und es kennenlernen. Aber wenn ich das tue, dann verändere ich es. Ich zerstöre das, was ich liebe und darin sehe. Diese Straße, die wir angelegt haben – es schmerzt mich, sie zu sehen! Und das Basislager ist wie ein Tagebau, inmitten einer Wüste, die seit dem Anfang der Zeit nie angetastet wurde. So hässlich, so … Ich will dem Mars das alles nicht antun. Nein, Nadia! Ich würde lieber sterben. Lasst den Planeten in Ruhe, lasst ihm seine Wildheit, und lasst die Strahlung tun, was sie will! Das ist sowieso nur eine Sache der Statistik. Ich meine, wenn sie meine Chance auf Krebs um das Zehnfache erhöht, dann wird es mir neun Male von zehn gut gehen.«

»Schön für dich«, sagte Nadia. »Oder für jeden Einzelnen. Aber für die Gruppe, für alle Lebewesen hier – der genetische Schaden … Im Laufe der Zeit könnte er uns zu Krüppeln machen. Du weißt, dass du nicht nur an dich allein denken kannst.«

»Teil eines Teams«, sagte Ann niedergeschlagen.

»Ja, das bist du.«

»Ich weiß.« Sie seufzte. »Wir alle werden das sagen. Wir alle werden losgehen und den Planeten sicher machen. Straßen, Städte. Neuer Himmel, neuer Boden. Bis das alles ein Teil von Sibirien oder den amerikanischen Nordwestterritorien ist. Der Mars wird dahin sein, und wir werden hier sein und uns wundern, warum wir uns so leer fühlen. Wenn wir das Land anschauen, werden wir niemals wieder etwas anders sehen können als unsere eigenen Gesichter.«

Am zweiundsechzigsten Tag ihrer Reise sahen sie Rauchfahnen über dem Südhorizont, braune, graue, weiße und schwarze Streifen, die aufstiegen, sich vermischten und zu einer Pilzwolke mit flachem Oberteil aufblähten, die nach Westen zog. »Endlich wieder zu Hause«, sagte Phyllis vergnügt.

Ihre Spuren von der Hinreise, halb von Staub gefüllt, führten sie direkt zu dem Rauch. Durch die Zone der Frachtlandungen, über einen von Fahrspuren kreuz und quer gezeichneten Boden; über einen Boden, der zu feinem rotem Sand zertrampelt war, vorbei an Senken und Hügeln, Gruben und Pfählen und schließlich zu dem großen rohen Hügel der Dauersiedlung, einer quadratischen Schanze aus Erde, auf der jetzt ein silbriges Netz von Magnesiumträgern stand. Dieser Anblick reizte Nadias Interesse; aber als sie weiterrollten, konnte sie nicht umhin, das Gewirr von Rahmen, Kisten, Traktoren, Kränen, Ersatzteilhaufen, Abfallgruben, Windmühlen, Sonnenpaneelen, Wassertürmen, Betonstraßen, die nach Ost, West, Süd und Nord führten, sowie Luftsammlern zu bemerken, ferner die niedrigen Gebäude des Alchemistenviertels, deren Schornsteine die Rauchfahnen ausstießen, die sie gesehen hatten. Die Stapel aus Glas, die runden Kegel aus grauem Kies, die großen Haufen aus rohem Regolith bei der Zementfabrik und die kleinen Regolithhaufen, die überall sonst verstreut waren. Das Ganze hatte das unordentliche, funktionale, hässliche Aussehen von Chelyabinsk-65 oder jeder anderen stalinistischen Schwerindustriestädte im Ural, oder der Ölfelder von Yakutien. Sie rollten gute fünf Kilometer durch diese Verwüstung; und dabei wagte Nadia nicht, Ann anzuschauen, die schweigend neben ihr saß und Widerwillen und Ekel ausstrahlte. Auch Nadia war schockiert und davon überrascht, wie sie sich selbst verändert hatte. Vor der Reise hatte das alles völlig normal gewirkt und ihr sogar sehr gefallen. Jetzt war ihr leicht übel, und sie fürchtete, dass Ann etwas Gewalttätiges tun könnte, besonders wenn Phyllis noch mehr sagte. Aber Phyllis hielt den Mund, und sie fuhren in das Traktorengelände außerhalb der Nordgarage und hielten an. Die Reise war zu Ende.

Einen nach dem anderen zwängten sie die Rover in die Garage und krochen durch die Türen hinaus. Ringsum drängten sich vertraute Gesichter: Maya, Frank, Michel, Sax, John, Ursula, Spencer, Hiroko und alle Übrigen, wirklich wie Brüder und Schwestern; aber so viele, dass Nadia überwältigt war. Sie schrumpfte zusammen wie eine Mimose und konnte kaum sprechen. Sie hatte das Verlangen, etwas zu packen, das ihr zu entkommen schien. Sie sah sich nach Ann und Simon um, aber die waren von einer anderen Gruppe mit Beschlag belegt und wirkten bestürzt. Ann war stoisch, eine Maske ihrer selbst.

Phyllis sprach für sie alle. »Es war hübsch, wirklich eindrucksvoll. Die Sonne schien die ganze Zeit, und das Eis gibt es dort wirklich. Wir haben Zugang zu einer Menge Wasser bekommen. Es ist wie die Arktis, wenn man sich auf dieser Polkappe befindet …«

»Habt ihr etwas Phosphorhaltiges entdeckt?«, fragte Hiroko. Es war wunderbar, Hirokos Gesicht zu sehen, die wegen des Mangels an Phosphor für ihre Pflanzen besorgt war. Ann sagte ihr, sie hätten Verwehungen von Sulfaten in dem leichten Material um die Krater in Acidalia gefunden. Also gingen sie zusammen los, um die Proben anzuschauen. Nadia folgte den anderen durch die unterirdische, mit Betonwänden versehene Passage in die Dauersiedlung. Sie dachte an eine richtige Dusche und frisches Gemüse. Dabei hörte sie halb Maya zu, die ihr die neuesten Nachrichten verkündete. Sie war wieder zu Hause!

Zurück an die Arbeit! Und die war wie zuvor unerbittlich und vielseitig. Eine endlose Liste von Dingen, die getan werden mussten, und nie genug Zeit; denn obwohl manche Aufgaben viel weniger menschliche Zeit erforderten, als Nadia erwartet hatte, da sie für Roboter geeignet waren, erforderte alles andere mehr. Und nichts davon bereitete ihr die gleiche Freude wie damals der Bau der Räume mit Tonnengewölbe, selbst wenn es technisch interessant war.

Wenn sie wollten, dass der zentrale Platz unter der Kuppel irgendeinen Nutzen haben sollte, mussten sie ein Fundament legen, das von unten nach oben aus Kies, Beton, Kies, Fiberglas, Regolith und schließlich behandeltem Boden bestand. Die Kuppel selbst würde aus doppelten Scheiben von dickem behandeltem Glas bestehen, um den Druck auszuhalten, UV-Strahlen abzuschwächen sowie einen gewissen Prozentsatz an kosmischer Strahlung abzuhalten. Wenn das alles geschehen war, hätten sie ein zentrales Garten-Atrium von zehntausend Quadratmetern. Wirklich ein eleganter und befriedigender Plan. Aber während Nadia an den verschiedenen Aspekten des Bauwerks arbeitete, merkte sie, dass ihr Geist abschweifte und ihr Magen sich verkrampfte. Maya und Frank sprachen nicht mehr miteinander in ihren offiziellen Funktionen, was darauf hinwies, dass ihre private Beziehung wirklich auf einem Tiefpunkt war. Und Frank schien auch nicht gewillt, mit John zu sprechen, was ein Jammer war. Die unschön beendete Beziehung zwischen Sasha und Yeli war zu einer Art Bürgerkrieg zwischen ihren Freunden geworden; und Hirokos Schar, Iwao, Paul, Ellen, Rya, Gene, Evgenia und der Rest, verbrachte, vielleicht in Reaktion auf all dies, jeden Tag draußen im Atrium oder in den Gewächshäusern. Sie lebten da draußen zusammen, mehr zurückgezogen denn je. Vlad und Ursula und der Rest des medizinischen Teams waren so in Forschungen vertieft, dass die klinische Arbeit mit den Kolonisten fast unterblieb, was Frank erboste. Und die Gentechniker verbrachten ihre ganze Zeit draußen in dem umgewandelten Containerpark, in den Labors.

Und dennoch verhielt sich Michel, als wäre nichts abnormal und als wäre er nicht der psychologische Betreuer der Kolonie. Er verbrachte viel Zeit damit, französisches Fernsehen anzuschauen. Als Nadia ihn wegen Frank und John fragte, machte er nur ein ausdrucksloses Gesicht.

Sie waren jetzt seit 420 Tagen auf dem Mars, und die ersten Sekunden ihres Universums waren vergangen. Sie kamen nicht mehr zusammen, um die Arbeit des nächsten Tages zu planen oder zu besprechen, was sie machten. »Zu beschäftigt«, sagten die Leute zu Nadia, wenn sie fragte. »Nun, das ist zu kompliziert zu beschreiben, weißt du. Du würdest dabei einschlafen. Mir geht es jedenfalls so.« Und so weiter.

Und dann sah sie in stillen Momenten vor ihrem geistigen Auge die schwarzen Dünen, das weiße Eis, die Silhouetten der Gestalten vor dem Himmel eines Sonnenuntergangs. Sie erbebte dann und kam mit einem Seufzer wieder zu sich. Ann hatte tatsächlich einen neuen Ausflug arrangiert und war fort, diesmal nach Süden zu den nördlichsten Armen der großen Valles Marineris, um noch mehr unvorstellbare Wunder zu schauen. Aber Nadia wurde im Basislager gebraucht, ob sie mit Ann in die Canyons losziehen wollte oder nicht. Maya beklagte sich darüber, wie viel Ann fort war. »Es ist klar, dass sie und Simon etwas miteinander angefangen haben und nun da draußen Flitterwochen feiern, während wir hier drinnen schuften.« Das war Mayas Art, die Dinge zu sehen. Das wäre nötig, um Maya so glücklich zu machen, wie Ann klang, wenn sie anrief. Aber Ann war in den Canyons; und das allein genügte, um sie so heiter zu stimmen. Falls sie und Simon ein Verhältnis angefangen hätten, wäre das nur eine natürliche Fortsetzung davon, und Nadia hoffte, dass es stimmte. Sie wusste, dass Simon Ann liebte, und sie hatte in Ann eine immense Einsamkeit gespürt, etwas, das einen menschlichen Kontakt brauchte. Wenn sie nur wieder mit ihnen beisammen sein könnte!

Aber sie musste arbeiten. Also arbeitete sie. Sie scheuchte Leute auf den Baustellen umher, sie stolzierte über die Bauplätze und schalt die nachlässige Arbeit ihrer Freunde. Ihre versehrte Hand hatte während der Reise wieder etwas Kraft gewonnen, sodass sie wieder Traktoren und Bulldozer fahren konnte. Sie verbrachte damit lange Tage. Aber es war nicht mehr dasselbe.

Bei $L_S = 208°$ kam Arkady zum ersten Mal auf den Mars herunter. Nadia ging zu dem neuen Raumhafen hinaus und stand am Rande der breiten Fläche aus staubigem Zement, um die Ankunft zu beobachten. Sie hüpfte von einem Fuß auf den anderen. Der ockerfarbene Zement trug schon die gelben und braunen Flecken früherer Landungen. Arkadys Kapsel erschien am pinken Himmel, erst ein weißer Punkt und dann eine gelbe Flamme wie eine umgedrehte Gasfackel. Schließlich löste er sich zu einer geodätischen Halbkugel auf mit Raketen und Beinen darunter, die auf einer Feuersäule herunterschwebte und mit unirdischer Sanftheit direkt auf dem

Zentrumspunkt landete. Arkady hatte am Landeprogramm gearbeitet, offenbar mit Erfolg.

Er kletterte etwa zwanzig Minuten später aus der Luke des Landers und stand aufrecht auf der obersten Stufe, um sich umzuschauen. Selbstsicher ging er die Treppe hinunter und hüpfte, auf dem Boden angekommen, versuchsweise auf den Zehenspitzen, tat ein paar Schritte und drehte sich dann mit ausgebreiteten Armen um. Nadia erinnerte sich sofort daran, was für ein Gefühl diese Empfindung von Hohlheit gewesen war. Dann fiel er vornüber. Sie eilte auf ihn zu; und er sah sie, stand auf, reckte sich und fiel wieder auf den rauen Portlandzement. Sie half ihm wieder auf die Füße, und sie trafen in einer Umarmung zusammen und stolperten – er in einem großen Druckanzug und sie in einem Schutzanzug für den Mars. Sein haariges Gesicht sah durch die Visierscheiben schockierend real aus. Die Gespräche per Video hatten sie die dritte Dimension vergessen lassen und alles andere, das die Realität so lebhaft und wirklich machte. Er stieß mit seinem Visier gegen ihres und zeigte sein wildes Grinsen. Sie spürte die Spannung eines ähnlichen Lächelns auf ihrem Gesicht.

Er zeigte auf seine Armbandkonsole und schaltete auf ihre private Frequenz um, 4224. Sie tat dasselbe.

»Willkommen auf dem Mars!«

Alex, Janet und Roger waren mit Arkady heruntergekommen; und als sie alle ausgestiegen waren, kletterten sie in einen offenen Modell-T-Wagen, und Nadia fuhr sie zur Basis, erst über die breite befestigte Straße und dann in einer Abkürzung durch das Alchemistenviertel. Sie erzählte ihnen von jedem Gebäude, an dem sie vorbeikamen, und bemerkte, dass sie die schon alle kannten. Plötzlich wurde sie nervös, als sie sich erinnerte, wie es ihr nach der Reise zum Pol vorgekommen war. Sie hielten an der Garagenschleuse an, und Nadia führte sie hinein. Dort gab es noch eine Familienwiedervereinigung.

Später an diesem Tag führte Nadia Arkady durch das Quadrat überwölbter Räume, eine Tür nach der anderen, einen fertig ausgestatteten Raum nach dem anderen, alle vierundzwanzig, und dann hinaus ins Atrium. Der Himmel hatte durch die Glasscheiben eine rubinrote Farbe, und die Magnesiumstützen schimmerten wie mattiertes Silber.

»Nun?«, fragte Nadia schließlich, unfähig, sich zurückzuhalten. »Was meinst du?«

Arkady lachte und zog sie an sich. Er trug noch seinen Raumanzug, und sein Kopf sah in der freien Halsöffnung klein aus. Er war gepolstert und sperrig, und sie wollte ihn davon befreien.

»Nun, manches davon ist gut und manches schlecht. Aber warum ist es so hässlich? Warum ist es so trübselig?«

Nadia zuckte angesäuert die Achseln. »Wir hatten zu tun.«

»Wir auf Phobos auch, aber du solltest es sehen! Wir haben alle Gänge mit Paneelen aus Nickel mit Platinstreifen verkleidet und deren Oberflächen mit sich wiederholenden Mustern verziert, die die Roboter nachts anfertigten. Escher-Reproduktionen, Spiegel für endlose Bildreihen angeordnet, Szenen von der Erde – du solltest das sehen! Du kannst in eine der Kammern eine Kerze stellen, und es sieht aus wie die Sterne am Himmel oder ein Raum im Feuer. Jeder Raum ist ein Kunstwerk. Warte, bis du es siehst!«

»Ich freue mich schon darauf.« Nadia schüttelte den Kopf und lächelte ihn an.

An diesem Abend gab es ein großes Bankett in den vier zusammenhängenden Kammern, die den größten Raum in dem Komplex bildeten. Sie aßen Hähnchen und Sojaburger und üppige Salate, und alle redeten durcheinander, sodass man an die besten Monate auf der *Ares* oder sogar in der Antarktis erinnert wurde. Arkady erhob sich, um ihnen über die Arbeit auf Phobos zu berichten. »Ich freue mich, endlich in Underhill zu sein.« Sie waren fast damit fertig, den Stickney-Krater zu überkuppeln, sagte er ihnen. Und darunter waren lange Gänge in den brüchigen und an Breccien reichen Fels gebohrt worden, die den Eisadern direkt durch den Mond folgten. »Wäre da nicht die mangelnde Schwerkraft, wäre es ein großartiger Ort«, schloss Arkady. »Aber dagegen können wir nichts tun. Wir haben den größten Teil unserer Freizeit in Nadias Gravitationszug verbracht, aber es ist eng, und inzwischen erfolgt alle Arbeit in Stickney oder darunter. Darum haben wir zu viel Zeit schwerelos oder im Training verbracht und dennoch an Kraft eingebüßt. Schon die Schwere auf dem Mars ermüdet mich jetzt. Ich bin schon ganz benommen.«

»Das bist du immer!«

»Also müssen wir dort die Crews regelmäßig auswechseln oder alles von Robotern erledigen lassen. Wir denken daran, dass wir alle endgültig herunterkommen. Wir haben unseren Part da oben erledigt. Eine funktionierende Raumstation ist jetzt bereit für diejenigen, welche uns folgen. Jetzt wollen wir unsere Belohnung hier unten.« Er hob sein Glas.

Frank und Maya runzelten die Stirn. Niemand würde gern zu Phobos hinaufgehen, und dennoch verlangten Houston und Baikonur, dass der Satellit stets besetzt sein sollte. Maya hatte den schon von der *Ares* bekannten Gesichtsausdruck, der besagte, es sei alles Arkadys Fehler. Als Arkady das sah, brach er in schallendes Gelächter aus.

Am nächsten Tage führten ihn Nadia und einige andere zu einer detaillierteren Tour durch Underhill und die umliegenden Einrichtungen; und er nickte die ganze Zeit mit seinem typisch glotzäugigen Blick, der einen veranlasste zurückzunicken, wenn er sagte: »Ja, aber; ja, aber«, und dann folgte eine ins Detail gehende Kritik nach der anderen, bis er schließlich sogar Nadia auf die Nerven fiel. Obwohl schwer zu bestreiten war, dass das Gebiet von Underhill arg mitgenommen war und bis zum Horizont in jeder Richtung verunstaltet, sodass es schien, das ginge über den ganzen Planeten so weiter.

Arkady sagte: »Es ist leicht, Backsteine zu färben. Man fügt Manganoxid vom Magnesiumschmelzen hinzu, und schon hat man reinweiße Backsteine. Für Schwarz nimmt man Kohle, die beim Bosch-Verfahren übrig geblieben ist. Man kann jede gewünschte Stufe von Rot erhalten, indem man die Menge an Eisenoxiden verändert, einschließlich einiger wirklich erstaunlicher Scharlachtöne. Schwefel für Gelb. Und es muss auch etwas für Grün und Blau geben. Ich weiß nicht, was; aber Spencer dürfte es wissen. Vielleicht irgendein Polymer auf Schwefelbasis. Ich weiß es nicht. Aber ein helles Grün würde an so einem roten Ort fabelhaft aussehen. Es wird vom Himmel eine schwärzliche Schattierung haben, aber dennoch grün sein und das Auge anziehen.

Und dann baut ihr mit diesen bunten Backsteinen Wände, die alle Mosaiken sind. Das ist eine schöne Arbeit. Jeder kann seine eigene Wand oder sein eigenes Gebäude haben, was immer er will. Alle Arbeitsstätten im Alchemistenviertel sehen aus wie Hinterhofgaragen oder weggeworfene Sardinendosen. Backstein um sie herum würde helfen, sie zu isolieren. Also gibt es einen guten wissenschaftlichen Grund dafür. Aber mit Sicherheit ist es ebenso wichtig, dass sie gut und anheimelnd aussehen. Ich habe schon zu lange in einem Land gelebt, das nur an Nützlichkeit dachte. Wir müssen zeigen, dass wir hier mehr als das wertschätzen, ja?«

»Ganz gleich, was wir mit den Gebäuden anfangen«, erklärte Maya scharf, »der Boden um sie herum wird dennoch ganz aufgerissen sein.«

»Aber nicht unbedingt! Schau, wenn die Bauarbeiten beendet sind, wäre es leicht möglich, den Boden wieder in seinen ursprünglichen Zustand zu versetzen und dann lockeres Gestein darüberzubreiten auf eine Weise, die die einstige Ebene nachahmt. Staubstürme würden bald genug für den erforderlichen Abrieb sorgen; und wenn die Leute dann Gehwege benutzen und Fahrzeuge auf Straßen oder Schienen laufen würden, sähe es schnell aus wie der alte Grund, hier und da von Gebäuden mit farbigem Mosaik besetzt und Glaskuppeln voller Grünzeug und gelben Backsteinstraßen oder sonst was. Natürlich müssen wir das machen. Es ist eine Frage des Geistes. Das soll nicht heißen, es hätte schon früher gemacht werden können. Erst musste die Infrastruktur eingerichtet werden. Das ist immer unsauber; aber jetzt sind wir bereit für die Kunst der Architektur, für ihren Geist.«

Er schwenkte die Hände, hielt plötzlich inne und starrte auf die zweifelnden Mienen hinter den Visierscheiben um ihn herum. »Nun, das ist doch eine Idee, oder?«

Ja, dachte Nadia und schaute sich mit Interesse in dem Versuch um, es sich bildlich vorzustellen. Vielleicht würde ihr ein solches Vorhaben wieder Freude an der Arbeit geben? Vielleicht würde es dann auch für Ann anders aussehen?

»Noch mehr Ideen von Arkady«, sagte Maya mit saurer Miene an diesem Abend im Schwimmbecken. »Das haben wir gerade noch gebraucht.«

»Es sind aber gute Ideen«, sagte Nadia. Sie stieg heraus, duschte und zog einen Pullover an.

Später am Abend traf sie Arkady wieder und zeigte ihm die Kammer in der Nordwestecke von Underhill, bei der sie die

Wände kahl gelassen hatte, sodass sie ihm strukturelle Details vorführen konnte.

»Es ist sehr elegant«, sagte er und strich mit einer Hand über die Backsteine. »Wirklich, Nadia, ganz Underhill ist prächtig. Ich kann deine Hand überall darin erkennen.«

Erfreut ging sie an einen Schirm und rief die Pläne für ein größeres Habitat auf, an denen sie gearbeitet hatte. Drei Reihen von Kammern mit gewölbter Decke unter der Oberfläche übereinander, in einer Wand eines sehr tiefen Grabens, Spiegel an der gegenüberliegenden Seite, um Sonnenlicht in die Räume zu lenken ... Arkady nickte und zeigte grinsend auf den Schirm. Er stellte Fragen und machte Vorschläge: »Eine Arkade zwischen den Räumen und der Mauer für freien Platz. Und jedes Stockwerk gegenüber dem darunterliegenden etwas zurückgesetzt, sodass jeder einen Balkon hat, der die Arkade überschaut ...«

»Ja, das sollte möglich sein ...« Und sie tippten auf dem Touchscreen herum, um die Architekturskizze zu verändern, während sie redeten.

Später gingen sie in das überdachte Atrium. Sie standen unter hohen Büscheln von schwarzen Bambusblättern. Die Pflanzen waren noch in Töpfen, während der Boden vorbereitet wurde. Es war ruhig und dunkel.

Arkady sagte leise: »Vielleicht könnten wir dieses Areal um ein Stockwerk absenken. Fenster und Türen in eure Gewölbe schneiden und sie aufhellen.«

Nadia nickte. »Wir haben daran gedacht und werden es tun. Aber es geht langsam, so viel Erdreich durch Schleusen hinauszuschaffen.« Sie schaute ihn an. »Aber was ist mit uns, Arkady? Bis jetzt haben wir nur über die Infrastruktur gesprochen. Ich sollte meinen, dass schöne Gebäude ziemlich weit unten auf der Liste der Dinge stehen, die zu tun wären.«

Arkady grinste. »Nun, vielleicht sind alle Dinge weiter oben auf der Liste schon erledigt.«

»Was? Höre ich das Arkady Nikelyovich gerade sagen?«

»Nun, weißt du – ich beklage mich nicht bloß, um mich zu beklagen, Miss Neun-Finger. Und die Art, wie die Dinge hier gelaufen sind, kommt dem sehr nahe, was ich während der Ausreise gesagt habe. So nahe, dass es töricht wäre, sich zu beklagen.«

»Ich muss zugeben, du überraschst mich.«

»Wirklich? Denk nur daran, wie ihr alle in diesem letzten Jahr zusammengearbeitet habt.«

»Halbjahr.«

Er lachte. »Halbjahr. Und während dieser ganzen Zeit besaßen wir keine Anführer, nicht wirklich. Diese abendlichen Zusammenkünfte, bei denen jeder sich aussprechen kann und die Gruppe entscheidet, was am dringendsten zu tun ist – so sollte es sein. Und es wird keine Zeit vergeudet mit Kaufen oder Verkaufen, weil es keinen Markt gibt. Alles hier gehört allen gleichermaßen. Und niemand von uns kann irgendetwas, das wir besitzen, ausbeuten, weil es außer uns keinen möglichen Käufer gibt. Es ist eine kommunale Gesellschaft geworden. Alle für einen und einer für alle.«

Nadia seufzte. »Arkady, die Dinge haben sich geändert. Es ist nicht mehr so. Und es ändert sich ständig noch mehr. Also wird das nicht andauern.«

»Warum sagst du das?«, rief er. »Es wird andauern, wenn wir uns dafür entscheiden, dass es andauern wird.«

Sie sah ihn skeptisch an. »Du weißt, dass das nicht so einfach ist.«

»Nun ja, das ist es nicht. Aber es liegt in unserer Macht.«

»Vielleicht.« Sie seufzte wieder, dachte an Maya und Frank, an Phyllis, Sax und Ann. »Es gibt schrecklich viel Streit.«

»Das macht nichts, solange wir uns über gewisse grundlegende Dinge einig sind.«

Sie schüttelte den Kopf und rieb sich die Narbe mit den Fingern ihrer anderen Hand. Der fehlende Finger juckte. Sie fühlte sich plötzlich deprimiert. Über ihnen zeichneten sich die langen Bambusblätter vor den Sternen ab. Sie sahen aus wie Spritzer eines gigantischen Bazillus. Beide gingen sie den Weg zwischen Getreidebeeten entlang. Arkady ergriff ihre verstümmelte Hand und schaute auf die Narbe, bis es ihr lästig wurde und sie sie zurückziehen wollte. Er hob sie hoch und gab dem Knöchel an der Wurzel des Ringfingers einen Kuss. »Du hast starke Hände, Miss Neun-Finger.«

»Früher hatte ich das.« Sie machte eine Faust und hielt sie empor.

»Eines Tages wird Vlad dir einen neuen Finger wachsen lassen«, versicherte er, nahm ihre Faust und öffnete sie. Dann hielt er die Hand fest, während sie weitergingen. Er sagte: »Das erinnert mich an das Arboretum in Sewastopol.«

»Mmm«, machte Nadia. Sie hörte nicht richtig hin, achtete mehr auf den warmen Druck seiner Hand in der ihren und ihre eng verschlungenen Finger. Auch er hatte starke Hände. Sie war einundfünfzig Jahre alt, eine rundliche kleine russische Frau mit grauem Haar, eine Bauarbeiterin mit einem fehlenden Finger. So schön, die Wärme eines anderen Körpers zu fühlen. Das war so lange her, und ihre Hand sog das Gefühl auf wie ein Schwamm, bis das arme Ding voll und warm kribbelte. Es musste ihm merkwürdig vorkommen, dachte sie. Dann gab sie es auf und sagte: »Ich freue mich, dass du hier bist.«

Die Anwesenheit von Arkady in Underhill war wie die Stunde vor einem Gewitter. Er veranlasste die Leute, über das, was sie taten, nachzudenken. Gewohnheiten, in die sie unbedacht verfallen waren, wurden kritisch betrachtet. Unter diesem neuen Druck wurden manche depressiv und manche aggressiv. Alle laufenden Diskussionen wurden etwas heftiger. Natürlich gehörte die Debatte um das Terraformen dazu.

Jetzt war diese Debatte keineswegs ein Einzelfall, sondern vielmehr ein anhaltender Prozess; ein Thema, das immer wieder auftauchte, eine Sache beiläufiger Gespräche zwischen Einzelpersonen draußen bei der Arbeit, beim Essen und Einschlafen. Alles Mögliche konnte es zur Sprache bringen: der Anblick der weißen Reiffahne über Tschernobyl, die Ankunft eines Robot-Rovers, beladen mit Wassereis aus der Polstation, Wolken am Dämmerungshimmel. Manch einer, der diese oder andere Phänomene sah, sagte: »Das alles wird einige Wärmeeinheiten für das System bringen«, oder: »Ist das Hexafluorethan nicht ein gutes Gas für einen Treibhauseffekt?« Vielleicht folgte dann eine Diskussion über die technischen Aspekte dieses Problems. Manchmal kam das Thema abends wieder in Underhill zur Sprache, führte vom Technischen ins Philosophische und mitunter zu langen hitzigen Diskussionen.

Natürlich beschränkte sich die Debatte nicht nur auf den Mars. Positionspapiere wurden von politischen Zentren in Houston, Baikonur, Moskau, Washington und dem UN-Amt für Marsfragen in New York sowie in Regierungsbüros, Zeitungsredaktionen, Körperschaftsgremien, Universitätsinstituten, Bars und Wohnungen in der ganzen Welt ausgefertigt. Bei den Diskussionen auf der Erde fingen viele Leute an, die Namen der Kolonisten als eine Art von Kürzeln für die unterschiedlichen Positionen zu verwenden, sodass die Kolonisten selbst, wenn sie die Nachrichten von der Erde verfolgten, sahen, dass Leute sagten, sie wären für die Clayborne-Position oder unterstützten das Russell-Programm. Diese Erinnerung an ihren enormen Ruhm auf der Erde, ihre Existenz als Personen in einem laufenden TV-Drama war immer wieder spaßig und aufregend. Nach der Flut von Sondersendungen und Interviews, die der Landung gefolgt waren, hatten sie die ständigen Fernsehübertragungen vergessen, völlig von der täglichen Realität ihres Lebens in Anspruch genommen. Aber die Videokameras lieferten immer noch Berichte nach Hause; und es gab eine Menge Leute auf der Erde, die diese Shows liebten.

So hatte fast jeder seine Meinung. Abstimmungen zeigten, dass die meisten für das Russell-Programm waren – ein inoffizieller Name für die Pläne von Sax, den Planeten so schnell wie möglich mit allen denkbaren Mitteln zu terraformen. Aber die Minorität, die hinter Anns Haltung, die Finger davon zu lassen, stand, vertrat ihre Ansicht heftiger und behauptete, dass diese Frage unmittelbaren Einfluss auf die Antarktis-Politik und überhaupt alle Umweltmaßnahmen auf der Erde hätte. Inzwischen zeigten verschiedene Umfragen, dass viele Leute von Hiroko und dem Farmprojekt fasziniert waren, während andere sich Bogdanovisten nannten. Arkady hatte nämlich von Phobos eine Menge Videos geschickt; und Phobos machte sich gut im Fernsehen, ein wahres Musterbeispiel von Architektur und Ingenieurskunst. Neue Hotels und kommerzielle Zentren auf der Erde ahmten schon manche Designs der Phobos-Station nach. Es gab in der Architektur eine Bewegung namens Bogdanovismus, während andere an ihm interessierte Bewegungen sich mehr auf soziale und ökonomische Reformen der Weltordnung konzentrierten.

Aber das Terraformen stand immer im Zentrum all dieser Debatten, und die Meinungsverschiedenheiten der Kolonisten darüber wurden auf der größtmöglichen öffentlichen Bühne ausgetragen. Manche reagierten, indem sie Kameras vermieden und Bitten um Interviews verweigerten. »Ich bin hier, weil ich genau davon wegkommen wollte«, sagte Hirokos Assistent Iwao, und recht viele pflichteten ihm bei. Die Übrigen kümmerten sich nicht um die eine oder die andere Richtung. Manchen schien es aber zu gefallen. Zum Beispiel wurde das wöchentliche Programm von Phyllis sowohl durch christliche Kabelstationen als auch in Wirtschaftsprogrammen in der ganzen Welt gesendet. Aber ganz gleich, wie man damit umging, es wurde deutlich, dass die meisten Leute auf der Erde und dem Mars annahmen, dass es zum Terraforming kommen würde. Es war keine Frage des Ob, sondern des Wann und Wie viel. Unter den Kolonisten selbst war das fast die allgemeine Ansicht. Sehr wenige hielten es mit Ann: Simon natürlich, vielleicht Ursula und Sasha, vielleicht Hiroko, auf seine Weise John und jetzt auf ihre Weise Nadia. Auf der Erde gab es mehr dieser »Roten«; aber sie hielten ihre Position notwendigerweise für eine Theorie, ein ästhetisches Urteil. Der stärkste Punkt zu ihren Gunsten, und damit auch der von Ann am häufigsten in ihren Videobotschaften für die Erde vertretene, war die Möglichkeit marsianischen Lebens. Ann sagte immer: »Wenn es hier auf dem Mars Leben gibt, könnte die radikale Veränderung es töten. Wir können uns nicht einmischen, solange der Status von Leben auf dem Mars unbekannt ist. Das wäre unwissenschaftlich und – noch schlimmer – unmoralisch.«

Viele stimmten dem zu, einschließlich vieler in der wissenschaftlichen Gemeinschaft auf der Erde, die das Marskomitee der UN beeinflusste, das wiederum die Kolonie beaufsichtigte. Aber jedes Mal, wenn Sax dieses Argument hörte, konterte er sofort: »Es gibt kein Anzeichen von Leben auf der Oberfläche in der Vergangenheit oder Gegenwart«, sagte er sanft. »Falls es existiert, muss es unterirdisch sein, vermutlich in der

Nähe vulkanischer Schlote. Aber selbst wenn es da unten Leben gibt, könnten wir zehntausend Jahre danach suchen und es nie finden, noch auch nur die Möglichkeit eliminieren, dass es sich da irgendwo anders befindet, irgendwo, wo wir nicht geschaut haben. Also bedeutet das warten, bis wir sicher wissen, dass es kein Leben gibt ...« – was unter Gemäßigten eine recht verbreitete Meinung war –, »... und das bedeutet praktisch warten für immer. Auf eine entfernte Möglichkeit, die durch das Terraformen in keiner Weise unmittelbar gefährdet werden würde.«

»Natürlich würde sie das«, widersprach Ann. »Vielleicht nicht sofort, aber schließlich würde der Permafrost schmelzen, es würde Bewegung durch die Hydrosphäre geben und deren totale Kontamination durch wärmeres Wasser und irdische Lebensformen, Bakterien, Viren, Algen. Das könnte einige Zeit dauern, aber es würde bestimmt passieren. Und das können wir nicht riskieren.«

Sax zuckte dann die Achseln. »Erstens ist es ein postuliertes Leben mit sehr geringer Wahrscheinlichkeit. Zweitens würde es auf Jahrhunderte hinaus nicht gefährdet sein. Wir könnten es in jener Zeit vermutlich lokalisieren und schützen.«

»Aber vielleicht können wir es nicht finden.«

»Sollen wir für ein wenig wahrscheinliches Leben, das wir womöglich nie finden werden, alles aufgeben?«

Ann zuckte die Achseln. »Das müssen wir, sofern du nicht erklärst, dass es in Ordnung wäre, Leben auf anderen Planeten zu vernichten, solange wir es nicht finden können. Und vergiss nicht: Einheimisches Leben auf dem Mars wäre die größte Sensation aller Zeiten. Es würde Konsequenzen für die Schätzungen für Leben in der Galaxis haben, die man unmöglich überschätzen kann. Die Suche nach Leben ist einer der Hauptgründe, weshalb wir hier sind.«

»Gut«, meinte Sax. »In der Zwischenzeit ist das Leben, dessen Existenz wir ganz sicher sind, einem außerordentlich hohen Maß an Strahlung ausgesetzt. Wenn wir nichts tun, um das zu mindern, könnten wir nicht imstande sein, hier zu bleiben. Wir brauchen eine dichtere Atmosphäre, um die Strahlung zu verringern.«

Das war keine Antwort auf Anns Punkt, sondern die Einführung eines anderen Arguments, das einen hohen Einfluss hatte. Millionen auf der Erde wollten zum Mars kommen, an die »neue Grenze«, wo das Leben wieder ein Abenteuer war. Wartelisten für Emigration – sowohl echte wie falsche – waren massiv überzeichnet. Aber keiner wollte in einem Bad mutagener Strahlung leben; und das praktische Bedürfnis, den Planeten für Menschen sicher zu machen, war bei den meisten stärker als der Wunsch, die dort schon vorhandene leblose Landschaft zu erhalten oder ein postuliertes einheimisches Leben zu schützen, das, wie viele Wissenschaftler versicherten, gar nicht existierte.

Also schien es, auch bei denen, die zur Vorsicht mahnten, sicher, dass es zum Terraforming kommen würde. Ein Unterausschuss des Marskomitees der UN war zusammengetreten, um das Thema zu erörtern; und auf der Erde hatte es jetzt den Charakter eines gegebenen, unvermeidlichen Teils des Fortschritts angenommen, eines natürlichen Teils der Ordnung der Dinge. Ein offenkundiges Schicksal.

Auf dem Mars indessen war die Frage zugleich offener und dringender, weniger eine Sache der Philosophie als des täglichen Lebens, von kalter giftiger Luft und der aufgenommenen Strahlung. Unter den Befürwortern des Terraformings scharte sich eine bedeutende Gruppe um Sax – eine Gruppe, die es nicht einfach nur tun, sondern so schnell wie möglich tun wollte. Niemand war sich sicher, was das in der Praxis bedeutete. Schätzungen der Zeit, die es erfordern würde, eine »menschengerechte Oberfläche« zu erhalten, reichten von einem Jahrhundert bis zu zehntausend Jahren, mit extremen Ansichten an beiden Enden von dreißig Jahren (Phyllis) bis zu hunderttausend Jahren (Iwao). Phyllis sagte: »Gott hat uns diesen Planeten gegeben, um ihn nach unserm Bilde zu gestalten, um ein neues Eden zu schaffen.« Simon sagte: »Wenn der Permafrost schmilzt, werden wir auf einer instabilen Landschaft leben, der Boden wird einbrechen und eine Menge von uns werden getötet werden.« Die Argumente gingen über einen weiten Bereich von Themen: Niveaus von Salz, Peroxid und Strahlung, Aussehen des Landes, mögliche letale Mutationen genetisch behandelter Mikroorganismen und so weiter.

Sax sagte: »Wir können versuchen, es zu modellieren; aber wir werden nie imstande sein, es adäquat zu modellieren. Es ist zu groß, und es gibt zu viele Faktoren, von denen viele unbekannt sind. Aber was wir daraus lernen werden, dürfte für die Beherrschung des Erdklimas nützlich sein, zur Vermeidung einer globalen Erwärmung oder einer künftigen Eiszeit. Es ist ein Experiment, ein großes, und es wird stets ein fortlaufendes Experiment bleiben, bei dem nichts garantiert oder sicher bekannt ist. Aber so ist nun einmal die Wissenschaft.«

Seine Zuhörer pflegten an dieser Stelle zu nicken.

Arkady dachte wie immer an die politische Seite der Sache. Er erklärte: »Wir können nie autark sein, wenn wir nicht terraformen. Wir müssen das tun, um uns den Planeten zu eigen zu machen, damit wir eine materielle Basis für die Unabhängigkeit haben.«

An dieser Stelle verdrehten die Zuhörer meist die Augen. Aber es bedeutete, dass Sax und Arkady in gewisser Weise Verbündete waren; und das war eine starke Allianz. Und so drehten sich die Argumente immer und immer wieder im Kreis herum – endlos.

Und jetzt war Underhill fast fertig, ein funktionierendes und in sehr vieler Hinsicht autarkes Dorf. Jetzt war es möglich weiterzugehen. Jetzt mussten sie entscheiden, was als Nächstes zu tun wäre. Und die Mehrheit wollte terraformen. Es wurden jede Menge Projekte vorgestellt, um den Prozess zu beginnen, die alle ihre Befürworter hatten, gewöhnlich bei denen, die für die Ausführung verantwortlich sein würden. Das war ein wichtiges Motiv für die Beliebtheit der Sache: Eine jede Disziplin konnte auf die eine oder andere Weise dazu beitragen. Darum genoss die Sache breite Unterstützung. Die Alchemisten redeten über physikalische und mechanische Mittel, dem System mehr Wärme zuzuführen. Die Klimatologen debattierten über eine Beeinflussung des Wetters. Das Biosphärenteam sprach über zu prüfende ökologische Systeme. Die Bioingenieure arbeiteten schon an neuen Mikroorganismen. Sie verlagerten, beschnitten und rekombinierten Gene von Algen, Methanogenen, Cyanobakterien und Flechten im Versuch, Organismen zu erzeugen, die auf oder unter der gegenwärtigen Marsoberfläche leben könnten. Eines Tages luden sie Arkady ein, einen Blick auf das zu werfen, was sie machten, und Nadia kam mit.

Sie hielten einige ihrer genetischen Prototypen in Mars-Behältern, von denen der größte eines der alten Habitate im Containerpark war. Sie hatten es aufgemacht, Regolith auf den Fußboden gehäuft und es wieder hermetisch versiegelt. Darin arbeiteten sie mit Telerobotik und betrachteten die Resultate aus dem benachbarten Container, wo Messinstrumente Daten lieferten und Bildschirme zeigten, was die verschiedenen Schalen produzierten. Arkady sah sich jeden Schirm genau an, aber es gab nicht viel zu sehen. Ihre alten Unterkünfte, bedeckt mit Plastikbehältern voll roten Schmutzes und mit Roboterarmen, die sich von ihren Halterungen in den Wänden ausstreckten. Auf einem Teil des Bodens sah man Anzeichen von Bewuchs, einen bläulichen Ginster.

»Das ist bis jetzt unser Champion«, sagte Vlad. »Aber immer noch nur leicht areophytisch, also für ein Leben auf dem Mars geeignet.« Sie suchten nach einer Anzahl extremer Eigenschaften, einschließlich Resistenz gegen Kälte, Dehydration und UV-Strahlung, Verträglichkeit von Salzen, wenig Sauerstoffbedarf und auf Stein oder Felsboden gedeihend. Kein einziger Organismus von der Erde hatte alle diese Züge; und wenn doch, so pflegten sie äußerst langsam zu wachsen. Aber die Ingenieure hatten mit etwas angefangen, das Vlad ein »Misch-und-Pass-Programm« nannte; und kürzlich hatten sie eine Variante der Cyanophyten geschaffen, die auch als Blaualge bezeichnet wurde. »Sie gedeihen nicht so recht, sterben aber auch nicht so schnell, könnte man sagen.« Sie nannten sie *Areophyte primares*. Der gebräuchliche Name wurde Underhill-Algen. Sie wollten damit einen Feldversuch machen und hatten einen Antrag an die UNOMA, das Marskomitee der UN, vorbereitet.

Arkady war, als er den Containerpark verließ, sichtlich aufgeregt, wie Nadia merkte. Und an diesem Abend sagte er der Gruppe beim Essen: »Wir sollten diese Entscheidung von uns aus fällen; und wenn wir dafür sind, handeln.«

Maya und Frank waren darüber empört, und die meisten Übrigen fühlten sich dabei sicher auch nicht recht wohl. Maya bestand darauf, das Gesprächsthema zu wechseln, und so geschah es dann auch etwas unbeholfen. Am nächsten Morgen kamen Maya und Frank zu Nadia, um über Arkady zu sprechen. Die beiden Anführer hatten schon spät in der vergangenen Nacht versucht, mit ihm vernünftig zu reden. Maya erklärte: »Er lacht uns ins Gesicht. Es ist zwecklos, mit ihm zu diskutieren.«

»Was er vorschlägt, könnte sehr gefährlich sein«, sagte Frank. »Wenn wir eine Direktive der UN ausdrücklich missachten, würden sie vermutlich herkommen, uns zusammentreiben und heimschicken, um uns durch Leute zu ersetzen, die das Gesetz beachten. Ich meine, biologische Kontamination dieser Umwelt ist bei diesem Stand der Dinge schlechthin illegal; und wir haben nicht das Recht, dies zu ignorieren. Das ist internationales Gesetz. Das ist, wie die Menschheit im Allgemeinen diesen Planeten zur Zeit behandeln will.«

»Kannst du mit ihm reden?«, fragte Maya.

»Kann ich«, erwiderte Nadia. »Aber ich kann nicht versprechen, dass das etwas bringen wird.«

»Bitte, Nadia, versuche es einfach! Wir haben genug Probleme damit.«

»Sicher, ich werde es versuchen.«

Also redete sie an diesem Nachmittag mit Arkady. Sie waren draußen auf der Tschernobyl-Straße und auf dem Rückweg nach Underhill. Sie fing davon an und meinte, dass Geduld angeraten wäre. »Es ist nur eine Frage der Zeit, bis die UN ohnehin zu deiner Ansicht gelangen.«

Er blieb stehen, hob ihre verstümmelte Hand hoch und sagte: »Wie viel Zeit haben wir deiner Meinung nach?« Er wies auf die untergehende Sonne. »Wie lange schlägst du vor, sollen wir warten? Auf unsere Enkelkinder? Oder unsere Urenkel? Oder unsere Ururenkel, blind wie ein Grottenfisch?«

»Komm schon«, sagte Nadia und machte ihre Hand frei. »Grottenfisch!«

Arkady lachte. »Es ist doch aber eine ernste Frage. Wir haben nicht unendlich viel Zeit; und es wäre schön zu sehen, wie die Dinge anfangen, sich zu verändern.«

»Trotzdem – warum nicht ein Jahr warten?«

»Ein irdisches oder Marsjahr?«

»Ein Marsjahr. Daten aus allen Jahreszeiten bekommen und den UN Zeit lassen, sich zu entscheiden.«

»Wir brauchen die Daten nicht. Die liegen jetzt schon über Jahre vor.«

»Hast du mit Ann darüber gesprochen?«

»Nein. Das heißt irgendwie. Aber sie ist dagegen.«

»Eine Menge Leute sind dagegen. Ich meine, letztlich werden sie vielleicht zustimmen, aber du musst sie *überzeugen*. Du kannst nicht einfach mir nichts, dir nichts gegenteilige Meinungen überrennen, sonst bist du genauso schlimm wie die Leute daheim, die du immer kritisierst.«

Arkady seufzte. »Ja, ja.«

»Und, bist du so schlimm?«

»Ihr verdammten Liberalen.«

»Ich weiß nicht, was das heißen soll.«

»Es heißt, du bist zu weichherzig, um jemals *wirklich* etwas zu tun.«

Aber jetzt waren sie in Sicht des flachen Hügels von Underhill, der aussah wie ein frischer quadratischer Krater, dessen ausgeschleudertes Material um ihn herum verstreut war. Nadia zeigte darauf. »Ich habe das gebaut. Ihr verdammten Radikalen …« – sie stieß ihm mit dem Ellbogen hart in die Rippen – »ihr hasst den Liberalismus, weil er funktioniert.«

Er schnaubte.

»Doch! Er funktioniert allmählich, im Laufe der Zeit, nach schwerer Arbeit, ohne Feuerwerk oder billige Dramatik, oder dass Personen verletzt werden. Ohne eure sexy Revolutionen und alles, was damit an Qual und Hass verbunden ist. Er *funktioniert* einfach.«

»O Nadia!« Er legte seinen Arm um ihre Schultern, und sie gingen weiter auf die Basis zu. »Die Erde ist eine perfekt liberale Welt. Aber die Hälfte davon verhungert. So war es immer, und so wird es immer sein. Sehr liberal.«

Dennoch schien Nadia ihn beeinflusst zu haben. Er hörte auf, nach einer einseitigen Entscheidung für die Ausbringung der neuen Genprodukte auf die Oberfläche zu rufen; und er beschränkte seine Propaganda auf sein Programm der Verschönerung und verbrachte viel Zeit mit Versuchen zur Herstellung von farbigen Backsteinen und Gläsern. Nadia traf sich mit ihm an den meisten Tagen zum Schwimmen vor dem Frühstück; und zusammen mit John und Maya zogen sie eine Bahn in dem flachen Becken, das eine der überwölbten Kammern ganz ausfüllte, und schwammen ein flottes Training von ein- oder zweitausend Metern. John führte beim Sprinten, Maya bei weiten Distanzen, Nadia war bei allem im Rückstand, da sie durch ihre Hand behindert war; und sie quirlten durch das sehr spritzige Wasser wie eine Reihe von Delphinen, wenn sie durch ihre Schutzbrillen auf den himmelblauen Beton des Beckens schauten. »Der Schmetterlingsstil ist wie für diese Schwerkraft gemacht«, sagte John und grinste darüber, wie sie praktisch aus dem Wasser herausfliegen konnten. Das Frühstück danach war angenehm, wenn auch kurz, und der Rest des Tages war die übliche Arbeitsroutine. Nadia bekam Arkady nur selten vor dem Abend beim Essen zu sehen. Oder danach.

Dann wurden Sax, Spencer und Rya fertig mit der Installation der Roboterfabrik für die Windmühlenheizer von Sax und beantragten bei der UNOMA die Genehmigung, tausend Stück davon rings auf den Äquatorgebieten zu verteilen, um ihre effektive Heizleistung zu erproben. Man erwartete, dass sie alles in allem nur etwa doppelt so viel Wärme liefern würden als

Tschernobyl; und es wurde auch gefragt, ob man imstande sein würde, die zusätzliche Wärme von den Fluktuationen des Hintergrundes zu unterscheiden. Aber wie Sax sagte, würde man das erst sicher wissen, nachdem man es versucht hatte.

Und so flammte der Streit ums Terraforming wieder auf. Und Ann entwickelte plötzlich eine emsige Betriebsamkeit. Sie zeichnete lange Mitteilungen auf, die sie an die Mitglieder des Exekutivkomitees der UNOMA und an die nationalen Ämter für Marsangelegenheiten in allen Ländern, die derzeit dem Komitee angehörten, und schließlich auch an die UN-Generalversammlung schickte. Diese Videobotschaften erhielten stärkste Beachtung, von den höchst seriösen politisch aktiven Ebenen bis hinunter zu Boulevardzeitungen und dem Fernsehen, zu Medien, die darin die neueste Episode der roten Seifenoper sahen. Ann hatte ihre Mitteilungen privatim aufgezeichnet und gesendet, daher erfuhren die Kolonisten davon erst, als Auszüge daraus im irdischen TV erschienen. Zu den nachfolgenden Reaktionen in den nächsten Tagen zählten Debatten bei der Regierung, eine Demonstration in Washington mit zwanzigtausend Teilnehmern, endloser Raum in den Tageszeitungen und Kommentare in den wissenschaftlichen Netzen. Die Intensität dieser Reaktionen wirkte etwas schockierend, und manche Kolonisten waren der Meinung, dass Ann ihnen in den Rücken gefallen war. Phyllis war natürlich außer sich.

Sax blinzelte und sagte: »Außerdem ergibt das keinen Sinn. Tschernobyl entlässt schon fast so viel Wärme in die Atmosphäre wie diese Windmühlen, und darüber hat sie sich nie beklagt.«

»O doch«, sagte Nadia. »Sie hat bloß die Abstimmung verloren.«

Man hielt Anhörungen bei der UNOMA ab, und währenddessen trat eine Gruppe wütender Wissenschaftler Ann beim

Dinner entgegen. Viele der Übrigen waren dort Zeugen dieser Konfrontation. Der Hauptspeisesaal von Underhill nahm vier Kammern ein, deren Trennwände entfernt und durch tragende Säulen ersetzt worden waren. Es war ein großer Raum voller Stühle, Topfpflanzen und der Abkömmlinge der Vögel von der *Ares*. Neuerdings wurde er auch durch Fenster erhellt, die hoch oben an der ganzen Nordwand entlang eingefügt waren und durch die man die ebenerdigen Getreidefelder im Atrium erblickte. Ein großer Raum; und mindestens die Hälfte der Kolonisten waren darin beim Essen, als die Konfrontation stattfand.

»Warum hast du das nicht mit uns diskutiert?«, fragte Spencer Ann.

Sie zwang ihn mit einem scharfen Blick wegzuschauen und sagte, Sax zugewandt: »Warum sollte ich mit dir darüber diskutieren? Es ist klar, was ihr alle darüber denkt, wir haben das schon oft durchgekaut; und nichts, das ich sagte, hat für euch einen Unterschied gemacht. Ihr sitzt hier in euren kleinen Löchern, macht eure kleinen Experimente und stellt Dinge her wie Kinder mit einem Chemiebaukasten im Keller, während die ganze Zeit eine ganze Welt draußen vor eurer Tür liegt. Eine Welt, wo die Geländeformen hundertmal größer sind als ihre Entsprechungen auf der Erde und tausendmal älter; in der überall Hinweise auf den Anfang des Sonnensystems verstreut sind, ebenso wie die ganze Geschichte des Planeten, kaum verändert während der letzten Milliarde Jahren. Und ihr macht euch daran, das alles zu vernichten. Ohne euch ehrlich einzugestehen, was ihr da eigentlich tut. Wir könnten hier leben und den Planeten studieren, ohne ihn zu verändern. Das könnten wir sogar mit sehr wenig Schaden oder auch nur Unannehmlichkeiten für uns selbst. All dieses Gerede über Strahlung ist doch Mist, und das wisst ihr auch. Sie ist schlicht nicht hoch genug, um solch gravierende Veränderungen des Planeten zu rechtfertigen. Ihr wollt das nur tun, weil ihr glaubt, es zu können. Ihr wollt es ausprobieren und sehen – als ob der Mars ein großer Sandkasten auf einem Spielplatz wäre, in dem ihr Häuser bauen könnt. Ein großer Marstopf! Ihr findet eure Rechtfertigungen, wo ihr könnt; aber das ist üble Absicht und keine *Wissenschaft*!«

Während dieser Tirade war ihr Gesicht rot angelaufen. Nadia hatte sie noch nie auch nur annähernd so wütend erlebt wie jetzt. Die Tünche aus Sachlichkeit, mit der sie ihren bitteren Ärger gewöhnlich verdeckte, war dahin; und Ann erstickte fast vor Wut und bebte. Alle im Raum waren still geworden. »Ich sage, das ist keine Wissenschaft! Es ist nur ein Herumspielen. Und für dieses Spiel schickt ihr euch an, diese einmalige historische Chronik des Planeten zu zerstören, die Polkappen zu vernichten und die Abflusskanäle und die Böden der Canyons – eine schöne reine Landschaft – unwiederbringlich zu verwüsten. Und das für nichts und wieder nichts!«

Im Raum war es mucksmäuschenstill, alle waren wie versteinert. Die Ventilatoren summten. Die Leute fingen an, einander vorsichtig anzusehen. Simon machte mit ausgestreckter Hand einen Schritt auf Ann zu. Sie stoppte ihn mit einem Blick. Er hätte ebenso gut in seiner Unterwäsche hinausgegangen und steifgefroren sein können, so erstarrt war er. Sein Gesicht lief rot an. Er verlor seine Haltung und setzte sich wieder hin.

Sax Russell stand auf. Er sah so aus wie immer, vielleicht etwas erhitzter als sonst, aber milde, klein, mit eulenhaftem Blinzeln und ruhiger, trockener Stimme, als ob er über einen Lehrbuchabschnitt der Thermodynamik eine Vorlesung hielte oder das Periodische System der Elemente aufsagte.

»Die Schönheit des Mars besteht im menschlichen Geist«, sagte er in diesem trockenen, sachlichen Ton, und alle starrten ihn erstaunt an. »Ohne die menschliche Präsenz ist er nur eine Ansammlung von Atomen, die sich von keinem anderen Fleck im Universum unterscheidet. Wir sind es, die ihn erforschen und ihm Sinn verleihen. Über Jahrhunderte haben wir zum Nachthimmel aufgeschaut und den Mars zwischen den Sternen wandern sehen. Alle jene Nächte haben wir ihn durch die Teleskope beobachtet, zugeschaut, eine winzige Scheibe betrachtet und versucht, Kanäle in den Veränderungen der Albedo zu erblicken. Alle diese blöden Science-Fiction-Romane mit ihren Monstern und Jungfrauen und sterbenden Zivilisationen. Und all die Wissenschaftler, die die Daten ausgewertet und uns hierhergebracht haben. Das ist es, was den Mars schön macht. Nicht der Basalt und die Oxide.«

Er machte eine Pause, um sie alle anzuschauen. Nadia schluckte. Es war höchst seltsam zu hören, wie diese Worte aus dem Mund von Sax Russell kamen, in dem gleichen trockenen Ton, den er bei der Analyse einer Datenkurve zu benutzen pflegte.

Er fuhr fort: »Jetzt, da wir hier sind, genügt es nicht, sich unter zehn Metern Boden zu verstecken und das Gestein zu untersuchen. Ja, das ist Wissenschaft, und auch notwendige Forschung. Aber Wissenschaft ist mehr als das. Wissenschaft ist Teil eines größeren menschlichen Unterfangens; und dieses Unterfangen schließt ein, dass man zu den Sternen fliegt, sich anderen Planeten anpasst und diese an uns. Wissenschaft ist Schöpfung. Das Fehlen von Leben hier und die Tatsache, dass in den fünfzig Jahren des SETI-Programms auch nirgendwo sonst extraterrestrische Zivilisationen gefunden wurden, bezeugt, dass Leben selten ist und intelligentes Leben noch seltener. Und dennoch ist der ganze Sinn des Universums, seiner Schönheit, in dem Bewusstsein intelligenten Lebens enthalten. Wir sind das Bewusstsein des Universums;

und unsere Aufgabe ist es, dieses überall zu verbreiten, die Dinge zu betrachten und überall zu leben, wo wir es können. Es ist zu gefährlich, das Bewusstsein des Universums auf einen einzigen Planeten beschränkt zu halten. Es könnte ausgelöscht werden. Und so sind wir jetzt auf zweien, sogar dreien, wenn ihr den Erdmond mitzählt. Und wir können diesen Planeten hier verändern, um das Leben darauf sicherer zu gestalten. Verändern heißt nicht gleich zerstören. Es könnte schwieriger werden, seine Vergangenheit zu erkunden, aber seine Schönheit würde nicht vergehen. Wenn es Seen, Wälder oder Gletscher gäbe, wie minderte das die Schönheit des Mars? Ich glaube nicht, dass es das täte. Ich meine, es erhöhte sie nur. Es fügt Leben hinzu, das schönste aller Systeme. Aber nichts, was Leben tun kann, wird den Tharsis-Rücken einebnen oder die Marineris-Gräben füllen. Der Mars wird immer der Mars bleiben, anders als die Erde, kälter und wilder. Aber er kann Mars sein und zugleich uns gehören. Und er wird unser sein. Das hat der menschliche Geist so an sich: Es kann gemacht werden, und es wird gemacht werden. Wir können den Mars umwandeln und bauen, wie man eine Kathedrale erbauen würde, als ein Denkmal zugleich für die Menschheit und das Universum. Wir können das machen, deswegen werden wir es machen. Also ...« – er hielt die Hand empor, als ob er darüber befriedigt wäre, dass die Analyse durch die Daten in der Graphik bestätigt würde, als ob er das Periodische System geprüft und gefunden hätte, dass es noch gültig wäre – »... also können wir auch gleich damit anfangen.«

Er sah Ann an; und alle Augen ruhten auf ihr. Ann hatte die Lippen zusammengepresst, und ihre Schultern sanken herab. Sie wusste, dass sie geschlagen war.

Sie zuckte die Achseln, als zöge sie eine Kapuze über Kopf und Rumpf, einen schweren Umhang, der sie zu Boden drückte und ganz vor ihnen verbarg. Mit dem flachen, stillen Ton, den sie gewöhnlich benutzte, wenn sie erregt war, sagte sie: »Ich denke, du bewertest Bewusstsein zu hoch und Gestein zu niedrig. Wir sind nicht die Herren des Universums. Wir sind nur ein kleiner Teil davon. Wir mögen sein Bewusstsein sein; aber das bedeutet nicht, alles in ein Spiegelbild von uns zu verwandeln. Es bedeutet vielmehr, sich darin einzufügen, so wie es ist, und es mit unserer Achtsamkeit zu verehren.« Sie begegnete dem sanften Blick von Sax, und ein letzter Wutausbruch schoss heraus. »Du hast den Mars nie gesehen.«

Und sie verließ den Raum.

Janet hatte ihre Kamerabrille auf und die ganze Diskussion mitgefilmt. Phyllis schickte eine Kopie davon zur Erde. Eine Woche später erteilte ihnen das UNOMA-Komitee für Terraforming die Erlaubnis zum Aussetzen der wärmeerzeugenden Windmühlen.

Es war geplant, sie aus Luftschiffen abzuwerfen. Arkady beanspruchte sofort das Recht, das erste zu steuern, als eine Art von Belohnung für seine Arbeit auf Phobos. Maya und Frank waren nicht unglücklich bei dem Gedanken, dass Arkady für einen oder zwei Monate aus Underhill verschwände, und wiesen ihm gleich eines der Schiffe zu. Er würde in den vorherrschenden Winden ostwärts driften und absteigen, um Windmühlen in Kanalbetten und auf den äußeren Flanken von Kratern zu platzieren, beides Stellen, wo es oft starke Winde gab. Nadia hörte erst von der Expedition, als Arkady durch die Räume zu ihr kam und davon erzählte.

»Klingt hübsch«, sagte sie.

Er fragte: »Hast du Lust mitzukommen?«

»O ja«, sagte sie. Ihr Geisterfinger pulsierte.

Es war das größte Luftschiff, das jemals gebaut worden war, ein Modell von der Erde, das seinerzeit in Friedrichshafen in Deutschland konstruiert worden war. Man hatte es 2029 auf den Weg gebracht, sodass es erst kürzlich angekommen war. Es hieß *Arrowhead* und maß 120 Meter über die Flügel, 100 Meter von Bug bis Heck und war 40 Meter hoch. Innen hatte es ein ultraleichtes Gerippe, außen Turbopropeller an jeder Flügelspitze und unter der Gondel. Diese wurden von Solarzellen angetrieben, die auf der Oberseite der Hülle angebracht waren. Die bleistiftförmige Gondel erstreckte sich längs über den größten Teil der Unterseite, war innen aber kleiner, als Nadia erwartet hatte, weil ein großer Teil von ihr vorerst mit ihrer Ladung an Windmühlen angefüllt war. Beim Start bestand ihr freier Raum aus kaum mehr als dem Cockpit, zwei schmalen Betten, einer winzigen Küche, einer noch kleineren Toilette und dem engen Tunnel, der notwendig war, um zwischen der Ladung herumzukriechen. Es war ziemlich eng, aber zum Glück hatte die Gondel Fenster an beiden Seiten; und diese boten, obwohl etwas durch Windmühlen blockiert, eine Menge Licht und gute Sicht.

Das Abheben beim Start war langsam. Arkady löste die von den drei Anlegemasten ausgehenden Taue mit dem Umlegen eines Kipphebels im Cockpit. Die Turboprops liefen schnell, aber sie hatten es mit Luft zu tun, die nur zwölf Millibar dicht war. Das Cockpit schaukelte langsam auf und ab und bog sich mit dem inneren Gerüst. Und jeder Auf- und Abhüpfer brachte sie etwas höher über den Boden. Für jemanden, der an Raketenstarts gewöhnt war, wirkte das komisch.

»Komm, wir drehen uns einmal und schauen uns Underhill an, ehe wir wegfahren«, sagte Arkady, als sie fünfzig Meter hoch waren. Er neigte das Schiff auf die Seite, und sie machten eine langsame weite Kurve, wobei sie aus Nadias Fenster blickten. Fahrspuren, Löcher, Regolith-Haufen, alles dunkelrot vor der staubig orangefarbenen Oberfläche der Ebene – es sah aus, als hätte ein großer Drache mit Klaue hinuntergelangt und alles aufgekratzt. Underhill befand sich im Zentrum der Wunden und bot an sich einen hübschen Anblick, ein dunkelrotes Quadrat als Rahmen für ein leuchtendes Juwel aus Glas und Silber, mit unter der Kuppel eben erkennbarem Grün. Von ihm ausgehend führten die Straßen nach Osten zu Tschernobyl und nach Norden zu den Raumflughäfen. Und oberhalb davon lagen die grünen Blasen der Gewächshäuser, und dann war da der Containerpark …

»Das Alchemistenviertel sieht immer noch aus wie aus dem Ural«, sagte Arkady. »Wir müssen wirklich etwas daran ändern.« Er lenkte das Luftschiff aus seiner Kurve und wendete es mit dem Wind nach Osten. »Sollte ich uns über Tschernobyl bringen und den Aufwind einfangen?«

»Warum sehen wir nicht einmal, was dieses Ding ohne Unterstützung kann?«, fragte Nadia. Sie fühlte sich leicht, als wäre auch sie mit dem Wasserstoff der Ballons angefüllt. Die Aussicht war eindrucksvoll, der dunstige Horizont vielleicht hundert Kilometer entfernt, die Konturen des Landes alle klar sichtbar – die leichten Buckel und Senken von Lunae, die Berge und Canyons des von Kanälen durchzogenen Geländes im Osten. »Oh, das wird wundervoll werden!«

»Ja.«

Es war tatsächlich erstaunlich, dass sie so etwas nicht schon früher unternommen hatten. Aber Fliegen war auf dem Mars wegen der dünnen Atmosphäre nicht einfach. Sie hatten die beste Lösung gewählt: ein Luftschiff, so groß und leicht wie möglich, gefüllt mit Wasserstoff, der sich in der Luft des Mars nicht entzündete und relativ zu seiner Umgebung leichter war als auf der Erde. Wasserstoff und die letzten Errungenschaften an superleichten Materialien gaben ihnen den Auftrieb, um eine Fracht wie ihre Windmühlen zu befördern. Aber mit einer solchen Last an Bord waren sie lächerlich träge.

Und so drifteten sie dahin. Den ganzen Tag lang überquerten sie die leicht hüglige Ebene von Lunae Planum, vom Wind nach Südosten getrieben. Eine oder zwei Stunden lang konnten sie am Südhorizont Juventa Chasma erkennen, einen klaffenden Canyon, der wie eine riesige Bergwerksgrube aussah. Weiter östlich wurde das Land gelblich. Es lag weniger Schotter an der Oberfläche, und das darunterliegende Urgestein war zerklüfteter. Es gab auch viel mehr Krater – große und kleine, mit scharfen Rändern oder fast verschüttet. Dies war Xanthe Terra, ein Hochland, das topographisch dem südlichen Bergland ähnelte und hier nach Norden zwischen die Tiefebenen von Chryse und Isidis hineinragte. Sie würden sich einige Tage lang über Xanthe befinden, wenn die vorherrschenden Westwinde ihnen treu blieben.

Sie kamen mit lässigen zehn Kilometern in der Stunde voran. Die größte Zeit flogen sie in etwa hundert Metern Höhe, wodurch der Horizont ungefähr fünfzig Kilometer entfernt lag. Sie hatten Zeit, sich genau anzuschauen, was sie wollten, obwohl Xanthe sich als wenig mehr denn eine ständige Folge von Kratern herausstellte.

Spät an diesem Nachmittag neigte Nadia den Bug des Luftschiffs nach unten und kreuzte in den Wind. Sie sanken bis auf zehn Meter über dem Boden und warfen dann ihren Anker aus. Das Schiff stieg, zerrte an seinem Tau und rückte abwindig zum Anker, an dem es wie ein dicker Spielzeugdrache zappelte. Nadia und Arkady zwängten sich durch die ganze Länge der Gondel bis hin zu dem, was Arkady als Bombenschacht bezeichnete. Nadia hob eine Windmühle auf den Haken der Frachtwinde. Die Windmühle war ein kleines Ding, ein Magnesiumbehälter mit vier vertikalen Rotorblättern auf einer oben herausragenden Stange. Sie wog ungefähr fünf Kilo. Sie schlossen den Schacht über ihr, pumpten die Luft heraus und öffneten die Bodenklappen. Arkady bediente die Winde und blickte durch ein niedriges Fenster, um zu sehen, was er tat. Die Windmühle fiel wie ein Stein hinunter und traf auf verhärteten Sand an der Südflanke eines kleinen namenlosen Kraters. Arkady löste den Haken der Winde und spulte das Tau zurück in den Schacht. Dann schloss er die Bombenklappen.

Sie gingen ins Cockpit zurück und schauten wieder nach unten, um zu sehen, ob die Windmühle arbeitete. Da stand sie, ein kleiner Kasten auf dem Außenhang eines Kraters, etwas geneigt, und die vier breiten vertikalen Blätter drehten sich fröhlich. Es sah aus wie ein Anemometer aus dem meteorologischen Baukasten eines Kindes. Das Heizelement, eine freiliegende Metallspule, die wie eine Herdplatte strahlen würde, war auf einer Seite der Basis. Bei gutem Wind könnte das Element bis zu zweihundert Grad Celsius erreichen. Das war nicht schlecht, besonders in dieser Umgebungstemperatur. Dennoch … »Es wird eine Menge von denen erfordern, um einen Unterschied zu bewirken«, bemerkte Nadia.

»Sicher; aber jedes kleine bisschen hilft, und es ist in gewisser Weise kostenlose Wärme. Der Wind besorgt das Erhitzen, und die Sonne versorgt die Fabriken, die die Windmühlen herstellen, mit Energie. Ich halte es für eine gute Idee.«

Sie hielten an diesem Nachmittag noch einmal an, um eine weitere Windmühle abzusetzen. Dann ankerten sie für die Nacht im Lee eines frischen jungen Kraters. Sie wärmten sich in der winzigen Küche eine Mahlzeit mit der Mikrowelle auf und zogen sich dann in ihre engen Kojen zurück. Es war ein eigenartiges Gefühl, im Wind zu schaukeln wie ein Boot an seiner Vertäuung: ziehen und treiben, ziehen und treiben. Aber es war sehr entspannend, wenn man sich daran gewöhnt hatte; und bald war Nadia eingeschlafen.

Am nächsten Morgen erwachten sie vor der Dämmerung, legten ab und stiegen mit Motorkraft nach oben ins Sonnenlicht. Aus einer Höhe von hundert Metern konnten sie beobachten, wie die im Schatten liegende Landschaft anfing, sich wie Bronze zu färben, bis der Terminator durchzog und helles Tageslicht folgte. Es beleuchtete ein fantastisches Gewirr aus hellen Steinen und langen Schatten. Der Morgenwind drückte direkt nach links gegen ihren Bug, sodass sie nordostwärts gen Chryse geschoben wurden und mit den Propellern auf voller Kraft dahinbrummten. Dann senkte sich das Land unter ihnen, und sie befanden sich über dem ersten der Ausflusskanäle, die sie passieren würden, einem gewundenen namenlosen Tal westlich von Shalbatana Vallis. Die S-Form dieses kleinen Trockentales war unzweifelhaft durch Wasser eingeschnitten. Stunden später schwebten sie über dem tieferen und viel breiteren Canyon von Shalbatana. Hier waren die Zeichen noch deutlicher: tränentropfenförmige Inseln, gewundene Kanäle, alluviale Ebenen, Plateaulandschaften. Überall gab es Spuren einer mächtigen Flut; einer Flut, die einen so riesigen Canyon geschaffen hatte, dass die *Arrowhead* darin klein wie ein Schmetterling aussah.

Die Ausflusscanyons und das Hochland dazwischen erinnerten Nadia an die Landschaft amerikanischer Cowboyfilme, mit Mulden, Mesas und isolierten Schiffsfelsen wie im Monument Valley. Nur hier dauerte es vier Tage, als sie nacheinander über den anonymen Kanal, Shalbatana, Simud, Tiu und dann Ares zogen. Und alle waren durch gigantische Überschwemmungen entstanden, die auf die Oberfläche durchgebrochen und Monate lang gewährt hatten, wobei sie den Mississippi um das Zehntausendfache übertroffen hatten. Nadia und Arkady sprachen darüber, während sie in die Canyons unter ihnen hinabschauten, aber es war schwer, sich so mächtige Fluten vorzustellen. Jetzt strömte durch die großen leeren Canyons nichts als Wind. Das aber so gut, dass Arkady und Nadia mehrmals hinuntergingen, um mehr Windmühlen abzusetzen.

Östlich von Ares Vallis flogen sie dann wieder über das dicht mit Kratern besetzte Terrain von Xanthe. Wieder war das Land überall von Kratern gezeichnet: große, kleine, alte, neue; Krater mit Rändern, die durch jüngere zerfranst waren; Krater mit Böden, die von fünf kleineren Kratern punktiert waren; Krater, so frisch, als wären sie erst gestern eingeprägt worden; Krater, die in der Dämmerung kaum zu erkennen waren, nur als verschüttete Bögen in dem alten Plateau. Sie kamen über Schiaparelli, einen mächtigen alten Krater von hundert Kilometern Durchmesser. Als sie über seinen inneren Zentralberg schwebten, bildeten die Kraterwände den Horizont, einen perfekten Ring aus Hügeln rings um den Rand der Welt.

Danach wehten Winde einige Tage lang von Süden her. Sie erhaschten einen Blick auf Cassini, einen anderen großen Krater, und flogen über Hunderte kleinerer. Sie setzten täglich einige Windmühlen ab; aber der Flug gab ihnen ein stärkeres Gefühl für die Größe des Planeten, und das Projekt kam ihnen immer mehr wie ein Scherz vor, als ob sie über die Antarktis flögen und das Eis durch Absetzen einer Anzahl von Campingöfen zu schmelzen versuchten. »Man muss Millionen einsetzen, um irgendeine Veränderung zu erreichen«, sagte Nadia, als sie nach einem weiteren Absetzen wieder aufstiegen.

»Stimmt«, sagte Arkady. »Sax würde auch gern Millionen einsetzen. Er hat ein automatisches Montageband, das sie laufend auswirft. Nur die Verteilung ist das Problem. Und außerdem ist es auch ein Teil der Kampagne, die er plant.« Er zeigte nach hinten auf den letzten Bogen von Cassini, der den ganzen Nordwesten umspannte. »Sax möchte gern noch ein paar Löcher mehr wie dieses hier herausschlagen. Vom Saturn einige kleine Eismonde einfangen oder vom Asteroidengürtel, wenn er welche finden kann, und die dann in den Mars hineinjagen. Heiße Krater erzeugen, den Permafrost schmelzen. Sie werden wie Oasen sein.«

»Würden das nicht trockene Oasen sein? Man würde beim Eintritt das meiste Eis verlieren, und der Rest würde beim Aufprall verschwinden.«

»Sicher, aber wir können auch in der Luft mehr Wasserdampf brauchen.«

»Es würde aber nicht einfach verdampfen, sondern in seine atomaren Bestandteile zerfallen.«

»Einiges davon. Aber auch von Wasserstoff und Sauerstoff könnten wir mehr gebrauchen.«

»Also wollt ihr Wasserstoff und Sauerstoff vom Saturn holen? Quatsch! Es gibt hier schon massenhaft von beidem. Man müsste nur etwas von dem Eis zerlegen.«

»Nun, auch das ist eine seiner Ideen.«

»Ich kann es gar nicht erwarten zu hören, was Ann dazu sagt.« Sie seufzte und dachte darüber nach. »Was man tun müsste, wäre, glaube ich, einen Eisasteroiden die Atmosphäre streifen zu lassen, wie bei einer Atmosphärenbremsung. Da würde er verglühen, ohne dass die Moleküle zerfielen. So bekommt man Wasserdampf in die Atmosphäre, der helfen würde. Und man müsste nicht die Oberfläche bombardieren mit Explosionen, die so stark sind wie hundert Wasserstoffbomben auf einmal.«

Arkady nickte. »Eine gute Idee! Das solltest du Sax erzählen.«

»Mach du das!«

Östlich von Cassini wurde das Terrain rauer denn je. Dies war eine der ältesten Oberflächen des Planeten, schon in den frühesten Jahren des Bombardements von zahllosen Kratern zernarbt. Ein höllisches Zeitalter, diese noachische Frühzeit, das konnte man an der Landschaft erkennen. Ein Niemandsland aus einem titanischen Stellungskrieg. Sein Anblick erzeugte nach einiger Zeit eine gewisse Abstumpfung, eine kosmologische Schützengrabenneurose.

Sie flogen weiter – nach Osten, Nordosten, Südosten, Süden, Nordosten, Westen, Osten und wieder Osten. Endlich kamen sie an das Ende von Xanthe und begannen den langen Abhang von Syrtis Major Planitia hinabzusteigen. Das war eine Lavaebene, viel weniger dicht von Kratern übersät als Xanthe. Das Land senkte sich immer weiter, bis sie schließlich über ein Becken mit glattem Boden drifteten: Isidis Planitia, eine der niedrigsten Stellen auf dem Mars. Sie war das Kernstück der nördlichen Hemisphäre und wirkte nach den Gebirgen des Südens besonders glatt, flach und niedrig. Und sie war auch ein sehr großes Gebiet. Es gab auf dem Mars wirklich eine Menge Land.

Als sie dann eines Morgens wieder auf Flughöhe aufstiegen, erhob sich ein Trio von Bergspitzen über den Osthorizont. Sie waren nach Elysium gekommen, dem einzigen anderen der Tharsis ähnlichen »Buckelkontinente«, die der Planet besaß. Elysium war kleiner als Tharsis, aber immer noch groß, ein hoher Kontinent, tausend Kilometer lang und um zehn Kilometer höher als das umgebende Gelände. Wie Tharsis war er umringt von zerklüftetem Terrain, von Bruchsystemen, die von der Erhebung des Gebietes herrührten. Sie flogen über das westlichste dieser Bruchsysteme, Hephaestus Fossae, und erlebten einen fantastischen Anblick. Fünf lange tiefe parallele Canyons, wie Kratzspuren von Klauen im Muttergestein. Elysium ragte dahinter auf. Wie ein Sattel gestaltet, erhoben sich Elysium Mons und Hecates Tholus an den beiden Enden einer langen Bergkette, 5000 Meter höher als der von ihnen markierte Wulst. Ein Ehrfurcht gebietender Anblick. Elysium war um so vieles größer als alles, was Nadia und Arkady bisher gesehen hatten, und als das Luftschiff auf die Bergkette zuschwebte, waren beide einige Minuten lang sprachlos. Sie saßen in ihren Sitzen und sahen zu, wie das alles langsam auf sie zuglitt. Als sie dann sprachen, dachten sie nur laut. Arkady sagte: »Sieht aus wie der Karakorum. Himalayawüsten. Nur sind diese so einfach. Diese Vulkane sehen aus wie der Fuji. Vielleicht werden eines Tages Menschen in Pilgerzügen hinaufziehen.«

»Die sind so groß. Man kann sich schwer vorstellen, wie die Tharsis-Vulkane aussehen werden. Sind die nicht doppelt so groß?«

»Mindestens. Sie sehen doch beide aus wie der Fuji, findest du nicht?«

»Nein«, erwiderte Nadia. »Sie sind nicht so steil. Hast du den Fuji je gesehen?«

»Nein.« Nach einer Weile fügte Arkady hinzu: »Nun, wir sollten lieber versuchen, das Ding zu umfahren. Ich bin nicht sicher, ob wir genug Auftrieb haben, um über diese Berge zu kommen.«

Also drehten sie die Propeller und wandten sich scharf nach Süden. Die Winde spielten natürlich mit, da auch sie den Kontinent umrundeten. Also schwebte die *Arrowhead* nach Südosten in eine raue Gebirgsregion namens Cerberus; und den ganzen nächsten Tag konnten sie die zurückgelegte Strecke am Anblick Elysiums erkennen, das langsam links von ihnen vorbeizog. Es vergingen Stunden, das Massiv rückte in ihre Seitenfenster. Wie langsam das ging, machte deutlich, wie groß diese Welt war. *Der Mars hat so viel Landfläche wie die Erde.* Das hatten alle immer gesagt, aber das waren nur Worte gewesen. Der augenfällige Beweis dafür war jetzt die Langsamkeit, mit der sie an Elysium vorbeikrochen.

Die Tage vergingen. Hinauf in der kalten Morgenluft, über das zerklüftete rote Land, hinunter bei Sonnenuntergang, um an einer luftigen Verankerung zu schaukeln. Eines Abends, als der Vorrat an Windmühlen geschrumpft war, ordneten sie die restlichen anders an und schoben ihre Betten unter den Steuerbordfenstern zusammen. Das geschah ohne Diskussion, als ob es so geplant gewesen wäre. Als ob sie sich schon lange zuvor darauf verständigt hätten. Und als sie sich bei der Umordnung der Sachen in der Gondel umherbewegten, stießen sie zusammen, wie es schon während der ganzen Reise geschehen war; jetzt aber geschah es absichtlich und mit einer Sinnlichkeit, die dem Ausdruck gab, was sie schon lange vorgehabt hatten. Zufälle wurden zum Vorspiel. Und schließlich brach Arkady in Gelächter aus, packte sie und drückte sie wie ein Bär an sich. Nadia drückte ihn mit den Schultern auf ihr neues Doppelbett, und sie küssten sich wie Teenager und liebten sich immer wieder in dem rötlichen Licht der Dämmerung und den gestirnten schwarzen Nächten, während sich das Schiff in seinen Vertäuungen leicht bewegte. Danach lagen sie beisammen und plauderten. Das Gefühl des Schwebens, während sie sich in den Armen lagen, war deutlich spürbar, romantischer als in einem Zug oder Schiff auf See. Einmal sagte Arkady: »Zuerst sind wir Freunde geworden. Das macht einen Unterschied, denkst du nicht auch?« Er stupste sie mit dem Finger. »Ich liebe dich.« Es war, als ob er die Worte mit der Zunge auskostete. Es war Nadia klar, dass er sie noch nicht oft ausgesprochen hatte. Es war klar, dass sie für ihn etwas bedeuteten, eine Art von Verpflichtung. Ideen bedeuteten ihm so viel! »Und ich liebe dich«, antwortete sie.

Und morgens pflegte Arkady in der engen Gondel nackt auf und ab zu tapsen, wobei sein rotes Haar gleich allem anderen in dem horizontalen Morgenlicht wie Bronze schimmerte und Nadia sich in ihrem Bett so heiter und glücklich fühlte und sie sich immer wieder daran erinnern musste, dass das Gefühl des Schwebens nur durch die geringe Schwere des Mars zustande kam. Aber es fühlte sich an wie Freude.

Eines Nachts, als sie einschliefen, fragte Nadia neugierig: »Warum mich?«

»Hä?« Er hatte schon fast geschlafen.

»Ich sagte: warum mich? Ich meine, Arkady Nikelyovich, du könntest jede der Frauen hier geliebt haben, und sie hätten dich auch geliebt. Du hättest Maya haben können, wenn du gewollt hättest.«

Er brummte: »Ich hätte Maya haben können! Oje! Ich hätte mich an Maya Katarina erfreuen können. Genau wie Frank und John!« Er seufzte, und beide lachten laut los. »Wie habe ich mir so ein Vergnügen entgehen lassen können? Ich muss verrückt sein!« Er kicherte, bis sie ihm einen Stoß gab.

»Schon recht, schon recht. Also eine der anderen, der hübschen, Janet oder Ursula oder Samantha.«

»Lass nur!«, sagte er. Er stützte sich auf einen Ellbogen und blickte sie an. »Du hast wirklich keine Ahnung, was Schönheit ist, oder?«

»Doch, weiß ich«, meinte Nadia eigensinnig.

Arkady ignorierte sie und sagte: »Schönheit ist Macht und Eleganz, rechtes Handeln, eine zur Funktion passende Form, Intelligenz und Einsicht. Und sehr oft« – er grinste und stupste sie auf den Bauch – »drückt sich das in Kurven aus.«

»Kurven habe ich allerdings«, sagte Nadia und stieß seine Hand fort.

Er beugte sich vor und versuchte, sie in die Brust zu beißen, aber sie wehrte ihn ab.

»Schönheit ist das, was du bist, Nadezhda Francine. Nach diesen Kriterien bist du die Königin des Mars.«

»Prinzessin des Mars«, korrigierte sie zerstreut und dachte darüber nach.

»Ja, das ist richtig. Nadezhda Francine Cherneshevsky, die neunfingrige Marsprinzessin.«

»Du bist kein konventioneller Mann.«

»Nein!«, johlte er. »Habe ich auch nie behauptet – außer natürlich vor gewissen Auswahlkomitees. Ein konventioneller Mann! Ah, hahaha – die konventionellen Männer bekommen Maya. Das ist ihr Lohn.« Er lachte wie ein Wilder.

Eines Morgens überquerten sie die letzten zerklüfteten Berge von Cerberus und schwebten hinaus auf die staubige Ebene von Amazonis Planitia. Arkady lenkte das Luftschiff nach unten, um eine Windmühle in einem Pass zwischen den zwei letzten Hügeln des alten Cerberus abzusetzen. Aber mit der Klammer des Windenhakens ging etwas schief; und sie schnappte auf, als die Windmühle noch halbwegs über dem Boden war. Sie fiel flach auf ihre Basis. Vom Schiff aus schien sie in Ordnung zu sein; aber als Nadia sich anzog und sich in der Schlinge hinunterließ, um es genau zu prüfen, entdeckte sie, dass die Heizplatte von der Basis abgebrochen war.

Und da, hinter der Platte, war etwas. Ein mattgrünes *Etwas* mit einem Stich ins Blaue, im dunklen Innern des Kastens. Sie langte mit einem Schraubenzieher hinein und stocherte vorsichtig daran herum. »Verdammt!«, sagte sie.

»Was ist?«, sagte Arkady oben.

Sie ignorierte ihn und kratzte etwas von der Substanz in einen Beutel, in dem sie sonst Schrauben und Muttern transportierte.

Dann stieg sie in die Schlinge und verlangte: »Zieh mich hoch!«

»Ist sie kaputt?«, fragte Arkady.

»Zieh mich einfach hoch!«

Er schloss die Bombenklappen hinter ihr und fragte sie wieder: »Was ist los?«

Sie nahm den Helm ab. »Du weißt, was los ist, du Bastard!« Sie holte zu einem Haken aus, er sprang zurück und prallte gegen eine Wand aus Windmühlen. »Au!«, schrie er. Eine Windmühle hatte ihn im Rücken getroffen. »He! Was ist denn los, Nadia?«

Sie nahm den Beutel aus der Tasche ihres Schutzanzugs und schwenkte ihn vor ihm. »Wie konntest du das tun? Wie konntest du mich anlügen? Du Idiot, hast du eine Ahnung, in welche Schwierigkeiten uns das hier bringen wird? Sie werden herkommen und uns alle zur Erde zurückschicken!«

Arkady machte große Augen und rieb sich das Kinn. Er sagte ernst: »Ich würde dich nicht belügen, Nadia. Ich belüge meine Freunde nicht. Zeig her!«

Sie starrten sich an. Er hatte den Arm nach dem Beutel ausgestreckt, die Augen so weit aufgerissen, dass man um die ganze Iris herum das Weiße sehen konnte. Er zuckte die Achseln, und sie runzelte die Stirn.

»Weißt du es wirklich nicht?«

»*Was* soll ich wissen?«

Sie konnte nicht glauben, dass er Unkenntnis heuchelte. Das war einfach nicht seine Art. Was die Dinge gleich sehr seltsam machte. »Mindestens einige unserer Windmühlen sind kleine Algenplantagen.«

»Sind *was*?«

»Die verfluchten Windmühlen, die wir überall abgesetzt haben«, sagte sie, »sind vollgestopft mit Vlads neuen Algen oder Flechten, oder was immer es ist. Schau!« Sie legte den kleinen Beutel auf den winzigen Küchentisch, öffnete ihn und benutzte den Schraubenzieher, um etwas von dem Grünzeug herauszuholen. Kleine knollige Brocken bläulicher Flechte. Wie marsianische Lebensformen aus einem alten Science-Fiction-Roman.

Sie starrten es an.

Arkady sagte: »Mich laust der Affe!« Er beugte sich hinunter, bis seine Augen nur noch einen Zentimeter über dem Zeug auf dem Tisch waren.

»Schwörst du, es nicht gewusst zu haben?«, fragte Nadia.

»Ich schwöre. Das würde ich dir nicht antun, Nadia. Du weißt das.«

Sie holte tief Luft. »Nun, offenbar wollten unsere Freunde uns das antun.«

Er richtete sich auf und nickte. »Das stimmt.« Er dachte scharf nach. Dann nahm er einen der Windmühlenkästen und stellte ihn vor sich hin. »Wo war es?«

»Hinter der Heizplatte.«

Sie machten sich mit Nadias Werkzeug an die Arbeit und öffneten das Ding. Hinter der Platte war wieder eine Kolonie von Underhill-Algen. Nadia stocherte an den Kanten der Platte herum und entdeckte ein Paar kleiner Scharniere, wo die Oberseite der Platte an die Innenseite der Containerwand stieß. »Schau, es ist so konstruiert, dass man es öffnen kann.«

»Aber wer soll das öffnen?«, fragte Arkady.

»Ein Funkbefehl vielleicht?«

»Ich werd verrückt!« Arkady stand auf und ging in dem engen Korridor auf und ab. »Ich meine ...«

»Wie viele Fahrten mit Luftschiffen sind bis jetzt gemacht worden? Zehn? Zwanzig? Und sie alle werfen diese Dinger ab?«

Arkady fing an zu lachen. Er warf den Kopf zurück, und sein heftiges, verrücktes Grinsen spaltete seinen roten Bart. Er lachte, bis er sich die Seiten hielt. »Ah, hahaha!«

Nadia, die das überhaupt nicht lustig fand, merkte dennoch, dass sie selbst bei seinem Anblick grinsen musste. Sie protestierte: »Das ist nicht komisch! Wir sind in großen Schwierigkeiten!«

»Vielleicht«, sagte er.

»Bestimmt! Und das ist alles dein Fehler. Einige dieser törichten Biologen im Containerpark haben deinen anarchistischen Schwulst ernst genommen.«

»Nun, das ist wenigstens ein Punkt zugunsten dieser Bastarde. Ich meine« – er ging wieder in die Küche, um den Klumpen aus blauem Zeug anzustarren –, »worüber reden wir hier deiner Meinung nach überhaupt? Wie viele unserer Freunde stecken da mit drin? Und warum, in aller Welt, haben sie *mir* nichts gesagt?«

Das wurmte ihn wirklich, wie sie merkte. Tatsächlich wurde er immer empörter, je länger er darüber nachdachte; denn die Algen bedeuteten, dass in ihrer Gruppe eine Subkultur außerhalb der UNOMA-Aufsicht agierte, die aber Arkady nicht eingeweiht hatte, obwohl er der erste und lautstärkste Befürworter einer solchen Subversion gewesen war. Was hatte das zu bedeuten? Gab es Leute, die auf seiner Seite standen, ihm aber nicht vertrauten? Gab es Dissidenten mit einem konkurrierenden Programm?

Das konnten sie nicht sagen. Schließlich lichteten sie den Anker und fuhren über Amazonis. Sie passierten einen Krater mittlerer Größe namens Pettit; und Arkady bemerkte, dass der einen guten Platz für eine Windmühle abgeben würde. Aber Nadia knurrte nur. Sie flogen vorbei und besprachen die Lage. Sicherlich musste es etliche Leute in den Labors der Bioingenieure geben, die davon wussten; wahrscheinlich die meisten von ihnen, möglicherweise alle. Sax, der Konstrukteur der Mühlen, wusste sicherlich Bescheid. Und Hiroko hatte sich für die Windmühlen ausgesprochen, aber sie waren sich nie sicher gewesen, weshalb. Es war unmöglich zu beurteilen, ob sie etwas dieser Art billigen würde oder nicht, da sie mit ihren Ansichten einfach zu zurückhaltend war. Aber es war möglich.

Während sie darüber redeten, nahmen sie die zerbrochene Windmühle völlig auseinander. Die Heizplatte diente gleichzeitig als Tor für das Abteil mit den Algen. Wenn sich das Tor öffnete, würden die Algen in ein Gebiet entlassen, das durch die Heizplatte etwas wärmer war als die Umgebung. Jede Windmühle diente so als Mikro-Oase; und wenn die Algen es schafften, mit ihrer Hilfe zu überleben und dann über das kleine, von der Heizplatte erwärmte Gebiet hinauswuchsen, war es gut. Falls nicht, würden sie auf dem Mars jedenfalls nicht recht gedeihen. Die Heizplatte diente für sie nur als Startplatz, nicht mehr. So etwa müssten ihre Konstrukteure gedacht haben. »Man hat uns zu Johnny Appleseeds gemacht«, sagte Arkady.

»Johnny was?«

»Eine amerikanische Volkssage.« Er erzählte ihr von dem Mann, der durch das Aussäen von Apfelkernen segensreich für sein Land gewirkt haben soll.

»Ach so. Und jetzt wird Paul Bunyan uns in den Hintern treten.«

»O nein. Niemals. Der Große Mann ist stärker als dieser legendäre Holzfäller, das kannst du mir glauben.«

»Der Große Mann?«

»Weißt du, alle diese Namen gelten Merkmalen der Landschaft. Die Badewanne des Großen Mannes, sein Golfplatz und was auch immer.«

»Ah ja.«

»Jedenfalls sehe ich nicht ein, weshalb wir in Schwierigkeiten geraten sollten. Wir haben nichts davon gewusst.«

»Und wer wird uns das glauben?«

»Wahrscheinlich niemand. Diese *Ratten*, damit haben sie mich wirklich erwischt.«

Offenbar machte dies Arkady die meisten Sorgen. Nicht dass sie den Mars mit fremden Lebensformen kontaminiert hatten, sondern dass er von einem Geheimnis ausgeschlossen worden war. Männer waren so ichbesessen, wenn es darum ging. Und Arkady hatte seine eigene Gruppe von Freunden gehabt, vielleicht mehr als das. Es gab Leute, die ihm in allem zustimmten, gewissermaßen Gefolgsleute. Die ganze Phobos-Crew und eine Menge der Programmierer in Underhill. Und wenn einige seiner eigenen Leute ihm etwas verheimlichten, war das schlimm. Wenn aber eine andere Gruppe ihre eigenen Geheimpläne hatte, war das noch schlimmer, weil die mindestens Störer und vielleicht Konkurrenten waren.

So etwa schien er zu denken. Er sprach nicht viel darüber; aber es kam durch sein Gebrumm und seine plötzlichen scharfen Flüche zum Ausdruck, die echt waren, obwohl sie sich mit Ausbrüchen von Heiterkeit abwechselten. Er konnte sich anscheinend nicht entschließen, ob er geschmeichelt oder wütend sein sollte. Nadia glaubte schließlich, dass er beides zugleich war. So war Arkady. Er empfand die Dinge unbefangen und total, ohne sich viel Gedanken zu machen, ob das zusammenpasste. Aber sie war sich nicht allzu sicher, ob ihr seine Motive diesmal gefielen – sei es sein Ärger oder seine Heiterkeit. Und das sagte sie ihm ziemlich verwirrt.

»Ach, komm schon!«, schrie er. »Warum sollten sie es vor *mir* geheim halten, wenn es ursprünglich *meine* Idee war?«

»Weil sie wussten, dass ich mit dir kommen würde. Wenn sie es dir sagten, hättest du es mir erzählen müssen. Und wenn du es mir gesagt hättest, hätte ich es verhindert.«

Arkady lachte unbändig darüber. »Also war von ihnen schließlich doch alles wohl durchdacht!«

»Quatsch!«

Die Bioingenieure, Sax, die Leute in der Abteilung, die die Dinger wirklich gebaut hatten. Jemand im Nachrichtenwesen wahrscheinlich auch … Es gab eine ganze Menge, die es gewusst haben mussten.

»Was ist mit Hiroko?«, fragte Arkady.

Sie konnten sich nicht entscheiden. Sie wussten nicht genug über ihre Ansichten, um erraten zu können, was sie vielleicht dachte. Nadia war sich ziemlich sicher, dass sie auch dazu gehörte, konnte aber nicht erklären, warum. Sie dachte darüber nach und sagte: »Ich habe das Gefühl, es ist die Gruppe um Hiroko, das ganze Farmteam und eine hübsche Anzahl anderer, die sie respektieren und … ihr folgen. In gewisser Weise sogar Ann. Obwohl Ann sehr wütend sein wird, wenn sie davon hört. Jedenfalls habe ich den Eindruck, dass Hiroko von allem, was an Geheimem vor sich geht, irgendwie weiß. Besonders, wenn es mit ökologischen Systemen zu tun hat. Schließlich arbeiten ja die Bioingenieure die meiste Zeit mit ihr zusammen; und für manche von denen ist sie so was wie ein weiblicher Guru. Sie verehren sie beinahe. Wahrscheinlich haben sie ihren Rat gesucht, als sie diese Algen zusammengebaut haben.«

»Hmmm …«

»Also haben sie wahrscheinlich ihre Zustimmung für diese Idee bekommen. Vielleicht sollte ich sogar sagen, ihre Erlaubnis.«

Arkady nickte. »Ich verstehe, was du meinst.«

Sie redeten endlos weiter, sezierten jeden einzelnen Punkt. Das Land, über das sie kamen, flach und unbewegt, sah für Nadia jetzt anders aus. Es war besät und gedüngt. Es würde sich jetzt unausweichlich verändern. Sie sprachen über die anderen Teile der Terraformingpläne von Sax, gigantische orbitale Spiegel, die Sonnenlicht auf die Grenzgebiete der Dämmerungen lenkten; über Kohlestaub, der über die Polkappen ausgestreut würde; aerothermale Wärme; die Eisasteroiden. Es schien, dass das alles wirklich passieren würde. Die Debatte war einfach umgangen, die ersten irreversiblen Fakten geschaffen worden. Jetzt würden sie das Antlitz des Mars verändern.

Am zweiten Abend nach ihrer Entdeckung, als sie im Lee eines Kraters vor Anker lagen, bekamen sie einen Anruf aus Underhill, der von einem Nachrichtensatelliten übermittelt wurde. »He, ihr beiden!«, sagte John Boone zur Begrüßung. »Wir haben ein Problem.«

»*Ihr* habt ein Problem?«, entgegnete Nadia.

»Wieso, stimmt da draußen etwas nicht?«

»Nein, nein.«

»Gut; denn ihr seid es tatsächlich, auf die ein Problem zukommt, und ich möchte nicht, dass ihr euch mit mehr als einem herumschlagen müsst. Unten in der Claritas-Fossae-Region ist ein Staubsturm aufgekommen, und er wächst und bewegt sich ziemlich schnell nach Norden. Wir denken, dass er euch in einem Tag erreichen könnte.«

»Ist es für Staubstürme nicht etwas früh?«, fragte Arkady.

»O nein, wir sind bei $L_S = 240$, das ist die übliche Jahreszeit dafür, südlicher Frühling. Jedenfalls gibt es ihn, und er kommt in eure Richtung.«

Er übermittelte ein Satellitenfoto des Sturms, und sie studierten ihren Bildschirm eingehend. Die Gegend südlich von Tharsis war jetzt durch eine amorphe gelbe Wolke verdeckt.

»Wir sollten lieber gleich nach Hause aufbrechen«, sagte Nadia nach eingehender Betrachtung.

»Bei Nacht?«

»Wir können die Propeller nachts mit Batterien laufen lassen und diese dann morgen früh wieder aufladen. Wir werden nicht viel Sonnenlicht haben, sofern wir nicht über den Staub gelangen können.«

Nach einiger Diskussion mit John und dann mit Ann legten sie ab. Der Wind trieb sie nach Ostnordost, und bei diesem Kurs würden sie direkt zum Südhang des Olympus Mons gelangen. Sie hofften, danach um die Nordflanke von Tharsis herumzukommen, die sie wenigstens für einige Zeit vor dem Sturm schützen würde.

Bei Nacht erschien das Fliegen lauter. Das Rauschen des Windes über den Stoff der Hülle war ein fluktuierendes Stöhnen und der Klang ihrer Motoren ein jämmerliches leises Brummen. Sie saßen im Cockpit, das nur durch schwach leuchtende grüne Instrumentenlichter erhellt war, und sprachen mit gesenkter Stimme, während sie sich über das dunkle Land in der Tiefe bewegten. Sie mussten etwa 3000 Kilometer bis Underhill zurücklegen. Das bedeutete etwa dreihundert Stunden Flugzeit. Wenn sie rund um die Uhr fuhren, wären das ungefähr zwölf Tage. Aber der Sturm würde, wenn er in dem üblichen Maße zunahm, sie lange davor erreichen. Danach … Es war schwer zu sagen, wie es weitergehen würde.

Ohne Sonnenlicht würden die Propeller die Batterien erschöpfen, und dann …

»Können wir nicht einfach mit dem Wind treiben?«, fragte Nadia. »Die Propeller nur für gelegentliche Richtungsschübe benutzen?«

»Vielleicht. Aber diese Dinger sind so konstruiert, dass die Propeller zum Auftrieb beitragen.«

»Ach ja.« Sie machte Kaffee und brachte zwei Becher davon ins Cockpit. Sie saßen da, tranken und schauten auf die schwarze Landschaft oder den grünen Wischer auf dem kleinen Radarschirm. »Wahrscheinlich müssen wir alles abwerfen, das wir nicht brauchen. Besonders diese verdammten Windmühlen.«

Die Stunden der Nacht zogen sich hin. Sie wechselten sich am Steuer ab, und Nadia konnte eine Stunde lang unruhig schlafen. Als sie wieder ins Cockpit kam, sah sie, dass der größte Teil von Tharsis über den Horizont vor ihnen gerutscht war. Die zwei nördlichen der drei Hauptvulkane, Ascraeus Mons und Pavonis Mons, waren fern am Ende der Welt als Klumpen zu erkennen, die die Sterne am Horizont verdeckten. Zu ihrer Linken ragte Olympus Mons noch immer über den Horizont; und wenn man die anderen beiden Vulkane hinzunahm, war es so, als flögen sie in einem gigantischen Canyon. Der Radarschirm gab das Bild im Kleinen wieder, mit grünen Linien auf dem Netz des Schirms.

Dann, in der Stunde vor der Dämmerung, schien es, als würde sich ein anderer mächtiger Vulkan vor ihnen erheben. Der ganze südliche Horizont hob sich, tiefstehende Sterne verschwanden vor ihren Augen. Orion ertrank in Schwärze. Der Sturm kam.

Er erwischte sie gerade bei Tagesanbruch, erstickte das Rot am Osthimmel, überrollte sie und tauchte die Welt in rostfarbene Dunkelheit. Der Wind frischte auf. Er fuhr an den Fenstern der Gondel mit dumpfem Gebrüll und dann laut heulend vorbei. Der Staub wirbelte mit erschreckender, unwirklicher Geschwindigkeit vorüber, wie die gelben Wolken auf dem Jupiter. Dann wurde der Wind noch heftiger, und die Gondel hüpfte auf und ab, da das Gerüst des Luftschiffs hin und her verdreht wurde.

Sie hatten insofern Glück, als dass sie ohnehin nach Norden wollten. Arkady sagte: »Hoffentlich bewegt sich der Wind um die Nordschulter von Tharsis.«

Nadia nickte schweigend. Sie hatten keine Gelegenheit gehabt, die Batterien nach dem nächtlichen Flug wieder aufzuladen, und ohne Sonnenlicht würden die Motoren nicht sehr viel länger laufen. Nadia sagte: »Hiroko meinte, dass das Sonnenlicht während eines Sturms ungefähr fünfzehn Prozent seiner normalen Stärke erreichen dürfte. Weiter oben würde es mehr sein. Also werden wir etwas nachladen können; aber das wird nur langsam gehen. Es könnte sein, dass wir im Laufe der Fahrt bei Tag gerade genug bekommen, um die Propeller bei Nacht zu betreiben.« Sie rechnete es mit dem Computer aus. Irgendetwas in Arkadys Gesichtsausdruck – nicht Furcht oder Angst, aber ein eigenartiges kleines *Lächeln* – gab ihr zu erkennen, in welch großer Gefahr sie schwebten. Wenn sie die Propeller nicht benutzen konnten, waren sie nicht imstande, ihren Kurs zu halten und könnten vielleicht nicht einmal mehr in der Luft bleiben. Sie könnten tiefergehen und versuchen zu ankern. Aber sie hatten nur noch für ein paar Wochen zu essen; und Stürme wie dieser währten oft zwei Monate, manchmal auch drei.

»Das ist Ascraeus Mons«, meinte Arkady und zeigte auf den Radarschirm. »Ein gutes Bild.« Er lachte. »Ich fürchte, das beste Bild, das wir diesmal bekommen, wenn wir herumfahren. So ein Pech! Ich hatte mich wirklich darauf gefreut, ihn zu sehen. Erinnerst du dich an Elysium?«

»O ja«, sagte Nadia und ließ emsig Simulationen über die Batterieleistung durchlaufen. Das Sonnenlicht des Tages hatte fast sein Maximum im Perihel erreicht. Das war der Hauptgrund für den Ausbruch des Sturms gewesen. Und die Instrumente sagten, dass etwa 20 Prozent des vollen Tageslichts bis zu dieser Höhe durchkämen (ihr Auge hatte den Eindruck, dass es eher 30 oder 40 wären). Darum sollte es möglich sein, die Propeller während der halben Zeit laufen zu lassen, was enorm hilfreich sein würde. Ohne sie bewegten sie sich mit rund zwölf Kilometern pro Stunde und verloren auch an Höhe – obwohl das auch der unter ihnen ansteigende Boden sein mochte. Mit den Propellern könnten sie eine gleichmäßige Höhe halten und ihren Kurs um einen oder zwei Grad beeinflussen.

»Was meinst du, wie dick dieser Staub ist?«

»Wie, dick?«

»Du weißt schon, in Gramm pro Kubikzentimeter. Versuche bitte, Ann oder Hiroko über Funk zu erreichen, um es herauszufinden.«

Sie ging nach hinten, um nachzusehen, was sie an Bord hatten, das für die Energieversorgung der Propeller benutzt werden könnte. Hydrazin für die Vakuumpumpen des Bombenschachts. Die Pumpenmotoren könnten wahrscheinlich an die Propeller angeschlossen werden. Außerdem hatten sie noch Ersatz-Solarzellen, die auch im Notfall-Kit enthalten waren. Wenn sie die zusätzlich an der Außenhülle anbrachte, könnte sie jedes bisschen Sonnenlicht, das sie einfingen, direkt in die Batterien der Propeller leiten. In einem Sandsturm war das Licht zudem diffuser und kam aus allen Richtungen, also könnte sie auch Solarzellen an der Unterseite anbringen. Während sie das Ausrüstungsfach auf der Suche nach Draht, Transformatoren und Werkzeug durchwühlte, erzählte sie Arkady von ihrem Einfall. Er lachte wie ein Verrückter. »Eine gute Idee, Nadia! Eine großartige Idee!«

»Wenn es funktioniert.« Sie kramte weiter herum. Leider hatte sie hier nicht so viele Werkzeuge wie in Underhill. Das Licht in der Gondel war unheimlich, ein schwaches gelbes Glimmen, das sich mit jedem Windstoß veränderte. Die Sicht aus den Außenfenstern war mal völlig klar, mal von dicken gelben Wolken, die wie Gewitterköpfe unter ihnen dahinzogen, beherrscht. Manchmal verdeckte der wirbelnde Staub die Fenster ganz, wie ein besonders hässlicher Bildschirmschoner. Selbst bei zwölf Millibar Atmosphärendruck stießen die Böen das Luftschiff herum, und Arkady fluchte im Cockpit über die mangelnde Leistung des Autopiloten. »Du musst ihn umprogrammieren!«, rief Nadia ihm zu. Sie erinnerte sich an seine vielen sadistischen Simulationen auf der *Ares* und lachte laut. »Problemlauf! Problemlauf!« Sie lachte wieder, diesmal über seine lauten Verwünschungen, und machte sich wieder an die Arbeit. Arkady brüllte ihr Anns Informationen zu. Der Staub war äußerst fein, durchschnittliche Partikelgröße um 2,5 Mikron und totale Masse der Säule um 10^{-3} Gramm pro cm^2, von oben bis unten ziemlich gleichmäßig verteilt. Das war nicht allzu schlimm. Wenn er zu Boden sank, würde er eine recht dünne Schicht bilden, wie die, die sie auf den ältesten abgeworfenen Lastcontainern in Underhill gesehen hatten.

Als sie die Solarpaneele vorbereitet hatte, schwankte Nadia durch den Gang zum Cockpit. Arkady sagte: »Ann meint, dass die Winde in Bodennähe am langsamsten sein würden.«

»Gut! Wir müssen landen, um die Solarzellen außen anbringen zu können.«

Also gingen sie blind hinunter und ließen den Anker schleifen, bis er sich festhakte und hielt. Der Wind war hier zwar schwächer, aber auch so war das Abseilen mit der Schlinge schrecklich. Nadia schwang vor und zurück, als sie immer tiefer in die rasenden Wolken aus gelbem Staub sank. Plötzlich war der Boden direkt unter ihren Füßen! Sie kam auf und suchte sich einen sicheren Halt. Einmal aus der Schlinge heraus, stemmte sie sich gegen den Wind, der sie trotz der geringen Luftdichte mit Schlägen traktierte. Das alte Gefühl von Hohlheit war überdeutlich. Die Sicht kam und ging in Wellen; und der Staub flog so schnell vorbei, dass er ihr die Orientierung nahm. Auf der Erde würde ein derart schneller Wind einen Menschen einfach hochheben und herumschleudern wie einen Strohhalm in einem Tornado.

Aber hier konnte man sich, wenn auch nur sehr knapp, am Boden halten. Arkady hatte das Luftschiff langsam an der Ankerwinde heruntergezogen, und jetzt blähte es sich über ihr auf wie ein grünes Dach. Darunter war es unheimlich finster. Nadia spulte die Drähte zu den Turbopropellern an den Flügelspitzen ab, befestigte sie am Schiff und klemmte sie an die Kontakte im Innern. Sie arbeitete schnell, um nur möglichst kurz dem Staub ausgesetzt zu sein und schnell wieder unter der *Arrowhead* hervorzukommen, die im Wind heftig schwankte. Mit Mühe bohrte sie Löcher in den Boden der Gondel und befestigte zehn Solarzellen mit Schrauben. Während sie die Verdrahtung zum Plastikrumpf zog, sank das ganze Luftschiff plötzlich schnell, sodass sie sich mit gespreizten Armen und Beinen mit dem Gesicht voran auf den kalten Boden fallen lassen musste. Der Bohrer war ein harter Klumpen unter ihrem Magen. »Mist!«, brüllte sie. Arkady rief über Interkom: »Was ist los?«

»Nichts«, antwortete sie, sprang wieder auf und machte noch schneller weiter. »Verfluchtes Ding! Es ist, als ob man auf einem Trampolin arbeiten würde …« Als sie endlich fertig war, wurde der Wind wieder stärker, und sie musste zurück in den Bombenschacht kriechen. Ihr Atem ging rasselnd in heftigen Stößen.

»Das verdammte Ding hat mich beinahe zerquetscht!«, brüllte sie zu Arkady nach vorn, als sie den Helm abgenommen hatte. Während er den Anker losmachte, stolperte sie im Innern der Gondel herum, griff sich Dinge, die sie nicht brauchten, und warf sie in den Bombenschacht. Eine Lampe, eine der Matratzen, die meisten Küchenutensilien und Essgeschirr, einige Bücher, alle Gesteinsproben. Sie warf alles über Bord und dachte dabei, falls jemals ein Reisender auf diesen Haufen stieß, würde er sich bestimmt wundern, was zum Teufel da wohl passiert war.

Sie mussten beide Propeller mit voller Kraft laufen lassen, um den Anker frei zu bekommen. Als es ihnen endlich gelang, trudelten sie dahin wie ein welkes Blatt in einem Novembersturm. Sie ließen die Motoren weiter voll laufen, um so schnell wie möglich an Höhe zu gewinnen. Es lagen mehrere kleine Vulkane zwischen Olympus und Tharsis, und Arkady wollte einige hundert Meter über sie hinweg fahren. Der Radarschirm zeigte, dass Ascraeus Mons hinter ihnen zurückblieb. Als sie ein gutes Stück nördlich von ihm waren, drehten sie nach Osten, um einen Kurs um die Nordflanke von Tharsis zu finden und dann hinab nach Underhill.

Aber im Verlauf der langen Stunden stellten sie fest, dass der Wind den Nordhang von Tharsis herabgebraust kam, ihnen genau entgegen, sodass sie auch bei voller Kraft und nach Südosten gewandt höchstens nach Nordosten vorankamen. Bei den Versuchen, gegen den Wind zu kreuzen, hüpfte die arme *Arrowhead* wie ein Gleitflieger auf und ab, auf und ab, als wäre die Gondel wirklich unter einem Trampolin befestigt. Aber trotz allem kamen sie nicht in der gewünschten Richtung voran.

Wieder wurde es dunkel. Sie wurden weiter nach Nordosten getrieben. Bei diesem Kurs würden sie Underhill um einige hundert Kilometer verfehlen. Und dahinter war nichts, überhaupt keine Siedlungen, keine Zuflucht. Sie könnten über Acidalia geblasen werden, hinauf zu Vastitas Borealis und dem leeren versteinerten Meer schwarzer Dünen. Und sie hatten nicht genug Nahrung und Wasser, um den Planeten noch einmal zu umrunden und es erneut zu versuchen.

Nadia fühlte Staub in Mund und Augen. Sie ging in die Küche und erwärmte ihnen eine Mahlzeit. Sie war erschöpft, und als der Geruch von Essen die Luft erfüllte, merkte sie, wie hungrig sie war. Und durstig. Der Wasseraufbereiter wurde mit Hydrazin betrieben …

Bei dem Gedanken an Wasser kam ihr ein Bild von der Fahrt zum Nordpol in den Sinn: Die geborstene Permafrostleitung mit ihrem weißen Schwall aus Wassereis. Aber wieso war das jetzt wichtig? Wieso kreisten ihre Gedanken um dieses Bild?

Sie schleppte sich wieder ins Cockpit, wobei sie sich bei jedem Schritt an einer Wand festhielt. Sie aß mit Arkady die kleine, staubige Mahlzeit. Arkady wandte keinen Blick vom Radarschirm und sagte nichts. Aber er sah besorgt aus.

Ah! »Schau«, sagte sie, »wenn es uns gelänge, die Signale von den Transpondern auf unserer Straße zu Chasma Borealis zu empfangen, könnten wir dort landen. Dann könnte ein Robotrover losgeschickt werden, um uns zu holen. Der Sturm würde den Rovern nichts ausmachen, da sie sowieso nicht auf Sicht fahren. Wir könnten die *Arrowhead* vertäut dalassen und nach Hause fahren.«

Arkady sah sie an und hörte auf zu kauen. »Gute Idee«, sagte er.

Aber nur, wenn sie die Signale des Transponders wirklich empfangen konnten. Arkady schaltete das Funkgerät ein und rief Underhill. Die Verbindung knisterte von Störungen, die fast so stark waren wie der Sturm draußen; aber sie konnten sich dennoch verständlich machen. Während der ganzen Nacht konferierten sie mit den Leuten zu Hause, diskutierten Frequenzen, Bandbreiten, das Maß, in dem der Staub die recht schwachen Signale des Transponders überdeckte und so weiter. Weil die Transponder nur dafür konstruiert waren, Rovern, die in der Nähe und auf dem Boden waren, Signale zu übermitteln, würde es problematisch sein, sie zu empfangen. Underhill könnte imstande sein, ihre Position gut genug zu bestimmen, um ihnen mitzuteilen, wann sie heruntergehen müssten; und ihre eigene Radarkarte würde ihnen auch eine allgemeine Ortung der Straße liefern. Aber keine dieser Methoden war exakt genug, und es wäre fast unmöglich, die Straße in dem Sturm zu finden, wenn sie nicht direkt auf ihr landeten. Zehn Kilometer Abweichung zur Seite, und sie läge hinter dem Horizont. Dann hätten sie Pech gehabt. Es wäre viel sicherer, wenn sie sich an eines der Transpondersignale anhängen und ihm nach unten folgen könnten.

Underhill schickte einen Robotrover auf die Straße nach Norden. Er würde in etwa fünf Tagen in dem Bereich der Straße, den sie wahrscheinlich kreuzen würden, ankommen. Bei ihrer derzeitigen Geschwindigkeit von fast dreißig Kilometern pro Stunde würden sie selbst in etwa vier Tagen dort eintreffen.

Als alle Vorbereitungen getroffen waren, lösten sie sich während des Restes der Nacht bei der Wache ab. Nadia schlief schlecht, wenn sie Freiwache hatte; sie lag einen großen Teil der Zeit auf dem Bett und fühlte, wie der Wind sie durchrüttelte. Die Fenster waren so dunkel, als wären Vorhänge zugezogen. Das Brüllen des Windes war wie ein Gasofen, manchmal wie von Todesengeln. Einmal träumte sie, sie wäre in einem großen Hochofen voller Feuerdämonen. Sie wachte schweißgebadet auf und ging nach vorn, um Arkady abzulösen. Die ganze Gondel roch nach Schweiß, Staub und verbranntem Hydrazin. Trotz der Mikronsiegel der Dichtungen lag auf allen Flächen in der Gondel ein sichtbarer weißlicher Belag. Sie wischte mit den Fingern über ein blaues Kunststoffschott und starrte auf die Spuren, die sie hinterlassen hatte. Unglaublich.

Sie hüpften in trübem Tageslicht und der sternlosen Finsternis der Nächte dahin. Das Radar zeigte etwas, das unter ihnen dahinzog und sie für den Fesenkov-Krater hielten. Sie wurden vom Wind immer weiter nach Nordosten geschoben, und es gab absolut keine Chance, dem Sturm zu entkommen und sich nach Süden bis Underhill durchzuschlagen. Die Polstraße war ihre einzige Hoffnung. Nadia sah sich in ihren Freiwachen nach Dingen um, die sie über Bord werfen konnte. Sie schnitt sogar die Teile des Gondelrahmens weg, die sie für unwesentlich hielt, bis es die Ingenieure in Friedrichshafen gegraust hätte. Aber deutsche Ingenieure übertrieben immer; und niemand auf der Erde konnte sich die Marsschwerkraft wirklich vorstellen. Also sägte und hämmerte sie, bis fast nichts von der Gondel mehr übrig war. Jedes Öffnen des Bombenschachts wehte eine neue kleine Staubwolke herein; aber das war es wert. Sie brauchten den Auftrieb. Die zusätzlichen Solarzellen lieferten den Batterien nicht genug Strom, und sie hatte den Rest der Notfall-Ausrüstung längst über Bord geworfen. Aber selbst wenn sie noch Paneele gehabt hätten, hätte sie sich nicht wieder unter das Luftschiff begeben, um sie zu montieren. Die Erinnerung an den Vorfall ließ sie immer noch erschauern. Stattdessen schnitt sie immer mehr weg. Sie hätte auch Teile vom Gerippe des Luftschiffs abgeworfen, wenn sie zwischen die Ballonets hätte gelangen können.

Während sie damit beschäftigt war, lief Arkady in der Gondel herum und feuerte sie an – nackt und von Staub bedeckt, der leibhaftige rote Mann, sang Lieder und beobachtete den Radarschirm, schlang schnelle Mahlzeiten hinunter und plante ihren Kurs nach Lage der Dinge. Es war unmöglich, nicht von seiner Heiterkeit angesteckt zu werden und mit ihm über die stärksten Windstöße zu staunen und den Staub allmählich sogar im Blut fliegen zu fühlen.

Und so vergingen drei lange anstrengende Tage im harten Griff des dunkelorangefarbenen Windes. Und am vierten Tag, kurz nach Mittag, drehten sie den Funkempfänger auf volle Lautstärke und hörten die Störungen auf der Transponderfrequenz knistern. Nadia wurde durch die Konzentration auf das weiße Rauschen müde, denn sie hatte nur wenig Schlaf gehabt. Sie war fast eingenickt, als Arkady etwas sagte, und fuhr in ihrem Sitz hoch.

»Hörst du es?«, fragte er wieder. Sie lauschte und schüttelte den Kopf. »Da, es macht irgendwie *ping*.«

Sie hörte ein leises Piepsen. »Ist es das?«

»Ich glaube schon. Ich werde uns hinunterbringen, so schnell wir können. Ich werde einige Ballonets entleeren müssen.«

Er tastete sich zum Steuerpult vor, das Luftschiff neigte sich nach vorn, und sie fingen an, im Notfalltempo zu sinken. Die Zahlen auf dem Höhenmesser fielen schnell. Der Radarschirm zeigte, dass der Boden unten im Wesentlichen eben war. Das Piepsen wurde immer lauter. Ohne einen Peilempfänger war das ihre einzige Möglichkeit festzustellen, ob sie noch näher kamen oder sich schon wieder entfernten. *Ping … ping … ping …* Bei ihrer Erschöpfung war schwer zu sagen, ob es lauter oder leiser wurde. Jeder Piepser schien eine andere Lautstärke zu haben, je nach der Aufmerksamkeit, die sie aufbringen konnte.

Plötzlich sagte Arkady: »Es wird leiser. Meinst du nicht auch?«

»Ich kann es nicht beurteilen.«

»Doch, leiser.« Er schaltete die Propeller ein, und im Gebrumm der Motoren wirkte das Signal entschieden leiser. Er drehte in den Wind, und das Luftschiff bockte wild. Er kämpfte darum, die Abwärtsbewegung zu stabilisieren. Aber zwischen jeder Verschiebung der Klappen und den Stößen des Schiffs gab es eine Verzögerung. In Wirklichkeit hatten sie kaum mehr als einen kontrollierten Aufprall zu erwarten. Vielleicht wurde das *Ping* jetzt langsamer schwächer.

Als der Höhenmesser anzeigte, dass sie tief genug waren, um den Anker auszuwerfen, taten sie es; und nach kurzem, nervenaufreibendem Treiben griff er und hielt. Sie ließen alle Anker fallen, die sie hatten, und zogen die *Arrowhead* an den Leinen hinab. Dann schlüpfte Nadia in den Schutzanzug, kletterte in die Schlinge und ließ sich mit der Winde hinunter. Auf der Oberfläche angelangt, tappte sie in einer schokoladefarbenen Dämmerung umher, wobei sie sich ständig gegen den stoßweise wehenden Orkan stemmen musste. Sie merkte, dass sie erschöpfter war als je zuvor in ihrem Leben. Es war wirklich schwer, gegen den Wind voranzukommen. Sie konnte kaum etwas sehen. In ihrem Interkom piepte der Transponder sein Signal, und der Boden schien unter ihren Füßen zu schwanken. Es war schwer, die Balance zu halten. Das Piepen war ziemlich deutlich. Sie sagte zu Arkady: »Wir hätten die ganze Zeit mit unseren Helmen lauschen sollen. Da kann man es besser hören.«

Eine Bö warf sie um. Sie stand auf und schlurfte langsam dahin. Sie ließ eine Nylonleine abrollen und richtete ihren Kurs nach der Lautstärke des Signals aus. Der Boden unter ihr war in Bewegung, wenn sie ihn sehen konnte. Die Sicht war, zumindest in den stärksten Böen, auf einen Meter oder weniger gesunken. Wenn es dann für einen Moment aufklarte, rasten braune Staubstrahlen mit unglaublicher Geschwindigkeit vorbei, ein Schwall nach dem anderen. Der Wind stieß sie so hart herum, wie sie es auf der Erde nie erlebt hatte. Es war unendlich schwer, das Gleichgewicht zu halten – eine ständige körperliche Anstrengung.

Als sie gerade in einer dicken Wolke steckte, die ihr die Sicht nahm, stolperte sie gegen einen Transponder, der dastand wie ein Zaunpfahl. Sie schrie: »Hey!«

»Was ist?«

»Nichts. Ich bin nur erschrocken, als ich auf den Wegweiser gestoßen bin.«

»Du hast ihn gefunden!«

»Ja!« Sie fühlte, wie ihr die Erschöpfung in Hände und Füße glitt. Sie blieb eine Minute lang einfach auf dem Boden sitzen, dann stand sie wieder auf. Es war zu kalt zum Sitzen. Ihr Phantomfinger schmerzte.

Sie nahm die Nylonschnur und kehrte blind zum Luftschiff zurück. Ihr kam vor, als wäre es der Ariadne-Faden, und sie würde ihm aus dem mythischen Labyrinth folgen.

Während sie im Rover nach Süden fuhren, vom Staub geblendet, krächzte das Funkgerät die Nachricht, dass die UNOMA soeben die Einrichtung von drei weiteren Kolonien gebilligt und im Etat verankert hätte. Jede davon sollte aus fünfhundert Personen bestehen, alle aus Ländern, die unter den ersten hundert Expeditionsteilnehmern nicht vertreten gewesen waren.

Und der Unterausschuss für Terraforming hatte es empfohlen, die Generalversammlung hatte es genehmigt: ein ganzes

Paket von Terraforming-Maßnahmen, darunter die Verteilung genetisch konstruierter Mikroorganismen aus dem Zuchtbestand von Algen, Bakterien oder Flechten.

Arkady lachte gut eine halbe Minute lang. »Diese Mistkerle, diese Bastarde hatten echt Schwein! Die kommen tatsächlich damit durch!«

VIERTER TEIL

HEIMWEH

An einem Wintermorgen scheint die Sonne *auf die Valles Marineris herab und beleuchtet die Nordwände aller Canyons in diesem gigantischen Schluchtensystem. Und in diesem hellen Licht kann man deutlich sehen, dass hie und da eine bloßliegende Gesteinskante von einem unregelmäßigen Fleck schwarzer Flechte bedeckt ist.*

Das Leben passt sich an. Es hat nur wenige Bedürfnisse – nur etwas Kraftstoff, etwas Energie; und es ist fantastisch genial darin, diese Bedürfnisse aus ganz unterschiedlichen irdischen Milieus herauszuziehen. Manche Organismen leben unter dem Gefrierpunkt von Wasser, andere über dem Siedepunkt. Manche leben in starker Strahlung, andere in extrem salzigen Regionen, oder in festem Gestein, oder in pechschwarzer Finsternis, oder bei extremer Trockenheit, oder ohne Sauerstoff. Das Leben hat sich an alle Arten von Umwelt angepasst, durch Adaptationsmaßnahmen so seltsam und wunderbar, dass sie jenseits unserer Vorstellungskraft liegen. Und so hat das Leben die Erde vom tiefsten Felsgestein bis hoch hinauf in die Atmosphäre durchdrungen und eine gigantische Biosphäre gebildet.

Die Fähigkeit zur Anpassung ist in den Genen codiert und wird darin weitergegeben. Wenn die Gene mutieren, verändern sich die Organismen. Wenn die Gene verändert werden, ändern sich die Organismen auch. Bioingenieure nutzen diese beiden Formen von Veränderungen, wenn sie künstliche DNS erzeugen oder die sehr viel ältere Kunst der Zuchtauswahl betreiben. Mikroorganismen werden auf Nährböden in Petrischalen aufgetragen; und diejenigen von ihnen, die am schnellsten wachsen (oder am stärksten das gesuchte Merkmal aufweisen), werden entnommen und auf andere Nährböden gesetzt. Man kann Mutagene hinzufügen, um die Mutationsrate zu erhöhen. Und in der schnellen Aufeinanderfolge der Mikroben-Generationen (sagen wir, zehn pro Tag) kann man diesen Prozess so lange wiederholen, bis man das bekommt, was man will. Selektive Zucht ist eine der mächtigsten Bioingenieurstechniken, die wir kennen.

Aber die neueren Techniken bekommen mehr Aufmerksamkeit. Gentechnisch erzeugte Mikroorganismen gab es seit ungefähr einem halben Jahrhundert, als die »Ersten Hundert« auf dem Mars eintrafen. Ein halbes Jahrhundert ist in der Wissenschaft eine lange Zeit. Konjugierende Plasmide wurden immer weiter verfeinert und zu einem mächtigen Werkzeug. Das Angebot an Restriktionsenzymen zum Trennen und Ligase-Enzymen zum Verbinden war groß und vielseitig. Man fand eine Möglichkeit, lange DNS-Ketten auseinanderzuziehen. Das über das Genom angesammelte Wissen war immens und wuchs exponentiell. Alles zusammengenommen erlaubte diese neue Biotechnik alle Arten von Merkmalmobilisierung, Förderung, Replikation, ausgelöstem Selbstmord (um exzessiven Erfolg zu verhindern) und so weiter. Es war möglich, genau die DNS-Sequenzen in einem Organismus zu finden, die die gewünschte Eigenschaft aufwiesen, und diese DNS-Abschnitte dann zu synthetisieren, zu zerschneiden und in plasmidische Ringe einzusetzen. Danach wurden Zellen gewaschen und mit den neuen Plasmiden in Glyzerin aufgelöst, das dann einem kurzen heftigen Schock von ungefähr 2000 Volt ausgesetzt wurde. Dadurch schossen die Plasmide in dem Glyzerin in die Zellen und – voilà! *Ein neuer Organismus, zum Leben erweckt wie Frankensteins Monster, war entstanden. Mit neuen Fähigkeiten.*

So also kam es zu schnellwachsenden Flechten, strahlungsresistenten Algen, gegen extreme Kälte unempfindlichen Schwämmen, salzliebenden Archaebakterien, die Salz verspeisen und Sauerstoff ausscheiden, superarktischen Moosen. Eine ganze Taxonomie neuer

Lebensformen, alle partiell der Marsoberfläche angepasst, die versuchten, da draußen zu überleben. Manche Spezies starben aus: natürliche Selektion. Manche gediehen: Überleben der Tüchtigsten. Manche wucherten wild auf Kosten anderer Organismen; dann aktivierten Chemikalien in ihren Ausscheidungen ihre Selbstmord-Gene, und sie starben so weit aus, bis der Anteil dieser Chemikalien wieder sank.

So passt sich das Leben den Umständen an. Und gleichzeitig werden die Umstände durch das Leben verändert. Das ist eine der Definitionen von Leben: Organismus und Umwelt verändern sich gegenseitig in reziprokem Verhältnis, da sie zwei Manifestationen einer Ökologie sind, zwei Teile eines Ganzen.

So kamen mehr Sauerstoff und Stickstoff in die Luft. Schwarzer Flaum auf dem Polareis. Schwarzer Flaum auf ausgezacktem Gestein. Blassgrüne Flecken auf dem Boden. Größere Reifkörner in der Luft. Winzige Lebensformen, die durch die Tiefen des Regoliths kriechen wie Milliarden von Maulwürfen und Nitrite zu Stickstoff und Oxide zu Sauerstoff umwandeln.

Zuerst war es fast unsichtbar und sehr langsam. Bei einer Kältewelle oder einem Sonnensturm gab es massenhaft Todesfälle, ganze Spezies wurden in einer Nacht ausgelöscht. Aber die Überreste der Toten ernährten andere Kreaturen. Für sie waren die Bedingungen so leichter, und der Prozess gewann an Geschwindigkeit. Bakterien vermehren sich rasch. Sie verdoppeln ihre Masse mehrmals am Tag, wenn die Bedingungen stimmen. Die mathematischen Möglichkeiten für ihre Wachstumsgeschwindigkeit sind atemberaubend. Und obwohl Beschränkungen in der Umwelt – besonders auf dem Mars – jedes wirkliche Wachstum weit unter den mathematischen Grenzen halten, haben sich die neuen Organismen, die Areophyten, schnell vermehrt, sind manchmal mutiert, sind immer gestorben. Und die neuen haben sich vom Kompost ihrer Ahnen ernährt und wieder vermehrt. Sie lebten und starben. Und was an Boden und

Luft zurückblieb, war anders als vor diesen Millionen kurzer Generationen.

Eines Morgens geht die Sonne auf und schießt lange Strahlen durch das zerrissene Gewölk auf die Valles Marineris. Auf den Nordwänden erkennt man kleine Flecken, schwarz, gelb, oliv, grau und grün. Flechten punktieren die vertikalen Felsen, die so dastehen, wie sie es immer getan haben – steinig und zerborsten und rot; aber jetzt gefleckt wie von Schimmel.

Michel Duval träumte von zu Hause. Er schwamm in der Brandung von Villefranche-sur-Mer. Das warme Augustwasser ließ ihn hoch und runter schaukeln. Es war windig, der Sonnenuntergang nahe, und das Wasser eine träge weiße Fläche, über die das Sonnenlicht hüpfte. Die Wellen waren für das Mittelmeer groß, schnelle Brecher, die mit den Böen aufstiegen und rasch brachen, was ihm erlaubte, einen Moment lang auf ihnen zu reiten. Dann tauchte er unter in einem Strudel von Blasen und Sand und wieder auf in einen Schwall aus goldenem Licht und Salzgeschmack. Seine Augen juckten heftig. Große schwarze Pelikane ritten wie auf Luftkissen über die Wellen, segelten in steilen, unbeholfenen Kreisen nach oben, hielten inne und ließen sich gleich neben ihm ins Wasser fallen. Beim Sturzflug legten sie ihre Flügel halb an und hielten mit ihnen bis zum Moment des plumpen Aufschlagens im Wasser den Kurs. Sie kamen wieder hoch und verschluckten dabei kleine Fische. Ein Pelikan platschte gerade einen Meter von ihm entfernt auf, gegen die Sonne hatte er die Silhouette eines Stuka oder Pterodaktylus. Kühl und warm, in Salz eingetaucht, tanzte Michel auf der Flut und zwinkerte, vom Licht geblendet. Eine sich brechende Woge sah aus wie zerpulverte Diamanten.

Sein Telefon klingelte.

Sein Telefon klingelte. Es waren Ursula und Phyllis, die ihm sagten, dass Maya wieder einen Anfall hätte und nicht zu beruhigen wäre. Er stand auf, legte Unterzeug an und ging ins Bad. Maya, wieder deprimiert. Als er sie das letzte Mal gesehen hatte, war sie guter Dinge gewesen, fast euphorisch. Wann war das gewesen? Vor einer Woche? Aber so war Maya. Maya war verrückt. Allerdings verrückt auf eine russische Art, die nicht zu unterschätzen war. Mütterchen Russland! Kirche und Kommunisten hatten das bis dahin vorherrschende Matriarchat auszurotten versucht; doch alles, was sie erreicht hatten, war eine bittere, entnervende Wut, eine ganze Nation voller geringschätziger *russalkas* und *baba yagas* und 24/7-Superfrauen, die in einer fast parthenogenen Kultur von Müttern, Töchtern, Babuschkas und Enkelinnen lebten. Die aber dennoch zwangsweise in ihren Beziehungen mit Männern gefangen waren und verzweifelt versuchten, den verlorenen Vater, den perfekten Gatten zu finden. Oder bloß eben einen Mann, der seinen Teil der Last tragen würde. Die große Liebe finden und sie nicht zu zerstören. Verrückt!

Verallgemeinerungen waren gefährlich. Aber Maya war ein klassischer Fall. Launisch, wütend, flirtend, klug, charmant, manipulierend, stark … Und jetzt nahm sie sein Büro ein wie ein riesiger Abfallhaufen, ihre Augen rotgerändert und blutunterlaufen, die Lippen schmal. Ursula und Phyllis nickten und dankten Michel flüsternd dafür, dass er so früh aufgestanden war. Dann gingen sie. Er trat an die hohen Fensterjalousien und öffnete sie. Das Licht strömte von der Zentralkuppel herein. Ihm wurde wieder bewusst, dass Maya eine schöne Frau war, mit wildem, schimmerndem Haar und einem dunklen charismatischen Blick, unmittelbar und direkt. Es war ein Jammer, sie hier so zu sehen. Daran würde er sich nie gewöhnen. Es kontrastierte zu sehr mit ihrer gewohnten Lebhaftigkeit, mit der Art, wie sie einem die Hand auf den Arm legen konnte, wenn sie in vertraulichem Ton über das eine oder andere faszinierende Thema redete …

Das alles ahmte diese verzweifelte Kreatur, die sich über seinen Tisch beugte und ihm mit abgerissener heiserer Stimme über die neueste Szene in dem laufenden Drama zwischen ihr, John und Frank berichtete, nach. Offenbar hatte sie sich mit John gestritten, der sich weigerte, ihr zu helfen, einige der in Russland ansässigen Multinationalen dazu zu bringen, die Entwicklung von Siedlungen im Hellas-Becken voranzutreiben. Hellas war der tiefste Punkt auf dem Mars und würde als Erstes von den atmosphärischen Veränderungen profitieren, die sich gerade abzuzeichnen begannen. Der Druck in Low Point, vier Kilometer unter dem Bezugsniveau, würde immer zehnmal stärker sein als auf den Gipfeln der großen Vulkane und dreimal stärker als auf Normalhöhe. Es würde der erste für Menschen bewohnbare Ort sein, ein perfekter Ausgangspunkt für die weitere Entwicklung.

Aber offenbar zog John es vor, den offiziellen Weg über die UNOMA und Regierungen zu gehen. Und genau das war eine der fundamentalen politischen Meinungsverschiedenheiten, die ihr Privatleben vergifteten, sodass sie auch immer mehr über andere Dinge stritten, die keine Rolle spielten und wegen derer sie sich früher nie gezankt hatten.

Michel beobachtete sie und hätte beinahe gesagt, dass John sich den Streit mit ihr wünschte. Er war sich nicht sicher, was John dazu sagen würde. Maya rieb sich die Augen, legte die Stirn auf seinen Schreibtisch und zeigte ihm den Nacken und ihre breiten, geschmeidigen Schultern. Sie würde vor den meisten Bewohnern von Underhill niemals so aufgewühlt erscheinen. Das war eine Intimität zwischen ihnen, etwas, das sie nur mit ihm teilte. Es war, als hätte sie ihre Kleider abgelegt. Die meisten Menschen verstanden nicht, dass wahre Intimität nicht aus Geschlechtsverkehr bestand, den man auch mit Fremden und in einem Zustand völliger Distanziertheit ausüben konnte. Intimität bestand darin, dass man stundenlang über das sprach, was einem das Wichtigste im Leben war. Obwohl sie nackt wirklich schön wäre. Sie hatte perfekte Proportionen. Michel erinnerte sich daran, wie sie beim Schwimmen im Becken aussah, wenn sie auf dem Rücken in einem blauen, hoch über den Hüften ausgeschnittenen Badeanzug schwamm. Ein mediterranes Bild: Er trieb im Wasser bei Villefranche, alles überflutet vom bernsteinfarbenen Licht der Abendsonne; und er blickte auf den Strand, wo Männer und Frauen entlanggingen, alle nackt bis auf das bisschen Stoff der G-String-Höschen – braunhäutige Frauen, oben ohne, die paarweise wie Tänzerinnen im Sonnenlicht einherschritten. Delphine schossen zwischen ihm und dem Strand aus dem Wasser, ihre geschmeidigen schwarzen Körper waren gerundet wie die der Frauen …

Jetzt redete Maya über Frank. Frank, der einen sechsten Sinn für Probleme zwischen John und Maya hatte (sechs wären gar nicht nötig) und der jedes Mal zu Maya kam, wenn er die Anzeichen spürte, um mit ihr über seine Vision vom Mars zu sprechen, die progressiv, aufregend, ehrgeizig war – alles das, was Johns Plan nicht war. »Frank ist in diesen Tagen so viel dynamischer als John. Ich weiß nicht, warum.«

»Weil er mit dir übereinstimmt«, sagte Michel.

Maya zuckte die Achseln. »Vielleicht meine ich genau das. Wir haben eine Chance, hier eine ganz neue Zivilisation aufzubauen. Aber John ist so …« Tiefer Seufzer. »Und dennoch liebe ich ihn, wirklich! Aber …«

Sie sprach eine Weile über ihre Vergangenheit, wie ihre Affäre die Reise vor der Anarchie (oder zumindest der Langeweile) gerettet, dass Johns lässige Ausgeglichenheit ihr gut getan hatte. Dass sie auf ihn zählen konnte. Wie beeindruckt sie von seinem Ruhm gewesen war, wie sie gefühlt hatte, dass die Liaison sie für immer zu einem Teil der Weltgeschichte machte. Aber jetzt erkannte sie, dass sie ohnehin ein Teil der

Weltgeschichte sein würde, wie jeder der Ersten Hundert. Sie hob die Stimme, sprach schneller und leidenschaftlicher. »Ich brauche John jetzt nicht mehr dafür. Ich brauche ihn nur noch, weil ich etwas für ihn empfinde. Aber jetzt sind wir über nichts mehr einer Meinung, sind uns nicht ähnlich; aber Frank war so aufmerksam, hat sich immer zurückgehalten, ganz gleich, um was es ging, und wir stimmen in fast allem überein, und ich bin davon so begeistert gewesen, dass ich ihm wieder die falschen Signale gegeben habe; und so hat er es auch wieder getan. Gestern im Schwimmbecken hat er – naja – hat er mich gehalten, seine Hände um meine Oberarme gelegt« – sie kreuzte die Arme und nahm den Bizeps in die Hände – »und mich gebeten, John für ihn zu verlassen, was ich *nie* tun würde. Er hat gezittert, und ich habe gesagt, ich könnte es nicht; aber ich zitterte auch.« So war sie später aufs Äußerste gereizt gewesen und hatte einen Streit mit John angefangen, so heftig, dass er wirklich wütend geworden war. »Er hat einen Rover genommen, ist zu Nadias Arkade gefahren und hat dort die Nacht mit dem Bauteam verbracht.« Frank war gekommen, um wieder mit ihr zu reden. Als sie ihn (mit einiger Mühe) wieder abgewiesen hatte, hatte er erklärt, er würde in die europäische Siedlung auf der anderen Seite des Planeten ziehen – er, der die treibende Kraft der Kolonie war! »Und das wird er wirklich tun. Er ist nicht jemand, der bloß droht. Er lernt gerade Deutsch. Sprachen fallen ihm leicht.«

Michel versuchte, sich auf das zu konzentrieren, was sie sagte. Das war schwierig, weil er genau wusste, dass in einer Woche alles anders sein würde. Die ganze Dynamik in diesem kleinen Trio änderte sich ständig in unvorhersehbarer Weise. Es war schwierig, das wirklich ernst zu nehmen. Was war mit seinen Schwierigkeiten? Die gingen sehr viel tiefer. Aber niemand hörte *ihm* je zu. Er ging vor dem Fenster auf und ab und sprach ihr mit den üblichen Fragen und Bemerkungen Mut zu. Das Grün im Atrium war erfrischend, es hätte ein Hinterhof in Arles oder Villefranche sein können. Plötzlich erinnerte er sich an die schmale, von Zypressen überwölbte Plaza in Avignon, ganz in der Nähe des Papstpalastes, und die kleinen Cafétische darauf, und alles hatte im Sommer direkt nach Sonnenuntergang genau die Farbe des Mars. Der Geschmack von Oliven und Rotwein …

»Lass uns spazieren gehen!«, sagte er – ein ganz normaler Teil ihrer Therapiestunden. Sie durchquerten das Atrium und gingen zur Küche. So konnte Michel ein Frühstück essen, dessen Geschmack er schon beim Schlucken fast wieder vergessen hatte. Wir sollten essen vergessen nennen, dachte er, als sie um die Halle herum zu den Schleusen gingen. Sie legten Schutzanzüge an – Maya betrat ein Umkleidezimmer, um ihr Unterzeug anzulegen –, überprüften die Anzüge, gingen in die Schleuse, ließen den Druck ab und traten ins Freie.

Die diamantene Kälte. Sie blieben einige Zeit auf den Gehwegen, die um Underhill verliefen, gingen zur Müllgrube und den großen Salzpyramiden. »Glaubst du, dass man je eine Anwendung für dieses Salz finden wird?«, fragte er.

»Sax arbeitet noch daran.«

Von Zeit zu Zeit kam Maya wieder auf John und Frank zu sprechen. Michel stellte die Fragen, die ein psychiatrisches Programm routinemäßig gestellt hätte, und Maya antwortete so, wie ein Maya-Programm geantwortet hätte. Ihre Stimmen klangen einander direkt in den Ohren – die Intimität des Interkom.

Sie kamen zur Flechtenfarm, und Michel blieb stehen, um über die Schalen zu blicken und sich an den intensiven lebendigen Farben zu erfreuen. Schwarze Schneealgen und dicke Matten von Flechten, bei denen der Algen-Symbiont ein blaugrüner Strang war, den Vlad gerade erst so weit gebracht hatte, dass er hier draußen wachsen konnte. Rote Flechten schienen nicht so gut zu gedeihen. Überflüssig auf jeden Fall. Gelbe Flechten, olivfarbene Flechten, eine Flechte in der Farbe des Tarnanstrichs eines Schlachtschiffs. Flockige weiße und limonengrüne Flechten – lebendiges Grün! Es stach ins Auge, eine üppige und unwirkliche Wüstenpflanze. Er hatte gehört, wie Hiroko bei ihrem Anblick gesagt hatte: »Das ist *viriditas*«, Latein für »grünende Kraft«. Das Wort hatte eine christliche Mystikerin im Mittelalter geprägt, eine Frau namens Hildegard. *Viriditas* war jetzt den hiesigen Verhältnissen angepasst und verbreitete sich langsam über die Tieflande der nördlichen Hemisphäre. In den südlichen Sommern gedieh es sogar noch besser. Einmal hatte man dort über 285 Kelvin gemessen, eine Rekordhöhe von zwölf Grad Celsius. »Die Welt verändert sich«, bemerkte Maya, als sie an den Flechten vorbeigingen. »Ja«, sagte Michel und konnte es sich nicht verkneifen hinzuzufügen: »Nur noch dreihundert Jahre, bis wir erträgliche Temperaturen haben.«

Maya lachte. Sie fühlte sich besser. Bald würde sie wieder auf der Höhe sein oder sich zumindest auf dem Weg dorthin befinden. Maya war labil. Stabilität/Labilität war das jüngste Merkmal, das Michel bei den Ersten Hundert studiert hatte, und Maya stellte den Extremfall an Labilität dar.

Sie sagte: »Lass uns hinausfahren und die Arkade besuchen.« Michel stimmte zu und fragte sich, was passieren würde, wenn sie auf John träfen. Sie gingen zum Parkplatz und ließen sich ein Fahrzeug geben. Michel fuhr den kleinen Jeep und hörte Mayas Stimme zu. Änderte sich eine Konversation, wenn die Stimmen von den Körpern getrennt waren und durch Helmmikrofone direkt in die Ohren der Hörer eindrangen? Es war, als wäre man ständig am Telefon, selbst wenn die Person, mit der man sprach, direkt neben einem saß. Oder – war das besser oder schlechter? – als ob man es mit Telepathie zu tun hätte.

Die Zementstraße war eben, und er fuhr mit der Höchstgeschwindigkeit von sechzig Kilometern in der Stunde. Er konnte fast spüren, wie die dünne Luft an seinem Helmvisier vorbeirauschte. Das ganze CO_2, das Sax aus der Atmosphäre herausfiltern wollte. Sax würde starke Filter brauchen, noch wirksamer als die Flechten. Er brauchte Wälder, enorm vielschichtige salzliebende Regenwälder, die gewaltige Mengen an Kohlenstoff in Holz, Blätter, Kompost und Torf binden würden. Er brauche Torfmoore von hundert Metern Tiefe und Bäume von hundert Metern Höhe, hatte Sax gesagt, und Ann hatte schon beim Klang seiner Stimme das Gesicht verzogen.

Nach fünfzehn Minuten Fahrt kamen sie zu Nadias Arkade. Sie war noch im Bau und machte einen unfertigen und unordentlichen Eindruck, wie Underhill zu Anfang, aber in größerem Maßstab. Aus dem Graben war ein großer Haufen aus dunkelrotem Schutt ausgehoben, der sich wie das Hügelgrab des Großen Mannes nach Ost und West erstreckte.

Sie standen an einem Ende des großen Grabens. Dreißig Meter tief, dreißig breit und einen Kilometer lang. Die Südseite wurde von einer Mauer aus Glas abgeschlossen, an der Nordseite waren die Flächen mit filternden Spiegeln bedeckt, die mit Wand-Mesokosmen, Marskrügen oder Terrarien, abwechselten wie ein Gobelin aus Vergangenheit und Zukunft. Die meisten Terrarien waren voller Fichten und anderer Gewächse, sodass sie aussahen wie der große, die Welt einhüllende Wald auf dem sechzehnten Breitengrad der Erde. Mit anderen Worten: wie Nadia Cherneshevskys alte Heimat in Sibirien. War das vielleicht ein Zeichen dafür, dass sie auch etwas von seiner Krankheit abbekommen hatte? Konnte er sie dazu bringen, ein Mittelmeer zu bauen?

Nadia arbeitete mit einem Bulldozer. Sie hatte ihre eigene Form von *viriditas*. Sie hielt an und kam herüber, um kurz mit ihnen zu sprechen. Das Projekt kam voran, sagte sie ihnen ruhig. Erstaunlich, was man mit den Robotfahrzeugen anfangen konnte, die immer noch von der Erde geschickt wurden. Der Promenadenplatz war fertig und mit verschiedenen Bäumen bepflanzt, einschließlich einer Reihe von Zwergsequoien, die schon dreißig Meter groß waren, fast so hoch wie die ganze Arkade. Die drei übereinanderliegenden Reihen von überwölbten Räumen im Underhill-Stil hinter dem Platz waren jetzt isoliert. Die Siedlung war erst am Vortag versiegelt, geheizt und unter Druck gesetzt worden, sodass man ohne Anzüge darin arbeiten konnte. Die drei Stockwerke lagen in immer kleineren Bögen übereinander und erinnerten Michel an den Pont du Gard. Natürlich war die ganze bisherige Architektur auf dem Mars römischen Ursprungs, sodass das keine Überraschung war. Aber die Bogen waren breiter und leichter. Luftiger, weil die geringere Schwere es zuließ.

Nadia machte sich wieder an die Arbeit. Eine so ruhige Person! Stabil, genau das Gegenteil von labil. Gemäßigt, in sich ruhend. Sie konnte sich nicht deutlicher von ihrer alten Freundin Maya unterscheiden, und es war gut für Maya, in ihrer Nähe zu sein. Das entgegengesetzte Ende der Skala; sie konnte Maya daran hindern davonzufliegen. Gab ihr ein gutes Beispiel ab. Maya passte sich im Gespräch Nadias ruhigem Ton an, und als Nadia wieder an die Arbeit ging, gewann Maya etwas von ihrer Gelassenheit zurück. »Ich werde Underhill vermissen, wenn wir von hier wegziehen. Du nicht auch?«

»Ich glaube nicht«, erwiderte Michael. »Hier wird es erheblich sonniger sein.« Alle drei Stockwerke des neuen Habitats öffneten sich auf den hohen Platz und hatten terrassierte breite Balkone auf der Sonnenseite der Zimmer, sodass, obwohl das Bauwerk nach Norden gerichtet und tiefer als Underhill eingegraben war, dank der gefilterten Spiegel auf der Nordseite, die sich automatisch nach der Sonne ausrichteten, von der Morgen- bis zur Abenddämmerung Licht auf sie fallen würde. »Ich freue mich auf den Umzug. Wir hatten von Anfang an mehr Platz nötig.«

»Aber wir werden diesen ganzen Platz nicht für uns allein haben. Es werden neue Siedler kommen.«

»Ja. Aber das gibt uns Raum anderer Art.«

Maya machte ein nachdenkliches Gesicht. »Wie John und Frank, die weggehen.«

»Ja. Aber auch das ist nicht unbedingt schlimm.« In einer größeren Gesellschaft, so sagte er ihr, würde die klaustrophobe Dorfatmosphäre von Underhill sich allmählich verflüchtigen, und das würde eine bessere Perspektive für gewisse Dinge erlauben. Michel zögerte, ehe er fortfuhr, unsicher, wie er es ausdrücken sollte. Subtilität war gefährlich, wenn beide Gesprächspartner eine Zweitsprache benutzten und unterschiedliche Muttersprachen hatten. Möglichkeiten für Missverständnisse gab es nur zu viele. »Du solltest dich an den Gedanken gewöhnen, dass du vielleicht gar nicht zwischen John und Frank wählen willst. Dass du in Wirklichkeit beide haben möchtest. Für jemanden von den Ersten Hundert ist das ein Skandal. Aber in einer größeren Welt und im Laufe der Zeit …«

»Hiroko hält sich zehn Männer!«, rief sie wütend.

»Ja, und du auch. Aber in einer größeren Welt wird niemand es erfahren oder sich darum kümmern.«

Er redete ihr weiter zu und sagte ihr, dass sie stark sei und (wie Frank es ausdrücken würde) das Alpha-Weibchen der Gruppe. Sie widersprach und nötigte ihn so lange zu mehr Lobreden, bis sie schließlich befriedigt war und er vorschlagen konnte zurückzukehren.

»Meinst du nicht, dass es ein Schock sein wird, neue Leute um sich zu haben? Andere Menschen?« Sie fuhr, und als sie sich zur Seite wandte, um ihn dies zu fragen, kam sie fast von der Straße ab.

»Das nehme ich an.« In Borealis und Acidalia waren schon neue Siedler gelandet, und die Videobänder von ihnen waren ein Schock gewesen, das konnte man in den Gesichtern der Leute erkennen. Als ob Aliens aus dem Weltraum eingefallen wären. Aber bisher waren nur Ann und Simon einigen von ihnen persönlich begegnet, als sie auf eine Rover-Expedition nördlich von Noctis Labyrinthus gefahren waren. »Ann sagte, es war seltsam, jemandem zu begegnen, den man nur vom Fernsehbildschirm kannte.«

»Mein Leben gibt mir immer ein solches Gefühl«, sagte Maya traurig.

Michel zog die Augenbrauen hoch. Das Maya-Programm hätte das nicht gesagt. »Was meinst du damit?«

»Oh, du weißt schon. Die halbe Zeit wirkt das alles hier wie eine große Simulation, findest du nicht auch?«

»Nein.« Er dachte darüber nach. »Für mich nicht.« Es war alles nur zu real – die durch den Roversitz tief ins Fleisch kriechende Kälte –, unausweichlich real, unausweichlich kalt. Vielleicht nahm sie das als Russin nicht so wahr. Aber es war immer und immer kalt. Selbst mittags am Mittsommertag, wenn die Sonne über den Köpfen wie eine offene Ofentür im sandfarbenen Himmel loderte, betrug die Temperatur bestenfalls 260 Kelvin, also 15 Grad Celsius unter null – kalt genug, um durch das Geflecht eines Schutzanzugs zu dringen und jede Bewegung schmerzhaft zu machen. Als sie sich Underhill näherten, fühlte Michel die Kälte durch die Haut stechen, und er spürte, wie allzu kühle, mit Sauerstoff versetzte Luft aus dem Mundstück tief in seine Lungen strömte. Er blickte auf den Sandhorizont und den sandfarbenen Himmel und sagte sich: Ich bin wie eine Diamantklapperschlange, die durch eine Wüste aus kaltem Gestein und trockenem Staub gleitet. Eines Tages werde ich meine Haut abwerfen wie ein Phönix im Feuer, um eine neue Kreatur der Sonne zu werden, um nackt am Strand entlangzulaufen und in warmem Salzwasser zu planschen …

Zurück in Underhill stellte er das psychiatrische Programm in seinem Kopf wieder an und fragte Maya, ob sie sich besser fühle. Sie berührte seine Stirnscheibe mit der ihren, was einen Kuss bedeutete und schenkte ihm einen kurzen strahlenden Blick. »Das weißt du«, sagte ihre Stimme ihm ins Ohr. Er nickte und erklärte: »Ich werde dann noch etwas spazieren gehen.« Er sagte nicht: Aber was ist mit mir? Was soll ich tun, damit es mir besser geht?

Er musste seine Beine dazu zwingen, sich zu bewegen, und marschierte los. Die kahle Ebene rings um die Basis war wie die Vision einer postapokalyptischen Einöde nach einem Holocaust, eine Welt direkt aus einem Albtraum. Dennoch wollte er nicht in ihren kleinen Bau aus künstlichem Licht, erwärmter Luft und geschickt verteilten Farben zurück, die er größtenteils selbst ausgesucht hatte unter Berücksichtigung der neusten Erkenntnisse über den Zusammenhang zwischen Stimmungen und Farben, einer Theorie, die, wie er jetzt erkannte, auf gewissen Grundannahmen beruhte, die hier eigentlich nicht zutrafen. Die Farben waren alle falsch, oder noch schlimmer: so irrelevant wie Tapeten in der Hölle.

Diese Phrase formte sich in seinem Kopf und legte sich ihm auf die Zunge. Tapeten in der Hölle. Da sie ohnehin alle verrückt werden würden … Es war ein Fehler gewesen, nur einen einzigen Psychiater mitzunehmen. Jeder Therapeut auf der Erde war auch selbst in Behandlung, das gehörte zum Job. Aber sein Therapeut befand sich drunten in Nizza, und bei jedem Gespräch dauerte es mindestens fünfzehn Minuten, bis das Signal ihn erreichte. Michel sprach mit ihm, aber er konnte nicht helfen. Er verstand ihn gar nicht richtig. Er lebte dort, wo es warm und blau war, er konnte ins Freie gehen und war (wie Michel annahm) bei recht guter mentaler Gesundheit. Dagegen war Michel ein Arzt in einem Hospiz in einem Gefängnis in der Hölle. Und dieser Arzt war krank.

Es war ihm nicht gelungen, sich anzupassen. In dieser Hinsicht waren die Menschen verschieden. Es war eine Sache des Temperaments. Maya, die gerade auf die Tür der Schleuse zuging, hatte ein ganz anderes Temperament als er, was es ihr irgendwie ermöglichte, sich hier völlig zu Hause zu fühlen. Er glaubte nicht, dass sie von ihrer Umgebung überhaupt viel Notiz nahm. Und dennoch waren er und sie sich in anderer Hinsicht ähnlich. Das hatte mit dem Index von Labilität/Stabilität zu tun, genauer mit dem Aspekt der Emotionalität, denn sie waren beide labil. Und doch waren sie grundverschiedene Charaktere. Man musste den Index von Labilität/Stabilität also in Zusammenhang mit den unterschiedlichen Kombinationen von Eigenschaften bringen, die unter *Extroversion* und *Introversion* zusammengefasst werden. Das war seine größte Entdeckung im letzten Jahr gewesen; und jetzt bestimmte sie sein ganzes Denken über sich und seine »Patienten«.

Während er zum Alchemistenviertel ging, ordnete er die Ereignisse des Morgens in das Gitter dieses neuen charakterologischen Systems ein. Extroversion/Introversion war eines der am besten studierten Systeme von Eigenschaften in der psychologischen Theorie, unterfüttert mit sehr viel Beweismaterial aus verschiedenen Kulturen, das die objektive Gültigkeit des Konzeptes unterstützte. Es war natürlich nicht einfach nur eine Dualität. Man stempelte eine Person nicht einfach als so oder so ab, sondern ordnete sie auf einer Skala nach Eigenschaften wie Geselligkeit, Impulsivität, Unbeständigkeit, Gesprächigkeit, Mitteilsamkeit, Aktivität, Lebhaftigkeit, Reizbarkeit, Optimismus und so weiter ein. Es war ein bewährtes System und statistisch erwiesen, dass die mannigfachen Eigenschaften tatsächlich im Zusammenhang standen, bis zu einem Maße, das Zufall weitgehend ausschloss. Also war dieses Konzept real, durchaus real! Tatsächlich hatten physiologische Untersuchungen ergeben, dass Extroversion mit Ruhezuständen geringer kortikaler Aktivität verknüpft war, Introversion hingegen mit hoher kortikaler Aktivität. Das war Michel zunächst widersinnig vorgekommen; aber dann erinnerte er sich, dass der Cortex – die Großhirnrinde – die unteren Zentren des Gehirns hemmt, sodass geringe kortikale Aktivität das weniger gehemmte Verhalten des Extrovertierten ermöglicht, während hohe kortikale Erregung dies verhindert und zu Introversion führt. Das erklärte auch, warum der Genuss von Alkohol, der kortikale Erregung dämpft, zu einem aufgeregteren und weniger gehemmten Verhalten führen konnte.

Also konnte er das ganze Bündel extrovertierter/introvertierter Züge, mit allem, was sie über jemandes Charakter aussagten, auf eine Gruppe von Zellen im Hirnstamm zurückführen, die man das retikulare aktivierende System nennt, das Gebiet, das letztlich die Niveaus kortikaler Aktivität bestimmt. Damit wurden sie von ihrer Biologie bestimmt. Ralph Waldo Emerson, der berühmte amerikanische Transzendentalphilosoph des 19. Jahrhunderts, sagte nach dem Tod seines sechsjährigen Sohnes: *So etwas wie Schicksal dürfte es nicht geben.* Aber Biologie war Schicksal.

Und Michels System ging noch weiter. Schicksal war schließlich kein einfaches Entweder-oder. Er hatte sich kürzlich mit Wengers Index automatischer Balance beschäftigt, der sieben verschiedene Variablen benutzte, um zu bestimmen, ob ein Individuum durch die sympathischen oder die parasympathischen Zweige des autonomen Nervensystems beherrscht wird. Der sympathische Zweig reagiert auf äußere Reize und veranlasst den Organismus zur Reaktion, sodass von ihm beherrschte Personen reizbar waren. Der parasympathische Zweig hingegen gewöhnt den alarmierten Organismus an den Reiz und bringt ihn wieder in ein homöostatisches Gleichgewicht, sodass von ihm beherrschte Individuen gelassener waren. Duffy hatte vorgeschlagen, diese beiden Klassen von Individuen als labil und stabil zu bezeichnen; und diese Klassifikation, wenn auch nicht so berühmt wie Extroversion und Introversion, war ebenso solide auf empirisches Beweismaterial gegründet und hilfreich, um verschiedene Temperamente zu verstehen.

Keines dieser Systeme sagte dem Forscher allerdings besonders viel über die komplette Natur der untersuchten Person. Die Ausdrücke waren allgemein, sie waren Zusammenfassungen so vieler Züge, dass sie nur sehr wenig im diagnostischen Sinn aussagten, besonders da die beiden Systeme in der Bevölkerung in einer Normalverteilung nach Gauß auftraten.

Aber wenn man die beiden Systeme kombinierte, wurde es interessant.

Das war nicht leicht, und Michel hatte ziemlich viel Zeit an seinem Computer verbracht und eine Kombination nach der anderen skizziert. Dabei benutzte er die beiden unterschiedlichen Systeme als x- und y-Achsen in verschiedenen Koordinatensystemen. Das hatte ihn nicht viel weitergebracht. Aber dann stellte er die vier Begriffe an die Ausgangspunkte eines semantischen Rechtecks nach Greimas, ein strukturalistisches Schema, das bereits die Alchemisten benutzt hatten. Es besagte, dass keine einfache Dialektik genügte, die wahre Komplexität irgendeiner Gruppe verwandter Konzeptionen zu beschreiben, sondern dass man die reale Differenz zwischen zwei gegensätzlichen Dingen anerkennen musste. Der Begriff »nicht-X« war nicht genau dasselbe wie »Anti-X«, was unmittelbar einleuchtete. Die erste Stufe war gekennzeichnet durch Anwendung der vier Terme S, –S, $\bar{S}$ und –$\bar{S}$ in einem einfachen Rechteck:

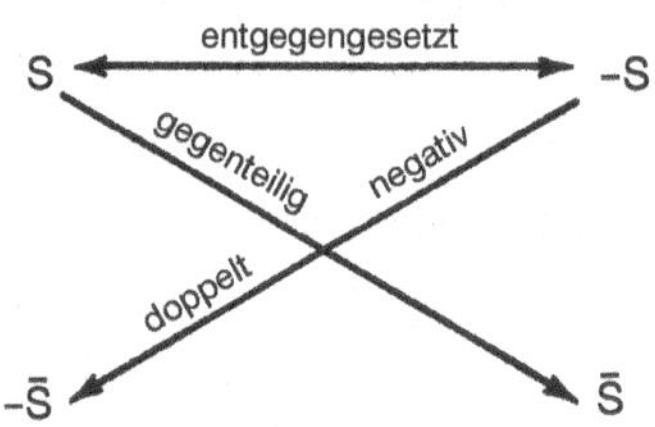

Also war –S ein einfaches Nicht-S, und $\bar{S}$ war das Stärkere Anti-S, während –$\bar{S}$ die für Michel nicht ganz fassbare Negation einer Negation war – entweder eine Neutralisierung der anfänglichen Opposition oder die Vereinigung der zwei Negationen. In der Praxis blieb das oft ein Mysterium oder ein *kōan*, nur manchmal zeigte es sich klar als eine Idee, die die konzeptuelle Einheit gut vervollständigte, wie in einem Beispiel von Greimas:

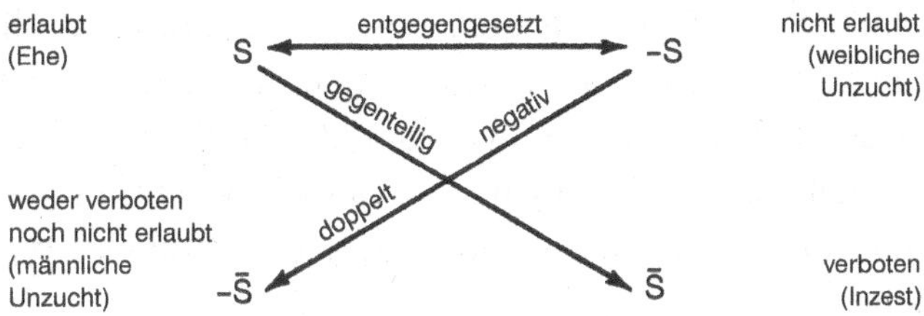

Der nächste Schritt in der Weiterentwicklung des Schemas, der Schritt, in dem neue Kombinationen strukturelle Beziehungen enthüllten, die auf den ersten Blick nicht zu erkennen gewesen waren, bestand darin, ein anderes Rechteck zu konstruieren, das das erste rechtwinklig umspannte, etwa so:

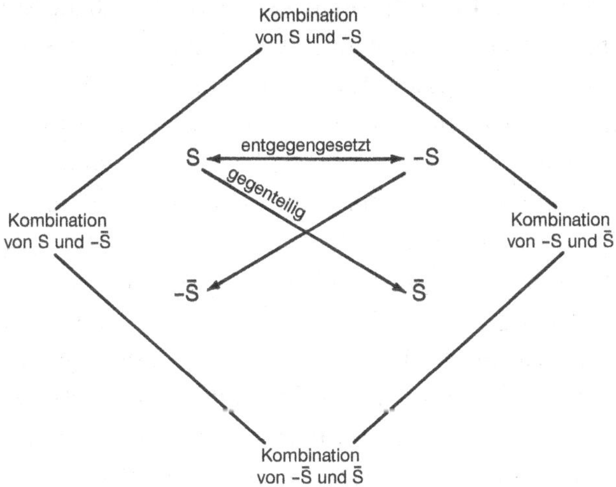

Michel hatte dieses Schema lange angestarrt – Extroversion, Introversion, Labilität und Stabilität an den ersten vier Ecken, und über deren Kombinationen nachgedacht. Plötzlich war alles deutlich geworden, als hätten sich die bunten Glasstückchen in einem Kaleidoskop zufällig so angeordnet, dass sie eine perfekte Rose ergaben. Es ergab vollkommen Sinn. Es gab Extrovertierte, die reizbar waren, und Extrovertierte, die ausgeglichen waren; und es gab Introvertierte, die recht emotional waren, und solche, die es nicht waren. Er konnte unter den Kolonisten sofort Beispiele für alle vier Typen finden.

Als er über Namen nachdachte, die er diesen kombinierten Kategorien geben sollte, musste er lachen. Unglaublich! Es war ironisch, dass er die Ergebnisse eines Jahrhunderts psychologischer Forschung mit den neusten Erkenntnissen in der Psychophysiologie kombiniert hatte, ganz zu schweigen von einem komplizierten Schema aus der Alchemie – um am Ende die antike Temperamentenlehre neu zu erfinden. Aber das war es! Darauf lief es hinaus! Denn die nördliche Kombination, extrovertiert und stabil, war offenkundig das, was Hippokrates, Galen, Aristoteles, Trismegistos, Wundt und Jung sanguinisch genannt hätten. Der westliche Punkt, extrovertiert und labil, war cholerisch, der östliche, introvertiert und stabil, war phlegmatisch, und der südliche, introvertiert und labil, natürlich melancholisch. Alles passte genau! Galens physiologische Erklärung für die vier Temperamente war natürlich falsch gewesen, und Blut, Schleim, gelbe und schwarze Galle waren als kausale Agentien jetzt durch das aufsteigende retikulare Aktivierungssystem und das autonome Nervensystem ersetzt worden. Aber die Wahrheiten der menschlichen Natur hatten Bestand gehabt. Die psychologische Einsicht und analytische Logik der ersten griechischen Ärzte hatten sich als ebenso stark, wenn nicht sogar als stärker erwiesen als die jeder nachfolgenden Generation, die durch eine oft nutzlose Ansammlung von Wissen getäuscht wurde. Und so hatten die Kategorien überdauert und waren im Laufe der Zeiten bestätigt worden.

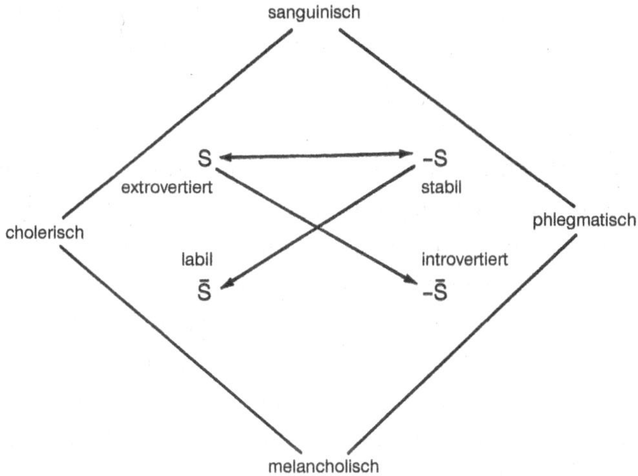

Michel fand sich im Alchemistenviertel wieder. Er zwang sich, seiner Umgebung Aufmerksamkeit zu schenken. Hier benutzten Menschen arkanes Wissen, um aus Kohle Diamanten herzustellen. Sie konnten das so leicht und genau tun, dass all ihr Fensterglas mit einer molekularen Schicht aus Diamant bedeckt war, um es vor Stauberosion zu schützen. Ihre großen weißen Salzpyramiden (Pyramiden – eines der großen Wahrzeichen antiken Wissens) waren auch mit Schichten aus reinem Diamant bedeckt. Das Beschichten mit monomolekularem Diamant war nur eine von Tausenden alchemistischer Prozeduren, die in diesen flachen Gebäuden abliefen.

In den letzten Jahren hatten die Gebäude ein leicht orientalisches Aussehen gewonnen. Ihre weißen Backsteinwände waren mit Gleichungen verziert, alle in schwarzen kalligraphischen Mosaiken. Michel stieß auf Sax, der neben der Gleichung für Grenzgeschwindigkeit stand, und schaltete auf die allgemeine Frequenz um: »Kannst du Blei in Gold verwandeln?«

Sax neigte spöttisch seinen Helm und sagte: »Nein, kann ich nicht. Das sind Elemente. Das wäre schwierig. Lass mich darüber nachdenken.«

Russell Sax, der Steinbrecher. Der perfekte Phlegmatiker.

Das wirklich Interessante bei der Kartierung der vier Temperamente auf dem semantischen Viereck war, dass es sofort eine Anzahl fundamentaler struktureller Beziehungen zwischen ihnen aufzeigte, die Michel in der Praxis halfen, ihre Gemeinsamkeiten und Unterschiede in einem neuen Licht zu sehen. Maya war labil und extrovertiert, deutlich cholerisch, wie Frank auch. Beide waren Anführer, und beide wurden voneinander angezogen. Aber weil beide cholerisch waren, gab es auch einen flüchtigen und im Grunde abstoßenden Aspekt in ihrer Beziehung, als ob sie im jeweils anderen erkennen würden, was sie an sich selbst nicht mochten.

Daher kam Mayas Liebe zu John, der deutlich sanguinisch war; extrovertiert wie Maya selbst, aber emotional viel stabiler bis hin zur Gelassenheit. Er gab ihr oft einen großen Frieden, wie ein Anker zur Realität – der ihr aber auch gelegentlich Fesseln anlegte. Was zog John zu Maya hin? Vielleicht das Unvorhersehbare, das Gewürz in diesem herzlichen einfachen Glück. Sicher, warum nicht? Man kann mit seinem Ruhm nicht ins Bett steigen, auch wenn manche Leute es immer wieder versuchen.

O ja, es gab viele Sanguiniker unter den Ersten Hundert. Wahrscheinlich hatten ihnen die psychologischen Anforderungen bei der Zusammenstellung der ersten Kolonie in die Hände gearbeitet. Arkady, Ursula, Phyllis, Spencer, Yeli … ja. Und da Stabilität die bei der Auswahl am meisten gesuchte Eigenschaft gewesen war, gab es unter ihnen auch eine Menge Phlegmatiker: Nadia, Sax, Simon Frazier, vielleicht Hiroko – der Umstand, dass er sich bei ihr nicht sicher sein konnte, legte diese Vermutung nahe –, Vlad, George, Alex.

Phlegmatiker und Melancholiker kamen natürlich nicht miteinander aus, da beide introvertiert waren und sich rasch zurückzogen; und die Stabilen wurden von der Unvorhersehbarkeit der Labilen abgestoßen, sodass sie einander auswichen, wie Sax und Ann. Es gab nicht viele Melancholiker unter ihnen. Ann – ja, wahrscheinlich einfach nur durch ihre Hirnstruktur, und dass sie als Kind misshandelt worden war, machte es nicht besser. Sie hatte sich aus dem gleichen Grund in den Mars verliebt, aus dem Michel ihn hasste: Weil er tot war. Und Ann liebte den Tod.

Auch einige Alchemisten waren Melancholiker. Und leider auch Michel selbst. Vielleicht alles in allem fünf Personen. Sie waren ausgesucht worden, obwohl weder Introversion noch Labilität für wünschenswert erachtet wurden. Nur Leute, die sehr geschickt ihre wahre Natur vor dem Auswahlkomitee verbargen, hatten durchrutschen können, Leute mit großer Kontrolle über ihre *personae*, diese überlebensgroßen Masken, die alle chaotischen Unstimmigkeiten im Innern verbergen. Vielleicht war nur ein bestimmter Typ von *persona* für die Kolonie ausgesucht worden, hinter dem sich ganz unterschiedliche Persönlichkeiten verbargen. Konnte das sein? Die Auswahlkomitees hatten unmögliche Anforderungen gestellt, das durfte man dabei nicht vergessen. Sie hatten Stabile haben wollen und dabei nach Leuten gesucht, die unbedingt zum Mars fliegen wollten, sodass sie Jahre ihres Lebens leidenschaftlich und monomanisch diesem Ziel opferten. Vertrug sich das miteinander? Sie wollten Extrovertierte und zugleich hervorragende Wissenschaftler, die sich tief in einsame Studien vergraben mussten. Passte das zusammen? – Nein, nie! So ging es die ganze Liste hinunter weiter. Das Komitee hatte eine Doppelbindung nach der anderen geschaffen. Kein Wunder, dass die Ersten Hundert sich vor ihm versteckt hatten und es hassten. Mit Schaudern erinnerte er sich an den großen Sonnensturm auf der *Ares*, wo jeder erkannt hatte, wie viele Lügen er erzählt und wie viel er verstecken hatte müssen. Sie hatten sich alle umgedreht und ihn, Michel, mit verhaltener Wut angestarrt, als ob das alles sein Fehler wäre, als ob er nur Psychologe wäre und die Kriterien zusammengebraut und die Tests durchgeführt und die Auswahl ganz allein getroffen hätte. Wie er in diesem Moment zusammengezuckt war, wie allein er sich gefühlt hatte! Es hatte ihn so sehr schockiert und erschreckt, dass ihm in diesem Moment der Gedanke gar nicht gekommen war, dass auch er gelogen hatte. Natürlich hatte er das getan, mehr als viele andere von ihnen.

Aber warum hatte er gelogen? Warum?

Er konnte sich nicht mehr erinnern. Melancholie als Gedächtnisverlust, eine akute Empfindung der Irrealität der Vergangenheit, ihre Nichtexistenz ... Er war Melancholiker, zurückgezogen, ohne Kontrolle über seine Gefühle, zu Depressionen neigend. Er hätte nicht ausgewählt werden sollen; und jetzt konnte er sich nicht *erinnern*, weshalb er so leidenschaftlich dafür gekämpft hatte, überhaupt ausgewählt zu werden. Die Erinnerung war fort, überwältigt von den quälenden, schmerzenden, bruchstückhaften Bildern des Lebens, das er geführt hatte, bevor er zum Mars geflogen war. So winzig und so kostbar, die Abende auf den Plazas, die Sommertage an den Stränden, die Nächte in den Betten der Frauen. Die Olivenbäume von Avignon. Die grün leuchtenden Zypressen.

Er stellte fest, dass er das Alchemistenviertel verlassen hatte. Er stand am Fuße der großen Salzpyramide. Langsam ging er die vierhundert Stufen hinauf, setzte seine Füße vorsichtig auf die blauen rutschfesten Platten. Jede Stufe bot ihm eine weitere Sicht auf die Ebene von Underhill; aber es war immer der gleiche sterile Steinhaufen, ganz gleich, wie weit er blicken konnte. Von dem quadratischen weißen Pavillon auf dem Gipfel der Pyramide konnte man eben noch Tschernobyl und den Raumhafen erkennen. Danach nichts mehr. Warum war er hierhergekommen? Warum hatte er so hart gearbeitet, um hierherzukommen und so viele Freuden, Leben, Familie, Heim, Muße und Spiel geopfert? Er schüttelte den Kopf. Soweit er sich erinnern konnte, war es einfach das gewesen, was er hatte tun wollen, der Sinn seines Lebens. Zwang, Lebensziel – wie sollte man da einen Unterschied erkennen? Vom Mond erhellte Nächte im duftenden Olivenhain, der Boden gefleckt von kleinen schwarzen Kreisen und die elektrisierende warme Brise des Mistral, die die Blätter in schnellen kleinen Wellen rauschen lässt. Er flach auf dem Rücken, die Arme weit ausgebreitet, während die Blätter silbrig und grau unter der schwarzen Kuppel der Sterne flackern. Und einer dieser Sterne war schwach und rot; und er suchte und beobachtete ihn, dort zwischen den von Wind bewegten Olivenblättern. Er war acht Jahre alt gewesen! Mein Gott, was *waren* sie? *Nichts* erklärte das, gar nichts. Ebenso gut könnte man erklären, warum jemand in Lascaux gemalt hatte oder warum Menschen steinerne Kathedralen in den Himmel gebaut hatten. Warum Korallenpolypen Riffe bauten.

Er hatte eine gewöhnliche Jugend gehabt, war oft umgezogen, hatte die gewonnenen Freunde verloren, war auf die Universität von Paris gegangen, um Psychologie zu studieren. Er hatte seine Dissertation über Depression auf Raumstationen geschrieben und dann für Ariane und später Glavkosmos gearbeitet. Er hatte geheiratet und war geschieden. Françoise hatte gesagt, er wäre »nicht da«. All diese Nächte mit ihr in Avignon, all jene Tage in Villefranche-sur-Mer. Ein Leben auf dem schönsten Fleck der Erde – und er war von seinem Verlangen nach dem Mars besessen gewesen! Das war absurd!

Schlimmer noch, es war dumm. Ein Versagen der Vorstellung, der Erinnerung und letztlich sogar der Intelligenz. Er hatte nicht sehen können, was er hatte, oder sich vorstellen, was ihn erwarten würde. Und jetzt musste er dafür bezahlen, gefangen auf einer Eisscholle in der arktischen Nacht mit neunundneunzig Fremden, von denen kein einziger richtig Französisch sprach. Nur drei, die es immerhin versuchen konnten. Franks Französisch war so schlimm, dass Michel es lieber nicht hören wollte. Es klang, als ob Frank die Sprache mit einer Axt bearbeitete.

Das Fehlen der eigenen Muttersprache hatte ihn dazu getrieben, sich Fernsehsendungen aus der Heimat anzusehen, aber das machte seine Qual nur noch schlimmer. Er schickte Videobotschaften an seine Mutter und Schwester, damit sie ihm antworten konnten. Er sah sich diese Videos oft an und achtete mehr auf die Hintergründe als auf seine Verwandten. Er führte auch gelegentlich Live-Gespräche mit Journalisten und wartete während der Zeit, die das Signal zur Erde und zurück brauchte, ungeduldig auf Antworten. Solche Unterhaltungen zeigten, wie berühmt er in Frankreich war, eine allgemein bekannte, eine »öffentliche« Person; und er bemühte sich, alle Fragen erwartungsgemäß zu beantworten, indem er die Persona von Michel Duval hervorholte und das Michel-Programm ablaufen ließ. Manchmal sagte er Termine mit den Kolonisten ab, wenn ihm danach war, Französisch zu hören. Sollte ihnen ihr Englisch im Hals stecken bleiben! Aber diese Vorfälle trugen ihm eine scharfe Rüge von Frank und eine Besprechung mit Maya ein. War er überarbeitet? Natürlich nicht. Er hatte nur neunundneunzig Personen geistig gesund zu halten. Gleichzeitig wanderte er in einer imaginären Provence auf von Bäumen bedeckten steilen Bergflanken mit Weingärten, Bauernhäusern und verfallenen Städten und Klöstern, in einer lebendigen Landschaft, einer Landschaft, die unendlich viel schöner und menschlicher war als die steinige Wüste dieser Realität …

Er saß in der Fernsehlounge. In Gedanken verloren war er offenbar wieder hineingegangen. Aber er konnte sich nicht daran erinnern. Er hatte gedacht, er stünde immer noch oben auf der Großen Pyramide. Und dann hatte er gezwinkert und befand sich in der TV-Lounge (alle Irrenhäuser haben eine) und sah das Videobild einer von Flechten bedeckten Canyonwand in Marineris.

Er erschauderte. Es war wieder passiert. Er hatte den Kontakt verloren, war fortgegangen und später am Tag wieder zu sich gekommen. Das war schon einige Dutzend Male passiert. Er war nicht einfach nur in Gedanken versunken, sondern regelrecht in ihnen begraben, sich der Welt vollkommen unbewusst. Er schaute sich in dem Raum um und erbebte krampfhaft. Es war jetzt $L_S = 5$, der Anfang des nördlichen Frühlings, und die Nordwände der großen Canyons erwärmten sich in der Sonne. Da sie alle sowieso verrückt werden würden …

Dann war es $L_S = 157$, und 152 Grade waren in einer verschwommenen Nichtexistenz vergangen. Er wärmte sich in der Sonne im Hof von Françoises Villa am Strand von Villefranche-sur-Mer und schaute hinab auf die Dächer und Terrakottasäulen und einen kleinen Pool, türkisfarben über dem Kobalt des Mittelmeeres. Eine Zypresse stand wie eine grüne Flamme über dem Becken, schwankte in der Brise und ergoss ihren Duft über sein Gesicht. In der Ferne die grüne Landzunge einer Halbinsel …

Nur befand er sich in Wirklichkeit in Underhill Prime, gewöhnlich als »der Graben« oder »Nadias Arkade« bezeichnet, und saß auf dem oberen Balkon mit Blick auf eine Zwergsequoia. Dahinter die Glaswand und die Spiegel mit ihrem abgestuften Reflexionsindex, die das Licht aus seinem Ursprung an der Côte d'Or in den Promenadeplatz hinunterlenkten. Tatiana Durova war durch einen von einem Roboter umgekippten Kran getötet worden, und Nadia war untröstlich. Aber Kummer perlt von uns ab wie Regen an einer Ente, dachte Michel, als er bei ihr saß. Im Laufe der Zeit würde Nadia sich erholen. Er konnte nichts für sie tun. Hielt man ihn etwa für einen Zauberer? Einen Priester? Wenn das stimmte, hätte er sich längst selbst heilen können und auch diese ganze Welt, oder noch besser, er wäre durch den Weltraum nach Hause geflogen. Wäre das nicht eine Sensation, am Strand von Antibes zu erscheinen und zu sagen »Bonjour, ich bin Michel. Ich bin nach Hause gekommen«?

Dann war es $L_S = 190$, und er war eine Eidechse oben auf dem Pont du Gard, auf den schmalen rechteckigen Steinplatten, die den eigentlichen Aquädukt bedeckten, der geradlinig hoch über die Schlucht verlief. Seine schuppige Haut hatte sich um die Taille herum abgeschält, und die heiße Sonne brannte ein schachbrettartiges Muster in die neue Haut. Nur dass er sich tatsächlich in Underhill befand, im Atrium, und dass Frank weggezogen war, um bei den Japanern zu wohnen, die in Argyre gelandet waren, und dass Maya und John sich in den Haaren lagen wegen ihrer Zimmer und darüber, wo das lokale Hauptquartier der UNOMA unterzubringen wäre. Maya selbst, schöner denn je, schlich ihm durch das Atrium nach und beschwor ihn, ihr zu helfen. Er und Marina Tokareva hatten vor fast einem vollen Marsjahr aufgehört zusammenzuwohnen – sie hatte gesagt, er sei nicht da. Wenn er Maya ansah, stellte Michel sie sich als seine Geliebte vor. Aber das war natürlich verrückt. Sie war eine *russalka* – eine Wasserhexe – und hatte mit Bossen von Glavkosmos und mit Kosmonauten geschlafen, um ihren Weg durch das System nach oben zu machen. Dadurch war sie dissoziiert, bitter und unberechenbar geworden. Sie benutzte Sex jetzt, um zu verletzen. Sex war für sie einfach Diplomatie mit anderen Mitteln. Es wäre verrückt, mit ihr etwas anzufangen und sich in den Wirbel ihrer Glieder und ihres Bannkreises ziehen zu lassen. Warum sollte man nicht von vornherein verrückte Leute schicken …

Aber jetzt war es $L_S = 241$. Er ging über die Brustwehr von Les Baux und blickte in die verfallenen Kammern der mittelalterlichen Einsiedelei. Es war kurz vor Sonnenuntergang, und das Licht war marsartig orangefarben. Der Kalkstein glühte, und das ganze Dorf und die dunstige Ebene unten dehnten sich bis hin zur weißbronzenen Linie des Mittelmeers. Sie sahen so unwirklich aus wie ein Traum … es war ein Traum. Und er erwachte und fand sich wieder in Underhill. Phyllis und Edvard waren gerade von einer Expedition zurückgekehrt. Phyllis lachte und zeigte ihnen einen glatten Steinklumpen. Sie sagte fröhlich: »Das war über den ganzen Canyon verstreut. Goldnuggets von Faustgröße.«

Dann ging er durch die Tunnel hinaus zur Garage. Der Psychiater der Kolonie hatte Halluzinationen, Bewusstseins- und Gedächtnislücken. Arzt, hilf dir selbst! Aber das konnte er nicht. Er war verrückt vor Heimweh. Heimweh – es müsste einen besseren Ausdruck dafür geben, ein wissenschaftliches Etikett, um es zu legitimieren und für andere real zu machen. Er selbst wusste, dass es real war. Er vermisste die Provence so sehr, dass er glaubte, nicht atmen zu können. Er war wie Nadias Hand, ein Teil davon abgerissen, aber die Phantomnerven pulsierten noch schmerzhaft.

… und ihnen die Mühe ersparen?

Die Zeit verging. Das Michel-Programm machte die Runde, eine hohle Persona, innen leer, nur irgendein winziger Homunkulus im Kleinhirn war noch verblieben, um den Körper fernzusteuern.

In der Nacht des zweiten Tages von $L_S = 266$ ging er zu Bett. Er war hundemüde, obwohl er nichts getan hatte, völlig erschöpft und ausgelaugt, aber trotzdem lag er in der Dunkelheit seines Zimmers und konnte nicht schlafen. Seine Gedanken drehten sich wild im Kreis. Er war sich durchaus darüber im Klaren, wie krank er war. Er wünschte, er könnte das Schauspielern aufgeben und zugeben, dass er verrückt war. Sich selbst in die Klinik schicken. Heimgehen. Er konnte sich an fast nichts aus den letzten Wochen erinnern – oder etwa noch länger? Er war sich nicht sicher. Er fing an zu weinen.

Die Tür knackte, schwang auf, und ein kleiner Lichtkeil aus der Halle schien ungehindert herein. Niemand da.

»Hallo?«, sagte er, bemüht, die Tränen aus seiner Stimme zu verdrängen. »Wer ist da?«

Die Antwort drang ihm direkt ins Ohr, wie vom Interkom eines Helms. Eine männliche Stimme sagte: »Komm mit!«

Michel zuckte zurück und stieß gegen die Wand. Er starrte auf eine schwarze Silhouette.

Die Gestalt flüsterte: »Wir brauchen deine Hilfe.« Eine Hand packte seinen Arm, als er sich an die Wand presste. »Und du brauchst unsere.« Die Andeutung eines Lächelns in der Stimme, *die Michel nicht erkannte*!

Furcht schleuderte ihn in eine neue Welt. Plötzlich konnte er viel besser sehen, als ob die Berührung seines Besuchers seine Pupillen geöffnet hätte wie Kamerablenden. Ein hagerer dunkelhäutiger Mann. Ein Fremder. Erstaunen mischte sich in seine Angst; er stand auf und bewegte sich mit traumwandlerischer Sicherheit durch das Zwielicht, trat in seine Pantoffeln und folgte dem Fremden auf sein Drängen hin in den Korridor, wobei er die Leichtigkeit der geringen Schwere des Mars zum ersten Mal seit Jahren bewusst empfand. Der Gang schien mit grauem Licht gefüllt, obwohl er bemerkte, dass nur die nächtlichen Leuchtstreifen in Betrieb waren. Aber sie waren hell genug, wenn man Angst hatte. Sein Begleiter hatte kurze schwarze Dreadlocks, die ihm wie Stacheln vom Kopf abstanden. Er war klein, mager und hatte ein schmales Gesicht. Unzweifelhaft ein Fremder. Ein Eindringling aus einer der neuen Kolonien in der südlichen Hemisphäre, dachte Michel. Aber der Mann führte ihn mit ortskundiger Sicherheit und in tiefstem Schweigen durch Underhill, als wären sie in einem schwarzweißen Stummfilm. Er blickte auf seine Uhr. Sie zeigte nichts an. Der Zeitschlupf. Er wollte fragen: »Wer bist du?«, aber die Stille war so überwältigend, dass er sich nicht zum Sprechen überwinden konnte. Er brachte die Worte lautlos über die Lippen, und der Mann drehte sich um und sah ihn über die Schulter an. Das Weiße in seinen Augen leuchtete regelrecht im Dunkeln, die Nasenlöcher waren weite schwarze Löcher. »Ich bin der blinde Passagier«, wisperte er und grinste. Seine Eckzähne waren verfärbt. Sie waren aus Marssteinen, erkannte Michel plötzlich. Steinzähne in seinem Kopf. Er nahm Michel am Arm. Sie gingen auf die Schleuse zur Farm zu. »Wir brauchen da draußen Helme«, flüsterte Michel und zögerte.

»Nicht heute Nacht.« Der Mann öffnete die Schleusentür, und keine Luft strömte hinein, obwohl die Tür auf der anderen Seite offen war. Sie traten ein und gingen zwischen den schwarzen Reihen aus dichten Blättern. Die Luft war angenehm. Hiroko wird verärgert sein, dachte Michel.

Sein Führer war verschwunden. Weiter vorne sah Michel eine Bewegung und hörte ein helles leises Lachen. Es klang wie von einem Kind. Plötzlich kam Michel der Gedanke, dass das Fehlen von Kindern für das die Kolonie durchdringende

Gefühl der Sterilität verantwortlich war, dass sie Bauwerke errichten und Pflanzen ziehen konnten; jedoch würde dieses sterile Gefühl jeden Teil ihres Lebens durchdringen. Tief erschrocken ging er weiter auf das Zentrum der Farm zu. Es war warm und feucht, und die Luft stank nach nassem Schmutz, Dünger und Blättern. Licht schimmerte auf tausend Blattoberflächen, als wären die Sterne durch das klare Dach gefallen und hätten sich um ihn zusammengedrängt. Getreideähren raschelten, und die Luft stieg ihm zu Kopf wie Branntwein. Kleine Füße scharrten hinter den engen Reisfeldern. Sogar im Dunkeln war der Reis ein intensives schwärzliches Grün; und zwischen den Pflanzen erschienen kleine Gesichter, die auf Kniehöhe grinsten und verschwanden, wenn er sich ihnen zuwandte. Heißes Blut strömte ihm durch Gesicht und Hände, sein Blut wurde zu Feuer, und er trat drei Schritte zurück. Dann hielt er an und drehte sich um. Zwei nackte kleine Mädchen kamen durch die Schneise auf ihn zu, mit schwarzem Haar, dunklen Augen und schwarzer Haut, ungefähr drei Jahre alt. Ihre orientalischen Augen schimmerten in dem trüben Licht hell, ihre Mienen waren ernst. Sie nahmen ihn bei den Händen und drehten ihn um. Er erlaubte ihnen, ihn den Weg hinabzuführen, und sah sich erst die eine und dann die andere an. Jemand musste beschlossen haben, etwas gegen ihre Sterilität zu unternehmen. Während sie gingen, tauchten andere nackte kleine Kinder aus dem Gebüsch auf und drängten sich um ihn, sowohl Jungen wie Mädchen, einige davon etwas heller oder dunkler als die ersten zwei, meistens von der gleichen Farbe und alle im selben Alter. Neun oder zehn von ihnen begleiteten Michel zum Zentrum der Farm. Sie wimmelten mit raschen Schritten um ihn herum. Und dort im Zentrum des Labyrinths war eine kleine Lichtung, derzeit besetzt von etwa einem Dutzend Erwachsener, die, alle nackt, im

Kreis saßen. Die Kinder rannten zu ihnen, umarmten sie und setzten sich. Michels Pupillen weiteten sich im Schein des Sternenlichts und der schimmernden Blätter. Er erkannte Mitglieder des Farmteams; Iwao, Raul, Ellen, Rya, Gene, Evgenia – das ganze Farmteam, außer Hiroko selbst.

Nach kurzem Zögern zog Michel seine Pantoffeln aus, legte seine Kleider ab, legte sie auf die Pantoffeln und setzte sich an einer freien Stelle in den Kreis. Er wusste nicht, woran er hier teilnahm, aber das spielte keine Rolle. Einige nickten ihm zur Begrüßung zu; und Ellen und Evgenia, die links und rechts von ihm saßen, berührten ihn an den Armen. Plötzlich sprangen die Kinder auf und liefen zusammen quietschend und kichernd eine Schneise hinunter. Sie kamen zurück in einem dichten Knäuel um Hiroko, die in die Mitte des Kreises trat, ihre nackte Gestalt dunkel in der Dunkelheit. Von den Kindern gefolgt, ging sie langsam in dem Kreis herum und streute aus ihren zwei ausgestreckten Fäusten ein bisschen Erde in die ausgestreckten Hände aller Personen. Michel hielt seine Hände zusammen mit Ellen und Evgenia hin, als sie näher kam, und starrte auf ihre schimmernde Haut. Er war einmal am nächtlichen Strand von Villefranche an einer Schar afrikanischer Frauen vorbeigekommen, die in den phosphoreszierenden Wellen planschten, weißes Wasser auf schwarzer glänzender Haut …

Die Erde in seiner Hand war warm und roch nach Rost. Hiroko sagte: »Dies ist unser Körper.« Sie ging zur anderen Seite des Kreises, gab den Kindern je eine Handvoll Erde und schickte sie zurück, um zwischen den Erwachsenen Platz zu nehmen. Sie setzte sich Michel gegenüber hin und fing an, auf Japanisch zu singen. Evgenia beugte sich hinüber und flüsterte Michel eine Übersetzung oder wohl eher Erklärung ins Ohr. Sie feierten die Areophanie, eine Zeremonie, die sie unter

Hirokos Anleitung und Inspiration geschaffen hatten. Es war eine Art Landschaftsreligion, ein Bewusstsein vom Mars als physischen Raum, der erfüllt war von *kami*, der spirituellen Energie, die im Lande selbst ruhte. *Kami* manifestierte sich am augenfälligsten in bestimmten außergewöhnlichen Objekten in der Landschaft – Steinsäulen, isolierten Kraterauswürfen, steilen Klippen, seltsam geglätteten Kraterwänden und den breiten runden Gipfeln der großen Vulkane. Diese intensiven Ausprägungen des Mars-*kami* hatten eine terrestrische Analogie in den Kolonisten selbst, der Kraft, die Hiroko *viriditas* nannte, der wachsenden fruchttragenden inneren Kraft, die weiß, dass die wilde Welt selbst heilig ist. *Kami, viriditas,* es war die Kombination dieser heiligen Kräfte, die es Menschen gestattete, hier sinnvoll zu existieren.

Als Michel hörte, wie Evgenia das Wort »Kombination« flüsterte, fielen alle Ausdrücke sofort in ein semantisches Rechteck: *kami* und *viriditas,* Mars und Erde, Hass und Liebe, Abwesenheit und Sehnsucht. Dann drehte sich das Kaleidoskop weiter, und die ganzen semiotischen Vierecke rückten auf ihren Platz, alle Antinomien fügten sich zu einer einzigen schönen Rose zusammen, das Herz der Areophanie, *kami,* durchströmt von *viriditas,* beide zur gleichen Zeit völlig rot und völlig grün. Ihm blieb der Mund offen stehen, seine Haut brannte. Er konnte und wollte das nicht erklären. Sein Blut war wie Feuer in den Adern.

Hiroko hörte mit dem Gesang auf, führte die Hand zum Mund und aß die Erde darin. Alle anderen taten es ihr gleich, auch Michel hob die Hand ans Gesicht. Ziemlich viel Schmutz zu essen; aber er streckte die Zunge heraus, leckte die Hälfte davon auf und fühlte einen kurzen elektrischen Schauer, als er sie gegen den Gaumen rieb und das körnige Zeug vor und zurück schob, bis es Schlamm war. Es schmeckte salzig und rostig, mit einer unangenehmen Spur von faulen Eiern und Chemikalien. Er schluckte es hinunter und würgte fast. Dann verschlang er die zweite Hälfte. Aus dem Kreis der Feiernden kam während des Essens ein ungleichmäßiges Summen. Vokale verschoben sich nacheinander, aaaa, oooo, iiiii, eeee, uuuu, wobei sie bei jedem Vokal wohl eine Minute lang verweilten und der Ton sich in zwei, manchmal drei Teile aufspaltete und Obertöne seltsame Harmonien bildeten. Hiroko fing an, über diesem Lied zu rezitieren. Alle standen auf, Michel rappelte sich mit ihnen hoch. Sie bewegten sich zusammen in das Zentrum des Kreises. Evgenia und Ellen nahmen Michel bei den Armen und zogen ihn mit. Sie pressten sich alle um Hiroko aneinander in eine Masse eng gedrängter Leiber, die Michel so umringten, dass warme Haut von allen Seiten gegen ihn gedrückt wurde. Dies ist unser Leib. Viele küssten sich mit geschlossenen Augen. Langsam bewegten und drehten sie sich, um maximalen Kontakt zu halten, während sie zu neuen kinetischen Konfigurationen übergingen. Drahtiges Schamhaar kitzelte seinen Hintern, und er fühlte etwas, das ein erigierter Penis sein konnte, an der Hüfte. Die Erde lag ihm schwer im Magen, und er fühlte sich benommen. Sein Blut war Feuer, und seine Haut fühlte sich an wie ein praller Ballon mit einer Flamme im Innern. Über ihnen waren erstaunlich viele Sterne, und jeder hatte seine eigene Farbe, grün oder rot oder blau oder gelb. Sie sahen aus wie Funken.

Er war ein Phoenix. Hiroko selbst drückte sich an ihn, und er erhob sich im Mittelpunkt des Feuers, bereit zur Wiedergeburt. Sie hielt seinen neuen Körper eng umschlungen und drückte ihn. Sie war groß und schien nur aus Muskeln zu bestehen. Sie blickte ihm direkt in die Augen. Er spürte ihre Brüste an seinen Rippen, und ihr Schambein presste sich hart an seinen Schenkel. Sie küsste ihn, wobei ihre Zunge seine

Zähne berührte. Er schmeckte den Schmutz und empfand dann urplötzlich nur noch sie. Für den Rest seines Lebens sollte die Erinnerung an dieses Gefühl ausreichen, um ihm eine Erektion zu verpassen. Aber in diesem Moment war er allzu überwältigt und völlig entflammt.

Hiroko legte den Kopf zurück und schaute ihn wieder an. In seinen Lungen zischte der Atem hinein und heraus. Sie sagte auf Englisch in einem formellen, aber freundlichen Ton: »Dies ist deine Einweihung in die Areophanie, die Feier des Mars-Körpers. Sei willkommen! Wir verehren diese Welt. Wir beabsichtigen, hier einen Ort für uns selbst zu schaffen, einen Ort, der auf eine neue marsianische Weise schön ist, eine Weise, die man nie auf Erden gesehen hat. Wir haben im Süden ein verstecktes Refugium errichtet und brechen jetzt dahin auf.

Wir kennen und lieben dich. Wir wissen, dass du unsere Hilfe brauchen kannst. Wir wissen, dass wir deine Hilfe brauchen können. Wir wollen genau das erschaffen, wonach du dich sehnst und was du hier vermisst hast. Aber alles in neuen Formen. Denn wir können nie zurückkehren. Wir müssen vorwärts schreiten. Wir müssen unseren eigenen Weg finden. Wir brechen heute Nacht auf. Wir wollen, dass du mit uns kommst.«

Und Michel sagte: »Ich werde kommen.«

FÜNFTER TEIL

GESCHICHTE MACHEN

Die Geräte im Labor summten leise. *Pulte, Tische und Bänke waren mit Sachen überhäuft, die weißen Wände gedrängt voller Graphiken, Plakaten und ausgeschnittener Cartoons, die alle unter heller künstlicher Beleuchtung vibrierten. Wie jedes andere Labor war es irgendwie sauber und irgendwie unordentlich. Das einzige Fenster in der Ecke war schwarz und reflektierte das Innere. Draußen war Nacht. Das ganze Gebäude war nahezu leer.*

Aber zwei Männer in Laborkitteln standen an einer Bank und beugten sich vor, um einen Computerbildschirm zu betrachten. Der kleinere der beiden drückte mit einem Zeigefinger auf die Tastatur unter dem Schirm, und das Bild wechselte. Grüne Korkenzieher auf schwarzem Grund, die so verschnörkelt waren, dass sie dreidimensional wirkten, als wäre der Bildschirm ein Kasten. Das Bild aus einem Elektronenmikroskop. Was sie sahen hatte einen Durchmesser von ein paar Mikrons.

Der kleinere Wissenschaftler sagte: »Sie sehen, es ist eine plasmidische Reparatur der Gensequenz. Brüche in den ursprünglichen Strängen sind identifiziert. Austauschsequenzen sind synthetisiert; und wenn große Mengen dieser Austauschsequenzen in die Zelle eingeführt werden, sieht man die Brüche als Ansatzstellen, und die Ergänzungen binden sich an die Originale.«

»Führen Sie die durch Transformation ein? Elektroportation?«

»Transformation. Behandelte Zellen werden mit einer künstlichen Kompetenz injiziert, und die Reparaturstränge machen einen konjugalen Transfer.«

»In vivo?«

»In vivo.«

Ein leiser Pfiff. »Also können Sie alles reparieren? Zellteilungsfehler?«

»Ja.«

Die beiden Männer starrten die Korkenzieher auf dem Schirm an, die hin und her wedelten wie die neuen Spitzen von Weinranken in einer Brise.

»Haben Sie Beweise?«

»Hat Vlad Ihnen diese Mäuse im Nachbarraum gezeigt?«

»Allerdings.«

»Diese Mäuse sind fünfzehn Jahre alt.«

Ein neuer Pfiff.

Sie gingen nach nebenan in das Mäusezimmer und sprachen leise miteinander unter dem Summen der Maschinen. Der Größere blickte neugierig in einen Käfig, wo Fellknäuel unter Holzspänen atmeten. Als sie wieder gingen, schalteten sie die Lichter in beiden Räumen aus. Das Flimmern des Elektronenmikroskopschirms erhellte das erste Labor und verlieh ihm einen grünlichen Schein. Die Forscher traten ans Fenster und unterhielten sich leise. Sie blickten hinaus. Der Himmel war schon purpurn vom herannahenden Tag. Sterne verschwanden. Fern am Horizont stand ein schwarzes Massiv, der abgeflachte Berg eines riesigen Vulkans. Olympus Mons, der größte Berg im Sonnensystem.

Der größere Wissenschaftler schüttelte den Kopf. »Das ändert alles.«

»Ich weiß.«

Vom Boden des Schachts aus wirkte der Himmel wie eine helle rosa Münze. Der Schacht war rund, hatte einen Kilometer Durchmesser und war sieben Kilometer tief. Aber vom Boden aus wirkte er viel enger und tiefer. Die Perspektive spielt dem menschlichen Auge viele Tricks.

Zum Beispiel sah dieser Vogel, der von dem runden rosa Punkt des Himmels herunterflog, so groß aus. Aber es war kein Vogel. »Hey!«, rief John. Der Direktor des Schachts, ein Japaner mit rundem Gesicht namens Etsu Okakura, sah ihn an; und durch ihre beiden Frontscheiben konnte John das nervöse Grinsen des Mannes erkennen. Einer seiner Zähne war verfärbt.

Okakura schaute auf. »Da fällt etwas«, sagte er schnell, und dann: »Lauf!«

Sie machten kehrt und rannten über den Boden des Schachtes. John stellte fest, dass, obwohl das meiste lose Gestein von dem schwarzen Basalt beseitigt war, man den Boden des Schachts nicht vollkommen eben gemacht hatte. Winzige Krater und Böschungen machten immer mehr Schwierigkeiten, als er schneller wurde. In diesem Moment primitiver Flucht wurden die in der Kindheit geformten Instinkte wieder aktiviert; und er stieß sich bei jedem Schritt zu hart ab, sodass er auf unbekanntem Gelände heftig aufschlug und sich dann wieder wild abstieß, ein verrücktes Rennen, bis er schließlich mit dem Zeh hängenblieb, die Kontrolle verlor und zwischen die gezackten Steine krachte, die Arme nach oben reißend, um seine Visierscheibe zu retten. Es war wenig tröstlich zu sehen, dass Okakura auch hingefallen war. Zum Glück ließ ihnen die gleiche Schwere, die sie zu Fall gebracht hatte, auch mehr Zeit zum Ausweichen. Das herunterfallende Objekt war noch nicht aufgeschlagen. Sie standen auf und rannten weiter. Okakura fiel wieder hin. John blickte zurück und sah, wie ein heller metallischer Wisch auf den Fels traf; und dann kam der Ton des Aufpralls, ein solides *Wumm*, wie ein Schlag. Silbrige Stücke spritzten weg, manche in ihre Richtung. Er blieb stehen und suchte den Himmel nach Bruchstücken ab, die auf ihn zuflogen. Alles war still.

Ein großer hydraulischer Zylinder kam herunter und prallte, sich überschlagend, links von ihnen auf. Sie zuckten beide zusammen. Keiner von ihnen hatte ihn kommen sehen.

Danach herrschte Stille. Sie blieben fast eine Minute lang stehen. Boone bewegte sich als erster. Er schwitzte. Sie trugen Druckanzüge, aber mit 49 Grad Celsius war der Boden des Schachtes die heißeste Stelle auf dem Mars, und die Isolation des Anzugs war gegen Kälte gedacht. Boone machte eine Bewegung, um Okakura auf die Beine zu helfen, hielt aber inne. Der Mann würde wohl lieber alleine aufstehen, als Boone ein *giri* für die Hilfe zu schulden. Falls Boone das richtig verstand. Stattdessen sagte er: »Sehen wir uns das mal an.«

Okakura stand auf, und sie gingen über den schwarzen Basalt zurück. Der Schacht war vor langer Zeit in solides Urgestein gebohrt worden und reichte jetzt etwa zwanzig Prozent durch die Lithosphäre. Auf dem Grund war es erdrückend heiß, als wären die Anzüge überhaupt nicht isoliert. Einzig die Luftversorgung des Anzugs brachte Boone eine willkommene Abkühlung für Gesicht und Lungen. Eingerahmt von den dunklen Wänden des Schachts war der rötliche Himmel in der Höhe sehr hell. Sonnenschein erhellte auch einen kurzen kegelförmigen Abschnitt der Wand. Im Mittsommer könnte die Sonne bis ganz herunter scheinen – ah, nein, sie befanden sich südlich vom Wendekreis des Steinbocks. Hier unten herrschte immer Schatten.

Sie näherten sich dem Wrack. Es war ein Robotlastwagen für Abraum gewesen, der Gestein die Straße hinaufschaffte, die spiralförmig in die Wand des Schachts geschnitten war. Stücke des Wagens waren gemischt mit rohen Felsblöcken. Manche waren hundert Meter weit von der Aufschlagstelle weggeschleudert worden. Darüber hinaus waren Trümmer selten. Der Zylinder, der an ihnen vorbeigeflogen war, musste irgendwie unter Druck abgeschossen worden sein.

Ein Haufen aus Magnesium, Aluminium und Stahl, alles schrecklich verdreht. Das Magnesium und Aluminium war zum Teil geschmolzen. Boone fragte: »Glaubst du, dass er die ganze Strecke von oben heruntergefallen ist?«

Okakura antwortete nicht. Boone sah ihn an. Der Mann vermied absichtlich seinen Blick. Vielleicht war er erschrocken. Boone sagte: »Zwischen dem Augenblick, wo ich es entdeckt habe, und dem Aufschlag müssten es etwa dreißig Sekunden gewesen sein.«

Bei etwa drei Metern pro Sekundenquadrat war das mehr als genug Zeit gewesen, um die Endgeschwindigkeit zu erreichen. Also war es mit etwa zweihundert Kilometern pro Stunde aufgeschlagen. Nicht schlecht. Auf der Erde wäre es in weniger als der halben Zeit heruntergekommen und hätte sie erwischt. Zum Teufel, wenn er nicht zufällig nach oben geschaut hätte, hätte das Ding sie wirklich treffen können! Er rechnete kurz nach. Es war vermutlich auf halber Schafthöhe gewesen, als er es gesehen hatte. Aber da hätte es schon ziemlich lange im Fall gewesen sein können.

Boone umrundete langsam den Schrotthaufen. Der Wagen war auf seiner rechten Seite gelandet. Die linke Seite war deformiert, aber noch erkennbar. Okakura kletterte auf das Wrack hinauf und deutete dann auf eine schwarze Stelle hinter dem linken Vorderreifen. John folgte ihm und kratzte mit der Kralle des Zeigefingers seines rechten Handschuhs an dem Metall. Das Schwarze war Ruß. Eine Ammoniumnitrat-Explosion. Der Wagen war dort eingebeult wie mit einem Hammer. »Eine gut dimensionierte Ladung«, bemerkte John.

»Ja«, sagte Okakura und räusperte sich. Er war erschrocken, das stand fest. Na ja, der erste Mann auf dem Mars war beinahe getötet worden, während er für ihn verantwortlich war; und er selbst natürlich auch. Was davon ihm wohl mehr Sorgen machte? »Genug, um den Lastwagen von der Straße wegzustoßen«, sagte er.

»Ja. Wie ich bereits sagte, wir erhielten Berichte über Sabotage.«

Okakura runzelte die Stirn hinter seiner Visierscheibe. »Aber wer? Und warum?«

»Ich weiß nicht. Könnte irgendjemand in deinem Team psychische Schwierigkeiten haben?«

»Nein.« Okakuras Gesicht war betont ausdruckslos. Jede Gruppe aus mehr als fünf Personen hatte ein problematisches Mitglied, und Okakuras kleine Industriestadt zählte fünfhundert Einwohner.

»Das ist der sechste Fall, den ich erlebt habe«, sagte John. »Aber der erste aus solcher Nähe.« Er lachte. Das Bild des vogelähnlichen Punktes im roten Himmel kam ihm wieder in den Sinn. »Es wäre leicht gewesen, eine Bombe an dem Lastwagen zu befestigen, ehe er nach unten ging. Um sie dann mithilfe einer Uhr oder eines Höhenmessers zur Explosion zu bringen.«

»Du denkst an Rote.« Okakura sah erleichtert aus. »Wir haben von denen gehört. Aber es ist …« Er zuckte die Achseln. »Verrückt.«

»Ja.« John kletterte vorsichtig vom Wrack herunter. Sie gingen quer über den Boden zu dem Wagen, mit dem sie heruntergekommen waren. Okakura sprach auf einer anderen Frequenz mit den Leuten oben am Schacht.

John blieb bei der zentralen Grube stehen, um sich ein letztes Mal umzuschauen. Die reine Größe des Schachts war schwer zu fassen. Das gedämpfte Licht und vertikale Linien erinnerten ihn an eine Kathedrale. Aber alle jemals erbauten Kathedralen hätten wie Puppenhäuser auf dem Boden dieses großen Lochs Platz gefunden. Der surreale Maßstab ließ ihn blinzeln, und er stellte fest, dass er den Kopf zu lange in den Nacken gelegt hatte.

Sie fuhren die in die Wand eingelassene Straße bis zum ersten Aufzug hoch, verließen den Wagen und stiegen in die Kabine. Sie fuhren nach oben. Sie mussten siebenmal aussteigen und auf der Schachtstraße zum nächsten Aufzug gehen. Das sie umgebende Licht wurde gewöhnlichem Tageslicht immer ähnlicher. Auf der gegenüberliegenden Seite konnten sie erkennen, wo die Wand von der doppelten Spirale der zwei Straßen eingekerbt war. Gewinderillen in einem enormen Schraubenloch. Der Boden des Schachts war im Dunkel verschwunden. John konnte nicht einmal mehr den Lastwagen ausmachen.

In den letzten beiden Aufzügen bewegten sie sich durch Regolith. Erst Megaregolith, der wie zertrümmertes Urgestein aussah, und dann eigentlicher Regolith, dessen Steine, Kies und Eis alle hinter einer Betonsperre verborgen waren, einer großen gekrümmten Mauer, die wie ein Damm aussah und so weit zurückgesetzt war, dass der letzte Aufzug praktisch eine Zahnradbahn war. Sie krochen an einer Seite dieses riesigen Trichters hoch – der Badewannenabfluss des Großen Mannes, hatte Okakura auf dem Weg nach unten gesagt – und kamen schließlich an die Oberfläche, in die Sonne.

Boone stieg aus der Zahnradbahn aus und blickte zurück nach unten. Der Regolithdamm sah wie die Innenwand eines sehr glatten Kraters aus, an der eine zweispurige Straße in Spiralen nach unten führte. Aber der Krater hatte keinen Boden. Eine Tiefenbohrung, ein zweites Mohole-Projekt. Er konnte ein kleines Stück in den Schacht hineinblicken, aber die Wand lag im Schatten, und nur die spiralige Straße nach unten fing etwas Licht auf, sodass sie wie eine freistehende Wendeltreppe aussah, die durch leeren Raum zum Kern des Planeten führte.

Drei der riesigen Abraumlastwagen arbeiteten sich langsam das letzte Stück der Straße herauf, voll mit schwarzen Felsbrocken. Derzeit brauchten sie fünf Stunden, um die Fahrt vom Boden des Schachts zu bewältigen, sagte Okakura. Fertigung und Betrieb erforderten kaum Personal. Die Bewohner der Stadt mussten sich nur um Programmierung, Aufbau, Wartung und Fehlerbeseitigung kümmern. Und jetzt auch noch um Sicherheit.

Die Stadt hieß Senzeni Na und dehnte sich über den Boden des tiefsten Canyons von Thaumasia Fossae aus. Dem Loch am nächsten befand sich das Industriegebiet. Hier wurde der größte Teil der Geräte für den Abbau hergestellt und das Gestein aus dem Loch, das wertvolle Metalle enthielt, verarbeitet. Boone und Okakura betraten die Randstation, wechselten aus ihren Druckanzügen in kupferbeschichtete Overalls und gingen dann durch eine der hellen Röhren, die alle Gebäude der Stadt verbanden. Darin war es kalt und sonnig, und alle Leute trugen Kleidung mit einer Außenschicht aus Kupferfolie, die bei den Japanern das Neuste in Sachen Strahlenschutz war. Kupferne Kreaturen bewegten sich in durchsichtigen Röhren wie in einem gigantischen Ameisenhaufen, dachte Boone. Über ihnen gefror eine thermale Wolke zu Raureif und schoss in die Höhe wie Dampf aus einem Ventil, bis sie von Höhenwinden erfasst und zu einer langen flachen Schleppe verblasen wurde.

Die eigentlichen Wohnbereiche der Stadt waren in die Südostwand des Canyons eingegraben worden. Ein großer rechteckiger Abschnitt der Klippe war durch Glas ersetzt worden. Dahinter befand sich ein hoher offener Platz vor fünf Stockwerken terrassierter Apartments.

Sie gingen über den Platz, und Okakura führte Boone hinauf zu den Stadtbüros im fünften Stock. Eine kleine Schar besorgt aussehender Leute folgte ihnen. Sie redeten mit Okakura und untereinander. Alle gingen durch das Büro und hinaus auf dessen Balkon. John beobachtete genau, wie Okakura auf Japanisch schilderte, was passiert war. Einige seiner Zuhörer sahen nervös aus, und die meisten vermieden es, John in die Augen zu schauen. Hatte das fast geschehene Unglück genügt, um *giri* zu bewirken? Es war wichtig, ihnen deutlich zu zeigen, dass sie sich nicht öffentlich bloßgestellt zu fühlen brauchten oder dergleichen. Schande war für den Japaner eine schlimme Sache; und Okakura machte allmählich ein unglückliches Gesicht, als würde er glauben, es wäre sein Fehler gewesen.

»Es muss keiner von hier gewesen sein. Es hätten ebenso gut Außenseiter gewesen sein können«, wagte John sich vor. Er machte einige Vorschläge für künftige Sicherheit. »Der Rand ist eine perfekte Sperre. Richtet ein Alarmsystem ein, und ein paar Leute an der Randstation könnten ein Auge sowohl auf das System als auch die Aufzüge haben. Eine Zeitverschwendung, aber sie ist notwendig, denke ich.«

Schüchtern fragte ihn Okakura, ob er jemanden wüsste, der für die Sabotage verantwortlich sein könne. Boone zuckte die Achseln. »Tut mir leid, keine Ahnung. Wahrscheinlich Leute, die gegen die Tiefbohrungen sind.«

»Aber die Moholes werden schon gegraben«, sagte jemand.

»Ich weiß. Ich nehme an, es ist symbolisch.« Er grinste. »Aber wenn ein Lastwagen jemanden zermalmt, wäre das ein schlimmes Symbol.«

Sie nickten ernst. Er wünschte sich Franks Leichtigkeit mit Fremdsprachen. Es wäre gut, sich mit diesen Leuten besser verständigen zu können. Sie waren schwer zu durchschauen. Undurchsichtig, rätselhaft.

Sie fragten, ob er sich hinlegen wolle.

Er sagte: »Mir geht es gut. Das Ding hat uns verfehlt. Wir werden das untersuchen müssen, aber lasst uns für heute nach dem vorgesehenen Plan weitermachen.«

Also führten Okakura und einige Männer und Frauen ihn zu einem Rundgang durch die Stadt, und er besuchte fröhlich Labors, Besprechungs- und Aufenthaltsräume und Speisesäle. Er nickte, schüttelte Hände und sagte Hallo!, bis er sicher war, mehr als fünfzig Prozent der Einwohner von Senzeni Na getroffen zu haben. Die meisten hatten noch nicht von dem Vorfall in dem Loch gehört, und alle waren erfreut, ihn kennenzulernen, mit ihm zu reden oder ihm etwas zu zeigen. Das geschah überall, wohin er kam, und erinnerte ihn unangenehm an die Jahre im Goldfischglas zwischen seiner ersten und zweiten Reise.

Aber er waltete seines Amtes. Eine Stunde Arbeit, dann vier Stunden als Der Erste Mensch auf dem Mars – das übliche Verhältnis. Und als der Nachmittag in den Abend überging und die ganze Stadt zu einem Bankett zu Ehren seines Besuches versammelt war, lehnte er sich zurück und spielte geduldig seine Rolle. Das bedeutete vor allem guter Laune zu sein – an diesem Abend keine leichte Aufgabe. Tatsächlich gönnte er sich eine Pause und ging ins Bad seiner Unterkunft, um eine Kapsel zu schlucken, die Vlads Mediziner in Acheron hergestellt hatten. Es war eine Droge, die sie Omegendorph genannt hatten, eine synthetische Mischung aller Endorphine und Opiate, die sie in der natürlichen Chemie des Gehirns gefunden hatten und das Wohlbefinden mehr steigerte, als Boone für möglich gehalten hätte.

Er kehrte viel entspannter zum Bankett zurück. Sogar mit einem gewissen Leuchten in den Augen. Schließlich war er dem Tode entronnen, indem er wie wild gerannt war! Ein paar Endorphine mehr waren durchaus angebracht. Er ging lässig von Tisch zu Tisch und stellte dabei Fragen. Das war es, was die Leute mochten und ihnen das festliche Gefühl gab, das eine Begegnung mit John Boone mit sich bringen sollte. John freute sich, dass er dazu imstande war. Es war der Teil seines Berufs, der Berühmtheit erträglich machte. Denn wenn er Fragen stellte, überschlugen sich die Leute förmlich, um zu antworten. Es war wirklich eigenartig, als wären seine Gesprächspartner bemüht, das Ungleichgewicht zu beheben, das sie in der Situation empfanden, denn sie wussten so viel über ihn, er dagegen nur wenig über sie. Wenn er seine Gegenüber richtig einschätzte und zur richtigen Zeit das Richtige sagte, bekam er eine Flut persönlicher Informationen. Zeugnisse, Urteile, Bekenntnisse.

So verbrachte Boone den Abend damit, etwas über das Leben in Senzeni Na zu erfahren. Und danach wurde er in seine große Gästesuite geführt. Die Räume waren dick mit lebendem Bambus verkleidet, und das Bett schien aus einem Stamm davon geschnitzt zu sein. Als er allein war, schloss er seinen Computer ans Telefon an und rief Sax Russell an.

Russell befand sich in Vlads neuem Hauptquartier, einem Forschungskomplex, der in einer spektakulären flossenartigen Felsrippe in den Acheron Fossae nördlich von Olympus Mons untergebracht war. Sax verbrachte dort jetzt seine ganze Zeit und studierte Gentechnik wie ein Erstsemester. Er war davon überzeugt, dass Biotechnik der Schlüssel zum Terraforming wäre; und er war entschlossen, sich so viel Wissen darüber anzueignen, dass er aktiv zu diesem Teil des Unternehmens beitragen konnte, trotz des Umstands, dass er Physiker war. Moderne Biologie galt als irgendwie schleimig, deswegen mochten viele Physiker sie nicht. Aber die Wissenschaftler in Acheron sagten, Sax würde schnell lernen; und John glaubte das. Sax selbst spielte seine Fortschritte immer herunter, aber es war klar, dass er bereits viel erreicht hatte. Er redete die ganze Zeit darüber: »Wir müssen das Wasser und den Stickstoff aus dem Boden und Kohlendioxid aus der Luft bekommen. Um das zu schaffen, brauchen wir eine Menge Biomasse.« Und so schuftete er an seinem Computer und in den Labors.

Sax hörte sich Boones Bericht mit gewohnt undurchdringlicher Miene an. Er sieht aus wie die Parodie eines Wissenschaftlers, dachte John. Er trug sogar einen Laborkittel. Als er sein charakteristisches Zwinkern sah, musste John an eine Geschichte denken, die er von einem Assistenten von Sax gehört hatte, der sie einer lachenden Zuhörerschaft auf einer Party erzählte: »Bei einem geheimen Experiment wurde hundert Laborratten ein die Intelligenz steigernder Stoff injiziert, und alle wurden zu Genies. Doch das Experiment ging schief, die Ratten revoltierten und nahmen den Wissenschaftler gefangen. Sie banden ihn fest und injizierten ihm ihr gesamtes Wissen, ihren gesamten Verstand, mit einer Methode, die sie spontan entwickelt hatten. Heraus kam Saxifrage Russell in seinem weißen Kittel, immer blinzelnd, zuckend, wissbegierig und an sein Labor gefesselt. Sein Verstand ist die Summe der Gehirne von hundert hyperintelligenten Ratten, und wie eine

Laborratte ist er nach einer Pflanze benannt wurden. Er ist die Rache der Laborratten an der Menschheit!«

Das erklärte vieles. John lächelte, als er seinen Bericht beendete, und Sax neigte den Kopf nachdenklich zur Seite. »Denkst du, dass dieser Lastwagen dich hatte töten sollen?«

»Ich weiß es nicht.«

»Wie wirken die Leute dort auf dich?«

»Eingeschüchtert.«

»Glaubst du, dass sie mit drinstecken?«

John zuckte die Achseln. »Das bezweifle ich. Sie sind wahrscheinlich eher besorgt, was als Nächstes passiert.«

Sax streckte die Hand aus und sagte sanft: »Sabotage kann das Projekt nicht im Mindesten aufhalten.«

»Ich weiß.«

»Wer macht es also, John?«

»Ich weiß es nicht.«

»Meinst du, es könnte Ann sein? Ist sie ein neuer Prophet geworden wie Hiroko oder Arkady, mit Jüngern und einem Auftrag und so weiter?«

»Auch du hast Jünger und einen Auftrag«, erinnerte ihn John.

»Aber ich sage meinen Anhängern nicht, dass sie Sachen kaputtmachen und versuchen sollen, Leute umzubringen.«

»Manche Leute denken, du versuchst, den Mars zu zerstören. Und bestimmt werden beim Terraforming Menschen Unfälle erleiden und sterben.«

»Was willst du damit sagen?«

»Ich wollte dich bloß daran erinnern und versuchen, dir verständlich zu machen, warum jemand das tun könnte.«

»Also denkst du, Ann steckt dahinter.«

»Oder Arkady oder Hiroko oder irgendjemand in den neuen Kolonien, von dem wir noch nie gehört haben. Es gibt hier jetzt eine Menge Leute. Und eine Menge Gruppierungen.«

»Ich weiß.« Sax ging an eine Anrichte und trank seinen alten, angestoßenen Kaffeebecher aus. Schließlich sagte er: »Es wäre gut, wenn du herausfinden könntest, wer es ist. Fahr ein bisschen herum und hör dich um! Geh und sprich mit Ann! Bring sie zur Vernunft! Ich kann mit ihr nicht einmal mehr reden«, klagte er.

John starrte ihn an, überrascht durch diesen emotionalen Ausbruch. Sax hielt sein Schweigen für Zögern und fuhr fort: »Ich weiß, es ist nicht gerade dein Ding; aber jeder wird gerne mit dir sprechen. Du bist praktisch als Einziger übriggebliben, von dem man das sagen kann. Ja, du bist mit dem Mohole-Projekt beschäftigt; aber du kannst ja deinen Teil der Arbeit an deine Leute abgeben und weiterhin die Bohrlöcher besuchen, um dich umzuhören. Es gibt sonst wirklich niemanden, der das machen könnte. Es gibt keine richtige Polizei, an die man sich wenden könnte. Obwohl die UNOMA, wenn es zu weiteren Vorfällen kommen sollte, sicher für eine sorgen wird.«

»Oder die Transnationalen.« Boone überlegte. Der Anblick dieses vom Himmel fallenden Lastwagens ... »In Ordnung. Ich werde auf jeden Fall mit Ann sprechen. Danach sollten wir zusammenkommen und über Sicherheit für alle Terraformingprojekte reden. Wenn wir verhindern können, dass noch mehr passiert, wird die UNOMA die Füße stillhalten.«

»Danke, John!«

Boone trat auf den Balkon seiner Suite. Der Platz war voller Hokkaido-Kiefern, die Luft von Harz geschwängert. Kupferne Gestalten gingen unten zwischen den Baumstämmen umher. Boone überdachte die neue Lage. Inzwischen arbeitete er schon seit zehn Jahren für Russell und das Terraforming, leitete die Tiefbohrungen, machte Öffentlichkeitsarbeit und dergleichen. Er hatte Freude an der Arbeit, war aber nicht maßgeblich an der Forschung beteiligt oder traf irgendwelche Entscheidungen. Er wusste, dass viele Leute ihn nur für die Galionsfigur der Kampagne hielten, einen prominenten Werbeträger für die Verbraucher drunten auf der Erde, einen blöden Weltraumjockey, der einmal Glück gehabt hatte und nun für immer davon lebte. Das machte John nichts aus. Es gab immer kleine Wadenbeißer, die meckerten und alle auf ihr Niveau hinabziehen wollten. Damit konnte er leben, zumal sie in seinem Fall im Unrecht waren. Seine Macht war beträchtlich, auch wenn vielleicht nur er ihren vollen Umfang erkennen konnte, da sie aus einer endlosen Folge persönlicher Begegnungen bestand, aus dem Einfluss, den er über das hatte, was die Leute nach solchen Gesprächen taten. Schließlich war Macht keine Sache der Berufsbezeichnung. Macht war ein Zusammenwirken von Überzeugungskraft, Bewegungsfreiheit, Ansehen und Einfluss. Die Galionsfigur stand schließlich ganz vorn und wies den Weg.

Trotz alledem hatte es mit dieser neuen Aufgabe eine besondere Bewandtnis, das konnte er schon jetzt fühlen. Es war problematisch, schwierig, vielleicht gewagt ... vor allem herausfordernd. Eine neue Herausforderung. Das gefiel ihm. Als er wieder in seine Suite und zu Bett ging, fiel ihm ein, dass er jetzt nicht nur der erste Mensch auf dem Mars sein würde, sondern auch der erste Ermittler. Er grinste bei diesem Gedanken, und die letzten Nachwirkungen des Omegendorphs ließen seine Nerven wohlig erschauern.

Ann Clayborne machte gerade eine Vermessung in den Bergen, die das Argyre-Becken umgeben, also konnte sich John einen Gleiter nehmen und von Senzeni Na zu ihr fliegen. Er stieg am nächsten Morgen mit dem Aufzugsballon am Anlegemast zu dem ständig über der Stadt schwebenden Luftschiff auf und freute sich, dass er immer weiter über die großen Canyons von Thaumasia sehen konnte, als er emporglitt. Aus dem Luftschiff ließ er sich in das Cockpit eines der Gleiter hinab, die an der Unterseite hingen. Nachdem er sich angeschnallt hatte, hakte er den Gleiter aus, der wie ein Stein fiel, bis er ihn über die warmen Winde aus dem Mohole brachte, die ihn heftig in die Höhe stießen. Er gewann mühsam die Kontrolle und legte das große Ultraleichtflugzeug in eine steile Aufwärtskurve. Er schrie laut auf vor Vergnügen, während er gegen die heftigen Windstöße ankämpfte. Es war, als ritte man auf einer Seifenblase über ein Freudenfeuer.

In fünftausend Metern löste sich die warme Wolke aus dem Mohole auf und wurde vom Wind nach Osten hin davongetragen. John glitt aus seiner Spirale und nahm Kurs nach Südosten. Er spielte mit dem Gleiter, um ein Gefühl für ihn zu bekommen. Er würde sorgfältig auf die Winde achten müssen, um es bis Argyre zu schaffen.

Er hielt auf den schmutzig gelben Fleck der Sonne zu. Wind zischte über die Flügel. Das Land unter ihm war dunkelorange, das zum Horizont hin immer heller wurde. Das Südliche Hochland war in jeder Richtung von Kratern übersät und hatte dieses grobe, urtümliche mondartige Aussehen, typisch für diese pockennarbigen Landschaften. John flog gern darüber hinweg. Er steuerte automatisch und konzentrierte sich ganz auf das Land unter ihm. Es war ein Hochgenuss, sich zurückzulehnen und zu fliegen, den Wind auf den Flügeln zu spüren, als wäre er direkt unter seinen Armen, das Land zu betrachten und an gar nichts zu denken. Sie schrieben das Jahr 2047 (oder »M-Jahr 10«, wie er es normalerweise nannte), John war vierundsechzig und der berühmteste lebende Mensch seit fast dreißig Jahren. Und jetzt war er am glücklichsten, wenn er allein war und flog.

Nach einer Stunde dachte er über sein neues Vorhaben nach. Es war wichtig, dass er sich nicht in Sherlock-Holmes- oder Philip-Marlowe-Fantasien verlor – keine Vergrößerungsgläser und Zigarrenasche, keine Revolver. Es gab Arbeit, die er sogar beim Fliegen erledigen konnte. Er rief Sax an und fragte, ob er seiner KI Zugang zu den UNOMA-Akten über Emigration und planetaren Verkehr geben könne, ohne dass die UNOMA darauf aufmerksam wurde. Nach einigen Erkundigungen rief Sax zurück und sagte, er könne das hinkriegen. John übermittelte ihm eine Reihe von Fragen. Eine Stunde und viele Krater später blinkte das rote Licht seiner Künstlichen Intelligenz Pauline schnell hintereinander und zeigte damit den Eingang der Daten an. John bat Pauline, die Daten durch verschiedene Analysen laufen zu lassen. Als sie fertig war, studierte er die Ergebnisse auf dem Bildschirm. Die Bewegungsmuster waren verwirrend, aber er hoffte, dass beim Vergleich mit den Sabotagefällen etwas zum Vorschein kommen würde. Natürlich bewegten sich manche Personen auch, ohne registriert zu werden, darunter die verborgene Kolonie. Niemand wusste, was Hiroko und die anderen von den Terraformingprojekten hielten. Dennoch war es einen Blick wert.

Die Nereidum Montes tauchten vor ihm über dem Horizont auf. Der Mars hatte nie viel tektonische Aktivität erlebt, darum waren Gebirgsketten selten. Die existierenden Berge waren meist riesige Kraterränder, Ringe aus ausgeworfenen Gesteinsbrocken, entstanden bei so gewaltigen Einschlägen, dass der Schutt in zwei oder drei konzentrischen Kreisen heruntergekommen war, jeder viele Kilometer breit und extrem zerklüftet. Hellas und Argyre waren die größten Impaktbecken und hatten deshalb auch die größten Gebirgsketten; und die einzige andere Bergkette, die Phlegra Montes auf dem Abhang von Elysium, stellte wahrscheinlich die fragmentarischen Reste eines Impaktbeckens dar, das später von der Lava aus den Elysium-Vulkanen oder durch den Oceanus Borealis überflutet worden war. Über diese Frage tobte noch eine Debatte, und Ann, für John die Autorität schlechthin in solchen Fragen, hatte nie eine Meinung dazu geäußert.

Die Nereidum Montes bildeten den nördlichen Rand um Argyre. Derzeit untersuchten Ann und ihr Team den Südrand, die Charitum Montes. Boone richtete seinen Kurs nach Süden, und am frühen Nachmittag segelte er tief über der breiten flachen Ebene des Argyre-Beckens. Nach der wilden Kraterlandschaft des Hochlandes wirkte der Boden des Beckens geradezu glatt, eine flache gelbliche Ebene, begrenzt von dem großen Bogen der Kraterrand-Gebirge. Von dieser Höhe aus konnte er etwa neunzig Grad des Randbogens überblicken, genug, um ihm ein Gefühl für die Größe des Einschlags zu geben, der Argyre gebildet hatte. Es war ein unglaublicher Anblick. Das Fliegen über Tausende von Kratern auf dem Mars hatte Boone ein Gefühl für die Größe der Meteoriten gegeben; aber Argyre fiel einfach aus dem Rahmen. Der gewaltige Galle-Krater war nicht mehr als eine Pockennarbe in den Bergen um Argyre! Hier musste ein ganzer Planet eingeschlagen sein. Oder zumindest ein verdammt großer Asteroid.

Innerhalb der Südostkurve des Randes, auf dem Boden des Beckens nach den Vorbergen von Charitum, entdeckte er die feine weiße Linie einer Landebahn. Es war leicht, menschliche Konstruktionen in einer solchen Einöde auszumachen. Ihre Regelmäßigkeit hob sich von der Umgebung ab wie ein Leuchtfeuer. Dicht vor den durch die Sonne erwärmten Hügeln stieg Thermik auf. Er kurvte in einen solchen Aufwind hinein, sank mit vibrierendem *Humm,* und die Flügel des Gleiters bogen sich sichtlich, als er sich neigte.

Er fiel wie ein Stein, wie dieser Asteroid, dachte John grinsend, und zog zur Landung die Nase des Fliegers mit einem letzten dramatischen Schlenkern hoch. Mit so viel Präzision, wie er aufbringen konnte, ging er herunter, sich seines Rufes als »tollkühner« Flieger bewusst, den er natürlich bei jeder Gelegenheit zur Schau stellen musste. Das gehörte zum Job …

Es stellte sich heraus, dass nur zwei Personen in den Containern neben der Landebahn waren, und keine davon hatte ihn landen sehen. Sie saßen drinnen und sahen sich Fernsehnachrichten von der Erde an. Als er in die innere Schleusentür trat, schauten sie hoch und sprangen auf, um ihn zu begrüßen. Ann war mit einer Gruppe oben auf einem Gebirgscanyon, sagten sie ihm, wahrscheinlich nicht mehr als zwei Fahrstunden entfernt. John aß mit den beiden zu Mittag, zwei britische Frauen mit nördlichem Akzent, kräftig gebaut und charmant. Dann nahm er einen Rover und folgte den Fahrspuren eine Spalte hinauf in das Charitum. Eine Stunde kurvenreichen Aufstiegs in einem Trockental mit flachem Boden führte ihn zu einem mobilen Wohncontainer, vor dem drei Rover parkten. Alles zusammen ergab das Bild eines einsamen Cafés in der Mojave-Wüste.

In dem Trailer war niemand. Fußspuren führten vom Lager in verschiedene Richtungen weg. Nachdem Boone eine Weile nachgedacht hatte, stieg er auf einen Buckel westlich des Lagers und machte es sich oben bequem. Er lag auf dem Felsen und schlief, bis die Kälte durch seinen Schutzanzug drang. Dann richtete er sich auf, lutschte eine Omegendorph-Kapsel und sah zu, wie die schwarzen Schatten der Berge langsam nach Osten krochen. Er dachte über den Zwischenfall in Senzeni Na nach, kramte in seinen Erinnerungen an die Stunde davor und die danach, an die Blicke der Leute und an das, was sie gesagt hatten. Das Bild des fallenden Lasters ließ seinen Puls schneller werden.

Kupferne Gestalten erschienen in einer Schlucht zwischen den Hügeln im Westen. Er stand auf und ging den Buckel hinunter, um sie unten beim Trailer zu treffen.

»Was tust du denn hier?«, fragte Ann über die Frequenz der Ersten Hundert.

»Ich möchte reden.«

Sie grunzte und schaltete ab.

Der Anhänger wäre sogar ohne ihn etwas eng gewesen. Sie saßen Knie an Knie im Hauptraum, während Simon Frazier Spaghettisauce erwärmte und Wasser für Pasta in der kleinen Küchenecke kochte. Das einzige Fenster des Anhängers ging nach Osten, und während sie aßen, sahen sie den Schatten der Berge über den Boden des großen Beckens wandern. John hatte eine Halbliterflasche Utopia Cognac mitgebracht und öffnete sie nach dem Essen unter beifälligem Gemurmel. Während die Areologen tranken, wusch er das Geschirr ab (»Ich *bestehe* darauf!«) und fragte nach den Fortschritten ihrer Forschungen. Sie suchten nach Anzeichen für alte Gletscherperioden, die darauf hinweisen würden, dass in der Frühgeschichte des Mars die tiefer liegenden Regionen von Ozeanen bedeckt gewesen wären. Bisher hatten sie allerdings noch nichts gefunden.

Würde Ann wirklich Beweise für eine ozeanische Vergangenheit finden wollen?, fragte sich John, als er ihnen zuhörte. Das war eine Theorie, die moralische Unterstützung für das Terraformingprojekt lieferte, weil sie den Befürwortern die Rechtfertigung an die Hand gab, nur einen früheren Zustand des Mars wiederherzustellen. Vielleicht wollte Ann keine Hinweise finden. Würde ihre Haltung gegen das Terraforming Anns Arbeit subjektiv beeinflussen? Sicherlich. Wenn nicht wissentlich, dann doch auf einer tieferen Ebene. Schließlich war das Bewusstsein nur wie eine dünne Lithosphäre über einem großen heißen Kern. Ermittler durften das nicht vergessen.

Aber alle im Anhänger schienen sich darin einig, dass sie keinerlei Anzeichen für Gletscher hatten finden können. Und sie waren alle gute Areologen. Es gab tiefe Becken mit kreisförmiger Struktur wie bei Kargletschern und tiefe Täler mit der klassischen U-Form von Gletschertälern sowie einige kuppelförmige Aushöhlungen, die durch glaziale Erosion entstanden sein könnten. Alle diese Formen hatte man schon auf Satellitenfotos gesehen, manchmal zusammen mit hellen Blitzen, die einige Wissenschaftler für mögliche Reflexe auf von Gletschern polierten Oberflächen gehalten hatten. Aber auf dem Boden ließ sich keine dieser Thesen halten. Sie hatten keine Gletscherpolitur gefunden, nicht einmal in den am meisten vor Wind geschützten Abschnitten der U-förmigen Täler. Keine Moränen, weder seitlich noch am Ende, keine Anzeichen für Abrieb oder Übergangslinien an solchen Stellen, wo Nanatuks aus den höchsten Schichten alten Eises herausgeragt haben könnten. Nichts. Das war ein weiterer Fall von etwas, das sie Himmels-Areologie – also Marsforschung aus großer Höhe – getauft hatten. Deren Geschichte ging zurück auf die frühen Satellitenfotos und sogar die Teleskope. Die Kanäle waren Produkte der Himmels-Areologie gewesen, und viele weitere schlechte Hypothesen waren auf die gleiche Weise entstanden; Hypothesen, die erst jetzt vor Ort wissenschaftlich geprüft werden konnten. Die meisten brachen unter der Last des Datenmaterials in sich zusammen und wurden, wie man sich hier ausdrückte, in den Kanal gekippt.

Aber die Glazialtheorie und das ozeanische Modell, von dem sie ein Teil war, hatten sich als höchst widerstandsfähig erwiesen. Erstens, weil fast jede Hypothese von der Entstehung des Planeten darauf hinwies, dass eine Menge Wasser ausgegast sein und irgendwohin verschwunden sein musste. Und zweitens, dachte John, weil es eine Menge Leute gab, die es begrüßen würden, wenn das ozeanische Modell stimmte. Terraforming wäre ihnen dann moralisch weniger unangenehm. Für die Gegner des Terraformings würde das hingegen bedeuten … Nein, er war nicht überrascht, dass Anns Gruppe nichts fand. Er spürte den Cognac etwas und war durch ihre Unfreundlichkeit gereizt. Von der Küche her sagte er: »Wenn es Gletscher gegeben hätte, wären die jüngsten vor einer Milliarde Jahren dagewesen, oder? So viel Zeit würde sicher alle Oberflächenmerkmale auslöschen, Gletscherschliff oder Moränen oder Nanatuks, und nichts weiter als die großen Landformen übrig lassen. Und die liegen vor euch. Stimmt's?«

Ann hatte geschwiegen, aber jetzt sagte sie: »Die Landformen sind nicht allein für Vergletscherung typisch. In den Marsgebirgen sind sie weit verbreitet, weil sie durch vom Himmel fallendes Gestein entstanden sind. Es gibt hier draußen jede erdenkliche Bergformation. Wie bizarr sie wirken, ist vom jeweiligen Einschlagswinkel abhängig.« Sie hatte den Cognac abgelehnt, was John überraschte, und starrte jetzt angewidert auf den Fußboden.

»Aber doch bestimmt nicht die U-förmigen Täler?«, fragte John.

»Doch, auch U-förmige Täler.«

»Das Problem liegt darin, dass das ozeanische Modell nicht leicht zu widerlegen ist«, sagte Simon ruhig. »Man kann, wie wir, ständig Beweismaterial dagegen finden; aber dadurch wird das Modell selbst nicht widerlegt.«

Nachdem die Küche sauber war, forderte John Ann zu einem Spaziergang bei Sonnenuntergang auf. Sie zögerte; aber der

Spaziergang war eines ihrer Rituale, das wusste jeder, und mit einer unwilligen Grimasse und hartem Blick stimmte sie zu.

Einmal im Freien, führte John sie auf denselben Hügel, auf dem er geschlafen hatte. Der Himmel bildete einen pflaumenfarbenen Bogen über den schwarzen gezackten Bergketten um sie herum, und Sterne tauchten zu Tausenden nach und nach auf, Hunderte mit jedem Augenzwinkern. Er stand neben ihr. Sie schaute ihn nicht an. Die gezackte Linie am Horizont sah irdisch aus. Ann war etwas größer als er, eine dünne scharfe Silhouette. John mochte sie; aber wenn sie ihn jemals auch gemocht hatte – und sie hatten vor Jahren so manche guten Gespräche geführt –, war davon nichts mehr zu spüren gewesen, als er sich entschlossen hatte, mit Sax zusammenzuarbeiten. Er hätte machen können, was er wollte, drückte ihre finstere Miene aus, aber er hatte sich fürs Terraforming entschieden.

Sie hatte recht. Er hielt ihr eine Hand mit erhobenem Zeigefinger vors Visier. Sie drückte eine Taste am Armband, und sofort drang ihre Atmung in sein Ohr. »Was?«, schnappte sie, ohne ihn anzuschauen.

Er sagte: »Es geht um die Sabotageunfälle.«

»Das habe ich mir gedacht. Ich nehme an, Russell denkt, dass ich dahinterstecke.«

»Es ist nicht so, dass ...«

»Hält er mich für blöd? Bildet er sich ein, ich glaube, dass ein wenig Vandalismus euch von euren Spielchen abhalten wird?«

»Nun, es sind keine Lappalien. Es hat jetzt schon sechs größere Vorfälle gegeben, von denen jeder Menschenleben hätte fordern können.«

»Können Menschen getötet werden, wenn man Spiegel aus dem Orbit stößt?«

»Wenn diese Spiegel gerade gewartet werden schon.«

Sie schnaubte. »Was ist sonst noch passiert?«

»Ein Lastwagen ist gestern von der Straße im Mohole-Schacht abgelenkt worden und fast auf mir gelandet.« Er hörte, wie sie den Atem anhielt. »Das ist schon der dritte Lastwagen. Und dieser Spiegel wurde in eine Drehung versetzt, als eine Wartungstechnikerin darauf war. Sie musste solo zur Station zurückkehren und hat dafür mehr als eine Stunde gebraucht. Sie hätte es beinahe nicht geschafft. Eine Sprengladung im Elysium-Mohole ging zu früh hoch, kurz nachdem die ganze Mannschaft den Stollen verlassen hatte. Und sämtliche Flechten in Underhill wurden durch ein Virus getötet, das das ganze Labor lahmgelegt hat.«

Ann zuckte die Achseln. »Was erwartest du von genmanipulierten Ungeheuern? Es hätte ein Unfall sein können. Ich wundere mich, dass so etwas nicht öfter passiert.«

»Es war kein Unfall.«

»Das ist alles Kleinkram. Hält Russell mich wirklich für so blöd?«

»Du weißt, dass er das nicht tut. Aber in das Projekt ist sehr viel Geld von der Erde investiert worden; und wenn es noch mehr schlechte Nachrichten gibt, würde eine Menge davon wieder wegfallen.«

»Vielleicht«, sagte Ann. »Du solltest dir selbst mal zuhören, wenn du so etwas sagst. Du und Arkady, ihr seid die größten Befürworter einer neuen Mars-Gesellschaft, ihr beide plus Hiroko. Aber wenn Russell, Frank und Phyllis weiterhin das ganze Kapital von der Erde heranschaffen, wird euch das alles aus den Händen gleiten. Es wird ein Geschäft werden, wie üblich, und all eure Ideen werden beiseitegefegt.«

»Ich glaube eher, dass wir alle hier ähnliche Ziele verfolgen. Wir wollen gute Arbeit an einem guten Ort leisten. Wir betonen nur unterschiedliche Teile des Prozesses, um dahin zu kommen. Das ist alles. Wenn wir unsere Bemühungen koordinieren und als Team arbeiten würden …«

»Wir wollen nicht dasselbe!«, unterbrach Ann ihn. »Ihr wollt den Mars verändern, ich nicht. So einfach ist das.«

»Naja …« John kapitulierte vor ihrer Verbitterung. Sie bewegten sich langsam um den Hügel herum wie in einem komplizierten Tanz, der die Konversation widerspiegelte, manchmal die Gesichter einander zugewandt, manchmal Rücken an Rücken. Aber immer war ihre Stimme direkt in seinem Ohr und seine in dem ihren. Er liebte solche Gespräche im Umhergehen und benutzte diese eindringliche Stimme direkt im Ohr, die so überzeugend, schmeichelnd und hypnotisch sein konnte. »So einfach ist es wirklich nicht. Ich meine, du solltest denen von uns helfen, die deinen Ansichten am nächsten stehen, und dich denen widersetzen, die am weitesten davon entfernt sind.«

»Das tue ich.«

»Ich bin zu dir gekommen, um dich zu fragen, was du über die Saboteure weißt. Das ergibt doch Sinn, nicht wahr?«

»Ich weiß nichts über sie. Ich wünsche ihnen Erfolg.«

»In Person?«

»Was?«

»Ich habe deine Exkursionen in den letzten Jahren verfolgt; und du bist immer in der Nähe gewesen, bei jedem Vorfall, gut einen Monat, ehe etwas passierte. Du bist vor ein paar Wochen auf deinem Weg hierher in Senzeni Na gewesen. Oder etwa nicht?«

Er hörte sie atmen. Sie war wütend. »Sie benutzen mich als Deckung«, murmelte sie, und noch mehr, das er nicht verstand.

»Wer?«

Sie kehrte ihm den Rücken zu. »John, du solltest den Cojoten danach fragen.«

»Den Cojoten?«

Sie lachte kurz. »Hast du nicht von ihm gehört? Die Leute erzählen, dass er ohne Schutzanzug auf der Oberfläche herumläuft. Taucht plötzlich hier und da auf, manchmal in einer Nacht an zwei verschiedenen Orten gleichzeitig. Hat den Großen Mann in der guten alten Zeit persönlich gekannt. Und er ist ein guter Freund von Hiroko. Und ein großer Feind des Terraformings.«

»Bist du ihm begegnet?«

Sie antwortete nicht.

»Schau«, sagte er nach einer Minute schweigenden Atmens, »es werden früher oder später Menschen sterben. Unschuldige Zuschauer.«

»Unschuldige Zuschauer werden auch getötet werden, wenn der Permafrost schmilzt und der Boden unter unseren Füßen einsinkt. Damit habe ich nichts zu tun. Ich tue bloß meine Arbeit. Versuche zu katalogisieren, was hier war, ehe wir kamen.«

»Ja. Aber du bist die berühmteste Rote von allen, Ann. Diese Leute müssen deswegen mit dir in Verbindung gewesen sein; und ich wünsche, du könntest sie überreden. Das könnte Leben retten.«

Sie wandte ihm das Gesicht zu. Die Visierscheibe ihres Helms reflektierte den westlichen Horizont, oben purpurn und unten schwarz, die Grenze zwischen den beiden Farben ausgezackt und roh. »Lasst den Planeten in Ruhe – das würde Leben retten! Das ist es, was ich will. Ich würde sogar *dich* töten, wenn es hilfreich wäre.«

Danach gab es nicht mehr viel zu sagen. Auf dem Rückweg zum Anhänger hinunter sprach er ein anderes Thema an. »Was, denkst du, ist mit Hiroko und den anderen ihrer Gruppe passiert?«

»Sie sind verschwunden.«

John verdrehte die Augen. »Hat sie mit dir nicht darüber gesprochen?«

»Nein. Mit dir vielleicht?«

»Nein. Ich glaube, sie hat mit niemandem außer ihrer Gruppe geredet. Weißt du, wohin sie gegangen sind?«

»Nein.«

»Hast du irgendeine Ahnung, warum sie fort sind?«

»Sie wollten wahrscheinlich von uns wegkommen. Etwas Neues machen. Sie haben das in die Tat umgesetzt, wovon Arkady und du die ganze Zeit redet.«

John schüttelte den Kopf. »Wenn sie das getan haben, kommt es nur den zwanzig Personen aus ihrer Gruppe zugute. Ich will eine neue Gesellschaft für alle.«

»Vielleicht sind sie realistischer als du.«

»Vielleicht. Wir werden es herausfinden. Es gibt mehr als einen Weg, das zu tun, Ann. Das wirst du noch sehen.«

Sie antwortete nicht.

Die anderen starrten sie an, als sie in den Rover zurückkamen; und Ann, die sofort in die Kochecke rannte, war keine Hilfe. John setzte sich auf die Lehne der einen Couch und stellte ihnen noch mehr Fragen über ihre Arbeit, den Grundwasserpegel in Argyre und der Südhemisphäre generell. Die großen Becken waren tief gelegen, aber durch die Einschläge, die sie gebildet hatten, des Wassers beraubt worden. Im Allgemeinen schien das Wasser des Planeten größtenteils nach Norden gesickert zu sein. Ein weiterer Teil des Mysteriums war, dass bisher niemand hatte erklären können, warum die südliche und die nördliche Hemisphäre des Mars so unterschiedlich waren. Das war das größte Rätsel der Areologie.

Seine Lösung könnte sich als Schlüssel zu allen anderen Rätseln der Marslandschaft erweisen, wie die tektonische Plattentheorie einst so viele Fragen der irdischen Geologie beantwortet hatte. Tatsächlich wollten manche die tektonische Lösung auch hier anwenden. Sie postulierten, dass eine alte Kruste sich auf die südliche Hälfte aufgeschoben hatte, wodurch der Norden sich einen neuen Mantel hatte schaffen müssen. Danach wäre alles an Ort und Stelle festgefroren, als die Abkühlung des Planeten jeder tektonischen Bewegung ein Ende setzte. Ann hielt das für lächerlich. Ihrer Ansicht nach war die nördliche Hemisphäre einfach das größte Impaktbecken von allen, der letzte große Knall der noachischen Mars-Urzeit. Ein ähnlich gewaltiger Treffer hatte den Mond aus der Erde herausgeschlagen, wahrscheinlich etwa um die gleiche Zeit. Die Areologen erörterten verschiedene Aspekte des Problems. John hörte zu und stellte gelegentlich eine Frage.

Sie schalteten den Fernseher an, um die Nachrichten von der Erde und einen kurzen Beitrag über Bergbau- und Ölbohrarbeiten anzusehen, die in der Antarktis begannen.

»Das ist unser Werk, weißt du?«, sagte Ann aus der Küche. »Sie haben fast hundert Jahre lang die Bergbau- und Ölindustrie aus der Antarktis herausgehalten, seit dem ersten Internationalen Geophysikalischen Jahr 1957 und dem ersten Vertrag. Seit das Terraforming hier begann, ist das alles zusammengebrochen. Da unten wird ihnen das Öl knapp, und der ›Southern Club‹ ist arm, aber in seiner unmittelbaren Nähe gibt es einen ganzen Kontinent voll Öl, Gas und Mineralien, der von den reichen nördlichen Ländern als Naturschutzpark behandelt wird. Und dann hat der Süden gesehen, dass dieselben reichen nördlichen Länder angefangen haben, den Mars auseinanderzunehmen. Also sagten sie: Verdammt, ihr könnt einen ganzen Planeten in Stücke reißen, und wir sollen diesen Eisberg beschützen, der genau vor unserer Tür liegt und all die Rohstoffe, die wir so dringend brauchen, hat? Vergesst es! Also haben sie den Antarktisvertrag gebrochen und bohren, ohne dass jemand etwas dagegen getan hat. Jetzt ist der letzte saubere Ort auf der Erde dahin.«

Sie kam zu ihnen, setzte sich vor den Bildschirm und hielt das Gesicht über einen Becher heißer dampfender Schokolade. »Es ist noch mehr da, wenn du möchtest«, sagte sie schroff zu John. Simon warf ihm einen mitfühlenden Blick zu, die anderen starrten sie beide mit großen Augen an. Einen Streit zwischen zwei der Ersten Hundert mitzuerleben hatte sie schockiert. Was für ein schlechter Witz! John musste fast lachen; und als er aufstand, um sich auch einen Becher zu holen, beugte er sich impulsiv vor und küsste Ann auf den Kopf. Sie versteifte sich, und er ging in die Küche. Er sagte: »Wir alle wollen verschiedene Dinge vom Mars.« Es spielte keine Rolle, dass er Ann gegenüber gerade eben auf dem Hügel das Gegenteil behauptet hatte. »Aber wir sind hier, und es gibt nicht viele von uns, und es ist unsere Welt. Wir können aus ihm machen, was wir wollen, sagt Arkady. Euch gefällt nicht, was Sax oder Phyllis wollen, und die mögen nicht, was ihr wollt, und Frank gefällt nichts von dem, was alle anderen wollen. Und jedes Jahr kommen neue Leute, die die eine oder andere Position vertreten, auch wenn sie es selbst nicht wissen. Das könnte hässlich werden. Es hat schon angefangen, mit den ganzen Sabotageakten. Könnt ihr euch vorstellen, dass so etwas in Underhill passiert?«

»Hirokos Gruppe hat Underhill regelrecht ausgeplündert«, erwiderte Ann, »seit unserer Ankunft. Wie hätten sie sich sonst einfach so absetzen können?«

»Ja, vielleicht. Aber sie haben keine Menschenleben gefährdet.« Wieder trat ihm lebhaft das Bild des den Schacht herunterfallenden Lastwagens vor Augen. Er trank heißen Kakao und verbrannte sich den Mund. »Verdammt! Wie auch immer, bevor ich mich davon entmutigen lasse, rufe ich mir ins Gedächtnis, dass das alles ganz natürlich ist. Es ist unvermeidlich, dass Menschen kämpfen; aber diesmal kämpfen wir um marsianische Dinge. Ich meine, die Leute streiten sich nicht darum, ob sie Amerikaner oder Japaner oder Russen oder Araber sind, oder um Religion, Rasse, Geschlecht oder was auch immer. Sie kämpfen, weil sie den Mars ihren Vorstellungen entsprechend ändern wollen. Das ist alles, worauf es jetzt ankommt. Also sind wir doch schon halb am Ziel.« Er sah Ann an, die auf den Boden starrte. »Verstehst du, was ich meine?«

Sie hob den Kopf. »Es kommt auf die zweite Hälfte des Weges an.«

»Na schön, vielleicht. Ihr nehmt zu viel als gegeben an. Aber so sind die Menschen nun einmal. Du hast uns alle beeinflusst, Ann. Du hast die Art und Weise geändert, in der alle über das, was wir hier machen, nachdenken. Sax und viele andere haben immer davon gesprochen, was man nicht alles tun müsse, um das Terraforming möglichst schnell durchzuführen – einen Haufen Asteroiden direkt in den Planeten jagen, Wasserstoffbomben einsetzen und Vulkane erzeugen und was nicht noch alles. Alle diese Pläne sind durch euch und diejenigen, die euch unterstützen, geplatzt. Die ganze Vision davon, wie das Terraforming durchzuführen sei und wie weit man damit gehen könne, hat sich geändert. Ich denke, dass wir uns auf einen Kompromiss einigen können, bei dem wir ein wenig mehr Strahlenschutz bekommen, eine Biosphäre und vielleicht sogar Luft, die wir atmen können, oder in der wir zumindest nicht sofort sterben, und den Mars trotzdem im Großen und Ganzen so belassen können, wie er war, ehe wir kamen.« Ann verdrehte die Augen, aber er drängte weiter. »Niemand spricht davon, den Mars in einen Dschungelplaneten zu verwandeln, selbst wenn das ginge. Er wird immer kalt sein, und der Tharsis-Buckel wird immer bis in den Weltraum hinauf ragen. Also wird es einen großen Teil des Planeten geben, der nie angerührt wird. Und das wird teilweise euer Werk sein.«

»Aber wer sagt, dass ihr, wenn der erste Schritt getan ist, nicht mehr wollt?«

»Vielleicht werden das einige wollen. Aber ich werde versuchen, sie aufzuhalten. Ja, wirklich! Ich bin vielleicht nicht auf eurer Seite, aber ich verstehe euren Standpunkt. Und wenn man über die Hochebenen fliegt, wie ich heute, kann man gar nicht umhin, diese Welt nicht zu lieben. Die Menschen werden versuchen, den Mars zu verändern, aber gleichzeitig wird der Mars auch sie verändern. Ein Gefühl für den Ort, eine Ästhetik der Landschaft, alle diese Dinge ändern sich mit der Zeit. Die ersten Menschen, die den Grand Canyon erblickten, hielten ihn für hässlich wie die Hölle, weil er nicht wie die Alpen aussah. Es hat lange gedauert, bis sie seine Schönheit erkannten.«

»Den größten Teil davon haben sie jetzt geflutet«, sagte Ann düster.

»Ja, ja! Aber wer weiß denn, was unsere Kinder für schön halten werden? Das, was sie kennen, und dieser Planet wird der einzige sein, den sie kennen. Also terraformen wir den Mars, aber der Mars areoformt uns.«

»Areoforming«, sagte Ann, und eines ihrer seltenen kleinen Lächeln huschte über ihr Gesicht. John fühlte, wie er errötete, als er das sah. Er hatte sie seit Jahren nicht mehr lächeln sehen. Er mochte Ann. Es freute ihn, sie lächeln zu sehen.

»Das Wort gefällt mir«, sagte sie. Sie deutete mit dem Finger auf ihn. »Aber ich nehme dich beim Wort, John Boone. Bei jedem einzelnen Wort, das du heute Abend gesagt hast!«

»Ich auch«, versicherte er.

Der Rest des Abends verlief entspannter. Und am nächsten Tage begleitete Simon ihn zur Landebahn, zu dem Rover, mit dem er nach Norden fahren wollte. Und Simon, der ihn normalerweise mit einem Lächeln und einem Händeschütteln verabschiedet hätte, sagte plötzlich: »Ich freue mich wirklich über das, was du gestern Abend gesagt hast. Ich glaube, es hat sie wirklich aufgemuntert. Besonders, was du über Kinder gesagt hast. Sie ist schwanger.«

»Was?« John schüttelte den Kopf. »Das hat sie mir nicht gesagt. Bist du der – Vater?«

»Allerdings.« Simon grinste.

»Wie alt ist sie jetzt? Sechzig?«

»Ja. Es ist nicht ganz ohne, aber schon passiert. Man hat eine ihrer Eizellen genommen, die vor rund fünfzehn Jahren eingefroren worden ist, befruchtet und ihr eingepflanzt. Wir werden sehen, was passiert. Ich habe gehört, Hiroko sei jetzt dauernd schwanger und produziere Kinder wie ein Brutkasten, ein Kaiserschnitt nach dem anderen …«

»Es wird viel über Hiroko geredet, aber das ist alles nur Geschwätz.«

»Naja, das haben wir von jemandem gehört, der es wissen sollte.«

»Dem Cojoten?«, fragte John scharf.

Simon zog die Brauen hoch. »Ich wundere mich, dass sie dir von ihm erzählt hat.«

John grunzte leicht verärgert. Offenbar brachte sein Ruhm es mit sich, dass ihm viel Tratsch entging. »Es ist gut, dass sie es getan hat. Nun, jedenfalls ...« Er streckte ihm die Rechte hin, und sie schüttelten sich mit steifen Fingern die Hände, als wären sie wieder Astronauten in Druckanzügen. »Ich gratuliere. Kümmere dich gut um sie!«

Simon zuckte die Achseln. »Du kennst Ann. Sie tut, was sie will.«

Boone fuhr von Argyre aus drei Tage lang nach Norden, genoss die Gegend und die Einsamkeit und verbrachte jeden Nachmittag ein paar Stunden damit, das planetenweite Archiv nach den Bewegungen der Leute abzusuchen, wobei er weiterhin nach Zusammenhängen mit den Sabotagefällen Ausschau hielt. Früh am vierten Morgen erreichte er die Valles Marineris, die etwa 1500 Kilometer nördlich von Argyre liegen. Er traf auf eine Nord-Süd-Transponderstraße und folgte ihr über das ansteigende Gelände zum Südrand von Melas Chasma. Dann stieg er aus, um sich umzuschauen.

Er war noch nie in diesem Teil des großen Canyonsystems gewesen. Vor der Fertigstellung des Traverse-Highways quer durch Marineris war es schwer zugänglich gewesen. Der Anblick war atemberaubend. Die Melas-Klippe fiel volle 3000 Meter zum Boden des Canyons hin ab, sodass man an ihrem Rand nach Norden eine Aussicht wie aus einem Gleiter hatte. Die andere Wand des Canyons war gerade noch sichtbar. Ihr Rand lugte über den Horizont, und zwischen den beiden Klippen lag das weite Melas Chasma, das Herz des ganzen Marineris-Grabenbruchsystems. Er konnte eben noch die Lücken in entfernten Klippen ausmachen, die die Zugänge zu anderen Canyons markierten: Ius Chasma im Westen, Candor im Norden und Coprates im Osten.

John ging über eine Stunde lang den zerklüfteten Rand entlang. Oft zog er die Fernglaslinsen über sein Visier, um möglichst viel von dem größten Canyon auf dem Mars in sich aufnehmen zu können. Das weite rote Land ließ ihn euphorisch werden. Er warf Steine über die Klippe und sah zu, wie sie verschwanden. Er sprach mit sich selbst und sang, hüpfte auf Zehenspitzen in einem unbeholfenen Tanz. Dann stieg er entspannt wieder in seinen Rover und fuhr eine kurze Strecke am Rand entlang bis zum Anfang der Klippenstraße.

Der Traverse-Highway wurde zu einem schmalen Betonband, das sich auf einer natürlichen Felsrampe, den »Geneva-Sporn«, in Serpentinen zum Boden des Canyons hinabwand. Der Sporn zeigte fast rechtwinklig von der Klippe weg direkt auf Candor Chasma und war so ideal gelegen, dass er mit der Straße darauf aussah, als wäre er von den Straßenbauern konstruiert worden. Von oben konnte man alle Kehren sehen, rund tausend auf der kompletten Strecke, die sich den steilen Sporn hinunterschlängelten. Es sah aus, als hätte man mit einem gelben Faden über einen Buckel in einem gefleckten orangefarbenen Teppich gestickt.

Boone fuhr vorsichtig hinunter. Er drehte das Lenkrad des Rovers immer wieder abwechselnd nach links und rechts, bis er irgendwann anhalten musste, um seine Arme auszuruhen. Dabei bekam er Gelegenheit, sich umzuschauen und die hoch hinter ihm aufragende Südwand zu bewundern. Sie verdiente diesen Namen wirklich und war von einem gebrochenen Muster tief erodierter Schluchten überzogen. Dann ging es eine halbe Stunde weiter durch Haarnadelkurven, bis sich die Straße endlich wieder auf der flacher werdenden Strecke gerade hinzog, sich schließlich verbreiterte und in den Boden des Canyons einmündete. Dort unten stand eine kleine Gruppe von Fahrzeugen.

Es erwies sich als das Schweizer Team, das gerade mit dem Bau der Straße fertig geworden war, und John blieb über Nacht. Es war eine Gruppe von etwa achtzig Personen, meistens jung, meistens verheiratet, die Deutsch, Italienisch und

Französisch sprachen und – gut für ihn – Englisch mit mehreren verschiedenen Akzenten. Sie hatten Kinder dabei und Katzen und ein transportables Gewächshaus voller Kräuter und Gemüse. Bald würden sie aufbrechen, wie Nomaden in einer Karawane, die größtenteils aus schweren Fahrzeugen für Bodenbewegungen bestand, und zum westlichen Ende des Canyons fahren, um eine Straße durch das Noctis Labyrinthus bis zur Tharsis-Ostflanke zu bahnen. Danach wollten sie vielleicht noch eine über den Tharsis-Buckel zwischen Arsia Mons und Pavonis Mons oder eine nach Norden, nach Echus Overlook, bauen. Sie waren noch nicht sicher, und Boone hatte den Eindruck, dass es ihnen gleichgültig war. Sie wollten den Rest ihres Lebens damit zubringen, umherzureisen und Straßen zu bauen. Deshalb spielte es keine große Rolle, wohin sie als Nächstes gingen. Ewige Vagabunden.

Sie ließen alle Kinder Johns Hand schütteln, und nach dem Abendessen hielt er eine kurze Rede, wie immer über ihr neues Leben auf dem Mars. »Wenn ich euch hier draußen sehe, macht mich das wirklich glücklich, weil es Teil eines neuen Lebensstils ist. Wir haben die Chance erhalten, hier eine neue Gesellschaft zu gründen. Auf technischem Gebiet ändert sich alles, und der soziale Bereich wird folgen. Ich bin mir nicht ganz sicher, was die neue Gesellschaft sein oder wie sie aussehen wird. Das ist schließlich der härteste Teil bei dieser Sache. Aber ich weiß, dass sie sich entwickeln wird. Und ich denke, dass ihr und all die anderen kleinen Gruppen da draußen diese Gesellschaft jetzt schon auf empirischer Basis organisiert. Euch zu treffen hat mir beim Nachdenken darüber geholfen.« Er ließ sie an diesen Gedanken teilhaben, weniger konkret sozialphilosophisch, sondern eher lässig in freien Assoziationen, was ihm gerade in den Sinn kam. Die Augen seiner Zuhörer leuchteten im Lampenlicht.

Später saß er mit einigen von ihnen im Kreis um eine einzige brennende Lampe, und sie blieben die ganze Nacht wach und unterhielten sich. Die jungen Schweizer stellten ihm Fragen zu seinem ersten Marsflug und den ersten Jahren in Underhill, was beides offenbar mythische Dimensionen für sie hatte. Und er erzählte ihnen die wahre Geschichte, zumindest so einigermaßen, und brachte sie oft zum Lachen. Dann stellte er ihnen Fragen über die Schweiz, die Gesellschaft dort, was sie von ihr hielten und warum sie auf den Mars gekommen waren. Eine blonde Frau lachte, als er das fragte. Sie sagte: »Kennst du den Bööggen?«, und er schüttelte den Kopf. »Er ist ein Teil unserer Weihnacht. Samichlaus besucht nacheinander alle Häuser, und er hat einen Helfer, den Bööggen, der Mantel und Kapuze trägt und einen großen Sack hat. Samichlaus fragt die Eltern, wie sich die Kinder in diesem Jahr betragen haben; und die Eltern zeigen ihm das Hauptbuch, die Chronik. Und wenn die Kinder brav gewesen sind, gibt Samichlaus ihnen Geschenke. Wenn aber die Eltern sagen, dass die Kinder bös gewesen sind, steckt der Bööggen sie in den Sack, schleppt sie weg, und sie werden nie wieder gesehen.«

»Was?«, rief John.

»So geht die Geschichte. Das ist die Schweiz. Und deshalb bin ich hier auf dem Mars.«

»Der Bööggen hat dich hergebracht?«

Sie lachten, auch die Frau. »Ja, ich war immer böse.« Dann wurde sie ernster. »Aber hier werden wir keinen Bööggen haben.«

Sie fragte ihn, was er von der Debatte zwischen den Roten und den Grünen hielte. Er zuckte die Achseln und fasste zusammen, was er über die Positionen von Ann und Sax wusste.

Einer von ihnen sagte: »Ich weiß nicht, ob einer von ihnen recht hat.« Er hieß Jürgen und war einer ihrer Anführer, anscheinend eine Art Kreuzung aus Bürgermeister und Zigeunerkönig, mit dunklem Haar und einem scharfen, ernsten Gesicht. »Natürlich sagen beide Seiten, dass sie für die Natur sind«, fuhr er fort. »Das müssen sie sagen. Die Roten sagen, dass der Mars, so wie er war, Natur gewesen ist. Aber er ist nicht Natur. Er ist tot. Er ist nur Gestein. Das sagen die Grünen, und sie wollen durch das Terraforming Natur aus dem Mars machen. Aber auch Terraforming ist nicht Natur, sondern Kultur, künstlich, ein Garten. Keiner bekommt einen natürlichen Mars. So etwas wie Natur ist hier nicht möglich.«

»Interessant!«, sagte John. »Das muss ich Ann erzählen. Ich bin gespannt, was sie dazu sagt. Aber ...« Er dachte nach. »Wie nennt ihr dann dies hier? Wie nennt ihr das, was ihr tut?«

Jürgen zuckte die Achseln und grinste. »Wir benennen es nicht. Es ist eben der Mars.«

Vielleicht war das die Schweizer Art, dachte John. Er war Schweizern auf seinen Reisen immer wieder begegnet, und sie schienen alle so zu sein. Mach, was immer dir richtig erscheint, und kümmere dich nicht zu sehr um Theorie!

Später, als sie noch einige Flaschen Wein geleert hatten, fragte er sie, ob sie je vom Cojoten gehört hätten. Sie lachten, und einer sagte: »Das ist der, der noch vor dir hierhergekommen ist, oder?« Sie lachten über seinen Gesichtsausdruck. Einer erklärte: »Nur eine Geschichte. Wie die Kanäle oder der Große Mann. Oder Samichlaus.«

Als er am nächsten Tag durch Melas Chasma nach Norden fuhr, wünschte sich John wieder einmal, dass alle Leute auf dem Mars Schweizer wären oder denen, die er getroffen hatte, zumindest ähnlich. Ihre Liebe für das Land schien in ihrer Lebensweise zum Ausdruck zu kommen: rational, gerecht, erfolgreich, wissenschaftlich. Für ein solches Leben würden sie überall arbeiten; denn für sie kam es auf das Leben selbst an, nicht auf eine Fahne oder auf einen Glauben oder auf einen bestimmten Text, nicht einmal auf das kleine, steinige Fleckchen Land, das sie auf der Erde bevölkerten. Die Schweizer Straßenbau-Crew hier war schon ein Teil des Mars geworden. Sie hatten das Leben mitgebracht und das Gepäck zurückgelassen.

Er seufzte und frühstückte, während sein Rover an Transpondern vorbei nach Norden rollte. Die Sache war natürlich nicht so einfach. Die fahrenden Straßenbauer waren reisende Schweizer; die Art, die den größten Teil ihres Lebens außerhalb der Schweiz verbrachte. Davon gab es eine Menge; aber sie waren durch diesen Entschluss abgesondert und anders. Die Schweizer, die zu Hause blieben, waren Patrioten. Immer noch bis an die Zähne bewaffnet, immer noch bereit, mit jedem zu handeln, der ihnen Bargeld brachte, immer noch kein Mitglied der UN. Allerdings machte dieser Umstand in Anbetracht der Macht, die die UNOMA über die Situation auf dem Mars hatte, das Schweizer Modell für John interessant. Die Schweiz war ein Teil der Welt, distanzierte sich gleichzeitig von ihr; sie benutzte die Welt, hielt sie aber fern; sie war klein, aber mächtig, und immer schwer bewaffnet, zog aber nie in den Krieg – war es nicht das, was er für den Mars anstrebte? Von der Schweiz könnte er einige Lektionen für jedweden hypothetischen Mars-Staat lernen.

Er dachte einen erheblichen Teil seiner Zeit über diesen hypothetischen Staat nach, wenn er alleine war. Das war eine Art fixer Idee von ihm, und es frustrierte ihn, dass er bis jetzt nicht mehr als vage Wünsche formuliert hatte. Aber die Schweiz könnte ihm vielleicht weiterhelfen. Um seine Gedanken zu sortieren, sagte er: »Pauline, ruf bitte einen Enzyklopädie-Artikel über die Schweizer Regierung ab!«

Der Rover passierte einen Transponder nach dem anderen, während er den Artikel las, der auf dem Schirm erschien. Er war enttäuscht, dass es nichts über das Schweizer Regierungssystem gab, das wirklich einzigartig war. Die Exekutive besaßen sieben Bundesräte, die von der gesetzgebenden Körperschaft gewählt wurden. Kein charismatischer Präsident (was einem Teil von ihm nicht gefiel). Das Parlament hatte außer der Wahl der Bundesräte wenig zu tun. Es war gefangen zwischen der Macht der Bundesräte und der des Volkes, die in direkten Initiativen und Abstimmungen zum Ausdruck kam – einer Idee, die sie im neunzehnten Jahrhundert ausgerechnet von Kalifornien übernommen hatten. Und dann war da das föderalistische System. Die unterschiedlichen Kantone hatten viel Unabhängigkeit, wodurch das Bundesparlament weiter geschwächt wurde. Aber die Macht der Kantone bröckelte seit Generationen, die Bundesregierung riss immer mehr davon an sich. Worauf lief das alles hinaus? »Pauline, ruf bitte die Datei ›Verfassung‹ auf!« Er fügte dem kürzlich angelegten Dokument einige Notizen hinzu: *»Bundesrat, direkte Initiativen, Volksbefragungen, schwaches Parlament, lokale Unabhängigkeit, besonders in kulturellen Angelegenheiten.«* Darüber sollte er nachdenken. Mehr Daten für seinen Ideen-Schmelztiegel. Es half ihm, sie aufzuschreiben.

Er fuhr weiter und dachte an die Straßenbauer und ihre seltsame Mischung aus Ingenieurwesen und Mystizismus. Ihr warmes Willkommen, das Boone nicht für selbstverständlich nahm. Es war nicht überall so. In den arabischen und israelischen Siedlungen begegnete man ihm sehr steif; vielleicht, weil man ihn für einen Religionsgegner hielt, und vielleicht, weil Frank negative Gerüchte über ihn verbreitet hatte. Er war überrascht gewesen, als ihm jemand in einer arabischen Karawane erzählt hatte, er hätte den Bau einer Moschee auf Phobos verboten. Als er bestritt, von einem solchen Plan auch nur gehört zu haben, hatten sie ihn einfach nur angestarrt. Er war sich ziemlich sicher, dass das Franks Werk war. Über Janet und andere erreichten ihn Gerüchte, wonach Frank darauf aus wäre, seine Stellung auf diese Weise zu untergraben. Ja, es gab bestimmte Gruppen, die ihn kühl begrüßten. Die Araber, die Israelis, die Teams der Kernreaktoren, einige der transnationalen Beamten … Gruppen mit ihren eigenen ausgeprägten, aber engstirnigen Agenden, die seine größere Perspektive nicht verstanden. Unglücklicherweise gab es eine ganze Menge davon.

Er erwachte aus seiner Träumerei, schaute sich um und stellte überrascht fest, dass es in der Mitte von Melas Chasma genau so aussah wie draußen auf den nördlichen Ebenen. Der große Canyon war an dieser Stelle zweihundert Kilometer breit und die Krümmung des Planeten so stark, dass die nördlichen und südlichen Wände, kilometerhoch wie sie waren, gänzlich unter dem Horizont lagen. Erst am folgenden Morgen erhob sich die nördliche Canyonwand am Horizont, die von einem kurzen, nach Süden verlaufenden Tal zwischen Melas und Candor zerschnitten war. Erst als er in diesen weiten Spalt hineinfuhr, sah es so aus wie in seiner Vorstellung der Mariner-Gräben: Wahrhaft gigantische Wände flankierten ihn zu beiden Seiten, dunkelbraune Steinplatten, die von einer Vielfalt an Rinnen und Graten zerfurcht waren. Am Fuß der Wände lag der tiefe Schotter früherer Steinschläge – oder die Sedimente urzeitlicher Strände.

In dieser Lücke war die Schweizer Straße eine Kette grüner Transponder, die sich an Mesas und Trockentälern vorbeischlängelte, sodass es aussah, als hätte man das Monument Valley auf den Boden eines Canyons versetzt, der doppelt so tief und fünfmal so breit war wie der Grand Canyon. Der Anblick war so ungeheuer beeindruckend, dass John sich auf nichts anderes mehr konzentrieren konnte, und zum ersten

Mal auf dieser Reise fuhr er den ganzen Tag, ohne Pauline einzuschalten.

Nördlich der Querspalte kam er in die gewaltige Senke von Candor Chasma; und jetzt war es, als befände er sich in einer gigantischen Kopie der Painted Desert: Überall waren große Sedimentschichten, Bänder aus purpurnen und gelben Ablagerungen, orangefarbene Dünen, rote erratische Blöcke, rosa Sand und indigofarbene Rinnen – wirklich eine fantastische und extravagante Landschaft, die das Auge ständig täuschte, weil die ganzen lebhaften Farben es schwierig machten zu erkennen, was man vor sich hatte, wie groß es war und wie weit entfernt. Riesige Plateaus, die ihm den Weg zu versperren schienen, erwiesen sich als gerundete Schichten einer entfernten Klippe. Kleine Felsblöcke dicht neben den Transpondern entpuppten sich als enorme Mesas fast eine halbe Tagesfahrt entfernt. Und im Licht des Sonnenuntergangs flammten alle Farben auf, das ganze Spektrum des Mars enthüllte sich und strahlte, als ob die Farben, alles von Blassgelb bis zu einem dunklen Purpur, direkt aus dem Felsen selbst brächen. Candor Chasma! Er musste unbedingt wiederkommen und es in aller Ruhe erkunden.

Am Tag danach fuhr er den gleichmäßigen Hang der nördlichen Ophir-Straße hinauf, die die Schweizer Gruppe im Vorjahr fertiggestellt hatte. Immer bergauf – und dann war er, ohne vorher den Rand gesehen zu haben, aus den Canyons heraus, rollte an den überkuppelten Löchern von Ganges Catena vorbei und danach über die alte vertraute Ebene, einer breiten Straße folgend, vorbei an Tschernobyl und Underhill. Eine Tagesfahrt westlich davon lag Echus Overlook, Sax' neues Hauptquartier für das Terraforming. Johns Reise hatte eine Woche gedauert; und er hatte 2500 Kilometer zurückgelegt.

Sax Russell war aus Acheron zurück. Er war zu einem Machtfaktor geworden, da er vor einem Jahrzehnt von der UNOMA als wissenschaftlicher Leiter des Terraformingprojekts benannt worden war. Zehn Jahre an der Macht hatten natürlich ihre Spuren hinterlassen. Sax hatte UN- und transnationale Hilfe angefordert, um eine ganze Stadt zu bauen, die als Hauptquartier für das Projekt diente. Sie lag etwa fünfhundert Kilometer westlich von Underhill an der Kante der Ostwand von Echus Chasma. Echus war einer der engsten und tiefsten Canyons des Planeten, und seine Ostwand war noch höher als die von Süd-Melas. Der Abschnitt, den sie ausgesucht hatten, um die Stadt hineinzubauen, war eine vertikale Basaltklippe von viertausend Metern Höhe.

Oben auf der Klippe gab es wenige Anzeichen der neuen Stadt. Das Land dahinter war fast unberührt. Nur hie und da ein Betonbunker und im Norden die Rauchfahne des Rickover-Kernkraftwerks. Aber als John aus seinem Rover stieg und einen Bunker am Rande betrat, um einen der großen Aufzüge zu benutzen, wurde ihm das Ausmaß der Stadt langsam klar. Fünfzig Stockwerke tiefer stieg er aus und sah eine ganze Reihe weiterer Aufzüge, die ihn noch weiter nach unten, bis hinab zum Boden von Echus Chasma, bringen konnten. Wenn man pro Stockwerk mit zehn Metern rechnete, bot die Klippe Platz für vierhundert Etagen. So viele wurden noch nicht gebraucht, und die meisten bisher gebauten Räume befanden sich in den oberen zwanzig Etagen. Sax' Büro lag sehr weit oben.

Sein Konferenzraum war eine große offene Kammer mit einem Fenster vom Fußboden bis zur Decke an der Westwand. John betrat den Raum auf der Suche nach Sax. Es war früh am Vormittag, und das Fenster war noch fast ungefärbt. Weit, weit drunten lag der Chasma-Boden, noch halb im Schatten, und draußen im Sonnenlicht stand die viel niedrigere Westwand von Echus, und dahinter der große Abhang der Tharsis-Erhebung, die immer höher nach Süden hin anstieg. Davor lag der niedrige Buckel von Tharsis Tholus und links davon, gerade eben noch über dem Horizont, der purpurne, oben abgeflachte Kegel von Ascraeus Mons, dem nördlichsten der großen Vulkane.

Sax war nicht im Konferenzzimmer. Wahrscheinlich, dachte John, hat er noch nie aus diesem Fenster geblickt. Er fand Sax im Labor nebenan, mehr einer Laborratte ähnlich denn je, mit krummen Schultern und fransigem Schnurrbart. Sax schaute kaum auf und sprach mit ausdrucksloser Stimme wie ein Computer. Er führte John durch eine ganze Reihe von Labors, beugte sich vor, um Bildschirme oder ausgedruckte Graphen anzuschauen. Er wirkte zerstreut, wenn er redete. Die Räume, durch die sie gingen, waren mit Computern, Druckern, Bildschirmen, Büchern, Rollen und Papierstapeln, Discs, GC-Massenspektrographen, Brutschränken, Abzugshauben, langen Labortischen voller Apparate und ganzen Bibliotheken vollgestopft. Auf jedem noch so wackligen Tischchen standen Topfpflanzen, die meisten davon undifferenzierbare Wülste, stachlige Sukkulenten und dergleichen, sodass es auf den ersten Blick aussah, als wäre ein virulenter Schimmelpilz ausgebrochen und hätte alles überwuchert. »Deine Labors werden immer unordentlicher«, sagte John.

»Der ganze Planet ist mein Labor«, entgegnete Sax.

John lachte, nahm einen hellgelben subarktischen Kaktus von einer Arbeitsplatte und setzte sich hin. Sax verließ diese Räume scheinbar überhaupt nicht mehr. »Was braust du heute zusammen?«

»Atmosphären.«

Natürlich. Dieses Problem machte Sax ernstlich zu schaffen. Alle Wärme, die sie freisetzten oder dem Planeten zuführten, machte die Atmosphäre dichter; und alle ihre Strategien, um das CO_2 zu binden, machte sie wieder dünner. Während sich die chemische Zusammensetzung der Luft langsam in etwas verwandelte, das weniger giftig war, enthielt sie zugleich weniger Treibhausgase, sodass sich alles wieder abkühlte und der Prozess verlangsamt wurde. Negatives Feedback gegen positives Feedback, planetenweit. Alle diese Faktoren in ein sinnvolles extrapolatives Terraforming-Programm zu integrieren, mit dem Sax zufrieden war, hatte bisher niemand geschafft. Darum tat Sax jetzt das, was er in solchen Fälle immer tat: Er machte es selbst.

Er schritt durch die schmalen Gänge zwischen den Geräten und schob Stühle beiseite. »Es gibt einfach zu viel Kohlendioxid. Früher haben die Leute, die die Modelle errechneten, das einfach unter den Teppich gekehrt. Ich denke, ich werde die komplette südliche Polkappe von Robotern in die Sabatier-Fabriken bringen lassen müssen. Was wir verarbeiten, kann nicht sublimieren, und wir können den Sauerstoff freisetzen und den Kohlenstoff zu Ziegelsteinen pressen. Wir werden mehr Karbonblöcke haben, als wir je brauchen werden. Schwarze Pyramiden neben den weißen.«

»Hübsch!«

»Hmm.« Die Crays und die zwei Schillers summten hinter ihm vor sich hin und untermalten seinen Monolog mit einem profunden Bass. Diese Computer liefen die ganze Zeit, prüften eine Variante nach der anderen, erklärte Sax John. Die Ergebnisse waren zwar immer unterschiedlich, aber nur selten ermutigend. Die Luft würde noch ziemlich lange kalt und giftig bleiben.

Sax marschierte durch den Flur, und John folgte ihm in ein Zimmer, das wie ein weiteres Labor aussah, nur dass dort ein Bett und ein Kühlschrank in einer Ecke standen. Die unordentlichen Bücherregale waren mit Topfpflanzen überladen, bizarren Pleistozän-Gewächsen, die so tödlich aussahen wie die Luft draußen. John setzte sich in den einzigen leeren Sessel. Sax blieb stehen und schaute auf einen Muschelbusch, während John ihm seine Begegnung mit Ann schilderte.

»Glaubst du, dass sie darin verwickelt ist?«, fragte Sax.

»Ich denke, sie weiß, wer es ist. Sie erwähnte jemanden namens Cojote.«

»Ach ja.« Sax sah John kurz an – beziehungsweise Johns Füße. »Sie hetzt uns auf eine falsche Fährte. Der Cojote soll mit uns auf der *Ares* gewesen sein, heißt es. Von Hiroko versteckt.«

John war so überrascht, dass Sax von dem Cojoten gehört hatte, dass es eine Weile dauerte, bis ihm klar wurde, was daran außerdem noch beunruhigend war: Eines Nachts hatte Maya ihm erzählt, dass sie ein Gesicht gesehen hätte, das Gesicht eines Fremden. Die Reise war hart für Maya gewesen, und er hatte die Geschichte als Einbildung abgetan. Aber jetzt ...

Sax ging herum, schaltete Lichter an, glotzte auf Schirme und murmelte etwas über Sicherheitsmaßnahmen. Er öffnete kurz die Kühlschranktür, und John erhaschte einen Blick auf weitere stachlige Gewächse. Entweder waren das noch mehr Experimente, oder seine Snacks hatten einen wirklich gravierenden Schimmelbefall. John sagte: »Du verstehst, warum die meisten Angriffe auf die Moholes erfolgt sind? Sie sind das am leichtesten anzugreifende Projekt.«

Sax neigte den Kopf. »Sind sie das?«

»Denk darüber nach! Deine kleinen Windmühlen gibt es überall; da kann man nicht viel ausrichten.«

»Es gibt Leute, die sie zerstören. Wir haben Meldungen darüber bekommen.«

»Wie viele? Ein Dutzend? Und wie viele sind noch da draußen, hunderttausend? Sie sind bloß Schrott, Sax. Deine schlechteste Idee.« Die ihn wegen der Algen, die Sax in einigen davon versteckt hatte, beinahe sein Projekt gekostet hätte. Anscheinend waren alle Algen eingegangen. Sollten doch welche überlebt haben, wäre das der Beweis, dass Sax für ihre Verbreitung verantwortlich war, und das konnte ihn seinen Job kosten. Die ganze Sache zeigte, dass Sax' logische Art nur eine Fassade war.

Jetzt runzelte er die Stirn. »Sie liefern jährlich ein Terawatt.«

»Und wenn man ein paar davon zerstört, macht das nichts aus. Aber die schwarzen Schneealgen auf der nördlichen Polkappe kann man nicht einfach so beseitigen. Die Sonnenspiegel sind im Orbit, und es ist nicht so einfach, sie zu sabotieren.«

»Bei Pythagoras ist genau das passiert.«

»Sicher, aber wir wissen, wer das war, und ein Sicherheitsteam verfolgt die Person.«

»Die wird ihre Freunde sicher nicht verraten. Vielleicht können die Saboteure es sich leisten, für jede Aktion einen der ihren zu opfern. Das würde mich nicht überraschen.«

»Naja, aber strengere Kontrollen durch das Sicherheitspersonal würden es für jeden unmöglich machen, irgendwelche Geräte an Bord zu schmuggeln.«

»Sie könnten benutzen, was sich da draußen befindet.« Sax schüttelte den Kopf. »Die Spiegel sind verwundbar.«

»Okay. Jedenfalls mehr als einige andere Projekte.«

»Diese Spiegel liefern zusätzliche dreißig Kalorien pro Quadratzentimeter per Sol. Und es werden immer mehr.« Fast alle von der Erde kommenden Frachtschiffe waren jetzt Sonnensegler; und wenn sie im Mars-System ankamen, dockten sie an alte Schiffe, die im areosynchronen Orbit geparkt waren, an.

Durch Schwenken der Sonnensegel warfen sie ihr Licht auf die Terminatoren und lieferten so in, der Morgen- und Abenddämmerung jedes Tages ein wenig zusätzliche Energie. Sax' Team hatte das alles geplant und koordiniert, und er war stolz darauf.

John sagte: »Wir werden die Sicherheitskontrollen für das Wartungspersonal verstärken.«

»So. Erhöhte Sicherheit bei den Spiegeln und den Moholes.«

»Ja. Aber das ist noch nicht alles.«

Sax schnaufte. »Was noch?«

»Nun, das Problem liegt darin, dass nicht bloß die Terraformingprojekte potenzielle Ziele sind. Ich meine, die Kernreaktoren sind auch Teil davon. Sie liefern dir eine Menge Energie und geben viel Wärme ab. Es sind Miniatur-Höllen, so heiß sind sie. Wenn einer davon hochginge, würde er einen gewaltigen Fallout produzieren, politisch wie physikalisch.«

Die vertikalen Falten zwischen Sax' Augen erreichten fast seinen Haaransatz. John streckte die Hände aus. »Schau mich nicht so an. So ist es nun mal.«

»Computer«, befahl Sax, »mach eine Notiz: Reaktorsicherheit prüfen!«

»Notiz gemacht«, sagte einer der Schillers. Er klang genau wie Sax.

»Aber das ist immer noch nicht das Schlimmste«, sagte John und blickte wütend zu Boden. »Die biotechnischen Labors.«

Sax' Mund wurde zu einer schmalen Linie.

John fuhr fort: »Täglich werden neue Organismen ausgebrütet; und vielleicht ist einer dabei, der alles andere auf dem Planeten tötet.«

Sax zwinkerte. »Hoffen wir, dass keiner der Gentechniker so denkt wie du.«

»Ich versuche nur, wie sie zu denken.«

»Computer, noch eine Notiz: Biolab-Sicherheit!«

John sagte: »Natürlich haben Vlad und Ursula allem, was sie gemacht haben, Selbstmordgene eingepflanzt. Aber die sollen übermäßige Ausbreitung oder Mutationen aufhalten. Falls jemand sie vorsätzlich umgehen würde und etwas zusammenbraut, das nicht von Selbstmordgenen aufgehalten wird, könnten wir in Schwierigkeiten geraten.«

»Verstehe.«

»Also: die Labors, die Reaktoren, die Moholes und die Spiegel. Es könnte schlimmer sein.«

Sax verdrehte die Augen. »Schön, dass du es so siehst. Ich werde mit Helmut darüber reden. Ich werde ihn sowieso bald treffen. Es sieht so aus, als würden sie Phyllis' Aufzug bei der nächsten UNOMA-Sitzung genehmigen. Das wird die Kosten des Terraformings erheblich verringern.«

»Vielleicht, aber die Kosten bleiben trotzdem noch gigantisch.«

Sax zuckte mit den Achseln. »Man schiebe einen Amor-Asteroiden in den Orbit, errichte eine Roboterfabrik und lasse sie die Arbeit machen. Das ist nicht so teuer, wie du denkst.«

John verdrehte die Augen. »Sax, wer bezahlt das alles?«

Sax neigte den Kopf und blinzelte. »Die Sonne.«

John stand auf. Er hatte plötzlich Hunger. »Dann bestimmt die Sonne auch, wo es langgeht. Denk daran!«

Jeden Abend sendete die Mangalavid-Amateurstation sechs Stunden lang ein kunterbunt gemischtes Programm, das John sich bei jeder passenden Gelegenheit anschaute. Also ging er, nachdem er sich in der Küche einen großen grünen Salat zubereitet hatte, in einen der Aufenthaltsräume mit großen Fenstern und schaute während des Essens mal auf den Fernseher, mal auf den roten Sonnenuntergang über Ascraeus Mons. Die ersten zehn Minuten der Sendung an diesem Abend waren Aufnahmen von einer Sanitätsingenieurin, die auf einer Abfallverwertungsanlage in Chasma Borealis arbeitete. Ihre Erklärungen klangen begeistert, waren aber langweilig. »Das Gute ist, dass wir verschiedene Stoffe ohne Einschränkungen freisetzen dürfen: Sauerstoff, Ozon, Stickstoff, Argon, Dampf und einige biologische Materialien. Dadurch haben wir eine Freiheit, die wir zu Hause nicht besessen haben. Wir verarbeiten einfach alles, was man uns gibt, und setzen es frei, solange wir können.« Zu Hause, dachte John. Eine neu Hinzugekommene. Danach kam ein Karatekampf, in der niedrigen Schwerkraft gleichzeitig erheiternd und erhaben. Es folgten zwanzig Minuten, in denen einige Russen in Druckanzügen *Hamlet* auf dem Boden des Mohole von Tyrrhena Patera aufführten. John fand es verrückt, bis Hamlet Claudius erblickte, wie er im Gebet kniete, und die Kamera nach oben schwenkte, um die Wände des Moholes wie die einer Kathedrale wirken zu lassen, die sich über Claudius zu einem unendlich entfernten Sonnenstrahl erhoben – die Vergebung, die er nie erlangen würde.

John schaltete den Fernseher aus und nahm den Aufzug zur Schlafetage hinunter. Er ging zu Bett und entspannte sich. Karate als Ballett. Die Neulinge waren noch alle Ingenieure, Bauarbeiter, Wissenschaftler jeder Richtung. Aber sie wirkten nicht so auf ihre Arbeit fixiert wie die Ersten Hundert, und das war wohl gut so. Sie hatten noch eine wissenschaftliche Geisteshaltung und Weltanschauung; sie waren praktisch, empirisch und rational. Blieb zu hoffen, dass beim Ausleseprozess auf der Erde Fanatiker immer noch aussortiert wurden und Leute heraufgeschickt wurden, die ähnlich wie die wandernden Schweizer dachten; praktisch, aber offen für neue Möglichkeiten und imstande, neue Loyalitäten und Glaubensrichtungen zu entwickeln. John wusste, dass diese Hoffnung ein bisschen naiv war. Man brauchte sich nur die Ersten Hundert anzuschauen, um zu erkennen, dass Wissenschaftler so fanatisch wie alle anderen werden konnten, vielleicht sogar noch mehr. Ihre Ausbildung war zu eng gefasst, zu eingeschränkt gewesen. Hirokos Team war verschwunden … Lebte irgendwo da draußen im wilden felsigen Land, die glücklichen Schweine … Er schlief ein.

John arbeitete noch ein paar Tage in Echus Overlook und bekam dann einen Anruf von Helmut Bronski in Burroughs, der sich mit ihm über die Neuankömmlinge von der Erde unterhalten wollte. John beschloss, den Zug zu nehmen und persönlich mit Helmut zu reden.

Am Abend vor seiner Abreise suchte er Sax in seinen Labors auf. Als er eintrat, sagte Sax monoton: »Wir haben einen Amor-Asteroiden gefunden, der zu neunzig Prozent aus Eis besteht. Seine Flugbahn wird ihn in drei Jahren in Marsnähe bringen. Haargenau das, was ich gesucht habe.« Sein Plan war, ein von Robotern gesteuertes Schub-Aggregat auf dem Eisasteroiden anzubringen und ihn so in einen extrem niedrigen Marsorbit zu schieben, sodass er in der Atmosphäre verglühen würde. Damit wäre den UNOMA-Vorschriften Genüge getan, die die massiven Zerstörungen, die ein direkter Aufprall bewirken würde, untersagten. Trotzdem würden noch große Mengen Sauerstoff und Wasserstoff in die Atmosphäre kommen und sie genau mit den Gasen anreichern, die am dringendsten gebraucht wurden. »Es könnte den atmosphärischen Druck um gut fünfzig Millibar anheben.«

»Du machst Witze!« Der mittlere Druck in Normalhöhe hatte bei ihrer Ankunft zwischen sieben und zehn Millibar betragen (auf der Erde waren es 1,013), und alle bisherigen Bemühungen hatten den Durchschnittswert nur auf rund fünfzig gesteigert. »Ein einziger Eisklumpen kann den atmosphärischen Druck verdoppeln?«

»Das besagen die Simulationen. Natürlich ist bei einem so geringen Ausgangswert eine Verdopplung nicht so eindrucksvoll, wie es klingt.«

»Trotzdem ist das großartig, Sax. Und es wird schwer zu sabotieren sein.«

Daran wollte Sax nicht erinnert werden. Er runzelte die Stirn und ließ John einfach stehen.

John lachte über seine launische Art und wollte schon gehen, als er eine Idee hatte. Er sah sich im Flur um. Leer. Und keine Kameras in Sax' Büro. Er trat wieder ein, grinste über seinen verstohlenen Gang auf Zehenspitzen und musterte das Papierchaos auf dem Schreibtisch. Wo sollte er anfangen? Vermutlich würde seine KI alles Interessante enthalten, aber wohl nur auf die Stimme von Sax reagieren und sicher alle anderen Anfragen registrieren. John öffnete ruhig eine Schreibtischschublade. Leer. Alle Schubladen waren leer. Er hätte fast laut gelacht, unterdrückte das aber. Auf einer Laborbank lag ein Haufen Korrespondenz, und er sah ihn durch. Meist Mitteilungen von den Biologen in Acheron. Unten in dem Stapel war ein einzelnes, nicht unterschriebenes Blatt, auch ohne Rücksendeanschrift oder Herkunftscode, nichts, was auf den Absender hinwies, soweit John erkennen konnte. Die Mitteilung war kurz:

»1. Wir benutzen Selbstmordgene, um Vermehrung im Griff zu halten. 2. Es gibt auf der Oberfläche jetzt so viele Wärmequellen, dass niemand unsere vom Rest unterscheiden kann. 3. Wir wollten einfach ausbrechen und unabhängig arbeiten, ohne Einmischungen. Ich bin sicher, du verstehst jetzt.«

Nachdem er eine Minute lang draufgestarrt hatte, hob John den Kopf und sah sich um. Er war immer noch allein. Er schaute noch einmal auf die Nachricht, legte sie da hin, wo er sie gefunden hatte, und ging ruhig aus Sax' Büro zu den Gästequartieren zurück. »Sax«, sagte er anerkennend, »du raffinierter Rattenkönig!«

Der Zug nach Burroughs führte hauptsächlich Fracht in dreißig engen Waggons, aber vorn waren zwei Passagierwagen. Er glitt so schnell und geschmeidig über eine supraleitende Magnetschiene, dass man es kaum glauben konnte. Nach Johns endloser, anstrengender Rover-Fahrerei querfeldein war es fast erschreckend, nichts weiter zu tun zu haben, als das gute alte Lustzentrum im Gehirn mit Omegendorph zu überschwemmen, sich zurückzulehnen und es zu genießen. Wenn er hinausschaute, wirkte die Fahrt wie ein Überschallflug auf dem Boden.

Die Schiene verlief ungefähr parallel zum vierzigsten Breitengrad. Der Plan war, den ganzen Planeten mit einer Magnetschwebebahn zu umgürten; aber bisher war nur die Strecke zwischen Echus und Burroughs fertiggestellt. Burroughs war zur größten Stadt der nördlichen Hemisphäre geworden. Die ursprüngliche Siedlung war von einem amerikanischen Konsortium nach einem europäischen Plan unter französischer Führung erbaut worden und lag am oberen Ende von Isidis Planitia, die praktisch ein riesiger Trog war, wo die Tiefebenen des Nordens in die Hochebenen des Südens einschnitten. Seiten und Kopf des Trogs wirkten der Krümmung des Planeten entgegen, sodass die Landschaft um die Stadt herum fast irdische Horizonte hatte; und als der Zug die Senke hinunterflog, konnte Boone über mit Mesas besetzte dunkle Ebenen bis zum Horizont in mehr als sechzig Kilometern Entfernung blicken.

Die Gebäude von Burroughs waren fast alle Klippenbauten, die in die Flanken von fünf großen Mesas eingeschnitten waren, die als Gruppe auf einem Berg in einer Biegung eines alten gewundenen Kanals standen. Große Abschnitte der fast vertikalen Seitenwände der Mesas waren durch Rechtecke aus verspiegeltem Glas ersetzt worden. Es sah aus, als hätte man postmoderne Wolkenkratzer auf die Seite gelegt und in die Berge hineingeschoben. Wirklich ein aufsehenerregender Anblick und viel beeindruckender als Underhill oder sogar Echus Overlook, der eine großartige Aussicht bot, aber von außen nicht zu sehen war. Nein, die mit Glas verkleideten Flanken von Burroughs, die sich über einen Kanal erhoben, der nach Wasser zu flehen schien, und ein Ausblick bis zu fernen Bergen – all diese Merkmale verliehen der neuen Stadt einen rasch wachsenden Ruf, die schönste Stadt auf dem Mars zu sein.

Ihr westlicher Bahnhof befand sich im Innern einer ausgehöhlten Mesa, ein sechzig Meter hoher Raum mit gläsernen Wänden. John trat in diese großartige Halle hinaus und bahnte sich mit zurückgeneigtem Kopf wie ein Bauerntölpel in Manhattan einen Weg durch die Menschenmenge. Das Bahnpersonal trug blaue Pullover, die Bergleute hatten grüne Schutzkleidung, die UNOMA-Bürokraten Anzüge und die Bauarbeiter Arbeitsoveralls in Regenbogenfarben, die an Sportbekleidung erinnerten. Das UNOMA-Hauptquartier war vor drei Jahren in Burroughs untergebracht worden, was einen Bauboom bewirkt hatte. Niemand wusste, ob es mehr UNOMA-Bürokraten oder Bauarbeiter in Burroughs gab.

Am anderen Ende der Bahnhofshalle ging John zur U-Bahn und fuhr damit zu den UNOMA-Büros. Er schüttelte einigen Mitfahrern die Hand, die ihn erkannten und ansprachen. Er fühlte sich unbehaglich, wie immer in seinem Goldfischglas. Er befand sich wieder unter Fremden. In einer Stadt.

An diesem Abend aß er mit Helmut Bronski, einem deutschen Millionär, der in die Politik gegangen war. Sie waren sich schon oft begegnet, und John war von dem Mann beeindruckt: groß, beleibt, blond mit rötlichem Gesicht, makellos gepflegt und in einen teuren grauen Anzug gekleidet. Er war der Finanzminister des Europarats gewesen, ehe er den Posten bei der UNOMA angenommen hatte. Jetzt erzählte er John die neusten Neuigkeiten in einem sehr gepflegten britischen Englisch und kaute Roastbeef mit Kartoffeln zwischen den schnell geäußerten Sätzen. Sein Silberbesteck hielt er wie ein deutscher Handwerker. »Wir werden dem transnationalen Konsortium Armscor einen Schürfkontrakt in Elysium übertragen. Sie werden ihre eigene Ausrüstung herbringen.«

»Aber Helmut«, entgegnete John, »würde das nicht den Mars-Vertrag verletzen?«

Helmut machte eine weite Bewegung mit der Hand, die die Gabel hielt. Seine Miene sagte, sie wären Männer von Welt und verstünden sich auf diese Dinge. »Der Vertrag ist mehr als veraltet, das ist jedem klar, der damit zu tun hat. Aber seine

Revision ist erst in zehn Jahren angesetzt. Also müssen wir versuchen, gewisse Aspekte der Revision vorzuziehen. Darum erteilen wir schon jetzt einige Konzessionen. Es gibt keinen Grund zur Verzögerung; und sollten wir das versuchen, gäbe es Ärger in der Generalversammlung.«

»Aber die Generalversammlung wird nicht gerade begeistert sein, dass ihr die erste Konzession einem alten südafrikanischen Waffenfabrikanten erteilt habt!«

Helmut zuckte die Schultern. »Armscor hat nur noch sehr wenig mit Waffen zu tun, auch wenn sie den Namen behalten haben. Als aus Südafrika Azania wurde, hat die Gesellschaft ihre Büros erst nach Australien verlegt und dann nach Singapur. Und jetzt ist sie eine Luft- und Raumfahrtfirma. Sie ist eine echte Transnationale, einer der neuen Tiger, mit eigenen Banken, und kontrolliert fünfzig der alten Fortune 500.«

»Fünfzig?«, japste John.

»Armscor ist noch eine der kleinsten Transnationalen. Darum haben wir sie ausgewählt. Aber sie hat immer noch ein größeres Wirtschaftsvolumen als jedes Land außer den größten Zwanzig. Wenn die alten Multinationalen zu Transnationalen verschmelzen, gewinnen sie wirklich eine ganze Menge Macht und Einfluss in der Generalversammlung. Wenn wir einer Transnationalen eine Konzession erteilen, profitieren davon etwa zwanzig oder dreißig Länder und bekommen Zugang zum Mars. Für die anderen Länder dient das als Präzedenzfall. So wird der Druck auf uns gemindert.«

»Hm.« John dachte darüber nach. »Sag mal, wer hat diese Übereinkunft eingefädelt?«

»Nun, weißt du, das waren ein paar von uns.«

Helmut aß weiter und ignorierte fröhlich Johns starren Blick.

John presste die Lippen zusammen und schaute weg. Ihm wurde jäh bewusst, dass er mit einem Mann sprach, der, obwohl nur ein Funktionär, sich für weitaus wichtiger hielt als Boone. Genial, mit einem glatten Gesicht (wer ihm wohl die Haare schnitt?), lehnte Bronski sich zurück und orderte einen Digestif. Seine Assistentin, die sich um sie kümmerte, eilte folgsam hin und her.

John bemerkte: »Ich glaube nicht, dass man mich schon einmal auf dem Mars bedient hat.«

Helmut hielt Johns Blick ruhig stand, aber sein Gesicht war noch röter geworden. John grinste fast. Der UNOMA-Beamte wollte drohend wirken, als Repräsentant von so mächtigen, quasi klimatischen Kräften, die Johns kleine Wetterhäuschen-Mentalität nicht einmal im Ansatz begreifen konnte. Aber John hatte schon früher festgestellt, dass ein paar Minuten seiner Erster-Mann-auf-dem-Mars-Nummer ausreichten, um einer solchen Haltung den Boden zu entziehen. Also lachte er und trank und erzählte Geschichten und spielte auf Geheimnisse an, die nur den Ersten Hundert bekannt waren. Er machte der Assistentin/Kellnerin klar, dass er es war, der am Tisch das Sagen hatte. Er benahm sich allgemein auf eine unbekümmerte, wissende, arrogante Art; und als sie mit Sorbet und Brandy fertig waren, redete Bronski laut und polternd, offenkundig nervös und in der Defensive.

Funktionäre – John musste lachen.

Aber er war neugierig, warum Bronski die Übereinkunft angesprochen hatte. Das war ihm noch nicht ganz klar. Vielleicht hatte Bronski persönlich sehen wollen, wie die Nachricht von der neuen Konzession einen der Ersten Hundert treffen würde – vielleicht, um die Reaktion der übrigen einschätzen zu können? Quatsch. Um sich ein gutes Urteil über die Ersten Hundert bilden zu können, müsste man mindestens achtzig von ihnen befragen. Und selbst dann gäbe es keine Garantie dafür, dass es stimmte. Aber John war der Repräsentant, ein Symbol, eine Galionsfigur. Das hier war Zeitverschwendung.

Er fragte sich, ob er aus diesem Abend etwas für sich herausholen könnte; und als sie zu seiner Suite gingen, fragte er: »Hast du jemals von dem Cojoten gehört?«

»Dem Tier?«

Er grinste und beließ es dabei. Er legte sich in seinem Zimmer aufs Bett, ließ Mangalavid laufen, und dachte nach. Als er sich vor dem Schlafengehen die Zähne putzte, starrte er sein Gesicht im Spiegel finster an. Er schwang die Zahnbürste in einer weit ausholenden Geste und sagte in einer unfairen Parodie auf Helmuts leichten Akzent: »Vell, dass is bisiness, bisiness aß juschel!«

Am nächsten Morgen hatte er ein paar Stunden vor der nächsten Konferenz frei und verbrachte die Zeit mit Pauline. Er las, was sie über Helmut Bronskis Unternehmungen in den letzten sechs Monaten finden konnte. Konnte Pauline der UNOMA in die Diplomatentasche greifen? War Helmut je in Senzeni Na oder einem anderen sabotierten Ort gewesen? Während Pauline ihre Suchalgorithmen laufen ließ, schluckte John eine Omegendorph gegen seinen Kater und dachte über die Gründe seiner Recherche über Helmut nach. Derzeit stellte die UNOMA die höchste Autorität auf dem Mars dar, zumindest auf dem Papier. In der Praxis war sie so zahnlos wie die UN gegenüber nationalen Armeen und transnationalem Geld. Wenn sie nicht nach deren Pfeife tanzte, war sie hilflos. Sie konnte sich nicht gegen deren Forderungen durchsetzen und würde es wohl auch nie versuchen, da sie deren Werkzeug war. Was wollten *sie* also, die Nationalregierungen und die transnationalen Firmenchefs? Wenn es noch mehr Sabotageakte gäbe, wäre das ein Grund, mehr ihrer eigenen Sicherheitskräfte herzuschicken? Würde ihnen das dabei helfen, ihre Kontrolle zu verstärken?

Er schnaubte angewidert. Offenbar war das bisher einzige Resultat seiner Nachforschungen, dass sich die Liste der Verdächtigen verdreifacht hatte. Pauline sagte: »Bitte sehr, John!«, und die Information erschien auf dem Schirm. Die Diplomatenakten waren in einem der neuen, nicht zu knackenden Schlüssel codiert. Nichts zu machen. Helmuts Bewegungen andererseits waren leicht zu verfolgen. Er war vor zehn Wochen auf Pythagoras gewesen, der Spiegelstation, die aus dem Orbit gestoßen worden war. Und zwei Wochen vor Johns Besuch in Senzeni Na. Niemand dort hatte das erwähnt.

Außerdem war er gerade von dem Bergbaukomplex zurückgekehrt, der soeben an einem Ort namens Bradbury Point eingerichtet wurde. Zwei Tage später reiste John ab, um sich dort umzusehen.

Bradbury Point lag etwa achthundert Kilometer nördlich von Burroughs an der östlichsten Stelle von Nilosyrtis Mensae. Die Mensae waren eine Reihe langer Mesas, die wie die Inseln der südlichen Hochebenen in dem Flachland im Norden aufragten. Man hatte unlängst festgestellt, dass die Mesa-Inseln von Nilosyrtis reich an Metallen waren, unter anderem Kupfer, Silber, Zink, Gold und Platin. Erzvorkommen wie diese hatte man an mehreren Stellen im sogenannten Großen Steilhang entdeckt, wo das südliche Hochland zu den Tiefebenen des Nordes abfiel. Einige Areologen vermuteten, dass die Bodenschätze auf dem Steilhang den Planeten wie die Naht eines Baseballs umgaben. Ein neues Puzzlestück in dem Rätsel um die Mars-Dichotomie, das natürlich besonders viel Aufmerksamkeit erregte. Grabungen, begleitet von intensiven areologischen Studien, wurden sowohl von UNOMA-Wissenschaftlern als auch im Auftrag der Transnationalen durchgeführt, fand John heraus, als er die Akten von Neuankömmlingen prüfte. Sie suchten nach Hinweisen auf weitere Lagerstätten. Aber selbst auf der Erde verstand man die Mineralbildung noch nicht ganz; darum waren Erfolge meist nur glückliche Zufälle. Auf dem Mars war es genauso. Auch die jüngsten Funde auf dem Großen Steilhang waren größtenteils zufällig gemacht worden, und jetzt wurde die Gegend für die Erzförderfirmen interessant.

Die Entdeckung des Bradbury-Point-Komplexes hatte diese Jagd beschleunigt. Er war so groß wie die größten Fundstellen auf der Erde, vielleicht vergleichbar dem Bushveld-Komplex in Azania. Es gab einen Goldrausch in Nilosyrtis. Und Helmut Bronski war vor Kurzem dort gewesen.

Bradbury Point erwies sich als klein und zweckmäßig, eine ganz neue Siedlung. Ein Kernreaktor und einige Raffinerien, dicht bei einer ausgehöhlten Mesa, in der das Habitat lag. Die Minen waren im Flachland zwischen den Mesas verstreut. Boone fuhr bis zum Habitat hinauf, dockte den Rover in der Garage an und duckte sich dann durch die Schleuse. Drinnen wurde er von einem Empfangskomitee begrüßt und in einen Konferenzraum mit Panoramafenstern geführt.

Man sagte ihm, dass in Bradbury Point etwa dreihundert Personen lebten, alles Angestellte der UNOMA und von der transnationalen Shellalco ausgebildet. Sie machten mit John einen kleinen Rundgang, und er stellte fest, dass eine Mischung aus früheren Südafrikanern, Australiern und Amerikanern hier arbeiteten, die ihm alle die Hand schütteln wollten. Ungefähr drei Viertel der Einwohner waren Männer, blass und sauber, die mehr wie Labortechniker aussahen als die rußgeschwärzten Trolle, an die John denken musste, wenn er das Wort *Bergarbeiter* hörte. Die meisten hatten Zweijahresverträge, erzählten sie ihm, und zählten die Tage und Wochen, bis sie wieder zur Erde fliegen durften. Sie betrieben die Minen hauptsächlich per Telerobotik und machten ein entsetztes Gesicht, als Boone darum bat, in eine Mine einfahren und sich umschauen zu dürfen. Einer sagte: »Es ist bloß ein Loch.« Boone schaute unschuldig und naiv, und nach kurzem Zögern stellten sie eine Begleitmannschaft für ihn zusammen.

Sie brauchten zwei Stunden, um die Schutzanzüge anzulegen und das Habitat zu verlassen. Dann fuhren sie zu einer Mine. Über eine Rampenstraße gelangten sie in eine terrassierte ovale Grube von etwa zwei Kilometern Länge. Dort stiegen sie aus und folgten John, der herumging. Umgeben von gigantischen Robot-Bulldozern, automatischen Abraumlastern und Bodenräumern schauten sich seine Begleiter ständig nervös um, wahrscheinlich, weil sie Angst hatten, dass sich einer dieser mechanischen Kolosse selbstständig machen könnte, dachte John. Ihre Furchtsamkeit erstaunte ihn. Plötzlich wurde ihm klar, dass der Mars für sie nur eine weitere Arbeitsstelle in einer unwirtlichen Gegend war, eine höllische Kombination aus Sibirien, der Wüste Saudi Arabiens, dem Südpol im Winter und der *Novy Mir*.

Oder sie hielten es in seiner Nähe für gefährlich. Das machte ihn stutzig. Bestimmt hatten sie von dem Zwischenfall mit dem Abraumlaster gehört und wollten so etwas hier verhindern. Vielleicht war es das. Aber könnte es noch etwas anderes sein? Bereiteten sich diese Leute auf etwas vor, von dem er nichts wusste? Je länger John darüber nachdachte, desto mulmiger wurde ihm zumute. Er hatte den fallenden Lastwagen als Unfall verbucht, etwas, das nur einmal passieren konnte. Aber seine Reisen waren leicht zu verfolgen. Jeder wusste, wo er war. Und jedes Mal wenn er ins Freie ging, war nur sein Schutzanzug dazwischen, wie man hier zu sagen pflegte. Und in einer Grube wie dieser gab es massenhaft Lastwagen …

Aber sie kamen ohne Zwischenfall heil wieder zurück. Und an diesem Abend hielten sie das übliche Bankett zu seinen Ehren ab, eine Party, bei der viel getrunken wurde, mit erheblichem Omegendorph-Konsum und lauten rauen Reden. Eine Schar junger, zäher Ingenieure, die sich freuten, dass man mit John Boone wirklich viel Spaß beim Feiern haben konnte. Eine verbreitete Reaktion unter Neuankömmlingen, besonders jüngeren Männern. John unterhielt sich munter mit ihnen und ließ es sich gutgehen. Seine Erkundigungen streute er – ziemlich unauffällig – in die Gespräche ein. Sie hatten nicht von dem Cojoten gehört, was interessant war, da sie vom Großen Mann und der verborgenen Kolonie wussten. Offenbar gehörte der Cojote nicht zu den gängigen Mars-Mythen, sondern war eher Insidern wie den Ersten Hundert bekannt.

Die Bergleute hatten aber kürzlich einen ungewöhnlichen Besuch gehabt. Eine arabische Karawane war vorbeigekommen, die sich den Rand von Vastitas Borealis entlangbewegte. Sie sagten, die Araber hätten behauptet, von einigen der »verlorenen Kolonisten« besucht worden zu sein.

»Interessant«, meinte John. Er hielt es für unwahrscheinlich, dass Hiroko oder jemand aus ihrer Gruppe einfach so Kontakt zu Fremden aufnehmen würde, aber sicher war er sich nicht. Er würde dem nachgehen müssen. Er hatte ohnehin nichts mehr in Bradbury Point zu tun. Vor einem Verbrechen gab es für den Ermittler wenig Arbeit. Also verbrachte er noch einige Tage damit, die Bergbauarbeiten zu beobachten. Das Ausmaß des ganzen Vorhabens und wie viel Abraum die Robot-Maschinen an einem Tag wegschaffen konnten, schockierte ihn. »Was werdet ihr mit all dem Metall machen?«, fragte er, nachdem er einen Blick in einen anderen großen

Tagebau geworfen hatte, der fünfundzwanzig Kilometer von dem Habitat entfernt lag. »Es zur Erde schaffen würde mehr kosten, als es wert ist, oder?«

Der Leiter der Arbeiten, ein schwarzhaariger Mann mit einem scharfkantigen Gesicht, grinste. »Wir werden es einlagern, bis es sich rentiert. Oder bis sie diesen Weltraumlift bauen.«

»Was meinst du, wird der gebaut?«

»O ja. Das Material ist hier – Graphitfäden, verstärkt mit Diamantspiralen. Damit könnte man sogar auf der Erde so einen Aufzug bauen. Hier wäre es erheblich leichter.«

John schüttelte den Kopf. Die Rückfahrt zum Habitat am Nachmittag, vorbei an neuen Gruben und Schlackenhalden, auf die Rauchfahne der Raffinerien auf der anderen Seite der bewohnten Mesa zu, dauerte eine Stunde. Er war es gewohnt, Land zu sehen, das vom Bergbau aufgerissen war – aber das hier … Es war erstaunlich, was ein paar hundert Leute anrichten konnten. Natürlich war es die gleiche Technik, die es Sax erlaubte, eine vertikale Stadt über die volle Höhe von Echus Overlook zu bauen; und die den Städtebau so schnell vorangehen ließ. Dennoch – eine solche Verwüstung anzurichten, nur um Metalle zu schürfen, die den unersättlichen Bedarf der Erde stillen sollten …

Am nächsten Tag erteilte er dem Leiter der Arbeiten teuflisch strenge Sicherheitsanweisungen, die zwei Monate lang eingehalten werden sollten. Dann fuhr er los und folgte den vom Wind verwehten Spuren der arabischen Karawane nach Nordosten.

Frank Chalmers reiste mit dieser Karawane. Aber der hatte von einem Besuch durch Hirokos Leute weder etwas gehört noch gesehen; und keiner von den Arabern wollte zugeben, dass Frank diese Story in Bradbury Point erzählt hatte. Also eine falsche Spur. Oder eine, die Frank den Arabern zu verwischen half. Aber wie sollte John das herausfinden? Obwohl die Araber erst vor Kurzem auf dem Mars angekommen waren, waren sie schon Franks Verbündete. Er lebte mit ihnen, sprach ihre Sprache und war jetzt natürlich der Dolmetscher zwischen ihnen und John. Keine Chance auf unabhängige Nachforschungen außer Paulines Archivarbeit, und dazu brauchte er nicht mit der Karawane zu reisen. Nichtsdestoweniger zog John eine Weile mit ihr durch das große Dünenmeer und beschäftigte sich mit Areologie und Prospektieren. Frank war nur kurz da, um mit einem ägyptischen Freund zu sprechen. Er war zu beschäftigt, um sich irgendwo länger aufzuhalten. Sein Amt als US-Minister machte ihn ebenso zu einem Globetrotter wie John; und ihre Wege kreuzten sich recht oft. Frank hatte es geschafft, seine Position als Chef des amerikanischen Mars-Ministeriums über drei Amtsperioden hinweg zu behaupten, obwohl es ein Kabinettsposten war. Eine beachtliche Leistung, selbst wenn man nicht so weit von Washington entfernt war. Er beaufsichtigte jetzt die ersten Investitionen der in Amerika angesiedelten Transnationalen – eine Verantwortung, die ihm so wahnsinnig viele Überstunden und Macht einbrachte, dass er John als Business-Version von Sax vorkam, immer unterwegs, immer mit den Händen gestikulierend, als dirigierte er eine Musik zu seinen Reden, die sich im Laufe der Jahre zu einer rasenden Lobeshymne auf den Kommerz entwickelt hatte. Sein ständiger Refrain lautete: »Wir müssen unseren Besitz auf dem Großen Steilhang abstecken, ehe die Transnats und die Deutschen sich alles unter den Nagel reißen. Es gibt noch viel zu tun!« Das sagte er oft und zeigte zur Illustration auf den kleinen Globus, den er dabei hatte. »Schau dir die Moholes an! Ich war erst letzte Woche da. Eins am Nordpol, drei auf dem nördlichen und südlichen sechzigsten Breitengrad, vier längs des Äquators und vier in Nähe des Südpols, alle westlich von vulkanischen Erhebungen, um deren Aufwinde zu nutzen. Wunderschön!« Er ließ den Globus rotieren, und die blauen Punkte, mit denen die Gruben markiert waren, verschwammen kurz zu blauen Linien. »Schön zu sehen, dass du endlich etwas Nützliches machst.«

»Endlich.«

»Schau, hier ist die neue Habitatfabrik in Hellas. Die stellen größere Einheiten her, so schnell, dass wir alle Vierteljahre dreitausend neue Emigranten aufnehmen können. Und angesichts der neuen Shuttle-Flotte für die Hin- und Rückreise ist das nur knapp genug.« Er sah Johns Miene und fügte rasch hinzu: »Letztlich alles Wärme, John, darum hilft es dem Terraforming mit mehr als bloß Geld und Arbeitskraft. Denk darüber nach.«

»Fragst du dich nie, was aus alldem mal werden wird?«, wollte John wissen.

»Was meinst du damit?«

»Du weißt schon: diese Flut von Menschen und Gerät, während auf der Erde die Dinge den Bach runtergehen.«

»Auf der Erde geht immer alles den Bach runter. Daran solltest du dich inzwischen gewöhnt haben.«

»Na ja, aber wem wird das hier oben gehören? Wer wird am Ende bezahlen müssen?«

Frank zog eine Grimasse angesichts Johns Naivität. Ein Blick in sein Gesicht verriet John alles, eine Mischung aus Widerwillen, Ungeduld und Belustigung. Ein Teil Johns freute sich darüber, dass er es erkennen konnte. Er kannte seinen alten Freund besser als jedes Mitglied seiner Familie. Das finstere Gesicht mit den blassen Augen, das ihn ansah, war das eines Bruders, eines Zwillings, den er zeit seines Lebens gekannt zu haben schien. Andererseits ärgerte er sich über Franks Herablassung. »Andere fragen sich das auch, nicht nur ich und Arkady. Du kannst sie nicht einfach ignorieren und so tun, als wäre es eine blöde Frage; als ob nichts entschieden werden müsste.«

»Die UN entscheiden«, erwiderte Frank brüsk. »Zehn Milliarden von denen stehen zehntausend von uns gegenüber. Das ist ein Verhältnis von einer Million zu eins. Wenn du darauf Einfluss nehmen willst, hättest du UNOMA-Vertreter werden sollen, wie ich dir geraten habe, als sie diese Position schufen. Aber du hast nicht auf mich gehört. Du hast einfach nur die Schultern gezuckt. Du hättest wirklich etwas erreichen können, aber was bist du jetzt? Sax' Helferlein für Öffentlichkeitsarbeit.«

»Und für Entwicklung und Sicherheit und Angelegenheiten der Erde und der Moholes.«

»Wie ein Strauß!«, erwiderte Frank bissig. »Mit dem Kopf im Sand! Los, gehen wir essen!«

John stimmte zu, und sie begaben sich zum größten Rover der Araber, der als Kantine eingerichtet war. Es gab Lammbraten und Joghurt mit Dill, delikat und exotisch. Aber John war immer noch von Franks Ausbruch, der ständig an ihm nagte, irritiert. Die alte Rivalität war stärker denn je. Und seine Erster-Mann-Nummer würde Franks hochnäsiger Arroganz keinen Abbruch tun.

Als Maya Toitovna unerwartet am nächsten Tag auf ihrem Weg nach Acheron aufkreuzte, drückte John sie länger an sich, als er es sonst getan hätte. Und als das Abendessen vorbei war, hatte er es schon eingefädelt, dass sie die Nacht in seinem Rover verbringen würde – eine Sache besonderer Achtsamkeit, eines gewissen Lachens, eines gewissen Blicks, fast zufällige Berührungen, als sie dastanden und ihre Sorbets löffelten und mit den frohen Menschen der Karawane sprachen, die Maya faszinierend fanden ... Ihr alter Tanz von Versöhnung und Verführung, der im Laufe der Jahre entstanden war. Und Frank konnte bloß mit saurer Miene zusehen, während er mit seinen ägyptischen Freunden sprach.

Und in dieser Nacht, während John und Maya sich in Johns Rover liebten, richtete John sich kurz auf, sah auf ihren weißen Körper hinab und dachte: Das hat der gute Frank nun von seiner politischen Macht! Sein Gesichtsausdruck hatte alles gesagt. Das wilde Verlangen nach Maya brannte immer noch, die Flamme loderte wie eh und je. Frank wäre, wie die meisten Männer in der Karawane, in diesem Moment gern an Johns Stelle gewesen. Ein paar Mal war er das zweifellos gewesen. Aber nicht, wenn John in der Nähe war. Nein, heute Nacht würde Frank erkennen, woraus wahre Macht bestand.

Abgelenkt durch seine Bosheit brauchte John einige Zeit, um Maya echte Aufmerksamkeit zu schenken. Es war fast fünf Jahre her, seit sie zum letzten Mal miteinander geschlafen hatten; und in der Zwischenzeit hatte er verschiedene andere Partnerinnen gehabt. Er wusste, dass sie einige Zeit mit einem Ingenieur in Hellas zusammengelebt hatte. Es war eigenartig, wieder etwas mit ihr anzufangen. Sie kannten einander intim und waren sich doch fremd. Sie warf den Kopf hin und her, ihr verschwitztes Gesicht schimmerte unter ihm in dem schwachen Licht, mal Schwester, mal Fremde … Etwas geschah, etwas veränderte sich in ihm. Alle äußeren Angelegenheiten fielen ab, die ganzen Spielchen. Etwas in ihrem Gesicht, in der Art, wie sie ganz da war und wie sie ihm ihr ganzes Selbst hingeben konnte, wenn sie sich liebten – er kannte keine andere, die so war.

Und so entzündete sich auch bei John die alte Flamme wieder, zunächst flackernd, als hätte sie beim ersten Mal noch nicht gebrannt. Aber dann, nach einer Stunde ruhigen Gesprächs, hatten sie wieder angefangen, sich zu küssen und sich aneinander zu drücken, und plötzlich brannten beide wieder lichterloh. Maya hatte sie wieder entzündet. Sie forderte seine ganze Aufmerksamkeit. Sex war für sie nicht irgendeine reizvolle sportliche Betätigung wie für John; es war eine große Leidenschaft, ein transzendenter Seinszustand, und sie war wie eine Tigerin, wenn sie erregt war. Sie fiel ihn an, biss sich fest, riss ihn mit sich und erinnerte ihn daran, wie Sex sein konnte. Und es war wundervoll, wieder daran erinnert zu werden, das wieder zu erfahren – wirklich wundervoll. Omegendorph war nichts dagegen. Wie konnte er das nur vergessen haben, warum zog es ihn ständig von ihr fort, als wäre sie nicht einzigartig? Er presste sie an sich, sie umschlangen einander, bissen sich, keuchten und stöhnten. Sie kamen zusammen, wie schon so oft. Mayas Orgasmus zog ihn mit über die Klippe. Ihr Ritual.

Und selbst danach, als sie sich noch ein wenig unterhielten, fühlte er sich viel mehr zu ihr hingezogen. Er hatte damit angefangen, bloß um Frank zu ärgern, ja. Sie war ihm völlig gleichgültig gewesen. Aber jetzt, als er neben ihr lag, fühlte er, wie sehr er ihre Anwesenheit in den vergangenen fünf Jahren vermisst hatte, und wie leer sein Leben gewesen war. Neue Gefühle – die überraschten ihn immer. Er hatte geglaubt, zu alt dafür zu sein, und dass er mehr oder weniger aufgehört hätte, sich zu verändern. Aber dann passierte plötzlich doch wieder etwas mit ihm, und wenn er zurückdachte, war der Auslöser oft eine Begegnung mit Maya gewesen …

Sie aber war immer noch dieselbe Maya Toitovna: launenhaft, voller Gedanken und Pläne, ganz mit sich selbst beschäftigt. Sie hatte keine Ahnung, was John hier draußen in den Dünen machte und wäre nie auf den Gedanken gekommen zu fragen. Sie würde ihn immer noch in Stücke reißen, wenn er sich ihr widersetzte. Das konnte er an der Haltung ihrer Schultern erkennen, als sie barfuß zur Toilette ging. Aber das wusste er schon alles, das war ein alter Hut seit den ersten Jahren in Underhill; und diese Vertrautheit war angenehm. Ihre Reizbarkeit amüsierte ihn, wie Franks Zorn. Nun ja, er wurde alt, und sie waren eine Familie. Er musste fast lachen und wollte schon etwas sagen, das sie explodieren lassen würde, überlegte es sich dann aber anders. Ihm genügte das Wissen, er musste es nicht in die Tat umsetzen. Gütiger Gott! Bei diesem Gedanken lachte er tatsächlich, und sie lächelte, als sie es hörte, kam wieder ins Bett und stieß ihn in die Brust. »Du lachst über mich! Über meinen fetten Hintern, nicht wahr?«

»Du weißt genau, dass dein Po perfekt ist.« Sie stupste ihn wieder und tat, als sei sie von dieser groben Lüge gekränkt; und ihr Gerangel zog sie wieder zurück in die Welt aus Haut und Salz, in die Welt des Sex. Irgendwann in der langen, entspannten Nacht ertappte er sich bei dem Gedanken: Ich liebe dich, du wilde Maya, ich liebe dich wirklich! Das war ein beunruhigender und gefährlicher Gedanke. Nicht dass er sich trauen würde, ihn auszusprechen. Aber er fühlte sich wahr an.

Als sie dann einige Tage später fortging, um die Acherongruppe zu besuchen, und ihn bat, sich dort mit ihr zu treffen, war er erfreut. »Vielleicht in ein paar Monaten.«

»Nein, nein.« Ihr Gesicht war ernst. »Komm früher, ich möchte dich schneller wieder bei mir haben.«

Als er dann aus einer Laune heraus zusagte, grinste sie wie ein Mädchen, das ein Geheimnis hütet. »Du wirst es nicht bereuen.« Mit einem Kuss war sie verschwunden und fuhr nach Süden, um in Burroughs den Zug nach Westen zu nehmen.

Danach war die Aussicht geringer denn je, von den Arabern etwas zu erfahren. Er hatte Frank gekränkt, und die Araber schlossen die Reihen um ihren Freund dichter, was in Ordnung war. »Eine verborgene Kolonie? Wo sollte die denn sein?«

John seufzte, gab es auf und beschloss aufzubrechen. Er belud seinen Rover am Abend vor der Abreise (die Araber waren so freundlich, seine Behälter mit Vorräten aufzufüllen) und fasste zusammen, was er bislang bei seiner Untersuchung der Sabotagefälle erreicht hatte. Sherlock Holmes war bis jetzt nicht in Gefahr. Wesentlich schlimmer war, dass es jetzt eine ganze Gesellschaft auf dem Mars gab, die ihm verschlossen war. Muslime – was waren das für Leute? Er befragte Pauline, nachdem er mit dem Beladen fertig war. Dann ging er wieder zu seinen Gastgebern und beobachtete sie so genau, wie er konnte, und stellte die ganze Nacht Fragen … Er wusste, dass Fragen zu stellen der Schlüssel zu den Herzen der Menschen war, unendlich viel nützlicher als Schlauheit. Aber in diesem Fall schien es überhaupt keinen Unterschied zu machen. Cojote? War das eine Art wilder Hund?

Enttäuscht verließ er am nächsten Morgen die Karawane und fuhr nach Westen an den südlichen Rand des Dünenmeers. Die Reise nach Acheron, um Maya zu treffen, war lang, fünftausend Kilometer nichts als eine Düne nach der anderen.

Aber er zog die Rover-Fahrt vor, statt sich nach Burroughs zu begeben und die Magnetschwebebahn zu benutzen. Er brauchte Zeit zum Nachdenken. Es war eine richtige Angewohnheit geworden, quer durchs Land zu fahren oder Gleiter zu fliegen – wegzukommen, langsam zu reisen. Er war jetzt schon seit Jahren unterwegs, reiste kreuz und quer durch die nördliche Hemisphäre und machte lange Abstecher in den Süden. Er inspizierte Moholes oder tat Sax oder Helmut oder Frank einen Gefallen, sah sich für Arkady irgendwo um oder zerschnitt Bänder bei irgendeiner Eröffnung – einer Stadt, einer Zisterne, einer Wetterstation, einer Mine, eines Moholes; und dabei musste er immer reden, öffentlich oder privat, zu Fremden, alten Freunden, neuen Bekannten, fast so, wie Frank es tat, und das alles, um die Leute auf dem Planeten zu inspirieren, einen Weg zu finden, die Geschichte zu vergessen und eine neue funktionierende Gesellschaft aufzubauen. Ein wissenschaftliches System zu schaffen, das für den Mars und seine Besonderheiten entworfen war, fair, gerecht und rational und lauter solche guten Dinge. Den Weg zu einem neuen Mars zu weisen!

Aber mit jedem Jahr sah es immer weniger danach aus, als würde es so passieren, wie er es sich vorgestellt hatte. Ein Ort wie Bradbury Point zeigte, wie schnell sich die Dinge änderten, und Leute wie die Araber bestätigten diesen Eindruck. Alles geriet ihm außer Kontrolle – schlimmer: außer jedermanns Kontrolle. Es gab keinen Plan. Er fuhr mit eingeschaltetem Autopilot nach Westen, auf und ab über eine Düne nach der anderen, ohne wirklich etwas zu sehen, tief in Gedanken versunken und bemüht herauszufinden, was Geschichte eigentlich war und wie sie funktionierte. Ihm schien zusehends, dass die Geschichte ein riesiges Ding wäre, das immer jenseits des engen Horizonts lag, unsichtbar – bis auf seine Auswirkungen. Wenn man nicht hinschaute, geschah es – eine unergründliche Vielfalt von Ereignissen, die, obwohl außer Kontrolle, alles bestimmte. Schließlich war er doch schon von Anfang an hier! Er selbst war der Anfang gewesen, der erste Mensch, der seinen Fuß auf diese Welt gesetzt hatte. Und dann war er entgegen aller Wahrscheinlichkeit zurückgekehrt und hatte geholfen, sie von Grund auf zu errichten! Aber jetzt entzog sie sich ihm immer schneller. Wenn er darüber nachdachte, wurde er von Zweifeln und manchmal einer jähen tiefen Frustration ergriffen. Die Dinge beschleunigten sich und lagen nicht nur jenseits seiner Kontrolle, sondern auch jenseits seiner Fähigkeit, sie zu begreifen! Das war nicht richtig. Er musste etwas dagegen tun.

Aber was? Eine Art sozialer Planung … Ja, die brauchten sie. Sie stolperten herum und missachteten sogar den rudimentären Plan, den sie mit dem Mars-Abkommen aufgestellt hatten … Tja, Gesellschaften ohne einen Plan, das war bislang ihre Geschichte. Aber diese Geschichte war ein Albtraum gewesen, eine riesige Ansammlung von schlechten Beispielen und Fehlern. Nein, sie brauchten einen Plan. Sie hatten hier die Chance für einen Neubeginn. Sie brauchten eine Vision. Helmut, der aalglatte Funktionär, Frank mit seiner zynischen Akzeptanz des Status quo, als ob sie in einer Art Goldrausch lebten – Frank war im Unrecht, wie immer!

Aber seine eigenen langen Reisen waren auch falsch. Er hatte nach der unausgesprochenen Theorie gelebt, dass er, wenn er nur noch mehr von dem Planeten sehen, noch eine Siedlung besuchen, noch ein Gespräch mehr führen würde, es irgendwie (ohne allzu genau nachzudenken) hinkriegen würde, dass seine holistische Sicht von ihm auf alle anderen überströmen, sich unter allen neuen Siedlern verbreiten und die Dinge ändern könnte. Jetzt war er sich ziemlich sicher, dass dieses

Gefühl naiv gewesen war. Es gab jetzt so viele Leute auf dem Planeten, dass er nie mit allen in Verbindung treten und der Botschafter aller ihrer Hoffnungen und Wünsche werden konnte. Und nicht nur das. Nur wenige der Neuankömmlinge schienen ähnliche Gründe wie die Ersten Hundert für die Reise zu haben. Nun, das stimmte nicht ganz. Es kamen immer noch Wissenschaftler her und Leute wie die Straßen bauenden Schweizer. Aber er kannte sie nicht so wie die Ersten Hundert und würde sie auch nie so kennen. Diese kleine Schar hatte ihn wirklich geprägt. Sie hatten seine Ansichten und Ideen geformt. Sie waren seine Familie, und er vertraute ihnen. Und er brauchte ihre Hilfe jetzt mehr denn je. Vielleicht erklärte das die neue Intensität seiner Gefühle für Maya. Und vielleicht war es auch das, was ihn so wütend auf Hiroko machte. Er wollte mit ihr reden, er brauchte ihre Hilfe! Aber sie hatte sie alle verlassen.

Vlad und Ursula hatten ihren biotechnischen Laborkomplex auf eine flossenartige Felsformation in den Acheron Fossae verlegt, einen schmalen Grat, der wie der Turm eines großen halbgetauchten U-Boots aussah. Sie hatten den oberen Teil ausgehöhlt und dadurch Räume erschaffen, die von der einen Kante zur anderen reichten, einen Kilometer weit und mit gläsernen Wänden zu beiden Seiten. Auf der Südseite blickten die Fenster auf Olympus Mons, der etwa sechshundert Kilometer entfernt war. Nach Norden schauten sie hinunter auf die blassbraunen Sandflächen von Arcadia Planitia.

John fuhr zum unteren Rand des Grats und dockte in der Garagenschleuse an. Dabei sah er, dass der Boden südlich der Siedlung voller klumpiger Haufen, die wie geschmolzener brauner Zucker aussahen, war.

»Eine neue Art kryptogamer Kruste«, sagte Vlad, als John ihn danach fragte. »Eine Symbiose von Cyanobakterien und Floridaplattformbakterien. Diese Plattformbakterien gelangen in große Tiefen und verwandeln die Sulfate im Gestein zu Sulfiden, die dann eine Variante von *Microcoleus* ernähren. Die obersten Schichten davon wachsen in Filamenten, die sich in großen dendritischen Gebilden an Sand und Ton heften. Sie sind wie kleine Wald-Sylvanole mit wirklich langen bakteriellen Wurzelsystemen. Es sieht so aus, als ob diese Wurzelsysteme durch den Regolith allmählich bis zum Urgestein hinunterdringen und dabei den Permafrost schmelzen.«

»Und ihr habt dieses Zeug von der Leine gelassen?«, fragte John.

»Sicher. Wir brauchen doch etwas, um den Permafrost abzubauen.«

»Gibt es etwas, das verhindert, dass es sich über den ganzen Planeten ausbreitet?«

»Das übliche Set von Selbstmordgenen für den Fall, dass es anfangen sollte, den Rest der Biomasse überwältigen zu wollen; aber wenn es sich an seine biologische Nische hält …«

»Wow!«

»Wir glauben, es ist den ersten Lebensformen, die die Kontinente der Erde bedeckt haben, nicht unähnlich. Wir haben seine Wachstumsgeschwindigkeit erhöht und die Wurzelsysteme verstärkt. Das Seltsame daran ist meiner Meinung nach, dass es zunächst die Atmosphäre abkühlen wird, auch wenn es unter der Oberfläche Wärme bildet. Denn es wird die chemische Verwitterung des Gesteins tatsächlich beschleunigen; und alle diese Reaktionen absorbieren CO_2 aus der Luft, sodass der Luftdruck sinken wird.«

Maya war heraufgekommen und drückte John zur Begrüßung fest an sich. Dann sagte sie: »Werden die Reaktionen aber nicht ebenso schnell Sauerstoff freisetzen, wie sie Kohlendioxid binden, und dadurch den Druck erhalten?«

Vlad zuckte die Achseln. »Vielleicht. Wir werden sehen.«

John lachte. »Sax plant langfristig. Vielleicht wird es ihn freuen.«

»O ja. Er hat die Freigabe genehmigt. Und er wird im Frühling wieder herkommen, um es zu studieren.«

Sie aßen in einem Saal hoch auf dem Grat, dicht unter dem Kamm. Oberlichter gingen auf das Gewächshaus ganz oben, und Fenster liefen die Nord- und Südwände entlang. Bambusbüsche standen an den östlichen und westlichen Steinwänden. Alle Bewohner von Acheron hatten sich zum Dinner hier versammelt. Sie hielten wie auch in anderer Hinsicht an einer

Gewohnheit aus Underhill fest. Die Unterhaltung an Johns und Mayas Tisch war weitläufig, kam aber immer wieder auf die laufenden Arbeiten zurück. Dazu gehörte das Lösen von Problemen, die durch die Notwendigkeit, allen Genprodukten, die sie freiließen, Sicherheitsmaßnahmen einzubauen, entstanden waren. Doppelte Selbstmordgene in jedem genmanipulierten Monster war eine Praxis, die die Acherongruppe von sich aus initiiert hatte und die jetzt UN-Gesetz werden sollte. »Das ist alles ganz schön und gut für legale Erzeugnisse«, sagte Vlad. »Wenn aber irgendwelche Irren selbst herumbasteln und etwas freisetzen, sind wir in echten Schwierigkeiten.«

Nach dem Essen sagte Ursula zu John und Maya: »Da ihr nun einmal hier seid, solltet ihr euren Gesundheitscheck machen. Das ist bei euch beiden schon ziemlich lange her.«

John, der solche Untersuchungen und überhaupt jegliche medizinische Betreuung hasste, zögerte. Aber Ursula ließ nicht locker, und schließlich gab er nach und suchte einige Tage später ihre Klinik auf. Dort wurde er einer Serie diagnostischer Tests unterzogen, die noch intensiver schienen als üblich. Die meisten wurden von Bildgebungsgeräten und Computern mit allzu besänftigenden Stimmen durchgeführt, die ihm sagten, sich so und dann so zu bewegen, was John einfach tat. Moderne Medizin! Aber danach wurde er von Ursula selbst wie nach Altväter Sitte gepiekt, gepufft und abgeklopft. Und als das vorbei war, lag er auf dem Rücken unter einem weißen Laken, während sie neben ihm stand, Datenausgaben studierte und zerstreut vor sich hin summte.

Nach einigen Minuten sagte sie dann: »Sieht gut aus. Ein paar der üblichen, mit der niedrigen Schwerkraft zusammenhängenden Probleme, aber nichts, was wir nicht in den Griff bekommen könnten.«

»Großartig!«, sagte John erleichtert. So war es eben mit solchen Untersuchungen. Jede neue Nachricht war eine schlechte Nachricht, also war es immer ein kleiner Sieg, wenn es gar keine neuen Nachrichten gab. Aber auch eine negative Leistung. Mit ihm war nichts los – prima!

»Willst du die Behandlung haben?«, fragte Ursula ihn beiläufig, wobei sie ihm den Rücken zukehrte.

»Behandlung?«

»Die gerontologische Therapie. Sie ist noch experimentell, so etwas wie eine Impfung, aber mit einem DNS-Verstärker. Repariert gebrochene Gewebestränge und stellt die Genauigkeit der Zellteilung in wesentlichem Grade wieder her.«

John stöhnte. »Und was bedeutet das?«

»Nun, Altern wird gewöhnlich durch Fehler bei der Zellteilung bewirkt. Je nachdem, um welche Art von Zellen es sich handelt, werden Reproduktionsfehler nach einer bestimmten Anzahl von Generationen, mal hundert, mal zehntausend, immer häufiger, und alles wird schwächer. Das Immunsystem wird mit als Erstes geschwächt, danach anderes Gewebe, und schließlich geht etwas schief, oder das Immunsystem wird von einer Krankheit überwältigt. Und das war es dann.«

»Und du sagst, man kann diese Fehler verhindern?«

»Sie jedenfalls verlangsamen und das reparieren, was schon kaputt ist. Die Zellteilungsfehler entstehen durch Brüche in DNS-Strängen, also wollen wir die stärken. Um das zu tun, müssen wir dein Genom einlesen und dann eine Bibliothek aus kleinen Segmenten erstellen, die die gebrochenen Stränge automatisch ersetzen.«

»Auto-Reparatur?«

Sie seufzte. »Ihr Amerikaner haltet das alle für komisch. Jedenfalls führen wir diese *Selbst*reparaturbibliothek in die Zellen ein, wo sie sich an die ursprüngliche DNS bindet und Brüche verhindert.« Während sie sprach, fing sie an, doppelte und vierfache Spiralen zu zeichnen und glitt unvermeidlich in biotechnisches Fachchinesisch. John verstand nur, dass das Verfahren offensichtlich aus dem Genomprojekt und der genetischen Korrektur von Abweichungen hervorgegangen war und Methoden aus der Krebstherapie und Zellbiologie anwandte. Aspekte dieser und vieler anderer verschiedener Verfahren waren von der Acherongruppe kombiniert worden, wie Ursula erläuterte. Das Resultat sah so aus, dass sie ihn mit Stücken seines eigenen Genoms infizieren konnten, welches in jede Zelle seines Körpers eindringen würde mit Ausnahme von Zähnen, Knochen, Haut und Haaren. Danach würde er nahezu makellose DNS-Stränge haben, reparierte und verstärkte Stränge, was die Zellteilung wieder genauer machen würde.

»Um wie viel genauer?«, fragte er und versuchte zu begreifen, was das alles bedeutete.

»Nun, ungefähr so, als wärst du wieder zehn Jahre alt.«

»Du machst Witze!«

»Nein, nein. Wir haben es alle an uns selbst getestet, etwa um $L_ş$ = 10 in diesem Jahr. Soweit wir sagen können, funktioniert es.«

»Hält es für immer an?«

»John, nichts ist für immer.«

»Wie lange dann?«

»Das wissen wir nicht. Wir selbst sind das Experiment. Wir werden es erst im Laufe der Zeit herausfinden. Es scheint möglich, dass wir die Therapie wiederholen können, wenn die Zellteilungsfehler wieder häufiger auftreten. Falls das erfolgreich ist, könnte es bedeuten, dass wir eine beträchtliche Zeit überdauern können.«

»Wie lange dann etwa?«, wiederholte er hartnäckig seine Frage.

»Das wissen wir wirklich nicht. Länger, als wir jetzt leben. Das scheint ziemlich sicher. Möglicherweise erheblich länger.«

John starrte sie an. Sie lächelte über seinen Gesichtsausdruck, und er merkte, dass ihm vor Erstaunen der Mund weit offen stand. Zweifellos machte er nicht gerade den intelligentesten Eindruck, aber was erwartete sie denn? Es war … es war …

Er versuchte, seine umherirrenden Gedanken einzufangen, und fragte: »Wem habt ihr davon erzählt?«

»Wir haben jeden der Ersten Hundert gefragt, wenn sie uns aufsuchten. Und jeder hier in Acheron nimmt am Experiment teil. Die Sache ist die: Wir haben nur Methoden kombiniert, die bereits existieren. Daher wird es nicht lange dauern, bis auch andere sich das zusammenreimen. Darum wollen wir es bald publizieren, werden die Artikel aber erst von der Weltgesundheitsorganisation prüfen lassen. Politischer Fallout, weißt du.«

»Hm«, machte John und überlegte. Die Nachricht von einer auf dem Mars erfundenen Langlebigkeitsdroge … losgelassen auf die anschwellenden Milliarden auf der Erde … O mein Gott!, dachte er. »Ist es teuer?«

»Nicht sehr. Das Lesen der Genome ist der teuerste Teil und erfordert Zeit. Aber das ist bloß ein Leseprozess, der Rechenzeit erfordert. Es ist durchaus möglich, dass man jeden auf der Erde impfen könnte. Aber das Bevölkerungsproblem ist dort schon jetzt so kritisch. Die würden eine strenge Impfkontrolle einführen müssen, sonst hätten sie rasend schnell die von Malthus heraufbeschworene Realität am Halse. Wir sollten diese Entscheidungen lieber den Autoritäten da unten überlassen.«

»Aber es wird sicher etwas durchsickern.«

»Meinst du? Sie könnten versuchen, das zu unterdrücken. Vielleicht mit einem sehr wirksamen Knebel. Ich weiß nicht.«

»Aber ihr … Ihr seid einfach losgezogen und habt es ausprobiert?«

»Ja.« Sie zuckte die Schultern. »Was sagst du? Sollen wir es bei dir auch machen?«

»Lass mich darüber nachdenken!«

Er machte einen Spaziergang auf der Kuppe der Felsflosse, in dem langen Gewächshaus, das voller Bambus- und Nährpflanzen war. Wenn er nach Westen ging, musste er seine Augen vor der nachmittäglichen Sonne schützen, die selbst durch den Glasfilter grell hereinschien. Beim Rückweg nach Osten konnte er auf die zerklüfteten Lavahänge blicken, die sich den Olympus Mons emporzogen. Es war ein verlockender Gedanke. Er war 1982 geboren, und welches Jahr schrieb man jetzt auf der Erde? 2048? Hier war es M-11, elf lange Marsjahre unter harter Strahlung. Und er hatte insgesamt fünfunddreißig Monate im Weltraum verbracht, einschließlich dreimal der Strecke zwischen Erde und Mars, was immer noch Rekord war. Er hatte allein auf diesen Reisen 195 Rem abbekommen, und sein Blutdruck war niedrig, die Differenz zwischen systolischem und diastolischem Wert ungünstig, und wenn er schwamm, schmerzten ihn die Schultern, und er fühlte sich sehr erschöpft. Er wurde alt. Ihm verblieben nicht mehr allzu viele Jahre, und das war ein unangenehmer Gedanke. Er hatte viel Vertrauen in die Acherongruppe, die, wie ihm jetzt bewusst wurde, bei ihrer Arbeit locker herumliefen, aßen, Fußball spielten, schwammen und so weiter, mit leichtem konzentriertem Lächeln und fröhlich vor sich hin summend. Nicht gerade so, als wären sie wieder Teenager, aber sie strahlten vor Glück, vor Gesundheit und mehr. Er lachte laut, ging nach Acheron zurück und suchte Ursula. Als sie ihn sah, musste sie auch lachen. »Es ist wirklich keine schwere Entscheidung, oder?«

»Nein.« Er stimmte in ihr Lachen ein. »Ich meine, was habe ich zu verlieren?«

Es ging los. Sie hatten sein Genom in ihren Archiven, aber es würde einige Zeit dauern, die unterschiedlichen Reparaturstränge zu synthetisieren, sie an Plasmide zu koppeln und Millionen mehr zu klonen. Ursula sagte ihm, er solle in drei Tagen wiederkommen.

Als er wieder in die Gästezimmer ging, war Maya schon da und sah so schockiert aus, wie er sich fühlte. Sie ging nervös vom Kleiderschrank ins Bad und weiter zum Fenster, berührte wahllos Dinge und schaute sich um, als hätte sie noch nie zuvor ein Schlafzimmer gesehen. Vlad hatte ihr nach ihrer Untersuchung davon erzählt, so wie Ursula es John gesagt hatte. »Unsterblichkeitsseuche!«, rief sie und lachte eigenartig. »Kannst du dir das vorstellen?«

»Langlebigkeitsseuche«, berichtigte er sie. »Und nein, ich kann es nicht. Nicht wirklich.« Er fühlte sich etwas benommen und stellte fest, dass sie ihm nicht zugehört hatte. Ihre Aufgeregtheit machte ihn nervös. Sie erwärmten Suppe und aßen gedankenverloren. Vlad hatte Maya aufgefordert, nach Acheron zu kommen, und angedeutet, um was es da ginge. Darum hatte sie darauf bestanden, dass John sie begleitete. Als sie ihm das erzählte, überkam ihn Zuneigung für sie. Er stand dicht neben ihr, während sie die Teller abwusch, und sah, dass ihre Hände beim Sprechen zitterten. In diesem Moment fühlte er sich ihr ganz besonders nahe. Es war, als ob sie gegenseitig ihre Gedanken kennen würden, und als ob nach all diesen Jahren angesichts dieser bizarren Entwicklung kein Bedürfnis nach Worten bestünde, sondern nur nach der Anwesenheit des anderen. In dieser Nacht im warmen Dunkel ihres Bettes flüsterte sie heiser: »Wir sollten es heute Abend lieber zweimal machen. *Solange wir noch wir selbst sind.*«

Drei Tage später erhielten sie beide die Behandlung. John lag auf einer medizinischen Couch in einem kleinen Zimmer auf dem Rücken und starrte auf einen intravenösen Zugang in seinem Handrücken. Eine ganz normale Infusion. Nur diesmal fühlte er, wie eine merkwürdige Wärme in seinem Arm aufstieg, seine Brust überflutete und sich in die Beine hinab ergoss. War das real, oder bildete er es sich ein? Eine Sekunde lang war ihm richtig unheimlich, als wäre die Wirklichkeit nur ein Traum. Danach war ihm bloß noch heiß. »Soll sich das so heiß anfühlen?«, fragte er Ursula besorgt. »Ist das normal?«

»Zuerst ist es wie ein Fieber. Dann verabreichen wir dir einen kleinen Elektroschock, um die Plasmide in deine Zellen zu jagen. Danach ist es mehr Frösteln als Fieber, wenn die neuen Stränge sich an die alten binden. Manchmal fühlen sich die Leute richtig durchgefroren.«

Eine Stunde später war der große Infusionsbeutel leer. Ihm war immer noch warm, und seine Blase war voll. Sie ließen ihn aufstehen und auf die Toilette gehen. Als er dann zurückkam, wurde er auf etwas festgebunden, das wie eine Kreuzung aus Couch und elektrischem Stuhl aussah. Das machte ihm nichts aus. Das Astronautentraining hatte ihn an gruselige Apparate gewöhnt. Der Schock währte rund zehn Sekunden und fühlte sich an, als ob es in ihm überall juckte. Ursula und die anderen befreiten ihn von dem Gerät, dann gab ihm Ursula augenzwinkernd einen Kuss auf den Mund. Sie warnte ihn noch einmal, dass ihn nach einiger Zeit ein Frösteln überkommen und dass das ein paar Tage anhalten würde. Es war in Ordnung, in Saunas oder Whirlpools zu sitzen. Sie empfahl das sogar.

So saßen er und Maya in der Ecke einer Sauna beisammen, eingekuschelt in die durchdringende Wärme, und betrachteten die Körper der anderen Besucher, die weiß herein- und rosa wieder herauskamen. John erschien es wie ein Abbild von dem, was ihnen beiden passierte – mit fünfundsechzig Jahren rein und mit zehn wieder raus. Er konnte es nicht glauben. Es war so ein unfassbarer Gedanke. Er konnte sich kaum konzentrieren, als hätte jemand sein Gehirn betäubt und die Gedanken gelöscht. Sollten auch die Gehirnzellen verstärkt werden? Konnte es sein, dass seine eher geschwächt worden waren? Er war immer ein langsamer Denker gewesen. Vielleicht war das in Wirklichkeit bloß seine normale Beschränktheit, die ihm jetzt nur auffiel, weil er so bemüht war, mit der Sache klarzukommen und zu verstehen, was sie bedeutete. War es wirklich wahr? Konnten sie dem Tod tatsächlich für einige Jahre, vielleicht sogar einige Jahrzehnte ausweichen?

Sie verließen die Sauna, um zu essen, und danach machten sie kurze Spaziergänge im Gewächshaus auf dem Grat und betrachteten die Dünen im Norden und die chaotische Lavalandschaft im Süden. Die Aussicht nach Norden erinnerte Maya an das frühe Underhill, nur dass statt des Steinchaos auf Lunae das vom Wind getriebene Fleckenmuster der Dünen Arcadias zu sehen war, als hätte ihr Gedächtnis ihre Erinnerungen an jene Zeit aufgearbeitet und besser geordnet, indem sie verblasste Farben von Ocker und Rot zu reichem Zitronengelb gewandelt hatte. Die Patina der Vergangenheit. John starrte sie neugierig an. Es waren M-11 Jahre her seit jenen ersten Tagen im Containerpark; und in den meisten Jahren danach waren sie ein Liebespaar gewesen, mit (glücklichen) Unterbrechungen und Trennungen natürlich, die durch die Verhältnisse oder noch häufiger ihrer Unfähigkeit, miteinander auszukommen, verursacht worden waren. Aber sie hatten immer wieder von Neuem begonnen, wenn die Gelegenheit kam. Jetzt kannten sie einander so gut wie ein altes Ehepaar mit einer weniger oft unterbrochenen Geschichte. Vielleicht sogar noch besser, weil jedes beständige Paar wohl irgendwann aufgehört hätte, einander Aufmerksamkeit zu widmen, während sie zwei bei all ihren Trennungen und Wiedervereinigungen, Kämpfen und Aussöhnungen einander unzählige Male hatten neu kennenlernen müssen. John hatte etwas in dieser Art zu ihr gesagt; und sie sprachen darüber – das war ein Vergnügen –, und Maya sagte nachdrücklich: »Wir *mussten* einander ständig Aufmerksamkeit schenken.« Dabei nickte sie mit einer Miene feierlicher Genugtuung in der Gewissheit, dass das hauptsächlich an ihr lag. O ja, sie hatten aufgepasst und waren nie in geistlose Routine verfallen. Sicher, sie waren sich einig, wenn sie in den Bädern saßen oder auf dem Grat spazierten, dass das eine Kompensation für die Zeit, die sie getrennt verbracht hatten, war – und mehr als das. O ja, ohne Zweifel kannten sie einander sogar noch besser als jedes alte Ehepaar.

So sprachen sie nun miteinander und versuchten, ihre Vergangenheiten mit dieser fremdartigen neuen Zukunft zu verbinden in der bangen Hoffnung, dass es sich nicht als ein unüberbrückbarer Abgrund erweisen würde. Und spät am nächsten Abend, zwei Tage nach der Impfung, als sie nackt allein in der Sauna saßen, ihre Haut noch kühl und ihr Fleisch von Schweiß ganz gerötet, schaute John auf Mayas Körper, die da neben ihm saß, so real wie ein Fels; und er fühlte, dass eine Glut wie die der Infusion ihn ganz durchströmte. Er hatte seit der Behandlung nicht viel gegessen, und die braunen und gelben Fliesen, auf denen sie saßen, schienen zu pulsieren, als wären sie von innen her erleuchtet. Licht schimmerte auf jedem Wassertröpfchen, das die Fliesen bedeckte, wie kleine, allenthalben verteilte Lichtpunkte; und Mayas Körper, der über diese funkelnden Fliesen ausgestreckt war, pulsierte vor ihm wie eine rosa Kerze. Sein intensives *Dortsein* – *Haecceitas* hatte Sax das genannt, als John ihn zu seinen religiösen Ansichten gefragt hatte: »Ich glaube an *Haecceitas*, Diesheit, an das Hier und Jetzt, an die besondere Individualität eines jeden Augenblicks. Darum will ich wissen, was das ist. Und das. Und das.« Jetzt verstand John Sax' merkwürdige Worte und seine merkwürdige Religion endlich, denn er empfand die Präsenz des Augenblicks wie einen Stein in seiner Hand; und er hatte das Gefühl, als habe er sein ganzes Leben nur gelebt, um diesen Moment zu erreichen. Die Fliesen und die dicke, heiße Luft pulsierten um ihn, als ob er stürbe und wiedergeboren würde. Und wenn das, was Ursula und Vlad sagten, stimmte, war das ja auch der Fall. Und da neben ihm, im Prozess der Wiedergeburt, war der rosige Körper von Maya Toitovna, Mayas Körper, den er im Lauf der Zeit kennengelernt hatte, den er jetzt besser kannte als seinen eigenen. Er konnte sich lebhaft daran erinnern, wie er sie zum ersten Mal nackt gesehen hatte, als sie in der Blasenkuppel der *Ares* auf ihn zuschwebte, umgeben von einem Nimbus aus Sternen und dem schwarzen Samt des Raums. Und jede Veränderung an ihr seit diesem Tag war für ihn deutlich zu sehen. Der Übergang von dem Bild in seiner Erinnerung zu dem Körper neben ihm war ein halluzinatorischer Zeitraffer. Ihr Fleisch und ihre Haut verschoben sich, verschrumpelten – und alterten. Sie waren beide älter, gebrechlicher, schwerer. So war der Gang der Dinge. Aber wirklich erstaunlich war, wie viel geblieben war, wie sehr sie noch sie selbst waren. Ihm kamen Zeilen eines Gedichts in den Sinn, die Gedenkinschrift der Scott-Expedition in der Nähe der McMurdo-Station in der Antarktis. Sie waren alle den Observation Hill emporgestiegen, um das große hölzerne Kreuz und die darin eingeschnitzten Zeilen zu betrachten, aber er konnte sich nicht mehr genau erinnern. Vieles ist vergangen, aber manches bleibt … Etwas in dieser Art. Zu viel war seitdem vergangen; es war schließlich schon lange her. Sie hatten schwer gearbeitet und gut gegessen; und vielleicht war die Schwerkraft des Mars freundlicher gewesen als die der Erde, weil Maya Toitovna noch immer eine sehr schöne Frau war, stark und muskulös. Ihr königliches Gesicht, umrahmt von grauem Haar, zog seinen Blick immer noch magnetisch an, ihre Brüste ebenso. Wenn sie die Arme anders hielt, sahen sie gleich ganz anders aus, und dennoch waren sie ihm in jeder Stellung so völlig vertraut … Es waren *seine* Brüste, Arme, Rippen und Hüften. Sie war in guten wie in schlechten Zeiten die Person, die ihm am nächsten stand, ein schönes rosiges Tier und gleichzeitig personifizierter Sex, das pure Leben auf dieser kahlen steinigen Welt. Da waren sie nun mit fünfundsechzig. Was, wenn die Behandlung nicht mehr bewirkte, als sie einige zusätzliche Jahre oder (es war immer noch ein Schock) Dekaden zu konservieren? Für *Jahrzehnte*? Es war erstaunlich. Einfach *zu viel*, um es zu erfassen. Wenn er nicht bald aufhörte, darüber nachzudenken, würde er sich ganz sicher die Hirnwindungen ruinieren. Aber konnte es sein? Konnte es wirklich sein? Das schmerzhafte Verlangen aller Liebenden zu allen Zeiten, etwas mehr Zeit miteinander zu haben, in der sie sich berühren und die Liebe voll auskosten konnten …

Ähnliche Gefühle schienen auch Maya zu bewegen. Sie hatte prächtige Laune. Sie sah ihn aus halb geschlossenen Augen mit jenem lockenden Lächeln, das er so gut kannte, an. Ein Knie hochgezogen und in die Achsel geschmiegt, ohne sich darum zu kümmern, dass ihr Geschlecht völlig unbedeckt war, sondern bequem und entspannt, als wäre sie allein … Ja, es gab nichts Vergleichbares mit Maya, wenn sie gut gelaunt war. Niemand konnte andere Leute damit so sehr und so sicher anstecken. Eine Welle von Hingabe für diesen Charakterzug durchflutete ihn, eine Gefühlsinfusion. Er legte ihr die Hand auf die Schulter und drückte sie sanft. *Eros*, die Würze von *agape*. Sinnliche und geistige Liebe vereint. Und plötzlich sprudelten die Worte aus ihm heraus, und er sagte den einen Satz, den er nie zuvor gesagt hatte: »Lass uns heiraten!« Als sie lachte, lachte er auch und sagte: »Nein, nein, ich meine es ernst. Lass uns heiraten!« Heiraten und zusammen alt werden, alles mitnehmen, was ihnen die geschenkten Jahre brachten, und sie zu einem gemeinsamen Abenteuer machen. Kinder haben, zusehen, wie die Kinder Kinder bekamen, und dann, wie die Enkelkinder Kinder bekamen, und die Urenkel … guter Gott, wer wusste, wie lange sie noch haben würden? Sie könnten erleben, wie eine ganze Nation von Nachkommen gedieh, Patriarch und Matriarchin werden, eine Art von Adam und Eva des Mars. Und Maya lachte bei jeder Äußerung. Ihre Augen waren lebhaft und funkelten vor Zuneigung, Fenster zu einer Seele in sehr, sehr guter Stimmung. Sie sah ihn an, sog ihn in sich auf und sagte zu jedem seiner absurd-komischen Sätze: »Etwas in der Art, ja, so was.« Und dann drückte sie ihn fest an sich. »O John, du verstehst es, mich glücklich zu machen. Du bist der beste Mann, den ich je hatte.« Sie küsste ihn, und er fand es trotz der Hitze der Sauna leicht, die Betonung von *agape* auf *eros* zu verlegen. Jetzt waren sie beide eins, ununterscheidbar, ein großer vereinter Strom aus Liebe. »Willst du mich also heiraten und alles?«, fragte er, als er die Sauna-Tür verriegelte. Sie antwortete mit leuchtenden Augen: »So was in der Art!«, und ihr Gesicht erstrahlte in einem absolut hinreißenden Lächeln, während er tiefer und tiefer in sie eindrang. Er hätte weinen können vor Glück.

Wenn man damit rechnet, noch weitere zweihundert Jahre zu leben, benimmt man sich anders, als wenn man nur noch von zwanzig ausgeht.

Das bewiesen sie sofort. John verbrachte den Winter dort in Acheron am Rande der Kohlendioxid-Nebelkappe, die jeden Winter vom Nordpol herunterkam. Er studierte mit Marina Tokareva und ihrer Laborgruppe Areobotanik. Sax hatte ihm dazu geraten, und John hatte es nicht eilig, Acheron zu verlassen. Sax schien die Suche nach den Saboteuren vergessen zu haben, was John misstrauisch machte. In seiner Freizeit stellte er immer noch Nachforschungen mit Pauline an und konzentrierte sich auf die Fragen, an denen er vor seiner Ankunft in Acheron bereits gearbeitet hatte, meistens die Bewegungen und Dokumentationen der Tätigkeiten aller Leute, die in die Gebiete gereist waren, in denen Sabotageakte stattgefunden hatten. Vermutlich waren eine Menge Leute daran beteiligt gewesen, sodass einzelne Reisen nicht viel aussagen konnten. Aber jeder auf dem Mars war von irgendeiner Organisation hergeschickt worden; also hoffte er, auf weitere Hinweise zu stoßen, wenn er nachprüfte, welche Organisationen Leute zu später sabotierten Orten geschickt hatten. Das war eine mühselige Arbeit; und er musste sich auf Pauline verlassen, nicht nur bei den Statistiken, sondern auch auf ihre Suchvorschläge, was beunruhigend war.

Den Rest der Zeit studierte er einen Zweig der Areobotanik, bei dem alle nutzbringenden Ergebnisse mindestens noch Jahrzehnte in der Zukunft lagen. Warum auch nicht? Er hatte die Zeit und könnte sehr wohl noch die Früchte der Arbeit erleben. Er war dabei, als Marinas Gruppe einen neuen Baum entwarf. Er forschte und arbeitete mit ihnen im Labor, wusch Glaskolben ab und dergleichen. Der Baum sollte den Kronenschluss eines vielschichtigen Waldes bilden, den sie auf den Dünen von Vastitas Borealis züchten wollten. Er beruhte auf dem Genom einer Sequoie; aber sie wollten Bäume haben, die dreimal so groß wären wie die Sequoien, vielleicht zweihundert Meter hoch, mit einem Stamm von fünfzig Metern Durchmesser an der Basis. Die Borke würde die meiste Zeit gefroren sein, und die breiten Blätter, die wahrscheinlich aussehen würden, als litten sie am Tabakmosaikvirus, sollten imstande sein, die Standarddosis an UV-Strahlung zu absorbieren, ohne dass ihre purpurnen Unterseiten Schaden nahmen. John hielt die Größe der Bäume erst für übertrieben, aber Marina erklärte ihm, dass sie große Mengen an Kohlendioxid aufnehmen können würden, dann den Kohlenstoff binden und den Sauerstoff wieder an die Luft zurückgeben würden. Und sie würden wirklich eindrucksvoll aussehen. Die Prototypen der Schösslinge waren erst zehn Meter hoch, und es würde zwanzig Jahre dauern, bis die überlebenden Bäume ausgewachsen waren. Bis jetzt starben noch alle Prototypen in der simulierten Mars-Umgebung. Die atmosphärischen Verhältnisse würden sich noch drastisch verändern müssen, ehe die Bäume im Freien überleben konnten. Marinas Labor war der Zeit voraus.

Aber das waren sie alle. Dies schien eine Folge der Behandlung zu sein – es ergab Sinn. Langfristigere Experimente und längere (John stöhnte) Ermittlungen. Langfristigere Überlegungen.

Aber in vieler Hinsicht änderte sich nichts. John fühlte sich eigentlich so wie vorher, nur dass er kein Omegendorph brauchte, um sich gelegentlich aufzuputschen, als wäre er kilometerweit geschwommen oder einen Nachmittag lang auf Skiern über Buckelpisten gefahren, oder als hätte er eine Dosis Omegendorph eingenommen. Letzteres wäre jetzt wie Eulen nach Athen tragen gewesen. Denn alles leuchtete. Wenn er auf dem Grat der Felsflosse ging, erstrahlte die ganze sichtbare Welt. Bulldozer, ein Kran wie ein Galgen – er konnte sich alles Mögliche endlos lange anschauen. Maya war nach Hellas abgereist, aber das spielte keine Rolle. Ihre Beziehung verlief wieder wie eine Achterbahn: Streit und Temperamentsausbrüche ihrerseits; aber das erschien alles unwichtig. Er schwebte noch in diesem Leuchten und hatte immer noch die gleichen Gefühle für sie. Auch Maya schenkte ihm ab und zu jenen Blick. Er würde sie in ein paar Monaten treffen und telefonierte regelmäßig mit ihr. Er war über diese Trennung nicht unbedingt unglücklich.

Es war ein guter Winter. Er lernte eine Menge über Areobotanik und Biotechnik, und an vielen Abenden fragte er nach dem Essen die Leute in Acheron einzeln oder grüppchenweise, wie sie sich eine künftige Marsgesellschaft vorstellten und wie diese organisiert sein sollte. In Acheron führte das natürlich zu Gedanken über Ökologie und deren verkommenem Sprössling, die Ökonomie. Diese waren für die Biologen wichtiger als Politik oder das, was Marina als den »angeblich die Entscheidungen treffenden Apparat« bezeichnete. Marina und Vlad waren besonders an diesem Thema interessiert, da sie ein System von Gleichungen für etwas, das sie als »Öko-Ökonomie« bezeichneten, ausgearbeitet hatten. Für John klang das in ihrem russischen Akzent immer wie »Echo-Ökonomie«. Er hörte zu, wenn sie die Gleichungen erläuterten, stellte ihnen eine Menge Fragen und lernte viel über Tragkapazität, Koexistenz, Gegenadaptation, Legitimitätsmechanismen und ökologische Effizienz. Vlad sagte: »Das ist das einzige wirkliche Maß unseres Beitrags zu dem System. Wenn du unsere Körper in einem Mikrobombenkalorimeter verbrennst, wirst du feststellen, dass wir ungefähr sechs bis sieben Kilokalorien pro Gramm Gewicht enthalten, und wir müssen unser ganzes Leben lang eine Menge Kalorien aufnehmen. Unser Output ist schwieriger zu messen; denn es gibt keine Raubtiere, die sich von uns ernähren, wie in den klassischen Gleichungen des biologischen Wirkungsgrades. Es ist mehr eine Frage, wie viel Kalorien wir durch unsere Arbeit erzeugen oder an künftige Generationen weitergeben. Das meiste davon ist naturgemäß sehr indirekt und enthält viel Spekulation und subjektive Urteile. Wenn man sich nicht endlich dazu entschließt, auch nichtphysikalischen Arbeiten einen konkreten Wert zuzuordnen, werden Elektriker und Klempner und Reaktorbauer und andere Arbeiter an der Infrastruktur immer als die produktivsten Mitglieder der Gesellschaft gewertet werden, während Künstler und dergleichen weiterhin als völlig unproduktiv gelten.«

»Könnte vielleicht stimmen«, witzelte John, aber Vlad und Marina ignorierten ihn.

»Für mich besteht jedenfalls ein großer Teil der Ökonomie darin, dass Menschen völlig willkürlich nichtnumerischen Dingen numerische Werte zuordnen. Und dann tun sie so, als hätten sie diese Zahlen nicht einfach erfunden. Ökonomie ist in diesem Sinne wie Astrologie; nur dient Ökonomie zur Rechtfertigung der herrschenden Machtstruktur und hat daher unter den Mächtigen viele eifrige Anhänger.«

»Konzentrieren wir uns lieber auf das, was wir hier machen«, warf Marina ein. »Die Grundgleichung ist einfach. Leistung ist gleich die freigesetzten Kalorien geteilt durch die eingenommenen Kalorien mal einhundert, um es in Prozent auszudrücken. Ein Beutetier gibt einem Raubtier im Durchschnitt zehn, maximal zwanzig Prozent an Kalorien. Raubtiere an der Spitze der Nahrungskette hingegen würden nur etwa fünf Prozent weitergeben, wenn sie gefressen werden würden.«

»Das ist der Grund, weshalb Tiger Reviere haben, die Hunderte Quadratkilometer groß sind«, ergänzte Vlad. »Die Könige des Dschungels sind nicht sehr effizient in der Kalorienverwertung.«

»Also haben Tiger nicht deshalb keine Feinde«, sagte John, »weil sie so stark sind, sondern weil sich die Mühe nicht lohnt.«

»Genau!«

»Das Problem liegt in der Berechnung der Werte«, erklärte Marina. »Wir ordneten einfach allen Arten von Aktivitäten bestimmte den Kalorien äquivalente Zahlenwerte zu und benutzten das als Ausgangspunkt für die weiteren Berechnungen.«

»Aber wir haben doch über Ökonomie gesprochen?«, hakte John ein.

»Aber das *ist* Ökonomie, unsere Öko-Ökonomie! Jeder sollte sein Leben gewissermaßen nach der Berechnung seines realen Beitrags zur menschlichen Ökologie führen. Alle können ihre ökologische Effizienz durch Bemühungen, die Menge der von ihnen verbrauchten Kilokalorien herabzusetzen, steigern. Das ist das alte Argument des amerikanischen Südens gegen den Energieverbrauch der Industriestaaten des Nordens. Dieser Vorwurf hatte eine reale ökologische Basis; denn ganz gleich, wie viel die Industrienationen produzierten, konnten sie in der größeren Gleichung nicht ebenso effizient sein wie der Süden.«

»Sie waren Raubtiere im Vergleich zu den Südstaaten«, sagte John.

»Ja, und sie werden auch für uns zu Raubtieren werden, wenn wir sie lassen. Und wie bei allen Raubtieren ist ihr Effizienzgrad niedrig. Aber hier, in diesem theoretischen Zustand der Unabhängigkeit des Mars, von dem du sprichst …« – sie grinste, als sie Johns erstauntes Gesicht sah –, »gib zu, dass es das letztlich ist, worüber du die ganze Zeit redest. John – hier sollten alle Leute im Verhältnis zu ihrem Beitrag zum System entlohnt werden.«

Dmitri kam ins Labor und fügte hinzu: »Jeder gibt nach seinen Fähigkeiten, jeder nimmt nach seinen Bedürfnissen!«

»Nein, das ist nicht dasselbe«, widersprach Vlad. »Es bedeutet: Du bekommst das, wofür du bezahlst.«

»Aber das gibt es doch schon«, sagte John. »Wie unterscheidet sich das von der Ökonomie, die bereits existiert?«

Sofort redeten alle aufgebracht durcheinander, Marina am lautesten: »Es gibt alle Arten von Pseudo-Arbeit! Den meisten Jobs auf der Erde werden unrealistische Werte zugeordnet. Die ganzen transnationalen Vorstände tun nichts, was ein Computer nicht auch tun könnte; und es gibt ganze Gruppen parasitärer Berufe, die dem System ökologisch gesehen nichts bringen. Werbung, Effektenbörse, das ganze System, mit dem man Geld nur durch die Manipulation von Geld macht – das ist nicht nur verschwenderisch, sondern auch korrumpierend, da jeder tatsächliche Geldwert bei einer solchen Manipulation verzerrt wird.« Sie machte eine angewiderte Geste.

»Also gut«, sagte Vlad, »übertragen auf die Räuber-Beute-Gleichung von vorhin können wir sagen, dass der Wirkungsgrad sehr gering ist und dass sie sich vom System ernähren, ohne selbst Nahrung zu sein, sodass sie entweder auf der Spitze der Nahrungskette stehen oder Schmarotzer sind, je nachdem, wie man es definiert. Werbung, Banking, manche Arten von Rechtsverdrehern, Politiker …«

»Aber das sind doch alles subjektive Bewertungen!«, rief John aus. »Wie habt ihr derart unterschiedlichen Berufen Kalorienwerte praktisch zugeordnet?«

»Nun, wir haben versucht zu berechnen, was sie dem System zurückgeben, indem wir ›Lebensqualität‹ wie etwas tatsächlich messbares behandelten. Was kommt der jeweiligen Tätigkeit an Nahrung, Wasser, Obdach, medizinischer Hilfe, Bildung oder Freizeit gleich? Wir haben eine Umfrage gemacht, und jeder in Acheron hat eine Zahl zur Bewertung angegeben, und wir haben den Mittelwert errechnet. Hier, ich zeige es dir …«

Und sie redeten den ganzen Abend weiter, vor dem Computerbildschirm, und John stellte Fragen und klinkte Pauline ein, um die Graphiken und Debatten aufzuzeichnen. Dann gingen sie die Gleichungen durch, mit den Fingern den Flussdiagrammen folgend. Später machten sie eine Kaffeepause und nahmen John mit auf den Grat, um durch das Gewächshaus zu spazieren und heftig über den Wert menschlicher Arbeit in Kilokalorien zu diskutieren. Wie viel für Installationsarbeit, Opernaufführungen, Simulationsprogramme? Ein paar Tage später waren sie kurz vor Sonnenuntergang wieder auf dem Grat, als John von der Gleichung auf seinem Handgelenkscomputer aufschaute und den langen Hang zum Olympus Mons emporblickte.

Der Himmel war dunkel geworden. Zuerst dachte er, das sei wieder eine doppelte Sonnenfinsternis. Phobos Umlaufbahn war so niedrig, dass er ein Drittel der Sonne verdeckte, wenn er vor ihr durchging, und Deimos etwa ein Neuntel. Ein paar Mal im Monat überquerten sie zur gleichen Zeit die Sonnenscheibe und ließen einen Schatten über das Land fallen, als wäre einem etwas ins Auge geraten oder als hätte man einen schlechten Gedanken gehabt.

Aber das war keine Sonnenfinsternis. Olympus Mons war außer Sicht, und der südliche Horizont eine unscharfe bronzefarbene Schranke. »Seht euch das an!«, sagte er zu den anderen und zeigte hin. »Ein Staubsturm.« Sie hatten seit mehr als zehn Jahren keinen globalen Staubsturm mehr erlebt. John rief die Fotos der Wettersatelliten mit seinem Armbandgerät ab. Der Ursprung des Sturms lag nahe dem Thaumasia-Mohole in Senzeni Na. Er rief Sax an, der nachdenklich blinzelnd seine Überraschung in sanften Tönen verpackte.

»Die Winde an der Grenze des Sturms erreichen bis zu sechshundertsechzig Kilometer pro Stunde. Ein neuer Rekord. Das scheint ein großer Sturm zu werden. Ich dachte, dass die kryptogamen Böden in den Entstehungszonen des Sturms ihn abmildern oder sogar anhalten hätten müssen. Offenbar stimmt an dieser Theorie etwas nicht.«

»Okay, Sax, das ist schade; aber das kriegst du schon in den Griff. Ich muss los, er kommt direkt auf uns zu. Das will ich auf keinen Fall verpassen!«

»Viel Spaß!«, sagte Sax mit unbewegter Miene, bevor John abschaltete. Vlad und Ursula machten sich über Sax' Modell lustig. Die Temperaturunterschiede zwischen biotisch aufgetautem Boden und den restlichen gefrorenen Gebieten waren groß, und die Winde dementsprechend heftiger, sodass sie, wenn sie schließlich auf lockeren Grus trafen, viel schwerere Stürme verursachten. Völlig logisch.

»Das ist also passiert«, sagte John. Er lachte und ging durch das Gewächshaus, um das Herannahen des Sturms selbst zu beobachten. Wissenschaftler konnten so gehässig sein.

Die Staubwand rollte die langen Lavahänge der Nordflanke des Olympus Mons herunter. Sie hatte schon die Sichtweite über das Land halbiert, als John sie zum ersten Mal erblickt hatte, und jetzt erschien sie wie ein gigantischer Brecher, eine wulstige, zehntausend Meter hohe schokoladenbraune Welle, auf der bronzefarbener Gischt auf und ab schäumte und große gebogene Wolkenstreifen in dem rosa Himmel darüber erzeugte. »Wow!«, rief John. »Jetzt geht's los!« Plötzlich schien der Grat des Acheronsporns noch höher über den langen engen Canyons der Fossae zu schweben; und tiefer gelegene Felskanten ragten wie Drachenrücken aus der zerklüfteten Lava. Eine grandiose Stelle, um den Ansturm eines solchen Orkans zu beobachten, zu hoch, zu exponiert. John lachte wieder und presste die Stirn gegen die südlichen Fenster des Gewächshauses, blickte nach unten, oben, links und rechts und brüllte: »Wow! da kommt er! Boah!«

Und dann überwältigte der Sturm sie. Staub flog über sie hinweg, es wurde dunkel, und ein hohes zischendes Kreischen ertönte. Der erste Ansturm gegen den Acherongrat erzeugte wilde Turbulenzen und schnelle zyklonische Wirbelwinde, die auftauchten und verschwanden, horizontal, vertikal, schräg gegen die wenigen steilen Rinnen im Grat. Das Gekreische wurde ab und zu durch lautes Getöse unterbrochen, wenn diese Luftwirbel auf Gestein prallten und zusammenbrachen. Dann stabilisierte sich der Wind mit traumhafter Schnelligkeit zu einer konstanten stehenden Welle, und der Staub raste an Johns Gesicht vorbei nach oben. Seine Magengrube hob sich, als fiele das Gewächshaus plötzlich mit heftiger Geschwindigkeit. Offenbar hatte die Klippe einen heftigen Aufwind erzeugt. Als John einen Schritt zurücktrat, sah er den Staub über sich hinweg nach Norden strömen. Auf dieser Seite des Gewächshauses konnte er ein paar Kilometer weit sehen, ehe der Wind wieder auf den Boden prallte und die Sicht durch den herumwirbelnden Staub wieder blockiert wurde. »Wow!«

Seine Augen waren trocken, und sein Mund fühlte sich verklebt an. Viele Staubteilchen waren kleiner als ein Mikron. War das da auf den Bambusblättern schon eine schwache Staubschicht? Nein. Nur das eigenartige Licht des Sturms. Aber irgendwann würde auf allem Staub liegen. Keine noch so gute Dichtung konnte ihn abhalten.

Vlad und Ursula trauten der Widerstandsfähigkeit des Gewächshauses gegen den Wind nicht und rieten allen, sich nach unten zu begeben. Auf dem Weg dahin stellte John wieder Verbindung mit Sax her. Der hatte die Lippen noch stärker zusammengepresst als sonst. Sie würden durch diesen Sturm sehr viel Sonneneinstrahlung verlieren, sagte er ruhig. Die Oberflächentemperaturen am Äquator hatten durchschnittlich um achtzehn Grad höher gelegen als die Grundwerte; aber die Temperaturen bei Thaumasia waren schon um sechs Grad gesunken, und sie würden während der Dauer des Sturms weiter fallen. Und, fügte er mit fast masochistischer Gründlichkeit hinzu, die thermischen Aufwinde der Moholes würden den Staub sehr viel höher tragen als zuvor, sodass der Sturm durchaus lange andauern könnte.

»Kopf hoch, Sax!«, riet John. »Ich denke, er wird kürzer sein als je zuvor. Sei nicht so pessimistisch!«

Später, als der Sturm in sein zweites M-Jahr kam, erinnerte Sax John schief grinsend an diese Vorhersage.

Das Reisen während des Sturms war offiziell auf die Züge beschränkt und auf bestimmte, stark benutzte Straßen mit doppelten Transponderreihen. Aber als deutlich wurde, dass er in diesem Sommer nicht aufhören würde, ignorierte John die Beschränkungen und nahm seine Odyssee wieder auf. Er vergewisserte sich, dass sein Rover gut bevorratet war, ließ einen fahrerlosen Reserverover hinterherfahren und hatte einen extra starken Funksender einbauen lassen. Das und Pauline am Steuer sollten seiner Ansicht nach genügen, ihn um den größten Teil der nördlichen Hemisphäre herumzubringen. Roverpannen waren selten wegen der wirklich umfassenden internen Überwachungssysteme, die in ihre Kontrollcomputer integriert waren. Dass an zwei Rovern gleichzeitig Pannen aufgetreten wären, war noch nie vorgekommen. Es hatte bisher nur einen einzigen schweren Unfall gegeben. Also sagte John der Acherongruppe Lebewohl und machte sich wieder auf den Weg.

Im Sturm zu fahren war wie Fahren bei Nacht, aber spannender. Der Staub raste in Böen vorbei und ließ kleine Lücken, die kurze sepiafarbene Blicke auf die vorbeirollende Landschaft freigaben. Alles schien sich nach Süden zu bewegen. Dann brausten wieder massive Staubstürme gegen die Fenster. Bei den schlimmsten Windstößen schaukelte der Rover heftig auf seinen Stoßdämpfern, und der Staub drang wirklich überall ein.

Am vierten Tag seiner Fahrt wandte er sich direkt nach Süden und begann den Nordwesthang der Tharsis-Erhöhung in Angriff zu nehmen. Es war wie auf dem Großen Steilhang; aber hier bildete sie keine Klippe, sondern einen sanften Hang, den er in der Dunkelheit des Sturms lange nicht bemerkte. Er fuhr einen Tag lang bergauf, bis er sich hoch auf Tharsis befand, fünf Kilometer höher als Acheron.

Bei einer anderen Mine, die sich in der Nähe von Krater Pt, den sie Pete nannten, im oberen Ende der Tantalus Fossae befand, machte er halt. Offenbar hatte die Tharsis-Erhebung die große Lavaflut von Alba Patera ausgelöst. Spätere Aufwölbung hatte den Lavaschild dann zerbrochen und die Tantalus-Canyons gebildet. Einige davon waren über einer an Platinmetallen reichen Feuer-Intrusion aufgebrochen, die die Bergwerksleute Merensky-Reeflets getauft hatten. Diesmal waren die Arbeiter nur Azanier, die sich Afrikaaner nannten und unter sich Afrikaans sprachen. Weiße Männer, die John mit jeder Menge *god, volk* und *trek* begrüßten. Sie hatten die Canyons, in denen sie arbeiteten, Neuw-Orange-Freistaat und Neuw-Pretoria genannt. Und sie arbeiteten wie ihre Kollegen in Bradbury Point für Armscor. »Jawohl«, sagte der Vorarbeiter mit einem neuseeländischen Akzent zufrieden. Er hatte einen markanten Kiefer, eine Skisprungschanzen-Nase und ein breites schiefes Lächeln. »Wir haben Eisen, Kupfer, Silber, Mangan, Aluminium, Gold, Platin, Titan und Chrom gefunden – alles, was man sich nur wünschen kann. Stell dir das vor! Außerdem Sulfide, Oxide, Silikate – sozusagen einheimische Erze. Der Große Steilhang hat wirklich alles.« Die Mine wurde seit ungefähr einem M-Jahr betrieben. Sie bestand aus Tagebaubetrieben auf den Böden der Canyons mit einem Habitat, das halb in der Mesa zwischen den beiden größten Canyons eingelassen war und wie eine durchsichtige Eierschale aussah, voller grüner Bäume und orangefarbener Ziegeldächer.

John verbrachte mehrere Tage mit ihnen. Er gab sich gesellig und stellte Fragen, mehr als einmal danach, wie sie ihr wertvolles, aber schweres Produkt zur Erde schaffen wollten, weil er immer noch über die Öko-Ökonomie der Acherongruppe nachdachte. Würden die Energiekosten für den Transport nicht den Nutzen bei Weitem übersteigen?

»Natürlich«, sagten sie, genau wie die Leute von Bradbury Point. »Wir brauchen den Weltraumaufzug, um Gewinn zu machen.«

»Mit dem Raumlift sind wir auf dem terranischen Markt«, erklärte der Chef. »Aber ohne ihn werden wir nie vom Mars loskommen.«

»Das ist nicht unbedingt schlecht«, sagte John, aber sie verstanden ihn nicht, und als er es zu erklären versuchte, machten sie ein ausdrucksloses Gesicht und nickten höflich, eifrig bestrebt, nicht über Politik nachzudenken. Darin waren die Afrikaaner gut. Als John erkannte, was los war, brachte er das Thema Politik zur Sprache, wenn er etwas Zeit zum Nachdenken haben wollte. Das war so, erzählte er Maya eines Nachts, als würde man einen Kanister mit Tränengas in den Raum werfen. Das gab ihm auch eines Nachmittags die Möglichkeit, sich sehr lange allein in der Bergwerkszentrale umzuschauen. Er klinkte Pauline ins System ein und ließ sie so viele Daten kopieren, wie sie konnte. Pauline stellte keine ungewöhnlichen Vorkommnisse in dem Betrieb fest, aber sie meldete eine Kommunikation mit dem Heimatbüro von Armscor. Die lokale Gruppe wollte eine Sicherheitseinheit von hundert Personen, und Singapur hatte zugestimmt.

John stieß einen Pfiff aus. »Was sagt die UNOMA dazu?« Sicherheitsfragen fielen völlig in ihr Ressort, und sie erteilten routinemäßig Genehmigungen für private Sicherheitsmaßnahmen. Aber hundert Personen? John befahl Pauline nachzusehen, wie die UNOMA darauf reagiert hatte, und ging, um mit den Afrikaanern zu essen.

Wieder wurde der Weltraumlift als Notwendigkeit diskutiert. »Sie werden uns einfach übergehen, wenn wir den nicht haben, direkt zu den Asteroiden im Gürtel, wo es keine Probleme mit den Schwerkraftsenken gibt!«

Trotz den fünfhundert Mikrogramm Omegendorph in seinem Körper war John nicht gerade in fröhlicher Stimmung. Er fragte beiläufig: »Sagt mal, arbeiten hier auch Frauen?«

Sie starrten ihn an wie Fische. Sie waren noch schlimmer als die Muslims!

Er brach am nächsten Tag auf und fuhr zum Pavonis hinauf, fest entschlossen, sich diese Weltraumlift-Geschichte näher anzusehen.

Weiter den langen Hang von Tharsis empor. Den steilen blutroten Kegel von Ascraeus Mons bekam John nie zu sehen, er blieb im Staub verborgen. Reisen bedeutete in diesen Tagen, in kleinen Räumen zu leben, die stark wackelten. Er umging Ascraeus auf seiner Westflanke und fuhr dann auf die Tharsis-

Kuppe, zwischen Ascraeus und Pavonis Mons hindurch. Hier wurde die Doppeltransponderstraße zu einem staubüberzogenen Asphaltband unter den Rädern. Schließlich stieg die Fahrbahn steil empor und führte ihn direkt auf den nördlichen Hang von Pavonis Mons. Die Fahrt dauerte so lange, dass sie John wie ein langsamer Blindstart in den Weltraum vorkam.

Der Krater von Pavonis lag, wie die Afrikaaner betont hatten, erstaunlich genau auf dem Äquator. Das runde O seiner Caldera saß wie ein Kreis genau darauf. Dadurch wurde ihr Südrand zu einem perfekten Ankerpunkt für einen Weltraumlift, da er genau auf dem Äquator und zugleich siebenundzwanzig Kilometer über dem Bezugsniveau lag. Phyllis hatte schon für die Konstruktion eines einfachen Habitats auf dem Südrand gesorgt. Sie hatte sich auf die Arbeit gestürzt und war eine der Hauptorganisatoren.

Ihr Habitat war in die Wand des Calderarandes eingelassen und wie Echus Overlook konstruiert, sodass man aus den Fenstern über die Caldera blicken konnte, sofern der Staub nachließ. Vergrößerte Fotos an den Wänden zeigten, dass die Caldera eine einfache kreisrunde Senke mit fünftausend Meter tiefen Wänden war, die in Bodennähe leicht terrassiert waren. Die Caldera war in früheren Tagen oft eingesunken, aber immer an derselben Stelle. Sie war als Einzige der drei großen Vulkane so regelmäßig geformt. Die Calderas der anderen bestanden aus Gruppen sich überlappender Kreise, wobei jeder Kreis in anderer Tiefe lag.

Das neue Habitat, derzeit noch namenlos, war von der UNOMA erbaut worden, aber Ausstattung und Personal waren von der transnationalen Gesellschaft Praxis, die zu den allergrößten gehörte, zur Verfügung gestellt worden. Gegenwärtig wurden die fertiggestellten Räume von Führungskräften dieser

Gesellschaft oder denen anderer Transnationaler, die Subkontrakte für das Liftprojekt hatten, bewohnt. Dazu gehörten Amex, Oroco, Subarashii und Mitsubishi. Alle ihre Arbeiten wurden von Phyllis koordiniert, die jetzt offenbar Helmut Bronskis Mitarbeiterin und Leiterin des Projektes war.

Auch Helmut war da; und nachdem John ihn und Phyllis begrüßt hatte und einigen Beratern, die gerade zu Besuch waren, vorgestellt worden war, führten sie ihn in einen großen, hohen Raum mit einer Fensterwand. Vor dem Fenster wirbelten Wolken aus dunkelorangefarbenem Staub in die Caldera hinunter, sodass es schien, als stiege der Raum in einem matten fluktuierenden Licht in die Höhe.

Die einzige Ausstattung bestand aus einem Marsglobus von einem Meter Durchmesser, der in Hüfthöhe auf einem blauen Plastikständer ruhte. Von diesem Globus, genauer von der Erhöhung, die Pavonis Mons darstellte, lief ein etwa fünf Meter langer Silberdraht aus. An dessen Ende war eine kleine schwarze Kugel. Der Globus rotierte mit ungefähr einer Umdrehung pro Minute auf seinem Ständer, und die schwarze Kugel rotierte mit ihm, blieb aber immer über Pavonis.

Eine Gruppe von etwa acht Personen stand um das Modell herum. »Alles ist maßstabsgetreu«, sagte Phyllis. »Der areosynchrone Satellit ist 20 435 Kilometer vom Massezentrum entfernt, und der Äquatorradius des Mars beträgt 3386 Kilometer. Daher ist die Distanz von der Oberfläche zum areosynchronen Punkt 17 049 Kilometer. Wenn man das verdoppelt und den Radius hinzuaddiert, erhält man 37 484 Kilometer. Wir werden am anderen Ende einen Ballastfelsen haben, sodass das Kabel nicht so lang sein muss wie ohne ihn. Der Durchmesser des Kabels wird etwa zehn Meter betragen, und es wird ungefähr sechs Milliarden Tonnen wiegen. Das Material dafür wird von seinem Ballastpunkt am Ende gewonnen werden, einem Asteroiden, der am Anfang rund dreizehneinhalb Milliarden Tonnen wiegt und, wenn das Kabel fertig ist, das richtige Ballastgewicht von siebeneinhalb Milliarden Tonnen hat. Das muss also kein sehr großer Asteroid sein, ungefähr zwei Kilometer Radius reichen. Es gibt sechs Amor-Asteroiden, die die Marsbahn kreuzen und dafür infrage kommen. Das Kabel wird von Robotern hergestellt werden, die den Kohlenstoff in den Chondriten des Asteroiden abbauen und verarbeiten. Dann, in der letzten Phase der Konstruktion, folgt die Befestigung des Kabels, genau hier.« Sie zeigte mit einer dramatischen Geste auf den Fußboden. »An dieser Stelle wird das Kabel sich selbst in areosynchroner Umlaufbahn halten und hier unten kaum verankert werden müssen. Sein Gewicht wird zwischen dem Zug der Schwerkraft des Planeten und der Zentrifugalkraft des oberen Teils des Kabels sowie des Ballastfelsens an seinem Ende ausgeglichen werden.«

»Was ist mit Phobos?«, fragte John.

»Phobos ist natürlich weiter unten als der Ballastasteroid. Wir lassen das Kabel in einer sogenannten Clarke-Oszillation vibrieren, um ihm auszuweichen. Das wird kein Problem sein. Auch einer Kollision mit Deimos können wir durch Oszillation aus dem Weg gehen; aber weil seine Bahnebene stärker geneigt ist, wird dieses Problem nicht so oft auftreten.«

»Und wenn es in Position ist?«, fragte Helmut mit vor Vergnügen leuchtenden Augen.

»An dem Kabel werden mindestens einige hundert Aufzugkabinen befestigt sein, und Lasten werden mittels eines Gegengewichtsystems in den Orbit gehoben. Es wird weiterhin Unmengen an Material von der Erde herunterzuschaffen geben, sodass die zum Transport erforderliche Energie minimal ist. Es wird auch möglich sein, die Geschwindigkeit des Ballast-Asteroiden für einen Schleudereffekt zu benutzen. Von dort zur Erde entsandte Schiffe können die Energie der Marsrotation als Anschub benutzen und mit hoher Geschwindigkeit energiefrei starten. Das ist eine saubere, wirksame und außerordentlich billige Methode, sowohl, um Fracht in den Raum zu bringen, als auch, um sie zur Erde hin zu beschleunigen. Angesichts der jüngsten Entdeckungen strategischer Metalle, die auf der Erde immer knapper werden, ist ein derart billiges Hochheben und Anschieben buchstäblich unbezahlbar. Es schafft die Möglichkeit eines Austauschs, der vorher ökonomisch nicht machbar war. Der Aufzug wird eine entscheidende Wirtschaftskomponente des Mars sein, der Eckstein seiner Industrie. Und es wird nicht allzu teuer sein, das zu bauen. Wenn erst einmal ein kohlenstoffhaltiger Asteroid in den richtigen Orbit geschoben ist und darauf eine mit Kernenergie arbeitende robotische Kabelfabrik den Betrieb aufgenommen hat, wird die Fabrik Kabel ausstoßen wie eine Spinne ihren Faden. Wir werden nicht viel mehr zu tun haben, als abzuwarten. Die Kabelfabrik wird unseren Berechnungen zufolge jährlich mehr als dreitausend Kilometer Kabel ausstoßen. Das heißt, wir müssen so bald wie möglich anfangen; aber nach Produktionsbeginn wird es nur noch zehn oder elf Jahre erfordern. Und das Warten wird sich lohnen.«

John starrte Phyllis an, wie immer beeindruckt von ihrem Enthusiasmus. Sie war wie ein Konvertit, der Zeugnis ablegt, wie ein Prediger auf der Kanzel, ruhig und überzeugt triumphierend. Die Himmelfahrt. Jack und die Bohnenstange. Das Ganze hatte einen Hauch Fantastik. »Wir haben keine große Wahl«, fuhr Phyllis fort. »Der Lift holt uns aus der Schwerkraftsenke und eliminiert sie als physikalisches und ökonomisches Problem. Das ist das Entscheidende. Ohne ihn wird man uns links liegen lassen wie Australien im neunzehnten Jahrhundert, zu weit von allem entfernt, um eine bedeutende

Rolle in der Weltwirtschaft zu spielen. Die Firmen werden uns übergehen und die Asteroiden direkt ausbeuten, ohne gravitative Beschränkungen. Ohne den Aufzug werden wir in Stagnation enden.«

Shikata ga nai, dachte John zynisch. Phyllis sah ihn ganz kurz an, als ob er das laut gesagt hätte, ehe sie fortfuhr. »Wir werden das nicht zulassen. Und das Beste daran: Unser Aufzug wird als experimenteller Prototyp für einen auf der Erde dienen. Die Transnationalen, die beim Bau dieses Aufzugs Erfahrungen sammeln, werden die Konkurrenz abhängen, wenn die Kontrakte für das viel größere terrestrische Projekt, das bestimmt folgen wird, abgeschlossen werden.«

Sie redete immer weiter, schilderte jeden Aspekt des Plans und beantwortete dann Fragen der Manager mit ihrer üblichen glatten Eleganz. Sie erntete eine Menge Lächeln. Sie war lebendig, mit strahlenden Augen. John konnte beinahe die Feuerzungen aus der Masse ihres kastanienbraunen Haars herauslodern sehen, das in dem Sturmlicht wie eine juwelenbesetzte Kapuze wirkte. Die Manager und Wissenschaftler erglühten unter ihrem Blick. Sie hatten etwas wirklich Großes vor und wussten das auch. Viele Metalle, die man auf dem Mars fand, gab es auf der Erde kaum noch. Hier konnte man ein Vermögen machen, enorme Gewinne. Und jeder, der ein Stück der Brücke besaß, über die jede Unze Metall gehen musste, würde unermesslich reich werden, vielleicht am reichsten von allen. Kein Wunder, dass Phyllis und die anderen Gesichter machten, als wären sie Hohepriester einer neuen Religion.

An diesem Abend stand John vor dem Essen im Bad und nahm, ohne sich im Spiegel anzuschauen, zwei Omegendorph-Kapseln. Er konnte Phyllis nicht mehr ertragen. Aber mit der Droge fühlte er sich besser. Phyllis spielte ja schließlich auch nur eine weitere Rolle im großen Spiel. Und als er sich zum

Essen hinsetzte, war er in ausgelassener Stimmung. Okay, dachte er, die haben ihre Goldmine in Form einer Bohnenstange. Aber es war nicht klar, ob sie die für sich alleine würden behalten können. Das war sogar höchst unwahrscheinlich. Ihre Selbstzufriedenheit war komisch und peinlich zugleich, wie die einer fetten Katze. Deswegen lachte er inmitten ihres enthusiastischen Gesprächs auf und sagte: »Glaubt ihr wirklich, dass ein solcher Aufzug in Privatbesitz bleiben wird?«

Phyllis sagte mit ihrem strahlenden Lächeln: »Wir haben nicht vor, ihn in Privatbesitz zu lassen.«

»Aber ihr erwartet Bezahlung für die Konstruktion. Und dass Konzessionen eingeräumt werden. Ihr wollt Profit aus dem Unternehmen schlagen. Darum geht es euch doch, oder?«

»Ja, natürlich«, sagte Phyllis und sah gekränkt aus, weil er von solchen Dingen so unverblümt gesprochen hatte. »Jeder auf dem Mars wird davon profitieren, das liegt in der Natur der Sache.«

»Und ihr werdet von jedem Prozentsatz noch ein Prozent abschöpfen.« Raubtiere am oberen Ende der Nahrungskette. Oder doch Parasiten über die volle Länge der Nahrungskette …? »Was glaubst du, wie reich sind die Erbauer der Golden Gate Bridge geworden? Sind große transnationale Dynastien mit dem Profit der Golden Gate Bridge entstanden? Nein. Sie war ein öffentliches Projekt. Die Bauarbeiter waren im öffentlichen Dienst und bezogen für ihre Arbeit ein Standardgehalt. Würdest du darauf wetten, dass der Marsvertrag für solche infrastrukturellen Bauvorhaben nicht eine ähnliche Regelung treffen wird? Ich bin mir da recht sicher.«

»Aber der Vertrag steht erst in neun Jahren zur Revision an«, sagte sie mit funkelnden Augen.

John lachte. »Stimmt! Ich höre überall auf dem Planeten immer mehr Stimmen, die sich für einen revidierten Vertrag aussprechen, der noch engere Grenzen für Investitionen und Profit von der Erde setzt. Du hast einfach nicht aufgepasst. Das hier ist ein von Grund auf neu aufgebautes ökonomisches System – beruhend auf Prinzipien, die wissenschaftlich sinnvoll sind. Es gibt nur eine beschränkte Transportkapazität hierher, und um eine überlebensfähige Gesellschaft zu schaffen, müssen wir das beachten. Ihr könnt nicht einfach Rohstoffe vom Mars zur Erde schaffen. Die Kolonialzeit ist vorbei. Begreift ihr das nicht?« Er lachte wieder über die finsteren Blicke, mit denen sie ihn förmlich erdolchten.

Erst später, als er wieder in seinem Zimmer war und sich an diese Blicke erinnerte, kam er auf den Gedanken, dass es wahrscheinlich keine sehr gute Idee gewesen war, sie so hart mit ihren Nasen auf das Problem zu stoßen. Der Amex-Mann hatte sogar sein Handgelenk an den Mund gehoben, um eine Notiz zu machen; eine Geste, die offenkundig gesehen werden sollte. Dieser John Boone ist eine Katastrophe, hatte er geflüstert und dabei John die ganze Zeit angestarrt. Er hatte gewollt, dass John das sah. Also noch ein neuer Verdächtiger. In dieser Nacht schlief John erst spät ein.

Er verließ Pavonis am nächsten Tag und wandte sich nach Osten. Er fuhr den Tharsis-Buckel hinunter und wollte die vollen siebentausend Kilometer bis Hellas fahren, um Maya zu besuchen. Durch den großen Sturm verlief die Reise ziemlich einsam, die einzige Begleitung war das ständig wechselnde Pfeifen des Windes. Die südlichen Hochebenen zeigten sich nur kurz undeutlich durch aufgeblähte Sandvorhänge. Maya freute sich, dass er zu Besuch kam. Er war noch nie in Hellas gewesen, und eine Menge Leute warteten dort darauf, ihn kennenzulernen. Sie hatten nördlich von Low Point eine erhebliche Wasserader entdeckt und planten jetzt, es an die Oberfläche zu pumpen und Low Point zu fluten, sodass ständig durch Sublimation Wasser an die Atmosphäre abgegeben werden würde. Dieser künstliche See würde durch Nachschub aus der Tiefe wieder ergänzt. Dadurch erhalten, könnte der See sowohl die Atmosphäre bereichern als auch als Reservoir und Wärmesenke für den Ackerbau in einem Ring überkuppelter Farmen rund um das Ufer des Sees dienen. Maya war von diesen Plänen begeistert.

Jeden Tag sah John nur zu, wie ein Krater nach dem anderen aus den Staubwolken auftauchte. Oft war er wie hypnotisiert. Eines Abends hielt er bei einer chinesischen Siedlung, wo kaum jemand ein Wort Englisch konnte und alle in Containern lebten. Er und die Siedler mussten ein Übersetzungsprogramm benutzen, das beide Seiten den größten Teil des Abends zum Lachen brachte. Zwei Tage später hielt er sich einen Tag bei einer riesigen japanischen Luftverarbeitungsanlage in einem hochgelegenen Pass zwischen zwei Kratern auf. Hier sprachen alle hervorragend Englisch, waren aber frustriert, weil ihre Arbeit durch den Sturm zum Stillstand gekommen war. Die Techniker lächelten gequält und führten ihn durch ein albtraumartiges Labyrinth aus Filtersystemen, die sie entworfen hatten, um die Pumpen in Gang zu halten – aber alles umsonst.

Drei Tage östlich von den Japanern traf er auf eine Sufi-Karawane auf einer runden Mesa mit steilen Wänden. Sie war vor Urzeiten der Boden eines Kraters gewesen, war aber durch den Einschlag so verhärtet, dass sie der Erosion widerstanden hatte, die das umgebende weiche Material in den nachfolgenden Äonen abgetragen hatte. Jetzt ragte sie einsam über der Ebene auf wie ein dickes rundes Piedestal, dessen zerfurchte Seiten einen Kilometer hoch waren. John fuhr auf einer Rampe in Serpentinen zu der Karawanserei auf dem Gipfel.

Oben angekommen, stellte er fest, dass die Mesa sich in einer permanenten stehenden Welle inmitten des Staubsturms befand, sodass hier mehr Sonnenlicht durch die dunklen Wolken sickerte als anderswo, selbst am Rand von Pavonis. Die Sicht war fast so schlecht wie überall sonst auch, aber die Farben waren viel heller, die Dämmerungen purpurn und schokoladenfarben, die Tage ein lebhafter wolkiger Wirbel aus Umbra und Gelb, Orange und Rost, gelegentlich von einem bronzefarbenen Sonnenstrahl durchbrochen.

Es war ein großartiger Platz; und die Sufis erwiesen sich als gastfreundlicher als alle anderen Araberkarawanen, die er bisher getroffen hatte. Sie waren, wie sie ihm erzählten, mit einer der neusten arabischen Gruppen gekommen, als Zugeständnis gegenüber den religiösen Gruppierungen auf der Erde. Und da es viele Sufis unter den islamischen Gelehrten gab, hatte es wenig Einwände dagegen gegeben, sie als eigenständige, geschlossene Gruppe fliegen zu lassen. Einer von ihnen, ein kleiner schwarzer Mann namens Dhu el-Nun, sagte ihm: »Es ist wundervoll in dieser Zeit der siebzigtausend Schleier, dass du, der große *talib*, seiner *tariqat* hierher gefolgt ist, um uns zu besuchen.«

»Talib? Tariqat?«, fragte John.

»Ein *talib* ist ein Sucher. Und die *tariqat* des Suchers ist sein Weg, sein spezieller Weg, auf der Straße zur Realität.«

»Ich verstehe«, sagte John, immer noch überrascht über ihre Freundlichkeit.

Dhu führte ihn von der Garage zu einem niedrigen schwarzen Gebäude, das im Zentrum eines Ringes aus Rovern stand und von dem eine konzentrierte Energie auszugehen schien. Es war breit und rund, wie ein Modell der Mesa, mit Fenstern aus rohen klaren Kristallen. Dhu bezeichnete das schwarze Gestein des Gebäudes als Stishovit, ein hochverdichtetes Mineral, das durch den Meteoritenaufprall entstanden war, bei dem für einen Moment ein Druck von mehr als einer Million Kilogramm pro Quadratzentimeter geherrscht hatte. Die Fenster waren aus Lechatelierit, einer Art komprimierten Glases, das auch beim Aufprall gebildet worden war.

Im Innern des Gebäudes begrüßten ihn etwa zwanzig Personen, Männer und Frauen gleichermaßen. Die Frauen waren barhäuptig und verhielten sich genau wie Männer, was John wiederum überraschte und ihm bewusst machte, dass die Dinge bei den Sufis anders waren als bei Arabern allgemein. Er setzte sich und trank mit ihnen Kaffee. Dann fing er wieder an, Fragen zu stellen. Sie waren Qadariten-Sufis, erklärten sie ihm, Pantheisten, die durch altgriechische Philosophie und modernen Existentialismus beeinflusst waren. Sie versuchten, durch moderne Wissenschaft und die *ru'yat al-qalb*, die Sicht des Herzens, mit der ultimativen Realität, Gott, eins zu werden. »Es gibt vier mystische Reisen«, sagte ihm Dhu. »Die erste beginnt mit Gnosis und endet mit *fana*, dem Entschwinden aller phänomenologischen Dinge. Die zweite beginnt, wenn dem *fana baqa* folgt, die Beständigkeit. An dieser Stelle reist du ins Reale, durch das Reale und zu dem Realen, und bist selbst eine Realität, ein *haqq*. Danach bewegst du dich weiter zum Zentrum des spirituellen Universums und wirst eins mit allen anderen, die es ebenso gemacht haben.«

»Ich schätze, ich habe noch nicht einmal die erste Reise angetreten«, sagte John. »Ich weiß nichts.«

Sie schienen über diese Antwort erfreut zu sein und sagten zu ihm: »Du kannst anfangen«, als sie ihm Kaffee nachschenkten. »Du kannst immer einen Anfang machen.« Sie waren so ermutigend und freundlich im Vergleich zu allen Arabern, die John davor getroffen hatte, dass er sich ihnen öffnete und von seiner Reise nach Pavonis und den Plänen für das große Liftkabel erzählte. Dhu meinte: »Keine Fantasie der Welt ist völlig unwahr.« Und als John seine letzte Begegnung mit Arabern auf Vastitas Borealis und dass Frank sie begleitet hatte erwähnte, sagte Dhu geheimnisvoll: »Die Liebe zum Rechten verlockt Menschen zum Falschen.«

Eine der Frauen lachte und sagte: »Chalmers ist dein *nafs*.«

»Was ist das?«, fragte John.

Sie lachten alle. Dhu erklärte kopfschüttelnd: »Er ist nicht dein *nafs*. *Nafs* ist das böse Selbst eines Menschen, von dem manche glauben, dass es in der Brust lebe.«

»Wie ein Organ oder so etwas?«

»Wie eine wirkliche Kreatur. Muhammad ibn 'Ulyan zum Beispiel berichtete, dass aus seiner Kehle etwas wie ein junger Fuchs gesprungen sei, der immer größer wurde, wenn er ihn trat. Das war sein *nafs*.«

»Es ist ein anderer Name für deinen Schatten«, erklärte die Frau, die damit angefangen hatte.

»Na schön«, sagte John. »Vielleicht ist er das. Vielleicht wurde Franks *nafs* aber auch einfach nur besonders oft getreten.« Und sie lachten mit ihm.

Später an diesem Nachmittag drang die Sonne stärker durch den Dunst als gewöhnlich und erhellte die ziehenden Wolken so, dass die Karawanserei in der Kammer eines gigantischen Herzens zu ruhen schien, wobei die Windstöße rhythmisch den Takt angaben. Die Sufis riefen sich etwas zu, als sie durch die Lechatelieritfenster blickten, und legten rasch Schutzanzüge an, um in diese karmesinrote Welt hinauszugehen. Sie forderten Boone auf, sie zu begleiten. Er zog sich grinsend an und schluckte heimlich eine Omeg-Kapsel.

Draußen gingen sie rund um den zerklüfteten Rand der Mesa, blickten in die Wolken und auf die im Schatten liegende Ebene in der Tiefe und wiesen John auf alle Merkmale hin, die gerade zu sehen waren. Danach sammelten sie sich bei der Karawanserei, und John hörte ihnen zu, wie sie feierlich sangen, wobei verschiedene Stimmen englische Übersetzungen für das Arabische und Farsi lieferten. »Besitze nichts, und sei von nichts besessen. Entferne das, was du im Kopf hast, und gib, was du in deinem Herzen hast. Hier eine Welt und dort eine Welt. Wir sitzen auf der Schwelle.«

Eine andere Stimme: »Liebe hat die Saite an der Laute meiner Seele angeschlagen und mich verändert, auf dass ich von Kopf bis Fuß liebe.«

Und sie fingen an zu tanzen. John, der zusah, erkannte, dass sie tanzende Derwische waren. Sie hüpften in die Luft zum Schlag von Trommeln, die leise über die allgemeine Funkfrequenz tönten. Sie sprangen und wirbelten in langsamen unirdischen Drehungen mit ausgestreckten Armen. Und wenn sie den Boden berührten, stießen sie sich ab und wiederholten es, eine Drehung nach der anderen. Tanzende Derwische in dem großen Sturm auf einer hohen runden Mesa, die in grauer noachischer Vorzeit der Boden eines Kraters gewesen war. In dem blutroten pulsierenden Licht sah das so wundervoll aus, dass John aufstand und anfing, sich mit ihnen zu drehen. Er störte ihre Symmetrien und stieß manchmal mit anderen Tänzern zusammen, aber das schien niemanden zu stören. Wenn er leicht gegen den Wind sprang, wurde er nicht so leicht aus der Balance geblasen. Eine starke Bö könnte ihn glatt umwehen. Er lachte. Einige Tänzer sangen laut zur Musik in den üblichen Vierteltontremoli, akzentuiert durch Rufe und scharfes rhythmisches Atmen und der Phrase *»Ana el-Haqq, ana el-Haqq«* – Ich bin Gott, ich bin Gott. Eine sufische Häresie. Der Tanz sollte sie hypnotisieren. John wusste, dass es andere Muslimkulte gab, die dasselbe mit Selbstgeißelung erreichen wollten. Tanzen war besser. Er drehte sich und stimmte mit seinem scharfen Atem und mit Grunzlauten in den gemeinsamen Gesang ein. Dann fing er an, ohne darüber nachzudenken, in die Melodie die Namen für den Mars einzufügen: »Al-Qahira, Ares, Auqakuh, Bahram. Harmakhis, Hrad, Huo Hsing, Kasei. Ma'adim, Maja, Mamers, Mangala. Nirgal, Shalbatana, Simud und Tiu.« Er hatte diese Liste vor einigen Jahren als kleinen Partytrick auswendig gelernt. Jetzt war er überrascht, was für einen hervorragenden Sprechchor sie abgab, der aus seinem Mund strömte und ihm half, seine Drehungen zu stabilisieren. Die anderen Tänzer lachten ihn freundlich an. Es schien ihnen zu gefallen. Er fühlte sich berauscht, sein ganzer Körper summte. Er wiederholte die Litanei noch oft und ging dann dazu über, nur den arabischen Namen ständig zu wiederholen: »Al-Qahira, Al-Qahira, Al-Qahira.« Und dann, angelehnt an ihre Häresie: »Ana el-Haqq, ana Al-Qahira. Ana el-Haqq, ana Al-Qahira.« Ich bin Gott, ich bin Mars … Die anderen stimmten in diesen Gesang ein und machten daraus ein wildes Lied. Im Aufblitzen rotierender Visierscheiben nahm er ihre grinsenden Gesichter wahr. Sie waren wirklich gute Tänzer. Während sie herumwirbelten, schnitten ihre ausgestreckten Finger den Staubstrom zu Arabesken. Dabei stießen sie ihn mit den Fingerspitzen an und führten, ja schoben sogar seine ungeschickten Drehungen in das Geflecht ihrer Rotationen. Er schrie die Namen des Planeten, und sie wiederholten sie danach wie bei einer Antiphone. Sie rezitierten die Namen – Arabisch, Sanskrit, Inka –, alle Namen des Mars, verquirlt in einen Brei aus Silben, sodass sie eine polyphone Musik erschufen, die schön, ergreifend und fremd zugleich war; denn diese Namen des Mars kamen aus Zeiten, als Wörter noch unheimlich gewesen waren und Namen Macht besessen hatten. Er konnte das hören, wenn er sie sang. Ich werde tausend Jahre lang leben, dachte er.

Als er endlich zu tanzen aufhörte und sich hinsetzte, um zuzuschauen, wurde ihm schlecht. Die Welt verschwamm, in seinem Mittelohr drehte sich etwas offenbar immer noch wie eine Roulettekugel. Die Szene pulsierte vor ihm. Es war unmöglich zu sagen, ob das der wirbelnde Staub war oder etwas in seinem Inneren; aber jedenfalls starrte er auf das, was er sah: tanzende Derwische – auf dem Mars? Nun, in der muslimischen Welt waren sie irgendwie Abweichler und hatten einen ökumenischen Zug, der im Islam selten ist. Und sie waren auch Wissenschaftler. Sie waren vielleicht sein Weg zum Islam, seine *tariqat*. Und ihre Derwischzeremonien würden vielleicht in die Areophanie, die Anbetung des Mars, übergehen wie sein Gesang in ihren Tanz. Er stand taumelnd auf und verstand plötzlich, dass man nicht alles von Grund auf neu erfinden musste, sondern dass man auch etwas Neues durch eine Synthese aus allem, was vorher schon gut war, schaffen konnte. »Liebe hat die Saite an der Laute meiner Seele angeschlagen …« Er war zu benommen. Die anderen lachten und stützten ihn. Er sprach zu ihnen in seiner üblichen Weise in der Hoffnung, dass sie verstehen würden. »Ich fühle mich schlecht. Ich denke, ich werde mich übergeben. Sagt mir, warum wir nicht all das traurige Gepäck von der Erde zurücklassen können. Warum können wir nicht zusammen eine neue Religion erfinden? Die Verehrung von Al-Qahira, Mangala, Kasei!«

Sie lachten und trugen ihn auf den Schultern zurück zum Schutzbau. »Ich meine es ernst«, sagte er, während sich die Welt drehte. »Ich möchte, dass ihr es tut, ich möchte, dass euer Tanz mit drin ist. Es ist klar, dass ihr diejenigen seid, die diese Religion erschaffen. Ihr tut das ja schon.« Es war gefährlich, sich in einem Helm zu übergeben; also lachten sie nur und schafften ihn, so schnell sie konnten, in das Habitat. Als ihm dort schlecht wurde, hielt ihm eine Frau den Kopf und sagte in musikalischem, orientalisch gefärbtem Englisch: »Der König hat seine weisen Männer nach etwas gefragt, das ihn glücklich machen würde, wenn er traurig wäre, und traurig, wenn er glücklich war. Sie berieten sich und gaben ihm einen Ring, auf dem eingraviert war: ›Auch dies wird vorübergehen.‹«

»Direkt in die Wiederverwertung«, sagte Boone. Er lag auf dem Rücken, und alles drehte sich, obwohl er versuchte, still zu liegen. »Was willst du hier? Warum seid ihr auf dem Mars? Du musst mir sagen, was ihr hier wollt!« Sie brachten ihn in den Gemeinschaftsraum und teilten Tassen aus. Dann brachten sie eine Kanne mit aromatischem Tee. Er hatte immer noch das Gefühl, sich zu drehen, und der an den Kristallfenstern vorbeibrausende Staub war keine Hilfe.

Eine alte Frau neben ihm nahm die Kanne und goss Johns Tasse voll. Dann stellte sie die Kanne hin und signalisierte ihm: »Jetzt schenkst du mir ein.« John tat es unsicher, und dann machte die Kanne im Raum die Runde. Jeder füllte die Tasse eines anderen.

»Wir beginnen jedes Mahl so«, sagte die alte Frau. »Es ist ein kleines Zeichen dafür, wie wir zueinander stehen. Wir haben die alten Kulturen studiert, ehe euer globaler Markt alles vereinheitlichte; und in jenen Zeiten gab es viele verschiedene Formen des Tausches. Einige beruhten auf dem Geben von Geschenken. Jeder von uns hat eine Gabe, weißt du, die uns unentgeltlich vom Universum zuteilwurde. Und jeder von uns gibt mit jedem Atemzug etwas zurück.«

»Das ist wie die Gleichung für ökologische Leistung«, sagte John.

»Vielleicht. Jedenfalls wurden ganze Kulturen auf der Idee des Geschenkes aufgebaut. In Malaysia, im amerikanischen Nordwesten, in vielen primitiven Kulturen. In Arabien gaben wir Wasser oder Kaffee, Nahrung und Unterkunft. Und was immer man erhielt, wurde nicht einfach behalten, sondern zurückgegeben, im günstigen Falle mit Zinsen. Man arbeitete, um mehr geben zu können, als man empfing. Wir glauben, dass dies die Grundlage für eine ehrerbietige und rücksichtsvolle Ökonomie sein kann.«

»Dies ist genau das, was Vlad und Ursula gesagt haben!«

»Vielleicht, ja.«

Der Tee half. Nach einer Weile kehrte sein Gleichgewichtssinn zurück. Sie sprachen über andere Dinge, den großen Sturm, den großen harten Sockel, auf dem sie lebten. Spät am Abend fragte er, ob sie von dem Cojoten gehört hätten, aber das war nicht der Fall. Sie kannten jedoch Geschichten über eine Kreatur, die sie den »Verborgenen« nannten, den letzten Überlebenden einer alten Marsianer-Spezies, ein runzliges Wesen, das über den Planeten zog und Wanderern, Rovern und Siedlungen in Not half. Man hatte es im letzten Jahr bei der Wasserstation in Chasma Borealis gesehen, als es zu einem Eisbruch gekommen war und anschließend die Energie ausfiel.

»Ist das nicht der sagenhafte Große Mann?«, fragte John.

»Nein, nein. Der Große Mann ist ein Riese. Der Verborgene ist wie wir. Seine Leute waren Untertanen des Großen Mannes.«

»Ich verstehe.«

Aber er verstand nicht, nicht richtig. Wenn der Große Mann für den Mars selbst stand, dann war die Geschichte von dem Verborgenen vielleicht von Hiroko inspiriert. Er konnte das nicht sagen. Er brauchte einen Volkskundler oder Spezialisten für Sagen, jemanden, der ihm erklären konnte, wie Geschichten entstehen. Aber er hatte nur die Sufis, lächelnd und sonderbar, selbst Sagengestalten. Seine Mitbürger in diesem neuen Lande. Er musste lachen. Sie lachten mit ihm und brachten ihn zu Bett. Die alte Frau sagte: »Wir sprechen ein Gutnachtgebet des persischen Dichters Jalaluddin Rumi.« Sie rezitierte:

»Ich starb als Stein und wurde eine Pflanze,
Ich starb als Pflanze und erhob mich als Tier.
Ich starb als Tier und wurde Mensch.
Warum sollte ich mich fürchten? Wann wurde ich weniger im Tod?
Einmal mehr werde ich als Mensch sterben,
Um aufzusteigen mit gesegneten Engeln in der Höhe.
Und wenn ich meine Engelsseele opfere,
Werde ich werden, was noch kein Verstand je erfasste.«

»Schlaf gut!«, sagte sie in seine einschlummernden Gedanken hinein. »Dies ist unser aller Weg.«

Am nächsten Morgen kletterte er steifbeinig mit einem Muskelkater in seinen Rover, kniff vor Schmerzen die Augen zusammen und beschloss, eine Omeg einzunehmen, sobald er unterwegs wäre. Die alte Frau war da, um ihn zu verabschieden, und er drückte herzlich seinen Helm gegen ihren.

Sie sagte: »Ob in dieser oder jener Welt, deine Liebe wird uns am Ende führen.«

Die Transponderstraße führte ihn durch die braunen, vom Wind gepeitschten Tage. Er durchquerte das zerklüftete Land südlich von Margaritifer Sinus. Er würde später noch einmal hindurchfahren müssen, um etwas davon zu sehen; denn in dem Sturm war es nichts als fliegender Kakao, von momentanen goldenen Lichtspeeren durchbohrt. In der Nähe des Bakhuysen-Kraters hielt er bei einer neuen Siedlung namens Turner Wells an. Hier war man auf Grundwasser gestoßen, das unter so hohem hydrostatischem Druck stand, dass sie Energie gewinnen konnten, indem sie den artesischen Strom durch eine Reihe von Turbinen leiteten. Das freigesetzte Wasser wurde in Wannen gefüllt, eingefroren und dann mit Robotern zu trockenen Siedlungen in der ganzen südlichen Hemisphäre gebracht. Mary Dunkel arbeitete dort und zeigte ihm die Brunnen, das Kraftwerk und die Eisreservoire. »Die Probebohrung war die reinste Hölle. Als der Bohrer den flüssigen Teil der wasserhaltigen Schicht anstach, wurde er explosionsartig aus dem Loch getrieben; und es stand auf Messers Schneide, ob es uns gelingen würde, die Springquelle zu kontrollieren oder nicht.«

»Was wäre geschehen, wenn das nicht gelungen wäre?«

»Ich weiß es nicht. Da unten gibt es eine Menge Wasser. Wenn es den Fels um das Loch herum gesprengt hätte, hätte es einen ähnlich großen Ausflusskanal wie in Chryse geben können.«

»So viel?«

»Wahrscheinlich schon, ja.«

»Wow!«

»Das habe ich auch gesagt. Jetzt hat Ann eine Studie über Methoden zur Bestimmung von Wasserdrücken durch die Echos, die sie bei seismischen Tests abgeben, in Auftrag gegeben. Aber es gibt Leute, die gern eine oder zwei solche Wasseradern freisetzen würden. Sie hinterlassen Mitteilungen in den Foren im Netz. Es würde mich nicht überraschen, wenn Sax dazu gehörte. Große Fluten aus Wasser und Eis, sehr viel Sublimation – warum sollte er da nicht jubeln?«

»Aber Überschwemmungen wie die in Chryse würden für die Landschaft ebenso zerstörerisch sein wie ein Asteroideneinschlag.«

»Oh, noch verheerender! Die Fluten, die die Ausflusskanäle schufen, waren gewaltige Ausbrüche. Schau dir doch nur das chaotische Terrain an, aus dem sie stammen! Die beste Analogie auf der Erde sind die Scablands, eine Lava- und Plateaulandschaft im östlichen Washington. Hast du davon gehört? Vor etwa achtzehntausend Jahren gab es einen See, der den größten Teil von Montana bedeckte. Man nennt ihn Lake Missoula. Er bestand aus Schmelzwasser der Eiszeit und wurde durch einen Eisdamm zurückgehalten. Irgendwann brach dieser Damm, und der See entleerte sich schlagartig. Etwa zwei Billionen Kubikmeter Wasser strömten in wenigen Tagen das Columbia-Plateau hinunter und hinaus in den Pazifik.«

»Donnerwetter!«

»Während es floss, führte es ungefähr dreimal so viel Wasser wie der Amazonas. Es grub in das basaltische Urgestein Kanäle, die bis zu zweihundert Meter tief sind.«

»Zweihundert Meter?«

»Ja. Und das war noch nichts im Vergleich mit den Wassermassen, die die Chrysekanäle gegraben haben. Die Verästelungen dort erstrecken sich über Gebiete …«

»Zweihundert Meter ins *Urgestein*?«

»Nun ja, es ist keine normale Erosion. In derart großen Fluten schwankt der Druck so stark, dass es zur Freisetzung gelöster Gase kommt; und wenn diese Blasen zusammenbrechen, erzeugen sie unglaubliche Drücke. Sie sind wie gewaltige Hämmer, die alles zerbrechen.«

»Es wäre also schlimmer als ein Meteoriteneinschlag?«

»Sicher. Außer bei einem richtig großen Asteroiden. Und es gibt Leute, die genau das tun wollen.«

»Wirklich?«

»Das weißt du doch selbst. Aber Fluten eignen sich noch besser für das, was die vorhaben. Wenn man beispielsweise einen Meteoriten in Hellas einstürzen ließe, hätte man ein Meer. Und man könnte es schneller wieder auffüllen, als das Oberflächen-Eis sublimieren würde.«

»Eine solche Flut *steuern*?«, rief John aus.

»Nein, das ist unmöglich. Aber wenn man eine Flut an der richtigen Stelle hätte, müsste man sie gar nicht lenken. Du solltest nachschauen, wohin Sax kürzlich seine Wünschelrutengänger geschickt hat. Sieh es dir selbst an, und sag mir, was du davon hältst.«

»Aber das würde doch bestimmt von der UNOMA verboten werden.«

»Seit wann hat das eine Rolle für Sax gespielt?«

John lachte. »Oh, jetzt spielt es schon eine Rolle. Sie haben ihm zu viel gegeben, als dass er sie ignorieren könnte. Sie haben ihn mit Geld und Macht gebunden.«

»Vielleicht.«

In dieser Nacht ereignete sich morgens um halb vier eine kleine Explosion in einem der Bohrlöcher. Alarmglocken rissen sie aus dem Schlaf. Halb nackt taumelten sie durch die Tunnel zu einem Geysir, der in den fliegenden Staub der Nacht emporschoss; eine Säule aus weißem Wasser, die vom schwankenden Licht hastig aufgestellter Scheinwerfer in Stücke gerissen wurde. Aus den Staubwolken fiel das Wasser in Form von Eisbrocken und Hagelkörnern bis zur Größe von Bowlingkugeln herunter. Im Windschatten gelegene Bohrtürme wurden von diesen Geschossen getroffen, und die Eisstücke lagen schon knietief.

Nach der Diskussion am vorangegangenen Abend war John bei den Anblick ziemlich erschrocken, und er rannte herum, bis er Mary fand. Durch den Lärm der Eruption und des stets tobenden Sturms brüllte sie ihm ins Ohr: »Hilf mir, das Gebiet zu räumen! Ich werde hinter der Quelle eine Sprengladung anbringen und versuchen, sie dadurch wieder zu verschließen.« Sie lief in ihrem weißen Nachthemd fort, und John trieb die Zuschauer zusammen und brachte sie durch die Tunnel zum Wohnbereich der Station zurück. Mary stieß japsend in der Schleuse zu ihnen. Sie drückte eine Taste an ihrem Handgelenkscomputer, und es gab einen dumpfen Knall aus Richtung Bohrturm. »Kommt, schauen wir nach!«, sagte sie. Sie gingen durch die Schleuse und liefen zurück zum Fenster. Dort lag in einem Haufen weißer Eiskugeln das Wrack des Bohrers auf der Seite. Nichts rührte sich mehr.: »Jawohl! Zugemacht!«, jubelte Mary.

Sie applaudierten schwach. Einige gingen hinunter zum Bohrturm, um zu sehen, ob sie etwas zur Absicherung tun könnten. »Gute Arbeit!«, sagte John zu Mary.

»Ich habe seit jenem ersten Vorfall viel über das Zudecken von Sprudelquellen gelesen.«, erklärte Mary, immer noch außer Atem. »Und wir hatten alles für den Notfall vorbereitet. Aber wir hatten nie die Chance, es auszuprobieren. Natürlich nicht. Darum kann man nie wissen.«

»Sind eure Schleusen überwacht?«, fragte John.

»Allerdings!«

»Gut!«

John ging los, um die Aufzeichnungen durchzusehen. Er stöpselte Pauline in das System der Station ein und stellte Fragen. Die Antworten las er auf seinem Bildschirm ab. Niemand hatte seit dem Zeitschlupf dieser Nacht die Schleusen benutzt. Er rief die Daten des Wettersatelliten ab und loggte sich in die Radar- und Infrarotsysteme ein, für die Sax ihm die Codes gegeben hatte. Er überprüfte das Gebiet um Bakhuysen. Kein Anzeichen von irgendeiner Maschine in der Nähe, außer einigen alten Windmühlenheizern. Und die Transponder zeigten, dass seit seiner Ankunft am Vortag niemand auf den Straßen in dieser Gegend unterwegs gewesen war.

Niedergeschlagen saß John vor Pauline. Er war erschöpft und ratlos. Er wusste nicht, was er noch überprüfen könnte; und nach den Daten, die er hatte, schien niemand in der Nacht draußen gewesen zu sein, um den Schaden anzurichten. Die Explosion hätte schon vor Tagen vorbereitet worden sein können, obwohl es schwierig gewesen wäre, den Sprengstoff zu verstecken, da täglich an den Bohrtürmen gearbeitet wurde. Er stand langsam auf, suchte Mary und fand mit ihrer Hilfe die Leute, die am Tag zuvor als Letzte an dieser Quelle zu tun gehabt hatten. Kein Hinweis auf Sabotage bis um acht Uhr abends. Danach waren alle Stationsmitglieder auf der John-Boone-Party gewesen und die Schleusen nicht mehr benutzt worden. Keiner von ihnen konnte es gewesen sein.

Er ging wieder zu Bett und dachte darüber nach. »Oh, und Pauline, prüf bitte Sax' Dateien und gib mir eine Liste aller Suchexpeditionen nach Wasser im letzten Jahr!«

John traf auf seiner blinden Fahrt nach Hellas Nadia, die den Bau einer neuen Kuppel über dem Rabe-Krater beaufsichtigte.

Es war die größte je errichtete Kuppel – sie nutzten die dichtere Atmosphäre und die leichteren Baustoffe so, dass Gewicht durch Druck ausgeglichen werden konnte, sodass die Kuppel praktisch gewichtslos wurde, sobald sie unter Druck gesetzt war. Der Rahmen sollte aus verstärkten Areogel-Trägern bestehen, der jüngsten Erfindung der Alchemisten. Areogel war so leicht und stark, dass Nadia regelrecht in Verzückung geriet, als sie seine Einsatzmöglichkeiten schilderte. Nach ihrer Ansicht waren Kraterkuppeln und ausgehöhlte Mesas Vergangenheit. Sie könnten jetzt einfach Areogelpfeiler um die Peripherie einer Stadt errichten und die ganze Bevölkerung in einem großen hellen Zelt unterbringen.

Sie erzählte John alles darüber, während sie um das Innere von Rabe herumgingen, das bislang nichts als eine große Baustelle war. Der ganze Kraterrand sollte wabenartig mit Räumen mit Glasdecken ausgehöhlt werden, und das überkuppelte Innere wäre eine Farm, die dreißigtausend Menschen ernähren konnte. Erdbewegungsroboter in der Größe von Häusern kamen brummend aus der Dunkelheit des Staubes heraus und waren schon nach fünfzig Metern Entfernung nicht mehr zu sehen. Diese Giganten arbeiten selbstständig oder durch Teleoperation. Das Bedienungspersonal hatte wahrscheinlich zu wenig Sicht auf die Umgebung, als dass Fußgänger sicher wären. John folgte Nadia nervös, als sie umherschlenderte. Er erinnerte sich, wie unruhig die Bergleute von Bradbury Point gewesen waren – und dort hatten sie immerhin sehen können, was geschah. Er musste über Nadias Arglosigkeit lachen. Wenn der Boden unter ihren Füßen zitterte, blieben sie einfach stehen und schauten sich um, bereit, allen herankommenden haushohen Vehikeln aus dem Weg zu springen. Es war wirklich anstrengend. Nadia schimpfte über den Staub, der viele Maschinen unbrauchbar machte. Der große Sturm war jetzt vier Monate alt, der längste seit Jahren, und ein Ende noch nicht in Sicht. Die Temperaturen waren schnell gesunken, die Menschen aßen Konserven und Trockennahrung und gelegentlich etwas Salat oder Gemüse, die bei künstlicher Beleuchtung gewachsen waren. Der Staub war überall. Selbst während sie darüber sprachen, fühlte John, wie er zwischen seinen Zähnen knirschte, seine Lippen verklebte und die Augen in ihren Höhlen austrocknete. Kopfschmerzen waren sehr häufig geworden, ebenso Nebenhöhlenentzündungen, wunde Kehlen, Bronchitis, Asthma und Lungenbeschwerden allgemein. Dazu allerhand Frostschäden. Und Computer wurden gefährlich unzuverlässig, viele Geräte versagten. Es gab Neurosen und Verzögerungen bei den KIs. Die Mittage im Innern von Rabe waren wie das Leben in einem Backstein, sagte Nadia, und die Sonnenuntergänge sahen aus wie glimmende Kohleflöze. Sie hasste das.

John wechselte das Thema. »Was hältst du von diesem Raumaufzug?«

»Eine große Sache.«

»Aber die Auswirkungen, Nadia. Was kommt dabei heraus?«

»Wer weiß? Bei einem solchen Projekt kann das ja niemand vorhersagen.«

»Er wird ein strategischer Flaschenhals sein. Weißt du noch, wie sie Arkady vorgeworfen hat, er würde dasselbe mit Phobos machen? Jetzt wird sie ihren eigenen Engpass bekommen. Das ist eine Menge Macht.«

»Das sagt Arkady auch; aber ich verstehe nicht, warum man ihn nicht gemeinschaftlich nutzen kann, wie eine natürliche Ressource.«

»Du bist eine Optimistin.«

Sie zuckte mit den Achseln. »Das sagt Arkady auch. Ich versuche nur, vernünftig zu sein.«

»Ich auch.«

»Ich weiß. Manchmal denke ich, wir zwei wären die Einzigen.«

»Und Arkady?«

Sie lachte.

»Aber ihr zwei seid doch ein Paar!«

»Ja, ja. Wie du und Maya.«

»Touché.«

Nadia lächelte kurz. »Ich bemühe mich, Arkady dazu zu bringen, dass er über bestimmte Dinge nachdenkt. Mehr kann ich nicht tun. Wir treffen uns in einem Monat in Acheron für die Behandlung. Maya meinte, es wäre gut, wenn man sie gemeinsam macht.«

»Ich kann es nur empfehlen«, sagte John grinsend.

»Und die Behandlung?«

»Besser als die Alternative, nicht wahr?«

Sie kicherte. Dann vibrierte der Boden unter ihren Füßen. Sie reckten sich und drehten den Kopf, um nach Schatten im Dunkeln Ausschau zu halten. Rechts von ihnen erschien ein großes schwarzes Gebilde wie ein wandernder Berg. Sie rannten zur Seite, stolperten und sprangen über Klumpen und Schutt. John fragte sich, ob das wieder ein Attentat sei. Nadia gab rasch Befehle auf der allgemeinen Frequenz durch und fluchte auf die Teleoperatoren, die den Infrarotbereich nicht geprüft und sie deswegen fast übersehen hätten. »Achtet auf eure Schirme, ihr faulen Hunde!«

Der Boden hörte auf zu beben. Der schwarze Leviathan bewegte sich nicht mehr. Sie gingen vorsichtig darauf zu. Ein Abraumtransporter wie aus Gullivers legendärem Riesenland Brobdingnag. Auf dem Mars von Utopia Planitia Machines gebaut. Ein von Robotern erbauter Roboter, so groß wie ein Bürogebäude.

John starrte daran hoch und fühlte, wie ihm der Schweiß die Stirn herunterrann. Sie waren in Sicherheit. Sein Puls beruhigte sich. »Monster wie das da gibt es überall auf dem Planeten«, sagte er staunend zu Nadia. »Sie schneiden, kratzen, graben, beladen und bauen. Schon bald werden sich einige von ihnen an einen zwei Kilometer großen Asteroiden heften und ein Kraftwerk bauen, das den Asteroiden selbst als Treibstoff benutzen wird, um ihn in einen Marsorbit zu schieben. Dann werden andere Maschinen darauf landen und anfangen, das Gestein in ein Kabel von siebenunddreißigtausend Kilometern Länge zu verwandeln. Stell dir diese Größe vor, Nadia! Die Größe!«

»Jep, ganz schön groß.«

»Es ist wirklich unvorstellbar. Etwas, das gänzlich außerhalb menschlicher Fähigkeiten liegt – zumindest glaubten wir das bisher. Teleoperation in kolossalem Maßstab. Eine Art spiritueller Robotarm. Alles, was man sich vorstellen kann, lässt sich machen!«

Sie gingen langsam um das gigantische schwarze Objekt vor ihnen herum. Nichts weiter als ein Abraumlaster, nichts im Vergleich zu dem, was der Raumlift sein würde. Aber selbst schon dieser Lastwagen, dachte er, war ein erstaunliches Ding. »Muskeln und Gehirn sind durch Roboter verlängert worden, die so groß und stark sind, dass man es kaum fassen kann. Wahrscheinlich ist es ein Teil deines Talents – und auch Sax' –, die Muskeln spielen zu lassen, von denen wir bisher nicht einmal ahnten, dass wir sie haben. Ich meine Löcher, die direkt durch die Lithosphäre gebohrt werden, der Terminator beleuchtet durch gespiegeltes Sonnenlicht, alle die Städte, die Mesas füllen und in den Flanken von Klippen stecken – und jetzt ein Kabel bis weit über den Phobos- und Deimos-Orbit hinaus, so lang, dass es aus dem Weltraum heraus bis nach unten reicht. So etwas kann man sich nicht vorstellen!«

»Es ist nicht unmöglich«, bemerkte Nadia.

»Nein. Wir sehen ja gerade ringsumher die Zeugnisse unserer Macht. Wir wurden davon gerade fast überfahren. Und sehen heißt glauben. Selbst ohne Fantasie kannst du sehen, welche Macht wir haben. Vielleicht ist das der Grund, weshalb die Dinge jetzt so seltsam laufen. Jedermann spricht über Souveränität, Kämpfe und Gebietsansprüche. Die Leute reden wie die alten Götter auf dem Olymp, weil wir fast so mächtig sind wie sie.«

»Oder noch mächtiger«, sagte Nadia.

Er fuhr weiter zu den Hellespontus Montes, der gebogenen Bergkette, die das Hellas-Becken umgibt. Irgendwie geriet eines Nachts, als er schlief, sein Rover von der Transponderstraße ab. Er erwachte und sah durch die Lücken im Staub, dass er sich in einem engen Tal mit Wänden aus kleinen Klippen befand, eingeschnitten von einer uralten Flut. Wahrscheinlich würde er, wenn er auf dem Talboden bliebe, wieder zurück zur Straße kommen. Also fuhr er querfeldein weiter. Plötzlich wurde der Boden durch flache Quergräben unterbrochen, die wie leere Kanäle aussahen; und Pauline musste immer wieder anhalten, wenden und eine alternative Route suchen. Doch eine Schlucht nach der anderen tauchte aus der Finsternis auf und versperrte ihnen den Weg. Als John ungeduldig das Steuer übernahm, machte er es nur noch schlimmer. Im Lande der Blinden ist der Autopilot König.

Aber langsam näherte er sich der Talmündung, wo die Karte anzeigte, dass die Transponderstraße durch ein breiteres Tal weiter unten abstieg. Also machte er in dieser Nacht unbekümmert halt, saß vor dem Fernseher und aß etwas. Mangalavid zeigte die Erstaufführung einer Aeolia, die von einer Gruppe im Noctis Labyrinthus erbaut worden war. Die Aeolia erwies sich als ein kleines Gebäude mit Öffnungen, durch die es pfiff oder tönte oder quietschte, je nach dem Winkel und der Stärke des Windes. Der Sturm verstärkte die Fallwinde im Tal; und die Geräusche klangen wie eine Musikkomposition – klagend, wütend, dissonant oder plötzlich harmonisch. Sie schien das Werk eines Geistes zu sein, eines Alien-Geistes, und irgendwie mehr als ein Zufallsprodukt. Die fast aleatorische Aeolia, wie ein Kommentator sagte.

Danach kamen Nachrichten von der Erde. Die Existenz der gerontologischen Behandlung war dank eines Beamten in Genf durchgesickert und in einem Tage um die Welt gegangen. Jetzt lief eine heftige Debatte in der Generalversammlung. Viele Delegierte verlangten, dass die Behandlungen zu einem menschlichen Grundrecht erklärt werden sollten, durch die UN für alle garantiert, finanziert durch die entwickelten Nationen, die sofort einen Pool bilden müssten, um zu gewährleisten, dass die Bezahlung der Behandlungen gleichermaßen allen möglich wäre. Dazwischen trafen andere Meldungen ein. Einige religiöse Führer, unter ihnen der Papst, sprachen sich gegen eine derartige Behandlung aus. Es gab Krawalle und einige Überfälle auf bestimmte medizinische Zentren. Regierungen waren beunruhigt. Alle Gesichter auf dem Bildschirm zeigten Erregung oder Wut und verlangten Änderungen. Und die Ungleichheit, der Hass und das Elend in den Gesichtern der Leute ließen John zurückzucken. Er konnte sich das nicht ansehen. Er fiel in einen kurzen, unruhigen Schlaf.

Er träumte von Frank, als ihn ein Geräusch weckte. Ein Klopfen an seiner Windschutzscheibe. Es war mitten in der Nacht. Benommen verriegelte er die Schleuse. Danach setzte er sich auf und wunderte sich über diese Reflexhandlung. Wann hatte er die denn gelernt? Er rieb sich das Kinn und schaltete auf die allgemeine Frequenz. »Hallo? Jemand da draußen?«

»Marsmenschen.«

Es war eine männliche Stimme. Ihr Englisch hatte einen Akzent, aber John konnte ihn nicht identifizieren.

»Wir wollen reden«, fuhr die Stimme fort.

John stand auf und blickte durch die Scheibe. Bei Nacht und in diesem Sturm war wenig zu sehen. Aber er glaubte Gestalten in der Dunkelheit ausmachen zu können, die um sein Fahrzeug standen.

»Wir wollen wirklich nur reden«, sagte die Stimme.

Falls sie ihn hätten töten wollen, hätten sie bloß die Scheibe des Rovers aufzusprengen brauchen, während er schlief. Außerdem konnte er sich kaum vorstellen, dass jemand ihm Übles wollte. Dafür gab es keinen Grund!

Also ließ er sie ein.

Es waren fünf, lauter Männer. Ihre Schutzanzüge waren abgewetzt, schmutzig und mit Material geflickt, das nicht dafür vorgesehen war. Ihre Helme trugen keine Aufschrift oder Abzeichen, und die Farbe war abgeschliffen worden. Als sie sie abnahmen, sah er, dass einer von ihnen ein junger Asiate war. Er schien etwa achtzehn Jahre alt zu sein. Er setzte sich in den Fahrersitz und beugte sich vor, um die Instrumente näher zu betrachten. Ein anderer, ein kleiner Mann mit brauner Hautfarbe, schmalem Gesicht und langer Zottelfrisur, setzte sich auf die gepolsterte Bank gegenüber von Johns Bett und wartete, bis auch die anderen drei ihre Helme abgenommen hatten. Die hockten sich auf die Fersen und sahen John scharf an. Er hatte noch nie einen von ihnen gesehen.

Der Mann mit dem schmalen Gesicht sagte: »Wir wollen, dass du die Einwanderungsrate verringerst.« Er war derjenige gewesen, der draußen gesprochen hatte. Jetzt klang sein Akzent leicht karibisch. Er sprach leise, fast flüsternd, und John fand es schwer, ihm in normaler Lautstärke zu antworten.

»Oder ganz aufhältst«, fügte der junge Mann im Fahrersitz hinzu.

»Halt den Mund, Kasei!« Der mit dem schmalen Gesicht schaute John unentwegt weiter an. »Es kommen zu viele Leute her. Das weißt du. Sie sind keine Marsmenschen, und es ist ihnen gleichgültig, was hier geschieht. Sie werden uns überwältigen. Ich weiß, du versuchst, sie zu Marsmenschen zu machen, aber sie kommen viel schneller herauf, als du sie bearbeiten kannst. Das Einzige, was helfen wird, ist eine Verlangsamung des Zustroms.«

»Oder ihn einzustellen.«

Der Mann verdrehte die Augen und bat mit einer Grimasse John um Verständnis. Der Junge war eben noch jung, sagte sein Blick.

»Ich habe keinen Einfluss …«, fing John an, aber der Mann fiel ihm ins Wort: »Du kannst dich dafür einsetzen, und du bist auf unserer Seite.«

»Kommt ihr von Hiroko?«

Der Junge schnalzte mit der Zunge. Der mit dem schmalen Gesicht sagte nichts. Vier Gesichter starrten John an. Einer schaute stur aus dem Fenster.

John fragte: »Habt ihr die Moholes sabotiert?«

»Wir wollen, dass du die Immigration aufhältst.«

»Ich will, dass ihr mit der Sabotage Schluss macht. Die bringt nur mehr Leute hierher. Polizei.«

Der Mann sah ihn scharf an. »Wie kommst du auf den Gedanken, dass wir die Saboteure kontaktieren können?«

»Findet Sie! Macht euch bei Nacht an sie heran.«

Der Mann lächelte. »Aus den Augen, aus dem Sinn.«

»Nicht unbedingt.«

Sie mussten zu Hiroko gehören. Ockhams Rasiermesser. Es konnte nicht mehr als eine verborgene Gruppe geben. Oder vielleicht doch? John war schwindelig und überlegte, ob sie die Luft mit irgendetwas versetzt hatten. Aerosoldrogen freisetzten. Er fühlte sich seltsam. Alles war surreal traumhaft. Der Wind schüttelte den Rover und schickte einen Stoß aeolischer Musik vorbei, einen unheimlichen langgezogenen Ton. Seine Gedanken waren langsam und schwerfällig, und er hätte fast gegähnt. Das ist es, dachte er. Ich versuche immer noch, aus einem Traum zu erwachen.

»Warum versteckt ihr euch?«, hörte er sich sagen.

»Wir erbauen den Mars. Genau wie du. Wir sind auf deiner Seite.«

»Also solltet ihr auch helfen.« Er versuchte nachzudenken. »Was ist mit dem Weltraumlift?«

»Darum kümmern wir uns nicht.« Der Junge kicherte. »Darauf kommt es nicht an. Auf Menschen kommt es an.«

»Der Aufzug wird noch viel mehr Leute hierherbringen.«

Der Mann dachte darüber nach. »Verlangsame die Einwanderung, dann kann er überhaupt nicht gebaut werden.«

Wieder langes Schweigen, unterstrichen durch den unheimlichen Gesang des Windes. Kann nicht einmal gebaut werden? Dachten sie, dass Menschen ihn bauen würden? Oder vielleicht meinten sie das nötige Geld.

John sagte: »Ich werde es versuchen.« Der Junge wandte sich um und starrte ihn an. John hob die Hand, um ihm zuvorzukommen. »Ich werde tun, was ich kann.« Seine Hand schwebte vor ihm, ein großes rosiges Ding. »Das ist alles, was ich sagen kann. Wenn ich Ergebnisse versprechen würde, wäre das glatt gelogen. Ich weiß, was ihr wollt. Ich werde tun, was ich kann.« Er dachte mühsam weiter nach. »Ihr solltet euch nicht länger verstecken. Wir brauchen Hilfe.«

»Jeder auf seine Weise«, sagte der Mann ruhig. »Wir werden jetzt gehen. Wir werden weiter verfolgen, was du tust.«

»Sagt Hiroko, dass ich mit ihr sprechen möchte!«

Die fünf Männer sahen ihn an, der Junge scharf und wütend. Der mit dem schmalen Gesicht lächelte kurz. »Wenn ich sie sehe, werde ich es ihr sagen.«

Einer der hockenden Männer hielt ihm eine durchscheinende blaue Masse hin – ein Aerogelschwamm, kaum sichtbar unter der Nachtbeleuchtung. Die Hand, die ihn hielt, bildete eine Faust. Ja, eine Droge. Er stieß zu und erwischte den Jungen überraschend, umklammerte seinen nackten Hals und fiel dann gelähmt um.

Als er wieder zu sich kam, waren sie fort. Er hatte Kopfschmerzen und schleppte sich aufs Bett, wo er in einen unruhigen Schlaf fiel. Der Traum von Frank kehrte erstaunlicherweise zurück, und John erzählte ihm von dem Besuch. Frank sagte: »Du bist ein Narr. Du verstehst nicht.«

Als er wieder aufwachte, war es Morgen. Vor der Windschutzscheibe wirbelte es rotbraun dahin. Die Winde schienen im letzten Monat schwächer geworden zu sein, aber man konnte nicht recht sicher sein. In den Staubwolken erschienen für kurze Zeit Gestalten und fielen dann wieder ins Chaos zurück, in kleine unsinnige Halluzinationen. Dieser Sturm raubte ihm die Sinne und erzeugte Klaustrophobie. John warf eine Omeg ein, zog sich den Schutzanzug an und ging nach draußen. Er versuchte den Spuren seiner Besucher zu folgen. Sie führten über hartes Gestein und verschwanden dann. Nachts einen von der Straße abgekommenen Rover zu finden war nicht einfach – wie hatten sie das gemacht?

Wenn sie ihm gefolgt waren …

Wieder im Rover rief er die Satellitendaten auf. Radar und Infrarot zeigten nichts außer seinem Rover. Sogar Schutzanzüge wären im IR aufgetaucht. Also hatten sie vermutlich in der Nähe einen Unterschlupf. Es war leicht, sich in Bergen wie diesen zu verstecken. Er rief seine Hiroko-Karte auf und zog einen großen Kreis um seinen Standort mit Erweiterungen nach Norden und Süden ins Gebirge. Er hatte inzwischen etliche Kreise auf der Hiroko-Karte; aber keiner von ihnen war von Bodenmannschaften gründlich abgesucht worden. Wahrscheinlich würden sie das auch nicht werden, da sie meist in chaotischem Gelände lagen, in unwirtlichem Land von der Größe von Wyoming oder Texas. »Die Welt ist groß«, murmelte er.

Er ging im Innern des Wagens umher und schaute auf den Fußboden. Dann fiel ihm wieder ein, was er zuletzt getan hatte. Er untersuchte seine Fingernägel. Tatsächlich, dort klebte ein kleiner Hautfetzen. Er holte eine Laborschale aus dem Autoklaven und schabte ihn vorsichtig hinein. Aufschlüsselung von Genomen lag gänzlich außerhalb der Möglichkeiten des Rovers, aber jedes große Labor sollte imstande sein, den Jungen zu identifizieren, falls sein Genom aufgezeichnet war. Falls nicht, wäre auch das eine nützliche Information. Und vielleicht könnten Ursula und Vlad seine Eltern ermitteln.

An diesem Nachmittag fand er die Transponderstrecke wieder und erreichte spät am nächsten Tag das Hellas-Becken. Dort traf er Sax, der an einer Konferenz über den neuen See teilnahm, die gerade zu einer Konferenz über Ackerbau unter künstlicher Beleuchtung wurde. Am nächsten Morgen nahm John Sax zu einem Spaziergang in den klaren Tunneln zwischen den Gebäuden mit, und sie schritten in einem wechselnden gelben Dämmerlicht dahin. Die Sonne war ein safranfarbener Schimmer in den Wolken im Osten. John sagte: »Ich glaube, ich bin dem Cojoten begegnet.«

»Wirklich? Hat er dir gesagt, wo Hiroko ist?«

»Nein.«

Sax zuckte die Achseln. Er schien durch die Rede abgelenkt zu sein, die er am Abend halten musste. Also beschloss John zu warten und hörte sich am Abend zusammen mit den Bewohnern der See-Station die Rede an. Sax versicherte der Menge, dass Bakterien in Atmosphäre, Oberfläche und Permafrost in einem Tempo wüchsen, das ein beachtlicher Bruchteil ihres theoretischen Maximums wäre – etwa zwei Prozent, um genau zu sein –, und dass man binnen weniger Jahrzehnte die Probleme von Kultivierung im Freien würde erwägen müssen. Applaus bekam er nicht, weil alle mit den schrecklichen Problemen zu kämpfen hatten, die der Große Sturm mit sich brachte. Dessen Ausbruch schienen sie auf eine Fehlkalkulation von Sax zurückzuführen. Die Sonnenbestrahlung der Oberfläche betrug nur noch 25 Prozent des Normalwerts, wie einer der Konferenzteilnehmer angriffslustig ausführte, und der Sturm schien noch lange nicht vorüber. Die Temperaturen waren gefallen, die Gemüter erhitzt. Keiner der Neuen hatte seit seiner Ankunft mehr als ein paar Meter weit sehen können, und psychologische Probleme von Langeweile bis Katatonie waren weit verbreitet.

Sax tat das alles mit einem leichten Achselzucken ab. »Das ist der letzte globale Sturm. Er wird in die Geschichte eingehen, als heroisches Zeitalter. Genießt ihn, solange er dauert!«

Die meisten Menschen sahen das anders. Aber Sax schien es nicht zu kümmern.

Ein paar Tage später kamen Ann und Simon mit ihrem Sohn Peter, der inzwischen drei Jahre alt war, in die Siedlung. Er war, soweit sie wussten, das dreiunddreißigste auf dem Mars geborene Kind. Die nach den Ersten Hundert eingerichteten Kolonien hatten sich als sehr fruchtbar erwiesen. John spielte mit dem Jungen auf dem Boden, während er, Ann und

Simon Neuigkeiten austauschten und sich ein paar der Tausendundein Geschichten über den Großen Sturm erzählten. John hatte gedacht, dass Ann über den Sturm und den gewaltigen Stoß, den er dem Prozess des Terraformens versetzte, erfreut sein und sie als eine Art planetarer allergischer Reaktion interpretieren würde. Die Temperaturen sanken unter den Durchschnittswert, die rücksichtslosen Wissenschaftler kämpften mit ihren schwachen verstopften Maschinen … Aber sie war nicht erfreut, sondern wie üblich gereizt. »Eine Forschergruppe hat einen Vulkanschlot in Daedalia auf der Suche nach Wasser angebohrt. In einer Probe fanden sie einzellige Mikroorganismen, die sich wesentlich von den Cyanobakterien unterscheiden, die ihr im Norden freigesetzt habt. Der Schlot war fast völlig in solidem Gestein eingeschlossen und sehr weit von all euren biotischen Experimenten entfernt. Sie schickten Proben davon zur Analyse nach Acheron, und Vlad hat sie untersucht. Er meinte, dass es nach einem mutierten Stamm einer seiner Kreationen aussähe, vielleicht durch kontaminiertes Bohrgerät dem Probegestein injiziert.« Ann stieß John den Zeigefinger in die Brust. »›Wahrscheinlich terrestrisch‹, hat Vlad gesagt. *Wahrscheinlich* terrestrisch!«

»*War*einlich tellisch«, brabbelte ihr Sohn. Er traf Anns Tonfall perfekt.

»Nun, wahrscheinlich ist er das«, sagte John.

»Aber wir werden das nie erfahren! Sie werden noch jahrhundertelang darüber debattieren, es wird eine Zeitschrift eigens für dieses Thema geben, aber wir werden es niemals *wirklich* wissen.«

»Wenn es kaum von den unsrigen zu unterscheiden ist, ist es wahrscheinlich terrestrisch«, sagte John und grinste den Jungen an. »Alles, was sich abseits vom irdischen Leben entwickelt hat, würde sich sofort verraten.«

»Wahrscheinlich«, sagte Ann. »Es sei denn, es gäbe eine gemeinsame Quelle, zum Beispiel die Panspermie-Theorie der im Gestein eingebetteten Mikroorganismen, die bei Meteoriteneinschlägen abgesprengt wurden und durchs All von einem Planeten zum anderen folgen.«

»Das ist aber nicht allzu wahrscheinlich.«

»Wir wissen es nicht. Wir werden es jetzt nie erfahren.«

John konnte ihre Besorgnis nicht ganz teilen. »Die Daedalia-Einzeller könnten von den Viking-Landesonden eingeschleppt worden sein. Die hat man damals nicht sterilisiert. So war das eben. Inzwischen haben wir dringendere Probleme.« Zum Beispiel einen globalen Staubsturm, der länger dauert als alle anderen, die man je verzeichnet hat; oder einen Zustrom von Immigranten, deren Interesse am Mars so oberflächlich wie ihre Behausungen spartanisch war; oder eine bevorstehende Revision des Vertrags, bei der jeder etwas anderes wollte; oder ein Terraformingprojekt, das vielen verhasst war. Oder ein Heimatplanet, auf dem es kritisch wurde. Oder ein (oder zwei) Versuche, einem gewissen John Boone etwas anzutun.

»Ja, ja«, sagte Ann. »Ich weiß. Aber das ist alles Politik. Davon werden wir nie loskommen. Dies hier war Wissenschaft, Fragen, die ich beantworten wollte. Und jetzt kann ich das nicht. Niemand kann es.«

John zuckte die Schultern. »Diese eine Frage werden wir nie beantworten können, Ann. Auf sie wird uns das Universum nie eine Antwort geben. Wusstest du das nicht?«

»*Wareinlich* tellisch.«

Ein paar Tage später landete ein Schiff auf dem kleinen Raumhafen der Seestation, und eine kleine Gruppe Terraner tauchte aus dem Staub auf. Sie hüpften beim Gehen noch herum. Ermittler, sagten sie, auf Geheiß der UNOMA hier, um die Sabotageakte und ähnliche Vorfälle zu untersuchen. Es waren zehn Personen, acht gutaussehende junge Männer, die Fernsehstars hätten sein können, und zwei attraktive junge Frauen. Die meisten waren vom amerikanischen FBI. Ihr Anführer, ein großer braunhaariger Mann namens Sam Houston, bat um ein Gespräch mit Boone, dem dieser höflich zustimmte.

Als sie sich am nächsten Morgen trafen – es waren sechs Agenten da, einschließlich der beiden Frauen –, beantwortete John jede Frage ohne Zögern, obwohl er ihnen instinktiv nur das erzählte, was sie seiner Meinung nach schon wussten, und nur ein bisschen mehr dazu, um aufrichtig und hilfsbereit zu erscheinen. Die Leute waren höflich und rücksichtsvoll, gründlich in ihren Fragen und extrem zurückhaltend, wenn er sie seinerseits etwas fragte. Sie schienen über viele Details der Lage auf dem Mars nicht informiert zu sein und fragten ihn nach Dingen, die während der ersten Jahre in Underhill geschehen waren oder während der Zeit von Hirokos Verschwinden. Offenbar kannten sie die Ereignisse jener Zeit und die grundlegenden Positionen und Beziehungen der Ersten Hundert aus den Medien. Sie stellten ihm eine Menge Fragen über Maya, Phyllis, Arkady, Nadia, die Acherongruppe, Sax … Alles wohlbekannte TV-Stars und feste Größen im terrestrischen Fernsehen. Aber es schien, dass sie nur wenig über das hinaus wussten, was aufgenommen und zur Erde gesendet worden war. John fragte sich in Gedanken, ob das für alle Terraner zuträfe. Woher sollten sie auch andere Informationen haben?

Am Ende des Gesprächs fragte ihn einer namens Chang, ob er noch etwas hinzufügen wolle. John, der neben vielen anderen Dingen einen Bericht über den mitternächtlichen Besuch des Cojoten ausgelassen hatte, sagte: »Ich wüsste nicht, was.«

Chang nickte, und dann sagte Sam Houston: »Wir würden es sehr schätzen, wenn Sie uns Zugang zu Ihrer KI gestatten würden.«

»Tut mir leid«, sagte John und machte ein um Entschuldigung bittendes Gesicht. »Ich kann niemandem Zugang zu meiner KI gestatten.«

»Haben Sie eine Selbstzerstörungssperre drin?«, sagte Houston, sichtlich überrascht.

»Nein. Ich tue es einfach nicht. Das sind meine privaten Aufzeichnungen.« John sah dem Mann fest in die Augen und beobachtete, wie er sich unter den Blicken seiner Kollegen wand.

»Wir ... hm ... wir können einen Durchsuchungsbefehl von der UNOMA anfordern, wenn Sie nicht kooperieren.«

»Ich bezweifle ernsthaft, dass Sie das können. Aber selbst dann werde ich Ihnen keinen Zugang geben.«

John lächelte den Mann an und musste fast lachen. Es war wieder einmal nützlich, der Erste Mann auf dem Mars zu sein. Sie konnten ihm nichts weiter anhaben, ohne viel mehr Unruhe zu stiften, als die ganze Sache wert war. Er stand auf und musterte die kleine Schar mit so viel lässiger Arroganz, wie er aufbringen konnte. Und das war ziemlich viel. »Lassen Sie es mich wissen, wenn ich sonst noch etwas für Sie tun kann.«

Er verließ den Raum. »Pauline, logg dich in das Kommunikationszentrum ein und kopiere alles, was sie absenden, was immer du kriegen kannst!« Dann rief er Helmut an. Er war sich darüber im Klaren, dass auch seine eigenen Anrufe mitgehört werden konnten, und hielt seine Fragen kurz, als wolle er bloß ihre Empfehlungsschreiben überprüfen. Jawohl, die UNOMA hatte ein Team ausgeschickt. Es war Teil einer Task Force, die in den letzten sechs Monaten zusammengestellt worden war, um die Probleme in den Griff zu kriegen.

Polizei und Ermittler auf dem Mars. Nun, das war zu erwarten gewesen. Aber es war trotzdem lästig. Er konnte nicht viel tun, während die herumhingen und ihn beobachteten, misstrauisch, weil er ihnen keinen Zugang zu Pauline gewährt hatte. In Hellas gab es ohnehin nicht viel zu tun. Es hatte hier bisher keine Sabotagefälle gegeben. Unwahrscheinlich, dass ausgerechnet jetzt etwas passieren würde. Maya war keine Hilfe. Sie wollte nicht mit seinen Problemen behelligt werden, weil sie genug eigene Probleme mit den technischen Aspekten des Wasserlagerprojekts hatte. »Du bist wahrscheinlich ihr Hauptverdächtiger«, sagte sie gereizt. »Diese Dinge passieren dir, der Lastwagen in Thaumasia, die Quelle in Bakhuysen; und jetzt willst du sie nicht an deine Daten heranlassen. Warum nicht?«

»Weil ich sie nicht leiden kann«, sagte John und funkelte sie an. Es war wie immer mit Maya. Wobei, nicht ganz. Sie spulten ihr Standardprogramm in gehobener Stimmung ab, als hätten sie eine gute Theaterrolle. Sie wussten, dass sie für alles Zeit hatten. Sie waren sich im Klaren darüber, was wirklich zählte und was ihrer Beziehung zugrunde lag. In diesem Sinne war es also viel besser. Oberflächlich gesehen war es allerdings dasselbe alte Melodram. Maya weigerte sich ihn zu verstehen, und John gab schließlich auf. Er dachte einige Tage darüber nach, ging zu den Labors der Station und ließ die Hautproben, die er unter seinen Fingernägeln genommen hatte, kultivieren, klonen und analysieren. In den Akten des Planeten gab es keine einzige Person mit diesem Genom. Also sandte er die Daten mit der Bitte um Analyse nach Acheron. Ursula schickte ihre Resultate codiert zurück mit einem einzigen Wort am Schluss: *Gratuliere.*

Er las die Nachricht ein zweites Mal und fluchte laut. Er ging spazieren, abwechselnd lachend und schimpfend. »Verdammt, Hiroko! Zum Teufel mit dir! Komm aus deinem Loch und hilf uns! Ah, ha ha ha! Du Schlampe! Ich habe genug von diesem Persephone-Mist.«

Selbst die durchsichtigen Röhren der Station bedrückten ihn in diesem Moment, deswegen ging er zur Garage, zog sich an und machte einen Spaziergang im Freien. Er trat aus der Schleuse, zum ersten Mal seit Tagen. Er befand sich draußen am Ende des nördlichen Zweiges der Stadt auf glattem Wüstenboden. Er wanderte ziellos umher, blieb immer wieder in der fluktuierenden Säule staubfreier Luft stehen, die jede Stadt erzeugte, und dachte über die Lage nach, während er die Stadt betrachtete. Hellas war viel weniger eindrucksvoll als Burroughs oder Acheron oder Echus oder sogar Senzeni Na. Am tiefsten Punkt des Beckens gelegen, besaß es keine Höhen, auf denen man bauen konnte, und keine Aussicht. Obwohl der peitschende Staub die Beurteilung gerade erschwerte. Die Stadt war in Form einer Sichel erbaut worden, die schließlich die Küstenlinie des neuen Sees bilden sollte. Das würde hübsch aussehen, wenn es so weit war – eine Strandpromenade. Aber vorerst war es so langweilig wie Underhill, aber mit den allerneuesten Kraftwerken und Lebenserhaltungssystemen, Einsaugventilen, Kabeln, Tunneln wie gigantische abgestreifte Schlangenhäute … Es sah aus wie eine alte Forschungsstation, ohne jede Ästhetik. Nun, das war in Ordnung. Sie konnten nicht jede Stadt auf einen Berggipfel setzen.

Ihm begegneten zwei Personen, deren Helmscheiben polarisiert waren. Er wunderte sich darüber, weil es in dem Sturm so trübe war. Sie sprangen ihn überraschend an und stießen ihn um. Er drückte sich vom Sand mit einem wilden John-Carter-Sprung weg und schlug mit den Fäusten um sich, aber zu seiner Überraschung rannten sie in die Wolken aus vorbeirasendem Staub davon. Er torkelte und starrte ihnen nach. Sie verschwanden hinter den Staubschleiern. Sein Puls raste.

Dann fühlte er seine Schultern brennen. Er griff nach oben und hinten. Sie hatten seinen Schutzanzug aufgerissen. Er presste die Hand auf den Riss und fing an zu rennen. Er konnte seine Schultern schon nicht mehr fühlen. Es war unbequem, mit dem Arm nach oben auf dem Rücken gedreht zu laufen. Sein Luftvorrat schien in Ordnung … Nein, ein Riss im Schlauch am Hals. Er nahm seine Hand so lange von der Schulter, bis er auf seinem Armbandcomputer auf maximale Sauerstoffzufuhr geschaltet hatte. Die Kälte strömte ihm den Rücken hinunter wie Eiswasser. Hundert Grad unter null. Er hielt den Atem an und konnte Staub auf den Lippen fühlen, der ihm den Mund verklebte. Keine Ahnung, wie viel Kohlendioxid in seine Atemluft geriet; aber viel war nicht nötig, um ihn zu töten.

Die Garage tauchte aus der Finsternis auf. Er war geradewegs darauf zugerannt und mehr als erleichtert, als er an die Schleusentür kam und den Knopf zum Öffnen drückte. Nichts geschah. Es war leicht, die Außentür einer Schleuse zu sperren, indem man die innere offen ließ. Seine Lunge brannte, er musste Luft holen. Er rannte um die Garage herum zu der Röhre, die sie mit dem eigentlichen Habitat verband, und starrte durch die Plastikschichten hinein. Niemand in Sicht. Er nahm die Hand von dem Riss an seiner Schulter, öffnete, so schnell er konnte, die Box an seinem linken Unterarm und holte den kleinen Bohrer heraus. Er schaltete ihn an und stieß ihn in das Plastik, das nachgab und sich um die Spitze des Bohrers wickelte, der so stark ruckte, das er fast Johns Ellbogen brach. Er stocherte wild mit dem Bohrer im Plastik, das nicht reißen wollte, herum und schaffte es schließlich, ein Loch zu machen. Dann schlitzte er es weiter auf, bis es so groß war, dass er seinen Helm hindurchquetschen konnte. Als er bis zur Hüfte drin war, hielt er still und benutzte seinen Körper als Versiegelung für das Loch. Er öffnete den Verschluss am Kragen, riss sich den Helm vom Kopf und japste nach Luft wie nach einem langen Tauchgang – *aus*, ein, *aus*, ein. Er musste das CO_2 aus dem Blut kriegen! Schultern und Hals waren taub. Unten an der Garage schrillte eine Alarmglocke.

Nach zwanzig Sekunden zwängte er die Beine durch das Loch und rannte durch die schnell dekompressierende Röhre zum Habitat, weg von der Garage. Glücklicherweise öffnete sich die Tür dort sofort. Drinnen nahm er einen Aufzug und fuhr bis zum dritten Untergeschoss zu seiner Gästesuite. Er ließ die Lifttür offen und schaute sich auf dem Flur um. Niemand zu sehen. Er eilte in sein Zimmer. Drinnen zog er den Schutzanzug aus und stopfte ihn und den Helm in seinen Schrank. Im Bad zuckte er beim Anblick von Schulter und oberem Rücken, die weiß geworden waren, zusammen. Erfrierungen ersten Grades. Er nahm ein Schmerzmittel und eine dreifache Dosis Omegendorph, zog ein frisches Hemd, Hose und Schuhe an. Er kämmte sich das Haar und versuchte, sich zu beruhigen. Das Gesicht, das ihm aus dem Spiegel entgegenblickte, hatte glasige Augen und wirkte betäubt. Er schnitt Grimassen und schlug sich auf die Wangen, bemühte sich um eine normale Miene und atmete tief ein und aus. Die Drogen fingen an zu wirken, und sein Spiegelbild sah etwas besser aus.

Er ging hinaus in den Flur und weiter zur großen Promenade an der Grabenwand, die weitere drei Stockwerke in die Tiefe führte. Während er am Geländer entlangschritt, schaute er auf die Leute unten und empfand eine eigenartige Mischung aus Euphorie und Wut. Dann kamen Sam Houston und eine seiner Kolleginnen auf ihn zu.

»Entschuldigen Sie, Mr. Boone, würden Sie bitte mit uns kommen?«

»Was ist los?«

»Es hat wieder einen Zwischenfall gegeben. Jemand hat eine der Röhren aufgeschnitten.«

»Eine Röhre aufgeschnitten? Das nennen sie einen *Zwischenfall*? Wir haben Satelliten, die aus der Umlaufbahn gestoßen werden, und Lastwagen, die in Bohrlöcher stürzen, und Sie nennen so einen Streich einen *Zwischenfall*?«

Houston starrte ihn an, und Boone hätte ihn fast ausgelacht. »Wie kann ich helfen?«, fragte er.

»Wir wissen, dass Sie für Dr. Russell diese Vorfälle untersuchen. Wir dachten, dass sie gern darüber Bescheid wissen würden.«

»Oh, ich verstehe. Na schön, schauen wir uns die Sache mal an.«

Und dann hieß es, fast zwei Stunden lang durchzuhalten. Seine Schultern brannten wie Feuer. Houston, Chang und die anderen Ermittler sprachen mit ihm, als ob sie ihm vertrauten und an seinen Gedanken interessiert wären. Aber ihre Blicke waren kühl abschätzend. John erwiderte sie mit einem leichten Lächeln.

»Ich frage mich, warum gerade jetzt«, sagte Houston.

»Vielleicht gefällt es jemandem nicht, dass Sie hier sind«, entgegnete John.

Erst als das ganze Theater endlich vorbei war, hatte John Zeit, darüber nachzudenken, weshalb er eigentlich verhindern wollte, dass sie von der Attacke erfuhren. Es hätte noch mehr Ermittler angelockt, und das wäre schlecht. Und sicher wäre es die Sensationsmeldung schlechthin auf Mars und Erde geworden, was ihn wieder in ein riesiges Goldfischglas geworfen hätte. Und er hatte das Goldfischglas satt.

Aber es steckte noch mehr dahinter. Er wusste nicht genau, was das war. Sein eigener unterbewusster Ermittler. Er knurrte missmutig. Um sich von dem Schmerz abzulenken, wanderte er von einem Speisesaal zum nächsten in der Hoffnung, auf einem der Gesichter schlecht verborgene Überraschung zu sehen, wenn er in den Raum kam. Zurück von den Toten! Wer von euch hat mich ermordet? Und ein- oder zweimal sah er jemanden vor seinem umherschweifenden Blick zurückzucken. Aber, musste er mürrisch zugeben, viele Leute zuckten vor seinem Blick zurück. Als ob sie den bösen Blick eines Verdammten meiden wollten. Er hatte seinen Ruhm noch nie so empfunden, und das machte ihn wütend.

Die Schmerzmittel ließen nach, und er kehrte zeitig in seine Suite zurück. Die Tür stand offen. Er stürmte ins Zimmer und fand zwei UNOMA-Ermittler. »Was tun Sie hier?«, rief er wütend.

»Wir warteten bloß auf Sie«, sagte der eine glatt. Sie sahen einander an. »Wir wollten nicht, dass jemand versuchen würde, etwas anzustellen.«

»Wie Einbrechen?«, fragte Boone. Er lehnte sich gegen den Türrahmen.

»Das gehört zu unserem Job, Sir. Tut uns leid, Sie verärgert zu haben.«

»Wer hat Sie dazu ermächtigt?«, knurrte Boone und verschränkte die Arme über der Brust.

Sie sahen sich wieder an. »Nun, Mr. Houston ist unser Vorgesetzter …«

»Rufen Sie ihn an und schaffen Sie ihn her!«

Einer flüsterte in sein Armbandgerät. Sam Houston erschien nach verdächtig kurzer Zeit mit tiefrotem Gesicht im Gang; und als er so vor John stand, lachte dieser grimmig. »Was haben Sie gemacht, sich da um die Ecke versteckt?«

Houston trat dicht an ihn heran, beugte sich vor und sagte mit leiser Stimme: »Sehen Sie, Mr. Boone, wir sind hier mitten in einer überaus wichtigen Ermittlung, die Sie behindern. Sie glauben vielleicht, Sie stünden über dem Gesetz …«

Boone schoss so schnell nach vorn, dass Houston zurückweichen musste, damit ihre Nasen nicht aneinanderstießen. »Sie sind nicht das Gesetz«, zischte John. Er schubste Houston mit beiden Armen und trieb ihn den Gang hinunter. Jetzt verlor Houston die Beherrschung, und John lachte ihn aus. »Was werden Sie mit mir machen, Officer? Mich verhaften? Bedrohen? Mir eine gute Story für meine nächste Eurovid-Sendung liefern? Wollen Sie das? Wollen Sie, dass ich der Welt zeige, wie John Boone von einem Schreibtischhengst behelligt wurde, der zum Mars gekommen ist und jetzt meint, er wäre ein Sheriff im Wilden Westen?« Er lachte über sich selbst, weil jemand, der von sich selbst in der dritten Person sprach, eigentlich ein Vollidiot war. Dennoch fuhr er fort: »John Boone hat so etwas nicht gern. Ganz und gar nicht!«

Die anderen zwei hatten die Gelegenheit genutzt, sich aus dem Zimmer zu schleichen, und sahen nun gespannt zu. Houstons Gesicht hatte die Farbe von Ascraeus Mons angenommen und er fletschte die Zähne. »Niemand steht über dem Gesetz«, krächzte er heiser. »Hier passieren kriminelle Delikte, sehr gefährliche, und nicht wenige davon geschehen, wenn Sie in der Nähe sind.«

»Einbruch zum Beispiel.«

»Wenn wir meinen, dass wir Ihre Räume oder Ihre Aufzeichnungen durchsuchen müssen, um unsere Untersuchungen durchzuführen, werden wir das tun. Wir haben die Befugnis dazu.«

»Nein, haben sie nicht!«, schnappte John arrogant und schnippte mit den Fingern direkt vor Houstons Gesicht.

»Wir werden Ihre Zimmer durchsuchen«, sagte Houston und betonte jedes Wort sorgfältig.

»Haut ab!«, stieß John verächtlich hervor, sprang auf die anderen zwei los und scheuchte sie zurück. Er lachte mit wütend verzerrten Lippen. »So ist es recht. Haut ab! Raus hier! Ihr seid hier zu nichts befugt! Haut ab, und lest die Vorschriften über Durchsuchen und Festnahme!«

Er ging in sein Zimmer und schloss die Tür hinter sich ab.

Er lauschte. Es klang so, als würden sie gehen; aber er musste so oder so tun, als kümmerte es ihn nicht. Er lachte, ging ins Bad und nahm noch ein paar Schmerztabletten ein.

Sie waren noch nicht bis zum Schrank gekommen. Ein Glück. Es wäre schwierig gewesen, den zerrissenen Anzug zu erklären, ohne die Wahrheit zu sagen. Es wäre unangenehm geworden. Seltsam, wie verzwickt es wurde, wenn man die Tatsache verheimlichen wollte, dass jemand versucht hatte, einen umzubringen. Das ließ ihn innehalten. Der Versuch war eigentlich sehr ungeschickt gewesen. Es gab hundert wirksamere Wege, um jemanden auf dem Mars im Freien zu töten. Wollte ihm jemand Angst einjagen? Vielleicht hatten sie darauf gehofft, dass er tatsächlich versuchen würde, den Angriff zu verheimlichen, sodass sie ihn jetzt der Lüge überführen konnten und so etwas gegen ihn in die Hand bekamen …

Er schüttelte verwirrt den Kopf. Ockhams Rasiermesser. Das wichtigste Instrument des Detektivs. Wenn jemand dich angreift, will er dir Böses. Fundamentale Tatsache. Punkt. Er musste herausfinden, wer die Angreifer waren. Die schmerzstillenden Mittel waren stark, das Omegendorph ließ nach. Das Denken fiel schwerer. Den Schutzanzug loszuwerden würde problematisch werden. Besonders den großen sperrigen Helm. Aber jetzt steckte er in der Sache drin, und es gab keinen eleganten Ausweg. Er lachte. Er wusste, dass ihm schon etwas einfallen würde.

Er wollte mit Arkady sprechen. Ein Anruf verriet ihm, dass Arkady die gerontologische Behandlung mit Nadia in Acheron beendet und sich auf den Phobos begeben hatte. John hatte den schnellen kleinen Mond noch nie besucht. »Warum kommst du nicht herauf und siehst ihn dir an?«, fragte Arkady am Telefon. »Es ist ohnehin schöner, sich persönlich zu unterhalten, oder?«

»Okay.«

Er war seit der Landung der *Ares* vor fünfundzwanzig Jahren nicht mehr im Weltraum gewesen, und Beschleunigung und anschließende Gewichtslosigkeit bescherten ihm einen unerwarteten Anfall von Übelkeit. Er erzählte Arkady, der ihn nach dem Andocken in der Phobos-Station begrüßte, davon, und Arkady sagte: »Mir ging das immer so, bis ich anfing, kurz vor dem Start Wodka zu trinken.« Er hatte dafür eine lange physiologische Erklärung, aber die Details schläferten John ein, also bat er um Gnade. Arkady lachte. Die gerontologische Behandlung hatte auch ihm neuen Schwung gegeben, außerdem war er vorher schon ein glücklicher Mensch gewesen. Er sah so aus, als würde er die nächsten tausend Jahre nicht mehr reisekrank werden.

Stickney erwies sich als eine kleine aufblühende Stadt. Die Betonkuppel über dem Krater war mit dem neuesten Strahlenschutz verkleidet, und der Boden des Kraters verlief in konzentrischen Ringen terrassenförmig bis zu einer Plaza ganz unten. Die Ringe wechselten zwischen Parks und zweistöckigen Gebäuden mit Dachgärten. In der Luft gab es Netze für

Leute, die bei ihren Sprüngen über die Stadt die Orientierung verloren hatten oder aus Versehen in die Höhe sprangen. Die Fluchtgeschwindigkeit betrug nur fünfzig Kilometer in der Stunde, sodass man beim Laufen fast abhob. Genau unter dem Fundament der Kuppel sah John eine kleine Version des Phobos umlaufenden Zuges, der horizontal einmal um die Stadt herum verlief und sich so schnell bewegte, dass er seinen Passagieren das Gefühl der Marsschwere vermittelte. Die Bahn hielt viermal am Tage, um Leute aufzunehmen. Aber wenn John sich dort hineinflüchtete, würde das nur seine Akklimatisierung verzögern. Darum ging er in das ihm zugewiesene Gästezimmer und wartete jämmerlich leidend, bis die Übelkeit abklang. Anscheinend war er jetzt endgültig ein Marsmensch, und den Planeten zu verlassen war schmerzhaft. Lächerlich, aber wahr.

Am nächsten Tag fühlte er sich besser, und Arkady machte mit ihm eine Besichtigungstour durch Phobos. Das Innere war ausgehöhlt und von Tunneln, Gängen, Stollen und mehreren riesigen offenen Kammern durchzogen, von denen in vielen noch Wasser und Treibstoff gewonnen wurde. Die meisten Tunnel im Innern des Mondes waren glatte zweckmäßige Röhren, aber die Innenräume und einige der großen Gänge waren nach Arkadys sozio-architekturellen Theorien gestaltet; und er führte John durch ein paar dieser runden Korridore und in Räume mit geätzten Metallwänden, die der Arbeit und der Erholung gleichermaßen dienten – alles Merkmale, die zum Standard geworden waren, als man auf dem Mars noch Krater überkuppelte, auf deren Einführung Arkady aber immer noch stolz war.

Drei der kleinen Krater Stickney gegenüber waren mit Glas abgedeckt und voller Dörfer, die eine Aussicht auf den unter ihnen dahinrasenden Planeten boten. Das war von Stickney aus nicht möglich, da die Hauptachse von Phobos ständig auf den Mars gerichtet war, wobei der große Krater immer in die entgegengesetzte Richtung zeigte. Arkady und John standen in Semenov und schauten durch die Kuppel zum Mars auf, der den halben Himmel ausfüllte und von Staubwolken verhüllt war, sodass keine Oberflächenmerkmale zu erkennen waren. »Der Große Sturm«, sagte Arkady. »Sax muss allmählich durchdrehen.«

»Nein«, sagte John. »Er hält ihn für eine temporäre Panne in seinem Plan.«

Arkady johlte. Die beiden waren schon wieder in ihre alte Kameraderie verfallen, in das Gefühl, seit langer Zeit wie gleichgestellte Brüder zu sein. Arkady war immer noch derselbe, lachend, scherzend, ein großer Witzbold, aus dem Ideen und Gedanken nur so hervorsprudelten. Er war auf eine Weise zuversichtlich, die John ansteckte, obwohl der der Ansicht war, dass viele Ideen Arkadys falsch und sogar gefährlich waren.

»Sax hat wahrscheinlich wirklich recht«, sagte Arkady. »Wenn diese Altersbehandlungen funktionieren und wir alle um Jahrzehnte länger leben, dann wird das sicher eine soziale Revolution auslösen. Die Kürze des Lebens war eine wesentliche Triebkraft hinter der Einrichtung dauerhafter Institutionen, so seltsam das klingen mag. Aber es ist viel leichter, sich an irgendeinen kurzlebigen Überlebensplan zu halten, den man hat, als alles mit einem neuen Plan aufs Spiel zu setzen, der nicht funktionieren könnte – ganz gleich, wie zerstörerisch der kurzfristige Plan für die folgenden Generationen sein mag. Sollen die doch damit fertigwerden. Gut, bis die Leute das System verstanden hatten, waren sie alt und starben; und für die nächste Generation war es genau so kompakt und schwer zugänglich und musste wieder von Anfang an erlernt werden. Aber schau, wenn du es verstanden hast und dann fünfzig weitere Jahre lang anstarren kannst, wirst du am Ende sagen: Warum soll man es nicht rationaler machen? Warum es nicht unserem innersten Verlangen, unserem Herzen anpassen? Was hält uns davon ab?«

»Vielleicht werden deshalb die Dinge da unten so seltsam«, überlegte John. »Aber irgendwie denke ich, dass die Menschen nicht auf lange Sicht planen.« Er gab Arkady einen kurzen Bericht über die Sabotagefälle und fragte zum Schluss kühn: »Weißt du, wer dafür verantwortlich ist, Arkady? Steckst du mit drin?«

»Was, ich? Nein, John, du solltest mich besser kennen. Diese Zerstörungen sind dumm. Allem Anschein nach das Werk von Roten. Und ich bin kein Roter. Ich weiß nicht genau, wer dahintersteckt. Wahrscheinlich Ann. Hast du sie gefragt?«

»Sie sagt, sie weiß es auch nicht.«

Arkady kicherte. »Immer noch der alte John Boone! Das gefällt mir. Pass auf, mein Freund, ich werde dir erklären, warum diese Dinge passieren, und dann kannst du es systematisch aufarbeiten und siehst vielleicht klarer. Ah, da kommt die U-Bahn nach Stickney. Los, ich will dir das unendliche Gewölbe zeigen. Das ist wirklich prächtig geworden.« Er führte John zu dem kleinen U-Bahn-Wagen, und sie schwebten durch den Tunnel auf das Zentrum von Phobos zu. Dort hielt der Wagen, und sie stiegen aus. Sie stießen sich durch den engen Raum und zogen sich zu einer Halle hinunter. John stellte fest, dass sein Körper sich auf die Schwerelosigkeit eingestellt hatte, sodass er beim Schweben wieder das Gleichgewicht bewahren konnte. Arkady führte ihn auf eine weite offene Galerie, die auf den ersten Blick zu groß erschien, als dass sie sich im Innern von Phobos befinden konnte. Boden, Wand und Decke waren mit geschliffenen Spiegeln verkleidet, und jede dieser runden Platten aus poliertem Magnesium war in einem solchen Winkel geneigt, dass alles tausendfach hintereinander gespiegelt wurde.

Sie landeten auf dem Fußboden und hakten die Zehen durch Ringe, sodass sie wie Pflanzen auf dem Meeresgrund in einer sich bewegenden Masse aus Arkadys und Johns schwebten. »John, die ökonomische Basis des Lebens auf dem Mars verändert sich gerade«, sagte Arkady. »Nein, lach jetzt nicht! Bis jetzt leben wir noch nicht in einer Geldwirtschaft. So ist das nun einmal auf wissenschaftlichen Forschungsstationen. Es ist, als gewinne man einen Preis, der einen aus der ökonomischen Tretmühle befreit. Wir und ein paar andere haben diesen Preis gewonnen; und wir leben hier seit Jahren so. Aber jetzt strömen Menschen zu Tausenden auf den Mars! Und viele von ihnen wollen hier arbeiten, einen Haufen Geld verdienen und zur Erde zurückkehren. Sie arbeiten für die Transnationalen, die UNOMA-Konzessionen bekommen haben. Der Marsvertrag wird auf dem Papier eingehalten, weil angeblich die UNOMA alles streng überwacht, aber der Geist des Vertrages wird durch die UN selbst ständig verletzt.«

John nickte. »Ja, das habe ich bemerkt. Helmut hat es mir direkt ins Gesicht gesagt.«

»Helmut ist eine Schnecke. Wenn die Erneuerung des Vertrages ansteht, werden sie das Gesetz so ändern, dass es sich der Realität anpasst. Oder sich selbst mehr Vollmachten erteilen. Es geht um die strategisch wichtigen Metalle und den ganzen Platz hier. Beides bedeutet die Rettung für eine Menge Länder da unten und neues Territorium für die Transnationalen.«

»Und du denkst, sie werden genügend Unterstützung finden, um den Vertrag zu ändern?«

Millionen von Arkadys starrten Millionen von Johns an. »Sei nicht so naiv! Natürlich haben sie genug Unterstützung. Schau, der Marsvertrag gründet sich auf den alten Weltraumvertrag. Das war der erste Fehler; der Weltraumvertrag war schon immer schwach, und der Marsvertrag ist es deswegen auch. Nach den Bestimmungen können Länder stimmberechtigte Vertragspartner werden, indem sie hier ein Interesse konstituieren. Deshalb entstehen all die neuen wissenschaftlichen Stationen – die Arabische Liga, Nigeria, Indonesien, Azania, Brasilien, Indien, China und der ganze Rest. Eine ziemliche Anzahl dieser neuen Länder werden nur Mitglieder des Vertrages, um ihn nach seiner Erneuerung zu brechen. Sie wollen den Mars für ihre Regierungen öffnen, außerhalb der UN-Kontrolle. Und die Transnationalen benutzen Länder wie Singapur, die Seychellen und Moldavia, um den Mars für private Besiedlung zu öffnen, die von den Korporationen beherrscht werden wird.«

»Bis zur Erneuerung sind es noch einige Jahre«, gab John zu bedenken.

Eine Million Arkadys verdrehte die Augen. »Sie ist bereits jetzt im Gange. Nicht nur in Worten, sondern in Taten, in dem, was da unten Tag für Tag passiert. Die ersten zwanzig Jahre nach unserer Ankunft war der Mars wie die Antarktis, nur noch reiner. Wir befanden uns außerhalb der Welt, wir besaßen fast nichts – etwas Kleidung, ein Lesegerät, das war's schon! Jetzt weißt du, was ich davon halte, John. Dieser Vertrag ähnelt unserer prähistorischen Lebensweise und kommt uns deshalb richtig vor, denn unsere Gehirne erkennen sie selbst nach drei Millionen Jahren wieder. Im Wesentlichen haben sich unsere Gehirne doch nur als Reaktion auf die Realitäten jenes Lebens weiterentwickelt. Deswegen fühlen sich die Menschen dieser Lebensweise auch so stark verbunden, wenn sie die Gelegenheit bekommen, sie auszuleben. Sie erlaubt dir, deine Aufmerksamkeit auf die wichtige Arbeit zu konzentrieren, das heißt auf alles, was man tut, um am Leben zu bleiben, Dinge herzustellen oder seine Neugier zu befriedigen oder zu spielen. Das ist eine ganz spezielle Utopie, für Primitive und Wissenschaftler, John, also für jeden. Deswegen ist eine Forschungsstation tatsächlich ein kleines Modell einer prähistorischen Utopie, aus der transnationalen Geldwirtschaft geschnitzt von geschickten Primaten, die gut leben wollen.«

»Und du meinst, dass da jeder mitmachen würde?«, fragte John.

»Ja, und das könnten sie auch; aber es wird ihnen nicht angeboten. Und das heißt, es war keine wahre Utopie. Wir schlauen Primatenwissenschaftler haben kleine Inseln für uns selbst gestaltet, wollten aber solche Bedingungen nicht für jedermann schaffen. Und so sind diese Inseln in Wirklichkeit ein Teil der transnationalen Organisation. Die Wissenschaftler werden dafür bezahlt, sie sind nie wirklich frei, es gibt nie einen Fall wirklich reiner Forschung. Denn diejenigen, die für die Wissenschaftlerinseln bezahlen, werden letztendlich die Früchte ihrer Investitionen ernten wollen. Und diese Erntezeit ist jetzt gekommen. Man fordert den Preis für unsere Insel. Wir betreiben nicht reine, sondern angewandte Forschung, verstehst du? Und mit der Entdeckung strategisch wichtiger Metalle ist das deutlich geworden. Jetzt kommt alles zurück, von dem wir dachten, dass wir es hinter uns gelassen hätten: Besitztitel, Preise und Löhne. Das ganze Profitsystem. Unsere kleine Forschungsstation wird in eine Goldmine verwandelt, und damit einhergeht, dass der Profit höher bewertet wird als das Land, das man dafür zerstören muss. Die Wissenschaftler werden gefragt: Was tut ihr, und wie viel ist das wert? Man verlangt, dass sie ihre Arbeit gegen Bezahlung tun, und der Ertrag ihrer Arbeit wird den Firmeneignern übertragen, deren Angestellte sie plötzlich sind.«

»Ich arbeite für niemanden«, sagte John.

»Okay, aber du arbeitest an dem Terraformingprojekt mit, und wer bezahlt dafür?«

John versuchte es mit Sax' Antwort: »Die Sonne?«

Arkady jaulte: »Falsch! Nicht einfach nur die Sonne und einige Roboter, sondern menschliche Zeit, eine Menge davon. Und diese Menschen müssen essen und so weiter. Also sorgt jemand für sie, für uns, weil wir uns nicht bemüht haben, hier ein Leben aufzubauen, in dem wir selbst für uns sorgen können.«

John runzelte die Stirn. »Nun ja, am Anfang brauchten wir die Hilfe. Milliardenschweres Gerät und Ausrüstung wurden hierhergeflogen. Eine Menge Arbeitszeit.«

»Ja, das ist wahr. Aber einmal angekommen, hätten wir alle unsere Anstrengungen darauf konzentrieren sollen, uns autark und unabhängig zu machen, ihnen dann das Geld zurückzuzahlen und damit unsere Ruhe zu haben. Aber das haben wir nicht getan, und jetzt sind die Zinswucherer da. Schau, damals am Anfang hätte keiner von uns sagen können, wer mehr Geld verdient, du oder ich, nicht wahr?«

»Stimmt.«

»Eine sinnlose Frage. Aber die wird jetzt gestellt, und wir müssen sie beantworten. Bist du für irgendjemanden als Berater tätig?«

»Nein, für niemanden.«

»Ich auch nicht. Aber Phyllis berät Amex, Subarashii und Armscor. Und Frank berät Honeywell-Messerschmitt und GE, Boeing und Subarashii. Und so weiter. Die sind reicher als wir. Und in diesem System bedeutet mehr Reichtum mehr Macht.«

Das werden wir noch sehen, dachte John. Aber er wollte Arkady nicht wieder zum Lachen bringen und sagte es nicht laut.

»Und das geschieht überall auf dem Mars«, fuhr Arkady fort. Um sie herum gestikulierten Wolken von Arkadys mit den Händen. Sie sahen aus wie ein tibetisches Mandala rothaariger Dämonen. »Und natürlich gibt es Leute, die merken, was vor sich geht. Oder ich erkläre es ihnen. Und das ist es, was du unbedingt begreifen musst, John: Es gibt Leute, die dafür kämpfen werden, dass die Dinge wieder so werden, wie sie waren. Es gibt Leute, die sich als wissenschaftliche Primitive so wohl gefühlt haben, dass sie sich weigern werden, das kampflos aufzugeben.«

»Deswegen die Sabotageakte …«

»Genau! Vielleicht wurden einige davon von diesen Leuten begangen. Ich halte es für kontraproduktiv, aber sie sind anderer Meinung. Zum größten Teil stecken diejenigen dahinter, die dafür sorgen wollen, dass der Mars so bleibt, wie er war, ehe wir hier ankamen. Zu denen gehöre ich nicht. Ich bin einer von denen, die dagegen kämpfen, dass der Mars zum Spielball transnationaler Montanunternehmen wird. Die verhindern wollen, dass wir alle glückliche Sklaven von Managern werden, die hinter den Mauern ihrer Wohnfestungen sitzen.« Er sah John an, und der erkannte in seinem Augenwinkel unendlich viele Konfrontationen in den Spiegeln. »Willst du das nicht auch?«

»Ja, das will ich auch.« John grinste. »Wirklich. Wir sind nur nicht einer Meinung, was die Methoden angeht.«

»Welche Methoden schlägst du vor?«

»Nun – grundsätzlich möchte ich, dass der Marsvertrag so bleibt, wie er ist, und endlich eingehalten wird. Wenn das geschieht, werden wir haben, was wir wollen, oder wir werden zumindest die Basis haben, um volle Unabhängigkeit zu erlangen.«

»Der Vertrag wird nicht erneuert werden«, erwiderte Arkady tonlos. »Es wird etwas viel Radikaleres nötig sein, um diese Leute aufzuhalten, John. Direkte Aktion – ja, schau nicht so ungläubig! Besetzung irgendeines Eigentums oder des Kommunikationssystems – die Einführung unserer eigenen Gesetze, hinter denen jeder draußen auf den Straßen steht – ja, John, ja! Es wird so weit kommen, weil die anderen ihre versteckten Waffen unter dem Tisch auf uns gerichtet haben. Massendemonstrationen und Aufstände sind das Einzige, was sie bezwingen wird. Das zeigt uns die Geschichte.«

Eine Million Arkadys scharten sich um John und machten ein finstereres Gesicht, finsterer, als er es je bei ihm gesehen hatte. So finster, dass Besorgnis über Johns Gesicht huschte. Er sagte: »Ich möchte es zuerst auf meine Weise versuchen.«

Das brachte alle Arkadys zum Lachen. John schubste ihn scherzhaft, und Arkady sank zu Boden, stieß sich wieder ab und griff ihn an. Sie rangen miteinander, solange sie Kontakt halten konnten. Dann flogen sie in entgegengesetzte Seiten des Raums auseinander. In den Spiegeln flohen sie millionenfach in die Unendlichkeit.

Danach gingen sie zur U-Bahn zurück und aßen in Semenov zu Abend. Während des Essens sahen sie zur Marsoberfläche empor, die durch den wütenden Sturm an die eines Gasriesen erinnerte. Plötzlich kam er John wie eine große Orange oder ein Embryo oder ein Ei vor. Chromosomen wirbelten unter einer marmorierten orangefarbenen Schale herum. Eine neue genetisch manipulierte Kreatur wartete darauf, geboren zu werden, und sie waren die Gentechniker, die sich noch darüber stritten, was für eine Kreatur es werden sollte. Sie versuchten, alle gewünschten Gene (ihre eigenen) auf Plasmide zu fixieren und in die DNS-Spiralen des Planeten einzufügen, um ihrer Chimäre die Eigenschaften zu verleihen, die sie haben wollten. Ja. Und John gefiel vieles von dem, was Arkady hineintun wollte. Aber er hatte auch seine eigenen Ideen. Es würde sich zeigen, wessen Gene sich am Ende durchsetzen konnten.

Er warf Arkady, der mit der gleichen ernsten Miene, die er in der Spiegelhalle gehabt hatte, auch zu dem den Himmel ausfüllenden Planeten aufschaute, einen Seitenblick zu. Es war ein Ausdruck, den John sich sehr genau eingeprägt hatte.

John stieg wieder in die Dunkelheit des Großen Sturms hinab. Und in den trüben und von Sand durchwehten Tagen sah er Dinge, die er nie zuvor gesehen hatte. Das kam von seinem Gespräch mit Arkady. Er betrachtete die Dinge auf eine neue Weise. Er reiste zum Beispiel von Burroughs nach Süden zum Sabishii, dem »Einsamen« Mohole, und besuchte die dort lebenden Japaner. Sie waren Oldtimer, das japanische Äquivalent zu den Ersten Hundert, nur sieben Jahre nach diesen angekommen. Doch anders als die waren die Japaner eine sehr eng verbundene Einheit geworden, richtige Eingeborene. Sabishii war klein geblieben, auch nachdem das Loch dort gegraben worden war. Es lag draußen in einem Gebiet roher Steinblöcke in der Nähe des Jarry-Desloges-Kraters; und als John das letzte Stück der Transponderstraße zur Siedlung hinunterfuhr, erhaschte er kurze Blicke auf Steine, die zu übergroßen Gesichtern oder Gestalten behauen, mit eleganten Piktogrammen bedeckt oder zu kleinen Shinto- oder Zen-Schreinen ausgehöhlt waren. Er starrte in die Staubwolken und hielt nach ihnen Ausschau, aber sie waren nur verschwommen zu sehen und immer wie Halluzinationen gleich wieder verschwunden. Als er in die halbwegs ruhige Zone klarer Luft direkt auf der Leeseite des Moholes kam, sah er, dass die Sabishiianer den aus dem großen Schacht gehobenen Abraum zu dieser Stelle brachten und zu geschwungenen Hügeln anordneten. Aus dem Orbit würde das aussehen wie … ein Drache?

Er erreichte die Garage und wurde von einer Schar von ihnen begrüßt – barfuß und langhaarig in abgewetzten braunen Pullovern oder Sumoringer-Mawashis. Es waren runzlige alte weise Marsjapaner, die über die *kami*-Zentren in der Region sprachen und darüber, wie ihr tiefstes *on*-Gefühl sich längst vom Kaiser auf den Planeten verlagert hatte. Sie zeigten ihm ihre Labors, wo sie an Areobotanik und strahlungssicheren Kleiderstoffen arbeiteten. Sie hatten auch viel zum Thema Ortung von Wasserstätten und Klimatologie im Äquatorgürtel geforscht. Als John ihnen zuhörte, kam es ihm vor, als müssten sie einfach mit Hiroko in Kontakt stehen. Es musste einfach so sein. Aber sie zuckten die Schultern, als er nach ihr fragte. John machte sich daran, sie auszufragen und ihnen zuzuhören; die Atmosphäre von Vertrauen zu schaffen, die er so oft bei Oldtimern erzeugen konnte: das Gefühl, als würden sie sich schon ewig kennen, als lebten sie schon seit Urzeiten zusammen auf dem Mars. Nachdem er einige Tage lang Fragen gestellt, die Stadt kennengelernt und ihnen gezeigt hatte, dass er jemand war, der einen Sinn für *giri* hatte, öffneten sie sich ihm langsam und sagten ihm in einer ruhigen, aber unverblümten Art, dass ihnen weder das plötzliche Wachstum von Burroughs gefiel noch das Mohole in ihrer Nähe noch die Bevölkerungszunahme im Allgemeinen noch der neue, von der japanischen Regierung auf sie ausgeübte Druck, den Großen Steilhang zu erkunden und »Gold zu finden«. »Wir weigern uns«, sagte Nanao Nakayama, ein runzliger alter Mann mit schütterem weißem Backenbart, Türkisohrringen und langem weißem Haar, das er zu einem Pferdeschwanz zusammengebunden hatte. »Sie können uns nicht dazu zwingen.«

»Und wenn sie es versuchen?«, fragte John.

»Sie werden scheitern.« Seine lässige Zuversicht erregte Johns Aufmerksamkeit, und er erinnerte sich an das Gespräch mit Arkady zwischen den Spiegeln.

Manche Dinge, die er jetzt sah, waren das Ergebnis einer neuen Art von Aufmerksamkeit. Er stellte andere Fragen. Arkady hatte seinem Netzwerk aus Freunden und Bekannten gesagt, dass sie sich John zu erkennen geben und ihm alles zeigen sollten. Sie zeigten ihm Dinge, von denen er bisher nicht einmal eine Ahnung gehabt hatte. Wenn John auf dem Weg von Sabishii nach Senzeni Na in Siedlungen anhielt, näherten sich ihm oft kleine Gruppen von zwei, drei oder fünf Personen, die sich vorstellten und sagten: Arkady dachte, du könntest das hier sehen wollen ... Und sie führten ihn zu unterirdischen Farmen mit eigenem Kraftwerk oder einem Versteck von Werkzeug und Gerät oder einer verborgenen Garage voller Rover oder vollständigen kleinen Mesa-Habitaten, leer, aber bezugsbereit. John folgte ihnen mit staunenden Augen und offenem Mund, stellte Fragen und schüttelte verwundert den Kopf. Ja, Arkady zeigte ihm allerhand Sachen. Es gab hier unten eine ganze Bewegung, eine kleine Gruppe in jeder Stadt!

Schließlich kam er wieder nach Senzeni Na. Er kehrte dorthin zurück, weil Pauline zwei Arbeiter identifiziert hatte, die unentschuldigt an jenem Tag gefehlt hatten, als der Lastwagen ihn fast erschlagen hätte. Er sprach mit ihnen am Tag nach seiner Ankunft; aber sie brachten plausible Gründe für ihre Abwesenheit vor. Sie waren zum Klettern draußen gewesen. Nachdem er sich dafür entschuldigt hatte, ihre Zeit in Anspruch genommen zu haben, und wieder zu seinem Zimmer unterwegs war, stellten sich drei andere Mohole-Techniker als Freunde von Arkady vor. John begrüßte sie enthusiastisch, erfreut, dass die Reise doch noch etwas bringen würde. Am Ende brachte ihn eine Gruppe von acht Leuten in einem Rover zu einem Canyon, der parallel zum Canyon des Moholes verlief. Sie fuhren durch den alles verdunkelnden Staub zu einem Habitat, das in eine überhängende Canyonwand eingegraben war. Es war für Satelliten unsichtbar, und seine Wärme wurde durch eine Anzahl kleiner Schächte abgeleitet, die aus dem Weltraum wie Sax' alte Windmühlenheizer aussehen würden. »Wir glauben, dass Hirokos Gruppe es auch so gemacht hat«, sagte ihm eine Freundin Arkadys. Sie hieß Marian, hatte eine lange spitze Nase und dicht zusammenstehende Augen, sodass ihr Blick sehr intensiv wirkte.

»Weißt du, wo Hiroko ist?«, fragte John.

»Nein, aber wir denken, sie sind im chaotischen Terrain.« Die Antwort, die er immer zu hören bekam. Er fragte sie nach dem Klippenhabitat. Marian erklärte ihm, dass es mit Gerät von Senzeni Na erbaut worden wäre. Es war derzeit unbewohnt, aber bereit, wenn es nötig wäre.

»Nötig *wofür?*«, fragte John, als er durch die kleinen dunklen Räume ging.

Marian starrte ihn an. »Für die Revolution natürlich.«

»Die Revolution!«

John sagte auf der Rückfahrt sehr wenig. Marian und ihre Gefährten spürten seinen Schock, und das war auch ihnen unangenehm. Vielleicht dachten sie, Arkady hätte einen Fehler gemacht, als er sie bat, John ihr Habitat zu zeigen. »Es werden viele davon vorbereitet«, sagte Marian wie zur Verteidigung. Hiroko hatte sie auf die Idee gebracht, und Arkady dachte, sie könnten nützlich werden. Marian und ihre Gefährten zählten sie an den Fingern ab: ein ganzes Vorratslager an Geräten zur Luft- und Wassergewinnung, verborgen in einem trockenen Eistunnel in einer der Verarbeitungsstationen an der südlichen Polkappe; ein Quellenschacht, der das große Wasserlager unter Kasei Vallis anzapfte; um Acheron verstreute Gewächshauslabors, die pharmazeutisch nützliche Pflanzen zogen; ein Kommunikationszentrum im Untergeschoss von Nadias zentralem Platz in Underhill. »Und das ist nur das, wovon wir wissen. Im Netz erscheinen Samisdat-Flugblätter, die sich automatisch löschen, wenn man sie gelesen hat, mit denen wir nichts zu tun haben. Arkady ist sich sicher, dass es da draußen noch weitere Gruppen gibt, die dasselbe tun wie wir. Denn wenn es zum Äußersten kommt, werden wir Orte brauchen, an denen wir uns verstecken können. Von denen aus wir kämpfen können.«

»Moment mal!«, sagte John. »Ihr müsst es euch mal durch den Kopf gehen lassen, dass dieses ganze Revolutionsgefasel nichts anderes ist als eine Fantasie über den amerikanischen Unabhängigkeitskrieg! Ihr wisst schon, die Letzte Grenze, die rauen Pioniere und Kolonisten, die von der imperialen Macht ausgebeutet werden; die Revolte, um von einer Kolonie zum souveränen Staat zu werden ... Das ist eine falsche Analogie!«

»Warum?«, fragte Marian. »Was ist der Unterschied?«

»Nun, erstens leben wir nicht auf einem Land, das uns ernähren kann. Und zweitens haben wir nicht die Mittel für eine erfolgreiche Revolution.«

»Ich bin in beiden Punkten anderer Meinung. Du solltest dich mal mit Arkady darüber unterhalten.«

»Ich werde es versuchen. Jedenfalls halte ich einen direkteren Weg für besser als all dieses heimliche Stehlen von Ausrüstung. Wir diktieren der UNOMA einfach den neuen Marsvertrag.«

Seine Kameraden schüttelten verärgert den Kopf.

»Wir können sagen, was wir wollen«, erklärte Marian, »aber das wird nichts an dem, was sie tun, ändern.«

»Warum nicht? Denkt ihr, sie können die Menschen, die hier leben, einfach ignorieren? Sie mögen jetzt Shuttles im Dauereinsatz haben, aber wir sind immer noch achtzig Millionen Kilometer von ihnen entfernt. Wir sind hier, sie nicht. Vielleicht ist es nicht gerade Nordamerika in den 1760er Jahren, aber wir haben einige der gleichen Vorteile: Wir sind weit weg, und wir haben das Land. Wichtig ist, nicht in ihre Denkweise zu verfallen, nicht die gleichen alten Fehler zu machen.«

Und so argumentierte er gegen Revolution, Nationalismus, Religion, Ökonomie – gegen jede Art terrestrischen Denkens, die ihm einfiel, alles miteinander vermischt wie üblich. »Revolution hat auf der Erde nie wirklich funktioniert. Und hier ist sie völlig überholt. Wir sollten uns eine neue Agenda zulegen, genau wie Arkady sagt, *einschließlich* der Mittel und Wege, die Kontrolle über unser Schicksal zu erlangen. Mit euren Hirngespinsten aus der Vergangenheit führt ihr uns direkt in die Repression, über die ihr euch beklagt! Wir brauchen einen neuen, einen marsianischen Weg, eine neue Mars-Philosophie, Wirtschaft und Religion!«

Sie fragten ihn danach, wie denn diese neuen marsianischen Denkweisen aussehen sollten, und er hob die Hände. »Woher soll ich das wissen? Weil sie noch nie existiert haben, ist es schwer, darüber zu sprechen und sie sich vorzustellen, weil wir nicht über vorgefertigte Bilder verfügen. Das ist immer das Problem, wenn man etwas Neues machen will. Und glaubt mir, ich weiß das, weil ich es versucht habe. Aber ich kann euch sagen, wie es sich anfühlen wird. Es wird ein Gefühl sein wie in den ersten Jahren hier, als wir eine Gruppe waren und alle zusammengearbeitet haben. Als es im Leben kein anderes Ziel gab, außer sich hier anzusiedeln und diese Welt zu erforschen, und wir alle gemeinsam entschieden haben, was zu tun war. So ein Gefühl sollte es sein!«

»Aber diese Tage sind vorbei«, sagte Marian, und die anderen nickten. »Das ist nur deine eigene Fantasie aus der Vergangenheit. Nichts als Worte. Du hältst mitten in einer riesigen Goldmine eine Philosophievorlesung, während von beiden Seiten Armeen auf dich zukommen.«

»Nein, nein«, sagte John. »Ich rede von Methoden für den Widerstand. Methoden, die unserer realen Situation angepasst sind, und keine revolutionäre Idee aus den Geschichtsbüchern.«

Sie diskutierten weiter, bis sie wieder in Senzeni Na waren und sich auf die Räume der Arbeiter in der tiefsten Wohnetage zurückgezogen hatten. Dort unterhielten sie sich leidenschaftlich, über den Zeitschlupf hinaus bis weit in die Nacht. Und während dieser Diskussionen wurde John von einer gewissen Hochstimmung erfüllt, weil er sah, dass sie anfingen, darüber nachzudenken. Sie hörten ihm zu, und das, was er sagte und was er von ihnen hielt, bedeutete ihnen etwas. Das war der beste Lohn für sein Goldfischglas, zusammen mit Arkadys ausdrücklicher Zustimmung gab es ihm einen Einfluss über sie, der greifbar war. Er konnte ihre Zuversicht erschüttern, konnte sie zum Nachdenken bringen, konnte sie dazu zwingen, alles neu zu bewerten. Er konnte ihre Ansichten ändern!

Sie marschierten in dem trüben Großen Sturm durch die Korridore zur Küche und redeten weiter, während sie aus den Fenstern schauten und Kaffee hinunterstürzten. Ihre Augen leuchteten geradezu vor Inspiration. Die uralte Befriedigung einer anständigen Debatte. Und als sie schließlich auseinandergingen, um noch eine Mütze voll Schlaf abzubekommen, ehe der Tag begann, war sogar Marian eindeutig wankend geworden, und alle waren tief in Gedanken, halb überzeugt, dass John recht hatte.

John ging wieder in seine Gästesuite, erschöpft, aber glücklich. Arkady hatte, ob er es wollte oder nicht, John zu einem Anführer in seiner Bewegung gemacht. Vielleicht würde er das eines Tages bereuen, aber jetzt gab es kein Zurück mehr. John war sich sicher, dass es zum Besten sein würde. Er konnte eine Brücke zwischen dem Untergrund und den übrigen Leuten auf dem Mars schlagen, indem er sich in beiden Welten einsetzte, beide miteinander versöhnte und zu einer einzigen Macht zusammenschweißte, die stärker wäre als die ganzen Einzelgruppen. Eine Macht mit den Ressourcen der Allgemeinheit und dem Enthusiasmus des Untergrunds. Arkady hielt diese Synthese für unmöglich, aber John hatte Fähigkeiten, die Arkady fehlten. Mit ihnen könnte er – nun ja – nicht Arkadys Führerschaft usurpieren, aber sie alle *verändern*.

Die Tür zu seinem Zimmer in den Gästequartieren stand offen. Er stürmte hinein, und da saßen in zwei Sesseln mitten im Raum Sam Houston und Michael Chang. »Hallo«, sagte Houston, »wo sind Sie gewesen?«

»Hey!«, fuhr John auf. Sein Temperament flammte auf, und seine gute Stimmung war blitzartig dahin. »Habe ich aus Versehen die falsche Tür erwischt?« Er beugte sich zurück, um zu schauen. »Nein, das ist nicht der Fall. Das ist mein Zimmer.« Er hob den Arm und schaltete seinen Armbandrecorder an. »Was tun Sie hier drin?«

»Wir wollen wissen, wo Sie gewesen sind«, sagte Houston ruhig. »Wir haben die Vollmacht, alle Räume hier zu betreten und Antworten auf alle unsere Fragen zu verlangen. Also, fangen Sie an zu reden.«

»Hört hört!«, spottete John. »Werden Sie nie müde, den bösen Bullen zu spielen? Wechselt ihr euch nicht hin und wieder ab?«

»Wir wollen nur ein paar Antworten«, sagte Chang gelassen.

»O bitte, Mister Guter Bulle«, flötete John, »wir alle wollen doch Antworten, nicht wahr?«

Houston stand auf. Er war kurz davor, die Beherrschung zu verlieren, und John machte einen Schritt auf ihn zu und blieb keine zehn Zentimeter vor ihm stehen. Er sagte: »Verlassen Sie mein Zimmer! Hauen Sie sofort ab, oder ich werde Sie hinauswerfen; und dann werden wir sehen, wer das Recht hatte, sich hier aufzuhalten.«

Houston starrte ihn bloß an, und John stieß ihn ohne Vorwarnung heftig vor die Brust. Houston flog in seinen Sessel und setzte sich unfreiwillig hin. Sofort schnellte er wieder hoch und stürzte sich auf John, aber Chang ging dazwischen und sagte: »Warte eine Sekunde, Sam, eine Sekunde!«, während John aus Leibeskräften immer wieder brüllte: »Raus aus meinem Zimmer!« Er schubste Chang von hinten und starrte über dessen Schulter in Houstons rotes Gesicht. Bei dem Anblick brach John fast in Gelächter aus. Seine gute Laune war durch seinen Erfolg zurückgekehrt, und er schritt zur Tür und kläffte: »Raus! Raus!«, damit Houston das Grinsen auf seinem Gesicht nicht sehen würde. Chang zog seinen wütenden Kollegen auf den Flur hinaus, und John setzte ihnen nach. Chang schob sich vorsichtig zwischen seinen Partner und John. Er war größer als die beiden anderen und fixierte John jetzt mit einer halb bekümmerten, halb verärgerten Miene.

»Also, was wollen Sie?«, fragte John unschuldig. Chang wiederholte hartnäckig: »Wir wollen wissen, wo Sie gewesen sind.

Wir haben Grund zu der Annahme, dass Ihre vorgebliche Inspektion der Sabotagevorfälle ein sehr willkommener Deckmantel für Sie gewesen ist.«

»Das Gleiche behaupte ich von Ihnen!«, parierte John.

Chang ignorierte ihn. »Kurz nach Ihren Besuchen passieren seltsame Dinge …«

»Genauer gesagt passierten Sie genau während Ihrer Besuche.«

»… Staubbehälter wurden in jedes Mohole geworfen, das Sie während des Großen Sturms besucht haben. Computerviren haben die Software im Büro von Sax Russell angegriffen, unmittelbar nach Ihrem Besuch im Jahr 2047. Biologische Viren haben die schnellen Flechten in Acheron befallen, gleich nachdem sie gegangen sind. Und so weiter.«

John zuckte mit den Achseln. »Und? Sie sind seit zwei Monaten hier, und das ist alles, was Sie bisher herausgefunden haben?«

»Wenn wir recht haben, genügt das völlig. Wo waren Sie in der letzten Nacht?«

»Tut mir leid«, sagte John. »Ich beantworte keine Fragen von Leuten, die in mein Quartier einbrechen.«

»Das müssen Sie aber«, sagte Chang. »Das ist das Gesetz.«

»Was für ein Gesetz? Was können Sie schon dagegen machen?« Er drehte sich um und ging auf die offene Zimmertür zu, aber Chang machte einen schnellen Schritt, um ihn aufzuhalten. Da verlor John wieder die Beherrschung und machte einen Satz auf Chang zu, der zuckte, aber in der Tür stehen blieb. John drehte sich um und ging fort, zurück zum Speisesaal.

Er verließ Senzeni Na noch am selben Nachmittag in einem Rover und nahm die Transponderstraße nach Norden, die Tharsis-Ostflanke entlang. Die Straße war gut ausgebaut, und drei Tage später hatte er 1300 Kilometer zurückgelegt. Er war jetzt genau nordwestlich vom Noctis Labyrinthus. Als er zu einer großen Transponderkreuzung mit einer neuen Tankstelle kam, bog er nach rechts ab und nahm die östliche Straße nach Underhill. Während der Rover auf Autopilot durch den Staub rollte, arbeitete er mit seiner KI. »Pauline, würdest du bitte planetenweit alle Dateien auf Diebstahl von zahnärztlichem Gerät durchsehen?« Sie war auch nicht schneller als ein Mensch bei der Bearbeitung einer so außergewöhnlichen Anfrage, aber schließlich hatte sie die Daten. Dann ließ er sie die Aufzeichnungen über die Bewegungen jeder verdächtigen Person, die ihm einfiel, durchsehen. Als er genau wusste, wer wann wo gewesen war, rief er Helmut Bronski an, um gegen die Aktionen von Houston und Chang zu protestieren. »Sie sagen, dass du ihnen diese Vollmacht erteilt hast, Helmut; darum dachte ich, du solltest wissen, was sie tun.«

»Sie versuchen ihr Bestes«, erwiderte Helmut. »Ich wünsche, du würdest aufhören, sie zu quälen, und kooperieren, John. Das könnte hilfreich sein. Ich weiß, du hast nichts zu verbergen; also warum nicht hilfsbereiter sein?«

»Komm schon, Helmut, sie bitten nicht um Hilfe. Sie wollen mich einschüchtern. Sag ihnen, sie sollen damit aufhören!«

»Sie versuchen nur, ihren Job zu machen«, erklärte Helmut sanft. »Ich glaube nicht, dass das illegal ist.«

John unterbrach die Verbindung. Später rief er Frank an, der sich in Burroughs befand. »Was ist mit Helmut los? Warum überlässt er den Planeten diesen Polizisten?«

»Du Idiot!«, sagte Frank. Er tippte wild auf seinem Touchscreen, während er redete, und John kam es so vor, als bekäme Frank nur am Rande mit, worum es ging. »Kriegst du denn überhaupt mit, was hier vorgeht?«

»Ich dachte, schon«, sagte John.

»Wir stecken bis zum Hals in Schwierigkeiten. Und diese gottverdammten Altersbehandlungen haben uns gerade noch gefehlt. Aber du hast nie begriffen, weshalb wir überhaupt hierhergeschickt wurden, warum solltest du es jetzt verstehen?« Er tippte weiter und starrte mit zusammengekniffenen Augen auf seinen Monitor.

John musterte das kleine Bild Franks auf dem Bildschirm seines Handgelenkcomputers. Schließlich sagte er: »Warum sind wir denn hierhergeschickt worden, Frank?«

»Weil Russland und unsere Vereinigten Staaten von Amerika verzweifelt waren. Darum! Gebrechliche altmodische industrielle Dinosaurier, das waren wir, kurz davor, von Japan und Europa und all den kleinen Tigern gefressen zu werden, die in Asien auftauchten. Und wir hatten diese Weltraumerfahrung, die wir nicht verkommen lassen wollten, und eine Menge großer und unnötiger Luft- und Raumfahrtfirmen. Also haben wir uns zusammengetan und sind hierhergekommen in der Hoffnung, etwas zu finden, das der Mühe wert wäre. Und das hat sich gelohnt! Wir sind gewissermaßen auf Gold gestoßen. Das hat aber nur noch mehr Öl ins Feuer gegossen, weil ein Goldrausch zeigt, wer Macht hat und wer nicht. Und obwohl wir jetzt hier die Nase vorn haben, gibt es da unten eine Menge neuer Tiger, die manches besser machen als wir. Und sie alle wollen ein Stück vom Kuchen. Es gibt da unten viele Länder ohne Platz und Rohstoffe. Zehn Milliarden Menschen stehen in ihrer eigenen Scheiße.«

»Du hast mir mal gesagt, dass die Erde immer schon kurz vor dem Zusammenbruch stehen würde.«

»Das ist kein Zusammenbruch. Denk nach! Wenn diese verdammte Behandlung nur den Reichen zugänglich gemacht wird, werden die Armen revoltieren, und das Pulverfass wird explodieren. Aber wenn die Behandlung jedermann zugutekommt, werden die Bevölkerungszahlen in die Höhe schnellen, und dann wird das Pulverfass erst recht hochgehen. Egal, was kommt, die Lunte brennt schon! Natürlich gefällt das den Transnationalen nicht. Es ist sehr schlecht fürs Geschäft, wenn die Welt hochgeht. Sie haben Angst und wollen die Dinge mit roher Gewalt zusammenhalten. Helmut und diese Polizisten sind nur die oberste Spitze des Eisbergs. Eine Menge einflussreicher Leute hält ein paar Jahrzehnte in einem globalen Polizeistaat für unsere einzige Chance, das Bevölkerungswachstum zu stabilisieren, ohne dass es zu einer Katastrophe kommt. Kontrolle von oben, diese blöden Ärsche.«

Frank schüttelte angewidert den Kopf, dann beugte er sich vor und konzentrierte sich erneut auf seinen Bildschirm. »Frank, hast du die Behandlung bekommen?«, fragte John nach einer kurzen Pause.

»Natürlich. Und jetzt lass mich in Ruhe, John! Ich muss arbeiten.«

Der nächste südliche Sommer war wärmer als der vorangegangene, der von dem Großen Sturm getrübt worden war, aber immer noch kälter als jeder zuvor. Der Sturm dauerte jetzt fast zwei M-Jahre, mehr als drei Erdenjahre, aber Sax nahm das philosophisch. John rief ihn in Echus Overlook an; und als er von den kalten Nächten erzählte, die er durchmachte, sagte Sax bloß: »Wir werden sehr wahrscheinlich für den größten Teil des Terraforming niedrige Temperaturen haben. Aber wir sind auch nicht auf Wärme an sich aus. Venus ist warm. Was wir wollen, ist eine nicht-tödliche Atmosphäre. Wenn ich die Luft atmen kann, macht es mir nichts aus, dass sie kalt ist.«

Inzwischen war es kalt, überall kalt, bis zu minus hundert Grad jede Nacht, selbst am Äquator. Als John Underhill erreichte, eine Woche nachdem er Senzeni Na verlassen hatte, stellte er fest, dass dort eine Art rosa Eis die Gehwege bedeckte. Es war in dem trüben Licht des Sturms kaum zu sehen, und Spaziergänge waren gefährlich. Die Leute in Underhill verbrachten den größten Teil ihrer Zeit drinnen. John half ein paar Wochen lang den Bioingenieuren beim Testen einer neuen Schneealgenart. Underhill war voller Fremder. Die meisten waren junge Japaner oder Europäer, die zum Glück immer noch Englisch sprachen, um sich untereinander zu verständigen. John wohnte in einem der alten Tonnengewölbe an der Nordostecke des quadratischen Habitats. Der alte Teil war weniger beliebt als Nadias große Halle, kleiner und dunkler, und viele Gewölbe dienten jetzt als Lagerräume. Es war eigenartig, durch die Korridore zu gehen und sich an das Schwimmbecken, Mayas Zimmer und den Speisesaal zu erinnern – alles jetzt dunkel und mit Kisten vollgepackt. Die Jahre, in denen die Ersten Hundert die *einzigen* Hundert gewesen waren, verschwammen in seinem Geist immer mehr.

Er blieb durch Pauline den Bewegungen etlicher Leute auf der Spur, darunter auch den UNOMA-Agenten. Diese Überwachung war nicht allzu engmaschig, da es nicht immer leicht war, die Ermittler aufzuspüren. Er vermutete, dass besonders Houston, Chang und ihre Crew absichtlich offline gingen. Die Listen der Neuankömmlinge der Raumhäfen lieferten jeden Monat neue Beweise dafür, dass Frank recht gehabt hatte, als er die Polizisten nur als Spitze des Eisbergs bezeichnet hatte. Eine Menge Leute, besonders die, die in Burroughs landeten, arbeiteten für die UNOMA, ohne dass ihre Aufgaben näher beschrieben wurden; und dann verteilten sie sich über die Minen, Moholes und Siedlungen und begannen, für die örtlichen Sicherheitschefs zu arbeiten. Und die Dateien über ihre Tätigkeiten auf der Erde waren wirklich sehr interessant.

Oft verließ John am Ende einer Sitzung mit Pauline das Habitat und ging zu einem Spaziergang nach draußen. Er war beunruhigt und dachte scharf nach. Die Sicht war viel besser geworden. Auf der Oberfläche wurde es etwas klarer, obwohl das rosa Eis immer noch das Gehen erschwerte. Der Große Sturm schien nachzulassen. Die Windgeschwindigkeiten an der Oberfläche lagen nur noch zwei- bis dreimal über dem Durchschnitt von dreißig Stundenkilometern vor dem Sturm, und der Staub in der Luft war manchmal kaum mehr als ein dichter Nebel, der die Sonnenuntergänge zu flammenden pastellfarbenen Wirbeln aus Rosa, Gelb, Orange, Rot und Purpur machte, mit gelegentlichen grünen oder türkisen Streifen, die auftauchten und verschwanden, zusammen mit Eisbögen, Nebensonnen und ab und zu leuchtenden Pfeilern aus purem gelbem Licht. Vergängliche und eindrucksvolle Naturerscheinungen. Und wenn John alle die unscharfen Farben und Bewegungen beobachtete, wurde er von seinen Gedanken abgelenkt und stieg auf die große weiße Pyramide, von wo aus er einen guten Ausblick in alle Richtungen hatte. Dann ging er wieder hinein, um den Kampf erneut aufzunehmen.

Eines Abends stieg er nach einer besonders extravaganten Vorstellung der Sonne und der Natur von der Pyramide herunter und ging langsam nach Underhill zurück. Da erspähte er zwei Gestalten, die aus der Seitentür einer Garage herauskamen und durch einen durchsichtigen Tunnel zu einem der Rover gingen und einstiegen. In ihren Bewegungen lag etwas Eiliges und Verstohlenes. Er blieb stehen, um sie sich genauer anzuschauen. Sie trugen keine Helme, und er erkannte Houston und Chang an ihren Haaren und ihrer Körpergröße. Sie kletterten mit fahriger terrestrischer Unbeholfenheit in den Rover und fuhren auf ihn zu.

John polarisierte seine Helmscheibe und ging weiter. Er bemühte sich, wie jemand auszusehen, der gerade von der Arbeit kam. Dabei schwenkte er etwas zur Seite ab, um die Distanz zwischen sich und ihnen zu vergrößern. Der Rover tauchte in eine dichte Staubwolke und verschwand.

Bis er zu den Schleusentüren gelangte, rasten seine Gedanken, und er hatte beinahe Angst. Er stand bewegungslos an der Tür und dachte fieberhaft nach. Als er sich dann wieder in Bewegung setzte, ging er nicht zur Schleuse, sondern zu der Interkomkonsole in der Wand neben der Tür. Unter den Lautsprechern waren diverse Steckdosen, und er zog vorsichtig den Schutzstecker aus einer davon heraus, entfernte den Staub an den Rändern – diese Steckdosen wurden nicht mehr gebraucht – und steckte dann seinen Armbandcomputer ein. Er gab seinen Zugangscode zu Pauline ein und wartete, bis die Ver- und Entschlüsselung erledigt war. »Ja bitte, John?«, fragte Paulines Stimme in seinem Helm.

»Pauline, schalte deine Kamera ein und schwenke durch mein Zimmer!«

Pauline befand sich auf dem Nachtkästchen und war an einer Steckdose in der Wand eingesteckt. Ihre Kamera war ein kleines Gerät mit Faseroptik, das er selten benutzte. Das Bild auf seinem Armband war klein, und im Zimmer war es dunkel, es brannte nur ein Nachtlicht. Sein gebogenes Visier behinderte seine Sicht noch zusätzlich, sodass er die Bilder nicht deutlich erkennen konnte. Graue, sich bewegende Schemen. Da war das Bett und etwas darauf und dann die Wand. »Zehn Grad zurück!«, befahl John und blinzelte, voll auf das zwei Quadratzentimeter große Bild konzentriert. Sein Bett. Auf seinem Bett lag ein Mann. Oder? Eine Schuhsohle, Rumpf, Haar.

Schwer zu sagen. Er bewegte sich nicht. »Pauline, hörst du irgendetwas in dem Zimmer?«

»Die Lüftung, den Strom.«

»Übertrage alles, was du mit deinem Mikrofon auffängst, mit voller Laustärke!« Er drückte sein Ohr gegen den Helmlautsprecher. Ein Zischen, statisches Rauschen. Zu viele Übertragungsfehler, besonders wenn man eine korrodierte Steckdose benutzte. Aber bestimmt hörte er kein Atmen. »Pauline, kannst du dich in das Monitorsystem von Underhill einloggen, die Kamera für die Tür unseres Gewölbes suchen und ihr Bild auf mein Armband legen, bitte?«

Er hatte vor ein paar Jahren selbst die Installation des Sicherheitssystems von Underhill geleitet. Pauline hatte noch alle Pläne und Codes, und sie brauchte nicht lange, um das Bild der Kamera direkt vor seinem Zimmer, von oben gesehen, an ihn zu übertragen. Das Licht war an, und er konnte sehen, dass seine Tür geschlossen war. Das war alles.

Er ließ die Hand sinken und dachte nach. Es vergingen fünf Minuten, bis er sie wieder hob und anfing, über Pauline dem Sicherheitssystem von Underhill Befehle zu geben. Er löschte die Aufzeichnungen der Kameras. Dann stellte er das Überwachungssystem so ein, dass es nur noch in einer einstündigen Schleife aufnahm, nicht mehr acht Stunden lang. Danach wies er zwei Reinigungsroboter an, zu seinem Zimmer zu fahren und die Tür zu öffnen. Während sie langsam durch die Gewölbe rollten, stand er zitternd da und wartete. Als sie seine Tür öffneten, sah er sie durch Paulines kleine Linse. Das Licht flammte auf und blendete ihn einen Moment lang, bis Pauline die Blende angepasst hatte und er viel deutlicher sehen konnte. Ja, es lag ein Mann auf seinem Bett. Johns Atem ging flach. Er bediente die Roboter mit den winzigen Knöpfen auf seinem Armbandcomputer. Das war eine heikle Prozedur, aber wenn der Mann beim Hochgehobenwerden aufwachte, um so besser.

Tat er nicht. Der Körper hing auf beiden Seiten der ihn umfangenden Roboterarme, die ihn mit algorithmischer Zartheit emporhoben, herunter. Ein lebloser Körper. Der Mann war tot.

John holte tief Luft, hielt den Atem an und fuhr mit der Fernsteuerung fort. Er ließ den ersten Roboter die Leiche in den großen Müllbehälter des zweiten legen. Die Roboter dann wieder an ihren Platz im Magazingewölbe zu schicken war einfach.

Während sie dahinrollten, kamen sie an mehreren Leuten vorbei, aber das ließ sich nicht ändern. Der Leichnam war nur direkt von oben zu sehen, und er hoffte, dass sich später niemand an die Roboter erinnern würde.

Als er sie wieder im Lagerraum hatte, zögerte er. Sollte er die Leiche zu den Einäscherungsöfen im Alchemistenviertel bringen? Nein. Jetzt, da sie sich nicht mehr in seinem Zimmer befand, brauchte er sich nicht mehr um ihr Verschwinden zu kümmern. Tatsächlich würde er sie später noch brauchen. Zum ersten Mal fragte er sich, wer es war. Er steuerte den ersten Roboter so, dass er sein ausfahrbares »Auge« auf das rechte Handgelenk der Leiche richtete und es mit seinem Magnetresonanzgerät scannen konnte. Es dauerte lange, bis der Roboter die richtige Stelle fand. Das winzige Stück Metall, das jeder in einem Handknochen implantiert trug, enthielt Information im Standard-Code; und Pauline brauchte nicht mal eine Minute, um den Toten zu identifizieren. Yashika Mui, UNOMA-Auditor, angekommen 2050, in Underhill stationiert. Ein echter Mensch. Ein Mann, der tausend Jahre hätte leben können.

John begann zu zittern. Er lehnte sich gegen die glasierte blaue Backsteinwand von Underhill. Er würde erst in einer

Stunde hineingehen können. Unruhig stieß er sich ab und ging um das quadratische Habitat herum. Normalerweise brauchte er dazu fünfzehn Minuten, aber jetzt schaffte er es in zehn. Nach der zweiten Runde ging er zur Containersiedlung hinüber.

Es waren nur noch zwei der alten Frachtcontainer übrig, und die waren offenbar aufgegeben oder nur für Lagerzwecke benutzt worden. Aus dem dunklen Staub zwischen ihnen tauchten Gestalten auf, und John erschrak kurz, aber sie gingen vorbei. Er kehrte zum Habitat zurück und umrundete es erneut. Dann ging er zum Alchemistenviertel. Er stand da, betrachtete den antiquierten Komplex aus Rohren, Tuben und flachen weißen Gebäuden, die alle mit schwarzen kalligraphischen Gleichungen verziert waren. Er dachte an ihre ersten Jahre. Jetzt war es schlagartig so weit gekommen. In der Düsternis des Großen Sturms. Zivilisation, Korruption, Krise. Mord auf dem Mars! Er knirschte mit den Zähnen.

Eine Stunde war vergangen, es war neun Uhr abends. Er ging zur Schleuse zurück und hinein, entledigte sich im Umkleideraum seines Helms, Schutzanzugs und der Stiefel, zog sich aus und ging unter die Dusche. Danach trocknete er sich ab, zog einen Pullover an und kämmte sich. Er holte tief Luft und ging durch den Südflügel nach oben durch die Gewölbe zu seinem Zimmer. Als er die Tür öffnete, war er nicht überrascht, die vier UNOMA-Agenten im Flur auftauchen zu sehen. Aber er tat erstaunt, als sie ihn aufforderten, stehen zu bleiben. »Was ist los?«

Es waren weder Houston noch Chang, sondern drei Männer und eine der Frauen, die zur ersten Gruppe in Low Point gehörten. Die Männer stellten sich links und rechts neben ihn, ohne zu antworten, zogen die Tür ganz auf, und zwei von ihnen gingen hinein. John unterdrückte das Bedürfnis, ihnen ins Gesicht zu schlagen oder sie anzubrüllen – oder über ihre Gesichter zu lachen, als sie sahen, dass sein Zimmer leer war. Er starrte sie nur neugierig an und versuchte, glaubhaft wütend zu wirken. Als die Tür geöffnet wurde, musste er sich wirklich zusammennehmen, um seine Wut auf dem Niveau des Ahnungslosen zu halten. Er musste sie anfahren, als seien sie übereifrige Polizisten und keine Mörder.

Dank ihrer Verwirrung über die unerwartete Situation gelang es ihm, sie mit ein paar bissigen Sätzen zu verscheuchen. Und als er die Tür hinter ihnen geschlossen hatte, blieb er mitten im Zimmer stehen. »Pauline, zapf das Sicherheitssystem an! Zeig mir jede Kamera, die sie erfasst, und nimm alles auf.«

Pauline verfolgte sie. Sie brauchten nur ein paar Minuten, um in den Sicherheitskontrollraum zu gelangen, wo sie auf Chang und andere trafen. Sie riefen die Kameraaufzeichnungen ab. John saß vor Paulines Bildschirm und sah mit ihnen zu, wie sie die Videos zurücklaufen ließen, merkten, dass sie nur eine Stunde lang waren, und dass die Aufzeichnungen des ganzen Nachmittags gelöscht worden waren. Das würde ihnen zu denken geben. Er lächelte grimmig und sagte Pauline, sie solle sich aus dem System ausloggen.

Eine Welle von Erschöpfung überkam ihn. Es war erst elf Uhr, aber alles Adrenalin und die morgendliche Dosis Omegendorph waren verflogen, und er war müde. Er setzte sich auf sein Bett, erinnerte sich dann aber daran, was zuletzt dort gelegen hatte, und stand wieder auf. Schließlich schlief er auf dem Fußboden.

Während des Zeitschlupfes wurde er von Spencer Jackson mit der Nachricht geweckt, dass man in einem Müllbehälter eine Leiche gefunden hätte. Er ging mit, stand regungslos neben Spencer in der Klinik und starrte auf den Leichnam von

Yashika Mui, während ein paar Ermittler ihn müde beäugten. Die Diagnosemaschine war bei einer Autopsie so gut wie bei allem anderen, vielleicht sogar besser. Proben zeigten ein Blutgerinnungsmittel an. John ordnete finster eine vollständige forensische Autopsie an. Muis Körper und Kleider mussten untersucht und alle mikroskopischen Partikel mit seinem Genom verglichen und alle Fremdpartikel mit den Leuten, die derzeit in Underhill waren, abgeglichen werden. John sah die UNOMA-Ermittler scharf an, als er diese Anweisung gab; aber sie zuckten nicht mit der Wimper. Wahrscheinlich hatten sie Handschuhe und Schutzanzüge getragen oder die ganze Sache per Fernsteuerung erledigt, wie er selbst. Er musste sich abwenden, um seinen Ekel zu verbergen. Er durfte ihnen nicht zeigen, dass er Bescheid wusste.

Natürlich wussten sie, dass sie die Leiche in Johns Zimmer geschafft hatten. Also mussten sie John verdächtigen, sie entfernt und die Kameradateien gelöscht zu haben. Aber sie hatten keine Beweise, und er durfte sich nicht verraten.

Eine Stunde später ging er in sein Zimmer zurück und legte sich wieder auf den Boden. Obwohl er noch erschöpfter war, konnte er nicht mehr einschlafen. Er starrte an die Decke und dachte über alles, was er erfahren hatte, nach.

Kurz vor der Morgendämmerung hatte er den Eindruck, die Dinge durchschaut zu haben. Er gab den Versuch, doch noch einschlafen zu können, auf und ging wieder spazieren. Er musste raus, weg von der Welt der Menschen und all ihrer widerlichen Korruption, hinaus in den mächtigen Sturm, der durch den wirbelnden Staub so dramatisch sichtbar gemacht wurde.

Aber als er aus der Schleuse trat, funkelten über seinem Kopf die Sterne in ihrer ganzen Pracht; Tausende leuchteten wie einst, ohne das leichteste Flimmern oder Blinken. Sogar die schwachen schienen so hell, dass der schwarze Himmel weiß schimmerte.

Als er sich von seiner Überraschung angesichts des fast vergessenen Wunders der Sterne erholt hatte, verkündete er die Neuigkeit über seinen Interkom.

Sie löste das totale Chaos aus. Leute hörten ihn, weckten ihre Freunde und rasten in den Umkleideraum, um einen Schutzanzug zu ergattern, ehe keiner mehr da war. Die Schleusentüren spien unentwegt wahre Menschenmassen aus.

Der Horizont im Osten wurde dunkelrot und dann rasch heller. Der ganze Himmel nahm eine dunkelrosa Farbe an und schien zu glühen. Die Sterne verschwanden zu Hunderten, bis nur noch Venus und Erde im Osten vor der ständig zunehmenden Helligkeit zu sehen waren. Schon jetzt leuchtete der Himmel im Osten so hell, dass er zu brennen schien. Sogar hinter den Helmscheiben tränten die Augen, und manche Leute jubelten über die allgemeine Frequenz laut bei diesem Anblick. Gestalten torkelten herum, plapperten über Funk wild durcheinander, und der Himmel wurde immer noch heller, bis er zu explodieren schien. Er pulsierte in leuchtend rosigem Licht. Venus und Erde, zwei kleine Punkte, gingen darin unter. Und dann brach die Sonne über den Horizont. Ihre Strahlen schossen über die Ebene wie eine thermonukleare Bombe. Die Menschen brüllten, sprangen auf und ab und rannten zwischen die schwarzen Schatten der Felsen und Gebäude. Alle nach Osten gerichteten Wände waren nur noch große Flächen aus fahlgelber Farbe, deren glasierte Mosaikfassaden jeden blendete, der direkt hineinsah. Die Luft war klar wie Glas und schien eine feste Substanz zu sein, die alles messerscharf hervortreten ließ.

John ging von der Menschenmengen fort ostwärts in Richtung Tschernobyl. Er schaltete seinen Interkom ab. Der Himmel war dunkler als in seiner Erinnerung, mit einem Hauch von Purpur im Zenith. Alle Leute in Underhill flippten aus. Viele dort hatten noch nie die Sonne auf dem Mars scheinen gesehen, und zweifellos hatten viele den Eindruck, ihr ganzes Leben im Großen Sturm verbracht zu haben. Jetzt war er vorbei, und sie spazierten trunken draußen im Sonnenschein. Sie rutschten überall auf dem rosa Eis aus, veranstalteten Schneeballschlachten und stiegen die überfrorenen Pyramiden hinauf. Als John das sah, machte er kehrt und kletterte ebenfalls die Stufen der letzten Pyramide hinauf, um einen Blick auf die Hügel und Täler um Underhill zu werfen. Die waren etwas von Reif und Treibsand bedeckt, aber sonst unverändert. Er stellte die allgemeine Frequenz ein, schaltete sie aber wieder aus. Die Menschen im Habitat forderten immer noch Schutzanzüge, aber niemand draußen beachtete sie. Seit Sonnenaufgang sei eine Stunde vergangen, schrie jemand, obwohl John das kaum glauben konnte. Er schüttelte den Kopf. Die krächzenden Stimmen und die Erinnerung an die Leiche auf seinem Bett machten es ihm schwer, viel Freude über das Ende des Sturms zu empfinden.

Schließlich ging er wieder hinein. Zwei Frauen, die ungefähr seine Größe hatten, stritten sich sofort um seinen Schutzanzug. John ging ins Kommunikationszentrum und rief Sax in Echus an. Als er zu ihm durchgekommen war, gratulierte er ihm zum Ende des Sturms.

Sax wehrte das brüsk ab, als wäre es schon vor Jahren passiert. Er sagte: »Sie sind auf Amor 2051B gelandet.« Das war der Eisasteroid, den sie für die Einbringung in den Marsorbit ausgewählt hatten. Sie waren dabei, Raketen auf ihm zu installieren, die ihn auf einen Kurs schieben würden, der dem der *Ares* ähnlich wäre. Ohne Hitzeschild würde ihn der Eintritt in die Marsatmosphäre verglühen lassen. So, wie es aussah, würde er die Marsumlaufbahn in etwa sechs Monaten erreichen. *Das* war die große Nachricht, gab Sax ihm auf seine zwinkernde ruhige Art zu verstehen. Der Große Sturm war schon Geschichte.

John musste lachen. Aber dann dachte er an Yashika Mui und erzählte Sax davon, weil er auch einem anderen die Stimmung vermiesen wollte. Sax zwinkerte nur und sagte schließlich nur: »Sie machen jetzt ernst.« John verabschiedete sich angeekelt und schaltete ab.

Er ging wieder durch die Gewölbe. Gute und schlechte Emotionen tobten in ihm. Er ging in sein Zimmer und nahm ein Omegendorph und eine der neuen Pandorphs, die Spencer ihm gegeben hatte. Dann ging er hinaus ins zentrale Atrium und spazierte zwischen den Pflanzen umher, alles dürre Dinger, die im Sturm nur wenig gewachsen waren und sich den Leuchtröhren in der Decke entgegenreckten. Der Himmel war immer noch klar, rosa und sehr hell. Viele Leute, die zuerst ins Freie gegangen waren, waren jetzt wieder zurück und hielten eine Party im Atrium zwischen den Beeten ab. Er traf einige Freunde und Bekannte, aber hauptsächlich Fremde. Er ging durch Räume voller Unbekannter, die ihm manchmal fröhlich etwas zuriefen, wenn er vorbeikam. Wenn sie lange genug »Eine Rede! Eine Rede!« riefen, stellte er sich auf einen Stuhl und ratterte irgendwas herunter. Die Gedanken an den toten Mann hoben die Wirkung der Endorphine auf. Manchmal war er sehr aufgewühlt und wusste nie, was er als Nächstes sagen würde, bis es aus ihm herauskam. Die Leute würden später erzählen, sie hätten John Boone an dem Tag, an dem der Große Sturm aufhörte, sternhagelvoll gesehen. Gut, dachte er, sollten sie sagen, was sie wollten. Ihm machte das schon lange nichts mehr aus, und der Legende John Boone erst recht nicht.

In einem Raum saß eine Schar Ägypter, orthodoxe Muslime, die durcheinanderredeten und Kaffee tranken, berauscht von Koffein und Sonnenlicht. Weißes Lächeln blitzte unter ihren Schnurrbärten, diesmal äußerst herzlich, wirklich erfreut, ihn zu sehen. Sie waren ihm sympathisch, und im Überschwang des Tages sagte er: »Hört mal, wir sind Teil einer neuen Welt. Wenn ihr eure Handlungen nicht auf die Realität des Mars gründet, werdet ihr schizophren, weil euer Körper auf einem Planeten und euer Geist auf einem anderen ist. Keine so gespaltene Gesellschaft kann lange funktionieren.«

»Das stimmt«, sagte einer von ihnen lächelnd. »Wir sind früher schon gereist. Wir sind ein wanderndes Volk. Aber wo auch immer wir sind, Mekka ist unsere Heimat. Wir könnten zur anderen Seite des Universums fliegen, aber das würde immer noch gelten.«

Darauf gab es nichts zu sagen, und diese direkte Ehrlichkeit war so viel reiner als alles, womit er während der Nacht zu tun gehabt hatte. Er nickte und sagte: »Ich verstehe.« Kein Vergleich zur Heuchelei des Westens, wo man schon beim Morgengebet über Profit redete. Wo keiner mehr auch nur einen einzigen Glaubenssatz formulieren konnte. Wo man die westlichen Werte für physikalische Konstanten hielt und zu sagen pflegte: »So sind die Dinge nun einmal.« Wie Frank.

John blieb eine Weile und unterhielt sich mit den Ägyptern; und als er sie verließ, fühlte er sich besser. Er ging zurück zu seinem Zimmer und horchte auf die wüsten Stimmen, die aus jedem Raum in den Korridor drangen. Rufe, Schreie, fröhliches Gerede von Wissenschaftlern: »Diese Dinger sind solche Halophyten, dass sie keine Salzlauge mögen, weil zu viel Wasser darin ist.« Lachsalven.

Ihm kam eine Idee. Spencer Jackson wohnte in dem Zimmer neben Johns und kam gerade vorbei, als John hineingehen wollte. Er teilte Spencer seine Idee mit: »Wir sollten das Ende des Sturms mit so vielen Leute wie möglich auf einer großen Party feiern. Mit allen irgendwie auf dem Mars ansässig gewordenen Gruppen; jedem, der es irgendwie schafft zu kommen. Jedem, der wirklich hier sein möchte.«

»Und wo?«

»Oben auf Olympus Mons«, antwortete John, ohne nachzudenken. »Vielleicht könnten wir Sax dazu bringen, die Ankunft des Eisasteroiden zeitlich so abzustimmen, dass wir sie von dort aus beobachten können.«

»Eine gute Idee!«, sagte Spencer.

Olympus Mons ist ein Schildvulkan und deshalb ein Kegel, der an den meisten Stellen nicht sonderlich steil ist. Seine große Höhe ergibt sich aus seiner noch größeren Breite. Er ist fünfundzwanzig Kilometer höher als die umliegende Ebene, hat aber achthundert Kilometer Durchmesser an der Basis; daher beträgt seine Hangneigung durchschnittlich nur sechs Grad. Aber um seinen Fuß herum verläuft eine Böschung von etwa sieben Kilometern Höhe. Und diese eindrucksvolle Klippe, doppelt so hoch wie Echus Overlook, ist an vielen Stellen fast vertikal. Abschnitte davon hatten schon die wenigen Alpinisten des Planeten angezogen, aber noch niemandem war es gelungen, sie zu erklimmen; und für die meisten Bewohner des Mars blieb sie bloß ein Hindernis auf dem Weg zur Gipfelcaldera. Reisende auf dem Boden schafften den Weg auf die Böschung durch eine breite Rampe auf der Nordseite, wo einer der letzten Lavaströme über die Klippe gelaufen war. Areologen erzählten Geschichten darüber, wie das gewesen sein müsste – ein Strom aus geschmolzenem Fels von hundert Kilometern Breite, zu hell, um direkt hineinzusehen, der siebentausend Meter tief auf die schwarze von Lava verkrustete Ebene stürzte und sich immer höher und höher auftürmte. Dieser Lavastrom hatte eine Rampe hinterlassen, die nur eine leichte Kerbe an der Stelle hatte, wo die Böschung überflutet worden war. Der Anstieg war leicht, und danach brachte einen eine etwa zweihundert Kilometer lange Fahrt auf den Rand der Caldera.

Die Gipfelkante von Olympus Mons ist so breit und flach, dass man, obwohl sie einen hervorragenden Blick auf die

Caldera mit ihren vielen Ringen bietet, den Rest des Planeten nicht sehen kann. Wenn man nach außen blickt, sieht man nur den äußeren Rand der Kante und dann den Himmel. Aber auf der Südseite der Kante gibt es einen kleinen Meteoritenkrater, der keinen Namen hat, aber auf der Karte als THA-Zp bezeichnet wird. Das Innere dieses kleinen Kraters bietet etwas Schutz vor dem dünnen Strahlstrom, der über den Olympus Mons braust; und wenn jemand auf dem südlichen Teil des Kraterrandes steht, kann er endlich den Hang des Vulkans hinab und über die weite leicht ansteigende Ebene von West-Tharsis sehen. Es sieht aus, als schaute man von einer Plattform in einem extrem niederen Orbit auf den Planeten hinunter.

Es dauerte fast neun Monate, bis der Asteroid zum Mars gebracht worden war, und die Nachricht von Johns Feier hatte Zeit, die Runde zu machen. Sie kamen einzeln oder in Roverkarawanen, zu zweit, fünft und zehnt, die Nordrampe hoch und herum zum äußeren Südhang von Zp. Dort stellten sie große sichelförmige Zelte mit festen durchsichtigen Böden auf, die auf ebenso durchsichtigen Pfählen, die als Schleusen fungierten, zwei Meter über dem Grund ruhten. Sie waren das Allerneueste in Sachen temporäre Habitate und alle mit der Innenseite ihrer Bögen bergauf orientiert, sodass sie eine Reihe von Sicheln bildeten, die wie Treppenstufen übereinander lagen; wie Gewächshäuser auf einem Berghang, die die immense Weite einer bronzefarbenen Welt überblickten. Eine Woche lang trafen jeden Tag Karawanen ein, und Luftschiffe quälten sich den langen Abhang herauf und wurden im Innern von Zp vertäut. Sie füllten den Krater, bis sein Inneres wie eine Schüssel voller Luftballons aussah.

Die Größe der Menge überraschte John, da er erwartet hatte, dass nur ein paar Freunde zu einem so entlegenen Platz reisen würden. Das war ein weiterer Beweis seines Unvermögens, die derzeitige Bevölkerung des Planeten zu verstehen. Es waren um die tausend Personen versammelt – erstaunlich. Viele Gesichter hatte er schon früher gesehen, einige kannte er mit Namen. Es war also in gewisser Weise eine Versammlung von Freunden. Es war, als wäre eine Heimatstadt, die vorher nicht existiert hatte, plötzlich um ihn herum entstanden. Und es waren auch viele der Ersten Hundert gekommen, vierzig von ihnen, einschließlich Maya und Sax, Ann und Simon, Nadia und Arkady, Vlad und Ursula und der Rest der Acherongruppe, Spencer und Alex und Janet, Mary und Dmitry, Elena und die anderen der Phobosgruppe, Arnie, Sasha und Yeli und einige, die er seit zwanzig Jahren nicht mehr gesehen hatte – jeder, der ihm nahestand, außer Frank, der gesagt hatte, er hätte zu viel zu tun, und Phyllis, die auf die Einladung überhaupt nicht geantwortet hatte.

Aber es waren nicht bloß die Ersten Hundert. Viele der anderen waren auch gute Freunde – eine Menge Schweizer, einschließlich der Straßenbauer; Japaner von überall her; die meisten Russen des Planeten; seine Sufi-Freunde. Sie alle waren auf die terrassierten Zelte verteilt, in Gruppen von Karawanen und Luftschiffbesatzungen, die von Zeit zu Zeit an die Schleusen eilten, um neu Angekommene zu begrüßen.

Im Laufe der Tage wanderten viele draußen um die Zelte und sammelten loses Gestein von dem großen gekrümmten Abhang auf. Der Aufprall des Zp-Meteoriten hatte die Brekzienlava zertrümmert und überall verstreut, einschließlich Splitterkegeln aus Stishovit, die wie Tonscherben aussahen, manche mattschwarz, andere hell blutrot oder durchdrungen von Diamanten, die beim Aufprall entstanden waren. Eine Gruppe Areologen aus Griechenland begann, diese unter einem Zeltboden in einem Muster anzuordnen. Sie hatten einen kleinen

Brennofen mitgebracht, sodass sie einige Scherben gelb, grün oder blau glasieren konnten, um ihre Muster hervorzuheben. Diese Idee fand sofort Anklang, als andere Leute das Ergebnis sahen; und binnen zwei Tagen stand jeder Zeltboden über einem gemusterten Mosaik. Karten der Umgebung, des Planeten und kleinerer Gebiete, Bilder von Vögeln und Fischen, fraktale Abstrakte, Escher-Bilder, *Om mani padme hum* in tibetischer Kalligraphie, Gleichungen, Gesichter, Landschaften und so weiter.

John verbrachte seine Zeit damit, von Zelt zu Zelt zu wandern, mit Leuten zu reden und die Karnevalsatmosphäre zu genießen; eine Atmosphäre, die Diskussionen nicht ausschloss, es gab sogar eine Menge davon; aber die meisten Leute verbrachten die Zeit mit Partys, Plaudern, Trinken, Ausflügen auf die wellige Fläche der alten Lavaströme, dem Anfertigen von Mosaikböden und Tanzen zur Musik verschiedener Amateurbands. Die beste war eine mit Magnesiumtrommeln. Die Instrumente waren von hier, die Spieler aus Trinidad Tobago, einem Land, das mit den Transnationalen zusammenarbeitete, in dem es aber eine starke lokale Widerstandsbewegung gab, der auch die Musiker angehörten. Es gab auch eine Country-and-Western-Gruppe mit einem guten Slide-Guitar-Spieler und eine irische Band mit selbstgebauten Instrumenten und großer wechselnder Besetzung, was ihr gestattete, mehr oder weniger pausenlos zu spielen. Diese drei Kapellen waren alle von zahlreichen Tänzern umringt, und in den Zelten, in denen sie sich befanden, waren wirklich alle Bewegungen ganz in eine Art pulsierenden Tanz verwandelt. Wenn man von hier nach da wollte, wurde jeder Schritt automatisch durch die Schönheit und Vielfältigkeit der Musik beeinflusst wie durch die Gravitation und die atemberaubende Aussicht.

Es war also ein großes Fest, und John freute sich und feierte in jedem wachen Moment mit. Er brauchte weder Omegendorph noch Pandorph; und einmal, als Marian und die Leute von Senzeni Na ihn in eine Ecke drängten und anfingen, Tabletten zu verteilen, lachte er nur. Er sagte zu den jungen Hitzköpfen mit einer schwachen Handbewegung: »Mir ist jetzt nicht danach. Das hieße jetzt Eulen nach Athen tragen, wirklich!«

»Eulen nach Athen?«

»Er meint, als brächte man Permafrost nach Borealis.«

»Oder Kohlendioxid in die Atmosphäre.«

»Mehr Lava auf den Olympus Mons.«

»Mehr Salz in den verdammten Boden.«

»Mehr Eisenoxid über den ganzen verdammten Planeten!«

»Genau«, lachte John. »Ich bin so schon tiefrot.«

»Nicht so rot wie diese Leute«, sagte einer von ihnen und zeigte hinunter nach Westen. Eine Kette aus drei sandfarbenen Luftschiffen schwebte den Vulkanhang herauf. Sie waren klein, veraltet und reagierten nicht auf Funkanfragen. Als sie über den Rand von Zp gerutscht und zwischen den größeren und bunteren Schiffen im Krater verankert waren, warteten alle darauf, von den Menschen in der Schleuse zu erfahren, wer das sein könnte. Als ihre Gondeln aufgingen und zwanzig oder dreißig Personen in Schutzanzügen herauskamen, trat Stille ein. »Das ist Hiroko«, sagte Nadia plötzlich über die allgemeine Frequenz. Die Ersten Hundert begaben sich rasch zum höchsten Zelt und blickten nach oben zu der Röhre, die den Rand entlangverlief. Die neuen Besucher gingen hinab zur Zeltschleuse, waren hindurch, im Inneren – ja, es waren Hiroko, Michel, Evgenia, Iwao, Gene, Ellen, Rya, Raul und eine ganze Schar Jugendlicher.

Schreie und Rufe drangen durch die Luft, Menschen fielen sich in die Arme, einige weinten; und es gab eine Menge Vorwürfe. Als John endlich die Gelegenheit hatte, Hiroko an sich zu drücken, wollte er ihr auch Vorwürfe machen. All die Stunden im Rover, in denen er nachgedacht und sich so sehr gewünscht hatte, mit ihr sprechen zu können! Jetzt packte er sie bei den Schultern und schüttelte sie fast. Heiße Worte wollten ihm aus der Kehle strömen; aber ihr grinsendes Gesicht glich dem aus seiner Erinnerung so sehr, und war dennoch anders. Es war schmaler und faltiger, nicht Hirokos und doch eindeutig ihres. Ihr Gesicht verschwamm ihm vor den Augen zwischen dem, was er zu sehen erwartet hatte, und dem, was er jetzt sah. Er war durch diese halluzinatorische Undeutlichkeit (auch in seinen Gefühlen) so verwirrt, dass er nur sagte: »Oh, ich habe mir so gewünscht, mit dir reden zu können!«

»Und ich mit dir«, sagte sie, obwohl es bei dem allgemeinen Lärm kaum zu hören war. Nadia vermittelte zwischen Maya und Michel, denn Maya brüllte immer wieder: »Warum hast du es mir nicht gesagt?«, ehe sie in Tränen ausbrach. John wurde dadurch abgelenkt und sah dann über Hirokos Schulter Arkadys Gesicht mit einer Miene, die sagte: *Fragen werden später beantwortet;* und er verlor den Faden. Es würden manche harten Worte fallen – aber sie waren hier! Unten in den Zelten war der Geräuschpegel um zwanzig Dezibel gestiegen. Die Leute feierten ihre Wiedervereinigung.

Spät am Nachmittag versammelte John die Ersten Hundert, die jetzt knapp sechzig zählten. Sie kamen von selbst in dem höchsten Zelt zusammen und schauten über die weiter unten und das Land dahinter hinab.

Es war alles so viel größer als Underhill und die enge steinige Ebene darum herum. Alles hatte sich verändert. Die Welt und ihre Zivilisation waren viel größer und komplizierter geworden. Und dennoch standen sie jetzt hier, die so vertrauten

Gesichter verändert, gealtert. Die Zeit formte auch sie durch Erosion, als ob sie in geologischen Zeiträumen leben würden, und gab ihnen einen wissenden Ausdruck, als ob man die Wasserreservoire hinter ihren Augen erkennen könnte. Die meisten von ihnen waren jetzt um die siebzig. Und die Welt war in der Tat größer, schließlich war es jetzt durchaus möglich, dass sie einander noch viel länger altern sehen würden, wenn sie Glück hatten. Das war ein eigenartiges Gefühl.

So drängten sie sich durcheinander, schauten auf die Leute in den Zelten weiter unten und dahinter auf den bunt orangefarbenen Teppich des Planeten. Und die Konversationen gingen in raschen chaotischen Wellen hierhin und dorthin und überlagerten einander, sodass manchmal alle zugleich still waren und beisammenstanden, verwundert, betäubt oder breit grinsend wie Delphine. In den Zelten unten schauten die Leute gelegentlich durch die Plastikbögen zu ihnen herauf, um einen Blick auf dieses historische Treffen zu erhaschen.

Schließlich setzten sie sich in überall herumstehende Stühle und reichten Käse, Cracker und Rotweinflaschen herum. John lehnte sich zurück und schaute sich um. Arkady hatte einen Arm um Mayas Schultern gelegt, den anderen über die Nadias, und alle drei lachten über etwas, das Maya gesagt hatte. Sax zwinkerte vergnügt wie eine Eule, und Hiroko strahlte. John hatte diesen Gesichtsausdruck früher nie bei ihr gesehen. Es war ein Jammer, diese Hochstimmung trüben zu müssen, aber es würde nie wieder eine solche Gelegenheit geben, und die gute Laune würde zurückkehren. Also sagte er in einem stillem Moment laut und deutlich zu Sax: »Ich kann dir sagen, wer hinter der Sabotage steckt.«

Sax zwinkerte. »Ach ja?«

»Ja.« Er sah Hiroko an. »Hiroko, es sind deine Leute.«

Das ernüchterte sie, obwohl sie immer noch lächelte. Aber es war das zurückhaltende stille Lächeln von einst. »Nein, nein«, sagte sie sanft und schüttelte den Kopf. »Du weißt, dass ich das nicht tun würde.«

»Das habe ich auch nicht gemeint. Deine Leute tun es ohne dein Wissen. Deine Kinder. Sie arbeiten mit dem Cojoten zusammen.«

Ihre Augen verengten sich, und sie warf einen raschen Blick auf die Zelte unter ihnen.

Als sie John wieder anblickte, fuhr er fort: »Du hast sie erzeugt, nicht wahr? Einen Haufen deiner Eier befruchtet und sie in vitro wachsen lassen?«

Nach einer Pause nickte sie.

»Hiroko!«, rief Ann. »Du hattest keine Ahnung, wie gut dieses ektogene Verfahren funktioniert!«

»Wir haben es ausprobiert«, sagte Hiroko. »Die Kleinen haben sich sehr gut entwickelt.«

Jetzt schwieg die ganze Gruppe und beobachtete Hiroko und John. Der sagte: »Mag sein, aber manche von ihnen teilen deine Ansichten nicht. Sie handeln eigenmächtig, wie Kinder nun einmal sind. Sie haben Eckzähne aus Stein, richtig?«

Hiroko rümpfte die Nase. »Es sind Kronen. Eher Zahnzement als echter Stein. Eine alberne Mode.«

»Und eine Art Abzeichen. Draußen auf der Oberfläche gibt es Leute, die das aufgegriffen haben. Leute, die mit deinen Kindern in Kontakt stehen und ihnen bei der Sabotage helfen. Ich bin in Senzeni Na fast getötet worden. Mein Führer dort hatte einen steinernen Eckzahn. Es hat lange gedauert, bis ich mich erinnerte, wo ich das schon einmal gesehen hatte. Ich nehme an, es war Zufall, dass wir beide gleichzeitig da unten waren, als der Laster herunterfiel. Ich hatte meinen Besuch nicht angekündigt, deswegen nehme ich an, dass die ganze Sache geplant worden ist, ehe ich hinkam, und sie nicht wussten, wie man es aufhalten konnte. Okakura ist wahrscheinlich in dem Glauben, für ihre Sache wie ein Käfer zerquetscht zu werden, in das Mohole hinabgestiegen.«

Eine weitere Pause. Dann fragte Hiroko: »Bist du sicher?«

»Ziemlich. Es war lange verwirrend, weil sie nicht die Einzigen sind. Da wird mehr als ein Ding gedreht. Aber als ich den ersten steinernen Zahn gesehen hatte, wurde es mir klar; und ich fand heraus, dass ein ganzes Schiff von der Erde mit zahnärztlichem Gerät an Bord 2044 leer angekommen war. Ein ganzer Frachter ausgeraubt. Das brachte mich auf den Gedanken, auf der richtigen Spur zu sein. Und dann wurden die Sabotageakte an Orten und zu Zeiten verübt, an denen niemand, der im Netz war, es hätte tun können. Wie damals, als ich Mary bei dem Wasserlager von Margaritifer besuchte und einer der Bohrer explodierte. Es war klar, dass es niemand gewesen sein konnte, der dort stationiert war. Das war einfach unmöglich. Aber es ist eine sehr isolierte Station, und zu jener Zeit war sonst niemand in der Nähe. Also musste es jemand außerhalb des Netzes gewesen sein. Das brachte mich auf die Idee, dass du etwas damit zu tun haben könntest.«

Er zuckte entschuldigend die Schultern. »Wenn du es nachprüfst, wirst du feststellen, dass ungefähr die Hälfte der Sabotageakte einfach nicht von jemandem mit Netzzugang ausgeführt worden sein konnte. Und bei der anderen Hälfte wurde jemand mit einem Steinzahn in der Gegend bemerkt. Das ist inzwischen zwar eine recht weit verbreitete Mode, aber es fällt immer noch auf. Ich hatte immer noch dich im Verdacht und ließ meine KI eine Analyse machen, die zeigte, dass etwa zwei Drittel der Fälle in der unteren südlichen Hemisphäre passiert sind, oder innerhalb eines Kreises von dreitausend Kilometern Radius mit dem chaotischen Terrain am Ostende von

Marineris im Zentrum. In diesem Kreis liegen eine Menge Siedlungen; aber trotzdem schien mir, dass das Chaos ein logischer Platz wäre, wo sich Saboteure verstecken könnten. Und wir haben uns alle seit Jahren gedacht, dass ihr dorthin gegangen seid, nachdem ihr Underhill verlassen habt.«

Hirokos Gesicht blieb undurchdringlich. Schließlich sagte sie: »Ich werde dem nachgehen.«

»Gut.«

»John, du sagtest, dass mehr als ein Ding gedreht würde?«, fragte Sax.

John nickte. »Es ist nicht bloß Sabotage gewesen. Jemand hat versucht, mich zu töten.«

Sax blinzelte, und die anderen machten schockierte Gesichter. John fuhr fort: »Zuerst dachte ich, es wären die Saboteure, die versuchten, weitere Nachforschungen zu verhindern. Das ergab Sinn, und der erste Zwischenfall war auch ein Sabotageakt, sodass ich leicht getäuscht werden konnte. Aber inzwischen bin ich mir sicher, dass es damals ein Irrtum gewesen war. Die Saboteure waren nicht daran interessiert, mich zu töten. Sie hätten es tun können, ließen es aber. Eines Nachts hat mich eine Gruppe von ihnen aufgehalten, einschließlich deines Sohnes Kasei, Hiroko, und des Cojoten, von dem ich annehme, dass er derselbe blinde Passagier ist, den du auf der *Ares* versteckt hattest ...«

Das provozierte einen kollektiven Aufschrei. Offenbar hatten mehrere von ihnen einen Verdacht hinsichtlich eines blinden Passagiers gehabt. Maya sprang auf, deutete mit einer dramatischen Geste auf Hiroko und schrie laut. John brüllte sie alle nieder und sprach weiter. »Ihr Besuch war der beste Beweis meiner Theorie über die Sabotagefälle, weil es mir gelang, einige Hautzellen von einem von ihnen zu bekommen. Und ich konnte seine DNS analysieren und mit anderen Proben vergleichen lassen, die an einigen Tatorten gefunden worden waren. Diese Person war dort gewesen. Also waren meine nächtlichen Besucher die Saboteure, versuchten aber offenbar nicht, mich zu töten. Aber in Hellas Low Point wurde ich von zwei Männern angegriffen und mein Schutzanzug aufgeschnitten.«

Wieder riefen alle durcheinander. »Das war die erste geplante Attacke auf mich«, fuhr John fort, »und sie kam ziemlich bald, nachdem ich in Pavonis gewesen bin und mit Phyllis und einer Gruppe transnationaler Typen über die Internationalisierung des Aufzugs und so weiter gesprochen hatte.«

Arkady lachte, aber John ignorierte ihn und fuhr fort: »Danach wurde ich mehrfach durch UNOMA-Ermittler belästigt, denen Helmut gestattet hatte herzukommen. Das geschah auf Druck seitens derselben Transnationalen. Und ich fand heraus, dass die meisten dieser Leute für Armscor oder Subarashii auf der Erde gearbeitet hatten und nicht für das FBI, wie sie mir erzählten. Das sind die Transnationalen, die am meisten in das Aufzugsprojekt und die Ausbeutung des Großen Steilhangs investiert haben. Und jetzt haben sie ihre eigenen Sicherheitsleute überall eingesetzt und dieses mobile Team sogenannter Ermittler. Und dann, kurz vor dem Ende des Großen Sturms, haben einige dieser Agenten versucht, mich des Mordes anzuklagen, der in Underhill passiert ist. Jawohl, das haben sie versucht! Das hat nicht geklappt, und ich kann nicht zweifelsfrei beweisen, dass sie es waren, aber ich habe zwei von ihnen an der Sache arbeiten sehen. Und ich denke, dass sie diesen Mann nur getötet haben, um mich in Schwierigkeiten zu bringen. Um mich aus dem Weg zu schaffen.«

»Das solltest du Helmut erzählen«, sagte Nadia. »Wenn wir eine einheitliche Front bilden und darauf bestehen, dass diese

Leute zur Erde zurückgeschickt werden, kann er sich uns nicht widersetzen.«

»Ich weiß nicht, wie viel Macht Helmut überhaupt noch hat«, erwiderte John. »Aber es wäre einen Versuch wert. Ich möchte, dass diese Leute vom Mars verschwinden. Und besonders die zwei, die ich von dem Sicherheitssystem in Senzeni Na habe aufzeichnen lassen, als sie in der Robot-Lagerhalle die beiden Reinigungsroboter manipulierten, ehe ich dasselbe tat. Der Indizienbeweis gegen sie ist stark genug.«

Die anderen wussten nicht recht, was sie damit anfangen sollten, aber es stellte sich heraus, dass einige von ihnen auch von anderen UNOMA-Teams belästigt worden waren – Arkady, Alex, Spencer, Vlad und Ursula, sogar Sax –, und sie stimmten rasch zu, dass es eine gute Idee wäre, die Agenten deportieren zu lassen. »Zumindest diese zwei Kerle sollten ausgewiesen werden«, forderte Maya energisch.

Sax drückte eine Taste an seinem Handgelenkscomputer und rief Helmut gleich auf der Stelle an. Er legte ihm die Situation dar, und die aufgebrachte Gruppe mischte sich ab und zu lautstark ein. Vlad erklärte: »Wir werden das der Presse der Erde zuspielen, wenn du nichts dagegen tust!«

Helmut runzelte die Stirn und sagte nach einer Pause: »Ich werde mich darum kümmern. Die Agenten, über die ihr euch besonders beschwert, werden abgelöst und nach Hause geschickt.«

»Lass ihre DNS überprüfen, ehe du sie ziehen lässt!«, sagte John. »Der Mörder ist bestimmt dabei, da bin ich mir sicher.«

»Machen wir«, sagte Helmut nachdrücklich.

Sax trennte die Verbindung, und John sah wieder seine Freunde an. Er sagte: »Okay. Aber es wird mehr nötig sein als ein Anruf bei Helmut, um alle Veränderungen durchzusetzen, die wir brauchen. Die Zeit ist gekommen, in einer ganzen Reihe

Angelegenheiten wieder einheitlich zu handeln, wenn wir wollen, dass der Marsvertrag bestehen bleibt. Das ist das Mindeste, versteht ihr? Ein Ausgangspunkt für das Übrige. Wir müssen eine geschlossene politische Einheit bilden, ungeachtet aller Meinungsverschiedenheiten.«

»Was wir tun, wird keine Rolle spielen«, widersprach Sax sanft. Er wurde aber sofort von den anderen niedergeredet.

John schrie, um sich wieder Gehör zu verschaffen: »Es wird sehr wohl eine Rolle spielen! Wir haben ebenso die Chance mitzubestimmen, was hier geschehen soll, wie alle anderen.«

Sax schüttelte den Kopf, aber der Rest hörte auf John und schien ihm zuzustimmen: Arkady, Ann, Maya, Vlad – jeder aus seiner eigenen Perspektive ... Sie konnten es schaffen; das sah John in ihren Gesichtern. Nur Hirokos konnte er nicht deuten. Ihre Miene war ausdruckslos, verschlossen. Sie war John gegenüber immer so gewesen, aber plötzlich verursachte ihm die Erinnerung daran jäh Schmerzen. Es tat weh, und er war frustriert.

Er stand auf und deutete nach draußen. Es war kurz vor Sonnenuntergang, und die riesige gekrümmte Fläche des Planeten war ein endloses Muster von Schatten. »Hiroko, kann ich mit dir unter vier Augen reden? Wir können in das Zelt da unten gehen. Ich habe bloß ein paar Fragen; und dann kommen wir wieder zurück.«

Die anderen starrten sie neugierig an. Unter diesem Blick nickte Hiroko schließlich und ging John voraus zu der Röhre, die in das nächste Zelt führte.

Sie standen am spitzen Ende der Sichel dieses Zeltes, unter den Blicken der Freunde oben und der zufälligen Beobachter unten. Das Zelt war größtenteils leer. Man achtete die Privatsphäre der Ersten Hundert, indem man diese Lücke ließ.

Hiroko fragte: »Hast du Vorschläge, wie ich die Saboteure identifizieren kann?«

»Du könntest mit dem Jungen namens Kasei anfangen«, sagte John. »Dem, der von dir und mir abstammt.«

Sie wich seinem Blick aus.

John beugte sich vor zu ihr. Er wurde wütend. »Ich nehme an, du hast Kinder von jedem Mann der Ersten Hundert?«

Hiroko wandte ihm den Kopf zu und zuckte ganz leicht die Schultern. »Wir haben uns aus den Proben bedient, die jeder abgegeben hat. Die Mütter sind alle Frauen in der Gruppe und die Väter alle Männer.«

»Was hat dir das Recht gegeben, das ohne unsere Erlaubnis zu tun?«, fragte John. »Unsere Kinder zu machen, ohne uns zu fragen, wegzulaufen und sich zu verstecken? Warum? Warum?«

Hiroko erwiderte seinen Blick ruhig. »Wir haben eine Vision davon, wie das Leben auf dem Mars sein sollte. Wir konnten sehen, dass es nicht so werden würde. Wir haben durch das, was inzwischen geschehen ist, recht bekommen. Also wollten wir unser eigenes Leben aufbauen …«

»Aber siehst du nicht, wie *selbstsüchtig* das ist? Wir *alle* hatten eine Vision, wir *alle* wollten, dass es anders läuft, und wir haben so hart dafür gearbeitet, wie wir konnten. Und während dieser ganzen Zeit warst du verschwunden, um eine kleine Scheinwelt nur für deine kleine Gruppe zu schaffen! Ich meine, wir hätten eure Hilfe brauchen können! Ich wollte so oft mit dir sprechen. Jetzt haben wir ein Kind zusammen, eine Mischung aus dir und mir, und du hast seit zwanzig Jahren nicht mit mir geredet!«

Hiroko sagte ruhig: »Wir hatten nicht vor, selbstsüchtig zu sein. Wir wollten den Versuch machen. Durch ein Experiment zeigen, wie wir hier leben können. Wenn du von einem neuen

Leben sprichst, muss jemand zeigen, was du meinst, John Boone. Es muss jemand dieses Leben führen.«

»Aber wenn ihr das im Geheimen tut, kann es doch keiner sehen!«

»Wir hatten nie vor, für immer versteckt zu bleiben. Die Lage hat sich verschlechtert, deswegen sind wir im Untergrund geblieben. Aber jetzt sind wir hier. Und wenn man uns braucht, wenn wir helfen können, werden wir wieder auftauchen.«

»Ihr werdet jeden Tag gebraucht«, sagte John leise. »So funktioniert nun einmal das soziale Leben. Du hast einen Fehler gemacht, Hiroko. Denn während ihr euch versteckt hattet, haben sich die Chancen dafür, dass der Mars unabhängig bleibt, verschlechtert; und viele Leute haben an diesem Niedergang mitgewirkt, darunter auch einige der Ersten Hundert. Und was hast du getan, um sie aufzuhalten?«

Hiroko sagte nichts. John fuhr fort: »Ich nehme an, dass du heimlich Sax geholfen hast. Ich habe eine deiner Mitteilungen an ihn gesehen. Aber das ist auch etwas, mit dem ich ganz und gar nicht einverstanden bin: einigen von uns helfen, anderen aber nicht.«

»Wir alle tun das«, sagte Hiroko, sah aber verlegen drein.

»Habt ihr in eurer Kolonie die gerontologischen Behandlungen erhalten?«

»Ja.«

»Von Sax?«

»Ja.«

»Wissen eure Kinder, wer ihre Eltern sind?«

»Ja.«

John schüttelte den Kopf. Er war mehr als wütend. »Ich kann einfach nicht glauben, dass du zu so etwas imstande warst.«

»Uns interessiert nicht, was du glaubst, John.«

»Offensichtlich nicht. Aber machte es dir wirklich gar nichts aus, unsere Gene zu stehlen und durch uns Kinder zu machen ohne unser Wissen oder Einverständnis? Sie aufzuziehen, ohne uns daran zu beteiligen, ohne uns ihre Kindheit miterleben zu lassen?«

Sie zuckte die Achseln. »Du kannst selbst Kinder haben, wenn du willst. Was unsere angeht, tja. War irgendwer von euch vor zwanzig Jahren daran interessiert, Kinder zu haben? Nein. Davon ist nie die Rede gewesen.«

»Wir waren zu alt!«

»Wir waren nicht zu alt. Wir wollten nicht daran denken. Weißt du, meistens ist Ignoranz gewollt, und deswegen verrät sie, woran dem Menschen wirklich gelegen ist. Ihr wolltet keine Kinder, deswegen wusstet ihr nichts über späte Geburten. Aber wir wollten und lernten die Techniken. Und wenn du die Resultate siehst, wirst du erkennen, dass es eine gute Idee war. Ich denke, ihr alle werdet uns danken. Was habt ihr schließlich verloren? Diese Kinder sind unsere. Aber sie haben eine genetische Verbindung mit euch, und von jetzt an werden sie sozusagen als ein unerwartetes Geschenk für euch existieren. Als ein ganz außergewöhnliches Geschenk.« Ihr Mona-Lisa-Lächeln blitzte auf und verschwand sofort wieder.

Das Konzept des Geschenkes. John machte eine Pause, um nachzudenken. Endlich sagte er: »Gut. Ich denke, wir werden uns darüber noch lange unterhalten müssen.«

Dämmerung hatte die Atmosphäre unter ihnen zu einem schwarz-purpurnen Band gemacht, das wie eine samtene Kante um die schwarze, von Sternen getüpfelte Schüssel lief, die über ihren Köpfen erschienen war. In den Zelten unten sangen sie, angeführt von den Sufis: »Harmakhis, Mangala, Nirgal, Auqakuh; Harmakhis, Mangala, Nirgal, Auqakuh«, immer wieder, und von Zeit zu Zeit fügten sie andere Namen für den Mars hinzu. Sie ermutigten die anwesenden Bands, Instrumentalbegleitungen aller Art hinzuzufügen, bis jedes Zelt von diesem Gesang erfüllt war, den alle zusammen sangen. Dann begannen die Sufis ihren Drehtanz, und kleine Gruppen von Tänzern wirbelten durch die Mengen.

»Wirst du wenigstens mit mir in Kontakt bleiben?«, fragte John Hiroko eindringlich. »Versprichst du mir das?«

»Ja.«

Sie begaben sich wieder in das obere Zelt, und die Gruppe ging gemeinsam nach unten zu der allgemeinen Party. John näherte sich langsam den Sufis und versuchte die Drehungen, die er von ihnen auf ihrer Mesa gelernt hatte. Die Leute jubelten und fingen ihn auf, wenn er außer Kontrolle geriet und in die Zuschauer wirbelte. Nach einem Sturz half ihm der schmalgesichtige Mann mit Dreadlocks, der den mitternächtlichen Besuch seines Rovers angeführt hatte, auf die Füße.

»Cojote!«, rief John aus.

»Ja«, sagte der Mann, und seine Stimme ließ John einen elektrischen Schauer den Rücken hinunterrieseln. »Kein Grund zur Besorgnis.«

Er bot John eine Flasche an. Nach kurzem Zögern nahm John sie und trank. Wer nicht wagt, der nicht gewinnt, dachte er. Anscheinend Tequila. »Du bist der Cojote!«, brüllte er über die Musik der Magnesiumtrommelband.

Der Mann grinste breit und nickte einmal, nahm die Flasche und trank.

»Ist Kasei bei euch?«

»Nein. Er mag diesen Meteoriten nicht.« Und dann entfernte sich der Mann mit einem freundlichen Klaps auf den Arm in die wirbelnde Menge. Er blickte noch über die Schulter zurück und rief: »Viel Spaß!«

John sah ihn unter den Gesichtern in der Menge verschwinden und fühlte den Tequila in seinem Magen brennen. Die Sufis, Hiroko, jetzt Cojote. Das war ein gesegnetes Zusammentreffen. Er erblickte Maya, lief zu ihr hinüber und legte einen Arm um ihre Schulter. Sie wanderten durch die Zelte und die Verbindungstunnel, und die Leute prosteten ihnen zu, wenn sie vorbeikamen. Die halbstarren Fußböden der Zelte bewegten sich leicht auf und ab.

Der Countdown zeigte noch zwei Minuten, und viele Leute stiegen zu den oberen Zelten empor und drängten sich gegen die durchsichtigen Wände der nach Süden gerichteten Bögen. Der Eisasteroid würde wahrscheinlich in einem einzigen Umlauf verglühen, weil seine Eintrittsbahn so steil war. Ein Objekt, ein Viertel der Größe Phobos', verdampfte und zerfiel, wenn es heißer wurde, binnen Minuten in Sauerstoff- und Wasserstoffmoleküle. Niemand konnte sich vorstellen, wie das aussehen würde.

Sie standen da und warteten. Manche sangen noch die Melodie der Marsnamen. Immer mehr stimmten in das Ende des Countdowns ein. Als sie bei den letzten zehn Sekunden waren, brüllten sie die rückläufige Zahlenfolge aus Leibeskräften. Es klang wie der Urschrei eines Astronauten! Dann kam »null!«, und während dreier atemloser Sekunden geschah nichts. Dann schoss eine weiße Kugel mit einer Schleppe aus weißem Feuer über dem Südwesthorizont empor, so groß wie der Komet im Teppich von Bayeux und heller als alle Monde, Spiegel und Sterne. Brennendes Eis blutete über den Himmel, weiß auf schwarz, schnell und niedrig vorbeirasend, so niedrig, dass es nicht viel höher war, als sie sich auf Olympus befanden, so niedrig, dass sie sehen konnten, wie weiße Brocken durch den Schweif brachen und wie riesige Funken abfielen. Dann zerbarst der ganze Asteroid in Stücke, und glühende

Blitze zuckten nach Osten und zerstreuten sich wie Schrot. Plötzlich erzitterten die Sterne. Der erste Überschallknall traf die Zelte und rüttelte sie durch. Ein zweiter Knall folgte, und die Phosphorstücke wirbelten einen Moment lang durcheinander, ehe sie vom Himmel heruntertorkelten und hinter dem Südosthorizont verschwanden. Ihre Feuerdrachenschwänze folgten ihnen in den Mars hinein und verschwanden auch. Plötzlich war es wieder dunkel, und der Nachthimmel stand wie immer über ihnen, als wäre nichts geschehen. Nur dass die Sterne flimmerten.

Das ganze Spektakel hatte nicht länger als drei oder vier Minuten gedauert. Die Feiernden waren bei dem Anblick still geworden, aber viele hatten unwillkürlich beim Auseinanderbrechen und beim Eintreffen der beiden Überschallknalle gejubelt wie bei einem Feuerwerk. Jetzt in der alten Dunkelheit war die Stille umfassend, alle standen wie festgewachsen da. Was sollte man nach so einem Schauspiel auch tun?

Hiroko bahnte sich ihren Weg durch die Zelte bis zu dem, in dem John, Maya, Nadia und Arkady beisammenstanden. Unterwegs rezitierte sie in einem ruhigen Ton, der trotzdem durch jedes Zelt hallte, das sie passierte: »Al-Qahira, Ares, Auqakuh, Bahram. Harmakhis, Hrad, Huo Hsing, Kasei. Ma'adim, Maja, Mamers, Mangala, Mawrth, Nirgal, Shalbatana, Simud und Tiu.« Sie ging durch die Menge direkt zu John, blieb vor ihm stehen und ergriff seine rechte Hand, zog sie in die Höhe und rief: »John Boone! John Boone!«

Und dann jubelten alle und schrien: »Boone! Boone! Boone!« Andere riefen: »Mars! Mars! Mars!«

Johns Gesicht erglühte wie vorhin der Meteorit, und er fühlte sich benommen, als ob ihm ein Stück davon auf den Kopf gefallen wäre. Seine alten Freunde lachten ihn an, und Arkady schrie mit schlecht nachgemachtem amerikanischem Akzent: »Eine Rede! Eine Reeeede!«

Andere fielen mit ein. Erst nach einiger Zeit ebbte der Lärm ab, und sie sahen ihn erwartungsvoll an. Beim Anblick seiner erstaunten Miene fingen sie an zu lachen. Hiroko ließ seine Hand los, doch er nahm sie nicht herunter, sondern hob auch die andere Hand hilflos hoch und hielt beide mit offenen Handflächen über den Kopf.

Er rief: »Freunde, was soll ich sagen? Das ist das Ding an sich. Dafür gibt es keine Worte. Worte dafür müssen erst noch gefunden werden.«

Aber sein Blut war von Adrenalin aufgeputscht, von Tequila, Omegendorph und Glück; und ohne es zu wollen, strömten die Worte einfach aus ihm heraus: »Hey, wir sind auf dem Mars!« (Gelächter.) »Das ist unser Geschenk, und es ist ein großes Geschenk; der Grund, weshalb wir alle unsere Kraft dafür einsetzen müssen, den Kreislauf in Gang zu halten. Es ist wie bei der Öko-Ökonomie, wo das, was man von dem System nimmt, durch das, was man ihm gibt, ausgeglichen werden muss. Ausgeglichen oder übertroffen, um jenen antientropischen Aufschwung zu erzeugen, der jedes schöpferische Leben kennzeichnet und besonders diesen Schritt auf einer neuen Welt, diesen Ort, der weder Natur noch Kultur ist, die Umwandlung eines Planeten in eine Welt und dann in eine Heimat. Wir wissen alle, dass unterschiedliche Leute unterschiedliche Gründe dafür haben, hier zu sein; und ebenso wichtig ist, dass die Leute, die uns geschickt haben, auch unterschiedliche Gründe dafür hatten; aber jetzt erst beginnen wir, die durch solche Differenzen verursachten Konflikte zu sehen. Am Horizont brauen sich Stürme zusammen, Ärger kommt wie der Asteroid auf uns zu, und manches wird nicht einfach über unsere Köpfe streifen wie dieser weiße Feuerball eben, sondern uns voll treffen.« (Beifall.) »Es kann schlimm kommen, bisweilen sicher ziemlich schlimm. Darum müssen wir im Kopf behalten, dass so, wie dieser Asteroid die Atmosphäre bereichert, sie verdichtet und Sauerstoff als Elixier in die Giftbrühe außerhalb unserer Zelte gebracht hat, die heraufdämmernden menschlichen Konflikte ebenso wirken könnten, indem sie den Permafrost an unserer sozialen Basis schmelzen, alle diese erstarrten Institutionen wegtauen und uns der Notwendigkeit, kreativ zu werden, aussetzt, dem Imperativ, eine neue soziale Ordnung zu schaffen, die rein marsianisch ist, so marsianisch wie Hiroko Ai, unsere Persephone, die jetzt aus dem Regolith zurückgekehrt ist, um den Beginn dieses Tauwetters zu verkünden!« (Hochrufe.)

»Ich habe immer gesagt, dass wir alles von Grund auf neu erfinden müssten; aber in den letzten Jahren, in denen ich umhergereist bin und euch alle kennengelernt habe, ist mir klar geworden, dass das falsch war. Es ist nicht so, als hätten wir überhaupt nichts und seien gezwungen, wie Götter alles aus dem Nichts zu gestalten. Man könnte sagen, wir haben die Gene, oder, wie Vlad es ausdrückt, die Meme, kulturelle Gene sozusagen. Das hier ist wie Genmanipulation. Wir besitzen die DNS-Stücke der Kultur, die alle von der Geschichte gebildet, zerbrochen und gemischt wurden; und wir können auswählen, verknüpfen und zuschneiden, so wie die Schweizer ihre Verfassung gemacht haben oder die Sufis ihren Ritus oder die Methode, nach der die Acherongruppe ihre jüngsten schnellen Flechten erzeugt haben – ein Stück hiervon, ein Stück davon, was immer passend ist. Dabei beachten wir die Sieben-Generationen-Regel, nach der man sieben Generationen zurück und sieben Generationen voraus denken muss, sieben mal sieben, wenn ihr mich fragt; denn jetzt reden wir davon, unser Leben um Jahrzehnte zu verlängern. Wir wissen noch nicht, wie uns das beeinflusst, aber es ist sicher, dass Altruismus und Eigeninteresse enger miteinander verbunden sein werden als jemals zuvor. Aber wir müssen immer noch an das Leben unserer Kinder, Kindeskinder und so fort denken. Wir müssen so handeln, dass sie ebenso viele, hoffentlich noch mehr Chancen erhalten, damit sie die Sonnenenergie auf immer genialere Weise so lenken können, dass der Fluss der Entropie in diesem kleinen Abschnitt des universellen Stroms umgekehrt wird. Ich weiß, dass das eine schrecklich allgemeine Formulierung ist, wo dieser Vertrag, der unser Leben hier regelt, so bald schon zur Erneuerung ansteht; aber uns muss klar sein, dass das, was kommt, nicht bloß ein Vertrag ist, sondern eher ein Verfassungskongress, weil wir es hier mit dem Genom unserer sozialen Organisation zu tun haben – du kannst dies tun, du darfst das nicht tun; du musst das machen, essen oder geben. Wir haben nach einem Regelkatalog gelebt, der für ein leeres Land eingeführt worden war, dem so zerbrechlichen und idealistischen Antarktisvertrag, der den kalten Kontinent so lange vor Eindringlingen bewahrt hat, praktisch bis vor zehn Jahren, als er zerstückelt wurde. Das ist ein Vorgeschmack darauf, was uns hier bevorsteht. Der Marsvertrag wird bereits verletzt. Eine Änderung der Regeln macht uns zu einem Wirtsorganismus, der langsam von Parasiten aufgefressen wird; von der alten feudalen parasitären Gier der Könige und ihren Henkern. Dieses System, das wir die transnationale Weltordnung nennen, ist reiner anti-ökologischer Feudalismus, der eine fluktuierende internationale Elite bereichert und alle anderen immer ärmer macht. Aber die sogenannte Elite ist in Wirklichkeit auch arm. Sie ist bar jeder echten humanen Tätigkeit und daher auch bar jeder echten humanen Leistung und Bildung, parasitisch im ganz eigentlichen Sinne und doch auch so mächtig, wie Parasiten, die die Kontrolle übernommen haben, nur sein können. Sie entziehen die Gaben menschlicher Tätigkeit den rechtmäßigen Empfängern, den sieben Generationen, und während sie sich so ernähren, stärken sie die repressiven Kräfte, denen sie ihre Machtposition verdanken.« (Beifall.)

»Also, Freunde, geht es hier um Demokratie gegen Kapitalismus; und wir hier draußen auf dem einsamen Grenzposten der menschlichen Zivilisation haben vielleicht eine bessere Ausgangsposition als alle anderen, um dies zu erkennen und diese globale Schlacht zu schlagen. Hier gibt es unbewohntes Land, hier gibt es seltene und nicht erneuerbare Ressourcen, und wir werden in den Kampf hineingezogen und können uns ihm nicht entziehen. Es geht um uns, und unser Schicksal ist an das der gesamten Menschheit geknüpft. Und weil das so ist, sollten wir uns lieber für das Allgemeinwohl zusammentun, für den Mars, für uns und für alle Völker auf der Erde und für die sieben Generationen. Es wird hart sein und Jahre dauern, aber je stärker wir sind, desto besser sind unsere Chancen. Und darum bin ich so glücklich, diesen brennenden Asteroiden die Matrix des Lebens in unsere Welt pumpen zu sehen. Darum bin ich so glücklich, euch alle hier beisammen zu sehen, um das zu feiern, ein repräsentativer Kongress von allem, das ich auf dieser Welt liebe. Aber ich denke, dass die Trommler unbedingt weiterspielen wollen, nicht wahr?« (Zustimmende Rufe) »Warum fangt ihr also nicht an, und wir werden bis zur Morgendämmerung tanzen und uns dann in alle Winde zerstreuen, die Hänge dieses großen Berges hinab, um das Geschenk überallhin zu bringen.«

Wilder Applaus. Die Magnesiumtrommelband nahm ihn in ihre Staccato-Rhythmen auf, und die Menge geriet wieder in Bewegung.

Die Party dauerte die ganze Nacht. John wanderte von Zelt zu Zelt, schüttelte Hände und umarmte Leute. »Danke, danke,

danke! Ich weiß nicht, ich erinnere mich nicht an das, was ich gesagt habe. Aber das hier habe ich die ganze Zeit gemeint, genau das.«

Seine alten Freunde lachten ihm zu. Sax, Kaffee trinkend und höchst entspannt, sagte zu ihm: »Ist das nicht Synkretismus? Sehr interessant, sehr gut formuliert«, mit einem ganz feinen Lächeln. Maya gab ihm einen Kuss, Vlad, Ursula und Nadia auch. Arkady hob ihn hoch und wirbelte ihn mit lautem Gebrüll in der Luft herum, gab ihm einen Kuss auf beide Wangen und rief: »He, John, könntest du das bitte noch einmal wiederholen?« Er johlte: »Du erstaunst mich immer wieder!« Und Hiroko lächelte ihr leises Lächeln, während Michel und Iwao neben ihr John angrinsten …

Michel sagte: »Ich denke, das ist es, was Maslow mit dem Ausdruck ›peak-experience‹ gemeint hat.« Iwao stöhnte auf und stieß ihm den Ellbogen in die Seite. Hiroko berührte John mit dem Zeigefinger am Arm, als ob sie einen gewissen beseelenden Kontakt herstellen, eine Macht oder eine Gabe übertragen wollte.

Am nächsten Tag räumten sie auf, verpackten die Reste der Party und ließen nur die Fliesenterrassen zurück, die wie Fransen einer Emailkette an der Seite des alten schwarzen Vulkans drapiert waren. Sie sagten Lebewohl zu den Besatzungen der Luftschiffe, die vom Hang hinunterglitten wie Ballone, die einer Kinderhand entglitten waren. Die sandfarbenen der verborgenen Kolonie waren bald nicht mehr zu erkennen.

Ehe John mit Maya in seinen Rover stieg, verabschiedeten sie sich von den anderen, und sie fuhren Olympus Mons in einer Roverkolonne hinunter, zusammen mit Arkady und Nadia, Ann und Simon und ihrem Sohn Peter. John wiederholte an diesem Tag oft: »Wir müssen mit Helmut reden und die UN dazu bringen, uns als Sprecher für die Gesamtheit der lokalen Bevölkerung zu akzeptieren. Und wir müssen der UN einen Entwurf des revidierten Vertrages vorlegen. An L_s = neunzig soll ich zu einer Einweihungsfeier für ein neues Zelthabitat auf Ost-Tharsis. Helmut wird wahrscheinlich auch dort sein. Vielleicht könnten wir uns dann treffen?«

Nur wenige von ihnen konnten es einrichten, aber sie wurden vom Rest als Delegierte akzeptiert, und man stimmte dem Plan zu. Danach sprachen sie über den möglichen Inhalt des Vertragsentwurfs und führten Funkgespräche mit allen Karawanen und Luftschiffen. Am nächsten Tag kamen sie über die Rampe zur nördlichen Böschung und fuhren an deren Fuß in verschiedene Richtungen davon. »Das war eine tolle Party!«, sagte John über Funk der Reihe nach zu allen. »Wir sehen uns auf der nächsten!«

Die Sufis rollten an ihnen vorbei. Sie winkten aus den Fenstern und sagten per Funk Lebewohl. John erkannte die Stimme der alten Frau, die sich nach seinem Tanz im Sturm um ihn gekümmert hatte. Als sie seiner Karawane zuwinkte, rief sie über Funk:

»Ob in dieser oder jener Welt, deine Liebe wird uns am Ende führen.«

SECHSTER TEIL

WAFFEN UNTER DEM TISCH

An dem Tag, als John Boone ermordet wurde, *waren wir in Ost-Elysium, und dieser Meteoritenschauer regnete auf uns herab. Es waren etwa dreißig Streifen am Himmel, und alle schwarz. Ich weiß nicht, woraus diese Meteoriten bestanden, aber sie brannten schwarz, nicht weiß. Wie Rauch aus abstürzenden Flugzeugen, aber geradlinig und schnell wie der Blitz. Es war ein so ungewöhnlicher Anblick, dass alle aufblickten. Wir hatten die Nachricht noch nicht gehört, aber später rechneten wir zurück und stellten fest, dass es um die gleiche Zeit geschehen war.*

Wir waren unten in Hellas in Lakefront, und der Himmel wurde schwarz, und ein plötzlicher Wind peitschte über den See und blies jede Verbindungsröhre in der Stadt weg. Und dann hörten wir davon.

Wir waren in Senzeni Na, wo er viel gearbeitet hat, und es wurde Nacht, und Blitze fingen an, auf uns einzuhämmern. Gigantische Blitzkeulen schossen direkt in das Mohole hinein. Niemand glaubte seinen Augen, und es war so laut, dass alle kurz taub wurden. Es gab ein Bild von ihm an der Wand unten in den Arbeiterquartieren in einer Suite, und ein Blitz traf das Fenster des zentralen Platzes, und jeder war eine Sekunde lang geblendet. Und als wir wieder etwas sehen konnten, war das Glas vor dem Bild gesprungen und der Rahmen zerbrochen, und es rauchte. Und dann bekamen wir die Nachricht.

Wir waren in Carr und konnten es nicht glauben. Alle der Ersten Hundert hier weinten. Er war wohl der Einzige in dem ganzen Haufen gewesen, den alle gern gehabt hatten. Wenn die eine Hälfte von ihnen getötet werden würde, würde die andere Hälfte jubeln. Arkady war von Sinnen. Er weinte stundenlang; und das war so schrecklich, weil es ihm gar nicht ähnlich sah. Nadia bemühte sich, ihn zu trösten, sie sagte immer wieder: Schon gut! Schon gut!, und Arkady antwortete: Nein, gar nichts ist gut! Er brüllte, warf mit Gegenständen und sank dann wieder in Nadias Arme. Auch Nadia war erschüttert. Und dann lief er aus seinem Zimmer und kam mit einer kleinen Box, einem Fernzünder wieder zurück. Er gab ihn ihr, aber als er ihr erklärte, was das war, wurde Nadia richtig wütend auf uns alle und schrie: Warum würdest du je so etwas tun wollen? Und Arkady brüllte: Wie, warum? Wegen John! Sie haben ihn umgebracht! Wer von uns wird der Nächste sein? Sie würden uns alle umbringen, wenn sie könnten! Und Nadia versuchte, ihm den Zünder wieder zurückzugeben, aber er wurde immer aufgebrachter und bettelte sie an: Bitte, Nadia, bitte, nur für den Fall, bitte, bis sie ihn schließlich behielt, nur um ihn zu beruhigen. Ich habe noch nie so etwas gesehen.

Wir waren in Underhill, und der Strom fiel aus; und als er wiederkam, waren alle Pflanzen in der Farm gefroren. Die Beleuchtung und die Wärme kamen wieder, und alle Pflanzen begannen zu verwelken. Wir saßen die ganze Nacht herum und erzählten uns Geschichten über ihn. Ich erinnere mich gut daran, wie es war, als er in den zwanziger Jahren als Erster landete. Das taten viele von uns. Ich war damals nur ein kleines Kind; aber ich weiß noch, dass jeder bei seinen ersten Worten lachte. Ich hielt sie für lustig, weiß aber noch, dass ich sehr überrascht war, dass auch die Erwachsenen lachten. Alle amüsierten sich köstlich. Ich glaube, alle verliebten sich in diesem Moment in ihn. Ich meine, wie konnte man jemanden nicht gern haben, der als erster Mensch einen anderen Planeten betrat und sagte: »Nun, da wären wir.« Man musste ihn einfach mögen.

Oh, ich weiß nicht. Ich habe einmal gesehen, wie er einen Mann angriff. Das war im Burroughs-Zug, und er war in unserem Wagen und offenbar angeheitert. Und dann war da diese hässliche Frau mit einer großen Nase und ohne Kinn, und als sie zur Toilette ging, sagte ein Typ: »Mein Gott, was für eine hässliche Frau!« Und Boone hat ihn in den nächsten Sitz geschubst und gesagt: »Hör gut zu! Es gibt keine hässlichen Frauen.«

Das war seine Meinung.

Das war der Grund, warum er jede Nacht mit einer anderen Frau schlief, ohne sich darum zu kümmern, wie sie aussahen. Oder wie alt sie waren. Er musste sich allerhand einfallen lassen, als man ihn mit dieser Fünfzehnjährigen erwischte. Ich glaube nicht, dass die Toitovna je davon erfahren hat, sonst hätte sie ihm die Eier abgeschnitten, und Hunderte von Frauen hätten Trauer getragen. Er fickte sie am liebsten in zweisitzigen Gleitfliegern, sie auf ihm, während er steuerte.

O Mann, einmal habe ich gesehen, wie er einen Gleiter aus einer Fallböe gerissen hat, die jeden anderen umgebracht hätte. Es war eine Scherströmung, die das Flugzeug zerrissen hätte, hätte er versucht, sich ihr zu widersetzen. Aber er ließ sich einfach mitziehen, und der Gleiter fiel wie ein Stein mit tausend Metern in der Sekunde, der drei- oder vierfachen Endgeschwindigkeit. Und kurz vor dem Aufprall hat er ihn zur Seite gekippt, hochgezogen und zwanzig Meter weiter eine Bruchlandung hingelegt. Er stieg mit blutender Nase und Ohren aus. Er war der beste Pilot auf dem Mars. Er konnte fliegen wie ein Engel. Die Ersten Hundert wären verdammt noch mal tot gewesen, wenn er sie nicht von Hand in den Orbit gebracht hätte. Hat man mir jedenfalls erzählt.

Es gab ein paar Leute, die ihn hassten. Und auch aus gutem Grund. Er hat verhindert, dass die Moschee auf Phobos fertig gebaut wurde. Und er konnte grausam sein, und ich habe nie einen arroganteren Menschen getroffen.

Wir waren auf Olympus Mons, und der ganze Himmel wurde schwarz.

Noch vor dem Anfang aller Dinge ist der legendäre Paul Bunyan zum Mars gekommen und hat seinen blauen Ochsen Babe mit-

gebracht. Er zog herum, um sich nach Nutzholz umzusehen, und unter jedem Schritt zerbrach die Lava und hinterließ einen Canyon. Er war so groß, dass er beim Gehen in den Asteroidengürtel hinauflangen konnte, und er kaute diese Felsen wie Kirschen und spie die Kerne aus. Bumm – wieder ein neuer Krater.

Und dann traf er auf den Großen Mann. Es war das erste Mal, dass Paul jemanden sah, der größer war als er selbst. Und ihr könnt mir glauben, dass der Große Mann ihn um zwei Körperlängen übertraf. Aber das kümmerte Paul nicht. Als der Große Mann sagte: »Wollen wir doch mal sehen, was du mit deiner Axt ausrichten kannst«, antwortete Paul: »Klar«, und traf den Planeten mit einem Schlag so hart, dass alle Spalten im Noctis Labyrinthus auf einmal aufbrachen. Aber dann kratzte der Große Mann mit seinem Zahnstocher über die gleiche Stelle, und die Mariner-Gräben blieben zurück. »Versuchen wir es mit den bloßen Fäusten«, sagte Paul und landete einen rechten Haken auf der Südhemisphäre, und Argyre entstand. Aber der Große Mann klopfte mit seinem kleinen Finger auf eine Stelle in der Nähe, und Hellas war da. »Versuche es mit Spucken«, schlug der Große Mann vor; und Paul spuckte, und durch Nirgal Vallis floss ein Strom so lang wie der Mississippi. Dann spuckte der Große Mann, und mit einem Mal entstanden alle großen Ausflusskanäle. »Versuche es mit Scheißen!«, sagte der Große Mann, und Paul hockte sich hin und produzierte Ceraunius Tholus. Dann reckte der Große Mann seinen Hintern und schiss das Elysium-Massiv, gleich rechts davon, heiß und dampfend. »Machen wir ernst!«, schlug der Große Mann vor. »Greif mich an!« Paul Bunyan packte ihn am Zeh, wirbelte ihn herum und ließ ihn so hart auf den Nordpol prallen, dass bis heute die ganze nördliche Hemisphäre eingedrückt ist. Aber ohne auch nur aufzustehen, packte der Große Mann Paul am Fußgelenk, hob ihn mitsamt seinem blauen Ochsen in einer Faust hoch und schleuderte sie beide direkt durch den Planeten hindurch und auf der anderen Seite fast wieder hinaus. Und das ist der Tharsis-Buckel. Paul Bunyan ragt fast heraus – Ascraeus ist seine Nase, Pavonis sein Schwanz und Arsia seine großen Zehen. Und Babe liegt nebenan. Er hat Olympus Mons hochgedrückt. Der Stoß hat Babe und Paul Bunyan getötet. Danach musste Paul sich geschlagen geben.

Aber seine Bakterien haben ihn natürlich gefressen und sind alle hinab bis auf das Urgestein gekrochen, unter den Megaregolith und überallhin. Sie haben die Wärme des Mantels aufgesogen, die Sulfide verspeist und den Permafrost geschmolzen. Wohin sie auch kamen, immer sagte jede dieser kleinen Bakterien: »He! Ich bin Paul Bunyan!«

Du musst es wollen, sagte Frank Chalmers zu seinem Gesicht im Spiegel. Diese Phrase war der einzige Rest eines Traums, den er gehabt hatte, ehe er aufgewacht war. Er rasierte sich mit raschen, entschlossenen Zügen. Er fühlte sich angespannt, voller Energie, die losgelassen werden wollte, bereit, an die Arbeit zu gehen. Noch eine Phrase: Derjenige, der es am meisten will, gewinnt am Ende!

Er duschte, zog sich an und trabte in den Speisesaal. Es war früh am Morgen. Die Sonne überflutete Isidis mit horizontalen Strahlen aus rotbronzenem Licht, und hoch am Osthimmel sahen die Zirruswolken aus wie Kupferspäne.

Rashid Niazi, der syrische Repräsentant der Konferenz, kam vorbei und grüßte Chalmers mit einem kühlen Kopfnicken. Frank erwiderte es und ging weiter. Wegen Selim el-Hayil war der Ahad-Flügel der Muslim-Brüder für Boones Ermordung verantwortlich gemacht worden; und Chalmers hatte sie immer schnell und öffentlich verteidigt. Selim sei ein Einzeltäter gewesen, versicherte er immer wieder, ein wahnsinniger Mörder und Selbstmörder. Das unterstrich die Schuld der Ahads, forderte aber zugleich ihre Dankbarkeit. Natürlich war Niazi, ein Anführer der Ahads, etwas frustriert.

Maya kam in den Speisesaal, und Frank begrüßte sie herzlich. Er verbarg reflexartig das Unbehagen, das er immer in ihrer Gegenwart empfand.

»Darf ich mich zu dir setzen?«, fragte sie und sah ihn an.

»Natürlich.«

Maya war auf ihre Weise vorausschauend, Frank konzentrierte sich auf den Augenblick. Sie unterhielten sich. Das Thema Vertrag kam auf, und Frank sagte: »Ich wünschte, John wäre jetzt hier. Wir könnten ihn so nötig brauchen.« Und dann: »Er fehlt mir.«

Das lenkte Maya sofort ab. Sie legte ihre Hand auf seine. Frank fühlte es kaum. Sie lächelte und hatte ihren fesselnden Blick voll auf ihn gerichtet. Er musste, ohne es zu wollen, wegschauen.

Die Wand aus Fernsehschirmen zeigte die neuesten Nachrichten von der Erde. Frank drehte den Ton auf. Da unten sah es übel aus. Das Video zeigte einen massiven Protestmarsch in Manhattan. Die ganze Insel war gedrängt voll von einer Menschenmenge, die die Demonstranten mit zehn Millionen und die Polizei mit fünfhunderttausend bezifferte. Die Bilder vom Helikopter sahen dramatisch aus, aber es gab in diesen Tagen eine Menge Orte, die, obwohl weniger spektakulär, viel gefährlicher waren. In den fortschrittlicheren Nationen protestierten die Leute gegen drakonische Gesetze zur Geburtenkontrolle, Gesetze, die die Chinesen wie Anarchisten aussehen ließen; und die Jugend war bestürzt und wütend, weil sie fühlte, dass ihnen ihr Leben von vielen alten widernatürlichen Untoten, von der Geschichte selbst, die wieder lebendig geworden war, aus den Händen gerissen wurde. Das war schlimm. Aber in den Entwicklungsländern revoltierten die Menschen wegen der »Ungleichheit beim Zugang« zu den Behandlungen, und das war noch viel schlimmer. Regierungen wurden gestürzt, Menschen starben zu Tausenden. In Wirklichkeit sollten diese Bilder von Manhattan wohl Zuversicht wecken: Alles ist noch in Ordnung!, sagten sie. Leute, die sich zivil aufführten, sei es auch in zivilem Ungehorsam. Aber Mexico City, São Paulo, New Delhi und Manila standen in Flammen.

Maya blickte auf den Schirm und las laut eines der Spruchbänder von Manhattan: »SCHICKT DIE ALTEN ZUM MARS!«

»Das ist der Kern eines Gesetzes, das jemand dem Kongress vorgelegt hat. Wenn man hundert Jahre alt geworden ist, muss man weg, auf Rentnersatelliten um den Mond oder hierher.«

»Vor allem hierher.«

»Vielleicht«, sagte er.

»Ich nehme an, das erklärt ihre Sturheit hinsichtlich der Immigrationsquoten.«

Frank nickte. »Die werden wir nie bekommen. Sie stehen da unten unter zu großem Druck, und wir sind eines der wenigen Sicherheitsventile für sie. Hast du die Sendung über all das freie Land auf dem Mars gesehen, das von Eurovid ausgestrahlt wurde?« Maya schüttelte den Kopf. »Es war wie eine richtige Immobilienwerbung. Nein. Wenn die UN-Delegierten uns bei der Einwanderung mitsprechen ließen, würden die sie kreuzigen.«

»Was sollen wir dann machen?«

Er zuckte die Achseln. »In jedem Punkt auf dem alten Vertrag bestehen. So tun, als sei jede Änderung das Ende der Welt.«

»Darum hast du wegen der Präambel so einen Aufstand gemacht.«

»Genau. Sie mag nicht ganz so wichtig sein, aber es geht uns wie den Briten bei Waterloo. Wenn wir in einem einzigen Punkt nachgeben, bricht die ganze Front zusammen.«

Sie lachte. Sie war mit ihm zufrieden. Sie bewunderte seine Strategie. Es war eine gute Strategie, obwohl es nicht die war, die er eigentlich verfolgte. Sie waren nicht wie die Briten bei Waterloo. Sie waren, wenn überhaupt, wie die Franzosen, die einen letzten Angriff ritten, den sie unbedingt gewinnen mussten, um zu überleben. Deswegen war er so beschäftigt gewesen, hatte in manchen Vertragspunkten in der Hoffnung nachgegeben vorwärtszukommen und die Punkte zu behalten, die ihm wichtiger waren. Dazu gehörte sicherlich die Führungsrolle des Amerikanischen Marsministeriums und seines Ministers. Schließlich brauchte er eine Basis, von der aus er arbeiten konnte.

Also zuckte er mit den Achseln und ignorierte ihre Freude. Auf der Fernsehwand schwärmten die Volksmengen die großen Avenues auf und ab. Er knirschte einige Male mit den Zähnen. »Wir sollten lieber losgehen.«

Oben strömten die Konferenzteilnehmer durch eine Folge langer großer Räume, die durch hohe Trennwände unterteilt waren. Sonnenlicht strömte aus den Versammlungssälen im Osten in den großen zentralen Raum und warf einen rötlichen Schimmer über den weißen Velourssteppich, die kantigen Sessel und den dunkelrosa Stein der langen Tischplatte. Gruppen von Leuten führten an den Wänden beiläufige Gespräche. Maya machte sich auf, um sich mit Samantha und Spencer zu besprechen. Sie drei waren jetzt die Anführer(innen) der MarsFirst-Koalition und in dieser Eigenschaft als nicht stimmberechtigte Repräsentanten der Mars-Bevölkerung zur Konferenz geladen worden: die Partei des Volkes, die Tribune und die Einzigen, die wirklich in ihre Positionen gewählt worden waren, obwohl nur unter stillschweigender Duldung durch Helmut. Helmut wollte so viele beteiligen, wie es nur ging. Er hatte Ann gestattet, ohne Stimmrecht als Repräsentantin der Roten teilzunehmen, obwohl sie bereits zur Koalition gehörten. Sax war als Beobachter des Terraformingteams da, und eine Menge Bergbau- und Entwicklungsfunktionäre waren auch als Beobachter hier. Es gab wirklich sehr viele Beobachter; aber die stimmberechtigten Teilnehmer durften als Einzige an dem zentralen Tisch sitzen, wo Helmut jetzt eine kleine Glocke läutete. Dreiundfünfzig nationale Vertreter und achtzehn

UN-Beamte nahmen ihre Plätze ein, und weitere hundert begaben sich in die östlichen Räume, wo sie die Diskussion durch die offenen Türen oder auf kleinen Fernsehern verfolgten. Jenseits der Fenster wimmelte es in Burroughs von Gestalten und Fahrzeugen, die sich in den Mesas mit transparenten Wänden, in den Zelten auf und zwischen den Mesas und in dem Netz klarer Verbindungsröhren, die auf dem Boden auflagen oder sich durch die Luft schwangen, und in dem großen Zelt im Tal mit seinen breiten begrünten Boulevards und Kanälen bewegten. Eine kleine Metropolis.

Helmut rief die Sitzung zur Ordnung. In den östlichen Räumen drängten sich die Leute um die Fernseher. Frank schaute durch eine Tür in den ihm am nächsten gelegenen Ostraum. Derartige Räume würde es überall auf dem Mars und der Erde geben – Tausende Räume und Millionen Zuschauer. Alle Augen zweier Welten ruhten auf ihnen.

Auf der Tagesordnung standen, wie schon in den letzten zwei Wochen, die Einwanderungsquoten. China und Indien wollten einen gemeinsamen Vorschlag machen, den der indische Delegierte stehend in seinem musikalischen Bombay-Englisch verlas. Unter dem Strich lief es auf ein System mit proportionaler Verteilung hinaus. Chalmers schüttelte den Kopf. Indien und China stellten zwar vierzig Prozent der Weltbevölkerung, aber sie hatten bei der Konferenz nur zwei von dreiundfünfzig Stimmen, und ihr Vorschlag würde nie angenommen werden. Der Brite in der europäischen Delegation stand auf und wies mit knappen Worten auf diesen Umstand hin. Diskussionen brachen aus. Das würde den ganzen Vormittag dauern. Der Mars war wirklich eine fette Beute, und die reichen und armen Nationen kämpften darum wie um alles andere. Die Reichen hatten das Geld, die Armen das nötige Personal; und die Waffen waren recht gleichmäßig verteilt, besonders die neuen Virenträger, die ganze Kontinente entvölkern konnten. Ja, die Einsätze waren hoch, und die Lage vorerst noch in einem äußerst fragilen Gleichgewicht. Die Armen im Süden erhoben sich und brandeten gegen die nördlichen Schranken aus Gesetz, Geld und reiner Militärmacht. Kanonenrohre starrten ihnen praktisch ins Gesicht. Aber es gab jetzt so viele Gesichter. Es schien, dass jeden Augenblick eine Welle der Gewalt losbrechen könnte, getrieben vom Expansionsdruck der Überbevölkerung. Die Angreifer wurden von dem Druck der Babys hinter ihnen über die Barrikaden gedrängt und kämpften um ihre Chance auf Unsterblichkeit.

Während der ersten Pause am Vormittag, als noch nichts erreicht worden war, erhob sich Frank aus seinem Sitz. Er hatte nur wenig von dem Streit mitbekommen, aber er hatte nachgedacht und auf seinen Touchscreen ein rohes Schema gekritzelt. Geld, Menschen, Land, Waffen. Alte Gleichungen, alte Geschäfte. Aber er war nicht auf Originalität aus. Er brauchte etwas, das funktionieren würde.

An dem langen Tisch selbst würde nichts passieren, das stand fest. Jemand musste den Knoten durchschlagen. Er stand auf und ging zu der indischen und chinesischen Delegation hinüber, einer Gruppe von ungefähr zehn Personen, die sich in einem für Journalisten unzugänglichen Nebenzimmer besprachen. Nach dem üblichen Austausch von Höflichkeiten lud er die zwei Anführer, Haravada und Sung, zu einem Spaziergang auf der Panoramabrücke ein. Nach einem Wechsel von Blicken und kurzen Gesprächen in Mandarin und Hindi mit ihren Adjutanten stimmten sie zu.

Also gingen die drei Delegierten aus den Räumen und die Korridore hinab zur Brücke, einem starren Rohr, das an der Wand dieser Mesa begann und sich in einem Bogen über das Tal schwang, ehe es in den Hang einer größeren Mesa im Süden mündete. Ihre Höhe gab der Brücke eine luftig schwebende Großartigkeit, und nicht wenige Leute verteilten sich auf ihren vier Kilometern Länge, gingen langsam oder standen in der Mitte, um die Ansicht auf Burroughs zu genießen.

»Sehen Sie«, sagte Chalmers zu seinen Kollegen, »die Kosten der Emigration sind so hoch, dass Sie Ihre Bevölkerungsprobleme nicht dadurch lösen werden, dass Sie die Menschen hierher umziehen lassen. Das wissen Sie. Und Sie haben viel mehr nutzbares Land auf der Erde. Was Sie also vom Mars haben wollen, ist nicht Land, sondern Rohstoffe und Geld. Der Mars soll Ihnen Ihren Anteil an den Ressourcen sichern. Sie hinken hinter dem Norden her, weil Ihre Rohstoffe Ihnen in den Kolonialjahren ohne Bezahlung genommen wurden, und Sie sollten dafür jetzt eine Entschädigung erhalten.«

»Ich fürchte, dass die Kolonialzeit eigentlich nie zu Ende gegangen ist«, sagte Haravada höflich.

Chalmers nickte. »Das ist das Wesen des transnationalen Kapitalismus. Wir alle sind jetzt Kolonien. Und auf uns hier wird ein furchtbarer Druck ausgeübt, den Vertrag zu ändern, sodass der Löwenanteil der Profite aus lokalem Bergbau zum Eigentum der Transnationalen wird. Die Industrienationen wollen das unbedingt.«

»Das wissen wir«, sagte Haravada und nickte.

»Okay. Und jetzt haben Sie die Idee eines proportionalen Emigrationssystems vorgestellt, was ebenso logisch wie die Aufteilung von Gewinnen im Verhältnis zur Investition ist. Aber keiner dieser Vorschläge liegt in Ihrem wesentlichen Interesse. Die Emigration wäre für Sie ein Tropfen auf den heißen Stein, aber das Geld nicht. Inzwischen haben die entwickelten Nationen ein neues Bevölkerungsproblem. Darum wäre ihnen die Chance auf einen größeren Anteil an der Emigration willkommen. Und sie können auf das Geld verzichten, das ohnehin größtenteils an die Transnationalen geht und frei fließendes Kapital außerhalb jeder nationalen Kontrolle sein würde. Warum sollten die Industrienationen Ihnen nicht mehr davon abgeben? Es käme ohnehin eigentlich nicht aus ihren Taschen.«

Sung nickte rasch und machte ein ernstes Gesicht. Vielleicht hatten sie diese Reaktion vorausgesehen und ihren Vorschlag gemacht, um sie zu provozieren, und warteten nun, dass er seine Rolle spielte. Aber genau das machte es leichter.

»Glauben Sie, dass Ihre Regierungen einem solchen Handel zustimmen würden?«, fragte Sung.

»Ja«, sagte Chalmers. »Schließlich wollen die Regierungen ihre Macht über die Transnationalen wieder festigen. Das Teilen der Profite ähnelt irgendwie Ihren alten Nationalisierungsbewegungen. Nur würden diesmal alle Länder davon profitieren. Internationalisierung, wenn Sie so wollen.«

Haravada bemerkte: »Es würde Investitionen durch die Korporationen beschneiden.«

»Was den Roten gefallen wird«, sagte Chalmers. »Besonders der MarsFirst-Gruppe.«

»Und Ihre Regierung?«, fragte Haravada.

»Ich kann für sie garantieren.« Tatsächlich würde die Administration ein Problem werden. Aber Frank würde sich darum kümmern, wenn es so weit war. Die Handelskammer bestand in diesen Tagen aus einem Haufen Kinder, arrogant, aber dumm. Wenn man ihnen sagte, die Alternative wäre ein Dritter-Welt-Mars, ein chinesischer Mars, ein hinduistischer Mars, mit kleinen braunen Menschlein und frei herumlaufenden heiligen Kühen in den Verbindungsröhren, würden sie einlenken. Tatsächlich würden sie sich hinter seinem Rücken verstecken und winseln: Opa Chalmers, bitte rette mich vor der gelben Horde!

Er beobachtete den Austausch vielsagender Blicke zwischen dem Inder und dem Chinesen genau. »Zum Teufel!«, sagte er. »Das ist doch genau, was Sie erhofft hatten, nicht wahr?«

Haravada sagte: »Vielleicht sollten wir uns mal die Zahlen ansehen.«

Es erforderte einen großen Teil des nächsten Monats, den Kompromiss auszuhandeln, da er eine ganze Reihe von zusätzlichen Kompromissen erforderte, damit alle stimmberechtigten Delegierten ihn annahmen. Jeder nationale Abgeordnete musste einen Anteil bekommen, den er den Leuten zu Hause vorzeigen konnte. Und dann musste auch Washington überzeugt werden. Am Ende ging Frank über alle Köpfe hinweg direkt zum Präsidenten, der ein Geschäft wittern konnte, wenn man ihn mit der Nase darauf stieß. Frank war sehr beschäftigt und hatte fast sechzehn Stunden am Tage Sitzungen, wie in alten Zeiten, so vertraut wie der Sonnenaufgang. Zuletzt waren transnationale Lobbyisten wie Andy Jahns der härteste Brocken, praktisch unmöglich zu knacken, da das Geschäft auf ihre Kosten ging und sie das wussten. Sie übten auf die Regierungen des Nordens und ihre Unterstützer so viel Druck aus, wie sie konnten, und der war beträchtlich. Er zeigte sich in der Reizbarkeit des Präsidenten und dem Rücktritt von Singapur und Sofia von dem Abkommen. Aber Frank überzeugte den Präsidenten, trotz der großen Entfernung und der tiefen psychologischen Schranke der Zeitverzögerung in der Kommunikation. Er benutzte bei jeder anderen nördlichen Regierung die gleichen Argumente. Wenn ihr den Transnationalen nachgebt, sagte er ihnen, dann sind sie die wahren Machthaber auf der Welt. Dies ist die Gelegenheit, eure Interessen und die eures Volkes gegen diese frei schwebenden Kapital-Ansammlungen durchzusetzen, die sehr nahe daran sind, die höchste Macht auf der Erde zu werden. Ihr müsst sie irgendwie im Zaum halten!

Und jeden UN-Beamten fragte er dasselbe: »Wen wollt ihr lieber ganz oben sehen, die oder euch?«

Dennoch war es sehr knapp. Die Druckmittel, die die Transnationalen einsetzen konnten, waren erschreckend und eindrucksvoll zugleich. Subarashii, Armscor und Shellalco waren jeweils reicher als alle Staaten außer den zehn größten Ländern und Staatengemeinschaften, und sie setzten jedes Mittel ein. Geld ist gleich Macht; Macht schafft das Gesetz; und Gesetz macht Regierung. Daher waren die nationalen Regierungen im Versuch, die Transnationalen zurückzuhalten, wie die Liliputaner bei dem Versuch, Gulliver festzubinden. Sie brauchten ein großes Netz aus dünnen Fäden, die millimeterweise um den Giganten herum im Boden verankert werden mussten. Und als sich der Riese aufbäumte, um sich loszureißen, und anfing herumzustrampeln, mussten sie von der einen Seite zur anderen rennen, neue Leinen über das Ungeheuer werfen und neue kleine Pfähle einrammen. Das machte Frank: herumrennen und viertelstündliche Termine zum Einschlagen von Pfählen wahrnehmen – sechzehn Stunden am Tag.

Andy Jahns, eine der ältesten Kontaktpersonen Franks bei den Korporationen, lud ihn eines Abends zum Essen ein. Natürlich war Andy auf Chalmers schlecht zu sprechen; aber er bemühte sich, das zu verbergen, da es ihm an diesem Abend darum ging, Frank eine leicht getarnte Bestechung vorzuschlagen, begleitet von kaum verschleierten Drohungen. Mit anderen Worten: »Business as usual.« Er bot Chalmers eine Position als Chef einer Stiftung an, die von dem Konsortium für den Transport von der Erde zum Mars gegründet werden sollte – den alten Luft- und Raumfahrtgesellschaften, in deren

Taschen noch das alte Pentagongeld klimperte. Diese neue Stiftung sollte dem Konsortium helfen, Politik zu betreiben, und die UN in Angelegenheiten beraten, die mit dem Mars zu tun hatten. Er sollte diesen Posten übernehmen, sobald seine Amtszeit als Marsminister vorbei wäre, um jeden Anschein eines Interessenkonflikts zu vermeiden.

»Das klingt wundervoll«, sagte Chalmers. »Ich bin wirklich sehr interessiert.« Und im Laufe des Dinners überzeugte er Jahns, dass er es ernst meinte. Nicht nur hinsichtlich der Stellung in der Stiftung. Er wollte sofort mit der Arbeit für das Konsortium anfangen. Es gab eine Menge zu tun; aber darin war er gut. Er konnte sehen, wie das Misstrauen Jahns' langsam schwand, je länger ihr Gespräch dauerte. Die Schwäche von Geschäftsleuten war ihr Glaube, dass mit Geld alles machbar war. Sie arbeiteten vierzehn Stunden täglich, um genug davon zu verdienen, damit sie Autos mit Lederausstattung kaufen konnten. Sie hielten Besuche in Spielcasinos für eine sinnvolle Freizeitbeschäftigung. Kurzum – Idioten. Aber nützliche Idioten. »Ich werde tun, was ich kann«, versprach Chalmers nachdrücklich und skizzierte einige Strategien, die er sogleich umsetzen wollte. Mit den Chinesen über ihren Bedarf an Land sprechen, dem Kongress wieder die Idee nahebringen, dass Investitionen auch jedem Investor etwas einbringen müssten. Genau! Hier und da Versprechungen machen, dann würde der Druck nachlassen, und inzwischen konnte die Arbeit weitergehen. Nichts war so schön, wie einen Betrüger übers Ohr zu hauen.

Er kehrte an den Konferenztisch zurück und machte weiter wie bisher. Der »Spaziergang auf der Brücke«, wie er im Volksmund genannt wurde (andere nannten ihn den »Chalmers-Trick«), hatte sie aus der Sackgasse geführt. Der 6. Februar 2057 oder L_s = 144 wurde in der Geschichte der Diplomatie ein berühmtes Datum. Jetzt kam es nur noch darauf an, jedem anderen auch ein Stück vom Kuchen zu geben und die Zahlen festzusetzen. Chalmers sprach dabei immer wieder mit allen Beobachtern der Ersten Hundert vor Ort, gab ihnen Zuversicht und sondierte ihre Ansichten. Sax war, wie sich herausstellte, verärgert, weil er dachte, dass das Terraforming erheblich verlangsamt werden würde, wenn die Transnationalen ihre Investitionen einstellten. Er betrachtete alle neuen Unternehmen als Wärmequellen. Ann war auch sauer, weil ein neuer Vertrag auf der Basis seines Tricks sowohl verstärkte Einwanderung als auch Investition zulassen würde; und sie und die Roten hatten immer auf einen Vertrag gehofft, der dem Mars den Status einer Art von Welt-Naturschutzpark geben sollte. Diese Realitätsfremdheit machte ihn rasend. »Ich habe euch gerade fünfzig Millionen chinesischer Immigranten erspart«, schrie er sie an, »und du hackst auf mir herum, weil ich es nicht geschafft habe, alle nach Hause zu schicken? Du meckerst, weil ich kein Wunder vollbracht und diesen Felsen in einen heiligen Schrein verwandelt habe? Der Mars liegt direkt neben einer Welt, die allmählich aussieht wie Kalkutta an einem schlechten Tag! Ann, Ann, Ann! Was hättest *du* denn getan, außer herumzustolzieren und alles mieszumachen, was die Leute sagen, und alle zu überzeugen, dass du vom Mars kommst? Mein Gott, geh los und spiele mit deinen Steinen, und überlass die Politik den Leuten, die denken können!«

»Weißt du denn noch, was Denken ist, Frank?«, erwiderte sie ruhig. Irgendwie hatte er sie da für eine Sekunde zum Lächeln gebracht, mitten in seiner Tirade. Jetzt funkelte sie ihn genauso böse wie zuvor an, ehe sie ging.

Aber Maya – nun, Maya war mit ihm zufrieden. Er konnte ihren Blick spüren, wenn er in den öffentlichen Versammlungen sprach. Millionen schauten zu, aber er fühlte nur ihren

Blick auf sich ruhen. Das ärgerte ihn. Sie war voller Bewunderung für den Spaziergang auf der Brücke, und er erzählte ihr über die Kompromisse, die er hinter der Bühne aushandelte, nur das, was sie gern hören wollte, um ihre Zustimmung zu erhalten. Sie leistete ihm am Abend vor dem Essen immer häufiger Gesellschaft, ging auf ihn zu, sobald der erste Ansturm von Kritikern und Bittstellern abgeebbt war, und blieb während der zweiten und dritten Welle an seiner Seite. Sie sah zu, entspannte die Gespräche mit ihrem Lachen und holte ihn von Zeit zu Zeit durch den Hinweis, dass es Zeit zum Abendessen war, heraus. Dann setzten sie sich auf die Terrasse eines Restaurants, aßen und tranken Kaffee direkt unter den Sternen, schauten über die orangefarbenen Fliesen und Dachgärten unter einem der großen Zelte oben auf einer Mesa und genossen die abendliche Brise, als wären sie wirklich im Freien. Die MarsFirst-Gruppe hatte sich für seinen Plan ausgesprochen, damit hatte er die meisten Hiesigen und das Innenministerium und damit wohl die zwei wichtigsten Einzelgruppen in der ganzen Angelegenheit hinter sich, außer der transnationalen Führungsschicht, bei der er wenig ausrichten konnte. Es war also nur eine Sache der Zeit, bis er die Kuh vom Eis haben würde. Manchmal, spät am Abend, wenn er ihrem Reiz erlegen war, sagte er Maya: »Wenn wir alle an einem Strang ziehen, werden wir es schaffen.« Dann sah er zu den Sternen am Himmel auf, unfähig, ihren durchdringenden Blick zu ertragen.

Und eines Abends kam sie während der Cocktailparty immer wieder zu ihm. Zusammen mit allen anderen sahen sie die Nachrichtenmeldungen von der Erde über das, was sie heute erreicht hatten; erkannten, wie verzerrt und platt sie wirkten, wie winzige Schauspieler in einer unverständlichen Seifenoper. Und dann brachen sie auf, aßen und gingen über die breiten Grasboulevards, bis sie zu seinem Zimmer in der Unterstadt kamen. Maya ging mit ihm hinein, ohne Erklärung oder Bemerkung, wie es ihre Art war. Es geschah einfach. Sie befand sich in seinem Zimmer und dann in seinen Armen und drückte ihn an sich. Sie lagen auf seinem Bett, und sie küsste ihn. Für Frank war das ein solcher Schock, dass er sich völlig von seinem Körper zu lösen glaubte und sein Fleisch sich wie Gummi anfühlte. Das beunruhigte ihn, bis ihre schiere animalische Präsenz den Schock durchbrach, Körper zu Körper sprach, und er sie plötzlich wieder fühlen konnte. Die Sinnesempfindungen kehrten zurück, und er reagierte mit animalischer Intensität. Es war lange her.

Danach stand sie auf, schlang sich ein weißes Laken wie ein Cape um die Schultern und holte sich ein Glas Wasser. »Mir gefällt es, wie du mit diesen Leuten umgehst«, sagte sie, ihm den Rücken zugewandt. Sie trank das Glas aus und lächelte ihn liebevoll über die Schulter an. Dieser offene Blick – ein Blick, der so durchdringend wie Laserlicht, das ihn sezierte, sein konnte, sodass er sich plötzlich nicht nur nackt, sondern bloßgestellt fühlte. Er zog sich das zweite Laken über die Hüfte und hatte das Gefühl, sich damit lächerlich gemacht zu haben. Sie würde sicher merken, dass die Luft in seiner Lunge gerade zu kaltem Wasser wurde, sein Magen sich verkrampfte und seine Beine erstarrten. Er blinzelte und erwiderte ihr Lächeln. Er wusste, dass es ein schwaches und schiefes Lächeln war, aber es tröstete ihn, dieses Gesicht wie eine steife Maske über seinem echten Gesicht fühlen zu können. Niemand konnte aus dem Mienenspiel Emotionen hundertprozentig genau ableiten, das war alles gelogen, ein Schwindel wie Handlesen oder Astrologie. Noch war er sicher.

Aber nach dieser Nacht verbrachte sie viel Zeit mit ihm, sowohl in der Öffentlichkeit wie privat. Sie begleitete ihn zu den

Empfängen, die jeden Abend von dieser oder jener nationalen Abordnung gegeben wurden; sie saß bei vielen Banketten neben ihm; sie umschiffte mit ihm die Untiefen der Konversation, wenn sie sich die schlechten Nachrichten von der Erde ansahen oder in der engen Gruppe der Ersten Hundert saßen. Und sie ging jeden Abend mit ihm in sein Zimmer oder, was noch verwirrender war, nahm ihn mit in ihres.

Und das alles ohne jedes Anzeichen dafür, dass sie etwas von ihm wollte. Er konnte nur vermuten, sie dachte, dass sie nicht darüber sprechen musste. Dass es ihr genügte, einfach bei ihm zu sein, und dass er schon wissen würde, was sie wollte, und sein Bestes tun würde, ihre Wünsche zu erfüllen, ohne dass sie je ein Wort sagen musste. Dass sie bekommen würde, was sie wollte. Es war unvorstellbar, dass sie all das ohne Grund täte. Das lag in der Natur der Macht. Wenn man sie besaß, war niemand einfach bloß ein Freund oder ein Liebhaber. Alle begehrten Dinge, die man ihnen geben konnte, sei es auch nur das Prestige einer Freundschaft mit dem Mächtigen. Ein solches Prestige hatte Maya nicht nötig; aber sie wusste, was sie wollte. Und handelte er schließlich nicht auch nach ihrem Willen? Er verprellte einen großen Teil seiner Machtbasis, um einen Vertrag zu schmieden, der niemandem außer einer Handvoll Ortsansässiger gefallen würde. Ja, sie bekam, was sie wollte. Und das alles ohne ein Wort, ohne einen einzigen Hinweis. Nichts als Lob und Zuneigung.

Er sprach in den endlosen Konferenzen der Ausschüsse, ging sorgfältig die Formulierung jedes einzelnen Satzes in dem Vertrag durch und spielte die Rolle James Madisons vor diesem bloßen Phantom einer konstituierenden Versammlung. Spencer und Samantha halfen ihm, und Maya beobachtete ihn mit der Andeutung eines Lächelns, das nur ihm ihre Zustimmung und ihren Stolz auf ihn verriet. Und dann, von der Arbeit des

Tages noch voller Energie, wanderte er beim abendlichen Empfang von Gruppe zu Gruppe, und sie, immer an seiner Seite, lachte ihn an und plauderte mit allen anderen. Sie war seine Gefährtin. Und was für eine Gefährtin! Und bei Nacht küsste sie ihn so leidenschaftlich, bis der Gedanke, dass sie ihn nicht liebte, absurd schien.

Das war unerträglich. Dass es so einfach sein sollte, sogar die Leute zu täuschen, die einen am besten kannten … dass sie so dumm sein konnte … diese Erkenntnis, jetzt deutlicher denn je, schockierte ihn. Wie versteckt unter der phänomenologischen Maske das wahre Ich doch ist, dachte er. In Wirklichkeit waren sie alle nur Schauspieler, die ihre Rollen für die Kameras spielten; und es gab keine Chance mehr, mit den wahren Persönlichkeiten der anderen in Kontakt zu kommen. Im Laufe langer Jahre waren ihre äußeren Schalen verhärtet und die Personen im Inneren atrophiert oder fortgewandert und verlorengegangen. Sie waren alle hohl.

Oder vielleicht nur er. Weil sie so real schien! Ihr Lachen, ihr weißes Haar, ihre Leidenschaft – mein Gott! Ihre verschwitzte Haut und die Rippen darunter; Rippen, die unter seinen Fingern vor- und zurückglitten wie die Lamellen einer Jalousie; Rippen, die sich im Paroxysmus des Orgasmus versteiften. Sollte das wahre Selbst nicht genau so sein?

Aber er täuschte sich bitter. Eines Morgens erwachte er aus einem Traum von John, noch vor ihrer gemeinsamen Zeit in der Raumstation, als sie jung gewesen waren. Aber sie waren in dem Traum alt gewesen, und John war nicht tot und irgendwie doch. Er war Geist, er wusste, dass er tot war und dass Frank ihn getötet hatte, aber er wusste auch alles, was seither geschehen war, und war ganz frei von Ärger oder Vorwurf. Es war eben einfach passiert, so wie damals, als John für die Erstlandung ausgewählt worden war oder ihm Maya auf der *Ares* ausgespannt hatte. Zwischen ihnen war viel geschehen, aber sie waren immer noch Freunde, immer noch Brüder. Sie konnten miteinander reden, sie verstanden einander. Als Frank diesen Horror im Traum empfand, hatte er aufgestöhnt und versucht, sich in sich selbst zurückzuziehen. Dann erwachte er. Es war warm, seine Haut war verschwitzt. Maya hatte sich mit wildem Haar aufgerichtet, ihre Brüste schwangen zwischen ihren Armen hin und her. »Was ist los?«, sagte sie. »Fehlt dir was?«

»Nein!«, schrie er, stand auf und ging ins Bad. Sie kam hinter ihm her und legte ihre Hände auf seine Schultern. »Frank, was ist?«

»Nichts«, schrie er und riss sich unwillkürlich von ihr los. »Kannst du mich nicht in Ruhe lassen?«

»Natürlich«, sagte sie gekränkt. Und dann, wütender: »Natürlich kann ich das!« Sie verließ das Bad.

»Natürlich kannst du das!«, rief er ihr nach, plötzlich wütend über ihre Dummheit, dass sie ihn so schlecht kannte und so verwundbar tat, obwohl doch alles nur gespielt war. »Jetzt hast du ja, was du von mir wolltest!«

»Was soll das heißen?«, fragte sie und erschien wieder in der Badezimmertür, in ein Laken gewickelt.

»Du weißt, was ich meine«, antwortete er bitter. »Du hast den Vertrag bekommen, den du wolltest, nicht wahr? Und das hättest du ohne mich nie geschafft.«

Sie stand da, die Hände in die Hüften gestemmt, und sah ihn an. Das Laken hing locker an ihr herab, und sie sah aus wie die legendäre französische Freiheitskämpferin, sehr schön und sehr gefährlich. Ihre Lippen waren zu einem schmalen Strich zusammengepresst. Sie schüttelte angewidert den Kopf und ging weg. »Du hast nicht die geringste Ahnung«, sagte sie.

Er folgte ihr. »Was meinst du damit?«

Sie warf das Laken fort, suchte und fand ihre Unterwäsche und zog sich das Höschen ruckartig über den Hintern. »Du weißt überhaupt nichts darüber, was andere Leute denken«, fuhr sie ihn an, während sie sich ankleidete. »Du weißt doch nicht mal, was du selbst denkst. Was willst du denn von dem Vertrag? Du, Frank Chalmers? Du weißt es nicht. Es geht nur darum, was ich will, was Sax will, was Helmut will – was jeder Einzelne von ihnen will. Du selbst hast gar keine Meinung. Was immer am einfachsten zu managen ist. Was immer dir am Ende die Kontrolle verschafft. Und was *Gefühle* anbetrifft!«, sie war inzwischen angezogen und hielt in der Tür inne, um ihn wütend anzufunkeln. Ein Blick wie ein Blitzschlag. Er hatte während ihrer Tirade nur dagestanden, zu verdutzt, um sich zu bewegen; und so stand er immer noch nackt vor ihr, der vollen Wucht ihres Zorns schutzlos ausgeliefert. »Du hast überhaupt keine Gefühle! Ich habe es versucht, glaube mir, aber du …« Sie erbebte, offenbar außerstande, Worte zu finden, die hässlich genug waren, ihn zu beschreiben. Hohl, wollte er sagen. Leer. Und dennoch …

Sie ging.

Als sie dann den neuen Vertrag unterzeichneten, war Maya nicht an seiner Seite, nicht einmal in Burroughs. Das war in vielerlei Hinsicht wirklich eine Erleichterung. Aber dennoch fühlte er sich leer und kalt in der Brust. Und sicher wussten (mindestens) die anderen der Ersten Hundert, dass (wieder) etwas zwischen ihnen vorgefallen war, und das ärgerte ihn.

Sie unterzeichneten den Vertrag in dem gleichen Konferenzraum, in dem sie ihn ausgehandelt hatten. Helmut machte mit einem breiten Lächeln die Honneurs, und die Delegierten kamen nacheinander heran, im Frack oder schwarzen Abendkleid, sprachen ein paar Worte für die Kameras und legten dann die Hand auf »das Dokument«, eine Geste, die nur Frank als so bizarr und archaisch wie das Einritzen von Hieroglyphen zu empfinden schien. Lächerlich! Als er an der Reihe war, sagte er etwas über das Erreichen eines Gleichgewichts. Und genau das war es auch. Er hatte die konkurrierenden Interessen so gelenkt, dass sie ihre Impulse genau ausglichen. Bei einem Verkehrsunfall wären auf diese Weise alle Fahrzeuge zu einer kompakten Masse verschmolzen. Das Ergebnis war der früheren Version des Vertrags gar nicht unähnlich. Sowohl Einwanderung wie Investitionen, die beiden Hauptbedrohungen des Status quo (falls es auf dem Mars so etwas gab), blockierten sich größtenteils (das war der raffinierte Teil der Sache) gegenseitig. Er hatte gute Arbeit geleistet und unterzeichnete mit einem Schnörkel. Emphatisch erklärte er: »Für die Vereinigten Staaten von Amerika«, und strahlte rundum alle an. Das würde sich im Fernsehen gut machen.

An der anschließenden Parade nahm er mit kühler Genugtuung teil. Er hatte das wirklich gut gemacht. Die Zelte mit Grasböden und die Röhren der Stadt waren mit Tausenden Zuschauern gefüllt; und die Parade schlängelte sich hindurch, hinab durch das große Zelt an der Kanalseite, machte einen Abstecher durch die Mesas und zurück. Unter Beifallsrufen ging es über jede Kanalbrücke und weiter hinauf zum Princess Park zu einer großen Straßenparty. Das Wetter war auf kühl und frisch mit lebhaften Fallwinden eingestellt worden. Spielzeugdrachen in hellen Farben wetteiferten unter den Zeltdächern vor dem dunkelroten Nachmittagshimmel miteinander.

Frank fühlte sich auf der Party im Park unwohl. Zu viele Leute beobachteten ihn, zu viele wollten mit ihm reden. Das brachte der Ruhm mit sich. Man unterhielt sich nicht mehr, sondern redete nur noch mit ganzen Gruppen. Also machte er sich davon und ging wieder zu dem Zelt am Kanal hinauf.

Zwei parallele Reihen weißer Säulen im Bareiss-Stil, halbkreisförmig, aber mit um 180 Grad gegeneinander versetzten Hälften, flankierten den Kanal. Durch diesen einfachen Trick entstanden Säulen, die je nachdem, aus welchem Blickwinkel man sie betrachtete, völlig verschieden aussahen. Die beiden Reihen wirkten seltsam baufällig, als wären sie schon Ruinen, obwohl die Glätte und weiße Farbe ihrer von Diamantsplittern bedeckten Oberflächen diesen Eindruck Lügen straften. Sie erhoben sich aus dem Gras wie Zuckerwürfel und glänzten, als wären sie feucht.

Frank ging zwischen den Reihen entlang und berührte jede einzelne Säule. Über ihnen stiegen zu beiden Seiten die Talhänge zu den mit Fenstern besetzten Klippen der Mesas an. Hinter dem ungefärbten Glas in den Steilwänden war massenhaft Grün zu sehen, sodass die Stadt von riesigen Terrarien eingefasst schien. Eine wirklich elegante Ameisenfarm. Der Teil des Talhanges unter dem Zelt war von Bäumen und Fliesendächern getüpfelt und wurde von breiten begrasten Boulevards durchschnitten. Der nicht überdachte Teil war noch eine rote Ebene. Viele Gebäude wurden gerade erst fertiggestellt oder waren noch im Bau. Überall ragten Kräne zu den Zeltdächern empor wie bunte skelettierte Skulpturen. Dutzende Bauten waren eingerüstet, was Helmut zu der Bemerkung, die von Zelten bedeckten Hänge erinnerten ihn an die Schweiz, hingerissen hatte – kein Wunder, da die Bauarbeiten größtenteils von Schweizern durchgeführt wurden. »Sie rüsten sogar ein Haus ein, wenn sie nur einen Blumenkasten ersetzen.«

Sax Russell stand am Fuß eines solchen eingerüsteten Bauwerks und sah kritisch daran empor. Frank ging durch eine Röhre zu ihm und begrüßte ihn.

»Die haben doppelt so viel Stützen wie sie brauchen«, sagte Sax. »Vielleicht sogar mehr.«

»Die Schweizer mögen das so.«

Sax nickte. Sie starrten das Gebäude an.

»Also, was meinst du?«, fragte Frank.

»Der Vertrag? Er wird die Unterstützung für das Terraforming mindern«, sagte Sax. »Die Leute wollen lieber investieren als spenden.«

»Sax, nicht jede Investition ist für das Terraforming«, brummte Frank. »Eine Menge von diesem Geld wird für ganz andere Zwecke ausgegeben.«

»Aber Terraforming ist ein Weg zur Reduzierung der Gesamtkosten. Ein gewisser Prozentsatz des gesamten Investments wird ihm immer zugutekommen. Und ich möchte, dass dieser Teil so hoch wie möglich ist.«

»Realer Nutzen kann nur mit realen Kosten errechnet werden«, erwiderte Frank. »Den tatsächlichen *Gesamtkosten*. Wirtschaftsbosse der Erde hat das nie gekümmert; aber du bist Wissenschaftler und solltest so rechnen. Du musst sowohl den Schaden für die Umwelt, der durch höhere Bevölkerungszahlen und größere Aktivität entsteht, beurteilen als auch den damit einhergehenden Nutzen für das Terraforming. Man sollte lieber die Investitionen erhöhen, die allein dem Terraforming dienen, als einen Kompromiss einzugehen und einen prozentualen Anteil von einem Ganzen zu nehmen, das einem in mancher Hinsicht sogar schadet.«

Sax blinzelte. »Komisch, dass du dich nach den letzten vier Monaten gegen Kompromisse aussprichst, Frank. Die Kosten für die Umwelt sind vernachlässigbar. Bei richtigem Management können sie größtenteils in Vorteile verwandelt werden. Man kann eine Ökonomie in Terawatt oder Kilokalorien messen, wie John immer betont hat. Und das ist Energie. Und

Energie können wir hier in jeder Form gebrauchen, sogar als reine Körpermasse. Körper bedeuten mehr Arbeitskraft, sind sehr anpassungsfähig und sehr energiereich.«

»*Reale* Kosten, Sax. Das ganze Bild. Du versuchst immer noch, mit Ökonomie zu spielen. Aber die funktioniert nicht wie Physik, sondern wie Politik. Stell dir vor, was geschehen würde, wenn Millionen vertriebener Emigranten von der Erde hier einträfen mit all ihren biologischen und psychischen Viren. Vielleicht würden sie sich alle Arkady oder Ann anschließen. Ist dir das mal in den Sinn gekommen? Epidemien, die Körper und Geist des Pöbels durchziehen, würden dein ganzes System zusammenbrechen lassen. Hat nicht die Acherongruppe versucht, dir Biologie beizubringen? Du solltest besser aufpassen! Das ist keine Mechanik, Sax. Es ist Ökologie. Und es ist eine zerbrechliche, gesteuerte Ökologie, darum muss sie *gelenkt* werden.«

»Vielleicht«, erwiderte Sax und klang dabei fast wie John. Frank bekam die nächsten Sätze gar nicht mit.

»... dieser Vertrag wird ohnehin keinen so großen Unterschied machen«, sagte Sax gerade, als Frank wieder aus seinen Gedanken aufschreckte. »Die Transnationalen, die investieren wollen, werden einen Weg finden. Sie werden sich einen neuen Kleinstaat suchen, der ihnen hilft, hier unter seiner Flagge ihren Claim abzustecken, genau nach den Quoten des Vertrages. Aber dahinter wird transnationales Kapital stehen. Frank, es werden allerhand solcher Sachen passieren. Du weißt, wie es läuft. Das ist Politik, nicht wahr?«

»Vielleicht«, sagte Frank mürrisch. Wütend ging er davon.

Später lief er durch einen höher im Tal gelegenen Distrikt, der noch im Bau war. Die Gerüste waren extrem, wie Sax angemerkt hatte, vor allem für die Marsschwerkraft. Manche sahen aus, als wären sie kaum wieder abmontierbar. Er wandte sich um und schaute über das Tal. Die Stadt war schön gelegen, keine Frage. Die zwei Seiten des Tales boten überall einen herrlichen Ausblick.

Plötzlich piepte sein Armbandgerät, und er ging ran. Es war Ann. »Was willst du?«, knurrte er. »Ich nehme an, du denkst, dass ich auch dich verhökert habe? Die Horden hereingelassen, die deinen Spielplatz überrennen?«

Sie schnitt eine Grimasse. »Nein. Du hast das Beste getan, was angesichts der Lage möglich war. Das wollte ich sagen.« Sie schaltete ab, und sein Bildschirm wurde leer.

»Großartig!«, sagte er laut. »Auf zwei Welten sind jetzt alle auf mich wütend außer *Ann Clayborne*.« Er lachte bitter und ging ziellos weiter.

Wieder am Kanal und bei den Bareiss-Säulen. Salzsäulen, wie Lots Frau. Über die Rasenflächen entlang des Kanals waren Gruppen feiernder Menschen verteilt, und im Licht des späten Nachmittags warfen sie lange Schatten. Der Anblick wirkte unheimlich, und Frank wandte sich ab, unentschlossen, wohin er gehen sollte. Der Nachhall der Ereignisse machte ihm zu schaffen. Alles schien beendet, fertig, sinnlos zu sein. So ging es ihm immer.

Eine Gruppe Terraner stand unter einem der größeren neuen Bürogebäude im Niederdorf-Zelt. Andy Jahns war darunter.

Wenn Ann erfreut war, würde Andy wütend sein. Frank ging zu ihm. Das wollte er sehen.

Andy sah ihn, und sein Gesicht verzerrte sich für einen Moment. »Frank Chalmers, was bringt dich hier herunter?«, begrüßte er ihn.

Sein Ton war liebenswürdig, aber seine Augen waren kalt. Jawohl, er war sauer. Frank fühlte sich sofort besser und sagte: »Ich gehe bloß spazieren, Andy, um den Kreislauf wieder in Gang zu bringen. Und was macht ihr hier?«

Nach kurzem Zögern sagte Jahns: »Wir sehen uns nach Büroräumen um.«

Er beobachtet genau, wie Frank diese Nachricht und ihre Bedeutung verdaute. Sein Lächeln wurde breiter und beinahe freundlich. »Das sind Freunde von mir aus Äthiopien, aus Addis Abeba«, fuhr er fort. »Wir wollen unseren Hauptsitz nächstes Jahr dorthin verlegen. Und deswegen ...« Sein Lächeln wurde breiter, zweifellos als Reaktion auf Franks versteinerte Miene. »Und deswegen haben wir eine Menge zu besprechen.«

Al-Qahira ist sowohl der arabische als auch der malaiische und indonesische Name für den Mars. Die letzten zwei Sprachen haben ihn von der erstgenannten übernommen. Auf einem Globus kann man nachvollziehen, wie weit sich die Religion der Araber ausgebreitet hat. Über die ganze Mitte der Welt, von Westafrika bis zum Westpazifik. Und größtenteils in einem einzigen Jahrhundert. O ja, das war zu seiner Zeit ein Imperium; und es hatte wie alle Imperien nach seinem Tod ein langes Nachleben.

Die außerhalb von Arabien lebenden Araber nennt man Mahdschari, und diejenigen, die auf den Mars kamen, sind die Qahira-Mahdscharis (von wörtlich: die Kairo-Vorstädter). Als die Ersten von ihnen auf dem Mars angekommen waren, begannen einige durch Vastitas Borealis (die nördliche Badija = Wüste) und über den Großen Steilhang zu ziehen. Das waren meistens arabische Beduinen, und sie reisten in Karawanen. Sie ließen bewusst ein Leben wieder auferstehen, das auf der Erde verschwunden war. Leute, die ihr ganzes Leben in Städten verbracht hatten, kamen zum Mars und zogen in Rovern und Zelten herum. Als Vorwand für ihr unablässiges Wandern diente auch die Suche nach Metallen, die Areologie und der Handel; aber offensichtlich war die Hauptsache das Reisen, das Leben selbst.

Frank Chalmers schloss sich der Karawane des alten Zeyk Tuqan einen Monat, nachdem der Vertrag unterzeichnet worden war, im nördlichen Herbst des M-Jahres 15 (Juli 2057) an.

Er zog lange mit dieser Karawane über die zerrissenen Hänge des Großen Steilhangs. Er verbesserte sein Arabisch, half bei ihren Bergbauarbeiten und machte meteorologische Beobachtungen. Die Karawane bestand aus Beduinen aus Awlad 'Ali, der Westküste Ägyptens. Sie hatten nördlich des Gebietes gelebt, welches die ägyptische Regierung das Neue Talprojekt genannt hatte, als bei der Suche nach Öl ein Wasserlager entdeckt worden war, dessen Volumen der vom Nil in tausend Jahren geführten Wassermenge entsprach. Schon vor der Entdeckung der gerontologischen Behandlung war in Ägypten die Bevölkerungslage ernst gewesen. Bei sechsundneunzig Prozent Wüstenland und neunundneunzig Prozent der Bevölkerung im Niltal war es unvermeidlich, dass die ins Neue Talprojekt umgesiedelten Menschenmengen die Beduinen und ihre völlig andere Kultur verdrängen würden. Die Beduinen bezeichneten sich nicht einmal als Ägypter und verachteten die Nil-Ägypter als rückgratlos und unmoralisch. Aber das hinderte die Ägypter nicht daran, von Norden her aus dem Neuen Talprojekt nach Awlad 'Ali zu strömen. Beduinen in den anderen arabischen Ländern hatten für die überwältigten Außenposten ihrer Kultur Partei ergriffen. Und als das Arabische Commonwealth ein Marsprogramm startete und Platz auf den ständig zwischen Erde und Mars pendelnden Shuttles kaufte, bat es Ägypten, seinen westlichen Beduinen den Vorzug zu geben. Die ägyptische Regierung hatte nur allzu gern zugestimmt und so die Region von ihrer lästigen Minorität gesäubert. Also waren sie nun hier, Beduinen auf dem Mars, und zogen durch die den Planeten umspannende nördliche Wüste.

Die Wetterbeobachtungen regten Franks Interesse an Klimatologie stärker an als jeder wissenschaftliche Vortrag zu dem Thema. Das Wetter auf dem Steilhang war oft rau, mit katabatischen Winden, die nach unten bliesen und mit den Passatwinden der Großen Syrte zusammenstießen und so große, schnelle rote Tornados erzeugten. Derzeit betrug der Luftdruck im Sommer um die 130 Millibar, bei einer Mischung aus rund achtzig Prozent Kohlendioxid und zehn Prozent Sauerstoff, und der Rest war überwiegend Stickstoff aus den neu entwickelten Pflanzen. Es war noch nicht klar, ob diese den CO_2-Gehalt durch Sauerstoff und die anderen Gase senken würden; aber Sax schien bisher mit ihrem Fortschritt zufrieden zu sein. An einem windigen Tag auf dem Steilhang war es deutlich spürbar, dass die Luft dichter wurde. Sie fühlte sich gewaltiger an, führte schweren Sand mit sich und verdunkelte die Nachmittage zu einem dunklen Braun. Die stärkeren Windböen konnten einen leicht umwerfen. Frank maß bei einer katabatischen Bö vierhundert Kilometer in der Stunde. Es war ein Glück, dass alle sich in den Rovern befanden, als sie dieser harte Windstoß traf.

Die Karawane war ein mobiles Bergwerksunternehmen. Metalle und erzhaltige Minerale wurden auf dem Mars überall und in allen Konzentrationen entdeckt; aber die arabischen Prospektoren fanden heraus, dass eine Menge Sulfide auf dem Großen Steilhang und den Ebenen unmittelbar darunter sehr dünn verteilt waren. Die meisten dieser Lagerstätten wiesen Konzentrationen und Gesamtmengen auf, die die Anwendung konventioneller Abbauverfahren nicht rechtfertigen würden. Darum experimentierten die Araber mit neuen Extraktions- und Verarbeitungsmethoden. Sie hatten verschiedene mobile Geräte gebaut, wobei sie Baufahrzeuge und Erkundungsrover ihren Zwecken entsprechend umkonstruiert hatten. Das Ergebnis waren große, segmentierte Maschinen, die wie Insekten aussahen. Sie wirkten wie Geschöpfe aus den Albträumen eines Lastwagenmechanikers. Diese Kreaturen zogen in lockeren Karawanen über den Großen Steilhang und suchten nach überall an der Oberfläche verteilten Kupferschichten, vorzugsweise solchen mit hohem Tetrahedrit- oder Chalkozit-Gehalt, sodass sie als Nebenprodukt der Kupfergewinnung auch noch Silber produzieren konnten. Hatten sie eine derartige Stelle gefunden, hielten sie an, um – wie sie sagten – zu ernten.

Während sie das taten, fuhren Erkundungsrover auf dem Steilhang voraus. Die Expeditionen dauerten eine Woche oder zehn Tage. Dabei folgten sie den alten Tälern und Spalten. Als Frank angekommen war, hatte Zeyk ihn begrüßt und ihm freigestellt, welcher Arbeit er nachgehen wollte. Also übernahm Frank einen Rover und fuhr mit ihm auf Solo-Expeditionen. Er war oft eine Woche lang draußen, trödelte herum, ließ die automatische Suche laufen, las den Seismographen, Sonden und Wetterinstrumente ab, machte gelegentlich eine Bohrung und beobachtete den Himmel.

Überall auf beiden Welten sahen Beduinensiedlungen von außen schäbig aus. Wenn ihre Bewohner weitergezogen waren, wirkten die fensterlosen Häuser mit dicken Wänden so, als würden sie sich ducken, um sich vor der Hitze der Wüste zu schützen. Erst wenn man hineinging, sah man, was da geschützt werden sollte – die Innenhöfe, Gärten, Brunnen, Vögel, Treppen, Spiegel und Arabesken.

Der Große Steilhang war ein seltsames Land, von Canyonsystemen von Nord nach Süd durchschnitten, entstellt durch alte Krater, überflutet von Lava, zerbrochen in Buckel, Karstplateaus, Mesas und Grate, und das alles auf einem steilen Abhang, sodass man von jedem Felsblock oder Hügel bis weit nach Norden hinunterschauen konnte. Auf seinen einsamen Reisen überließ Frank dem Suchprogramm die meisten Entscheidungen und ließ das Land an sich vorbeiziehen: still, riesig, zerrissen wie die tote Vergangenheit. Die Zeit verging, und die Schatten wanderten. Am Morgen wirbelten die Winde den Hang empor und in den späten Nachmittagsstunden abwärts. Wolken drängten sich am Himmel, von niedrigen Nebelfeldern, die über die Felsen krochen, bis zu hohen Zirrusfetzen und gelegentlichen Gewitterköpfen, die alles bedeckten, solide Wolkenmassen in zwanzigtausend Metern Höhe.

Gelegentlich schaltete er den Fernseher ein und schaute arabische Nachrichten. Manchmal in der morgendlichen Stille schimpfte er darüber. Ein Teil von ihm ärgerte sich über die Idiotie der Medien und der Art, wie sie die Ereignisse verkauften. Die gesammelte Dummheit der menschlichen Spezies zeigte sich darin. Nur erschien die überwältigende Masse der Menschheit nie im Fernsehen, nicht einmal im Leben, nicht einmal wenn eine Kamera über eine Menschenmenge schwenkte. Dort unten war die Vergangenheit noch überall lebendig, das Dorfleben schleppte sich dahin, die Terraner lebten, wie sie es schon immer getan hatten. Vielleicht war das eine der Weisheiten von alten Weibern und Schamanen. Vielleicht. Aber das war schwer zu glauben, wenn man sah, was geschah, wenn sie sich in Städten sammelten. Idioten auf Video, Geschichte im Entstehen. »Die Verlängerung menschlichen Lebens ist wirklich eine große Wohltat.« Das brachte ihn zum Lachen. »Hast du noch nie von Nebenwirkungen gehört, du Arsch?«

Eines Abends sah er einen Bericht über die Anreicherung des Antarktischen Ozeans mit Eisenstaub, der als zusätzliche Nahrung für Phytoplankton dienen sollte, dessen Population ohne klaren Grund alarmierend abnahm. Der Eisenstaub wurde aus Flugzeugen abgeworfen. Es sah aus, als ob sie ein Feuer unter dem Meeresspiegel bekämpften. Das Projekt würde jährlich zehn Milliarden Dollar kosten und musste kontinuierlich fortgesetzt werden; aber man hatte berechnet, dass die Menge Dünger, die sonst in hundert Jahren verbraucht wurde, die globale Konzentration von Kohlendioxid um fünfzehn Prozent plus oder minus zehn Prozent senken würde; und angesichts der fortschreitenden globalen Erwärmung und der daraus resultierenden Bedrohung der Küstenstädte, geschweige denn des Todes der meisten Korallenriffe der Welt, hatte man befunden, dass das Projekt es wert sei. »Ann wird sich freuen«, knurrte Frank. »Jetzt terraformen sie die Erde.«

Immer, wenn er etwas laut aussprach, löste sich ein Knoten in seiner Brust. Er wurde sich bewusst, dass ihn niemand beobachtete und niemand belauschte. Das imaginäre Publikum in seinem Kopf existierte nicht. Niemand schaut unserem Leben zu, als wäre es ein Film. Weder Freund noch Feind würde je erfahren, was er hier machte. Er konnte tun, was immer er wollte. Scheiß auf Normalität! Offenbar hatte er sich genau danach gesehnt und es instinktiv gesucht. Er konnte losgehen und einen ganzen Nachmittag Steine von der Kante eines Karstes hinuntertreten; oder schreien; oder Aphorismen in den Sand schreiben; oder die Monde beschimpfen, die über den Südhimmel torkelten. Er konnte sich über Mahlzeiten beschweren oder den Fernseher verfluchen; er konnte Gespräche mit seinen Eltern oder verlorenen Freunden führen, mit dem Präsidenten oder John oder Maya. Er konnte lange weitschweifige Einträge diktieren: Teile einer soziobiologischen Weltgeschichte, ein Tagebuch, eine philosophische Abhandlung, einen pornographischen Roman (er wollte masturbieren), eine Analyse der arabischen Kultur und ihrer Geschichte. Er tat das alles, und wenn er zu der Karawane zurückrollte, fühlte er sich wohler, leerer, ruhiger. Eigentlich eher hohl. Wie die Japaner hilfreich gesagt hatten: »Lebe so, als wärst du schon tot.«

Aber die Japaner waren Aliens, Fremde. Und das Leben mit den Arabern schärfte seinen Sinn dafür, wie fremdartig auch sie waren. Natürlich waren sie ein Teil der Menschheit des einundzwanzigsten Jahrhunderts, wie jeder andere auch in jedem Moment ihres Lebens in eine Schutzhülle aus Technik eingesponnen und eifrig mit dem beschäftigt, was andere von ihnen hielten. Aber dennoch beteten sie drei- bis sechsmal am Tag, verbeugten sich in Richtung Erde, wenn sie als Morgen- oder Abendstern erschien. Und der Grund, weshalb ihre Hightech-Karawanen ihnen eine so große und augenfällige Freude machten, lag darin, dass diese Karawanen eine äußere Manifestation der Verbeugung der modernen Welt vor ihren alten Zielen waren. »Die Aufgabe des Menschen ist die Verwirklichung von Gottes Willen in der Geschichte«, erklärte Zeyk. »Wir können die Welt so verändern, dass der göttliche Plan sichtbar wird. Das ist immer unser Weg gewesen. Der Islam sagt, dass die Wüste nicht Wüste bleibt und der Berg nicht Berg. Die Welt muss nach dem göttlichen Plan gestaltet werden, und das ist es, was im Islam Geschichte bedeutet. Al-Qahira stellt uns die gleiche Herausforderung wie die alte Welt, nur in reinerer Form.«

Das erzählte er Frank, als sie in seinem Rover, in seiner kleinen Residenz zusammensaßen. Diese Familienrover waren zu privaten Rückzugsräumen geworden; Räume, in die Frank selten eingeladen wurde, und wenn, nur von Zeyk. Bei jedem Besuch war er von Neuem überrascht. Von außen war der Rover unauffällig: groß, mit verdunkelten Fenstern, einer von vielen, die zusammen geparkt und durch Röhren verbunden waren. Aber dann duckte man sich durch eine Tür nach innen und trat in einen Raum, der von Sonnenlicht, das durch Oberlichter strömte, erfüllt war, das Sofas und prächtige Teppiche beleuchtete, geflieste Fußböden, Pflanzen mit grünen Blättern,

Schalen mit Obst, ein Fenster nach außen, zum Mars, die Scheibe getönt und gerahmt wie ein Foto, niedrige Liegen, silberne Kaffeekannen, Computerkonsolen mit Intarsien aus Teakholz und Mahagoni, fließendes Wasser in Becken und Springbrunnen. Eine kühle feuchte Welt, grün und weiß, intim und klein. Wenn Frank sich umschaute, hatte er den Eindruck, dass es solche Räume schon seit Jahrhunderten gegeben hatte, dass die Kammer sofort als das, was sie war, erkannt werden würde, auch von Menschen, die im zehnten Jahrhundert in der Rub al-Chali, dem Leeren Viertel, oder im zwölften Jahrhundert im nördlichen Asien gelebt hatten.

Zeyks Einladungen kamen oft am Nachmittag, wenn sich in seinem Rover eine Gruppe von Männern zu Kaffee und Gespräch zusammenfand. Frank saß an seinem Platz neben Zeyk, schlürfte seinen trüben Kaffee und hörte dem Arabischen mit aller Aufmerksamkeit, die er aufbringen konnte, zu. Es war eine schöne Sprache, musikalisch und sehr metaphorisch, sodass alle moderne Terminologie von Bildern aus der Wüste widerhallte wegen der Bedeutung der Stammwurzeln aller neuen Wörter, die wie die meisten ihrer abstrakten Ausdrücke einen konkreten physischen Ursprung hatten. Arabisch war wie Griechisch von alters her eine Sprache der Wissenschaft gewesen; und es ergaben sich viele überraschende Verwandtschaften mit dem Englischen, auch in der organischen und kompakten Natur des Wortschatzes.

Die Gespräche drehten sich um dies und das, geleitet von Zeyk und den anderen Ältesten, die von den jüngeren Männern in einer Weise geachtet wurden, die Frank unglaublich erschien. Oft wurde die Konversation für ihn zu einer Lehrstunde über beduinische Lebensweise, was es ihm ermöglichte zu nicken, Fragen zu stellen und gelegentlich auch Bemerkungen oder Kritik anzubringen. Zeyk sagte: »Wenn es in einer

Gesellschaft einen stark konservativen Zug gibt, der sich von dem progressiven Teil absondert, kommt es zu Bürgerkriegen der schlimmsten Sorte. Wie zum Beispiel bei dem Konflikt in Kolumbien, den man La Violencia genannt hat. Ein Bürgerkrieg, der zum völligen Zusammenbruch des Staates führte, einem Chaos, das niemand verstehen, geschweige denn kontrollieren konnte.«

»Oder wie Beirut«, sagte Frank unschuldig.

»Nein, nein« erwiderte Zeyk lächelnd. »Beirut war viel komplexer. Das war nicht nur ein Bürgerkrieg, da spielten auch eine Anzahl anderer Kriege mit hinein. Es war nicht nur eine Sache sozialer oder religiöser Konservativer, die sich vom normalen Fortschritt einer Kultur absonderten, wie in Kolumbien oder im Spanischen Bürgerkrieg.«

»Gesprochen wie ein echter Progressiver.«

»Alle Qahira-Mahdscharis sind per Definition progressiv, sonst wären wir nicht hier. Aber der Islam hat Bürgerkriege dadurch vermieden, dass er ganz geblieben ist. Wir haben eine kohärente Kultur, sodass die Araber hier immer noch fromm sind. Das verstehen auch die konservativsten Elemente zu Hause. Wir werden nie Bürgerkriege erleben, weil wir durch unseren Glauben geeint sind.«

Frank wies nur durch sein Mienenspiel auf die Tatsache der schiitischen Häresie hin, eine von vielen anderen islamischen »Bürgerkriegen«. Zeyk verstand, ignorierte es aber und fuhr fort: »Wir alle bewegen uns durch die Geschichte, eine große Karawane. Man könnte sagen, dass wir hier auf Al-Qahira wie einer unserer prospektierenden Rover sind. Und du weißt, was für ein Vergnügen es ist, in einem solchen zu fahren.«

»So …« Frank dachte angestrengt nach, wie er seine Frage formulieren sollte. Seine mangelnde Erfahrung mit dem Arabischen würde ihm nur einen gewissen Spielraum geben, ehe sie beleidigt wären. »Gibt es im Islam wirklich die Idee des sozialen Fortschritts?«

»Oh, sicher!« Mehrere hatten das bejaht und nickten. Zeyk sagte: »Glaubst du das nicht?«

»Nun …« Frank gab es auf. Es gab immer noch keine einzige arabische Demokratie. Es war eine hierarchische Kultur mit hoher Wertschätzung von Ehre und Freiheit; und für diejenigen, die in der Hierarchie weit unten standen, waren Ehre und Freiheit nur durch Ergebenheit erreichbar. Was das System stärkte und stabil hielt. Aber was sollte er dazu sagen?

»Die Zerstörung von Beirut war eine Katastrophe für die fortgeschrittene arabische Kultur«, sagte ein anderer Mann. »Beirut war die Stadt, wohin Intellektuelle, Künstler und Radikale gingen, wenn sie von ihren lokalen Regierungen verfolgt wurden. Alle nationalen Regierungen hassten das panarabische Ideal; wir sprechen seit etlichen Jahrhunderten eine gemeinsame Sprache, und Sprache ist ein mächtiges Bindemittel der Kultur. Zusammen mit dem Islam macht sie uns wirklich zu einem Ganzen, trotz aller politischen Grenzen. Beirut war immer der Ort, an dem diese Position bestätigt wurde; und als die Israelis es zerstört hatten, wurde diese Bestätigung schwieriger. Die Zerstörung Beiruts sollte uns zersplittern, und das gelang. Also fangen wir hier von vorn an.«

Und das war ihr sozialer Fortschritt.

Das große Kupferlager, das sie abgeschürft hatten, wurde leer, und es war Zeit für eine weitere *ráhla*, der Umzug der *hidschra* zu einem neuen Lager. Sie fuhren zwei Tage lang und kamen zu einer anderen Ablagerung, die Frank gefunden hatte. Frank selbst zog wieder zu einer neuen Erkundungsreise los.

Er saß tagelang im Fahrersitz, die Füße auf dem Armaturenbrett, und sah das Land vorbeiziehen. Sie waren in einem Gebiet von *thulmas* oder kleinen Rippen, die parallel bergab verliefen. Er stellte das Fernsehen überhaupt nicht mehr an. Er musste über vieles nachdenken. »Die Araber glauben nicht an so etwas wie Erbsünde«, notierte er. »Sie glauben, dass der Mensch unschuldig und der Tod eine natürliche Sache ist. Dass wir keinen Erlöser brauchen. Es gibt weder Himmel noch Hölle, sondern nur Lohn und Strafe, die sich in diesem Leben und wie es gelebt wurde zeigen. Das ist sozusagen eine humanistische Korrektur von Judentum und Christentum. Andererseits haben sie es stets abgelehnt, die Verantwortung für ihr Schicksal zu tragen. Es ist immer Allahs Wille. Ich verstehe diesen Widerspruch nicht. Aber jetzt sind sie hier. Und die Mahdscharis sind immer ein wichtiger Teil arabischer Kultur gewesen, oft an führender Stelle. Die arabische Dichtkunst ist im zwanzigsten Jahrhundert durch Poeten, die in New York oder Lateinamerika gelebt haben, wiederbelebt worden. Vielleicht wird es hier auch so sein. Es ist überraschend, wie sehr ihre Sicht der Geschichte dem entspricht, was Boone geglaubt hat. Ich glaube nicht, dass sie das verstanden haben. Nur wenige Leute bemühen sich überhaupt herauszufinden, was andere Menschen wirklich denken. Sie sind bereit, alles zu akzeptieren, was man ihnen über jemanden erzählt, den sie kaum kennen.«

Er stieß auf Porphyrkupfer, ungewöhnlich dicht und auch mit hohen Konzentrationen an Silber. Das waren der Karawane willkommene Metalle. Kupfer und Silber waren beide auf der Erde relativ knappe Metalle. Silber wurde in großen Mengen von vielen Industrien gebraucht, denen die Ressourcen allmählich ausgingen. Hier gab es mehr davon, direkt auf der Oberfläche in guten Konzentrationen. Natürlich nicht so viel wie in Silver Mountain auf dem Elysium-Massiv; aber den Arabern würde das nichts ausmachen. Sie ernteten es ab und zogen dann weiter.

Er zog selbst weiter. Die Tage vergingen, die Schatten wanderten. Der Wind wehte den Abhang hinab, hinauf, hinab und wieder hinauf. Wolken bildeten sich, und Stürme brachen los. Manchmal war der Himmel mit Eisbögen und Nebensonnen und Windhosen aus Hagel, die wie Katzengold im rosa Sonnenlicht schimmerten, übersät. Manchmal sah er eines der Shuttles in der Atmosphäre bremsen und wie einen Meteor gleichmäßig über den Himmel ziehen. An einem klaren Morgen erblickte er Elysium Montes, die über den Horizont wie ein schwarzer Himalaya aufragten. Durch eine Inversionsschicht in der Atmosphäre war die Sicht bis tausend Kilometer über den Horizont gekrümmt. Er schaltete den Computer aus wie schon den Fernseher zuvor. Wind packte den Sand und schleuderte ihn in Wolken gegen den Rover. *Khála*, das leere Land.

Aber dann begannen ihn Träume zu plagen, die eigentlich Erinnerungen waren, so intensiv, voll und exakt, als würde er im Schlaf seine Vergangenheit noch einmal durchleben. Eines Nachts träumte er von dem Tag, an dem er herausgefunden hatte, dass er die amerikanische Hälfte der ersten Marskolonie leiten würde. Er war von Washington zum Shenandoah Valley hinausgefahren und hatte sich sehr sonderbar gefühlt. Er ging lange im großen Eastern Hardwood Forest spazieren. Er kam zu den Kalksteinhöhlen in Luray, jetzt eine Touristenattraktion, und nahm aus einer Laune heraus an der Führung teil. Jeder Stalaktit und Stalagmit war in geisterhaftes farbiges Licht getaucht. An einigen waren Hämmerchen befestigt, und ein Organist konnte darauf spielen wie auf einem Glockenspiel. Die wohltemperierte Höhle! Er musste weiter hinaus in die Finsternis gehen und sich einen Ärmel in den Mund stopfen, damit ihn die Touristen nicht lachen hörten.

Dann parkte er an einem Aussichtspunkt, ging in den Wald hinein und setzte sich zwischen die Wurzeln eines großen Baumes. Niemand in der Nähe, eine warme Herbstnacht, die Erde dunkel und wie mit einem Pelz aus Unterholz und Bäumen bedeckt. Zikaden ließen ihr eigenartiges Lied ertönen, und Grillen stießen ihre letzten Klagerufe im Vorgefühl des ersten Frostes, der sie töten würde, aus. Er fühlte sich so *sonderbar* … Konnte er diese Welt wirklich zurücklassen? Während er so auf dem Boden saß, hatte er sich gewünscht, er könnte wie ein Wechselbalg in eine Felsspalte rutschen und als etwas Besseres, etwas Mächtiges, Edles, Langlebiges wieder herauskommen – so etwas wie ein Baum. Aber natürlich geschah nichts. Er lag auf der Erde, schon von ihr abgeschnitten. Schon ein Marsianer.

Und er erwachte und war den ganzen Rest des Tages verstört.

Danach, noch schlimmer, träumte er von John. Er träumte von der Nacht, als er in Washington gesessen und John im Fernsehen gesehen hatte, wie er zum ersten Mal auf den Mars hinausging, dicht gefolgt von den anderen drei. Frank verließ die offizielle Feier der NASA und ging durch die Straßen in einer heißen Nacht im Sommer 2020. Es hatte zu seinem Plan gehört, John die erste Landung machen zu lassen. Er hatte ihm das zukommen lassen, wie man eine Königin im Schach opfert, weil jene erste Crew auf der Reise von der Strahlung geröstet werden würde und gemäß den Vorschriften nach ihrer Rückkehr für immer auf der Erde bleiben musste. Damit war das Feld für den nächsten Flug geräumt, für die Kolonisten, die endgültig dort bleiben würden. Darum ging es eigentlich, und Frank wollte unbedingt dabei sein.

Aber in jener historischen Nacht war er in miserabler Stimmung. Er kehrte zu seinem Apartment nahe Dupont Circle zurück und ging dann wieder los, ohne seinen FBI-Ausweis, schlüpfte in eine dunkle Bar, nahm Platz und sah sich über die Köpfe der Barkeeper hinweg das Ereignis im Fernsehen an. Das Marslicht strömte aus dem Fernseher und rötete den dunklen Raum. Er wurde betrunken und hörte sich Johns alberne Rede an. Seine Stimmung wurde immer schlechter. Es fiel ihm schwer, seinen Plan nicht aus den Augen zu verlieren. Er trank noch mehr. In der Bar war es laut, und die Leute passten nicht auf. Nicht dass man die Landung nicht beachtet hätte; aber die stellte hier nur eine Art von Unterhaltung dar, auf dem gleichen Niveau wie das Spiel der Bullets, auf das ein Barkeeper immer wieder umschaltete. Dann wieder zurück zur Szene in Chryse Planitia. Sein Nachbar schimpfte darüber. »Basketball müsste auf dem Mars 'ne tolle Sache sein«, sagte Frank in dem Florida-Akzent, den er längst abgelegt hatte.

»Müssen den Korb höher hängen, sonst brechen sie sich den Hals.«

»Sicher, aber denk an die Sprünge. Sechs Meter nach oben, und Dunk!«

»Ja ja, auch ihr weißen Jungs könnt dann so hoch springen. Aber bleibt lieber vom Korb weg, sonst kriegt ihr die gleichen Schwierigkeiten wie hier.«

Frank lachte. Aber draußen war es heiß, eine stickige D.C.-Sommernacht, und er ging nach Hause in einer miserablen Stimmung, die mit jedem Schritt noch schlechter wurde. Als er auf einen Bettler vor Dupont traf, zückte er eine Zehndollarnote und warf sie dem Kerl zu. Als der hinlangte, stieß er ihn fort und rief: »Fick dich! Such dir 'nen Job!« Aber dann kamen Leute aus der Metro, und er eilte davon, schockiert und wütend. Bettler kauerten sich in Hauseingängen zusammen. Menschen waren auf dem Mars gelandet, und in der Hauptstadt der Nation gab es Bettler, an denen all die Anwälte täglich vorbeigingen, deren Gerede von Freiheit und Gerechtigkeit nur eine Tarnung für ihre Gier war. »Wir werden es auf dem Mars *anders* machen«, sagte Frank giftig. Und ganz plötzlich wünschte er sich, dort zu sein, ohne die langen, harten Jahre des Wartens und Kämpfens. »Besorg dir einen verdammten Job!«, brüllte er einen anderen Penner an. Dann weiter zu seinem Apartmenthaus, hinter dem im Foyer am Empfang gelangweilte Sicherheitsleute saßen, die ihr ganzes Leben mit Nichtstun zubrachten. Oben angekommen, zitterten seine Hände so stark, dass er erst seine Tür nicht aufkriegte. Als er dann drinnen stand, erstarrte er, schockiert von all dem Designermobiliar, das nur eine Theaterkulisse war, darauf ausgelegt, seltene Besucher von der NASA und dem FBI zu beeindrucken. Nichts davon war er! Er hatte nur einen Plan.

Und dann erwachte er, allein, in einem Rover auf dem Großen Steilhang.

Schließlich kehrte er von seiner schrecklichen Expedition voller Träume zurück. Wieder in der Karawane fand er es schwer, mit jemandem zu sprechen. Er wurde von Zeyk zum Kaffee eingeladen und schluckte Beruhigungsdrogen, um sich in der Gesellschaft von Männern entspannen zu können. In Zeyks Rover saß er auf seinem Platz und wartete darauf, dass dieser kleine Tassen mit Nelken gewürztem Kaffee austeilte. Unsi Al-Khal saß zu seiner Linken und hielt einen langatmigen Vortrag über die islamische Vision der Geschichte und wie sie in der Dschahiliya oder vorislamischen Periode begonnen hatte. Al-Khal war nie freundlich zu ihm gewesen; und als Frank ihm in einer üblichen höflichen Geste die Kaffeekanne weiterzureichen versuchte, bestand Al-Khal darauf, dass Frank die Ehre gebühre und er sie ihm nicht rauben wolle. Eine typische Kränkung durch übertriebene Höflichkeit, wieder die Hierarchie. Man konnte keinem, der im System höher stand, eine Gunst erweisen. Gefälligkeiten gab es nur von oben nach unten. Alphamännchen, Hackordnungen. Sie hätten ebenso gut wieder auf der Savanne (oder in Washington) sein können. Wiederum nichts weiter als Primatentaktik – schon wieder.

Frank knirschte mit den Zähnen, und als Al-Khal wieder zu predigen anfing, sagte er: »Wie ist es mit euren Frauen?«

Sie waren aus der Fassung gebracht, und Al-Khal zuckte die Achseln. »Im Islam haben Männer und Frauen verschiedene Rollen. Genau wie im Westen. Das hat biologische Gründe.«

Frank schüttelte den Kopf. Er fühlte die Wirkung der Tabletten und das finstere Gewicht der Vergangenheit. Der Druck auf das riesige Reservoir aus Abscheu in der Tiefe seines Denkens verstärkte sich, etwas gab nach, und plötzlich war ihm alles egal, und er war es satt, so zu tun als ob. Er war seiner Maske überdrüssig, des klebrigen Öls, welches der Gesellschaft erlaubte, auf ihrem knirschenden schrecklichen Weg weiterzugehen.

»Ja«, sagte er. »Aber das ist doch Sklaverei, oder?«

Die Männer um ihn herum waren über dieses Wort schockiert und erstarrten.

»Oder?«, wiederholte er und fühlte hilflos die Worte aus seiner Kehle sprudeln. »Eure Frauen und Töchter sind machtlos, und das ist Sklaverei. Ihr mögt sie gut behandeln, und sie können Sklavinnen mit besonderen und intimen Kräften über ihre Herren sein, aber die Beziehung von Herren und Sklaven verzerrt alles andere. Alle eure Beziehungen sind bis zum Zerreißen gespannt.«

Zeyk rümpfte die Nase. »So empfinden wir das nicht. Das kann ich dir versichern. Du solltest unsere Poesie hören.«

»Aber würden eure Frauen mir das bestätigen?«

»Ja«, sagte Zeyk im Brustton absoluter Überzeugung.

»Mag sein. Aber die erfolgreichsten Frauen unter euch sind immer bescheiden und ergeben. Sie sind peinlich darum bemüht, das System zu ehren. Sie sind diejenigen, die ihren Gatten und Söhnen helfen, im System aufzusteigen. Um damit Erfolg zu haben, müssen sie dasselbe System stärken, das sie unterdrückt. Das vergiftet alles. Und dieser Kreislauf wiederholt sich Generation um Generation. Getragen von Herren und Sklavinnen gleichermaßen.«

»Der Gebrauch des Wortes *Sklave*«, sagte Al-Khal langsam und machte eine Pause, »ist offensiv; denn er nimmt ein Urteil vorweg. Das Urteil über eine Kultur, die du nicht wirklich kennst.«

»Stimmt. Ich sage nur, wie es von außen aussieht. Das kann für einen fortschrittlichen Muslim nur von Interesse sein. Ist dies der göttliche Plan, für dessen Verwirklichung in der Geschichte ihr kämpft? Die Gesetze sind dazu da, dass man sie liest und sie befolgt; und für mich sieht das wie eine Form der Sklaverei aus. Und ihr wisst, dass wir Kriege geführt haben, um die Sklaverei abzuschaffen. Wir haben Südafrika aus der Völkergemeinschaft ausgeschlossen, weil dessen Gesetze so angelegt waren, dass die Schwarzen nie so gut leben konnten wie die Weißen. Ihr aber tut das die ganze Zeit. Wenn irgendwelche Menschen auf der Welt so behandelt würden, wie ihr eure Frauen behandelt, würde die UN diese Nation ächten. Aber weil es das Schicksal von Frauen betrifft, schauen die Männer, die an der Macht sind, weg. Sie sagen, es sei eine Sache der Kultur, der Religion, in die man sich nicht einmischen dürfe. Oder es heißt deshalb nicht Sklaverei, weil es nur eine Übertreibung davon ist, wie Frauen anderswo behandelt werden.«

»Oder nicht einmal eine Übertreibung«, meinte Zeyk. »Eine Variante.«

»Nein, es ist eine Übertreibung. Westliche Frauen können vieles von dem, was sie tun, wählen. Sie können ihr eigenes Leben führen. Bei euch ist das nicht so. Aber Menschen wollen kein Eigentum sein. Sie hassen das und wenden sich dagegen und rächen sich dafür, soweit sie können. So sind eben die Menschen. Und in diesem Falle handelt es sich um eure Mutter, eure Frau, eure Schwestern, eure Töchter.«

Die Männer starrten ihn an, immer noch mehr schockiert als gekränkt. Aber Frank schaute in seine Kaffeetasse und fuhr unerbittlich fort: »Ihr müsst eure Frauen befreien!«

»Was schlägst du vor, wie wir das tun sollten?«, fragte Zeyk und sah Frank neugierig an.

»Ändert eure Gesetze! Lasst eure Töchter in die gleichen Schulen wie eure Söhne gehen. Macht sie gleichberechtigt mit jedem Muslim jeder Art überall. Denkt daran, dass in euren Gesetzen viel ist, das nicht im Koran steht, sondern in der Zeit nach Mohammed hinzufügt wurde.«

»Hinzugefügt von heiligen Männern«, sagte Al-Khal verärgert.

»Sicher. Aber wir bestimmen die Wege, in denen wir unsere religiösen Glaubenssätze im alltäglichen Verhalten stärken können. Das trifft für alle Kulturen zu. Und wir können neue Wege wählen. Ihr müsst eure Frauen befreien!«

»Ich will mir keine Predigten anhören, außer von einem Mullah«, sagte Al-Khal mit schmalen Lippen unter seinem Schnurrbart. »Mögen die, welche ohne Schuld sind, verkünden, was recht ist.«

Zeyk lächelte heiter und sagte: »So pflegte Selim el-Hayil zu sprechen.«

Und es trat tiefe, gespannte Stille ein.

Frank blinzelte. Viele Männer lächelten jetzt und sahen Zeyk zustimmend an. Frank erkannte blitzartig, dass sie alle wussten, was in Nicosia geschehen war. Natürlich! Selim war in jener Nacht nur Stunden nach dem Attentat gestorben, vergiftet durch eine tödliche neue Mikrobensorte. Aber sie wussten jedenfalls Bescheid.

Und dennoch hatten sie ihn akzeptiert und in ihre Wohnungen gelassen, in ihre persönlichen Räume, wo sie ihr Privatleben führten. Sie hatten versucht, ihn das zu lehren, was sie glaubten.

»Vielleicht sollten wir sie so frei machen wie russische Frauen?«, sagte Zeyk lachend und entlastete Frank für den Moment. »Durch Überarbeitung verrückt, so sind sie doch? Man erzählt ihnen, sie seien gleichberechtigt, aber in Wirklichkeit sind sie das nicht!«

Yussuf Hawl, ein schneidiger junger Mann, kicherte tückisch. »Das sind irre Schlampen, sage ich euch! Aber nicht mehr oder weniger als alle anderen Frauen. Ist es nicht so, dass daheim die Macht immer an den Stärkeren fällt? In meinem Rover bin ich der Sklave, das steht fest. Bei meiner Aziza bin ich bloß ein Pantoffelheld!«

Die Männer brüllten vor Lachen los. Zeyk nahm ihre Tassen und schenkte eine neue Runde Kaffee aus. Die Männer retteten die Lage, so gut sie konnten. Sie sahen über Franks grobe Beleidigung hinweg, entweder, weil sie so maßlos war, dass sie auf Ignoranz hindeuten konnte, oder weil sie Zeyks Gönnerschaft für ihn anerkennen und unterstützen wollten. Aber nur die Hälfte von ihnen schaute Frank überhaupt noch an.

Er zog sich zurück und hörte wieder zu, sehr über sich selbst verärgert. Es war immer ein Fehler, seine Meinung einfach so zu äußern, es sei denn, sie deckte sich mit einem politischen Zweck. Und das war nie der Fall. Am besten war es, alle Äußerungen des realen Inhalts zu entkleiden. Das war die Grundregel von Diplomatie. Draußen auf dem Steilhang hatte er das vergessen.

Aufgewühlt stieg er wieder in seinen Rover. Die Träume wurden seltener. Als er zurückkam, nahm er keine Medikamente. Er saß schweigend in den Kaffeerunden oder sprach über Mineralien und Grundwasser oder den Komfort der neu modifizierten Erkundungsrover. Die Männer sahen ihn zurückhaltend an und beteiligten ihn nur an der Konversation wegen Zeyks Freundlichkeit, die nie erlahmte – außer in jenem einen Moment, da er Frank nachdrücklich an eine der Grundtatsachen der Lage erinnert hatte.

Eines Abends lud ihn Zeyk zu einem privaten Abendessen mit ihm und seiner Frau Nazik ein. Nazik trug ein langes weißes Kleid im traditionellen Beduinenstil mit einem blauen Bund und war barhäuptig. Ihr dichtes schwarzes Haar war mit einem flachen Kamm zurückgehalten und hing ihr dann den Rücken hinab. Frank hatte genug gelesen, um zu wissen, dass das alles falsch war. Bei den Beduinen von Awlad 'Ali trugen die Frauen schwarze Gewänder und rote Schärpen, um ihre Unreinheit, Sexualität und moralische Unterlegenheit anzuzeigen. Sie hielten den Kopf bedeckt und benutzten den Schleier in einem komplizierten Code von Bescheidenheit. Alles, um zu zeigen, dass sie sich männlicher Macht beugten. Naziks Bekleidung hätte ihre Mutter und Großmütter schockiert, selbst wenn sie sie, wie jetzt, vor einem Außenseiter trug, der eigentlich völlig unbedeutend war. Aber weil er genug wusste, um das zu verstehen, war es ein Zeichen.

Und dann, als gerade alle lachten, erhob sich Nazik auf Zeyks Bitte hin, um das Dessert zu bringen, und sagte lachend zu Zeyk: »Jawohl, Herr.«

Zeyk runzelte die Stirn, sagte: »Geh, Sklavin!«, und gab ihr einen Stoß, und sie schnappte mit den Zähnen nach ihm. Sie lachten, als Frank heftig errötete, und sahen, dass er verstand. Sie machten sich über ihn lustig und brachen auch das Beduinentabu gegen das Zeigen ehelicher Zuneigung jeder Art vor jedermann. Nazik kam herüber und legte ihm eine Fingerspitze auf die Schulter, was ihn noch mehr schockierte. »Wir scherzen nur mit dir«, sagte sie. »Wir Frauen haben von deiner Äußerung vor den Männern gehört und lieben dich dafür. Du könntest bei uns so viele Frauen haben wie ein osmanischer Sultan. Denn in dem, was du gesagt hast, liegt einiges an Wahrheit – zu viel.« Sie nickte ernsthaft und zeigte mit einem Finger auf Zeyk, der sich das Grinsen verkniff und auch nickte. Nazik fuhr fort: »Aber von den Menschen, die die Gesetze befolgen, hängt so viel ab, findest du nicht auch? Die Männer in dieser Karawane sind gute Männer, kluge Männer. Und die Frauen sind noch klüger, denn wir haben die Kontrolle vollkommen übernommen.« Zeyk hob die Augenbrauen, und Nazik lachte. »Nein, in Wirklichkeit leisten wir nur unseren Beitrag. Ernsthaft.«

»Aber wo seid ihr denn?«, fragte Frank. »Ich meine, wo sind alle die Frauen der Karawane tagsüber? Was tut ihr?«

»Wir arbeiten«, sagte Nazik einfach. »Halte die Augen offen, und du wirst uns sehen.«

»Ihr arbeitet alle?«

»O ja. Vielleicht nicht da, wo du uns oft sehen kannst. Es gibt noch gewisse … Bräuche, Gewohnheiten. Wir leben zurückgezogen, getrennt, haben unsere eigene Welt. Das ist vielleicht nicht gut. Wir Bedus schließen uns gern zu Gruppen zusammen, Männer und Frauen. Wir haben unsere Traditionen, siehst du, und die dauern an. Aber hier ist vieles dabei, sich zu ändern, sich schnell zu ändern. Also ist dies die nächste Stufe des islamischen Weges. Wir sind …« Sie suchte nach dem richtigen Wort.

»Utopia«, schlug Zeyk vor. »Das islamische Utopia.«

Sie wedelte zweifelnd mit der Hand und sagte: »Geschichte. Der Hadsch nach Utopia.«

Zeyk lachte vergnügt. »Aber der Hadsch ist das Ziel. Das ist es, was uns die Mullahs immer lehren. Also sind wir schon da, oder wie?« Und er und seine Frau lachten sich an, eine private Kommunikation mit hoher Dichte an Informationsaustausch und ein Lächeln, das sie einen Moment mit Frank teilten. Und dann wandte sich ihr Gespräch anderen Themen zu.

Praktisch gesehen war Al-Qahira der lebendig gewordene panarabische Traum, da alle Nationen Geld und Menschen für die Mahdscharis beigesteuert hatten. Die Mischung arabischer Nationen auf dem Mars war vollkommen, aber die einzelnen Karawanen gingen ihre eigenen Wege. Dennoch vermischten sie sich. Und ob sie aus den ölreichen oder ölarmen Nationen kamen, schien keine Rolle zu spielen. Hier unter den Fremden waren sie alle Brüder. Syrer, Iraker, Ägypter und Saudis, Golfanrainer, Palästinenser, Libyer und Beduinen. Alles Brüder.

Frank begann sich besser zu fühlen. Er schlief wieder tief, jeden Tag erfrischt durch den Zeitschlupf, der Auszeit für den Körper. Tatsächlich hatte alles Leben in der Karawane ein anderes Zeitmaß, als wäre sogar der Augenblick gedehnt. Er fühlte, dass man Zeit zur Verfügung hatte, dass es nie einen Grund zur Eile gab.

Die Jahreszeiten glitten dahin. Die Sonne ging jeden Abend fast an der gleichen Stelle unter, die sich nur ganz langsam verschob. Sie lebten jetzt ganz nach dem Marskalender. Das einzige Neujahr, das sie beachteten oder feierten, war $L_S = 0$, der Beginn des nördlichen Frühlings des Jahres 16. Eine Jahreszeit nach der anderen, jede sechs Monate lang, und jede verging ohne das deutliche Empfinden von Sterblichkeit. Es war so, als lebten sie im ewigen Jetzt, in einer endlosen Abfolge von Aufgaben und Tagen, im kontinuierlichen Zyklus von Gebet zu dem ach so entfernten Mekka, im pausenlosen Wandern übers Land. In der ständigen Kälte.

Als sie eines Morgens erwachten, stellten sie fest, dass es über Nacht geschneit hatte, und die ganze Landschaft war rein weiß. Und hauptsächlich Wassereis. Die ganze Karawane feierte einen Tag lang ausgelassen. Sie alle, Männer und Frauen, draußen in Schutzanzügen, berauscht von dem Anblick, traten Schnee, machten Schneebälle, die nicht richtig zusammenhielten und versuchten Schneemänner zu bauen, die ebenso wenig zusammenhielten. Der Schnee war zu kalt.

Zeyk lachte über diese Bemühungen. »Was für eine Albedo«, sagte er. »Es ist erstaunlich, wie viel von dem, was Sax tut, sich gegen ihn wendet. Gegeneffekte arbeiten von Natur der Homöostase entgegen, meinst du nicht auch? Ich frage mich, ob Sax nicht zuerst den Mars so viel kälter hätte machen sollen, dass die ganze Atmosphäre bis zur Oberfläche ausgefroren wäre. Wie dick würde sie sein – einen Zentimeter? Dann die Maschinen von Pol zu Pol aufreihen und rund um die Welt wie Breitengrade laufen lassen, um das Kohlendioxid zu guter Luft und Dünger zu verarbeiten. Leuchtet dir das nicht ein?«

Frank schüttelte den Kopf. »Sax hat das wahrscheinlich erwogen, es aber aus irgendeinem Grunde verworfen, den wir nicht verstehen.«

»Zweifellos.«

Der Schnee verschwand durch Sublimation, das rote Land kehrte zurück, und sie zogen auf ihrem Weg weiter. Gelegentlich kamen sie an Kernreaktoren vorbei, die wie Burgen auf der Höhe des Steilhangs standen – keine Rickovers, sondern gigantische Westinghouse-Kraftwerke, über ihnen Reiffahnen wie Gewitterwolken. Über Mangalavid sahen sie Nachrichten über den Prototyp eines Fusionsreaktors in Chasma Borealis.

Canyon nach Canyon. Die Beduinen kannten das Land noch besser als Ann. Diese interessierte jeder Teil des Mars gleichermaßen, sodass sie sich nicht wie die Beduinen auf ein einziges Gebiet konzentrieren konnte. Sie lasen das Land wie ein Buch, folgten seinen Angaben durch das rote Gestein zu einer Stelle mit schwärzlichen Sulfiden oder dem zarten Zinnober von Quecksilbervorkommen. Sie studierten das Land nicht einfach nur, sondern waren seine Liebhaber. Sie wollten etwas von ihm. Ann hingegen stellte nur immer neue Fragen. Es gab so viele verschiedene Arten von Begehren.

Die Tage vergingen, dann weitere Jahreszeiten. Wenn sie auf andere arabische Karawanen trafen, feierten sie bis weit in die Nacht mit Musik und Tanz, Kaffee, Wasserpfeifen und Gesprächen in Gemeinschaftszelten, die ein Achteck aus geparkten Rovern bedeckten. Die Musik kam nie vom Band, sondern wurde mit großem Geschick auf Flöten und elektrischen Gitarren gespielt, dazu viel Gesang in Vierteltönen und langgezogenen Lauten, so fremdartig für Franks Ohren, dass er lange nicht sagen konnte, ob die Sänger gut waren oder nicht. Die Mahlzeiten dauerten stundenlang, und danach plauderten sie bis zur Dämmerung. Dann gingen sie hinaus, um das Aufblitzen des Sonnenaufgangs zu beobachten.

Aber wenn sie auf Angehörige anderer Nationalitäten trafen, waren sie natürlich zurückhaltender. Einmal kamen sie an einer neuen Amex-Bergbaustation vorbei, die überwiegend mit Amerikanern bemannt war und auf einer der seltenen großen an Platinoiden reichen Adern in Tantalus Fossae nahe Alba Patera lag. Die Mine selbst lag unten auf dem langen flachen Boden des engen Canyons. Sie wurde aber hauptsächlich von Robotern betrieben, und die Crew wohnte in einem geräumigen Zelt auf dem Grat oberhalb der Spalte. Die Araber bauten ihre Wagenburg direkt daneben, machten drinnen einen kurzen Besuch und zogen sich dann für die Nacht in ihre insektenähnlichen Rover zurück. Es war unmöglich für die Amerikaner, irgendetwas über sie zu erfahren.

An diesem Abend ging Frank wieder zum Amex-Zelt. Die Arbeiter kamen aus Florida, und ihre Stimmen riefen bei ihm Erinnerungen wie Netze voller Quastenflosser hervor. Frank ignorierte die kleinen Gemütsausbrüche und stellte eine Frage nach der anderen. Er konzentrierte sich auf die Gesichter der schwarzen, lateinamerikanischen und rothalsigen Menschen, die ihm antworteten. Er sah, dass auch diese Gruppe eine ältere Form von Gemeinschaft nachahmte, genau wie die Araber. Das war eine draufgängerische Ölsuchmannschaft, die raue Verhältnisse und lange Arbeitszeiten ertrug, um dicke Lohnschecks zu bekommen, die alle für die Rückkehr in die Zivilisation gespart wurden. Es lohnte sich, selbst wenn der Mars beschissen war, was er ja war. »Ich meine, selbst auf dem Eis kannst du nach draußen gehen, aber hier …? – Vergiss es!«

Ihnen war es egal, wer Frank war, und als er zwischen ihnen saß und zuhörte, erzählten sie einander alte Geschichten, die ihn erstaunten, obwohl sie zugleich sehr vertraut waren. »Zwanzig von uns waren mit diesem kleinen mobilen Habitat zwecks Ölsuche unterwegs; und eines Abends machten wir eine Party und zogen uns vollständig aus. Und die Frauen bildeten auf dem Fußboden einen Kreis mit den Köpfen in der Mitte. Und wir Burschen bildeten außen einen Kreis. Und da waren zwölf Männer und zehn Weiber, sodass die zwei Kerle die Rotation hübsch schnell in Gang hielten. Und tatsächlich sind wir während des Zeitschlupfes einmal ganz herumgekommen. Wir versuchten, an seinem Ende alle gleichzeitig zu kommen, und das klappte recht gut. Als die ersten Paare loslegten, war es wie ein Strudel und zog alle mit. War ein geiles Gefühl!«

Und dann, nach dem Gelächter und lauten Äußerungen von Ungläubigkeit: »In Acidalia haben wir diese Schweine getötet und eingefroren, aber das Schlachten war so, als ob man ihnen einen großen Pfeil in den Kopf schösse. Darum dachten wir, wir könnten sie gleichzeitig töten und einfrieren und sehen, wie das läuft. Also haben wir sie alle nummeriert und gewettet, welche es am weitesten schaffen würden. Dann öffneten wir die äußere Schleusentür, und alle Schweine rannten hinaus und *bums* kippten alle um, keine fünfzig Yards von der Tür, außer einer kleinen Sau, die fast *zweihundert* Yards schaffte und aufrecht stehend gefror. Ich habe dabei tausend Dollar gewonnen!«

Frank grinste über ihr Gejohle. Er war wieder in Amerika. Er fragte sie, was sie sonst noch auf dem Mars getan hätten. Einige hatten auf dem Gipfel von Pavonis Mons Kernreaktoren gebaut, wo der Weltraumlift verankert werden würde. Andere hatten an der Wasserleitung gearbeitet, die von Noctis bis Pavonis den östlichen Tharsis-Buckel hinaufführte. Praxis, die federführende Transnationale für den Aufzug, hatte viele Interessen am »Aufzugarsch«, wie die Arbeiter es nannten. »Ich habe an einem Westinghouse gearbeitet, über dem Compton-Wasserreservoir unter Noctis, von dem man annimmt, dass es so viel Wasser enthält wie das Mittelmeer. Und die ganze Energie dieses Reaktors war für eine Anzahl von Befeuchtern bestimmt. Zweihundert verdammte Megawatt! Es sind die gleichen Befeuchter, von denen ich als Kind einen in meinem Schlafzimmer hatte, nur brauchen die hier je fünfzig Kilowatt. Gigantische Rockwell-Monster mit Einzelmolekülverdampfern und Düsenturboaggregaten, die den Nebel aus tausend Meter hohen Kaminen blasen. Einfach unglaublich. Eine Million Liter Wasserstoff und Sauerstoff jeden Tag in die Luft geblasen.«

Ein anderer hatte eine neue Zeltstadt im Echuskanal unter Overlook gebaut. »Die haben dort ein Wasserreservoir angezapft, und in der ganzen Stadt gibt es Springbrunnen mit Statuen darin, Wasserfälle, Kanäle, Teiche, Schwimmbecken und so weiter. Es ist ein kleines Venedig da oben. Tolle Wärmedämmung.«

Das Gespräch wandte sich dem Fitnessraum zu, der mit hervorragenden Geräten ausgestattet war, damit sie für die höhere Schwerkraft auf der Erde in Form bleiben konnten. Fast alle hielten einen strengen Trainingsplan ein, mindestens drei Stunden täglich. »Wenn du aufgibst, bleibst du hier hängen, stimmt's? Und wozu ist dann dein Sparkonto gut?«

»Das wird irgendwann gesetzliches Zahlungsmittel werden«, sagte ein anderer. »Wo die Leute hingehen, wird der amerikanische Dollar sicher folgen.«

»Falsch rum, du Trottel!«

»Ich dachte, der Vertrag verböte hier den Gebrauch von Geld der Erde«, warf Frank ein.

»Der Vertrag ist ein beschissener Witz«, sagte einer und machte Klimmzüge.

»So tot wie Bessie, das Langstreckenschwein.«

Sie sahen Frank an, alle in den zwanziger und dreißiger Jahren, eine Generation, mit der er nie viel gesprochen hatte. Er wusste nicht, wie diese Menschen aufgewachsen waren, was sie geformt hatte, an was sie vielleicht glaubten. Die nur allzu vertrauten Akzente und Gesichter täuschten ihn nur allzu leicht darüber hinweg. »Glaubt ihr das?«, fragte er.

Einige schienen eher als die Übrigen zu merken, dass er mit dem Vertrag zu tun haben könnte bei all seinen anderen historischen Anklängen. Aber den Mann mit den Klimmzügen kümmerte das nicht. »Wir sind hier aufgrund eines Handels, den der Vertrag für illegal erklärt, Mann. Und dasselbe passiert überall. Brasilien, Georgien, die Golfstaaten, alle Länder, die gegen den Vertrag gestimmt haben, lassen die Transnationalen herein. Es ist ein Wettbewerb unter den Gefälligkeitsflaggen, wie gefällig sie nur sein können! Und die UNOMA liegt flach auf dem Rücken mit gespreizten Beinen und sagt: mehr, mehr! Menschen landen zu Tausenden, und die meisten werden von Transnats beschäftigt. Sie haben ihre staatlichen Visa und Fünfjahresverträge, einschließlich Rehabilitationszeit, um wieder erdtauglich zu werden und so weiter.«

»Zu Tausenden?«, fragte Frank.

»O ja! Zu Zehntausenden.«

Er merkte, dass er lange nicht mehr ferngesehen hatte.

Ein anderer Mann meinte, während er die ganze Zeit eine Stange mit schwarzen Gewichten stemmte: »Das Pulverfass hier wird bald hochgehen – eine Menge Leute mögen das nicht – nicht nur Oldtimer wie du – ein ganzer Haufen Neuankömmlinge auch – sie verschwinden in Massen – ganze Betriebsgruppen – manchmal ganze Städte – bin zu einer Mine in Syrtis gekommen – vollkommen leer – alles Nützliche weg – komplett ausgeräumt – sogar Zeug wie Schleusentüren – Sauerstofftanks – Toiletten – das Losmachen muss Stunden gedauert haben.«

»Warum haben sie das gemacht?«

»Sie werden zu Eingeborenen!«, erklärte einer, während er Liegestützen machte. »Von deinem Genossen Arkady Bogdanov abgeworben.«

Von unten her sah der Mann Frank ins Gesicht. Ein großer breitschultriger Kerl mit einer Adlernase. Er sagte: »Die Leute kommen hierher, und die Firma bemüht sich, einen guten Eindruck zu machen. Fitnessgeräte, gutes Essen, Freizeit und alles; aber es läuft immer darauf hinaus, dass sie einem alles vorschreiben, was man zu tun und zu lassen hat. Alles ist geregelt, beim Aufwachen, beim Essen, beim Scheißen. Es ist so, als hätte die Navy den Club Med übernommen, verstehst du? Und dann kommt dein Kumpel Arkady und sagt uns: Jungs, ihr seid Amerikaner, ihr solltet frei sein, dieser Mars ist die neue Grenze, und ihr müsst wissen, dass einige von uns ihn so behandeln. Wir sind keine Roboter-Software, sondern freie Männer und machen unsere eigenen Gesetze auf unserer eigenen Welt. Und das ist es, Mann!«

Der Raum hallte vor Gelächter. Jeder hatte innegehalten, um zuzuhören. »Das ist der Trick! Die Leute kommen hierher und sehen, dass sie reglementierte Roboter sind und hier vielleicht für immer hängen bleiben. Das Geld ist nichts wert, wenn du nicht fit genug bist, um zur Erde zurückkehren zu können. Sklaven, Mann! Elende Sklaven! Und glaub mir, das kotzt eine Menge Leute an. Sie sind bereit zurückzuschlagen, das kann ich dir sagen. Und das sind die Leute, die verschwinden. Wird eine ganze Menge sein, ehe alles vorbei ist.«

Frank sah zu dem Mann hinunter. »Warum bist du nicht verschwunden?«

Der Mann lachte kurz und machte weiter seine Liegestütze.

»Sicherheit«, rief jemand von der Nautilusmaschine.

Der Gewichtheber war anderer Ansicht. »Die Sicherheit ist schlapp – aber du brauchst ein Versteck – sobald Arkady hier auftaucht – bin ich weg!«

Der Liegestützler sagte: »Ich habe mal ein Video von ihm gesehen, wo er darüber redete, dass Farbige sich besser für den Mars eignen als Weiße, weil sie besser mit dem UV klarkommen.«

»O ja, klar!« Alle lachten darüber, zugleich skeptisch und belustigt.

»Das ist alles Mist, aber zum Teufel, warum nicht?«, sagte der Liegestützler. »Warum nicht? Ich nenne es unsere Welt.

Nenne es Nova Africa. Ich sage, dass kein Boss es uns diesmal wegnehmen wird.« Er lachte wieder, als ob alles, was er gesagt hatte, nur eine ulkige Idee gewesen wäre. Oder eine heitere Wahrheit, eine so entzückende Wahrheit, dass man schon laut lachen musste, wenn man sie aussprach.

Spät in der Nacht ging Frank zu den arabischen Rovern zurück und redete mit ihnen weiter. Aber es war nicht mehr dasselbe. Er war in den Zeitstrom zurückgerissen worden, und jetzt bereiteten ihm die langen Tage im Rover nur Unbehagen. Er schaute fern. Er machte einige Anrufe. Er hatte sein Amt als Minister nie aufgegeben. Das Büro wurde in seiner Abwesenheit vom Staatssekretär Slusinski und dem Stab geführt; und er hatte ihnen am Telefon genug geliefert, ihn zu decken, indem sie Washington sagten, dass er arbeite, dass er Grundlagenforschung betriebe und dann, dass er einen Arbeitsurlaub nähme und dass er als einer der Ersten Hundert da draußen umherreisen müsste. Das wäre nicht viel länger gut gegangen; aber als Frank Washington direkt anrief, war der Präsident erfreut, und in Burroughs sah der erschöpft wirkende Slusinski richtig glücklich aus. Tatsächlich schien sich das ganze Büro in Burroughs zu freuen, dass er zurückkehren wollte, was Frank einigermaßen erstaunte. Als er Burroughs verlassen hatte, enttäuscht von dem Vertrag und bekümmert wegen Maya, hatte er geglaubt, ein miserabler Chef gewesen zu sein. Aber sie hatten ihn fast zwei Jahre lang gedeckt und schienen froh zu sein, von seiner Rückkehr zu hören. Die Menschen waren seltsam. Ohne Zweifel die Aura der Ersten Hundert. Als ob das eine Rolle spielte.

Also kehrte Frank von seinem letzten Schürfausflug zurück und saß an diesem Abend in Zeyks Rover, schlürfte seinen

Kaffee und lauschte ihrem Gespräch – Zeyk und Al-Khan und Yussuf und die Übrigen, Nazik und Aziza gingen ein und aus. Es waren Menschen, die ihn akzeptiert hatten, die ihn in gewisser Weise verstanden. Nach ihrem Codex hatte er getan, was notwendig war. Er entspannte sich in dem Strom aus Arabisch, immer noch durch Mehrdeutigkeit verwirrt. Lilie, Fluss, Wald, Lerche, Jasmin – Wörter, die einen Roboter-Greifarm bezeichnen könnten, ein Rohr, eine Art Böschung, Teile von Robotern. Oder vielleicht wirklich nur Lilie, Fluss, Wald, Lerche, Jasmin. Eine wunderschöne Sprache. Die Sprache des Volkes, das ihn aufgenommen und ihm Ruhe gegeben hatte. Aber er würde fortgehen müssen.

Man hatte es so arrangiert, dass jeder, der ein halbes Marsjahr in Underhill verbrachte, ein festes eigenes Zimmer zugewiesen bekam. Die Städte auf dem ganzen Planeten gingen zu ähnlichen Systemen über, weil die Leute so viel umherzogen, dass sich niemand irgendwo zu Hause fühlte; und diese Regelung schien das zu mildern. Die Ersten Hundert, die zu den Mobilsten von allen gehörten, fingen an, wieder mehr Zeit in Underhill als in den Jahren zuvor zu verbringen; und das war für die meisten von ihnen vorwiegend ein Vergnügen. Zu jeder beliebigen Zeit waren zwanzig oder dreißig von ihnen da, und andere kamen und blieben eine Weile zwischen zwei Jobs. Und in dem ständigen Kommen und Gehen hatten sie Gelegenheit, eine mehr oder weniger ständige Konferenz über den Stand der Dinge abzuhalten, wobei Neuankömmlinge berichteten, was sie gesehen hatten, und der Rest diskutierte darüber, was das zu bedeuten hätte.

Aber Frank verbrachte nicht die erforderlichen zwölf Monate jährlich in Underhill und hatte deshalb dort kein eigenes Zimmer. Er war mit dem Chefbüro des Ministeriums schon 2050 nach Burroughs umgezogen, und ehe er 2057 zu den Arabern ging, hatte sich sein einziges Zimmer bei den Büros befunden.

Jetzt war es 2059, und er war wieder da, in einem Zimmer ein Stockwerk unter seinem alten. Als er sein Gepäck auf den Boden warf und sich im Raum umschaute, fluchte er laut. Persönlich in Burroughs anwesend sein zu müssen – als ob die physische Präsenz in diesen Tagen irgendeinen Unterschied machte! Das war ein absurder Anachronismus, aber so waren die Menschen nun einmal. Noch so ein Überbleibsel der Savanne. Sie lebten immer noch wie Affen, während ihre neuen göttlichen Kräfte ungenutzt von Unkraut überwuchert wurden.

Slusinski kam herein. Obwohl sein Akzent ihn als New Yorker auswies, hatte Frank ihn immer Jeeves genannt, weil er wie der Darsteller in der BBC-Serie »Jeeves and Wooster« aussah.

»Wir sind nichts als Zwerge mit richtig großen Roboter-Armen«, sagte Frank verärgert zu ihm. »Ein wirklich gigantischer Roboter-Arm. Wir bedienen ihn und sollen einen Berg bewegen; aber anstatt die Möglichkeiten des Arms zu benutzen, beugen wir uns aus einem Fenster und graben mit Teelöffeln. Und machen uns gegenseitig Komplimente darüber, wie gut wir die Höhe ausnutzen.«

»Ich verstehe«, sagte Jeeves vorsichtig.

Aber er konnte nichts daran ändern. Er war wieder zurück in Burroughs, sauste umher, vier Besprechungen pro Stunde, Konferenzen, die ihm mitteilten, was er schon wusste, nämlich dass die UNOMA den Vertrag als Toilettenpapier benutzte. Sie bildete Bilanzierungssysteme, die garantierten, dass der Bergbau nie irgendeinen Profit für die Mitglieder der Generalversammlung abwerfen würde, selbst wenn der Aufzug in Betrieb genommen war. Sie wiesen Tausenden von Emigranten den Status als »notwendiges Personal« zu. Sie ignorierten die zahlreichen lokalen Gruppen, auch MarsFirst. Das meiste geschah im Namen des Aufzugprojekts selbst, das eine endlose Kette von Entschuldigungen lieferte, 35 000 Kilometer lang. 120 Milliarden Dollar an Entschuldigungen. Was gar nicht allzu teuer war im Vergleich mit den Militäretats des vorigen Jahrhunderts. Und die meisten Geldmittel für den Aufzug waren in den ersten Jahren gebraucht worden, um den Asteroiden zu finden, in die richtige Umlaufbahn zu bringen und um die

Kabelfabrik zu errichten. Danach fraß die Fabrik den Asteroiden und spie das Kabel aus, und das war es dann. Sie mussten nur noch abwarten, bis es lang genug wurde, und es dann in Position bringen. Ein wirklich gutes Geschäft!

Und auch eine großartige Entschuldigung, den Vertrag zu verletzen, wann immer es passend schien. »Verdammt!«, rief Frank am Ende eines langen Tages in der ersten Woche nach seiner Rückkehr. »Warum hat die UNOMA so klein beigegeben?«

Jeeves und sein restlicher Stab verstanden das als eine rhetorische Frage und boten keine Theorien an. Er war entschieden zu lange fort gewesen. Sie hatten jetzt Angst vor ihm. Er musste die Frage selbst beantworten. »Ich nehme an, es ist Habsucht, sie werden alle auf die eine oder andere versteckte Art bezahlt.«

An diesem Abend traf er beim Dinner auf Janet Blyleven, Ursula Kohl und Vlad Taneev. Beim Essen sahen sie sich die Nachrichten von der Erde an einem Fernseher über der Bar an. Es war wirklich fast zu viel los. Kanada und Norwegen unterstützten jetzt den Plan, das Bevölkerungswachstum zu verlangsamen. Niemand wollte natürlich von Geburtenkontrolle sprechen. Das war in der Politik ein verbotenes Wort. Aber in Wirklichkeit war es genau das, und es war wieder dabei, zu einer Tragödie des einfachen Volkes zu werden. Wenn ein Land die UN-Resolutionen ignorierte, heulten benachbarte Länder aus Furcht, überrannt zu werden, auf. Eine törichte Angst, aber es gab sie. Inzwischen hatten Australien, Neuseeland, Skandinavien, Azania, die Vereinigten Staaten, Kanada und die Schweiz alle Immigration für illegal erklärt, während Indiens Bevölkerung jährlich um acht Prozent zunahm. Hungersnöte würden dieses Problem in den Griff kriegen, wie in vielen anderen Ländern. Die vier apokalyptischen Reiter waren gut in Sachen Kontrolle des Bevölkerungswachstums. Bis dahin …

Das Fernsehen schaltete um auf Werbung für ein beliebtes Diätfett, das unverdaulich war und unverändert den Darm durchlief. »Essen Sie alles, was Sie wollen!«

Janet stellte den Apparat ab. »Lasst uns das Thema wechseln!«

Sie saßen um ihren Tisch herum und blickten auf ihre Teller. Es stellte sich heraus, dass Vlad und Ursula von Acheron gekommen waren, weil resistente Tuberkulose in Elysium ausgebrochen war. »Der *cordon sanitaire* ist zerrissen«, sagte Ursula. »Einige der Emigrantenviren werden sicherlich mutieren oder sich mit einem unserer maßgeschneiderten Systeme verbinden.«

Wieder die Erde. Es war unmöglich, ihr zu entgehen. Janet sagte: »Da unten fällt alles auseinander.«

»Das war schon seit Jahren abzusehen«, sagte Frank grob. Seine Zunge war durch die Gesichter der alten Freunde gelöster geworden. »Schon vor der Behandlung war die Lebenserwartung in den reichen Ländern fast doppelt so hoch wie in den armen. Denkt mal darüber nach! Aber früher waren die Armen so arm, dass sie nicht mal wussten, was Lebenserwartung überhaupt ist. Sie lebten nur in den Tag hinein. Jetzt hat jeder Laden an der Ecke einen Fernseher, und sie können sehen, was passiert – dass sie AIDS bekommen, während die Reichen die gerontologische Behandlung erhalten. Es ist mehr als ein gradueller Unterschied. Ich meine, sie sterben jung, und die Reichen leben ewig! Warum sollten sie sich zurückhalten? Sie haben nichts zu verlieren.«

»Aber alles zu gewinnen«, sagte Vlad. »Sie könnten leben wie wir.«

Sie beugten sich über Tassen mit Kaffee. Das Licht im Raum war gedämpft. Die Möbel aus Kiefernholz hatten eine dunkle Patina: Flecken, Kerben, von Hand einpolierter Grus ... Es hätte eine jener Nächte sein können aus dieser fernen Zeit, als sie die Einzigen auf der Welt gewesen waren und ein bisschen länger als die anderen aufgeblieben waren, um sich zu unterhalten. Nur Frank blinzelte und sah sich um und erkannte in den Gesichtern seiner Freunde die Müdigkeit, das weiße Haar, die vom Alter zerfurchten Gesichter. Zeit war vergangen, sie hatten sich über den Planeten verteilt und zogen herum wie er oder waren versteckt wie Hiroko oder tot wie John. Plötzlich erschien Johns Abwesenheit wie eine riesige Lücke, wie ein Krater, auf dessen Rand sie sich zitternd zusammendrängten, um ihre Hände zu wärmen. Frank erschauerte.

Später gingen Vlad und Ursula zu Bett. Frank sah Janet an. Er fühlte sich gelähmt, wie manchmal am Ende eines langen Tages, unfähig, sich je wieder zu bewegen. Er fragte: »Wo treibt sich Maya eigentlich herum?«, um zu verhindern, dass sich auch Janet zurückzog. Sie und Maya waren in den Hellas-Jahren gut befreundet gewesen.

»Oh, sie ist hier in Burroughs. Wusstest du das nicht?«, sagte Janet.

»Nein.«

»Sie hat Samanthas alte Zimmer bekommen. Vielleicht geht sie dir aus dem Wege.«

»Was?«

»Sie ist ziemlich böse auf dich.«

»Auf mich böse?«

»Sicher.« Sie sah ihn in dem halbdunklen, von gedämpftem Stimmengewirr erfüllten Raum an. »Das muss dir doch klar sein.«

Während er noch überlegte, wie offen er mit ihr sein könnte, sagte er: »Nein! Warum sollte sie das sein?«

Sie beugte sich in ihrem Sessel vor. »O Frank! Hör auf, dich so zu benehmen, als hättest du einen Stock im Arsch! Wir kennen dich, wir waren da, wir haben gesehen, wie alles geschah.« Und als er zurückwich, lehnte sie sich auch zurück und sagte ruhig: »Du musst wissen, dass Maya dich liebt. Dich immer schon geliebt hat.«

»Mich?«, entgegnete er schwach. »Sie hat John geliebt.«

»Ja, klar. Aber mit John war alles leicht. Er liebte sie auch, und das war wundervoll. Für Maya lief alles zu glatt. Sie mag es auf die harte Tour. Und da kommst du ins Spiel.«

Er schüttelte den Kopf. »Das glaube ich nicht.«

Janet lachte. »Ich weiß, dass ich recht habe. Sie hat es mir erzählt. Schon seit der Vertragskonferenz ist sie sauer auf dich, und sie spricht immer sehr viel, wenn sie wütend ist.«

»Aber warum ist sie wütend?«

»Weil du sie abgewiesen hast. Verschmäht, nachdem du ihr Jahre um Jahre nachgestellt hast. Sie hatte sich daran gewöhnt, und es gefiel ihr. Deine Beharrlichkeit war romantisch. Sie war sich deiner sicher, ja, und deswegen liebte sie dich. Und sie liebte es, dass du mächtig warst. Jetzt ist John tot, und sie könnte endlich Ja zu dir sagen; aber du hast sie fortgeschickt. Sie war wütend, und das hält bei ihr lange an.«

»Das …« Frank bemühte sich um Fassung. »Das deckt sich nicht mit dem, wie ich das Geschehene verstehe.«

Janet stand auf, um zu gehen, und im Vorbeigehen tätschelte sie ihm leicht den Kopf. »Vielleicht solltest du dann mit Maya darüber reden.« Sie ging fort.

Er saß lange da, fühlte sich benommen und betrachtete die feine Körnung der Sessellehne. Er konnte kaum einen klaren Gedanken fassen. Schließlich gab er den Versuch auf und ging zu Bett.

Er schlief schlecht, und am Ende einer langen Nacht träumte er wieder von John. Sie waren in den langen, zugigen, nach oben gekrümmten Räumen der Raumstation, die mit Marsschwere rotierte, bei ihrem langen Aufenthalt da oben, sechs

Wochen, jung und stark. John sagte: Ich fühle mich wie Superman, diese niedrige Schwerkraft ist großartig! Laufe Runden durch den großen Ring der Stationskorridore. Auf dem Mars wird sich alles ändern, Frank. Alles!

Nein. Jeder Schritt war wie der letzte Schritt eines Dreisprungs. *Boing, boing, boing.*

Ja! Es kommt nur darauf an, schnell genug zu laufen.

Ein perfektes Interferenzmuster von Wolkenflecken hing über der Westküste Madagaskars. Die Sonne verlieh dem Ozean unten einen Bronzeschimmer.

Von hier oben sieht alles so schön aus.

Geh näher, und du beginnst, zu viel zu sehen, murmelte Frank.

Oder nicht genug.

Es war kalt, sie diskutierten über die Temperatur. John war aus Minnesota und hatte als Junge stets bei offenem Fenster geschlafen. Frank zitterte. Er hatte eine Daunendecke um die Schultern gelegt, seine Füße waren Eisklumpen. Sie spielten Schach, und Frank gewann. John lachte. Wie dumm, sagte er.

Was meinst du?

Spiele bedeuten nichts.

Bist du sicher? Manchmal kommt mir das Leben wie eine Art Spiel vor.

John schüttelte den Kopf. Im Spiel gibt es Regeln, aber im Leben ändern sich die Regeln ständig. Du könntest deinen Läufer hierher setzen, um den gegnerischen König mattzusetzen; aber dann flüstert der König deinem Läufer etwas zu, und plötzlich spielt er für ihn und bewegt sich wie ein Turm. Und du bist angeschmiert.

Frank nickte. Er hatte John diese Dinge beigebracht.

Ein Durcheinander von Mahlzeiten, Schachspielen, Gesprächen, der Anblick der vorbeiziehenden Erde. Es war, als ob er nur dieses eine Leben gelebt hätte. Die Stimmen von Houston klangen wie aus Computern, ihre Sorgen waren absurd. Der Planet selbst war so schön, so fein von Land und Wolken gemustert.

Ich möchte nie wieder zurückfliegen. Ich glaube, das hier ist fast besser, als es auf dem Mars sein wird. Meinst du nicht auch?

Nein.

Zusammengekauert und zitternd hörte er John von seiner Kindheit erzählen. Mädchen, Sport, Träume vom Weltraum. Frank antwortete mit Geschichten aus Washington und Lektionen von Machiavelli, bis er merkte, dass John so, wie er war, schon mächtig genug war. Freundschaft war letztlich nur Diplomatie mit anderen Mitteln. Aber später, nach einer verschwommenen Unterbrechung … reden, einhalten, zittern, reden über seinen Vater, der betrunken aus den Bars in Jacksonville heimkam, über Priscilla und ihr weißblondes Haar, ihr Gesicht wie aus einem Modemagazin. Das bedeutete ihm nichts mehr, eine Ehe für den Lebenslauf, um auf die Seelenklempner einen normalen Eindruck zu machen. Und nicht sein Fehler. Schließlich verlassen. Betrogen.

Das klingt schlimm. Kein Wunder, dass du die Menschen für so schlecht hältst.

Frank gestikulierte zu ihrer großen blauen Lampe hoch. Das sind sie aber. Das Horn von Afrika war ihnen zufällig gerade zugewandt. Denk nur mal dran, was da unten passiert ist.

Das ist Geschichte, Frank. Wir können es besser machen. Können wir? Können wir?

Wart's ab.

Er wachte mit Magenkrämpfen und verschwitzter Haut auf. Er stand auf und duschte. Er konnte sich nur noch an ein einziges Fragment des Traums erinnern. Wie John sagte: »Wart's ab.« Sein Magen war wie aus Holz.

Nach dem Frühstück spielte er mit der Gabel auf dem Tisch herum und dachte nach. Den ganzen Tag über war er zerstreut, als wäre er noch im Traum, fragte sich von Zeit zu Zeit, wie man den Unterschied erkannte. War sein Leben nicht in jeder Hinsicht traumhaft? Alles überbelichtet, bizarr, ein Symbol für etwas anderes?

Am Abend suchte er nach Maya. Er fühlte sich hilflos, von einem Zwang getrieben. Die Würfel waren in der Nacht zuvor gefallen, als Janet sagte: »Sie liebt dich.« Er ging um die Ecke in den Speisesaal; und da war sie, mitten in ihrem schallenden Gelächter, den Kopf zurückgeworfen, die lebhafte Maya, ihr Haar so weiß, wie es früher schwarz gewesen war, die Augen fest auf ihren Begleiter gerichtet, einen Mann mit dunklem Haar, hübsch, vielleicht an die fünfzig, der ihr zulächelte. Maya legte die Hand auf seinen Oberarm, eine charakteristische Geste, eine ihrer gewöhnlichen Vertraulichkeiten, die nichts zu bedeuten hatte und tatsächlich zeigte, dass der Mann nicht ihr Liebhaber war, sondern eher jemand, den sie becircen wollte. Vielleicht hatten sie sich erst vor wenigen Minuten kennengelernt. Doch sein Gesichtsausdruck sprach dagegen.

Sie wandte sich um, sah Frank und riss überrascht die Augen auf. Sie wandte sich sofort wieder an den Mann und redete weiter, auf Russisch, ihre Hand immer noch auf seinem Arm.

Frank zögerte. Fast hätte er sich umgedreht und wäre hinausgegangen. Im Stillen verfluchte er sich. War er denn noch ein Schuljunge? Er ging an ihrem Tisch vorbei und grüßte flüchtig. Er bekam nicht mit, ob sie antwortete. Während des Abendessens blieb sie fest an der Seite des Mannes kleben, ohne in seine Richtung zu blicken oder herüberzukommen. Der Mann, der ziemlich gut aussah, war über ihre Aufmerksamkeit überrascht – und erfreut. Bestimmt würden sie zusammen gehen; sicher würden sie die Nacht miteinander verbringen. Wenn man so was im Voraus schon wusste, wurde man immer besonders freundlich. Sie benutzte Menschen auf diese Weise, ohne Bedenken, diese Schlampe. Liebe … Je mehr er darüber nachdachte, desto wütender wurde er. Sie hatte nie jemanden geliebt außer sich selbst. Und dennoch … Der Ausdruck auf ihrem Gesicht, als sie ihn gesehen hatte. War sie nicht für einen Sekundenbruchteil erfreut gewesen? Wollte sie ihn eifersüchtig und wütend machen? War das nicht ein Zeichen für verletzte Gefühle, dieses Verlangen, ihm wehzutun? Bedeutete das etwa nicht ein gewisses (unglaublich kindisches) Verlangen *nach ihm*?

Ach, zur Hölle mit ihr! Er ging wieder in sein Zimmer, packte sein Zeug und nahm die U-Bahn zur Bahnstation. Er nahm einen Nachtzug nach Westen, den Tharsis-Buckel hinauf nach Pavonis Mons.

In wenigen Monaten, wenn der Aufzug in seinen unglaublichen Orbit manövriert sein würde, würde Pavonis Mons der Nabel des Mars werden und Burroughs übertreffen, wie Burroughs einst Underhill in den Schatten gestellt hatte. Die Fertigstellung des Aufzugs war nicht mehr fern, und es waren schon überall Anzeichen der künftigen Vormachtstellung zu erkennen. Parallel zu den Bahngleisen, die den steilen Osthang des Vulkans hinaufführten, gab es zwei neue Straßen und vier dicke Pipelines, etliche Kabel, eine Reihe von Mikrowellentürmen, die die von den orbitalen Sonnenpaneelen heruntergestrahlte Energie auffingen, und ein wahres Gewirr aus Stationen, Verladegleisen, Lagerhäusern und Depots. Auf der letzten und steilsten Kurve vor dem Gipfel des Vulkans war eine große Ansammlung von überkuppelten Industriebauten, dichter und dichter, bis sie den breiten Rand ganz bedeckten, und ringsum immense Felder mit Solarzellen. Jede Kuppel entlang des Weges war eine kleine Stadt voller kleiner Apartmentblocks, und jeder Apartmentblock war gedrängt voll mit Menschen, die ihre Wäsche zum Trocken aus den Fenstern hängten. In den Kuppeln in unmittelbarer Nähe der Piste standen nur wenige Bäume. Hier drängten sich Versorgungseinrichtungen. Frank konnte im Vorbeifahren Imbissbuden, Videotheken, offene Fitnessräume, Bekleidungsgeschäfte und Waschsalons erkennen. In den Straßen türmte sich Abfall.

Sie fuhren in die Bahnstation auf dem Rand ein. Frank verließ den Zug und ging in die geräumige Bahnhofshalle. Der Südrand bot eine hervorragende Aussicht auf die große Caldera, ein ungeheures, fast kreisrundes Loch, makellos bis auf eine einzelne riesige Mulde, die im Nordosten den Rand durchbrach. Diese Mulde, Zeichen eines echt gigantischen seitlichen Ausbruchs, lag dem Bahnhof direkt gegenüber. Abgesehen davon war die Steilwand regelmäßig und der Boden der Caldera fast vollkommen rund und eben. Sechzig Kilometer im Durchmesser und volle fünftausend Meter tief. Ein Mohole, das alle anderen Moholes in den Schatten stellte. Die wenigen Zeichen menschlicher Anwesenheit auf dem Calderaboden waren so klein, dass sie vom Rand aus fast nicht zu sehen waren.

Der Äquator verlief genau quer über Südrand; und dort sollte das untere Ende des Aufzugs festgemacht werden. Der Befestigungspunkt stach ins Auge. Es war ein massiver braunweißer Betonblock, einige Kilometer östlich von der großen Kuppel des Bahnhofs gelegen. Weiter nach Osten zog sich eine Reihe von Fabriken, die alle in der reinen staubfreien dünnen Höhenluft gestochen scharf unter einem pflaumenschwarzen Himmel zu sehen waren. Einige Sterne im Zenith waren selbst bei Tag zu erkennen.

Am nächsten Tag führte ihn jemand aus seinem Stab zur Basis des Aufzuges. Offenbar wollten die Techniker an diesem Nachmittag das Leitseil des Kabels einfangen. Das war eigentlich nicht spektakulär, aber doch ein interessantes Schauspiel. Am Ende des Führungsseils war eine kleine Leitrakete, deren nach Osten gerichtete Triebwerke ständig brannten, während die Nord- und Süddüsen nur ab und zu feuerten. Die Rakete senkte sich langsam zu den Klammern eines Gerüstes herab und landete. Dann schlossen sich die Klammern. Es sah aus wie jede andere Landung, nur dass von diesem Landeschiff eine silberne Trosse nach oben führte, eine dünne gerade Linie, die nur einige tausend Meter weit sichtbar war. Als Frank sie betrachtete, kam es ihm vor, als stünde er auf dem Meeresboden und sähe eine Angelschnur, die von der dunklen Wasseroberfläche zu ihnen heruntergelassen würde – eine Angelschnur, die an einem hellen bunten Köder befestigt war und sich in einem Wrack auf dem Boden verfangen hatte. Sein Blut pochte in den Halsschlagadern, und er musste den Blick senken und tief durchatmen. Sehr seltsam.

Sie machten einen Rundgang um den Basiskomplex. Der Stützblock, der die Führungstrosse eingefangen hatte, befand sich in einem großen Loch im Betonklotz, einem Trichter mit starkem Rand. Dessen Wände waren mit gebogenen silberfarbenen Säulen bestückt, die die magnetischen Spulen festhielten, die das Kabelende in einem stoßdämpfenden Kragen fixieren sollten. Das Kabel würde über den Betonboden der Kammer durch den Zug der anderen Kabelhälfte festgehalten werden. Ein genau ausbalancierter Orbit für ein Objekt, das sich von einem kleinen Mond bis in diesen Raum hinab erstreckte, insgesamt 37 000 Kilometer lang und nur zehn Meter im Durchmesser.

War die Führungstrosse gesichert, konnte das Kabel selbst leicht heruntergeleitet werden, aber nicht schnell, da es langsam und sanft asymptotisch in seinen endgültigen Orbit driften musste. »Es ist wie in Zenos Paradoxon«, erklärte Slusinski.

So erschien dann viele Tage nach diesem Besuch das Ende des Kabels tatsächlich am Himmel. Während der nächsten Wochen senkte es sich langsam immer weiter herab. Ein sehr seltsamer Anblick, der Frank einen leichten Schwindel bescherte. Jedes Mal wenn er es sah, kam ihm wieder das Bild von der Angelschnur in den Sinn.

Frank verbrachte diese Zeit mit der Einrichtung des neuen Hauptquartiers seines Marsministeriums in der Stadt, die eines Tages den Namen Sheffield erhielt. Der Stab in Burroughs protestierte gegen den Umzug, aber er ignorierte das. Er traf sich in dieser Zeit mit amerikanischen Beamten und Projektmanagern, die alle an verschiedenen Aspekten des Aufzugs in Sheffield oder in den Städten der Umgebung von Pavonis arbeiteten. Amerikaner waren nur ein Teil der Arbeitskräfte, aber Chalmers wurde trotzdem auf Trab gehalten, weil das Projekt im Ganzen so riesig war. Die Amerikaner schienen die Supraleiter herzustellen und auch die mit den eigentlichen Aufzugswagen verbundene Software. Ein milliardenschwerer Auftrag, und viele Leute schrieben das Frank zu, obwohl faktisch sein intelligenter Computer und Slusinski zusammen mit Phyllis dafür verantwortlich waren.

Viele Amerikaner wohnten in einer Kuppelstadt östlich von Sheffield namens Texas und teilten sich den Raum mit Internationalen, denen Texas gefiel oder die zufällig dorthin geraten waren. Frank kam mit so vielen von ihnen zusammen, wie er konnte, sodass sie zu der Zeit, da das Kabel unten ankam, organisiert waren und mit einer kohärenten Direktive arbeiteten oder, wie manche es ausdrückten, unter seiner Fuchtel. Aber sie waren froh, dort zu sein, solange es für sie reizvoll war. Sie wussten, dass sie weniger Macht hatten als das Ostasiatische Commonwealth, das die Wagenkabinen baute, und als die Gesellschaft, die das Kabel gebaut hatte. Und auch weniger mächtig als Praxis, Amex, Armscor und Subarashii.

Schließlich kam der Tag, an dem das Kabel unten landen würde. In Sheffield versammelte sich eine riesige Volksmenge, um das zu sehen. Die Bahnhofshalle war überfüllt, da man von dort einen guten Blick längs des Randes zum Basiskomplex hatte, der gemeinhin als die Steckdose bezeichnet wurde.

Während die Stunden vergingen, driftete das Ende der schwarzen Säule nach unten und bewegte sich immer langsamer, bis es seinem Ziel nahe war. Da hing es nun, nicht sehr viel dicker als die Führungstrosse, die es nach unten lenkte, tatsächlich kleiner als das untere Ende einer Energija-Rakete. Es ragte genau senkrecht in den Himmel auf, war aber so dünn und die perspektivische Verkürzung so stark, dass es nicht viel länger wirkte als ein hoher Wolkenkratzer. Ein sehr magerer Wolkenkratzer, der auf Luft ruhte. Ein schwarzer Baumstamm, höher als der Himmel. »Wir sollten uns direkt darunter, auf dem Boden der Steckdose, versammeln«, sagte einer von seinen Leuten. »Man könnte noch aufrecht darunter stehen, wenn es verankert ist, nicht wahr?«

Slusinski entgegnete, ohne den Blick vom Himmel zu wenden: »Das Magnetfeld könnte dich etwas zerzausen.«

Als es näher kam, sahen sie, dass das Kabel allerhand Vorsprünge aufwies und mit Silberfäden umsponnen war. Die Lücke unter ihm wurde kleiner. Dann verschwand sein Ende im Basiskomplex, und das wie das Rauschen in einer Muschel klingende Geräusch der Menge im Bahnhof wurde lauter. Die Leute verfolgten alles im Fernsehen. Kameras im Innern der Steckdose zeigten, wie das Kabel langsam anhielt, noch zehn Meter über dem Betonboden. Danach kam die pinzettenartige Bewegung der Stützblöcke und die Verklammerung eines festen Kragens um das Kabel einige Meter vor seinem Ende. Alles geschah in traumartiger Zeitlupe; und als es fertig war, sah es so aus, als hätte der runde Raum der Steckdose plötzlich ein schlecht passendes schwarzes Dach bekommen.

Über das Lautsprechersystem sagte eine Frauenstimme: »Der Aufzug ist gesichert.« Es gab kurze Hochrufe. Die Leute entfernten sich von den Fernsehern und schauten wieder aus den Wänden der Kuppeln nach draußen. Jetzt sah das Objekt viel weniger seltsam aus, als es noch aus dem Himmel herausgehangen hatte. Jetzt war es nicht mehr als die *reductio ad absurdum* der Mars-Architektur, ein sehr schlanker, sehr hoher schwarzer Kirchturm. Eine Bohnenstange, komisch, aber nicht umwerfend. Die Menge löste sich in tausend Gruppen auf und ging diskutierend auseinander.

Und nicht lange danach arbeiteten die Aufzüge. Im Laufe der Jahre, als sich das Kabel von Clarke aus verlängerte, waren Roboter wie Spinnen daran entlanggekrochen und hatten die Stromleitungen, Sicherheitstrossen, Generatoren, supraleitenden Pisten, Wartungsstationen, Verteidigungsstationen, Positionierungsraketen, Treibstofftanks und Schutzräume installiert, die alle paar Kilometer am Kabel hingen. Diese Arbeit war im gleichen Tempo fortgeschritten wie die Konstruktion des Kabels selbst, sodass bald nach Erdberührung die Kabinen auf- und abliefen, je vierhundert in einer Richtung, wie Parasiten auf einer Haarsträhne. Und einige Monate später konnte man mit dem Aufzug in den Orbit fahren. Und man konnte einen anderen Lift vom Orbit nach unten hinab zur Oberfläche nehmen.

Und sie kamen herunter, von der Erde befördert durch die Flotte ständiger Shuttles, jener großen Raumschiffe, von denen es auf der Strecke Erde-Venus-Mars wimmelte, die die drei Planeten und Luna als Gravitationshebel benutzten, wenn sie wild beschleunigend Frachten von Erde und Mars losschickten. Jedes der dreizehn in Betrieb befindlichen Schiffe nahm dreitausend Personen auf und war bei jedem Trip nach draußen voll besetzt. So gab es also einen ständigen Strom von Menschen, die an Clarke andockten, in Aufzugskabinen herunterkamen und in der Steckdose ausstiegen. Dann strömten sie in die Säle von Sheffield, wild, wackelig und mit Stielaugen, wenn man sie nicht ohne Schwierigkeiten in den Bahnhof trieb und zu den Zügen nach draußen. Die meisten Züge entledigten sich ihrer Fracht in den Kuppelstädten von Pavonis. Roboterteams bauten die Kuppeln gerade schnell genug, um den Zustrom beherbergen zu können. Und die Fertigstellung zweier neuer Pipelines hatte die Wasserversorgung von Pavonis gesichert.

Das Wasser wurde aus dem Compton-Reservoir unter Noctis Labyrinthus heraufgepumpt. Mit ihm kamen die Emigranten.

Auf der anderen Seite der Steckdose wurden nach oben fahrende Aufzugskabinen mit aufbereiteten Metallen, Platin, Gold, Uran und Silber beladen. Dann schwenkten die Kabinen ein, wurden an der Piste angeschlossen und stiegen wieder nach oben. Sie wurden langsam auf ihr volles Tempo von dreihundert Kilometern in der Stunde beschleunigt. Fünf Tage später kamen sie am oberen Ende des Kabels an und bremsten in Schleusen im Innern des Ballast-Asteroiden Clarke ab, der jetzt ein von vielen Tunneln durchzogener Klumpen aus kohlenstoffhaltigem Chondrit geworden war, so filigran voller äußerer Gebäude und innerer Kammern, dass er mehr einem Raumschiff oder einer Stadt glich als dem dritten Mond des Mars. Es war ein betriebsamer Ort, belebt von einer nicht abreißenden Folge von ankommenden und abfliegenden Schiffen und Besatzungen, die dauernd unterwegs waren, sowie einer großen Schar von Verkehrsüberwachern, die die leistungsfähigsten KIs benutzten. Obwohl die meisten mit dem Kabel zusammenhängenden Vorgänge durch Computer kontrolliert und robotisch ausgeführt wurden, entstanden ganze neue Berufszweige für Menschen, die alle diese Arbeiten leiteten und überwachten.

Und natürlich wurden alle diese neuen Bilder von den Medien unmittelbar und intensiv erfasst. Alles in allem schien es trotz der Dekade des Wartens, als wäre der Aufzug dem Nichts entsprungen wie Athene aus dem Haupt des Zeus.

Aber es gab Schwierigkeiten. Frank stellte fest, dass sein Stab immer mehr Zeit mit Männern und Frauen aus den Kuppeln verbrachte, die nach Sheffield und direkt in ihre Büros gekommen waren – Neuankömmlinge, die manchmal nervös und manchmal laut und wütend waren und sich über beengte Lebensbedingungen oder unzulängliche Polizei oder schlechtes Essen beschwerten. Ein stämmiger Mann mit rotem Gesicht und einer Baseballmütze wackelte mit dem Zeigefinger und sagte: »Private Sicherheitsdienste kommen von höher gelegenen Zelten herunter und bieten ihren Schutz an. Aber das sind nur Gangs, es ist reine Erpressung! Ich kann nicht einmal Ihnen meinen Namen angeben, sonst könnten die herausfinden, dass ich hergekommen bin. Ich meine, ich glaube an die Schwarzarbeit wie jeder andere auch, aber das ist verrückt! Deswegen bin ich nicht hierhergekommen.«

Frank ging in seinem Büro auf und ab und schäumte vor Wut. Diese Art von Vorwürfen waren sicher wahr, aber schwer zu verifizieren ohne einen eigenen Sicherheitsdienst, was auf eine große Polizeimacht hinauslief. Als der Mann gegangen war, heizte er seinem Stab ein; aber die Leute konnten ihm nichts Neues sagen, was ihn noch wütender machte. »Ihr werdet dafür bezahlt, dass ihr diese Dinge für mich herausfindet. Das ist euer Job. Aber ihr sitzt bloß den ganzen Tag herum und seht euch die Nachrichten von der Erde an.«

Er sagte alle Termine für einen Tag ab, siebenunddreißig insgesamt. »Schlappe, unfähige Mistkerle!«, sagte er laut, als er aus der Tür stolzierte. Er ging zum Bahnhof und nahm einen Nahverkehrszug nach unten, um sich selbst ein Bild zu machen.

Der Zug hielt jeden Kilometer in kleinen rostfreien Schleusen an, die als Stationen für die Kuppelstädte dienten. Bei einer stieg er aus. Schilder in der Schleuse identifizierten sie als El Paso. Er ging durch die offenen Türen des Ausgangs.

Diese Kuppelzelte boten zumindest eine schöne Aussicht, das ließ sich nicht bestreiten. Den großen Osthang des Vulkans hinab liefen die Bahntrasse und die Pipelines, und zu beiden Seiten von ihnen standen Zelte wie Ketten aus Blasen, eins hinter dem anderen. Das durchsichtige Material der älteren wurde schon etwas purpurn. Ventilatoren brummten laut von der Kraftwerksanlage bei der Station, und irgendwo fügte ein Hydrazingenerator in hohen Tönen sein Jammern hinzu. Die Leute unterhielten sich auf Spanisch und Englisch. Frank veranlasste sein Büro, das Apartment eines Mannes aus El Paso anzurufen, der bei ihm aufgekreuzt war. Der Mann antwortete, und Frank verabredete sich mit ihm in einem Café am Bahnhof, ging dann hinüber und nahm an einem Tisch draußen Platz. Männer und Frauen saßen an Tischen und aßen und redeten wie anderswo auch. Kleine elektrische Wagen brummten die Straßen auf und ab, zumeist hoch beladen mit Kisten. Die Gebäude in Nähe des Bahnhofs waren drei Stockwerke hoch und schienen aus vorgefertigtem, mit Stahl verstärkten Beton, der hellblau und weiß gestrichen war, zu bestehen. Eine Reihe junger Bäume in Kübeln lief vom Bahnhof durch die Hauptstraße. Kleine Menschengruppen saßen am Astroturf oder gingen ziellos von einem Laden zum anderen oder eilten mit Umhängetaschen und Tagesgepäck zum Bahnhof. Sie sahen alle etwas desorientiert oder unsicher aus, als wüssten sie nicht recht, wie sie sich verhalten sollten oder als hätten sie noch nicht gelernt, richtig zu gehen.

Der Mann erschien mit einem ganzen Haufen seiner Nachbarn, alle in den Zwanzigern, zu jung, um auf dem Mars zu sein, wie man zu sagen pflegte. Vielleicht konnte die Behandlung Strahlenschäden heilen und ihnen gestatten, sich risikolos fortzupflanzen. Wer konnte das sicher sagen, ehe man es versucht hatte? Labortiere, das waren sie. Das waren sie immer gewesen.

Es war eigenartig, zwischen ihnen zu stehen wie ein alter Patriarch und mit einer Mischung aus Achtung und Herablassung behandelt zu werden wie ein Großvater. Gereizt bat er sie, mit ihm einen Spaziergang zu machen und ihm alles zu zeigen. Sie führten ihn durch enge Straßen vom Bahnhof und den höheren Gebäuden weg zwischen langen Barackenreihe, die wie Behelfsunterkünfte für wissenschaftliche Außenstellen oder Wasserstationen oder Flüchtlingshütten aussahen. Hier dutzendweise aufgereiht. Der Abhang des Vulkans war hastig planiert worden, und viele Hütten standen auf einer Neigung von zwei oder drei Grad, sodass sie, wie sie Frank sagten, in der Küche aufpassen und sich vergewissern mussten, dass ihre Betten richtig aufgestellt waren.

Frank fragte sie, was sie machten. Packer in Sheffield, sagten die meisten. Die Aufzugskabinen entladen und das Zeug auf Züge verladen. Das hatten Roboter tun sollen, aber es war überraschend, wie viel Arbeit für menschliche Muskeln dabei noch übrig blieb. Bedienungspersonal für schweres Gerät, Roboterprogrammierer, Maschinenreparaturleute, Zwerge mit Robot-Armen, Bauarbeiter. Die meisten von ihnen waren nur selten auf die Oberfläche gekommen, manche von ihnen nie. Sie hatten daheim ähnliche Arbeiten erledigt oder waren arbeitslos gewesen. Dies war ihre Chance. Die meisten wollten eines Tages zur Erde zurückkehren, aber die Trainingszentren waren überfüllt, teuer und zeitraubend, und sie alle verloren ihre Form. »Ihr seid alle schon so lange hier, dass es euch nichts mehr ausmacht, nur noch drinnen zu leben, aber ich halte das nicht aus!« Sie hatten ausgeprägte Südstaatenakzente, die Frank seit seiner Kindheit nicht mehr gehört hatte. Es war, als lauschte man Stimmen aus einem früheren Jahrhundert, aus dem Elisabethanischen Zeitalter. Redeten Menschen auf der Erde immer noch so? Das Fernsehen zeigte das nie.

Frank schaute in eine Küche und fragte: »Was esst ihr?«

Fisch. Gemüse, Reis, Tofu. Das kam alles in Großpackungen. Sie hatten keine Beschwerden und fanden es gut. Amerikaner hatten die heruntergekommensten Gaumen der Geschichte. Her mit 'ner Käsestulle! Nein, was sie nicht mochten, war das Eingesperrtsein, der Mangel an Privatsphäre, die Manipulation, die Beengtheit. Und die sich daraus ergebenden Probleme: »Alle meine Klamotten geklaut am Tag nach meiner Ankunft.« – »Meine auch.« – »Meine auch.« Diebstahl, Überfall, Erpressung. Die Kriminellen kamen alle aus anderen Kuppelstädten, sagten sie. Russen, meinten sie. Weiße Leute mit eigenartiger Sprache. Auch einige Schwarze, aber nicht so viele wie zu Hause. Eine Frau war in der vorigen Woche vergewaltigt worden. »Ihr macht Witze!«, sagte Frank.

»Was soll das heißen: Ihr macht Witze?«, fragte eine Frau empört.

Schließlich führten sie ihn wieder zum Bahnhof zurück. Frank blieb in der Tür stehen und wusste nicht, was er ihnen sagen sollte. Es war eine ganze Menge zusammengekommen, als Leute ihn erkannt hatten oder zu der Gruppe gerufen oder einfach hinzugekommen waren. »Ich werde sehen, was ich tun kann«, murmelte er und schlüpfte durch die Schleuse.

Ohne nachzudenken, blickte er in Kuppelzelte, als er mit einem Zug wieder nach oben fuhr. Es gab eins mit Sargbetten wie in Tokio. Das wäre noch viel enger als El Paso, aber kümmerte das seine Bewohner? Manche Leute waren es gewohnt, wie Kugellager behandelt zu werden. Wirklich eine Menge Leute. Aber auf dem Mars hatte es doch anders sein sollen!

Wieder zurück in Sheffield marschierte er über den Rand-Boulevard, blickte auf die dünne vertikale Linie des Aufzugs, ignorierte andere Leute und zwang sie, beiseitezuspringen, wenn er kam. Einmal blieb er stehen und sah sich in der Menge um. Es waren im Augenblick etwa fünfhundert Leute zu sehen, die ihr tägliches Leben führten. Wann war es so weit gekommen? Sie waren eine wissenschaftliche Außenstelle gewesen, eine Handvoll Forscher, zerstreut über eine Welt mit so viel Landfläche wie die Erde. Ein ganzes Eurasien, Afrika, Amerika, Australien und eine Antarktis – alles für sie. All dieses Land gab es da draußen noch; aber wie viel Prozent davon waren überkuppelt und bewohnbar? Weniger als ein Prozent. Und was sagte die UNOMA? Eine Million Menschen waren schon hier und noch mehr unterwegs. Und keine Polizei oder Verbrechen. Oder vielmehr: Verbrechen ohne Polizei. Eine Million Menschen und kein Gesetz. Kein Gesetz, aber Körperschaftsrecht.

Die untere Grenze. Ausgaben minimieren, Profite maximieren. Lief alles glatt auf menschlichen Kugellagern.

In der nächsten Woche begannen die Leute in einigen Kuppeln am Südhang zu streiken. Chalmers hörte davon, als er zu seinem Büro unterwegs war. Slusinski rief ihn an. Die streikenden Kuppeln waren zumeist amerikanisch, und sein Stab war in Panik. »Sie haben die Bahnhöfe geschlossen und lassen niemanden aus den Zügen aussteigen. Wir können sie nicht kontrollieren, wenn nicht ihre Notschleusen gestürmt werden ...«

»Halt's Maul!«

Frank ging an der Südpiste zu den streikenden Kuppeln hinunter, trotz Slusinskis Einwänden. Er wies sogar einige Leute seines Stabes an, ihm nach unten zu folgen.

Ein Team des Sicherheitsdienstes von Sheffield stand im Bahnhof; aber er befahl ihnen, den Zug zu besteigen und sich zu entfernen. Nach kurzer Beratung mit den leitenden Beamten von Sheffield taten sie es. An der Durchgangsschleuse wies er sich aus und bat, allein hineingelassen zu werden. Sie ließen ihn passieren.

Er erschien auf dem Hauptplatz einer anderen Kuppel, umgeben von einem Meer wütender Gesichter. Er sagte: »Packt die Kameras weg! Lasst uns privat miteinander reden!«

Sie stellten die Kameras ab. Es war dasselbe wie in El Paso.

Andere Akzente, aber die gleichen Beschwerden. Sein früherer Besuch machte es ihm möglich vorwegzunehmen, was sie sagen wollten und es vor ihnen auszusprechen. Er stellte grimmig fest, dass ihre Gesichter erkennen ließen, wie sehr sie von dieser Fähigkeit beeindruckt waren. Sie waren noch jung.

»Seht, das ist eine schlimme Situation«, sagte er, nachdem sie eine Stunde lang geredet hatten. »Aber wenn ihr lange streikt, macht ihr es nur noch schlimmer. Sie werden Sicherheitsleute schicken; und es wird nicht so sein, als lebten Banden und Polizisten unter euch, es wird wie das Leben im Gefängnis sein. Ihr habt euren Punkt schon klargemacht und solltet jetzt wissen, wann es Zeit ist aufzuhören und zu verhandeln. Bildet ein Komitee, das euch vertritt, und macht eine Liste von Beschwerden und Wünschen! Dokumentiert alle Verbrechen! Schreibt sie einfach auf und lasst sie von den Opfern unterschreiben! Ich kann so etwas gut gebrauchen. Das wird Arbeit bei der UNOMA und zu Hause erfordern, weil die den Vertrag verletzen.«

Er machte eine Pause, um zu sich zu kommen und seine Gesichtszüge zu entspannen. »Geht inzwischen wieder an die Arbeit! Damit verbringt ihr die Zeit besser, als wenn ihr hier zusammenhockt, und es wird euch Bonuspunkte bei den Verhandlungen eintragen. Falls ihr das nicht tut, werden sie euch vielleicht vom Lebenserhaltungssystem abschneiden und euch fertigmachen. Besser, ihr tut es aus freiem Willen und seht wie vernünftige Verhandlungspartner aus.«

So endete der Streik. Sie applaudierten ihm sogar, als er wieder in den Bahnhof ging.

Er bestieg den Zug in blinder Wut und lehnte es ab, die Fragen seines Stabs zu beantworten oder auf ihre stummen Blicke einzugehen. Er nahm sich den Leiter der Sicherheitsgruppe vor, der ein arroganter Idiot war. »Wenn ihr korrupten Bastarde irgendwelche Integrität besäßet, wäre das nicht passiert. Ihr seid nichts weiter als eine Verbrecherbande. Warum werden Menschen in den Kuppeln überfallen? Warum zahlen sie Schutzgelder? Wo seid ihr, wenn all das passiert?«

»Das fällt nicht in unsere Zuständigkeit«, sagte der Mann mit blassen Lippen.

»Ach, komm schon, was ist denn eure Zuständigkeit? Eure einzige Zuständigkeit ist euer Portemonnaie.« Er fuhr fort, bis die Sicherheitsleute aufstanden und den Wagen verließen, so wütend auf ihn wie er auf sie, aber zu diszipliniert, um zu widersprechen.

In den Büros von Sheffield ging er von Zimmer zu Zimmer, brüllte den Stab an und tätigte Anrufe. Sax, Vlad, Janet. Er sagte ihnen, was geschah, und sie alle machten den gleichen Vorschlag, den er schließlich als gut anerkennen musste. Er würde sich mit dem Aufzug nach oben begeben und mit Phyllis sprechen müssen. »Seht zu, ob ihr wenigstens die Platzreservierungen hinbekommt«, sagte er zu seinem Stab.

Die Aufzugskabine war wie ein altes Haus in Amsterdam, eng und hoch, mit einem von Licht erfüllten Raum ganz oben, in diesem Fall ein Zimmer mit klaren Wänden und einer Kuppel, die Frank an die Blasenkuppel der *Ares* erinnerte. Am zweiten Tag der Fahrt kam er mit den anderen Passagieren zusammen (in dieser Kabine nur zwanzig, weil nicht sehr viele Leute in diese Richtung fuhren), und sie nahmen den kleinen eigenen Lift des Aufzugs dreißig Stockwerke nach oben zu diesem klaren Dachstübchen, um Phobos vorbeiziehen zu sehen. Der Raum ragte etwas über den eigentlichen Aufzug hinaus, sodass man auch nach unten blicken konnte. Frank sah auf die gekrümmte Horizontlinie des Planeten hinab, viel weißer und dichter, als er sie das letzte Mal gesehen hatte. Die Atmosphäre war jetzt bei 150 Millibar angelangt, wirklich recht eindrucksvoll, selbst wenn sie aus giftigem Gas bestand.

Während sie auf das Erscheinen des kleinen Mondes warteten, betrachtete Frank den Planeten unter sich. Der filigrane Pfeil des Kabels zeigte genau darauf. Es sah aus, als stiegen sie auf einer seltsamen dünnen Rakete empor, die sich einige Kilometer über und unter ihnen hinzog. Das war alles, was sie je vom Kabel zu sehen bekommen würden. Und unten sah der runde orangefarbene Boden des Mars genau so leer aus wie bei ihrer ersten Annäherung vor so langer Zeit, unverändert trotz all ihrer Einmischung. Man musste sich nur weit genug entfernen.

Dann deutete einer der Aufzugspiloten auf Phobos, ein mattes weißes Objekt im Westen. Nach zehn Minuten war er bei ihnen und sauste mit erstaunlicher Geschwindigkeit vorbei, eine große graue Kartoffel, die schneller wirbelte, als man den Kopf drehen konnte. *Wusch!* Vorbei. Die Zuschauer im Kuppelraum johlten, schrien und plapperten. Frank hatte nur einen ganz kurzen Blick auf die Kuppel von Stickney erhascht, die wie ein Juwel im Gestein blinkte. Und dann war da ein Schienenstrang gewesen, der die Mitte wie ein Ring umspannte, und einige helle Silberbrocken. Das war alles, an das er sich nach dem verwischten Bild erinnern konnte. Phobos war fünfzig Kilometer entfernt, als sie vorbeifuhren, wie der Pilot sagte. Bei 7000 Kilometern in der Stunde. Gar nicht so besonders schnell. Es gab Meteoriten, die den Planeten mit 50 000 trafen. Aber immer noch schnell genug.

Frank ging wieder zurück in die Speise-Etage und bemühte sich, das flüchtige Bild im Geist festzuhalten. Phobos: Leute am Nachbartisch sprachen davon, ihn in eine sich wie eine Zopfflechte hin und her schlängelnde Bahn mit Deimos zu schieben, da er jetzt nur ein Hindernis für das Kabel bedeutete. Und Phyllis hatte schon immer argumentiert, dass den Mars das gleiche Schicksal wie die Erde, aber in großem Stil ereilt haben würde, wenn der Aufzug nicht gebaut worden wäre, um seine Gravitationssenke zu überwinden. Die Montanleute hätten den Mars außer Acht gelassen. Sie wären zu den an Metall reichen Asteroiden geflogen, bei denen man sich nicht mit der Schwerkraft plagen musste. Und dann waren da auch noch die Monde von Jupiter, Saturn und den äußeren Planeten …

Aber diese Gefahr bestand jetzt nicht mehr.

Am fünften Tag näherten sie sich Clarke und bremsten ab. Clarke war ein Asteroid von etwa zwei Kilometern Durchmesser gewesen, ein kohlenstoffhaltiger Gesteinsbrocken, der jetzt zu einem Würfel umgestaltet war, von dessen auf den Mars gerichteter Seite jeder Zentimeter der Oberfläche planiert und mit Beton, Stahl oder Glas bedeckt war. Das Kabel tauchte genau in das Zentrum der Fläche. Auf beiden Seiten des Gelenks, wo das Kabel auf den Mond traf, waren Löcher, die genau groß genug waren, um die Passage der Aufzugskabinen zu ermöglichen.

Sie glitten in eines dieser Löcher und hielten sanft an. Der Innenraum, in den sie gelangten, war wie ein vertikaler U-Bahnhof. Die Passagiere stiegen aus und verschwanden in den Tunneln von Clarke. Ein Assistent von Phyllis holte Frank ab und fuhr ihn in einem kleinen Wagen durch ein Labyrinth von Tunneln mit Steinwänden. Sie kamen zu Phyllis' Büros, die sich auf der Planetenseite des Mondes befanden und mit Spiegeln und grünem Bambus verkleidet waren. Obwohl sie sich fast in Mikroschwerkraft befanden und nur sehr langsam vom Mars wegdrifteten, standen sie auf dem Fußboden dank Klettsohlen an den Schuhen. Eine recht konservative Praxis, die aber an einem solchen auf die Erde bezogenen Ort zu erwarten war. Frank tauschte seine Schuhe an der Tür gegen solche Velcro-Sandalen aus und trat ein.

Phyllis war gerade dabei, ein Gespräch mit einigen Männern zu beenden. »Nicht nur ein billiger und sauberer Aufzug aus der Gravitationssenke, sondern ein Antriebsverfahren, um Lasten durch das ganze Sonnensystem zu schleudern! Das ist doch eine außerordentlich elegante Ingenieursleistung, meinen Sie nicht auch?«

»Ja«, antworteten die Männer.

Phyllis sah etwa fünfzig Jahre älter aus. Nach lästiger Vorstellung – die Männer waren von Amex – gingen die anderen. Als Phyllis und Frank im Zimmer allein waren, sagte Frank zu ihr: »Ihr solltet besser aufhören, diese außerordentlich elegante Ingenieursleistung zu benutzen, um den Mars mit Emigranten zu überfluten, sonst wird er euch direkt ins Gesicht explodieren, und ihr verliert euren Ankerpunkt.«

»O Frank!« Sie lachte. Sie war wirklich gut gealtert: silbernes Haar, das Gesicht straff, mit hübschen Falten, eine schlanke Figur. Glänzend wie eine Nadel in einem rostfarbenen Einteiler und viel Goldschmuck, was ihr zusammen mit dem Silberhaar einen umfassenden metallischen Schimmer verlieh. Sie sah Frank durch eine Brille mit einer Fassung aus Golddraht an, mit einer Affektiertheit, die sie von dem Raum distanzierte, als konzentrierte. sie sich auf flache Videobilder an der Innenseite ihrer Gläser

Frank drängte weiter: »Ihr könnt nicht so viele Leute so schnell hinunterschicken. Es gibt für sie keine Infrastruktur, weder physisch noch kulturell. Was sich da entwickelt, sind Rabaukensiedlungen der schlimmsten Art, wie Flüchtlings- oder Zwangsarbeiterlager; und das wird nach Hause gemeldet werden. Du weißt, dass sie immer Analogien zu Situationen auf der Erde benutzen. Und das muss euch sicher treffen.«

Sie starrte auf einen Punkt ungefähr drei Meter vor ihm und erklärte, als wäre der Raum voller Zuhörer: »Ich sehe es nicht so. Das ist nur ein Schritt auf dem Weg zur vollen Nutzung des Mars durch den Menschen. Er ist für uns hier, und wir werden ihn nutzen. Die Erde ist hoffnungslos überbevölkert, und die Sterblichkeitsrate sinkt immer noch. Wissenschaft und Glaube werden weiterhin neue Möglichkeiten schaffen, wie sie es immer getan haben. Diese ersten Pioniere mögen einiges erdulden, aber das wird nicht lange dauern. Wir haben schlechter gelebt als sie jetzt, als wir hier ankamen.«

Aufgebracht über diese Lüge starrte Frank sie an. Aber sie wich nicht zurück. Wütend sagte er: »Du passt nicht auf!« Aber der Gedanke erschreckte ihn, und er hielt inne.

Er gewann die Selbstbeherrschung zurück und blickte durch die klare Decke zum Planeten. Da sie mit ihm rotierten, hatten sie natürlich immer Tharsis im Blickfeld, und aus dieser Entfernung sah er aus wie eine alte Fotografie, der orangefarbene Ball mit allen vertrauten Merkmalen seiner berühmtesten Hemisphäre: den großen Vulkanen, Noctis, den Canyons, dem Chaos, alles unversehrt. Er fragte sie: »Wann warst du zum letzten Mal unten?«

»L_s = 60. Ich fahre regelmäßig hinunter.« Sie lächelte.

»Wo wohnst du, wenn du da bist?«

»In UNOMA-Gebäuden.« Wo sie emsig daran arbeitete, den UN-Vertrag zu brechen.

Aber das war ihr Job; das war es, was die UNOMA ihr aufgetragen hatte. Aufzugsmanagerin und zugleich die erste Verbindung zu den Montankonzernen. Wenn sie die UN verließ, konnte sie ihnen alles wegnehmen. Königin des Aufzugs. Der jetzt die Brücke für den größten Teil der Marswirtschaft war. Sie würde das ganze Kapital zur Verfügung haben von jedem Transnationalen, mit dem sie sich zusammentat.

Und all dies kam natürlich darin zum Ausdruck, wie sie in dem glitzernden Raum herumhüpfte und zu allen seinen abfälligen Bemerkungen lächelte. Nun, sie war schon immer etwas stupide gewesen. Frank knirschte mit den Zähnen. Es war wohl an der Zeit, die guten alten USA als Vorschlaghammer zu benutzen und zu sehen, ob noch etwas Schwung darin steckte.

»Die meisten Transnationalen haben in den Staaten mächtige Guthaben«, sagte er. »Wenn die amerikanische Regierung sich entschlösse, ihre Konten einzufrieren, weil sie den Vertrag brechen, würde sie das alle hemmen und einige zusammenbrechen lassen.«

»Das könntest du nie durchsetzen«, sagte Phyllis. »Es würde die Regierung bankrott gehen lassen.«

»Das ist so, als drohte man einem toten Mann mit Erhängen. Einige Nullen mehr an der Summe der Schulden erhöhen nur die Irrealität. Man kann sich das ohnehin nicht mehr vorstellen. Die Einzigen, die denken, sie könnten das, sind deine transnationalen Manager. Sie halten die Obligationen, aber niemand sonst kümmert sich um ihr Geld. Ich könnte Washington in einer Minute davon überzeugen, und dann fliegt dir hier alles um die Ohren. Wie die Sache auch ausgeht, sie ruiniert dein Spiel.« Er machte eine wütende Handbewegung. »Zu diesem Zeitpunkt wird jemand anders diese Räume beziehen …« – eine plötzliche Intuition –, »und du wirst wieder in Underhill sein.«

Das erregte ohne Zweifel ihre Aufmerksamkeit. Ihre lässige Geringschätzung bekam einen Dämpfer. »Niemand kann Washington von etwas überzeugen. Da unten herrscht Treibsand. Du kannst denen sagen, was du willst, und ich werde meine Gegenargumente vorbringen. Dann werden wir sehen, wer den größeren Einfluss hat.« Sie trippelte durchs Zimmer, öffnete die Tür und begrüßte laut eine Schar UN-Beamter.

Nichts als Zeitverschwendung. Er war nicht überrascht. Anders als diejenigen, die ihm geraten hatten zu kommen, hatte er keine Hoffnung in die Idee gesetzt, dass Phyllis vernünftig sein könnte. Wie für viele gläubige Fundamentalisten war für sie Geschäft ein Teil der Religion. Die beiden Dogmen verstärkten sich gegenseitig, waren Teil des gleichen Systems. Vernunft hatte damit nichts zu tun. Und obwohl Phyllis noch an Amerikas Stärke glauben mochte, glaubte sie bestimmt nicht, dass Frank sie benutzen könnte. Er würde ihr das Gegenteil beweisen.

Während der Rückfahrt am Kabel hinunter traf er alle halbe Stunde Videoverabredungen, fünfzehn Stunden am Tag. Seine

Mitteilungen nach Washington führten bald zu komplexen, durch die Übertragung verzögerten Gesprächen mit seinen Leuten in den Außen- und Handelsministerien und mit den verschiedenen Kabinettschefs, auf die es ankam. Bald würde ihn auch der neue Präsident anhören. Inzwischen hüpften die Nachrichten mit allen möglichen Argumenten wie Frösche hin und her, je nachdem, welcher Gesprächspartner ihn zuerst erreichte. Es war kompliziert und erschöpfend. Der Fall musste auf der Erde wie ein Kartenhaus aufgebaut werden, und viele der Karten waren geknickt.

Gegen Ende der Fahrt, als das Kabel schon bis hinunter zur Steckdose bei Sheffield zu sehen war, fühlte er sich plötzlich richtig sonderbar. Eine Welle physischer Erinnerung durchlief ihn. Das Gefühl ging vorbei, und nach etwas nachdenken kam er darauf, dass der abbremsende Waggon für einen Moment ein g durchlaufen hatte. Vor seinem inneren Auge erschien ein Bild, wie er über einen langen Pier lief, wo unebene Bretter mit silbernen Fischschuppen übersät waren. Er konnte sogar riechen, wie die salzigen Fische stanken. Ein g – merkwürdig, wie sich der Körper daran erinnerte.

Wieder in Sheffield, verfiel er sofort in den ständigen Trott, zeichnete er Mitteilungen auf, analysierte eingehende Antworten, musste sich mit alten Kumpeln und aufkommenden Mächten abgeben, wobei alles zusammen einen Fleckenteppich von Diskussionen ergab, die unterschiedlich schnell abliefen. Einmal, spät im nördlichen Herbst, war er in etwa fünfzig Konferenzen gleichzeitig engagiert. Es war wie mit einem Raum voller Gegner simultan blind Schach zu spielen. Aber nach drei solchen Wochen sprach es sich allmählich herum, hauptsächlich deshalb, weil Präsident Incaviglia persönlich daran höchst interessiert war, etwas gegen Amex, Mitsubishi und Armscor in die Hand zu bekommen. Er war gern bereit, etwas von seiner Absicht in die Medien durchsickern zu lassen, sich um angebliche Vertragsverletzungen zu kümmern.

Er tat das auch, und die Wertpapiere in den betreffenden Sektoren fielen stark. Zwei Tage später verkündete das Aufzugskonsortium, die Begeisterung für Mars-Ausreisen sei so gestiegen, dass die Nachfrage gegenwärtig das Angebot überträfe. Natürlich würden sie entsprechend die Preise erhöhen, aber sie müssten auch zeitweilig die Emigration verringern, bis mehr Städte und Bauroboter fertig sein würden.

Frank erfuhr das zuerst durch eine Fernsehmeldung in der Bar bei einem einsamen Dinner. Er grinste wie ein Wolf, während er weiterkaute. »Jetzt sehen wir also, wer beim Ringen in Treibsand besser ist, du Biest.« Nach dem Essen ging er auf der Randpromenade spazieren. Er wusste, dass das nur eine Schlacht war. Und es würde ein bitterer, langer Krieg werden. Aber dennoch machte er ihm Spaß.

Dann meuterten im nördlichen Mittwinter die Bewohner der ältesten Kuppel auf dem Osthang, warfen alle UNOMA-Polizisten hinaus und schlossen sich ein. Die Russen nebenan machten es genauso.

Eine schnelle Besprechung mit Slusinski setzte Frank von der Vorgeschichte in Kenntnis. Offenbar waren beide Gruppen in der Unterabteilung für Straßenbau von Armscor beschäftigt; und beide Kuppelzelte waren mitten in der Nacht von eingedrungenen asiatischen Rowdies überfallen worden, die den Zeltstoff aufgeschlitzt, in jeder Kuppel drei Männer getötet und etliche weitere mit Messern verletzt hatten. Sowohl Amerikaner wie Russen behaupteten, die Angreifer wären rassistische Yakuza gewesen, obwohl es sich in Franks Ohren mehr und mehr nach Subarashiis Sicherheitskräften anhörte, einer kleinen Armee, die hauptsächlich aus Koreanern bestand. Auf jeden Fall waren Polizei-Einheiten der UNOMA auf dem Schauplatz erschienen. Sie hatten festgestellt, dass die Angreifer verschwunden waren und die Kuppeln sich in Aufruhr befanden. Sie hatten beide Kuppeln versiegelt und über ihre Bewohner eine Ausgangssperre verhängt. Die Bewohner hatten sich als Gefangene empfunden, waren über diese Ungerechtigkeit erbost aus ihren Schleusen gebrochen – und hatten die durch ihre Bahnhöfe führenden Gleise mit Schweißgeräten zerstört. Auf beiden Seiten wurden einige Leute getötet. Die UNOMA-Polizei hatte massive Verstärkung geschickt, und die Arbeiter in den beiden Kuppeln saßen nun mehr in der Falle als vorher.

Wütend und entrüstet ging Frank wieder nach unten, um sich persönlich darum zu kümmern. Er musste sowohl die üblichen Einwände seines Stabes ignorieren wie auch das Verbot seitens des neuen Managers. (Helmut war zur Erde zurückgerufen worden.) Auf der Station musste er auch noch den Chef der UNOMA-Polizei kleinkriegen, kein leichtes Unterfangen. Er hatte sich noch nie zuvor so stark auf das Charisma der Ersten Hundert verlassen müssen. Das machte ihn wütend. Am Ende durfte er zwischen den Polizisten hindurchgehen – ein verrückter alter Mann, der alle zivilisierten Hemmungen überwand. Und niemand würde ihn aufhalten. Diesmal nicht.

Die Meute drinnen sah auf den Monitoren wirklich hässlich aus. Aber er klopfte an ihre Schleusentür und wurde schließlich eingelassen, in eine Menge wütender junger Männer und Frauen. Er ging durch die innere Schleusentür und atmete warme abgestandene Luft. Es brüllten so viele Leute durcheinander, dass er die einzelnen Sprecher nicht ausmachen konnte, aber die in der vordersten Reihe erkannten ihn und waren deutlich überrascht, ihn hier zu sehen. Einige stießen Hochrufe aus.

Er schrie: »Okay! Ich bin hier. Wer ist euer Sprecher?«

Sie hatten keinen. Er fluchte heftig. »Was für Idioten seid ihr eigentlich? Ihr solltet besser lernen, mit dem System umzugehen, sonst steckt ihr jedes Mal so in der Klemme. So wie jetzt – oder gar in Leichensäcken!«

Mehrere Leute riefen ihm etwas zu, aber die meisten wollten hören, was er zu sagen hatte. Und immer noch keine Spur von einem Sprecher. Darum brüllte Chalmers: »In Ordnung. Ich werde mit euch allen sprechen. Setzt euch hin, damit ich sehen kann, wer redet!«

Sie konnten sich nicht setzen, standen aber da, ohne sich zu rühren, in einer Gruppe um ihn auf dem zerwühlten Rasen des Hauptplatzes der Kuppel. Chalmers kletterte auf eine umgedrehte Kiste in ihrer Mitte. Es war später Nachmittag, und sie warfen Schatten bis hinunter zum Osthang. Er fragte, was geschehen sei; und verschiedene Stimmen schilderten den mitternächtlichen Angriff und das Scharmützel in der Station.

»Ihr wurdet provoziert«, sagte er, als sie fertig waren. »Sie wollten, dass ihr einen idiotischen Krawall anzettelt. Das ist ein uralter Trick. Sie haben euch dazu gebracht, einige Personen zu töten, die mit dem Angriff auf euch nichts zu tun hatten; und jetzt seid ihr die Mörder, die die Polizei erwischt hat! Man hat euch reingelegt, und ihr wart so blöde, euch reinlegen zu lassen.«

Die Menge murrte und fluchte, aber einige waren bestürzt. Einer sagte laut: »Diese sogenannte Polizei war auch beteiligt!«

»Mag sein«, sagte Chalmers. »Aber es waren korporative Truppen, die euch angriffen, keine Japaner in einem Wutausbruch. Ihr hättet den Unterschied erkennen sollen, ihr hättet euch bemühen müssen, das herauszufinden! So wie es ist, habt ihr ihnen in die Hände gespielt, und die UNOMA-Polizei hat mit Vergnügen losgelegt. Sie sind jetzt eure Gegner, wenigstens manche von ihnen. Aber die nationalen Streitkräfte sind dabei, sich auf eure Seite zu stellen. Also müsst ihr lernen, mit ihnen zusammenzuarbeiten, ihr müsst feststellen, wer eure Verbündeten sind, und entsprechend handeln. Ich weiß nicht, warum so wenige Leute auf diesem Planeten fähig sind, das zu tun. Es ist, als vernebelte die Passage von der Erde vielen den Verstand oder so.«

Manche lachten verdutzt. Frank fragte sie nach den Verhältnissen in den Kuppeln. Sie hatten die gleichen Beschwerden wie die anderen; und wieder konnte er vieles vorwegnehmen und an ihrer Stelle aussprechen. Dann schilderte er das Ergebnis seiner Reise zu Clarke. »Ich habe ein Moratorium für Emigration erreicht; und das bedeutet mehr als nur gerade etwas mehr Zeit für das Erbauen neuer Städte. Es bedeutet den Beginn einer neuen Diplomatiephase zwischen den USA und der UN. Sie haben in Washington endlich begriffen, dass die UN für die Transnationalen arbeitet, und müssen darum selbst den Vertrag durchsetzen. Das liegt im vitalen Interesse Washingtons, und sie sind die Einzigen, die das tun werden. Der Vertrag ist jetzt ein Teil der Schlacht, der Schlacht zwischen dem Volk und den Transnationalen. Ihr steht auf diesem Schlachtfeld. Ihr seid angegriffen worden, und ihr müsst herausfinden, wem der Gegenangriff zu gelten hat, und wie ihr euch mit euren Verbündeten zusammenschließt.«

Sie machten dazu grimmige Gesichter, was verständlich war, und Frank sagte: »Ihr sollt wissen, dass wir schließlich gewinnen werden. Wir sind viel mehr als die.«

So weit die Rübe, die man Eseln vorhielt. Was den Knüppel anging, das war mit so machtlosen Leuten immer einfach.

»Schaut, wenn die nationalen Regierungen die Lage nicht schnell ins Reine bringen können, wenn hier mehr Unrecht geschieht und sich Chaos anbahnt, dann werden sie sagen: Zum Teufel! Sollen die Transnationalen ihre Arbeiterprobleme selber lösen, dabei werden sie erfolgreicher sein als wir. Und ihr wisst, was das für euch bedeutet.«

»Wir haben das satt!«, rief ein Mann.

»Natürlich«, sagte er. »Habt ihr nun einen Plan, die Sache zu Ende zu bringen, oder nicht?«

Es dauerte eine Weile, sie zu einer Übereinkunft zu bringen. Entwaffnung, Kooperation, Organisation, eine Petition an die amerikanische Regierung um Unterstützung und Gerechtigkeit. Die Sache selbst in die Hand zu nehmen, darauf lief es hinaus. Natürlich dauerte das einige Zeit. Und währenddessen musste er versprechen, sich jede Beschwerde anzuhören, jede Ungerechtigkeit zu bereinigen und alles in Ordnung zu bringen, was falsch war. Das war lächerlich und widerlich, aber er verzog das Gesicht und machte es. Er beriet sie in Sachen Medienbeziehungen und Schlichtungsverfahren und wie man Zellen und Komitees bildet und Führer wählt. Sie waren ja so unwissend! Junge Männer und Frauen, sorgfältig dazu erzogen, unpolitisch zu sein, Techniker zu sein, die jede Politik verabscheuten, um sie zu Wachs in den Händen ihrer Anführer zu machen. So wie immer. Es war erschreckend, wie stupide sie waren, und er konnte nicht umhin, sie aufzuputschen.

Als er ging, erhielt er Beifall.

Maya war draußen im Bahnhof. Er war erschöpft und konnte sie nur ungläubig anstarren. Sie hatte ihm über Video zugesehen, erzählte sie. Frank schüttelte den Kopf. Die Idioten da drin hatten sich nicht einmal darum bemüht, die Überwachungskameras auszuschalten. Vielleicht wussten sie nicht einmal, dass es sie gab. Also hatte die ganze Welt alles gesehen. Und Maya hatte die gleiche Miene von Bewunderung, als bedeutete die Befriedung ausgebeuteter Arbeiter mit Lügen und Raffinesse höchstes Heldentum. Was es für sie ohne Zweifel war. Tatsächlich war sie losgezogen, um in der russischen Kuppel die gleiche Masche anzuwenden, weil es dort keinen Fortschritt gegeben hatte und sie nach ihr gefragt hatten. Also waren die Russen offenbar noch dümmer als die Amerikaner.

Sie bat ihn, sie zu begleiten; und er war zu erschöpft, um Vorteil und Nutzen davon abzuwägen. Mit verkniffenem Mund sagte er zu. Es war leichter, einfach weiterzumachen.

Sie nahmen den Zug nach unten zur nächsten Station und bahnten sich ihren Weg durch die Polizei nach drinnen. Die russische Kuppel war dicht gefüllt wie ein Frachtcontainer. Frank sah sich um und sagte: »Du wirst es wohl noch schwerer haben als ich.«

»Russen sind das gewohnt«, erwiderte sie. »Die Unterkünfte in den Kuppeln unterscheiden sich gar nicht so sehr von Moskauer Wohnungen.«

»O ja.« Russland war zu einer Art gigantischem Korea geworden, das denselben brutalen stromlinienförmigen Kapitalismus kultivierte, perfekt nach dem Taylor-System und mit einer Tünche aus Demokratie und Gebrauchsgütern, um die Junta zu tarnen. »Es ist erstaunlich, wie wenig es braucht, um verhungernde Menschen nach seiner Pfeife tanzen zu lassen.«

»Frank, bitte!«

»Denk daran, und es wird klappen.«

»Wirst du helfen oder nicht?«

»Doch, ja.«

Der Hauptplatz roch nach Bohnen, saurer Milch, Borschtsch und elektrischen Öfen, und die Menge war viel unruhiger und lauter als in der amerikanischen Kuppel. Jeder war ein trotziger Anführer und bereit, eine Erklärung abzugeben. Es waren viel mehr Frauen dabei als bei den Amerikanern. Die Leute hatten einen Zug zum Entgleisen gebracht, und das hatte sie elektrisiert. Sie drängten auf weitere Aktionen. Maya musste sich eines Handmegaphons bedienen und stand während der ganzen Zeit auf einem Stuhl und redete. Die Menge wirbelte um sie herum, und Redner mit lauten Argumenten ignorierten sie, als wäre sie eine Cocktailpianistin.

Franks Russisch war eingerostet, und er konnte das meiste von dem, was die Menge Maya zubrüllte, nicht verstehen. Er folgte aber aufmerksam ihren Antworten. Sie erklärte ihnen das Emigrationsmoratorium, den Engpass in der Produktion von Städtebaurobotern und bei der Wasserversorgung, die Notwendigkeit von Disziplin und das Versprechen eines künftigen besseren Lebens, wenn alles ordentlich abliefe. Er hatte den Eindruck, dass das eine typische Babuschka-Ansprache war; und sie hatte den Effekt, die Leute etwas zu beruhigen, da bei vielen Russen jetzt eine starke reaktionäre Stimmung herrschte. Sie erinnerten sich, was soziale Unruhe wirklich bedeutete, und hatten verständlicherweise Angst davor. Und es gab viel zu versprechen. Alles erschien plausibel: eine große Welt, wenig Menschen, eine Menge Rohstoffe, gute Roboterkonstruktionen, Computerprogramme, Gen-Muster …

Als die Diskussion einmal wirklich laut wurde, sagte er zu ihr auf Englisch: »Denk an den Knüppel!«

»Was?«

»Den Knüppel! Droh ihnen! Rübe und Knüppel.«

Sie nickte und nahm das Megaphon wieder. Die ständige Unsicherheit der giftigen Luft, die tödliche Kälte. Sie waren nur durch die Kuppel am Leben und durch die Lieferungen von Elektrizität und Wasser. Sie waren auf vielfältige Weise gefährdet, an die sie nicht richtig gedacht hatten und die es daheim überhaupt nicht gab.

Sie war schnell, wie sie es immer schon gewesen war. Zurück zu den Versprechungen. Vor und zurück, Knüppel und Rübe, ein Schlag mit der Peitsche und einige Leckereien. Schließlich waren auch die Russen befriedet.

Nachher im Zug hinauf nach Sheffield schnatterte Maya nervös erleichtert, mit gerötetem Gesicht und leuchtenden Augen. Sie ergriff seinen Arm, warf den Kopf zurück und lachte. Diese nervöse Intelligenz, diese anhaltende physische Präsenz ... Er musste selbst erschöpft gewesen sein oder mehr erschüttert durch das, was er während der ganzen Zeit in den Kuppeln gesehen hatte. Oder vielleicht war es auch die Begegnung mit Phyllis gewesen. Er hatte jetzt wärmere Gefühle für Maya. Es war, als käme man nach einem kalten Tag im Freien in eine Sauna – das gleiche Gefühl von Erleichterung und tiefem Wohlbehagen. Sie sagte schnell: »Ich weiß nicht, was ich ohne dich hätte tun können. Du bist in solchen Situationen wirklich so gut, so klar, fest und scharf. Sie schenken dir Glauben, weil du nicht versuchst, ihnen zu schmeicheln oder die Wahrheit abzumildern.«

»Das funktioniert am besten«, sagte er und schaute aus dem Fenster auf die vorbeiziehenden Kuppeln. »Besonders wenn man ihnen schmeichelt und sie anlügt.«

»O Frank!«

»Das ist wahr. Darin bist du selbst gut.«

Das war eine typische rhetorische Floskel, aber Maya merkte es nicht. Es gab dafür einen Fachausdruck, an den er sich nicht erinnern konnte. Metonymie? Synekdoche? Aber sie lachte bloß, lehnte sich an ihn und drückte seine Schulter. Als ob der Streit in Burroughs nie stattgefunden hätte, von dem, was davor lag, ganz zu schweigen. Und in Sheffield ließ sie ihre

Station passieren und stieg dann mit ihm zusammen aus. Sie ging an seine Schulter gelehnt durch die große Bahnhofshalle und dann zu seiner Wohnung. Dort entkleidete sie sich, duschte und zog einen seiner Pullover an. Dabei plapperte sie ständig über den Tag und die Lage im Allgemeinen. Als machten sie das immer so, gingen sie essen: Suppe, Forelle, Salat, eine Flasche Wein – wie alle Tage! Dann lehnten sie sich in ihren Sesseln zurück, um Kaffee und Brandy zu trinken. Politiker nach einem arbeitsreichen Tag. Die Anführer.

Schließlich hatte sie genug und lag lässig in ihrem Sessel, damit zufrieden, ihn bloß anzusehen. Und erstaunlicherweise machte ihn das nicht nervös. Es war, als schützte ein Kraftfeld ihn vor alledem. Vielleicht der Ausdruck in ihren Augen. Manchmal schien es, als könnte man wirklich sagen, dass jemand einen mochte.

Sie verbrachten die Nacht zusammen. Und danach verbrachte sie ihre Zeit in ihrer Wohnung im MarsFirst-Büro und seinen Zimmern, ohne je zu erläutern, was sie tat und was das bedeutete. Und wenn es Zeit fürs Bett war, zog sie sich aus, legte sich neben ihn und dann auf ihn, warm und ruhig. Die Berührung eines ganzen Körpers, alles auf einmal … Und wenn er etwas unternahm, reagierte sie unverzüglich. Er brauchte nur ihren Arm zu berühren. Als ginge man in eine Sauna. Sie war in diesen Tagen so angenehm, so ruhig. Wie eine andere Person. Es war erstaunlich. Ganz und gar nicht Maya. Aber da war sie und flüsterte: Frank, Frank.

Aber sie sprachen nie darüber. Es ging immer um die Lage, die Neuigkeiten des Tages; und das gab ihnen wahrhaft reichlich Gesprächsstoff. Die Unruhe auf Pavonis war in einen zeitweiligen Schwebezustand übergegangen; aber die Schwierigkeiten umfassten den ganzen Planeten und wurden immer schlimmer: Sabotagen, Streiks, Krawalle, Kämpfe, Scharmützel,

Morde. Und die Meldungen von der Erde waren über schwärzesten Galgenhumor in schieres Entsetzen abgerutscht. Mars bot demgegenüber ein Bild der Ordnung, ein kleiner lokaler Sturm, abgetrennt von dem gigantischen Mahlstrom, der Frank wie eine Todesspirale vorkam und alles, was hineingeriet, vernichtete. Kleine Kriege flackerten überall auf wie Zündhölzer. Indien und Pakistan hatten in Kaschmir Kernwaffen eingesetzt. Afrika lag im Sterben, und der Norden zankte sich darum, wer zuerst helfen sollte.

Eines Tages erfuhren sie, dass die Mohole-Stadt Hephaestus westlich von Elysium, bemannt von Amerikanern und Russen, verlassen worden war. Der Funkkontakt war abgerissen; und als Leute aus Elysium gekommen waren, um nachzusehen, hatten sie die Stadt leer vorgefunden. Ganz Elysium war in Aufruhr; und Frank und Maya beschlossen nachzusehen, ob sie persönlich etwas ausrichten könnten. Sie nahmen zusammen den Zug nach Tharsis, hinab in die dicker werdende Luft und über die steinigen Ebenen, die jetzt gefleckt waren von Treibschnee, der nie schmolz. Der Schnee war gekörnt, schmutzig-rosa, ähnlich wie die Nordseite jeder Düne und jedes Felsblocks, wie farbige Schatten. Und dann über die glitzernden schwarzen Flächen von Isidis, wo der Permafrost an warmen Sommertagen schmolz, um wieder zu schwarzen Schollen zu gefrieren. Eine Tundra im Entstehen, vielleicht sogar ein Sumpf. An den Fenstern des Zuges flogen Büschel schwarzen Grases vorbei, vielleicht sogar arktische Blüten. Oder war es doch bloß Abfall?

Burroughs war still und ungemütlich, die breiten begrasten Boulevards leer, ihr Grün so schockierend wie die Halluzination eines Nachbildes, wenn man in die Sonne geblickt hat. Während sie auf den Zug nach Elysium warteten, ging Frank in den Gepäckraum des Bahnhofs und holte den Inhalt seines Zimmers in Burroughs, den er zurückgelassen hatte. Der Wärter kam mit einer einzigen großen Kiste zurück, die die Kücheneinrichtung eines Junggesellen, eine Lampe, einige Pullover und ein Lesegerät enthielt. Er konnte sich an nichts davon erinnern. Er steckte das Lese- und Notizgerät in die Tasche und warf den Rest in einen Müllbehälter. Vertane Jahre. Er konnte sich an keinen Tag davon erinnern. Die Vertragsübereinkunft hatte sich als reines Theater entpuppt, als hätte jemand die Stütze einer Bühnendekoration umgeworfen und den ganzen Hintergrund zu Fall gebracht, womit die Wahrheit dahinter zum Vorschein gekommen war, zwei Männer, die sich die Hände schüttelten und zunickten.

Das russische Büro in Burroughs wünschte, dass Maya bliebe und sich mit einigen russischen Angelegenheiten dort befasste. Also nahm Frank allein einen Zug nach Elysium und schloss sich dann einer Roverkarawane nach Hephaestus an. Die Leute in seinem Wagen waren durch seine Anwesenheit gehemmt. Er ignorierte sie wütend und sah sein Lesegerät durch. Größtenteils eine Standardauswahl, eine große Reihe von Büchern, die nur durch einige politisch-philosophische Titel ergänzt wurde. Hunderttausend Bände. Heute fassen solche Geräte das Hundertfache, obwohl das eine sinnlose Verbesserung war; denn keiner hatte mehr Zeit, auch nur ein einziges Buch zu lesen. Er hatte sich in jenen Tagen offenbar für Nietzsche interessiert. Ungefähr die Hälfte der markierten Stellen waren Nietzsche-Zitate. Als Frank sie durchsah, konnte er nicht nachvollziehen, weshalb er sie markiert hatte. Es war alles windiges Gefasel. Und dann las er etwas, das ihn erschaudern ließ: »Das Individuum ist in seiner Zukunft und seiner Vergangenheit ein Stück Schicksal, ein Gesetz mehr und eine Notwendigkeit mehr für alles, das ist und alles, das sein wird. Wenn man zu ihm sagt ›Verändere dich!‹, heißt das zu verlangen, dass alles sich ändern soll, sogar in der Vergangenheit …«

In Hephaestus richtete sich eine neue Mohole-Mannschaft ein, größtenteils Oldtimer, Techniker und Ingenieure, aber viel gebildeter als die Neulinge auf Pavonis. Frank unterhielt sich mit einer Reihe von ihnen und fragte nach denen, die verschwunden waren. Eines Morgens beim Frühstück, als er an einem Fenster saß, durch das man die weiße Thermalpumpe des Moholes sah, sagte eine Frau, die ihn an Ursula erinnerte: »Diese Leute haben ihr ganzes Leben lang die Videos gesehen, sie haben den Mars studiert, sie glauben an ihn wie an den Heiligen Gral und richten ihr Leben danach aus, hier zu leben. Sie arbeiten jahrelang und sparen und verkaufen dann alles, was sie haben, um eine Shuttlepassage zu ergattern, weil sie eine ideale Vorstellung davon haben, wie es hier sein wird. Und dann kommen sie hierher und werden eingesperrt oder geraten bestenfalls in die alten Gleise, arbeiten irgendwo in einer Kuppel, sodass alles immer noch so ist wie im Fernsehen. Und dann verschwinden sie. Denn sie suchen nach dem, weswegen sie hergekommen sind.«

Chalmers entgegnete: »Aber sie wissen nicht, wie die Verschwundenen leben. Wenn sie überhaupt überleben.«

Die Frau schüttelte den Kopf. »Das spricht sich herum. Leute kommen zurück. Es gibt Videos, die gelegentlich auftauchen und die man sich nur ein Mal ansehen kann.« Die Leute um sie herum nickten. »Und wir können sehen, was nach uns von der Erde heraufkommt. Am besten ist es abzutauchen, solange man noch die Chance hat.«

Frank schüttelte erstaunt den Kopf. Es war dasselbe, was der Liegestützler im Bergmannscamp gesagt hatte. Aber es war etwas beunruhigend, dass es von dieser ruhigen Frau in mittleren Jahren kam.

Als er an diesem Abend nicht einschlafen konnte, rief er Arkady an und bekam ihn nach einer halben Stunde zu sprechen. Arkady war oben auf Olympus Mons im Observatorium. Frank sagte: »Was, meinst du, wird geschehen, wenn sich hier alles in die Berge verdrückt?«

Arkady grinste. »Nun, Frank, dann werden wir ein menschlicheres Leben schaffen. Wir werden arbeiten, um unsere Bedürfnisse zu befriedigen, und werden wissenschaftlich arbeiten und vielleicht etwas mehr terraformen. Wir werden singen und tanzen und in der Sonne spazierengehen und wie Wilde arbeiten für Nahrung und aus Neugier.«

Frank rief: »Das ist unmöglich! Wir sind ein Teil der Welt, wir können ihr nicht entrinnen.«

»Können wir nicht? Die Welt, von der du sprichst, ist nur der blaue Abendstern. Für uns ist jetzt die rote Welt die einzig reale.«

Frank gab es verärgert auf. Er war nie in der Lage gewesen, mit Arkady zu diskutieren, niemals. Mit John war es anders gewesen. Aber er und John waren schließlich auch Freunde gewesen.

Er fuhr mit dem Zug nach Elysium zurück. Das Massiv erhob sich über den Horizont wie ein enormer Sattel, der auf die Wüste gefallen war. Die steilen Flanken der beiden Vulkane waren jetzt rötlich weiß, tief unter Schneemassen begraben, die sich zu Firn verfestigt hatten. Die würden bald zu Gletschern werden. Er hatte sich die Städte in Elysium immer als Gegengewicht zu Tharsis gedacht – älter, kleiner, leichter zu verwalten und gesünder. Aber jetzt verschwanden Menschen zu Hunderten. Es war ein Absprungspunkt in die unbekannte Nation, die da draußen in der Kraterwildnis verborgen war.

In Elysium baten sie ihn, zu einer Gruppe amerikanischer Neuankömmlinge am ersten Abend ihrer Einführung zu sprechen. Eine offizielle Rede; aber vorher gab es eine informelle Zusammenkunft, und Frank ging herum und stellte Fragen wie üblich. Ein Mann sagte frech zu ihm: »Natürlich werden wir hinausgehen, wenn wir können.«

Andere fuhren gleich dazwischen: »Man hat uns gesagt, wir sollten nicht herkommen, wenn wir viel ins Freie gehen wollten. Sie sagten, auf dem Mars ist das nicht so.«

»Wen glauben sie zum Narren halten zu können?«

»Wir können die Videos, die du zur Erde geschickt hast, ebenso sehen wie sie.«

»Zum Teufel, jeder zweite Artikel, den man liest, handelt vom Untergrund auf dem Mars und dass sie Kommunisten wären oder Nudisten oder Rosenkreuzer …«

»Utopias oder Karawanen oder primitive Höhlenbewohner …«

»Amazonen oder Lamas oder Cowboys …«

»Es ist so, dass jeder seine Fantasien auf den Mars projiziert, weil es da unten so schlecht ist, verstehst du?«

»Vielleicht gibt es einen koordinierten Untergrund.«

»Das ist wieder so eine große Fantasievorstellung …«

»Die wahren Herren des Planeten, warum nicht? Versteckt, vielleicht von deiner Freundin Hiroko angeführt, vielleicht in Kontakt mit deinem Freund Arkady, vielleicht auch nicht. Wer weiß? Niemand weiß es sicher, jedenfalls nicht auf der Erde.«

»Das sind alles Geschichten. Am besten sollte man gleich losziehen. Millionen auf der Erde sind dabei. Viele von ihnen möchten kommen, aber nur wenige von uns können sich das leisten. Und ein guter Prozentsatz derer von uns, die ausgesucht wurden, kamen nur durch den Auswahlprozess, indem sie denen die Hucke vollgelogen haben.«

»Ja, ja«, schaltete Frank sich bekümmert ein. »Wir alle haben das getan.« Es erinnerte ihn an Michels alten Witz, dass sie alle sowieso verrückt werden würden …

»Nun, aber ihr seid hier. Was hattet ihr erwartet?«

»Ich weiß nicht.« Er schüttelte unglücklich den Kopf. »Aber es ist alles Fantasie, versteht ihr? Die Notwendigkeit versteckt zu bleiben würde jede Gemeinschaft verkümmern lassen. Es sind alles nur Fiktionen, wenn ihr der Sache auf den Grund geht. Nur Geschichten.«

»Wohin gehen dann alle, die verschwinden?«

Frank zuckte mürrisch die Achseln, und sie grinsten.

Eine Stunde später dachte er immer noch darüber nach. Sie hatten sich alle in ein Amphitheater begeben, das aus festen Salzblöcken in klassisch griechischem Stil erbaut war. Der Halbkreis ansteigender weißer Bänke war gefüllt mit aufmerksamen Personen, die auf seine Rede warteten, gespannt darauf, was einer der Ersten Hundert ihnen sagen würde. Er war ein Relikt aus der Vergangenheit, eine Person aus der Geschichte, er war zehn Jahre früher auf dem Mars gewesen, als einige der Zuhörer geboren waren, und seine Erinnerungen an die Erde stammten aus großelterlicher Zeit, von jenseits einer weiten und düsteren Kluft von Jahren.

Die Griechen der Antike hatten die Größe und Proportionen für einen einzelnen Sprecher richtig getroffen. Er brauchte kaum die Stimme zu heben, und alle konnten ihn hören. Er erzählte ihnen einige der üblichen Dinge, seine Standardansprache, alles gestückelt und zensiert, da sie durch laufende Ereignisse jämmerlich zerfetzt worden war. »Seht«, sagte er, während er die Gesichter in der Menge erforschte und krampfhaft revidierte und extemporierte, »als wir hier ankamen, war es ein anderer Ort, eine andere Welt; und das macht uns notwendigerweise zu anderen Menschen, als wir vorher waren. Keine der alten Direktiven der Erde spielen noch eine Rolle. Wir werden unausweichlich eine neue Marsgesellschaft begründen. Das liegt in der Natur der Dinge. Sie entsteht aus den Entscheidungen, die wir zusammen treffen, aus unserer kollektiven Tätigkeit. Und das sind Entscheidungen, die wir in unserer Zeit treffen, in diesen Jahren, in diesem Augenblick. Aber wenn ihr euch in die Wildnis verdrückt und euch einer der verborgenen Kolonien anschließt, dann isoliert ihr euch selbst! Ihr bleibt, was immer ihr wart, als ihr kamt, und verwandelt euch nie in einen Marsmenschen. Und ihr beraubt auch uns Übrigen eurer Erfahrung und eures Beitrags. Ich kenne das persönlich, glaubt mir!« Er wurde von Schmerz durchdrungen und war darüber erstaunt.

»Wie ihr wisst, sind einige der Ersten Hundert als Erste verschwunden, vermutlich unter Führung von Hiroko Ai. Ich verstehe immer noch nicht, warum sie das taten, wirklich nicht. Aber wie sehr haben wir ihren Genius für Systemplanung in der Folgezeit vermisst. Das kann ich euch versichern! Ich glaube, man kann tatsächlich sagen, dass ein Teil unserer jetzigen Schwierigkeiten aus ihrer Abwesenheit in all den Jahren resultiert.« Er schüttelte den Kopf und versuchte, seine Gedanken zu sammeln. »Als ich zum ersten Mal diesen Canyon sah, in dem wir uns befinden, war ich mit ihr zusammen. Es war eine der ersten Erkundungen dieses Gebietes, ich hatte Hiroko an meiner Seite, und wir blickten in diesen Canyon hinunter, seinen ebnen und kahlen Boden; und sie sagte zu mir: ›Das ist wie der Fußboden eines Zimmers.‹«

Er sah sein Publikum an und versuchte sich an Hirokos Gesicht zu erinnern. Ja … nein. Seltsam, wie man sich an Gesichter erinnerte, bis man sie im Geist wieder vor sich zu sehen bemüht war, wenn sie sich von einem abgewendet hatten. »Ich habe sie vermisst. Ich komme hierher, und es ist kaum zu glauben, dass es derselbe Ort ist, und so … fällt es mir schwer zu glauben, dass ich sie wirklich gekannt habe.« Er machte eine Pause und versuchte, sich auf ihre Gesichter zu konzentrieren. »Versteht ihr?«

»Nee!«, kläfften einige.

Er war verwirrt und ärgerte sich wieder. »Ich sage, wir müssen hier einen neuen Mars schaffen! Ich sage, wir sind völlig neue Wesen und dass hier nichts dasselbe ist. Nichts ist dasselbe!«

Er musste aufgeben und sich setzen. Andere Redner folgten, und ihre dröhnenden Stimmen ergossen sich über ihn, während er wie gelähmt dasaß und über das offene Ende des Amphitheaters in einen Park locker gepflanzter Sykomoren blickte. Dahinter schlanke weiße Gebäude mit Bäumen auf Dächern und Balkons. Eine Vision in Grün und Weiß.

Er konnte es ihnen nicht sagen. Niemand konnte es ihnen sagen. Nur Zeit und der Mars selbst. Und in der Zwischenzeit würden sie in offenem Widerspruch zu ihren eigenen materiellen Interessen handeln. Es war immer wieder dasselbe. Aber wie konnte das nur sein? Warum waren die Menschen so blöd?

Er verließ das Amphitheater und ging durch den Park und die Stadt. Über sein Armband fragte er Slusinski: »Wie können Menschen gegen ihre eigenen offenkundigen Interessen handeln? Das ist Wahnsinn! Marxisten waren Materialisten. Wie haben die das erklärt?«

»Ideologie, Sir.«

»Aber wenn die materielle Welt und unsere Art, damit umzugehen, alles andere bestimmen, wie kann da Ideologie entstehen? Woher, sagen die, ist sie gekommen?«

»Einige von ihnen haben Ideologie als eine imaginäre Beziehung zu einer realen Situation definiert. Sie haben zugegeben, dass Ideologie eine mächtige Kraft im menschlichen Leben ist.«

»Aber dann waren sie gar keine Materialisten!« Er fluchte. »Kein Wunder, dass der Marxismus tot ist.«

»Nun, Sir, tatsächlich bezeichnen sich viele Leute auf dem Mars als Marxisten.«

»Scheiße! Sie könnten sich ebenso gut Zoroastrier oder Jansenisten oder Hegelianer nennen.«

»Marxisten sind Hegelianer, Sir.«

»Schluss!«, knurrte Frank und trennte die Verbindung.

Imaginäre Wesen in einer realen Landschaft. Kein Wunder, dass er die Rübe und den Knüppel vergessen hatte und durch die Gefilde neuen Seins und radikalen Unterschieds und all solchen Unfug gewandelt war. Versucht hatte, John Boone zu sein. Ja, das stimmte! Er versuchte, das zu tun, was John gemacht hatte. Aber John war gut darin gewesen. Frank hatte ihn in den alten Zeiten seinen Zauber immer wieder wirken sehen, wo er alles bloß durch seine Worte veränderte.

Dagegen waren für Frank Worte nur Steine im Mund. Selbst jetzt, wo sie gerade das brauchten, wenn es das Einzige war, das sie retten würde.

Maya traf ihn in der Burroughs-Station und drückte ihn an sich. Er ließ sich das steif gefallen, während seine herunterhängenden Hände die Gepäckstücke hielten. Außerhalb der Kuppel blähten sich an einem malvenfarbenen Himmel tiefe schokoladenfarbene Gewitterwolken. Er konnte ihr nicht in die Augen sehen. Sie sagte: »Du warst wundervoll. Jeder spricht darüber.«

»Eine Stunde lang.« Danach würden die Emigranten verschwinden wie zuvor. Es war eine Welt der Taten, und Worte hatten darauf nicht mehr Einfluss als das Rauschen eines Wasserfalls auf den Fluss des Stromes.

Er begab sich eilig zu den Mesa-Büros. Maya kam herbei und plauderte mit ihm, als er in einen der Räume mit gelben Wänden im vierten Stock hineinschaute. Bambusmöbel, geblümte Tapeten und Couchkissen. Maya war voller Pläne und mit ihm zufrieden. Sie war mit ihm zufrieden! Er biss die Zähne aufeinander, bis es weh tat ...

Schließlich stand er auf und ging zur Tür. »Ich muss spazierengehen«, sagte er. Als er ging, sah er ihr Gesicht im Augenwinkel. Verletztes Erstaunen. Wie üblich.

Er ging rasch zum Rasen hinunter und die Reihe von Bareiss-Säulen, die in ihrer Unordnung wie fliegende Kegel aussahen, entlang. Auf der anderen Seite des Kanals setzte er sich am Rande eines Cafés an einen runden weißen Tisch und labte sich eine Stunde lang an griechischem Kaffee.

Plötzlich stand Maya vor ihm.

»Was soll das?«, fragte sie und zeigte auf den Tisch und seine mürrische Miene. »Was stimmt jetzt wieder nicht?«

Er blickte auf seine Kaffeetasse, dann zu ihr auf, dann wieder in die Tasse. Er konnte nicht antworten. In seinem Kopf bildete sich ein Satz, der jedes Wort gleichmäßig betonte: Ich ... habe ... John ... getötet.

Er sagte: »Es ist alles in Ordnung. Was meinst du?«

Sie straffte die Mundwinkel. Das verlieh ihr einen verächtlichen Blick, und sie wirkte alt dabei. Jetzt war sie fast achtzig. Sie waren beide zu alt dafür. Nach langem Schweigen setzte sie sich ihm gegenüber hin.

»Schau«, sagte sie langsam. »Ich kümmere mich nicht um das, was in der Vergangenheit geschehen ist.« Sie hielt inne, und er wagte einen Blick auf sie. Sie schaute nach unten, in sich hinein. »Ich meine, was auf der *Ares* geschehen ist oder in Underhill. Oder sonst wo.«

Sein Herz hämmerte wie ein Kind, das aus seinem Zimmer heraus will. Seine Burst war kalt. Sie redete immer noch, aber er hatte es nicht mitbekommen. Wusste sie Bescheid? Wusste sie, was er in Nicosia getan hatte? Das war unmöglich, sonst wäre sie nicht hier. (Wirklich?) Aber sie hätte es wissen müssen.

»Verstehst du?«, fragte sie.

Er hatte nicht gehört, was sie gesagt hatte. Er starrte weiter auf seine Kaffeetasse und schleuderte sie jäh mit dem Handrücken fort. Sie flog unter einen Tisch in der Nähe und zerbrach. Der weiße keramische Halbkreis des Henkels drehte sich auf dem Boden.

»Ich sagte: Verstehst du?«

Er starrte gelähmt weiter auf die leere Tischfläche. Sich überschneidende Ringe aus braunen Kaffeeflecken. Maya beugte sich vor und nahm ihr Gesicht in die Hände. Sie krümmte sich zusammen und atmete nicht.

Endlich holte sie wieder Luft und hob den Kopf. »Nein«, sagte sie so ruhig, dass er zuerst glaubte, sie spräche mit sich selbst. Sie blickte auf, schaute ihm in die Augen und sagte: »Es war vor dreißig Jahren. Vor mehr als fünfunddreißig haben wir uns kennengelernt; und dreißig sind es her, seit all dies geschah. Ich bin nicht mehr jene Maya Katarina Toitovna. Ich kenne sie nicht. Ich weiß nicht, was sie dachte oder fühlte, oder warum. Das macht mir jetzt nichts mehr aus. Ich habe kein Gefühl mehr dafür. Jetzt bin ich, und dies bin ich.« Sie stieß sich mit einem Daumen zwischen die Brüste. »Und schau: Ich liebe dich.«

Die Stille zog sich hin. Ihre letzten Worte drifteten davon wie die kleinen Wellen in einem Teich. Er konnte nicht aufhören, sie anzusehen. Dann wandte er den Blick ab und schaute zu den Sternen über ihren Köpfen auf und ließ deren Position in seine Erinnerung einsinken. Als sie sagte: Ich liebe dich, stand Orion hoch am Südhimmel. Der Metallstuhl war hart. Seine Füße waren kalt.

Sie sagte: »Ich will über nichts anderes mehr nachdenken als das.«

Sie wusste es nicht, aber er. Und jeder musste seine Vergangenheit irgendwie akzeptieren. Sie waren jetzt fast achtzig Jahre alt – und gesund. Es gab Leute, die jetzt einhundertzehn Jahre alt waren – gesund und kräftig. Wer wusste, wie lange das dauern würde? Sie würden sich mit einer Menge Vergangenheit abfinden müssen. Und wenn das so weiterging und die Jahre ihrer Jugend in ferne Vergangenheit entwichen, und alle die verzehrenden Leidenschaften, die so tiefe Wunden geschlagen hatten … würden wirklich nur Narben zurückbleiben? Blieben sie nicht entstellende Wunden, Tausende Amputationen?

Aber es war nichts Körperliches. Amputationen, Kastrationen, Aushöhlungen. Es gab sie alle nur in der Einbildung. Eine imaginäre Beziehung zu einer realen Situation …

»Der Geist ist ein komisches Ding«, murmelte er.

Sie neigte den Kopf und blickte ihn wissbegierig an. Plötzlich hatte er Angst. Sie waren ihre Vergangenheiten. Entweder das, oder sie waren gar nichts. Und was auch immer sie in der Gegenwart fühlten oder dachten oder sagten, war nicht mehr als ein Echo der Vergangenheit. Und wenn sie also sagten, was sie sagten, wie konnten sie wissen, was ihre tieferen Bewusstseinsschichten wirklich fühlten, dachten und sagten? Sie wussten das nicht, nicht wirklich. Aus diesem Grund waren Beziehungen höchst mysteriös. Sie fanden zwischen zwei Unterbewusstseinsebenen statt; und was auch immer der dünne Strom des Oberbewusstseins dachte, das vor sich ginge, man konnte nicht darauf vertrauen, dass es wahr wäre. Ob Maya das auf der tiefsten Ebene wusste oder nicht wusste, sich erinnerte oder vergaß, Rache schwor oder verzieh? Es gab keine Möglichkeit, das bestimmt zu sagen. Er konnte nie sicher sein. Es war unmöglich.

Und dennoch war sie hier, saß da in jämmerlichem Zustand und sah aus, als ob er sie wie eine Kaffeetasse zerschmettern könnte mit einer einzigen Handbewegung. Wenn er nicht mindestens so tun würde, als glaubte er ihr, was dann? Was dann? Wie konnte er sie so zerbrechen? Sie würde ihn hassen, weil er sie zwang, sich an die Vergangenheit zu erinnern und sich darum zu kümmern. Und so ... musste er fortfahren, handeln.

Er hob die Hand, so erschüttert, dass ihm diese Bewegung wie ferngesteuert vorkam. Er war ein Zwerg mit einem Robot-Greifarm, der steif, heikel und ungewohnt war: heben, rasch manipulieren! Nach links, halt, zurück. Ruhig. Sanft nach unten. Ganz sanft auf ihren Handrücken. Zufassen, sehr zart. Ihre Hand war wirklich sehr kalt. Wie die seine.

Sie blickte von ihm fort.

»Lass uns ...« Er musste sich räuspern. »Lass uns wieder in unsere Zimmer gehen!«

Noch Wochen danach blieb er körperlich unbeholfen, als hätte er sich in einen anderen Raum zurückgezogen und müsste seinen Körper aus der Entfernung lenken. Teleoperation. Das machte ihm bewusst, wie viele Muskeln er hatte. Manchmal kannte er sie so gut, dass er sich wie eine Schlange durch die Luft bewegen konnte; aber meistens schoss er durch die Gegend wie Frankensteins Monstrum.

Burroughs wurde von schlechten Nachrichten überschwemmt. Das Leben in der Stadt schien ziemlich normal, aber die Videoschirme brachten Szenen einer Welt, die Frank kaum glauben konnte. Krawalle in Hellas. Der überkuppelte Krater New

Houston erklärte sich zu einer unabhängigen Republik; und in der gleichen Woche schickte Slusinski einen amerikanischen Bericht, wonach alle fünf Wohngruppen dafür gestimmt hatten, Hellas ohne gültige Reisegenehmigungen zu verlassen. Chalmers setzte sich mit dem neuen UNOMA-Agenten in Verbindung und erhielt ein Sonderkommando der UN-Sicherheitspolizei, das dort hingehen sollte. Zehn Männer verhafteten fünfhundert durch den einfachen Trick, indem sie den Versorgungscomputer der Kuppel hackten und die hilflosen Bewohner zwangen, eine Reihe von Bahnwaggons zu besteigen, ehe die Luft aus der Kuppel abgelassen wurde. Sie wurden per Bahn nach Korolyov gebracht, das jetzt praktisch eine Gefängnisstadt war. Seine Umfunktionierung in ein Gefängnis war kürzlich allgemein bekannt gegeben worden; es war schwer zu sagen, wann, weil es von langer Hand vorbereitet schien, vielleicht weil einzelne Teile eines Gefängnissystems schon seit einigen Jahren planetenweit existiert hatten.

Chalmers befragte einige Insassen über ihre Zimmerinterkoms, immer zwei oder drei gleichzeitig. Er sagte ihnen: »Ihr seht, wie leicht es war, euch festzusetzen. Und so wird es überall sein. Die Lebenserhaltungssysteme sind so empfindlich, dass man sie unmöglich verteidigen kann. Selbst auf der Erde ist ein Polizeistaat mit fortgeschrittener Militärtechnik viel zu leicht zu verwirklichen. Aber hier ist es lächerlich einfach.«

Ein Mann in den Sechzigern entgegnete: »Nun gut, ihr habt uns erwischt, als es am leichtesten war. Das war geschickt. Wenn wir erst einmal frei sind, möchte ich sehen, wie du uns fängst. In dieser Hinsicht ist euer Lebenserhaltungssystem ebenso verwundbar für uns wie unseres für euch. Und eures ist leichter auszumachen.«

»Das solltet ihr eigentlich besser wissen! Alles, was zur Erhaltung des Lebens dient, ist letztlich an die Erde gebunden.

Und die haben eine ungeheure Militärmacht zur Verfügung, wir aber nicht. Ihr und alle eure Freunde versucht, eine Fantasie-Rebellion zu inszenieren, eine Art Science-Fiction im Stil von 1776, wo Pioniere das Joch der Tyrannei abschütteln. Aber hier ist das nicht so! Die Analogien sind alle falsch und trügerisch, weil sie die Realität verschleiern, die wahre Natur unserer Abhängigkeit und deren Macht. Sie hindern euch daran zu erkennen, dass es reine Fantasterei ist!«

Der Mann sagte grinsend: »Ich bin sicher, dass es in den Kolonien manchen guten Tory-Nachbarn gab, der genau so argumentierte. In mancher Hinsicht ist die Analogie gut. Wir sind hier nicht bloß kleine Rädchen in der Maschine, sondern Individuen, die meisten von uns sind gewöhnliche Leute, aber es gibt auch etliche Führungspersönlichkeiten. Ich garantiere dir, dass wir unsere Washingtons, Jeffersons und Paines haben werden. Auch die Andrew Jacksons und Forrest Mosebys, die brutalen Männer, die sich darauf verstehen, das zu bekommen, was sie wollen.«

»Das ist lächerlich!«, rief Frank. »Das ist eine falsche Analogie.«

»Nun ja, es ist eher eine Metapher als eine Analogie. Es gibt Unterschiede, aber wir wollen kreativ antworten. Wir wollen nicht mit Flinten über Steinmauern zielen, um unfaire Schüsse in den Rücken abzugeben.«

»Laserkanonen über Kraterwände also? Meinst du, dass das anders ist?«

Der Mann schlug nach ihm, als wäre die Kamera in seinem Zimmer ein Moskito. »Ich nehme an, die eigentliche Frage ist, ob wir einen Lincoln haben werden.«

»Lincoln ist tot«, erwiderte Frank. »Und historische Analogien sind die letzte Zuflucht für Leute, die die aktuelle Situation nicht begreifen können.« Er trennte die Verbindung.

Vernunft war nutzlos. Ebenso Ärger und Sarkasmus, von Ironie ganz zu schweigen. Er konnte nur versuchen, sich mit ihnen im Land der Fantasie auseinanderzusetzen. So trat er in Versammlungen auf und tat sein Allerbestes. Er trug ihnen vor, was der Mars war, wie er entstanden war und was für eine schöne Zukunft er als eine kollektive Gesellschaft haben könnte, spezifisch und organisch marsianisch in seiner Natur, »wenn die Schlacken all dieser terranischen Hassgefühle weggebrannt sind, alle jene stumpfen Gewohnheiten, die uns hindern, wirklich zu leben mit der Schöpfung, die die einzige reale Schönheit der Welt ist, verdammt!«

Zwecklos. Er versuchte, Zusammenkünfte mit einigen Verschwundenen zu arrangieren. Einmal sprach er mit einer Gruppe am Telefon und bat sie, wenn möglich Hiroko zu übermitteln, dass er dringend mit ihr reden müsse. Aber niemand schien zu wissen, wo sie war.

Dann bekam er eines Tages eine Mitteilung von ihr, in Druckschrift von Phobos gefaxt. Es hieß, er sollte lieber mit Arkady sprechen. Aber Arkady war verschwunden, als Frank in Hellas gewesen war, und nahm keine Anrufe mehr entgegen.

Frank sagte eines Tages bitter zu Maya: »Es ist ein Versteckspiel. Hattet ihr dieses Spiel in Russland? Ich erinnere mich, dass ich es einmal mit einigen älteren Kindern gespielt habe. Es war gegen Sonnenuntergang, und ein über dem Wasser aufziehendes Gewitter machte es richtig dunkel; und da war ich, lief in leeren Straßen herum und merkte, dass ich nie einen von den anderen finden würde.«

Sie gab ihm den Rat: »Vergiss die Verschwundenen! Konzentrier dich auf diejenigen, die du sehen kannst. Die Verschwundenen werden dir sowieso auf der Spur bleiben. Es spielt keine Rolle, dass du sie nicht sehen kannst oder sie nicht antworten.«

Er schüttelte den Kopf.

Dann kam eine neue Einwanderungswelle. Er rief nach Slusinski und befahl ihm, eine Erklärung von Washington zu fordern.

»Offensichtlich, Sir, ist das Konsortium des Aufzugs von Subarashii übernommen worden, sodass sich seine Finanzen jetzt in Trinidad Tobago befinden und es nicht länger interessiert ist, amerikanischen Belangen in der Sache zu entsprechen. Sie sagen, dass die Kapazität der Infrastruktur jetzt mit einer gemäßigten Emigrationsrate fertig werden würde.«

»Zum Teufel mit ihnen!«, fluchte Frank. »Sie wissen nicht, was sie damit anrichten.«

Er ging im Kreis herum und knirschte mit den Zähnen. Die Worte strömten ruhig in einem Monolog aus ihm heraus. »Ihr seht, aber ihr versteht nicht. Es ist so, wie John immer sagte, dass es Teile der Realität des Mars gibt, die sich nicht durch das Vakuum bewegen können. Das ist nicht bloß die Empfindung der Schwerkraft, sondern das Gefühl, in einem Wohnkomplex aufzustehen und ins Bad zu gehen und dann über die Allee in einen Speisesaal. Und ihr versteht alles falsch, ihr arroganten, ignoranten, stupiden Scheißkerle …«

Er und Maya nahmen den Zug von Burroughs zurück hinauf zu Pavonis Mons. Während der ganzen Fahrt saß sie am Fenster und sah zu, wie Landschaft anstieg und sich wieder senkte, wie sich die Sicht im Flachland auf fünf Kilometer verengte und sich dann beim Anstieg sich auf fünfzig oder hundert Kilometer ausweitete. Tharsis war eine gewaltige Eiterbeule am Planeten. Etwas war darin ausgebrochen. Ein Fieber, das die gegenwärtige Lage widerspiegelte. Ja, sie waren auf dem historischen Tharsis-Buckel stecken geblieben, und die großen Vulkane standen kurz vor dem Ausbruch.

Und dann war er zu sehen, Pavonis Mons, ein riesiger Traumberg, als wäre die Welt ein Druck von Hokusai. Frank hatte Mühe zu sprechen. Er vermied es, den Fernseher vorn im Waggon anzuschauen. Nachrichten leuchteten im ganzen Zug sowieso ständig auf, um wieder zu erlöschen – in Stücken mitgehörter Gespräche oder dem Gesichtsausdruck der Leute. Es war nie nötig, die Nachrichten zu verfolgen, um die wirklich wichtigen Meldungen zu hören.

Der Zug bewegte sich durch einen Wald aus Acheronkiefern, kleine zähe Gewächse mit einer Rinde wie Schmiedeeisen und zylindrischen Nadelbüscheln. Aber die Nadeln waren alle gelb und hingen herab. Er hatte davon gehört. Es gab Probleme mit dem Boden, zu viel Salz oder zu wenig Stickstoff. Sie waren sich nicht ganz sicher. Gestalten mit Helmen standen um eine Kiefer herum und nahmen Proben der kranken Nadeln. »Das bin ich«, sagte Frank leise zu Maya, denn sie schlief. »Mit Nadeln herumspielen, wenn die Wurzeln krank sind.«

In den Sheffieldbüros nahm er Besprechungen mit den neuen Verwaltern des Aufzugs auf und fing zugleich eine neue Runde simultaner Konferenzen mit Washington an. Es stellte sich heraus, dass Phyllis immer noch die Leitung des Aufzugs hatte, nachdem sie Subarashii bei der feindlichen Übernahme unterstützt hatte.

Dann hörte er, dass Arkady sich in Nicosia befand, gleich unterhalb des Abhangs von Pavonis, und dass er und seine Gefolgsleute Nicosia zu einer freien Stadt wie New Houston erklärt hatten. Nicosia war ein großer Absprungspunkt für die Verschwundenen geworden. Man konnte nach Nicosia hineinschlüpfen und nie wieder auftauchen. Das war Hunderte Male vorgekommen, so oft, dass es ziemlich deutlich war, dass dahinter ein System von Kontakt und Übermittlung steckte, eine Art Untergrundbahn, in die noch kein verdeckter Ermittler hatte eindringen oder aus ihr zurückkommen können. Als Frank das hörte, sagte er zu Maya: »Lass uns hinuntergehen und mit ihm reden. Ich möchte ihm wirklich persönlich gegenüberstehen.«

Maya sagte finster: »Das wird nichts nützen.« Aber Nadia war vermutlich auch dort, und so kam sie mit.

Den ganzen Abhang von Tharsis hinunter fuhren sie schweigend und sahen den überfrorenen Fels vorbeifliegen. In Nicosia öffnete sich der Bahnhof für ihren Zug, als wäre eine Verweigerung für sie überhaupt nicht infrage gekommen. Aber Arkady und Nadia waren nicht in der kleinen Schar, die sie begrüßte. Statt dessen war es Alexander Zhalin. Im Büro des Stadtverwalters riefen sie Arkady über eine Videoverbindung an. Nach dem Sonnenlicht hinter ihm zu urteilen, befand er sich viele Kilometer weit im Osten. Und Nadia, hieß es, wäre überhaupt nie in Nicosia gewesen.

Arkady sah so aus wie immer – freundlich und entspannt. »Das ist Wahnsinn«, sagte Frank zu ihm, wütend, dass er ihn nicht persönlich angetroffen hatte. »Du kannst nicht hoffen, Erfolg zu haben.«

»O doch«, sagte Arkady. »Wir können.« Sein üppiger roter und weißer Bart war ein deutliches Revolutionsabzeichen, als wäre er der junge Fidel Castro und im Begriff, Havanna einzunehmen. »Natürlich wäre es mit eurer Hilfe leichter, Frank. Denk darüber nach!«

Ehe Frank mehr sagen konnte, erweckte jemand außerhalb des Bildschirms Arkadys Aufmerksamkeit. Eine geflüsterte Konversation auf Russisch, und dann sah Arkady ihn wieder an. Er sagte: »Entschuldigung, ich muss mich um etwas kümmern. Ich komme so schnell wie möglich wieder zu dir zurück.«

»Geh nicht!«, brüllte Frank, aber die Verbindung war schon getrennt. »Gottverdammt!«

Nadia kam in die Leitung. Sie war in Burroughs gewesen, war aber in das Gespräch eingeschaltet gewesen, wie es schien. Im Gegensatz zu Arkady war sie streng, brüsk und mürrisch. »Du kannst das nicht unterstützen, was er da tut!«, rief Frank.

»Nein«, sagte Nadia grimmig. »Wir sprechen nicht mehr miteinander. Wir haben noch telefonisch Kontakt, daher weiß ich, wo du warst; aber wir benutzen ihn nicht mehr direkt. Keinen Sinn.«

»Du kannst ihn nicht beeinflussen?«, fragte Maya.

»Nein.«

Frank sah, dass es Maya schwerfiel, das zu glauben, und er musste fast darüber lachen. Keinen Mann beeinflussen und manipulieren? Maya konnte das nicht glauben.

In dieser Nacht blieben sie in einem Wohnheim nahe dem Bahnhof. Nach dem Abendessen ging Maya wieder zum Büro des Stadtverwalters, um mit Alexander, Dmitri und Elena zu sprechen. Frank war nicht interessiert. Es war Zeitvergeudung. Er ging ruhelos um die alte Stadt herum, durch Gassen, die zur Kuppelwand führten, und erinnerte sich an jene Nacht, die so lange zurücklag. Tatsächlich nur neun Jahre, obwohl es ihm wie hundert vorkam. Nicosia war in diesen Tagen nicht sehr ansehnlich. Der Park am westlichen Ende bot noch einen guten Anblick, aber es war so finster, dass er kaum etwas erkennen konnte.

In dem Sykomorenhain, der jetzt voll ausgewachsen war, kam er an einem kleinen Mann vorbei, der in entgegengesetzter Richtung ging. Der rief: »Chalmers!«

Frank wandte sich um. Der Mann hatte ein schmales Gesicht, lange verfilzte Dreadlocks und dunkle Haut. Als Frank ihn erblickte, erschauerte er und platzte heraus: »Ja?«

Der Mann schaute ihn an und sagte: »Du kennst mich wohl nicht?«

»Nein. Wer bist du?«

Das Grinsen des Mannes war schief, als wäre sein Gesicht durch ein gebrochenes Kiefergelenk gehandicapt. Bei der Straßenbeleuchtung sah es verzerrt und entstellt aus.

»Wer bist du?«, fragte Frank wieder.

Der Mann hob den Finger. »Als wir uns das letzte Mal begegneten, hast du die Stadt kaputt gemacht. Heute Nacht bin ich an der Reihe. Ha!« Er ging lachend davon. Jedes scharfe »Ha!« war höher als das vorige.

Als er kurz darauf ins Stadtbüro kam, ergriff Maya ihn am Arm. »Ich habe mir Sorgen gemacht. Du solltest nicht allein in dieser Stadt herumgehen.«

»Halt den Mund!« Er ging ans Telefon und rief die Versorgungszentrale an. Alles war normal. Er rief die UNOMA-Polizei an und sagte den Leuten, sie sollten eine bewaffnete Wache an der Zentrale und am Bahnhof in Stellung bringen. Er wiederholte die Anordnung noch für jemanden, der höhere Befugnisse hatte; aber es schien, als müsste er bis zu dem neuen Manager gehen, um eine Bestätigung zu erhalten. Plötzlich wurde der Schirm schwarz. Der Boden unter den Füßen bebte und alle Alarmglocken der Stadt schrillten zugleich los.

Dann gab es einen heftigen Stoß. Alle Türen schlossen sich zischend. Das Gebäude schloss sich hermetisch ab, was bedeutete, dass der Druck draußen jäh gefallen war. Frank und Maya rannten ans Fenster und schauten hinaus. Die Kuppel über Nicosia war zusammengebrochen. An manchen Stellen hatte sie sich wie eine Kunststoff-Folie über die höchsten Dächer gebreitet, anderswo blies der Wind sie fort. Leute unten auf den Straßen klopften an Türen, rannten, brachen zusammen und kauerten sich hin wie die Leichen in Pompeji. Frank wandte sich rasch ab. Seine Zähne klapperten vor Schmerz.

Offenbar hatte sich das Gebäude erfolgreich versiegelt. Unter all dem Lärm konnte Frank das Summen eines Generators hören und fühlen. Die Bildschirme waren leer, sodass es schwer war, dem Blick aus dem Fenster zu glauben. Mayas Gesicht war gerötet, aber sie verhielt sich ruhig. »Die Kuppel ist zusammengebrochen!«

»Ich weiß.«

»Aber was ist passiert?«

Er antwortete nicht.

Sie hantierte noch an den Bildschirmen. »Hast du schon das Funkgerät versucht?«

»Nein.«

»Und?«, schrie sie, außer Fassung durch sein Schweigen. »Weißt du, was vor sich geht?«

»Revolution«, sagte er.

SIEBTER TEIL

SENZENI NA

Am vierzehnten Tag der Revolution *träumte Arkady Bogdanov, dass er und sein Vater auf einer Holzkiste vor einem kleinen Feuer am Rande der Lichtung saßen – wie ein Lagerfeuer, nur dass die langen, niedrigen, mit Blech gedeckten Häuser von Ugoly nur hundert Meter hinter ihren Rücken standen. Sie hielten die bloßen Hände der wärmenden Hitze entgegen, und sein Vater erzählte wieder einmal die Geschichte von seiner Begegnung mit dem Schneeleoparden. Es war windig, und die Flammen züngelten. Dann ging hinter ihnen ein Feueralarm los.*

Das war Arkadys Wecker, der auf vier Uhr morgens gestellt war. Er stand auf und wusch sich mit einem Schwamm. Ein Bild aus dem Traum kam ihm wieder in den Sinn. Er hatte seit dem Beginn der Revolte nicht viel geschlafen, ein paar Stunden hier und da; und sein Wecker hatte ihn aus vielen Träumen im Tiefschlaf gerissen; aus Träumen, an die man sich normalerweise nicht erinnerte. Fast alle waren unverzerrte Bilder aus seiner Kindheit gewesen, an die er sich sonst nicht erinnern konnte. Er fragte sich, wie viel das Gedächtnis eigentlich aufnehmen konnte, und ob sein Speicher nicht unendlich viel größer als seine Wiedergabekapazität sei. Könnte es sein, dass man sich an jede Sekunde seines Lebens erinnern konnte, aber nur in Träumen, die beim Erwachen immer verlorengingen? Und falls ja, was würde geschehen, wenn die Menschen zwei- oder dreihundert Jahre lang lebten?

Janet Blyleven kam vorbei. Sie sah besorgt aus. »Sie haben Nemesis in die Luft gejagt. Roald hat das Video analysiert und vermutet, dass sie ihn mit mehreren Wasserstoffbomben getroffen haben.«

Sie gingen nach nebenan in die großen Stadtbüros von Carr, wo Arkady den größten Teil der vergangenen zwei Wochen verbracht hatte. Alex und Roald saßen vor dem Bildschirm. Roald sagte: »Band eins abspielen!«

Ein Bild flimmerte und stabilisierte sich: schwarzes All, das dichte Netz der Sterne, und mitten im Bild ein dunkler unregelmäßiger Asteroid, nur sichtbar, weil er die Sterne verdeckte. Zunächst veränderte sich das Bild nicht, dann flammte ein weißes Licht auf einer Seite des Asteroiden auf. Es blähte sich auf und zerstörte ihn sofort. »Schnelle Arbeit«, bemerkte Arkady.

»Wir haben noch eine Aufnahme aus einem anderen Winkel.«

Dieses Video zeigte den Asteroiden als längliches Objekt, und man konnte das silberne Feuer seines Antriebs erkennen. Dann war ein weißes Aufblitzen zu sehen; und als der dunkle Himmel wiederkam, war der Asteroid verschwunden. Ein Flimmern vor den Sternen rechts auf dem Schirm zeigte die auseinanderfliegenden Fragmente an. Dann hörte auch das auf. Es war vorbei. Keine feurige weiße Wolke, kein Dröhnen auf der Tonspur. Nur die blecherne Stimme eines Reporters, der sagte, dass die globale Bedrohung durch die Marsrevolutionäre endgültig beseitigt sei, und etwas zur Rechtfertigung des Konzepts strategischer Verteidigung. Obwohl die Raketen ganz offensichtlich von der Amex-Mondbasis gekommen waren, von einer Rail Gun abgefeuert.

»Mir hat die Idee nie gefallen«, sagte Arkady. »Wieder gegenseitige totale Vernichtung.«

»Wenn aber bei gegenseitiger totaler Vernichtung eine Seite ihr Arsenal verliert …«, wandte Roald ein.

»Wir haben hier aber nicht unser Arsenal verloren. Und sie wertschätzen unseren Planeten ebenso wie wir. Wir sind wieder bei der Schweizer Verteidigung angelangt.« Demontieren, was sie brauchten, und Rückzug in die Berge, um ewig Widerstand aus dem Untergrund leisten zu können. Das war mehr nach seinem Geschmack.

»Wir sind schwächer«, sagte Roald offen. Er hatte mit der Mehrheit dafür gestimmt, Nemesis auf Erdkurs zu bringen.

Arkady nickte. Er konnte nicht bestreiten, dass ein Faktor der Gleichung eliminiert worden war. Aber es war nicht klar, ob sich damit auch das Kräftegleichgewicht geändert hatte. Nemesis war nicht seine Idee gewesen. Mikhail Yangel hatte es vorgeschlagen, und die Gruppe im Asteroiden hatte es bereitwillig durchgeführt. Jetzt waren viele von ihnen tot, gestorben bei der großen Explosion oder bei kleineren im Gürtel draußen. Nemesis hatte den Eindruck erweckt, dass die Rebellen Massenvernichtung auf der Erde in Kauf nehmen würden. Ganz schlechte Idee, hatte Arkady immer wieder gesagt.

Aber so war es nun mal bei einer Revolution. Nichts war unter Kontrolle, ganz gleich, was die Leute behaupteten. Und zum größten Teil war es auch besser so, besonders hier auf dem Mars. In der ersten Woche waren die Kämpfe heftig gewesen. Die UNOMA und die Transnationalen hatten ihre Sicherheitskräfte im letzten Jahr verstärkt. Viele der großen Städte waren sofort von ihnen übernommen worden; und es wären noch viel mehr gewesen, hätte sich nicht herausgestellt, dass es viel mehr Rebellengruppen gab, als sie oder jemand sonst geahnt hatten. Über sechzig Städte und Stationen hatten sich im Nachrichtennetz für unabhängig erklärt. Die Rebellen waren aus den Labors und Bergen aufgetaucht und hatten einfach die Macht ergriffen. Und jetzt, da die Erde auf der anderen Seite der Sonne stand und das Shuttle, das dem Mars gerade am nächsten gewesen war, zerstört worden war, waren die Sicherheitskräfte die Belagerten, große Städte hin oder her.

Es kam ein Anruf von der Versorgungszentrale. Sie hatten Schwierigkeiten mit den Computern und wollten, dass Arkady sich das ansah.

Er verließ die Stadtbüros und ging durch Menlo Park zur Zentrale. Es war kurz nach Sonnenaufgang, und der größte Teil des Carr-Kraters lag noch im Schatten. Zu dieser Stunde schien die Sonne nur auf den Westrand und die hohen Betonbauten der Versorgungszentrale. Die Wände waren im Morgenlicht ganz gelb, und die den Kraterrand hinauflaufenden Straßen glänzten wie Goldbänder. In den schattigen Straßen erwachte die Stadt gerade erst. Eine Menge Rebellen waren von anderen Städten oder aus den mit Kratern übersäten Gebirgen gekommen, und viele schliefen auf dem Gras des Parks. Manche saßen schon, die Schlafsäcke noch über den Beinen, die Augen verquollen und mit wirrem Haar. Man ließ nachts die Temperatur nicht so weit absinken, aber in der Morgendämmerung war es immer noch kühl. Wer bereits aus seinem Schlafsack gekrochen war, drängte sich um kleine Öfen aneinander, pustete in die Hände und hantierte mit Kaffeekannen und Samowars. Immer wieder schauten sie nach Westen, um zu sehen, wie weit der Sonnenschein schon heruntergekrochen war. Als sie Arkady sahen, winkten sie ihm zu; und ein paar Mal wurde er von Leuten angehalten, die seine Meinung über die Neuigkeiten hören oder ihm Ratschläge erteilen wollten. Arkady antwortete allen gut gelaunt. Er spürte wieder dieses Knistern in der Luft; das Gefühl, sie wären alle zusammen in einer neuen Welt. Jeder hatte dieselben Probleme, alle waren gleichgestellt und jeder (der Gedanke kam ihm beim Anblick einer Heizspule, die unter einem Topf mit Kaffee glühte) war elektrisiert von der Freiheit.

Er ging beschwingt weiter und sprach dabei in seinen Armbandrekorder. »Der Park erinnert mich an das, was Orwell über Barcelona in den Händen der Anarchisten gesagt hat: ›Es ist die Euphorie eines neuen Sozialvertrags, einer Wiederkehr zu jenem Kindertraum von Fairness, den wir alle einmal geträumt haben.‹«

Sein Armbandgerät piepte, und Phyllis erschien auf dem kleinen Schirm. Das war nervig. Er fragte: »Was willst du?«

»Nemesis ist vernichtet. Wir wollen, dass ihr euch ergebt, ehe weiterer Schaden entsteht. Ihr habt jetzt nur noch die Wahl zwischen Kapitulation und Tod, Arkady.«

Er musste lachen. Sie war wie die böse Hexe in dem Film »Der Zauberer von Oz«, die plötzlich in seiner Kristallkugel erschien.

»Da gibt es nichts zu lachen!«, schrie sie. Er sah plötzlich, dass sie Angst hatte.

»Du weißt, dass wir mit Nemesis nichts zu tun hatten«, sagte er.

»Das ist irrelevant.«

»Wie kannst du nur so ein Idiot sein?«

»Das ist keine Dummheit. Hör zu, sag deinen Bossen Folgendes: Wenn sie versuchen, die freien Städte hier auf dem Mars zu unterdrücken, werden wir alles zerstören.« Das war die Schweizer Verteidigung.

»Glaubst du, dass das etwas ändert?« Ihre Lippen waren weiß, ihr Gesicht zu einer wütenden Maske verzerrt.

»Aber ja! Schau, Phyllis, ich bin nur die Spitze des Eisbergs. Es gibt eine massive Untergrundbewegung, die du nicht sehen kannst. Sie ist wirklich riesig; und sie haben die Mittel für einen Gegenschlag, wenn sie ihn wollen.«

Sie musste den Arm gesenkt haben, denn das Bild auf seinem kleinen Schirm wackelte wild und zeigte dann den Fußboden. Ihre körperlose Stimme sagte: »Du bist immer schon ein Idiot gewesen. Schon auf der Ares.«

Die Verbindung riss ab.

Arkady ging weiter. Das Gewühl der Stadt war nicht mehr so erheiternd wie zuvor. Wenn Phyllis Angst hatte …

In der Versorgungszentrale ließen sie gerade eine Fehlersuche laufen. Vor ein paar Stunden hatte der Sauerstoffgehalt in der Stadt zu steigen begonnen, aber die Warnlichter waren nicht angegangen. Ein Techniker hatte das durch Zufall bemerkt.

Nach einer halben Stunde Arbeit wurden sie fündig. Ein Programm war manipuliert worden. Sie behoben den Fehler; aber Tati Anokhin war nicht zufrieden. »Das muss Sabotage gewesen sein. Der

Sauerstoffgehalt ist so hoch, dass es dieser Fehler alleine nicht sein kann. Es sind immer noch fast vierzig Prozent.«

»Kein Wunder, dass alle heute Morgen so gut drauf sind.«

»Ich nicht. Außerdem ist das Gerede von der Stimmung Blödsinn.«

»Sicher? Geh noch einmal das Programm durch, und sieh dir die Kennzeichen der Verschlüsselung an. Schau, ob darunter noch eine andere Manipulation liegen könnte.«

Er machte sich wieder auf den Weg zu den Stadtbüros. Auf halbem Weg hörte er einen lauten Knall von oben. Er schaute hoch und sah ein kleines Loch in der Kuppel. Die Luft bekam plötzlich einen irisierenden Schimmer, als ob er in einer großen Seifenblase wäre. Ein heller Blitz und ein lauter Donner warf ihn um. Als er sich hochrappelte, sah er, wie alles zugleich Feuer fing. Menschen brannten wie Fackeln, und direkt vor seinen Augen begann sein Arm zu brennen.

Es ist nicht schwer, Städte auf dem Mars zu zerstören. Nicht schwerer, als eine Fensterscheibe einzuschlagen oder einen Ballon zum Platzen zu bringen.

Nadia Cherneshevsky fand das heraus, während sie in den Stadtbüros von Lasswitz versteckt war, einer Kuppelstadt, die eines Abends gleich nach Sonnenuntergang ein Loch bekommen hatte. Alle überlebenden Einwohner hatten sich in den Stadtbüros oder der Versorgungszentrale zusammengedrängt. Drei Tage lang hatten sie ihre Zeit damit verbracht, nach draußen zu gehen und die Kuppel zu reparieren. Im Fernsehen hatten sie versucht herauszufinden, was vor sich ging. Aber die Nachrichtenblöcke von der Erde waren mit ihren eigenen Angelegenheiten beschäftigt, wo die verschiedenen kleinen Kriege sich zu einem einzigen großen zu verschmelzen schienen. Nur ab und zu kam eine kurze Meldung über die zerstörten Städte auf dem Mars. In einer davon hieß es, dass viele überkuppelte Krater von Geschossen getroffen worden seien, die über den Horizont gekommen waren. Gewöhnlich wurde zunächst Sauerstoff oder mit Luft gemischte Treibstoffe hineingeschickt und gleich danach ein Zünder, der Explosionen verschiedener Intensität bewirkte – von Menschen tötenden Feuern über Explosionen, die die Kuppel aufrissen, bis hin zu wirklich großen Detonationen, die den Krater praktisch entkernten. Sauerstoffbrände gegen Menschen schienen am häufigsten zu sein. Sie ließen die Infrastruktur größtenteils intakt.

Mit Kuppelstädten war es noch einfacher. Die meisten waren durch Laser von der Basis auf Phobos aus perforiert worden.

Bei manchen waren die Versorgungszentralen durch gesteuerte Marschflugkörper getroffen worden. Andere waren von Truppen der einen oder anderen Seite erobert worden, die Raumhäfen besetzt und mit gepanzerten Rovern die Stadtwände durchbrochen worden, und in seltenen Fällen waren Fallschirmspringer mit den Raketen von oben eingefallen.

Nadia beobachtete die zitternden Fernsehbilder, die deutlich die Angst der Kameraleute zeigten. Ihr Magen krampfte sich zu einem faustgroßen Ball zusammen. »Was tun sie? Testen sie verschiedene Methoden?«, rief sie.

»Das bezweifle ich«, sagte Yeli Zudov. »Es sind wohl nur verschiedene Gruppen, die unterschiedliche Methoden verwenden. Manche sehen so aus, als ob sie möglichst wenig Schaden anrichten wollten, aber andere scheinen so viele von uns töten zu wollen, wie sie können, um neuen Raum für Auswanderer zu schaffen.«

Nadia wandte sich angewidert ab. Sie stand auf und ging in die Küche, leicht gebeugt wegen ihres verkrampften Magens. Sie wollte unbedingt etwas tun. In der Küche hatten sie einen Generator angestellt und wärmten gefrorene Mahlzeiten mit der Mikrowelle auf. Sie half bei der Essensausgabe und ging an einer Reihe von Leuten auf und ab, die draußen in der Halle saßen. Ungewaschene Gesichter mit schwarzen Frostbeulen. Einige Leute redeten lebhaft, andere saßen da wie Statuen oder schliefen aneinander gelehnt. Die meisten von ihnen hatten in Lasswitz gewohnt, aber eine große Anzahl war aus Kuppeln oder Verstecken gekommen, die vom Weltraum aus zerstört oder durch Landstreitkräfte angegriffen worden waren. Eine alte arabische Frau sagte zu einem kleinen knorrigen Mann: »Das ist dumm. Meine Eltern waren beim Roten Halbmond in Bagdad, als die Amerikaner es bombardierten. Wenn sie die Lufthoheit haben, kann man nichts tun – gar nichts! Wir müssen uns ergeben. So bald wie möglich.«

»Aber wem?«, fragte der kleine Mann. »Und für wen? Und wie?«

»Jedem, und natürlich über Funk!« Die Frau sah Nadia an, die die Achseln zuckte.

Dann piepte ihr Armband, und Sasha Yefremov plapperte mit dünner Stimme aus dem Armbandlautsprecher. Die Wasserstation im Norden der Stadt war explodiert, und die Quelle, die sie abdeckte, war zu einem artesischen Brunnen aus Wasser und Eis geworden.

»Ich werde gleich da sein«, sagte Nadia entsetzt. Das Wasserwerk der Stadt stand direkt auf dem Wasserreservoir von Lasswitz, welches recht groß war. Wenn ein wesentlicher Teil des Wasserlagers durch die Oberfläche brach, würden das Wasserwerk und die Stadt und der ganze Canyon in einer katastrophalen Flut verschwinden. Und noch schlimmer – Burroughs lag nur zweihundert Kilometer abwärts am Abhang von Syrtis und Isidis; und die Flut könnte recht wahrscheinlich so weit laufen. Burroughs! Seine Bevölkerung war für eine Evakuierung viel zu groß, besonders jetzt, wo es zu einem Zufluchtsort für Menschen geworden war, die dem Krieg entronnen waren. Es gab einfach keinen anderen Ort, wohin man gehen könnte.

»Kapitulation«, beharrte die Frau in der Halle. »Alle müssen sich ergeben!«

»Ich glaube nicht, dass das noch gehen wird«, sagte Nadia und lief zur Schleuse des Gebäudes.

Ein Teil von ihr war höchst erleichtert, etwas tun zu können, aufzuhören, sich in ein Gebäude zu drängen und Katastrophen im Fernsehen zu betrachten. Sie konnte etwas tun. Und

Nadia hatte den Plan von Lasswitz angefertigt und den Bau vor sechs Jahren überwacht. Darum hatte sie jetzt eine Vorstellung davon, was zu tun war. Die Stadt war eine Kuppel der Nicosia-Klasse, bei dem die Farm und die Versorgungszentrale getrennte Strukturen waren und das Wasserwerk sich weit im Norden befand. Alle Bauten waren auf dem Boden einer großen ostwestlichen Spalte, der Arena-Canyon genannt. Dessen Wände waren fast senkrecht und einen halben Kilometer hoch. Das Wasserwerk lag nur ein paar hundert Kilometer von der Nordwand des Canyons entfernt, die dort einen beachtlichen Überhang hatte. Während Nadia mit Sasha und Yeli zum Wasserwerk fuhr, skizzierte sie schnell ihren Plan. »Ich denke, wir können die Klippe sprengen und auf das Werk herunterlassen, und wenn das gelingt, sollte der Erdrutsch ausreichen, um das Leck abzudecken.«

»Würde die Flut nicht das heruntergekommene Gestein wegreißen?«, fragte Sasha.

»Sicher, falls das Reservoir voll ausgebrochen ist. Aber wenn wir es abdecken, wird das austretende Wasser in dem Erdrutsch gefrieren und einen Damm bilden, der schwer genug ist, den Rest festzuhalten. Der hydrostatische Druck ist in diesem Wasserreservoir nur etwas größer als der lithostatische Druck des Gesteins darüber. Also wird der artesische Strom nicht allzu stark sein. Andernfalls wären wir bereits tot.«

Sie bremste den Rover ab. Durch die Windschutzscheibe konnten sie in einer Wolke aus dünnem Reif die Reste des Wasserwerks erkennen. Ein Rover kam mit voller Geschwindigkeit auf sie zu. Nadia schaltete die Scheinwerfer ein und stellte das Funkgerät auf die allgemeine Frequenz. Es war die Besatzung des Werks, ein Paar namens Angela und Sam, völlig mit den Nerven fertig nach den Abenteuern der letzte Stunde. Als sie alles berichtet hatten, erklärte Nadia ihnen, was sie vorhatte.

Angela sagte: »Das könnte funktionieren. Bestimmt wird jetzt nichts anderes es mehr aufhalten können. Es kommt viel.«

»Wir müssen uns beeilen«, sagte Sam. »Das Wasser frisst das Gestein in unheimlichem Tempo.«

Angela sagte mit einer gewissen morbiden Begeisterung: »Wenn wir es nicht abdecken, wird es so aussehen wie damals, als der Atlantik durch die Meerenge von Gibraltar gebrochen ist und das Becken des Mittelmeers überflutet hat. Das war ein Wasserfall, der zehntausend Jahre gedauert hat.«

»Ich habe nie davon gehört«, sagte Nadia. »Kommt mit uns zur Klippe und helft uns, die Roboter in Gang zu setzen!«

Während der Hinfahrt hatte sie alle Bauroboter der Stadt aus ihrem Hangar zum Fuß der Nordwand dirigiert, neben dem Wasserwerk. Als die zwei Rover dort ankamen, stellten sie fest, dass einige der schnelleren Roboter schon eingetroffen waren. Der Rest kämpfte sich über den Canyonboden auf sie zu. Eine kleine Geröllhalde befand sich am Fuß der Klippe, die im Mittagslicht schimmernd wie eine enorme gefrorene Welle über ihnen aufragte. Nadia schaltete sich auf die Räumfahrzeuge und Bulldozer und gab ihnen Anweisungen, Wege durch die Halde freizumachen. Danach würde direkt in die Klippe Tunnels gebohrt werden. Nadia zeigte auf eine areologische Karte des Canyons, die sie auf den Schirm des Rovers gerufen hatte, und sagte: »Seht, da hinter dem überhängenden Stück ist eine Störung. Sie ist die Ursache, weshalb die Lippe der Mauer ein wenig abrutscht. Seht ihr den etwas niedrigeren Sims ganz oben? Wenn wir alle Sprengmittel, die wir haben, am Fuß dieser Störung einsetzen, wird sicher der ganze Überhang herunterkommen. Meint ihr nicht auch?«

»Ich weiß es nicht«, sagte Yeli. »Es ist aber einen Versuch wert.«

Inzwischen kamen die langsameren Roboter an und brachten verschiedene Sprengstoffe, die von der Ausschachtung bei der Gründung der Stadt übrig geblieben waren. Nadia ging ans Werk und programmierte die Roboter, einen Tunnel in den Boden der Klippe zu bohren. Für den größten Teil einer Stunde war sie nicht ansprechbar. Als sie fertig war, sagte sie: »Lasst uns wieder zur Stadt zurückfahren und alle evakuieren. Ich bin mir nicht sicher, wie viel von der Klippe herunterkommen könnte, und wir wollen nicht alle verschütten. Wir haben vier Stunden.«

»Jesus, Nadia!«

»Vier Stunden.« Sie gab den letzten Befehl ein und startete ihren Rover. Angela und Sam folgten mit Hochrufen.

»Ihr scheint nicht sehr traurig zu sein wegzukommen«, sagte Yeli.

»Es war höllisch langweilig«, erwiderte Angela.

»Ich denke nicht, dass Langeweile künftig noch ein Problem sein wird.«

Die Evakuierung war schwierig. Eine Menge Leute wollten die Stadt nicht verlassen, und es gab für sie kaum Platz in den verfügbaren Rovern. Schließlich waren alle in das eine oder andere Vehikel gestopft und befanden sich auf der Transponderstraße nach Burroughs. Lasswitz war leer. Nadia versuchte eine Stunde lang Phyllis über Satellitentelefon zu erreichen, aber die Kanäle waren unterbrochen. Es klang wie systematische Störbemühungen. Nadia hinterließ eine Mitteilung auf dem Satelliten: »Wir sind Nichtkombattanten in Syrtis Major und versuchen zu verhindern, dass das Wasserlager von Lasswitz Burroughs überflutet. Lasst uns also in Ruhe!« Eine Art von Kapitulation.

Zu Nadia, Sasha und Yeli stießen noch Angela und Sam in ihrem Rover, und sie fuhren die steilen Spitzkehren der Klippenstraße empor zum Südrand des Arena-Canyons. Querab von ihnen lag die imposante Nordwand. Links unten war die Stadt, die fast normal aussah. Aber rechts davon war deutlich etwas nicht richtig. Das Wasserwerk war in der Mitte durch einen dicken weißen Geysir zerstört, der wie ein defekter Hydrant eine Fahne bildete, die in ein Gewirr aus schmutzig weißroten Eisblöcken zu Boden fiel. Noch während sie hinschauten, verschob sich die ungefüge Masse und ließ kurzzeitig schwarzes strömendes Wasser erkennen, das wild Raureifdampf ausstieß. Weiße Nebelschwaden drangen aus den schwarzen Rissen und peitschten dann mit dem Wind den Canyon hinab. Das Gestein und der Grus der Marsoberfläche waren so dehydriert, dass sie, wenn Wasser darauf klatschte, in heftigen chemischen Reaktionen zu explodieren schienen. Wenn Wasser über den Boden rann, schossen darum große Staubwolken in die Luft und verbanden sich mit dem Eisdampf, der vom Wasser aufwirbelte.

»Sax wird zufrieden sein«, sagte Nadia grimmig.

Zu der angegebenen Stunde schossen vier Rauchwolken aus der Basis der Nordwand. Einige Sekunden lang passierte nichts weiter, und die Beobachter stöhnten. Dann machte die Vorderseite der Klippe einen Ruck, und der Fels des Überhangs rutschte langsam und majestätisch in die Tiefe. Dicke Wolken schossen vom Boden der Klippe auf, und dann schoben sich dichte Massen Auswurfmaterial förmlich heraus wie Wasser unter einem kalbenden Eisberg. Ein tiefes Dröhnen erschütterte ihren Rover, und Nadia fuhr ihn vorsichtshalber vom Südrand zurück. Ehe eine massive Staubwolke ihnen die Sicht nahm, sahen sie gerade noch, wie das Wasserwerk von der rasch kippenden Kante des Erdrutsches bedeckt wurde.

Angela und Sam hatten gejubelt. Sasha fragte: »Wie können wir feststellen, ob es geklappt hat?«

»Warte, bis wir es wieder sehen können!«, sagte Nadia. »Hoffentlich wird die Flut stromabwärts weiß geworden sein. Kein offenes Wasser mehr, keine Bewegung.«

Sasha nickte. Sie saßen da und schauten in den alten Canyon hinunter. Sie warteten. Nadia fühlte sich leer. Trübe Gedanken gingen ihr durch den Kopf. Sie brauchte mehr Arbeit, als in den letzten paar Stunden, eine Tätigkeit, die ihr keine Zeit zum Nachdenken ließ. Nur einen Moment Pause, und die ganze elende Situation prallte wieder voll auf sie ein: die ruinierten Städte, die Toten überall, Arkadys Verschwinden. Und offenbar hatte niemand die Kontrolle. Keinerlei Plan. Polizeitruppen verwüsteten Städte, um der Revolution Einhalt zu gebieten; und Rebellen verwüsteten Städte, um die Revolution in Gang zu halten. Es würde damit enden, dass alles zerstört war, ihr ganzes Lebenswerk, vor ihren Augen in die Luft geflogen – und völlig ohne Grund. Aus absolut keinem Grund!

Sie konnte es sich nicht leisten nachzudenken. Da unten hatte ein Erdrutsch hoffentlich ein Wasserwerk überdeckt, und das aus dem Brunnen brausende Wasser war blockiert worden und gefroren, um einen festen Damm zu bilden. Es war schwer zu sagen, was danach kommen würde. Wenn der hydrostatische Druck in dem Wasserreservoir groß genug war, konnte es zu einem neuen gewaltsamen Ausbruch kommen. Aber wenn der Damm dick genug war … Nun, man konnte daran nichts ändern. Wenn sie allerdings eine Art Notventil schaffen könnten, um den Druck von dem Erdrutschdamm zu nehmen …

Langsam trieb der Wind den Staub fort. Ihre Gefährten jubelten wieder. Das Wasserwerk war verschwunden, bedeckt von einem frischen schwarzen Erdrutsch, der aus der Nordwand herausgekommen war, die jetzt einen großen neuen Bogen bildete. Aber es war knapp gewesen. Der Erdrutsch war nicht annähernd so groß, wie sie gehofft hatte. Lasswitz selbst gab es noch, und es schien, als wäre die Gesteinsschicht über dem Wasserwerk nicht allzu dick. Die Flut schien eingedämmt zu sein. Sie wirkte bewegungslos, ein klumpiger, dreckiger, weißer Fladen, wie ein Gletscher, der mitten in einem Canyon hinabgleitet. Und es stieg nur noch sehr wenig Reifdampf von ihm auf. Aber …

»Wir sollten nach Lasswitz hinunterfahren und die Daten des Wasserreservoirs kontrollieren«, sagte Nadia.

Sie fuhren die Straße in der Canyonwand hinab und in die Garage von Lasswitz. Sie gingen in Schutzanzügen durch die leeren Straßen. Der Kontrollraum des Wasserwerks lag gleich neben den Stadtbüros. Es war seltsam, ihre Zufluchtstätte der letzten Tage leer zu sehen.

Im Kontrollraum analysierten sie die Daten der verschiedenen unterirdischen Sensoren. Viele von ihnen funktionierten nicht mehr; aber die anderen zeigten an, dass der hydrostatische Druck im Reservoir höher war als vorher und noch zunahm. Wie um das zu unterstreichen, erschütterte ein leichtes Beben den Boden, dass die Sohlen ihrer Stiefel vibrierten. Keiner von ihnen hatte je zuvor so etwas auf dem Mars erlebt. »Scheiße!«, sagte Yeli. »Das Ding wird sicher noch einmal explodieren.«

»Wir müssen einen Abzugskanal bohren«, sagte Nadia. »Eine Art Druckventil.«

»Aber was, wenn das ausbricht wie das große?«, fragte Sasha.

»Wenn wir es an das obere Ende des Reservoirs legen oder auf halber Strecke, sodass es einen Teil der Wassermassen aufnimmt, sollte es gehen. Genauso gut wie das alte Wasserwerk, das vermutlich jemand hat hochgehen lassen, sonst würde es noch prima funktionieren.« Sie schüttelte traurig den Kopf. »Wir müssen es riskieren. Wenn es klappt, dann klappt es. Falls nicht, bewirken wir vielleicht einen Ausbruch. Aber wenn wir gar nichts tun, wird es mit Sicherheit eine Katastrophe geben.«

Sie führte die kleine Gruppe über die Hauptstraße zum Lagerhaus der Roboter und fing an, ihr Befehlszentrum neu zu programmieren. Eine Standardbohrung mit maximaler Ausblashemmung. Das Wasser würde unter artesischem Druck an die Oberfläche kommen; und dann würden sie es in eine Pipeline leiten, die eine Robotergruppe in einer Richtung anlegen sollte, die aus dem Bereich des Arena-Canyons hinausführen würde. Nadia und die anderen studierten topographische Karten und ließen simulierte Fluten durch verschiedene, parallel zu Arena nach Norden und Süden verlaufende Canyons strömen. Sie stellten fest, dass die Wasserscheide enorm war. Alles auf Syrtis floss in Richtung Burroughs ab. Das Land war hier eine riesige Schüssel. Sie würden das Wasser fast dreihundert Kilometer nach Norden leiten müssen, um in die nächste Wasserscheide zu kommen. Yeli sagte: »Seht, wenn wir es in die Nili Fossae führen, wird es direkt nach Norden bis Utopia Planitia laufen und auf den nördlichen Dünen gefrieren.«

»Sax muss diese Revolution lieben«, sagte Nadia wieder. »Er bekommt etwas, das sie ihnen nie genehmigt hätten.«

»Aber eine Menge seiner Projekte dürften schiefgehen«, meinte Yeli.

»Ich wette, Sax sieht es immer noch als Nettogewinn. All dieses Wasser auf der Oberfläche ...«

»Wir werden ihn fragen müssen.«

»Wenn wir ihn je wiedersehen.«

Yeli schwieg. Dann sagte er: »Ist das wirklich so viel Wasser?«

»Es ist nicht bloß Lasswitz«, sagte Sam. »Ich habe neulich eine kurze Meldung gesehen – sie haben das Wasserreservoir von Lowell zerstört, ein großer Ausbruch wie jene, die einst die Ausflusskanäle geschnitten haben. Das wird Millionen Tonnen Regolith zu Tal reißen, aber ich weiß nicht, wie viel Wasser das war. Es ist unglaublich.«

»Aber warum?«, sagte Nadia.

»Ich nehme an, es ist die beste Waffe, die sie haben.«

»Was heißt hier Waffe? Sie können weder damit zielen noch sie anhalten!«

»Nein. Aber das kann auch sonst niemand. Und denk darüber nach: Alle Städte unterhalb von Lowell sind verschwunden. Franklin, Drexler, Osaka, Galileo. Ich glaube, sogar Silverton. Und das waren alles transnationale Städte. Ich denke, dass viele Bergwerkstädte in den Kanälen verwundbar sind.«

»Also greifen beide Seiten die Infrastruktur an«, sagte Nadia niedergeschlagen.

»Ja.«

Sie mussten arbeiten. Sie hatten keine andere Wahl. Sie programmierten Roboter; und sie verbrachten den Rest des Tages und den nächsten damit, dass sie die Roboterteams zur Bohrstelle hinausschickten und sich vergewisserten, dass der Start gut lief. Das Bohren ging gut voran. Man musste nur dafür sorgen, dass die Drücke in den Wasserlagern nicht zu einem Ausbruch führten. Und die Pipeline zu verlegen, die Wasser nach Norden leiten sollte, war noch einfacher; eine Arbeit, die seit Jahren vollautomatisiert war. Aber sie verdoppelten ihre Bemühungen an allen Geräten, um sicherzugehen. Hinauf zum Bett des Nordcanyons und dann von dort noch weiter. Es war nicht nötig, Pumpen einzubauen. Der artesische Druck würde die Strömung regeln; denn wenn der Druck so stark fiel, dass kein Wasser aus dem Canyon hinausgedrückt wurde, wäre die Gefahr eines Ausbruchs am unteren Ende wahrscheinlich ohnehin vorbei. Als also die mobilen Magnesiummühlen sich vorarbeiteten und Grus aufschöpften und Rohre herstellten, und als die Gabelstapler und Frontlader diese

Rohrabschnitte zur Montage brachten, und als das große, sich bewegende Bauwerk die Segmente aufnahm und hinter sich die Pipeline ausstieß, während es langsam die Straße entlangrollte, und ein weiterer mobiler Behemoth das fertige Rohr übernahm und es in eine Luftgitterisolierung hüllte, die aus Abfällen der Raffinerie angefertigt wurde, und das erste Segment der Pipeline erwärmt war und lief – da erklärten sie das System für stabil und hofften, dass es weitere dreihundert Kilometer schaffen würde. Die Pipeline würde mit ungefähr einem Kilometer pro Stunde gebaut werden, vierundzwanzigeinhalb Stunden täglich. Wenn also alles gut ginge, wären es etwa zwölf Tage bis Nili Fossae. In diesem Tempo würde die Pipeline sehr bald fertig sein, nachdem der Brunnen gebohrt und bereit wäre. Und wenn der Erdrutschdamm so lange hielt, hätten sie ihr Druckventil.

Also war Burroughs sicher, jedenfalls so sicher, wie sie es durch ihre Bemühungen machen konnten. Sie konnten jetzt gehen. Aber die Frage war, wohin. Nadia hockte über einem Mikrowellen-Essen und sah sich eine Nachrichtensendung von der Erde an, während sie zuhörte, wie ihre Gefährten über die Lage diskutierten. Die Bilder von der Revolution auf der Erde waren schrecklich. Extremisten, Kommunisten, Vandalen, Saboteure, Rote und Terroristen. Niemals die Worte Rebellen oder Revolutionäre, welche (mindestens) die halbe Erde billigen würde. Nein, es waren isolierte Gruppen wahnsinniger destruktiver Terroristen. Und es half Nadias Stimmung nicht, dass ihrer Meinung nach einige Wahrheit in der Darstellung steckte. Das machte sie nur noch wütender.

»Wir sollten uns mit jedem, wen auch immer wir finden können, zusammentun und beim Kampf helfen«, sagte Angela.

»Ich kämpfe gegen niemanden«, erwiderte Nadia störrisch. »Das ist blöde. Ich werde es nicht tun. Ich werde die Dinge in

Ordnung bringen, wo ich kann. Aber ich werde nicht kämpfen.«

Im Radio kam eine Meldung. Der Krater Fournier, etwa fünfhundert Kilometer entfernt, hatte eine defekte Kuppel. Die Bevölkerung war in hermetisch abgeschlossenen Gebäuden gefangen, und die Luft wurde knapp.

»Ich werde dorthin gehen«, erklärte Nadia. »Dort gibt es ein großes zentrales Lagerhaus mit Baurobotern. Sie könnten die Kuppel reparieren und dann für andere Instandsetzungsarbeiten unten auf Isidis eingesetzt werden.«

»Wie willst du da hinkommen?«, fragte Sam.

Nadia überlegte und holte tief Luft. »Ich denke, mit einem der Ultraleichtflugzeuge. Es gibt einige von diesen neuen 16Ds auf dem Flugfeld am Südrand. Das wäre sicher der schnellste Weg und vielleicht auch der sicherste. Wer weiß?« Sie sah Yeli und Sasha an. »Wollt ihr mit mir fliegen?«

»Ja«, sagte Yeli. Sasha nickte.

»Wir gehen mit dir«, sagte Angela. »Mit zwei Flugzeugen wird es ohnehin sicherer sein.«

Sie nahmen zwei Flugzeuge, die von der aeronautischen Fabrik Spencer in Elysium gebaut worden waren. Das Neueste, einfach 16Ds genannt: ultraleichte viersitzige Turbojets, größtenteils aus Areogel und Plastik und gefährlich zu fliegen, weil sie so leicht waren. Aber Yeli war ein erfahrener Pilot, und Angela behauptete von sich dasselbe. Also stiegen sie am nächsten Morgen in zwei davon, nachdem sie die Nacht in dem leeren kleinen Flughafen verbracht hatten. Sie rollten zu der verschmutzten Startbahn und starteten direkt auf die Sonne zu. Sie brauchten lange, um auf tausend Meter zu kommen.

Der Planet unter ihnen sah trügerisch normal aus. Sein altes raues Gesicht war nur auf den nördlichen Flächen ein bisschen weißer, wie verunstaltet durch Parasitenbefall. Aber dann flogen sie in den Arena Canyon und sahen, dass darin ein schmutziger Gletscher floss, ein Fluss aus zerbrochenen Eisblöcken. Der Gletscher verbreiterte sich öfter, wo die Flut einige Zeit einen Teich gebildet hatte. Die Eisstücke waren manchmal rein weiß, aber zum größeren Teil in der einen oder anderen Farbe des Mars getönt, dann zerbrochen und durcheinander gemischt, sodass der Gletscher ein buntes Mosaik bildete wie aus gefrorenem Backstein, Schwefel, Zimt, Kohle, Sahne, Blut … welches das flache Bett des Canyons hinabströmte zum Horizont in etwa fünfundsiebzig Kilometern Entfernung.

Nadia fragte Yeli, ob sie nach Norden fliegen und das Land inspizieren könnten, wo die Roboter die Pipeline bauen würden. Kurz nach ihrer Kursänderung empfingen sie eine schwache Mitteilung auf der Frequenz der Ersten Hundert von Ann Clayborne und Simon Frazier. Die waren im Krater Peridier gefangen, der seine Kuppel eingebüßt hatte. Das lag auch im Norden; also waren sie schon auf dem richtigen Kurs.

Das Land, über das sie an diesem Morgen kamen, schien für die Robotergruppe befahrbar zu sein. Es war eben, und obwohl mit Auswurftrümmern übersät, gab es keine behindernden Böschungen. In einiger Entfernung fingen die Nili Fossae an, zunächst ganz allmählich, nur vier sehr flache Senken, die sich nach Nordosten krümmten, wie die Fingerspitzen eines schwachen Handabdrucks. Aber hundert Kilometer weiter nördlich gab es Schluchten von fünfhundert Metern Tiefe, zwischen denen dunkles Land lag, das schwer von Kratern zernarbt war. Eine Art Mondlandschaft, die Nadia an eine unordentliche Baustelle erinnerte. Noch weiter im Norden erlebte sie eine Überraschung. Wo der östlichste Canyon nach Utopia einschwenkte, gab es noch einen Ausbruch eines Wasserlagers. An seinem oberen Ende war es bloß ein neuer Erdrutsch, eine große Landmulde wie eine zerbrochene Glasscheibe. Weiter unten erhoben sich Massen aus gefrierendem schwarzem und weißem Wasser direkt aus dem zerklüfteten Land. Sie zerrten an den sich bildenden Schollen und schleppten sie vor ihren Augen in einer dampfenden Flut fort, die das Land, das sie berührten, zur Explosion brachte. Diese entsetzliche Wunde war mindestens dreißig Kilometer breit und verlief über den Horizont nach Norden ohne ein Anzeichen, sich zu zerstreuen.

Nadia starrte auf das Bild und bat Yeli, näher hinzufliegen. »Ich möchte nicht in den Dampf geraten«, sagte Yeli. Er war selbst von dem Anblick gebannt. Der größte Teil der weißen Reifwolke zog nach Osten ab und sank zu Boden, aber der Wind war wechselhaft. Manchmal stieg der dünne weiße Schleier direkt nach oben und verdeckte die Streifen von schwarzem Wasser und weißem Eis. Was hinausfloss, war so viel wie bei einem großen antarktischen Gletscher oder noch mehr. Es schnitt die rote Landschaft in zwei Teile.

»Das ist höllisch viel Wasser«, sagte Angela.

Nadia ging auf die Frequenz der Ersten Hundert und rief Ann unten in Peridier an. »Ann, weißt du hiervon?« Sie beschrieb, worüber sie flogen. »Und es ist immer noch im Fluss. Das Eis bewegt sich, und wir können Stellen mit offenem Wasser ausmachen. Es sieht schwarz oder bisweilen rot aus.«

»Kannst du es hören?«

»Nur wie eine Art von Ventilatorsummen, und manchmal das Knallen und Krachen von brechendem Eis. Aber wir sind hier oben selbst recht laut. Eine höllische Menge Wasser!«

»Nun, dieses Wasserreservoir ist im Vergleich mit manchen anderen nicht sehr groß«, sagte Ann.

»Wie brechen sie sie auf? Kann man wirklich solche Lagerstellen aufreißen?«

»Manche davon, ja«, erklärte Ann. »Diejenigen mit hydrostatischem Druck, der höher ist als der durch das Gestein verursachte lithostatische, heben praktisch das Gestein hoch; und die Permafrostschicht bildet eine Art Damm, einen Eisdamm. Wenn man einen Brunnen bohrt und ihn hochjagt, oder es schmilzt …«

»Aber wie?«

»Reaktorschmelze.«

Angela stieß einen Pfiff aus.

»Aber die Strahlung!«, schrie Nadia.

»Sicher. Habt ihr kürzlich mal auf euren Zähler geschaut? Ich nehme an, dass drei oder vier von ihnen hin sind.«

»Mein Gott!«, rief Angela.

»Und das ist nur der Anfang.« Anns Stimme hatte jenen distanzierten, toten Klang, den sie annahm, wenn sie wütend war. Sie beantwortete ihre Fragen wegen der Flut sehr knapp. Eine so große Flut bewirkte extreme Druckschwankungen. Und alles wurde stromabwärts gefegt in einem zermahlenden Tosen, einem reißenden, mit Gas gemischten und Felsblöcke mitführenden Brei. »Werdet ihr nach Peridier kommen?«, fragte sie, nachdem sie die Fragen beantwortet hatte.

»Wir wenden uns gerade nach Osten«, erwiderte Yeli. »Ich wollte erst eine visuelle Peilung vom Fv-Krater bekommen.«

»Eine gute Idee.«

Sie flogen weiter. Das wilde Toben der Flut versank unter dem Horizont, und sie flogen wieder über dem vertrauten alten Sand und Gestein. Bald erschien Peridier vor ihnen über dem Horizont, eine niedrige, stark erodierte Kraterwand. Die Kuppel war verschwunden. Zerrissene Gewebefetzen flatterten noch da und dort am Kraterrand, als wäre ein Saatbeutel geplatzt. Die nach Süden führende Piste spiegelte die Sonne wie ein Silberfaden. Sie flogen über den Bogen der Kraterwand, und Nadia betrachtete mit dem Feldstecher die dunklen Gebäude. Dabei fluchte sie in einem leisen slawischen Singsang. Wie? Wer? Warum? Es war nicht zu verstehen. Sie flogen weiter zur Landebahn an der anderen Kraterböschung. Keiner der Hangars war in Funktion. Sie mussten Schutzkleidung anlegen und mit kleinen Wagen über den Rand in die Stadt fahren.

Die überlebenden Bewohner von Peridier hatten sich in der Versorgungszentrale zusammengedrängt. Nadia und Yeli gingen durch die Schleuse, umarmten Ann und Simon und wurden dann den anderen vorgestellt. Es waren ungefähr vierzig Personen, die von Notvorräten lebten und sich bemühten, die

Luftversorgung in den hermetisch verschlossenen Gebäuden aufrecht zu halten. Zum Glück war die Zentrale verstärkt gewesen und hatte dem inneren Druck ihrer eigenen Atmosphäre widerstanden. Angela fragte die Überlebenden, was geschehen sei. Sie erzählten die Geschichte wie ein griechischer Chor, wobei sie einander häufig unterbrachen. Eine einzige Explosion hatte die Kuppel wie einen Ballon zerplatzen lassen und eine sofortige Dekompression bewirkt, die auch viele Gebäude in der Stadt hatte hochgehen lassen. Aber die im Innern der Zentrale hatten überlebt. Die draußen auf den Straßen oder in den anderen Gebäuden nicht.

»Wo ist Peter?«, fragte Yeli aufgeregt und ängstlich. Simon sagte rasch: »Er befindet sich auf Clarke. Er hat uns angerufen, gleich nachdem alles anfing. Er hat versucht, in einem Aufzug nach unten einen Platz zu bekommen. Aber dort ist alles von Polizeitruppen übernommen worden. Ich nehme an, dass sie sich bereits im Orbit befanden. Er wird herunterkommen, sobald er kann. Da oben ist es jetzt sicherer, daher habe ich es nicht besonders eilig, ihn zu sehen.«

Nadia dachte an Arkady. Aber da war nichts zu machen, und sie ging rasch daran, Peridier wieder aufzubauen. Zunächst fragte sie die Überlebenden nach ihren Plänen; und als sie die Achseln zuckten, schlug sie vor, sie sollten zunächst eine kleinere Kuppel auf dem Grund des Kraters errichten, unter Benutzung des Zeltmaterials, das draußen am Flughafen für Bauzwecke gelagert war. Da draußen waren auch eine Menge älterer Roboter eingemottet, sodass der Wiederaufbau ohne allzu viel Aufwand möglich war. Die Bewohner waren begeistert, sie hatten nichts von dem Inhalt der Lagerhäuser am Flughafen gewusst. Nadia schüttelte darüber den Kopf. Sie sagte später zu Yeli: »Das steht alles in den Dateien. Sie hätten bloß zu fragen brauchen. Sie haben einfach nicht nachgedacht. Sie schauen bloß fern, sehen zu und warten.«

»Nun, Nadia, es ist ein Schock, plötzlich ohne Kuppel zu sein. Sie mussten sich erst vergewissern, dass das Gebäude sicher war.«

»Vielleicht.«

Aber unter ihnen waren sehr wenige Ingenieure oder Baufachleute. Die meisten waren Areologen, Spezialisten für Böschungen oder Bergwerksleute. Der Bau von Basen war etwas für Roboter, so schienen sie jedenfalls zu denken. Es war schwer zu sagen, wie lange sie gebraucht hätten, um selbst an den Wiederaufbau zu gehen; aber mit Nadia, die ihnen zeigte, was getan werden konnte, die sie mit einem kurzen Wutausbruch über ihre Untätigkeit auf Trab brachte, waren sie bald am Werk. Nadia arbeitete jeden Tag achtzehn bis zwanzig Stunden lang. Sie ließ eine Grundmauer errichten und setzte Kräne zum Bau der Kuppel ein. Danach war es nur noch eine Sache der Aufsicht. Nadia fragte ihre Gefährten aus Lasswitz unentwegt, ob sie wieder mit ihr in die Flugzeuge steigen würden. Sie sagten zu, und so starteten sie etwa eine Woche nach ihrer Ankunft wieder, wobei Ann und Simon sie in Angela und Sams Flugzeug begleiteten.

Während sie nach Süden flogen, den Abhang von Isidis hinab auf Burroughs zu, knisterte plötzlich eine codierte Mitteilung über ihre Lautsprecher. Nadia wühlte in ihrem Gepäck und suchte das Zeug, das Arkady ihr gegeben hatte. Sie fand, was sie suchte, und stöpselte es in die KI des Flugzeugs ein. Einige Sekunden, nachdem die Mitteilung Arkadys Entschlüsselungsprogramm durchlaufen hatte, sagte das Gerät monoton:

»UNOMA hat Burroughs eingenommen. Hält jeden fest, der dorthin kommt.«

In beiden Flugzeugen herrschte Schweigen, während sie durch den leeren rosa Himmel südwärts strebten. Unter ihnen senkte sich die Ebene von Isidis nach links.

»Lasst uns trotzdem hinfliegen«, schlug Ann vor. »Wir können ihnen persönlich sagen, dass sie die Angriffe einstellen sollen.«

»Nein«, entgegnete Nadia. »Ich will arbeiten können. Und wenn sie uns einsperren ... Außerdem, warum denkst du, dass sie sich anhören werden, was wir zu den Angriffen sagen?«

Keine Antwort von Ann.

»Können wir es bis Elysium schaffen?«, fragte Nadia.

»Ja«, erwiderte Yeli.

Also wandten sie sich nach Osten und ignorierten Beschwerden seitens der Flugüberwachung von Burroughs. »Sie werden uns nicht verfolgen«, sagte Yeli zuversichtlich. »Schaut, das Satellitenradar zeigt, dass viele Flugzeuge hier in der Luft sind, zu viele, um alle zu verfolgen. Und es wäre auf jeden Fall eine Zeitverschwendung, weil ich den Verdacht habe, dass einige davon Köder sind. Da hat jemand eine Menge Drohnen hochgeschickt, was die Sache hübsch verwirrend macht, und uns Deckung gibt.«

»Dabei hat sich jemand wirklich viel Mühe gegeben«, flüsterte Nadia, während sie das Radarbild betrachtete. Fünf oder sechs Objekte glühten im Südquadranten. »Warst du das, Arkady? Hast du so viel vor mir verheimlicht?«

Sie dachte an den Fernzünder, den sie gerade in ihrem Gepäck gefunden hatte. »Oder vielleicht hast du das gar nicht. Vielleicht habe ich es bloß nicht sehen wollen.«

Sie flogen nach Elysium und landeten dicht bei South Fossa, dem größten überdachten Canyon. Das Dach war noch da, aber wohl nur deshalb, weil die Stadt bereits dekompressiert worden war, ehe es beschädigt wurde. Die Einwohner waren in vielen intakten Gebäuden gefangen und hatten versucht, die Farm in Gang zu halten. Es hatte in der Versorgungszentrale eine Explosion gegeben und mehrere weitere in der Stadt selbst. Hier gab es viel Arbeit; aber man hatte eine gute Grundlage für einen raschen Wiederaufbau, und die Bevölkerung war unternehmungslustiger als in Peridier. Also machte Nadia sich ans Werk und beschloss, jeden wachen Augenblick mit Arbeit auszufüllen. Sie hielt es nicht aus, untätig zu sein. Die alten Jazzmelodien gingen ihr durch den Kopf – nichts Passendes; es gab hierfür keinen geeigneten Jazz oder Blues. Alles war völlig unangebracht. »On the Sunny Side of the Street«, »Pennies from Heaven«, »A Kiss to Build a Dream On« …

Und in diesen hektischen Tagen in Elysium wurde ihr klar, wie viel Power die Roboter hatten. Sie hatte nie versucht, diese Kraft voll auszunutzen. Es war einfach nicht nötig gewesen. Aber jetzt mussten Hunderte Aufgaben erledigt werden, mehr als ein Mensch je schaffen konnte, selbst wenn er bis zur Erschöpfung arbeitete. Daher ging sie an die Grenzen des Systems, wie die Programmierer sagen würden, und versuchte, so viel wie möglich aus ihm herauszuholen. Sie hatte das Teleoperating immer für eine ortsgebundene Arbeit gehalten. Aber das musste nicht so sein. Mithilfe eines Relais-Satelliten konnte sie einen Bulldozer auf der anderen Planetenhemisphäre steuern. Wann immer sie eine gute Verbindung herstellen konnte, tat sie jetzt genau das. Sie hörte nicht eine einzige Sekunde am Tag auf zu arbeiten. Sie arbeitete beim Essen und las Berichte und Codes im Bad. Sie schlief nur, wenn die Erschöpfung sie dazu zwang. Sie hatte jedes Zeitempfinden verloren und schonte ihre Mitarbeiter nicht, denen sie anschaffte, was zu tun war, ohne Rücksicht auf deren Meinung oder die Tageszeit. Und weil sie so konzentriert war und die Lage am besten beurteilen konnte, gehorchten ihr die Leute.

Egal, wie sehr sie sich auch anstrengten, es reichte nicht. Immer war es Nadia, auf die es ankam. In schlaflosen Nächten trieb sie die Roboter an die Grenzen ihrer Leistungsfähigkeit. Elysium hatte eine Menge einsatzfähiger Bauroboter, sodass die dringlichsten Aufgaben gleichzeitig angepackt werden konnten. Vor allem die Canyons am Westhang von Elysium machten Probleme. Alle überdachten Canyons waren unterschiedlich stark beschädigt worden, aber die meisten ihrer Versorgungszentralen waren nicht betroffen, und es gab viele Überlebende, die getrennt voneinander in Gebäuden mit Notgeneratoren hockten, wie die in South Fossa. Nachdem South Fossa wieder überdacht, beheizt und unter Druck gesetzt war, schickte sie Teams aus, um alle Überlebenden auf dem Westhang ausfindig zu machen. Sie holten sie aus den anderen Canyons heraus, brachten sie nach Süden und schickten sie dann mit Arbeitsanweisungen wieder zurück. Die an den Kuppeln tätigen Mannschaften zogen von einem Canyon zum anderen; und deren Bewohner gingen darunter ans Werk und bereiteten alles vor, um sie wieder mit Atemluft zu füllen. Wenn es so weit war, richtete Nadia ihr Augenmerk auf andere Dinge. Sie programmierte Werkzeugmacher und setzte Roboter für Reparaturen an den unterbrochenen Pipelines von Chasma Borealis ein. »Wer hat das alles nur getan?«, fragte sie wütend, als eines Abends im Fernsehen diese geborstenen Wasserleitungen gezeigt wurden.

Diese Frage war ihr so herausgerutscht, denn in Wirklichkeit wollte sie das gar nicht wissen. Sie wollte nicht über die Zusammenhänge nachdenken, über nichts anderes als diese eine Pipeline hier, die zerstört auf den Dünen lag. Aber Yeli nahm sie beim Wort und sagte: »Das ist schwer zu sagen. Die terrestrischen Nachrichten berichten jetzt ausschließlich von der Erde. Es gibt nur wenige Kurzmeldungen vom Mars; und die wissen auch nicht, was sie davon halten sollen. Offenbar werden die nächsten Shuttles UN-Truppen hierherbringen, die die Ordnung wiederherstellen sollen. Aber die meisten Nachrichten von der Erde betreffen den Krieg im Mittleren Osten, im Schwarzen Meer und Afrika. Die südlichen Staaten greifen die kleinen Länder an, die für die Transnationalen arbeiten; und die Gruppe der Sieben hat erklärt, diese verteidigen zu wollen. Und in Kanada und Skandinavien wurde ein biologischer Kampfstoff freigesetzt ...«

»Hier vielleicht auch«, unterbrach ihn Sasha. »Habt ihr diese Bilder aus Acheron gesehen? Da ist etwas passiert. Alle Fenster des Habitats sind implodiert, und der Boden unter der Finne ist mit Gott weiß was für Gewächsen überwuchert. Niemand traut sich nahe genug heran, um es herauszufinden ...«

Nadia hörte nicht mehr zu und konzentrierte sich auf das Problem mit der Pipeline. Als sie nach Tagen das nächste Mal von ihrer Arbeit aufschaute, stellte sie fest, dass jeder Roboter mit der Wiederherstellung der Städte beschäftigt war. Die Fabriken lieferten noch mehr Bulldozer, Planierraupen, Abraumlaster, Frontlader, Dampfwalzen, Schweißgeräte, Zementmischer, Kunststoffbereiter, kurzum alles. Das System war voll ausgelastet, und es gab für sie nicht mehr genug zu tun. Sie sagte den anderen, dass sie wieder aufbrechen wolle. Ann, Simon, Yeli und Sasha beschlossen, sie zu begleiten. Aber Angela und Sam hatten in South Fossa Freunde gewonnen und wollten bleiben.

Die fünf stiegen in ihre beiden Flugzeuge und hoben ab. Yeli meinte, das sei überall so. Wenn Mitglieder der Ersten Hundert zusammentrafen, trennten sie sich nicht mehr.

Sie flogen nach Süden auf Hellas zu. Als sie über das Tyrrhena Mohole nahe bei Hadriaca Patera kamen, landeten sie kurz. Die Mohole-Stadtkuppel hatte ein Loch, die Leute dort brauchten Hilfe beim Wiederaufbau. Es waren keine Roboter verfügbar; aber Nadia wusste aus Erfahrung, dass ihr für den Anfang ihre Programme, ein Computer und ein Luftsammler reichen würden. Aus dem Nichts Maschinen zu bauen war eines ihrer besonderen Talente. Der Start verlief immer langsam, aber binnen eines Monats würden diese drei Komponenten zusammen folgsame Ungeheuer aus dem Boden gestampft haben: erst die Fabriken, dann die Montagewerke und danach die Bauroboter selbst, Maschinen so groß wie Häuserblocks, die in ihrer Abwesenheit ihre Arbeit machten. Ihre neue Kraft war erstaunlich.

Aber angesichts der menschlichen Zerstörungswut schienen all ihre Bemühungen umsonst. Die fünf Reisenden flogen von Ruine zu Ruine und stumpften langsam beim Anblick der Zerstörungen und der Toten ab. Sie waren sich der Gefahr, in der sie selbst waren, dennoch deutlich bewusst. Nachdem sie im Flugkorridor Hellas-Elysium an einer Anzahl abgeschossener Flugzeuge vorbeigekommen waren, flogen sie selbst nur noch nachts. Das war zwar viel gefährlicher als Flüge bei Tag, aber Yeli fühlte sich dabei wohler. Die 16Ds waren auf dem Radar fast unsichtbar und würden selbst auf den stärksten Infrarotdetektoren nur sehr schwache Spuren hinterlassen. Dieses winzige Risiko gingen sie lieber ein. Nadia war es gleichgültig. Sie wäre auch bei Tag geflogen. Sie versuchte, allein für den Augenblick zu leben, aber ihre Gedanken rannten im Kreis, wenn sie sich auf den Moment konzentrierte. Sie war fassungslos angesichts des Ausmaßes der Zerstörungen, wie betäubt. Sie wollte einfach nur arbeiten.

Ein Teil Nadias bemerkte, dass es Ann noch schlechter ging als ihr. Natürlich machte sie sich Sorgen um Peter. Und dann auch noch alle diese Zerstörungen – Ann kümmerte sich weniger um die Städte und Häuser, sondern um das Land selbst, die Fluten, die Verschmutzung, der Schnee und die Strahlung. Sie hatte keine Arbeit, um sich abzulenken. Ihre Aufgabe wäre es gewesen, den Schaden zu untersuchen. So tat sie gar nichts oder versuchte, Nadia zu helfen, wenn sie konnte. Sie bewegte sich wie ein Roboter. Tag für Tag arbeiteten sie, brachten die Reparatur der einen oder anderen beschädigten Struktur in Gang, einer Brücke, einer Pipeline, eines Brunnens, eines Kraftwerks, einer Straße, einer Stadt. Yeli sagte, sie lebten in einer Robot-Greifarm-Welt. Sie scheuchten Roboter herum, als wären sie Sklavenhalter, Zauberer oder Götter. Und die Maschinen machten sich an die Arbeit, versuchten, die Zeit zurückzudrehen und zerbrochene Dinge wieder zusammenzusetzen. Die Eile gestattete ihnen den Luxus der Nachlässigkeit, und es war unglaublich, wie schnell sie einen Wiederaufbau initiieren und weiterfliegen konnten. »Im Anfang war das Wort«, sagte Simon eines Abends müde und drückte eine Taste auf seinem Handgelenkscomputer. Vor der untergehenden Sonne begann ein Brückenkran, sich zu bewegen. Und schon waren sie wieder unterwegs.

Sie ummantelten drei explodierte Reaktoren und gruben sie ein. Dabei blieben sie zur Sicherheit hinter dem Horizont und arbeiteten durch Teleoperating. Während er die Arbeiten überwachte, wechselte Yeli manchmal die Kanäle und warf einen Blick auf die Nachrichten. Einmal sahen sie ein Bild der Tharsis-Hemisphäre aus dem Orbit bei Tageslicht. Aus dieser Höhe konnten sie keine Anzeichen für die Fluten erkennen. Aber die Stimme aus dem Off erklärte, dass alle alten Flussbetten überschwemmt worden wären, die von Marineris nach Norden auf Chryse zu verliefen. Ein Bildausschnitt dieser Region wurde vergrößert, und sie sahen rötlich weiße Bänder. Jetzt gab es die berühmten Kanäle wirklich.

Nadia schaltete die Nachrichten ab und machte sich wieder an die Arbeit. So viel zerstört, so viele getötet; Menschen, die tausend Jahre hätten leben können, und natürlich kein Wort von Arkady. Schon seit zwanzig Tagen. Manche vermuteten, er könnte gezwungen gewesen sein, ganz unterzutauchen, um nicht durch einen Angriff aus dem Orbit getötet zu werden. Aber Nadia glaubte das nicht mehr, außer in Momenten extremer Sehnsucht und Schmerzes. Zwei Emotionen, die immer wieder hochkamen, obwohl sie wie besessen arbeitete und sich zu einem ganz neuen Gefühl vereint hatten, das sie hasste und fürchtete. Sehnsucht löste Schmerz aus, und Schmerz erzeugte Sehnsucht – ein heißes brennendes Verlangen danach, dass die Dinge nicht so sein sollten, wie sie waren. Es war so quälend! Aber wenn sie hart genug arbeitete, hatte sie keine Zeit zu denken oder zu fühlen.

Sie flogen über die Brücke, die einst Harmakhis Vallis an der Ostseite von Hellas überspannt hatte. Sie war eingestürzt. Alle größeren Brücken verfügten über Instandsetzungsroboter; und sie konnten sie zur völligen Rekonstruktion umprogrammieren, obwohl das lange dauern würde. Die Reisenden setzten sie in Gang; und nachdem sie die letzten Programme installiert hatten, aßen sie in den Kabinen der Flugzeuge Spaghetti aus der Mikrowelle. Yeli schaltete das terrestrische Fernsehen ein, aber es gab nur Rauschen und ein wackelndes, miserables Bild. Er versuchte es auf verschiedenen Kanälen, aber es war überall dasselbe. Nichts als Störgeräusche.

Ann sagte: »Haben sie die Erde auch in die Luft gejagt?«

»Nein, nein«, meinte Yeli. »Es ist ein Störsender. Die Sonne steht derzeit zwischen uns und der Erde. Man braucht nur ein paar Relais-Satelliten zu sabotieren, um den Kontakt ganz abzuschneiden.«

Sie starrten finster auf das Rauschen auf dem Schirm. In den letzten Tagen waren ständig areosynchrone Nachrichtensatelliten abgestürzt – abgeschossen oder sabotiert. Ohne die Nachrichten von der Erde saßen sie im Dunklen. Funksignale waren auf dem Mars durch den nahen Horizont und das Fehlens einer Ionosphäre stark eingeschränkt. Die Reichweite war kaum größer als mit dem Interkom der Schutzanzüge. Yeli versuchte, mit stochastischen Resonanzmustern die Blockade zu durchdringen. Die Signale waren hoffnungslos verzerrt und überlagert. Er gab knurrend auf und ließ ein Suchprogramm laufen. Das Funkgerät oszillierte durch die Frequenzen hinauf und hinunter. Nichts als Statik und gelegentlich schwache Signale, codiertes Knacken, leise Musikfetzen. Geisterstimmen plapperten in unverständlichen Sprachen, als hätte Yeli dort Erfolg gehabt, wo das SETI-Programm versagt hatte. Als würden sie jetzt, wo es sinnlos war, Botschaften von den Sternen empfangen. Wahrscheinlich nur irgendwelches Zeug von den automatischen Bergwerken auf den Asteroiden. Auf jeden Fall unverständlich und nutzlos. Sie waren auf sich allein gestellt, fünf Personen auf dem Mars in zwei kleinen Flugzeugen.

Das war ein neues und sehr eigenartiges Gefühl, das in den folgenden Tagen noch stärker wurde, als sich nichts änderte. Es dämmerte ihnen, dass sie weitermachen mussten, auch wenn alle ihre Fernseh- und Funkgeräte nur weißes Rauschen von sich gaben. Das war für sie eine ganz neue Erfahrung, nicht nur auf dem Mars, sondern in ihrem ganzen Leben. Sie merkten bald, dass der Verlust der elektronischen Informationen wie der Verlust eines ihrer Sinne war. Nadia blickte dauernd auf ihr Armbandgerät, auf dem vor dem Zusammenbruch der Informationsnetze Arkady jede Sekunde hätte erscheinen können. Auf dem jeder der Ersten Hundert hätte auftauchen und vermelden können, dass er in Sicherheit war. Und dann blickte sie von dem kleinen leeren Quadrat auf das Land um sie herum, das plötzlich so viel größer, wilder und leerer wirkte als vorher. Es war erschreckend. Nichts als zerklüftete rostfarbene Hügel, so weit das Auge reichte, selbst wenn sie in der Dämmerung im Flugzeug saßen und nach einem der kleinen Landeplätze Ausschau hielten, die auf der Karte verzeichnet waren und die aus der Luft wie kleine Bleistifte aussahen. Die Welt war so groß! Und sie waren allein. Selbst auf die Navigationscomputer konnten sie sich nicht mehr verlassen. Sie mussten Transponderstraßen benutzen, Koppelnavigation und visuelle Bezugspunkte, wenn sie angespannt in der Morgendämmerung die nächste Landebahn in der Ödnis suchten. Einmal brauchten sie weit bis in den Vormittag, um einen Flugplatz nahe Dao Vallis zu finden. Danach entschloss Yeli sich, den Straßen zu folgen. Er flog in der Nacht tief und folgte dem schmalen silbrigen Band, das sich unter ihnen im Sternenlicht dahinschlängelte, während er die Transpondersignale mit den Karten abglich.

Auf diese Weise schafften sie es, in das weite Tiefland des Hellas-Beckens hinunterzufliegen, indem sie der Straße nach Low Point Lakefront folgten. Im roten Licht des östlichen Horizonts und den langen Schatten des Sonnenaufgangs kam ein See aus zerbrochenem Eis in Sicht. Er füllte den ganzen westlichen Teil von Hellas. Ein Meer!

Die Straße, der sie gefolgt waren, führte direkt ins Eis. Die gefrorene Küstenlinie war ein gezacktes Durcheinander aus Eisplatten, die schwarz, weiß oder sogar blau und jadegrün waren. Alles übereinander getürmt, als hätte eine Flutwelle die Schmetterlingssammlung des Großen Mannes durcheinandergewirbelt und über einen öden Strand verteilt. Dahinter zog sich das gefrorene Meer bis über den Horizont hin.

Nach einigen Sekunden des Schweigens sagte Ann: »Sie müssen die Grundwasserader von Hellespontus gesprengt haben. Eine von den wirklich großen. Sie wird ganz Low Point überschwemmt haben.«

»Dann ist das Hellas Mohole auch überflutet«, stellte Yeli fest.

»Richtig. Und das Wasser am Grund wird sich erwärmen. Wahrscheinlich so weit, dass die Oberfläche nicht zufriert. Vermute ich jedenfalls. Die Luft ist zwar kalt, aber durch die Konvektion könnte die Wasseroberfläche offen bleiben. Falls nicht, dann wird es bestimmt dicht unter der Oberfläche flüssig sein. Es müssten schon sehr starke Konvektionsströme sein. Aber die Oberfläche …«

»Das werden wir gleich sehen«, sagte Yeli. »Wir werden drüberfliegen.«

Nadia wandte ein: »Wir sollten landen.«

»Wenn wir können. Die Lage scheint sich ohnehin etwas zu beruhigen.«

»Das sieht nur so aus, weil wir keine Nachrichten empfangen.«

»Hmm.«

Es stellte sich heraus, dass sie einmal quer über den ganzen See fliegen mussten, bis sie auf der anderen Seite einen Platz zum Landen fanden. Es war unheimlich, so tief über die zerrissene Fläche zu fliegen, die an das Eismeer der Erde erinnerte, nur dass hier die Eisströme die Landschaft wie die offene Tür einer Tiefkühltruhe bereiften und ein viel breiteres Farbspektrum aufwiesen, überwiegend Rot zwar, aber dadurch kamen das gelegentliche Blau, Grün und Gelb nur noch besser zur Geltung. Es sah aus wie ein immenses chaotisches Mosaik.

Und dort im Zentrum, von wo aus sich selbst in der Höhe, in der sie flogen, der See aus Eis in jede Richtung bis zum Horizont erstreckte, stand eine gewaltige Dampfsäule, die Tausende von Metern in die Luft aufstieg. Als sie sie vorsichtig umkreisten, sahen sie, dass das Eis darunter in Berge und Schollen zerbrochen war, die dicht gepackt in sprudelndem dampfendem schwarzem Wasser tanzten. Die schmutzigen Berge drehten sich, stießen zusammen, überschlugen sich, und dunkle Wasserfontänen spritzten hoch. Wo sie wieder auf der Oberfläche auftrafen, breiteten sich Wellen in konzentrischen Kreisen aus, die die Eisberge auf und ab hüpfen ließen.

In beiden Flugzeugen herrschte Schweigen, während die Insassen dieses gänzlich unmarsianische Schauspiel betrachteten. Nachdem sie die Dampfsäule zweimal umrundet hatten, flogen sie in westlicher Richtung über die aufgerissene Einöde weiter. »Sax muss diese Revolution *lieben*«, sagte Nadia erneut und brach damit das Schweigen. »Glaubt ihr, dass er damit etwas zu tun hat?«

»Das bezweifle ich«, sagte Ann. »Er würde das seitens der Erde investierte Geld wahrscheinlich nicht aufs Spiel setzen. Oder einen planmäßigen Fortschritt des Projekts unter seiner Kontrolle. Aber ich bin mir sicher, dass er die Revolution danach beurteilt, wie sie das Terraforming beeinflusst. Nicht danach, wer stirbt oder wie viel zerstört wird oder wer hier die Macht übernimmt. Nur inwiefern sie das Projekt beeinflusst.«

»Ein interessantes Experiment«, meinte Nadia.

»Aber schwer zu berechnen«, gab Ann zu bedenken. Sie mussten beide lachen.

Wenn man vom Teufel spricht ... Sie landeten westlich des neuen Sees (Lakefront stand unter Wasser) und ruhten sich aus. Als sie in der nächsten Nacht der Straße nach Nordwesten

Richtung Marineris folgten, flogen sie über einen Transponder, der in Morsezeichen SOS blinkte. Sie kreisten bis zur Morgendämmerung und landeten direkt auf der Straße, gleich neben einem defekten Rover. Daneben stand Sax in einem Schutzanzug. Er fummelte an dem Transponder herum und sendete manuell SOS.

Sax stieg ins Flugzeug und nahm den Helm ab, zwinkernd und mit zusammengepressten Lippen, so ausdruckslos wie gewohnt. Müde, aber so zufrieden wie eine Katze, die Sahne geschleckt hatte, meinte Ann später zu Nadia. Er sagte nur wenig. Er war vor drei Tagen auf der Straße mit dem Rover liegengeblieben, den er nicht mehr zum Laufen gebracht hatte. Die Transponder waren tot, und er hatte keinen Reservetreibstoff. Lakefront war überschwemmt. »Ich bin von da aus Richtung Cairo losgefahren, um Frank und Maya zu treffen«, berichtete er, »Sie denken, es wäre hilfreich, wenn die Ersten Hundert alle zusammenkämen, um Verhandlungen mit der UNOMA-Polizei zu führen und sie aufzuhalten.« Er befand sich in den Vorbergen von Hellespontus, als die thermische Wolke des Mohole von Low Point plötzlich gelb wurde und zwanzigtausend Meter in den Himmel schoss. Er erklärte: »Sie wurde zu einer Pilzwolke wie bei einer Atomexplosion, aber mit einer kleineren Kappe. Der Temperaturgradient ist in unserer Atmosphäre nicht steil.«

Er war umgekehrt und an den Rand des Beckens gefahren, um die Überschwemmung zu sehen. Das aus dem Norden ins Becken herunterfließende Wasser war schwarz gewesen, wurde aber allmählich weiß, weil es fast sofort zu gewaltigen Eisblöcken gefroren war, außer bei Lakefront, wo es geblubbert hatte »wie Wasser auf dem Herd«, erzählte er. »Die Thermodynamik war dort eine Zeit lang recht kompliziert, aber das Wasser kühlte das Mohole ziemlich schnell ab, und …«

»Halt den Mund, Sax!«, fauchte Ann.

Sax hob die Augenbrauen und machte sich daran, den Funkempfänger des Flugzeugs zu verbessern.

Sie flogen weiter, jetzt zu sechst. Sasha und Yeli, Ann und Simon, Nadia und Sax. Sechs der Ersten Hundert, wie magnetisch voneinander angezogen. Es gab in dieser Nacht viel Gesprächsstoff, und sie tauschten Geschichten, Informationen, Gerüchte und Spekulationen aus. Aber Sax konnte nur wenig Konkretes zum Gesamtbild beitragen. Er hatte keine Nachrichten empfangen können, genau wie sie. Nadia lief ein Schauer über den Rücken. Es war wie ein verlorener Sinn, und sie erkannte, dass dieses Problem nicht von alleine verschwinden würde.

Am nächsten Morgen landeten sie bei Sonnenaufgang auf dem Flugplatz von Bakhuysen. Dort trafen sie auf ein Dutzend Leute mit Betäubungsgewehren der Polizei. Diese kleine Schar hielt zwar die Läufe der Waffen gesenkt, eskortierte sie aber umstandslos in den Hangar, der sich im Innern der Kraterwand befand.

In dem Hangar waren noch mehr Leute, und ständig kamen neue hinzu. Schließlich waren es etwa fünfzig Personen, dreißig davon Frauen. Sie waren höflich und wurden richtig freundlich, als sie die Identität der Reisenden erfuhren. »Wir mussten uns nur vergewissern, mit wem wir es zu tun haben«, sagte eine große Frau mit starkem Yorkshire-Akzent.

»Und wer seid ihr?«, fragte Nadia schroff.

»Wir kommen von Korolyov Prime«, sagte sie. »Wir sind entkommen.«

Sie führten die Reisenden in ihren Speisesaal und bewirteten sie mit einem üppigen Frühstück. Als alle Platz genommen hatten, ergriffen die Leute Magnesiumkrüge und schenkten ihren Nachbarn gegenüber Apfelsaft ein. Die Nachbarn taten dasselbe, bis jeder bedient war. Dann aßen sie Pfannkuchen und tauschten Geschichten aus. Die Bakhuysen-Gruppe war am ersten Tag der Revolte aus Korolyov geflohen und hatte sich auf den Weg nach Süden gemacht. Sie wollten weiter zur südlichen Polgegend. »Das ist ein großer Rebellen-Sammelpunkt«, sagte ihnen die Yorkshire-Frau (die, wie sich herausstellte, eigentlich Finnin war.) »Dort gibt es diese riesigen Terrassenbänke, die praktisch lange Höhlen mit offenen Flanken bilden, viele einige Kilometer lang und recht breit. Perfekt, um sich vor den Satelliten zu verstecken, aber etwas Bewegungsspielraum zu haben. Die richten da eine Art Cro-Magnon-Höhlenleben ein. Wirklich reizend.« Offenbar waren diese langen Höhlen in ganz Korolyov berühmt gewesen; und viele Gefangene hatten sich im Falle eines Ausbruchs dort treffen wollen.

»Gehört ihr zu Arkady?«, fragte Nadia.

»Zu wem?«

Es stellte sich heraus, dass sie Anhänger des Biologen Schnelling waren, der wohl eine Art roter Mystiker gewesen und in Korolyov mit ihnen festgehalten worden war. Dort war er vor ein paar Jahren gestorben. Er hatte über die Armbandgeräte Vorlesungen gehalten, die auf Tharsis sehr beliebt gewesen waren; und nach seiner Inhaftierung waren viele Gefangene in Korolyov seine Schüler geworden. Anscheinend hatte er sie eine Art von Mars-Kommunalismus gelehrt, der auf Prinzipien der lokalen Biochemie beruhte. Die Gruppe in Bakhuysen ging nicht näher darauf ein. Jetzt, wo sie draußen waren, hofften sie, mit anderen Rebellen Kontakt aufnehmen zu können. Es war ihnen gelungen, einen Geheimsatelliten zu hacken, der gerichtete Mikroimpulse verschoss. Sie hatten es auch geschafft, kurz einen Kanal abzuhören, der von Sicherheitskräften auf Phobos genutzt wurde. Sie erzählten, Phobos diene als Überwachungs- und Angriffsbasis für die transnationalen und die UNOMA-Polizeikräfte, die kürzlich mit den Shuttles eingetroffen waren. Die gleichen Kräfte hatten die Kontrolle über den Aufzug, über Pavonis Mons und den größten Teil von Tharsis übernommen. Das Observatorium auf Olympus Mons hatte rebelliert, war aber durch einen Raketenangriff aus dem Orbit zerstört worden. Und transnationale Sicherheitskräfte hatten den größten Teil des Großen Steilhanges besetzt und den Planeten praktisch in zwei Teile geschnitten. Der Krieg auf der Erde schien noch anzudauern, und sie hatten den Eindruck, dass er am heftigsten in Afrika, Spanien und an der US-mexikanischen Grenze tobte.

Den Versuch, nach Pavonis zu gelangen, hielten sie für zwecklos. »Sie werden euch entweder einsperren oder umbringen«, sagte Sonja, die Finnin. Die sechs Reisenden blieben bei ihrem Entschluss und erhielten genaue Positionsangaben eines Verstecks, das einen Nachtflug entfernt im Westen lag. Es war die Wetterstation Southern Margaritifer, wie ihnen die Bakhuysen-Leute sagten. Besetzt von Bogdanovisten.

Nadias Herz hüpfte, als sie dieses Wort hörte. Sie konnte nicht anders. Aber Arkady hatte viele Freunde und Gefolgsleute, und keiner von denen schien zu wissen, wo er sich aufhielt. An diesem Tag konnte Nadia nicht schlafen. Sie hatte ein flaues Gefühl im Magen. An diesem Abend bei Sonnenuntergang war sie froh, als sie endlich zu den Flugzeugen gingen und starteten. Die Rebellen von Bakhuysen verabschiedeten sich von ihnen. Sie hatten die Flugzeuge so mit Hydrazin, Atemluft und gefriergetrockneter Nahrung vollgeladen, dass sie nur mühsam vom Boden loskamen.

Ihre Nachtflüge hatten eigenartige rituelle Züge angenommen, als wären sie auf einer besonders anstrengenden Pilgerfahrt.

Die Flugzeuge waren so leicht, dass sie von den vorherrschenden Westwinden stark durchgeschüttelt wurden und manchmal zehn Meter auf und ab hüpften. Deswegen war es unmöglich, lange zu schlafen. Ein plötzliches Absacken oder Aufsteigen, und sie waren wieder wach in der dunklen kleinen Kabine, wo sie aus dem Fenster auf den schwarzen Himmel und die Sterne über ihnen oder die lichtlose Welt unter ihnen blickten. Es wurde kaum gesprochen. Die Piloten waren nach vorn gebeugt und verwendeten ihre ganze Konzentration darauf, visuellen Kontakt zum anderen Flugzeug zu halten. Die Motoren brummten dahin, und die Winde schnitten über die langen, biegsamen Flügel. Draußen herrschten sechzig Grad Kälte, der Luftdruck in der giftigen Atmosphäre lag bei nur hundertfünfzig Millibar. Auf dem schwarzen Planeten da unten gab es kilometerweit in jede Richtung keine Zuflucht. Nadia übernahm einige Zeit das Steuer, ging dann nach hinten, warf sich auf dem Bett im Versuch, etwas Schlaf zu finden, unruhig hin und her. Oft erinnerte sie das Klicken der Transponder im Funkgerät an die Zeit, als sie und Arkady dem Sturm in der *Arrowhead* getrotzt hatten. Sie sah ihn vor sich, wie er splitterfasernackt mit seinem rotem Bart durch das demolierte Innere des Luftschiffs gelaufen war und inmitten einer Wolke aus schwebenden Partikeln Innenverkleidungen abgerissen hatte, um sie über Bord zu werfen. Dann riss sie das Aufbocken der 16D wieder aus ihrem Traum, und sie musste wieder mit dem Unbehagen und ihrer ewigen Angst kämpfen. Es hätte ihr geholfen, wieder das Steuer zu übernehmen, aber Yeli wollte seinen Teil als Pilot beitragen, zumindest in den ersten Stunden seiner Wache. Sie konnte ihm nur beim Ausschauhalten nach dem anderen Flugzeug helfen, das sich immer einen Kilometer rechts von ihnen befand, wenn alles in Ordnung war. Sie hatten gelegentlich Funkkontakt in Form von Mikroimpulsen, die sie auf ein Minimum beschränkten. Stündliche Kontrollen oder Rückfragen, wenn einer zurückblieb. In den langen Nachtstunden schien es manchmal, als hätten sie schon ihr ganzes Leben lang nichts anderes getan. Das Leben vor der Revolution schien so weit weg zu sein. Aber wie lange war das her? Vierundzwanzig Tage? Drei Wochen, obwohl es sich wie fünf Jahre anfühlte.

Und wenn sich dann der Himmel hinter ihnen zu röten begann, wenn hohe Zirruswolken purpurn wurden, rot, karmesin, lavendel und dann rapide die Farbe von Metallspänen in einem rosigen Himmel annahmen und sich die gleißenden Sonnenstrahlen über den felsigen Horizont ergossen, suchten sie, während sie lautlos über die steinige und im Dunkeln liegende Landschaft glitten, nach der Transponderstraße. Nach der ewigen Nacht schien ihnen, dass sie überhaupt keinen Erfolg beim Navigieren gehabt haben könnten – aber da unten lag die schimmernde Straße, auf der sie im Notfall direkt landen könnten. Die Transponder ließen sich alle einzeln identifizieren und markierten Punkte auf der Karte. Ihre Navigation war immer genauer, als es den Anschein hatte. Jeden Morgen fanden sie einen Landeplatz in den Schatten vor ihnen, einen willkommenen gelben Strich, der vollkommen eben war. Sie glitten hinunter, setzten auf, bremsten und rollten zu Einrichtungen in der Nähe, sofern diese noch benutzbar waren, schalteten die Motoren aus und sanken in ihre Sitze zurück. Sie genossen das seltsame Fehlen von Vibrationen und die Stille eines weiteren Tages.

An diesem Morgen landeten sie auf der Rollbahn der Margaritifer-Station. Als sie aus ihren Flugzeugen stiegen, kamen ihnen ein Dutzend Männer und Frauen entgegen, die sie sehr enthusiastisch willkommen hießen. Sie drückten und küssten die Reisenden immer wieder und lachten dabei. Die sechs drängten sich zusammen, alarmierter als durch die vorsichtige Begrüßung am Tag zuvor. Immerhin wurden sie mit Laser-Lesegeräten, die die Chips in ihren Handgelenken scannten, überprüft. Das war beruhigend. Aber als die KIs bestätigten, dass sie in der Tat sechs der Ersten Hundert zu Besuch hatten, brachen alle wieder in Hochrufe aus. Als die sechs dann durch eine Schleuse in die Messe geführt wurden, gingen einige ihrer Gastgeber sofort zu einigen kleinen Tanks und schnüffelten Sauerstoffnitrat und ein Pandorphin-Aerosol, wonach sie noch besser drauf waren.

Einer von ihnen, ein schlanker Amerikaner mit frischem Gesicht, stellte sich vor. »Ich bin Steve. Ich habe mit Arkady in Phobos 12 trainiert und mit ihm auf Clarke gearbeitet. Die meisten von uns hier waren mit ihm auf Clarke. Wir waren in Schiaparelli, als die Revolution begann.«

»Weißt du, wo Arkady ist?«, fragte Nadia.

»Zuletzt hörten wir, dass er in Carr wäre, aber jetzt ist er aus dem Netz verschwunden. So soll es auch sein.«

Ein großer hagerer Amerikaner trat zu Nadia, legte ihr die Hand auf die Schulter und sagte lachend: »Wir sind nicht immer so.«

»O nein!«, stimmte Steve zu. »Aber heute ist ein Feiertag! Habt ihr es nicht gehört?«

Eine kichernde Frau riss ihren Kopf von der Tischplatte hoch und schrie: »Unabhängigkeitstag! Der Vierzehnte!«

»Seht!«, sagte Steve und zeigte auf ihren Bildschirm.

Auf dem Schirm flimmerte ein Bild aus dem Weltraum; und plötzlich fing die ganze Gruppe an zu schreien und zu jubeln. Sie hatten, wie Steve erklärte, einen codierten Kanal von Clarke gehackt; und obwohl sie die Mitteilungen nicht entschlüsseln konnten, hatten sie ihn als Leitstrahl benutzt, um das optische Teleskop ihrer Station auszurichten. Das Bild aus dem Teleskop wurde jetzt auf den Bildschirm in der Messe übertragen. Der schwarze Himmel und die bekannten Sternbilder. Der quadratische Asteroid mit dem Kabel schwebte im Vordergrund und verdunkelte sie. »Passt auf!«, riefen sie den verwirrten Reisenden zu.

»Aufpassen?«

Sie fingen wieder an zu jubeln; und einige fingen einen Countdown an, von hundert abwärts. Manche atmeten außer Stickoxid auch Helium ein. Sie standen unter dem großen Bildschirm und sangen: »*We're off to see the wizard, the wonderful wizard of Oz!*« Und so weiter, das ganze Lied von dem Zauberer in dem alten Märchenfilm …

Nadia erschauerte. Der laute Countdown wurde immer heftiger gebrüllt und erreichte ein gekreischtes: »Null!«

Zwischen dem Asteroiden und dem Kabel erschien eine Lücke. Clarke verschwand sofort aus dem Bild. Das Kabel, filigran zwischen den Sternen, fiel fast ebenso schnell aus dem Blickfeld.

Wilde Hurrarufe erfüllten den Raum, wenigstens für einen Augenblick. Ann erstickte sie sofort, als sie mit beiden Fäusten vor dem Mund aufsprang.

»Er wird jetzt bestimmt schon unten sein!«, rief Simon Ann über den Lärm hinweg zu. »Er ist bestimmt unten! Es sind Wochen her, dass er angerufen hat!«

Langsam wurde es ruhig. Nadia stand an Anns Seite, gegenüber von Simon und Sasha. Sie wusste nicht, was sie sagen sollte. Ann war erstarrt, ihre weit aufgerissenen Augen traten aus den Höhlen.

»Wie habt ihr das Kabel zerschnitten?«, fragte Sax.

»Das Kabel kann nicht zerschnitten werden«, erwiderte Steve.

»Habt ihr es gesprengt?«, rief Yeli.

»Nein. Wir haben es nur von Clarke abgetrennt. Aber der Effekt ist der gleiche. Das Kabel ist unterwegs nach unten.«

Die Gruppe brach wieder in Hochrufe aus, allerdings etwas verhaltener. Steve erklärte den Reisenden über den Lärm hinweg: »Das Kabel selbst ist nicht zu durchtrennen. Es besteht aus Graphitfäden mit einem Diamantschwammgemisch in einer Doppelspirale im Inneren. Und sie haben alle hundert Kilometer gute Abwehrstationen gegen Mikrometeoriten und an den Kabinen enorme Sicherheitsvorkehrungen. Darum schlug Arkady vor, in Clarke selbst anzusetzen. Das Kabel verläuft direkt durch die Gesteinshülle zu den Fabriken im Innern, versteht ihr, und sein eigentliches Ende war sowohl physisch wie magnetisch am Fels des Asteroiden befestigt. Aber wir sind mit einem Haufen Roboter und Material dort gelandet, haben uns in das Innere gegraben und thermische Bomben außen am Gehäuse des Kabels und um den magnetischen Generator herum angebracht. Die haben wir heute alle auf einmal gezündet; und das Gestein verflüssigte sich, sobald der Magnetfluss unterbrochen war. Sobald er nicht mehr am Kabel hängt, wird Clarke wie eine Gewehrkugel davonschießen. Und wir haben es zeitlich so eingerichtet, dass er sich direkt von der Sonne weg und um zwanzig Grad aus der Ebene der Ekliptik herausbewegt. Also wird es verdammt schwer sein, ihn zu verfolgen. Jedenfalls hoffen wir das.«

»Und das Kabel selbst?«, fragte Sasha.

Es gab wieder laute Jubelrufe, und Sax antwortete ihr im nächsten ruhigen Moment: »Es fällt herunter.« Er war an der Computerkonsole und tippte, so schnell er konnte. Steve rief ihm zu: »Wir haben die Fallgeschwindigkeit ausgerechnet, wenn du die Daten brauchst. Das ist ziemlich komplex, eine Menge partieller Differentialgleichungen.«

»Ich weiß«, sagte Sax.

»Ich fasse es nicht«, flüsterte Simon. Er hatte immer noch die Hände an Anns Armen und sah sich mit grimmigem Gesicht um. »Der Aufprall wird viele Menschen töten!«

»Wahrscheinlich nicht«, antwortete einer aus der Meute. »Und wenn, erwischt es hauptsächlich UN-Polizisten, die den Aufzug benutzten, um hier unten Menschen umzubringen.«

»Er ist wahrscheinlich seit einer oder zwei Wochen unten«, wiederholte Simon nachdrücklich an Ann gewandt, die ganz blass war.

»Hoffentlich«, sagte sie.

Einige Leute hörten das und wurden ruhig. Andere feierten einfach weiter.

»Wir wussten das nicht«, sagte Steve zu Ann und Simon. Seine triumphierende Miene war verschwunden. Er machte ein besorgtes Gesicht. »Hätten wir es gewusst, hätten wir versucht, mit ihm Kontakt aufzunehmen. Aber wir wussten es nicht. Das tut mir leid. Hoffentlich« – er schluckte –, »hoffentlich war er nicht da oben.«

Ann ging zu ihrem Tisch zurück und setzte sich hin. Simon hielt sich besorgt in ihrer Nähe auf. Keiner von beiden schien etwas von dem gehört zu haben, was Steve gesagt hatte.

Der Funkverkehr nahm sofort zu, als die Verantwortlichen der restlichen Nachrichtensatelliten die Meldung über das Kabel erhielten. Einige der feiernden Rebellen machten sich daran, diese Nachrichten zu verfolgen und aufzuzeichnen. Andere feierten weiter.

Sax war noch in die Gleichungen auf dem Schirm vertieft. »Zieht nach Osten«, bemerkte er.

»Das ist richtig«, sagte Steve. »Es wird erst einen großen Bogen in der Mitte machen, weil der untere Teil es herunterzieht; dann wird der Rest folgen.«

»Wie schnell?«

»Schwer zu sagen; aber wir denken etwa vier Stunden für die erste Runde und dann noch eine Stunde für die zweite.«

»Zweite Runde!«, rief Sax.

»Das Kabel ist siebenunddreißigtausend Kilometer lang, und der Äquatorumfang beträgt einundzwanzigtausend. Also wird es fast zweimal herumreichen.«

»Die Leute auf dem Äquator sollten sich lieber schleunigst in Sicherheit bringen«, sagte Sax.

»Nicht genau am Äquator«, korrigierte Steve. »Die Phobos-Oszillation wird es zu einem gewissen Grad vom Äquator wegschwingen lassen. Das ist am schwierigsten zu berechnen, weil es davon abhängt, an welcher Stelle das Kabel in seiner Oszillation war, als es zu fallen anfing.«

»Nördlich oder südlich?«

»Das sollten wir in den nächsten paar Stunden erfahren.«

Die sechs Reisenden starrten hilflos auf den Bildschirm. Zum ersten Mal seit ihrer Ankunft war es still. Der Schirm zeigte nichts als Sterne. Es gab keinen Punkt, von dem aus man den Fall des Kabels hätte beobachten können. Jeder Beobachter würde immer nur einen Bruchteil seiner Länge sehen, sodass das Kabel bis zum Ende unsichtbar bleiben würde. Oder nur als eine herabfallende feurige Linie zu sehen wäre.

»Das war's dann mit Phyllis' Brücke«, meinte Nadia.

»Das war's dann mit Phyllis«, sagte Sax.

Die Margaritifer-Gruppe stellte die Verbindungen zu den Satelliten, die sie geortet hatten, wieder her. Es gelang ihnen auch, ein paar Sicherheitssatelliten anzuzapfen. So konnten sie zumindest einen partiellen Bericht über den Sturz des Kabels zusammenstückeln. Aus Nicosia meldete ein UNOMA-Team, dass das Kabel nördlich von ihnen heruntergekommen sei. Es hatte sich vertikal gekrümmt, aber zugleich so schnell an Boden gewonnen, dass es so aussah, als schnitte es direkt durch den rotierenden Planeten hindurch. Nördlich von Nicosia – das war südlich des Äquators. Eine verzerrte, panische Stimme aus Sheffield fragte, ob sie das bestätigen könnten. Das Kabel hatte die halbe Stadt und eine Reihe von Kuppeln östlich davon getroffen – die ganze Strecke über die Flanke von Pavonis Mons und quer über den östlichen Tharsis-Buckel. Der Überschallknall hatte eine zehn Kilometer breite Schneise komplett eingeebnet. Es hätte noch schlimmer sein können; aber die Luft in dieser Höhe war so dünn, dass der Schall keine größere Kraft entwickeln konnte. Jetzt wollten die Überlebenden in Sheffield wissen, ob sie nach Süden flüchten sollten, um der nächsten Runde zu entgehen, oder ob sie lieber versuchen sollten, um die Caldera herum nach Norden zu gelangen.

Sie erhielten keine Antwort. Aber weitere Flüchtlinge aus Korolyov, die am Südrand von Melas Chasma in Marineris waren, berichteten über einen Rebellenkanal, dass das Kabel inzwischen so hart aufschlüge, dass es beim Aufprall zerschellte. Eine halbe Stunde später meldete sich eine Bohrmannschaft aus Aureum. Sie waren nach dem Überschallknall hinausgegangen. Von Horizont zu Horizont lagen überall glühende Trümmerstücke verteilt.

Eine Stunde lang gab es keine neuen Nachrichten. Nichts als Fragen, Spekulationen und Gerüchte. Dann lehnte sich einer mit Kopfhörern zurück und machte den anderen ein Zeichen mit dem erhobenen Daumen. Er schaltete den Interkom ein, und durch das statische Rauschen ertönte eine gellende Stimme: »Es explodiert! Es ist in ungefähr vier Sekunden heruntergekommen. Es brannte von oben bis unten, und als es den Boden traf, bebte alles unter unseren Füßen. Wir haben hier Probleme mit einem Leck. Wir sind fünfundzwanzig Kilometer südlich vom Äquator und nehmen an, dass wir uns ungefähr achtzehn Kilometer südlich von der Aufschlaglinie befinden, sodass ihr hoffentlich den Rest danach berechnen könnt. Es brannte von oben bis unten! Wie eine weiße Linie, die den Himmel in zwei Teile geschnitten hat. Ich habe noch nie so etwas gesehen! Ich habe immer noch hellgrüne Nachbilder in den Augen. Es war wie eine Sternschnuppe, nur viel, viel länger und heller ... Wartet – Jorge ist dran. Er ist draußen und sagt, es ist nur drei Meter hoch, wo er sich befindet. Hier gibt es weichen Regolith. Das Kabel ist richtig eingeschlagen und steckt im Boden. Er sagt, an manchen Stellen so tief, dass man es zuschütten und wieder eine ebene Fläche erzeugen könnte. Er sagte, die wären wie Furten; denn an anderen Stellen ragt es fünf oder sechs Meter hoch. Es erstreckt sich schätzungsweise über Hunderte von Kilometern in einem Stück. Es wird wie die Chinesische Mauer aussehen.«

Dann kam ein Funkspruch vom Krater Escalante, der genau auf dem Äquator liegt. Sie hatten nach der Meldung über Clarke sofort evakuiert, waren aber nach Süden gegangen, sodass das Kabel sie nur äußerst knapp verfehlt hatte. Sie meldeten, dass das Kabel jetzt explodierte, wenn es aufprallte, und breite Streifen geschmolzenen Materials in den Himmel schleuderte, wie ein Feuerwerk aus Lava, das bogenförmig in der Morgendämmerung emporschoss und matt und schwarz war, wenn es wieder auf die Oberfläche zurückfiel.

Sax hatte die ganze Zeit über seinen Bildschirm nicht verlassen. Jetzt murmelte er mit zusammengebissenen Zähnen vor sich hin, während er abwechselnd tippte und las. Bei der zweiten Runde würde sich, sagte er, die Fallgeschwindigkeit auf einundzwanzigtausend Kilometer in der Stunde erhöhen, fast sechs Kilometer in der Sekunde. Jeder, der in Sichtweite wäre, schwebte in Lebensgefahr, sofern er sich nicht auf einer Anhöhe und viele Kilometer entfernt befände. Es würde aussehen wie ein Meteoriteneinschlag und in weniger als einer Sekunde den Horizont überqueren. Weitere verheerende Überschallknalle würden den Absturz begleiten.

»Gehen wir hinaus, und sehen wir es uns an!«, schlug Steve vor und sah dabei Ann und Simon schuldbewusst an. Viele von ihnen zogen sich an und gingen hinaus. Die Reisenden begnügten sich mit einem Videobild, das von einer externen Kamera kam und mit Videoclips von den Satelliten abwechselte. Eindrucksvoll waren kurze Clips von der Nachtseite der Oberfläche. Sie zeigten eine flammende gekrümmte Linie, die wie die Klinge einer weißen Sense nach unten schnitt, die den Planeten entzweischneiden wollte.

Es fiel ihnen schwer, sich zu konzentrieren und zu verstehen, was sie da sahen, geschweige denn, etwas dabei zu empfinden. Sie waren schon ausgelaugt gewesen, als sie gelandet waren; und jetzt waren sie noch erschöpfter. Dennoch war an Schlaf nicht zu denken. Immer mehr Videos kamen herein. Manche aus Robotkameras, unbemannte Sonden auf der Tagseite, die einen schwarz werdenden, dampfenden Streifen der Verwüstung zeigten. Der Regolith war in zwei langen parallelen Deichen aus Auswurfmaterial zur Seite geflogen und bildete das Ufer für einen nachtschwarzen Kanal. Die Schwärze war nicht einheitlich, sondern getüpfelt von einer bunten Mischung aus verschiedenen Brekzien, und je schneller der Einschlag erfolgt war, desto exotischer wurde das Material. Schließlich sendete eine der Sonden das Bild eines von Horizont zu Horizont reichenden Grabens, der laut Sax komplett aus schwarzen Diamanten bestand.

In der letzten halben Stunde war der Aufprall so heftig, dass nach Norden und Süden weithin alles eingeebnet wurde. Leute sagten, dass niemand, der nahe genug gewesen war, um das Kabel wirklich zu sehen, den Aufprall überlebt hätte. Auch die meisten Kamerasonden wurden zerschmettert. Für die letzten tausend Kilometer des Aufpralls gab es keinen einzigen Zeugen.

Ein weiteres Video zeigte den zweiten Durchgang über den großen Abhang an der Westseite von Tharsis. Es war kurz, aber eindrucksvoll. Ein weißes Aufblitzen am Himmel und eine Explosion, die wie der Funke an einer Zündschnur über die Westseite des Vulkans lief. Ein anderer Clip, von einem Roboter in West Sheffield aufgenommen, zeigte, wie das Kabel im Süden vorbeiblitzte. Dann der Schlag eines Erdbebens oder eines Überschallknalls, und das komplette Randstück mit Sheffield darauf fiel in einem Stück herunter und sank langsam auf den Boden der Caldera fünf Kilometer tiefer.

Danach geisterten nur noch Wiederholungen dieser Filme durch das marode System. Manche der späteren Videos zeigten die Auswirkungen des Absturzes. Dann fielen die Satelliten wieder aus.

Nach fünf Stunden war es vorbei. Die sechs Reisenden lagen in ihren Sesseln, sahen fern oder nicht, zu ausgelaugt, um etwas zu fühlen, zu müde, um zu denken.

»Tja«, sagte Sax. »Jetzt haben wir eine Äquatorlinie, die so aussieht wie die, die ich mir auf der Erde vorstellte, als ich vier Jahre alt war: Eine große schwarze Linie, die rund um den Planeten läuft.«

Ann warf Sax einen so wütenden Blick zu, dass Nadia Angst hatte, sie würde aufstehen und ihm eine herunterhauen. Aber keiner von ihnen bewegte sich. Die Bilder auf dem Schirm flimmerten, und die Lautsprecher zischten und krächzten.

In der zweiten Nacht ihres Fluges zu Shalbatana Vallis sahen sie die neue Äquatorlinie persönlich, zumindest den südlichen

Teil. In der Dunkelheit war es ein breiter tiefschwarzer Streifen, der nach Westen führte. Während sie darüber hinwegflogen, machte Nadia ein finsteres Gesicht. Es war nicht ihr Projekt gewesen, aber es war ein Werk, das zerstört worden war. Eine zum Einsturz gebrachte Brücke.

Diese schwarze Linie war auch ein Grab. Es waren nicht viele Menschen auf der Oberfläche getötet worden, außer auf der Ostseite von Pavonis, aber alle auf dem Aufzug musste es erwischt haben, und das waren sicher einige tausend Personen. Die meisten von denen waren wohl unversehrt geblieben, bis ihr Teil der Kabels in die Atmosphäre eintrat und verbrannte.

Während sie über die Verwüstung flogen, empfing Sax ein neues Video vom Fall. Jemand hatte alle Filme und Bilder, sowohl die, die live ins Netz gestellt wurden, als auch die, die in den Stunden unmittelbar danach entstanden waren, chronologisch zusammengeschnitten. Diese beeindruckende Montage zeigte auch den letzten Teil des Kabels und wie er die Landschaft explodieren ließ. Die Stelle des Aufschlags war nie mehr als ein sich bewegender weißer Fleck, wie ein Bildfehler. Keine Kamera war imstande, eine solche Helligkeit aufzuzeichnen. Für den Zusammenschnitt hatte man die Videos verlangsamt und nach allen Regeln der Kunst bearbeitet. Das letzte dieser Bilder ganz am Schluss war eine ultralangsame Zeitlupe, auf der man Details erkennen konnte, die man live nie hätte ausmachen können. Sie konnten sehen, dass, als die Linie den Himmel durchkreuzt hatte, als Erstes der brennende Graphit abgerissen wurde und eine glühende Doppelspirale aus Diamant freigab, die majestätisch den vom Sonnenuntergang glühenden Himmel durchschnitt.

Die Einschlaglinie war ein gigantisches Grabmal. Alle in den Liftkabinen waren beim Aufprall längst tot und verbrannt. Es war schwer, an sie zu denken, wenn das Bild so unheimlich fremd und schön war – die Vision einer Fantasie-DNS, der DNS einer Makrowelt aus reinem Licht, die unser Universum durchpflügte, um einen unfruchtbaren Planeten zu befruchten …

Nadia wollte nichts mehr sehen und ließ sich in den Sitz des Copiloten sinken, um das andere Flugzeug im Auge behalten zu helfen. Die ganze lange Nacht starrte sie aus dem Fenster, konnte nicht schlafen und war vollkommen unfähig, nicht mehr an das Bild dieses herabsinkenden Diamanten vor ihrem geistigen Auge zu denken. Das war die bisher längste Nacht ihrer Reise. Es erschien ihr wie eine Ewigkeit, bis die Dämmerung kam.

Aber die Zeit verging, wieder eine Nacht vorbei, und schließlich kam die Morgendämmerung. Bald nach Sonnenaufgang landeten sie auf einer Rollbahn bei einer Pipeline über Shalbatana und blieben bei einer Gruppe von Überlebenden, die an der Pipeline gearbeitet hatte und jetzt hier festsaß. Nadia fand die Haltung der Leute nur zum Teil erfrischend und versuchte, sie zu überreden, nach draußen zu gehen und die Pipelines zu reparieren. Aber sie hatte nicht den Eindruck, dass sie sie überzeugen konnte.

An diesem Abend flogen sie wieder los, mit neuen Vorräten beladen, die sie von ihren Gastgebern erhalten hatten. In der nächsten Morgendämmerung landeten sie auf dem verlassenen Flugplatz des Carr-Kraters. Noch vor acht waren Nadia, Sax, Ann, Simon, Sasha und Yeli in Schutzkleidung draußen und unterwegs zum Kraterrand.

Die Kuppel war fort. Es hatte gebrannt. Alle Gebäude waren intakt, aber angesengt, und fast alle Fenster waren zerbrochen oder geschmolzen. Plastikwände waren verformt, Beton geschwärzt. Überall Rußflecke, kleine Haufen aus schwarzem Kohlenstoff lagen auf dem Boden. Manchmal sahen sie aus wie Hiroshima-Schatten. Ja, es waren Körper. Die Umrisse von Menschen, die versucht hatten, sich durch die Nebenstraßen zu kämpfen. »Die Luft der Stadt enthielt wohl zu viel Sauerstoff«, vermutete Sax. In einer solchen Atmosphäre waren menschliche Haut und Fleisch leicht entzündlich und höchst brennbar. So war es den ersten Apollo-Astronauten ergangen, die in einer Testkapsel gefangen waren, die mit reinem Sauerstoff gefüllt gewesen war. Als das Feuer ausbrach, hatten sie wie Paraffin gebrannt.

So auch hier. Jeder, der auf der Straße gewesen war, hatte Feuer gefangen. Lichterloh brennende Menschen waren umhergerannt. Das konnte man an der Anordnung der Aschehaufen erkennen.

Die sechs alten Freunde gingen zusammen in den Schatten der östlichen Kraterwand. Unter einem runden dunkelroten Himmel blieben sie an der ersten Gruppe geschwärzter Leichen kurz stehen, gingen dann aber rasch weiter. Sie öffneten Türen in Gebäuden, wenn es möglich war, klopften an alle verschlossenen Türen und horchten mit einem Stethoskop, das Sax mitgebracht hatte, an den Wänden. Kein Geräusch außer ihrem eigenen Herzschlag.

Nadia stolperte umher. Ihr Atem ging rau und stoßweise. Sie zwang sich, die Leichen anzusehen, an denen sie vorbeikam, und versuchte, die Körpergröße abzuschätzen. Es sah aus wie in Hiroshima oder Pompeji. Die Menschen waren jetzt größer, aber bis auf die Knochen verbrannt, und sogar die Knochen waren nur noch dünne schwarze Stangen.

Als sie zu einem Haufen passender Größe kam, blieb sie stehen und starrte ihn an. Nach einer Weile ging sie näher heran, fand den rechten Arm und kratzte mit ihrem vierfingrigen Handschuh an den verkohlten Knochen des Handgelenks. Sie suchte nach dem Datenchip. Sie fand und säuberte ihn. Zog ihren Scanner darüber. Emily Hargrove.

Sie ging weiter und machte dasselbe mit einem anderen ähnlich großen Haufen. Thabo Moeti. Es ging schneller, als die Toten anhand der zahnmedizinischen Unterlagen zu identifizieren. Das hätte sie ohnehin nicht gemacht.

Als sie zu einem Ascheklumpen in der Nähe des Verwaltungsgebäudes kam, war sie benommen und steif. Der Körper lag allein da und hatte die rechte Hand vorgestreckt, sodass sie nur zu scannen brauchte. Sie säuberte das Schild und las es aus. Arkady Nikelyovich Bogdanov.

Sie flogen weitere elf Tage lang nach Westen. Bei Tage versteckten sie sich unter Tarnnetzen oder fanden Zuflucht bei Leuten, die sie unterwegs trafen. Während der Nächte folgten sie Transpondern oder den Angaben der letzten Gruppe, bei der sie Station gemacht hatten. Obwohl diese Gruppen meistens von der Existenz der anderen wussten und deren Aufenthaltsort kannten, gehörten sie keiner geschlossenen Widerstandsbewegung an oder handelten koordiniert. Manche hofften, sich bis zur südlichen Polkappe durchschlagen zu können wie die Flüchtlinge aus Korolyov, andere hatten noch nie von diesem Refugium gehört. Manche waren Bogdanovisten, andere Revolutionäre, die verschiedenen Anführern folgten. Manche waren religiöse Gemeinden oder utopische Experimente oder nationalistische Gruppen, bemüht, mit ihren Regierungen Verbindung zu halten. Und manche waren nur zusammengewürfelte Überlebende ohne eine Agenda, Waisen des Terrors. Die sechs Reisenden landeten sogar bei Korolyov selbst, versuchten aber nicht hineinzugehen, nachdem sie die nackten steifgefrorenen Leichen der Wachen vor den Schleusen sahen, manche in stehender Position wie Statuen.

Nach Korolyov begegneten sie niemandem mehr. Die Funk- und Fernsehsender waren tot, seit die letzten Satelliten abgeschossen worden waren, die Straßen waren leer, und die Erde befand sich auf der anderen Seite der Sonne. Die Landschaft erschien so unwirtlich wie vor ihrer Ankunft – mit Ausnahme des sich immer weiter ausbreitenden Reifs. Sie kamen sich vor wie die einzigen Menschen auf der Welt, die einzigen Überlebenden.

Ein Rauschen drang an Nadias Ohren. Bestimmt die Ventilatoren des Flugzeugs. Sie überprüfte sie, aber sie waren in Ordnung. Die anderen hielten sie durch Arbeit auf Trab und ließen sie vor dem Start und nach der Landung allein spazieren gehen. Sie waren selbst erschüttert durch das, was sie bei Carr und Korolyov gesehen hatten, und nicht imstande, sie aufzumuntern, was sie als Erleichterung empfand. Ann und Simon machten sich immer noch Sorgen um Peter, und Yeli und Sax machten sich Gedanken wegen ihrer Lebensmittelvorräte, die rapide abnahmen. Die Staufächer der Flugzeuge waren fast leer.

Aber Arkady war tot, deswegen spielte das alles keine Rolle. Die Revolution erschien Nadia unsinniger denn je, ein ungerichteter Wutausbruch, ein Schnitt ins eigene Fleisch. Die ganze Welt in Schutt und Asche! Sie bat die anderen, auf einem der allgemeinen Kanäle die Nachricht von Arkadys Tod zu senden. »Das wird dazu beitragen, dass es schneller vorbei sein wird«, meinte Sasha.

Sax schüttelte den Kopf und sagte: »Aufstände haben keine Anführer. Außerdem wird es keiner hören.«

Aber ein paar Tage später zeigte sich, dass einige Leute sie doch gehört hatten. Sie empfingen einen codierten Funkspruch von Alex Zhalin: »Sax, das ist nicht die amerikanische Revolution, oder die russische oder englische. Ein ganzer Planet mit einer Landmasse, die so groß wie die der Erde ist, hat sich erhoben. Und nur ein paar tausend Leute versuchen, dem Einhalt zu gebieten. Die meisten von denen befinden sich noch im Weltraum, wo sie zwar eine gute Sicht haben, aber sehr verwundbar sind. Wenn es ihnen gelingt, eine Gruppe in Syrtis zu bezwingen, erhebt sich die nächste in Hellespontus. Es ist, als wollten sie vom All aus eine Revolution in Kambodscha aufhalten, oder in Alaska, Japan, Spanien, Madagaskar. Das ist unmöglich! Sie können es nicht. Ich wünsche nur, dass Arkady Nikelyovich es noch erlebt hätte. Er …«

Die Sendung brach abrupt ab. Vielleicht ein schlechtes Zeichen, vielleicht auch nicht. Aber selbst Alex war es nicht gelungen, eine Note der Entmutigung in seiner Stimme zu verhehlen, als er über Arkady gesprochen hatte. Keiner konnte das. Arkady war viel mehr gewesen als ein politischer Führer. Er war jedermanns Bruder gewesen, eine Urgewalt, die Stimme des eigenen Gewissens. Das moralische Rückgrat. Der beste Freund.

Nadia kämpfte sich durch ihren Kummer. Sie half nachts bei der Navigation und schlief tagsüber so viel sie konnte. Sie verlor an Gewicht. Ihr Haar wurde schneeweiß. Alle grauen und schwarzen Haare blieben in der Bürste hängen. Das Sprechen fiel ihr schwer. Sie fühlte sich, als wären ihre Kehle und Innereien zu Stein geworden. Sie konnte nicht weinen, und sie wollte nur allein sein. Niemand, den sie trafen, hatte Nahrung zu vergeben; die Vorräte wurden immer knapper. Sie stellten einen strengen Rationierungsplan auf und halbierten die Portionen.

Und am zweiunddreißigsten Tag ihrer Reise von Lasswitz, nach mehr als zehntausend Kilometern, kamen sie nach Cairo am Südrand von Noctis Labyrinthus, südlich vom Strang des gefallenen Kabels.

Cairo stand de facto unter Kontrolle der UNOMA, da in der Stadt nie jemand etwas anderes behauptet hatte, und wie alle Kuppelstädte war sie schutzlos den Lasern der UNOMA-Polizeischiffe preisgegeben, die im letzten Monat den Orbit erreicht hatten. Zu Beginn des Krieges waren die meisten Einwohner

Cairos Araber und Schweizer gewesen; und zumindest die Angehörigen dieser beiden Nationen schienen nun bemüht zu sein, Cairo aus dem Unheil herauszuhalten.

Die sechs Reisenden waren nicht die einzigen eintreffenden Flüchtlinge. Eine ganze Menge war gerade von Tharsis gekommen, Überlebende der Verwüstung in Sheffield und dem Rest von Pavonis. Andere fuhren durch Marineris und das Noctis Labyrinthus. Die Stadt war vierfach überbelegt. Menschenmassen wohnten und schliefen in den Straßen und Parks. Die Versorgungszentrale war kritisch überlastet. Nahrung und Luft gingen zu Ende.

Eine Flughafenangestellte, die immer noch stur ihren Dienst tat, obwohl keine Flieger mehr landeten, gab den sechs Reisenden einen knappen Lagebericht. Nachdem sie sie zu Parkplätzen zwischen einer großen Flugzeugflotte am Ende der Rollbahn geleitet hatte, sagte sie ihnen, sie müssten Schutzanzüge anlegen und die Strecke bis zur Stadtmauer zu Fuß gehen. Es machte Nadia schrecklich nervös, die zwei 16Ds zurückzulassen und in eine Stadt zu gehen. Auch nachdem sie durch die Schleuse gegangen war und sah, dass die meisten auch im Inneren Schutzanzüge trugen und ihre Helme dabei hatten, um für eine plötzliche Dekompression gerüstet zu sein, war ihr immer noch unbehaglich.

Sie gingen zu den Stadtbüros und trafen Frank und Maya, ebenso Mary Dunkel und Spencer Jackson. Sie begrüßten einander erleichtert. Aber sie hatten keine Zeit, um sich über ihre Abenteuer auszutauschen. Frank saß vor einem Bildschirm und sprach, dem Ton nach zu urteilen, mit jemandem im Orbit. Er wehrte ihre Umarmungen ab und winkte nur kurz, dass er ihr Eintreffen zur Kenntnis genommen hatte. Offenbar verfügte er über ein funktionierendes Nachrichtensystem oder sogar mehrere, denn er blieb sechs Stunden am Stück vor dem

Bildschirm sitzen und sprach mit einer Person nach der anderen. Er machte nur eine Pause, um einen Schluck Wasser zu trinken oder einen anderen Anruf zu tätigen, ohne seinen alten Gefährten auch nur einen Blick zu schenken. Er schien sich in einem Zustand konstanter Raserei zu befinden, denn seine Kiefermuskeln arbeiteten permanent. Abgesehen davon war er in seinem Element, erklärte und dozierte, schmeichelte und drohte, fragte und machte dann ungeduldig Bemerkungen zu den erhaltenen Antworten. Mit anderen Worten, er drehte und wendete sich und verhandelte wie sonst auch, aber mit einem bitteren und sogar ängstlichen Ton in der Stimme, als diskutiere er nach einem erschöpfenden Spaziergang auf einer Klippe über seinen Rückweg den Berg hinunter.

Als er schließlich auflegte, lehnte er sich in seinem Sessel zurück und seufzte theatralisch. Dann stand er steif auf und kam herüber, um sie zu begrüßen. Er legte Nadia kurz die Hand auf die Schulter. Wie sie nach Cairo gekommen waren, interessierte ihn nicht. Das machte er ihnen brüsk klar. Er wollte nur wissen, wen sie getroffen hatten und wo, und wie gut es diesen verstreuten Gruppen ging und was die vorhätten. Ein paar Mal ging er an seinen Bildschirm zurück und setzte sich sofort mit einer Gruppe in Verbindung, nachdem er ihren Standort erfahren hatte – was die Reisenden erstaunte, da sie angenommen hatten, keiner verfüge mehr über ein funktionierendes Kommunikationsnetz. »UNOMA-Verbindungen«, erklärte Frank und fuhr mit einer Hand über sein stoppeliges Kinn. »Die halten einige Kanäle für mich offen.«

»Warum?«, fragte Sax.

»Weil ich versuche, es aufzuhalten. Ich bemühe mich um einen Waffenstillstand und dann eine Generalamnestie. Danach einen Wiederaufbau unter Beteiligung aller.«

»Aber unter wessen Leitung?«

»Unter der Leitung der UNOMA natürlich. Und der nationalen Büros.«

»Aber die UNOMA stimmt nur dem Waffenstillstand zu«, mutmaßte Sax, »während die Rebellen nur der Generalamnestie zustimmen.«

Frank nickte knapp. »Und niemand will einen allgemeinen Wiederaufbau. Aber die gegenwärtige Lage ist so schlimm, dass sie einfach zustimmen müssen. Vier weitere Wasserlager wurden gesprengt, seit das Kabel herunterkam. Viele am Äquator. Ursache und Wirkung, heißt es.«

Ann schüttelte den Kopf, und Frank schien erfreut darüber zu sein. »Ich bin ziemlich sicher, dass sie sabotiert wurden. Eines davon liegt an der Mündung von Chasma Borealis. Das Wasser flutet jetzt die Dünen.«

»Das Gewicht der Polkappe setzt es wahrscheinlich stark unter Druck«, sagte Ann.

Sax fragte Frank: »Weißt du, was mit der Acherongruppe geschehen ist?«

»Nein. Die ist verschwunden. Ich fürchte, ihnen könnte dasselbe passiert sein wie Arkady.«

»Aber was geschieht auf der Erde?«, fragte Ann. »Was hat die UN zu alledem zu sagen?«

»Sie sagen, der Mars ist keine Nation, sondern eine Ressource. Sie sagen, dass der winzige Bruchteil der Menschheit, der hier lebt, nicht alle Ressourcen kontrollieren darf, wenn der ganze Rohstoffnachschub der Menschheit so stark gefährdet ist.«

»Damit haben sie wahrscheinlich recht«, hörte Nadia sich sagen. Ihre Stimme war heiser. Ihr war, als hätte sie seit Tagen nicht mehr gesprochen.

Frank zuckte die Schultern.

»Ich nehme an, dass sie deshalb den Transnationalen freie Hand gelassen haben«, sagte Sax. »Mir scheint, dass die mehr Sicherheitsleute hier haben als die UN Polizisten.«

»Das stimmt«, sagte Frank. »Die UN hat lange gebraucht, um ihre Friedenstruppen zu schicken.«

»Die haben nichts dagegen, wenn die Drecksarbeit von anderen erledigt wird.«

»Natürlich nicht.«

»Und die Erde selbst?«, wiederholte Ann.

Frank zuckte wieder die Achseln. »Die Gruppe der Sieben scheint die Dinge langsam in den Griff zu bekommen.« Er schüttelte den Kopf. »Das ist von hier aus allerdings schwer zu sagen.«

Er ging zu seinem Bildschirm zurück, um weitere Anrufe zu tätigen. Die anderen gingen. Sie aßen etwas, wuschen sich, schliefen, tauschten Neuigkeiten von Freunden, Bekannten und dem Rest der Ersten Hundert aus, sprachen über die Nachrichten von der Erde. Die Staaten, die die Transnationalen unterstützt hatten, waren durch Angriffe der Habenichtse aus dem Süden vernichtet worden; aber offenbar hatten sich die Transnationalen zu der Gruppe der Sieben geflüchtet. Die hatten sie aufgenommen und mit ihren riesigen Streitkräften verteidigt. Der zwölfte Anlauf zu einem Waffenstillstand hielt jetzt schon seit einigen Tagen.

Sie hatten ein bisschen Zeit, sich zu erholen. Als sie wieder in den Gemeinschaftsraum gingen, saß Frank immer noch da. Er wurde immer wütender und bahnte sich einen Weg durch einen endlosen Albtraum von Tele-Diplomatie, redete ständig in einem drängenden, zornigen und beißenden Ton. Er wollte niemanden mehr beschwatzen. Es war eine reine Sache des Willens. Er versuchte, die Welt ohne einen Angelpunkt mit einem winzigen Hebel zu bewegen, und dieser Hebel war hauptsächlich seine alten amerikanischen Verbindungen und sein persönliches Verhältnis zu verschiedenen Revolutionsführern, beide durch den Ausfall der Satelliten beinahe am Ende. Und beide verloren auf dem Mars zunehmend an Bedeutung, weil die UNOMA und die transnationalen Kräfte eine Stadt nach der anderen einnahmen. Es schien Nadia, als versuche Frank jetzt die Verhandlungen durch die reine Kraft seines Ärgers über seinen Mangel an Einfluss am Laufen zu halten. Sie konnte es nicht mehr ertragen, mit ihm alleine zu sein. Die Dinge waren so schon schlimm genug, auch ohne seine giftige Galle.

Mit Sax' Hilfe bekam er ein unabhängiges Signal zur Erde, indem er sich mit Vesta in Verbindung setzte und die dortigen Techniker bat, Mitteilungen weiterzuleiten. Das bedeutete ein paar Stunden Wartezeit zwischen Sendung und Empfang; aber nach etlichen Tagen brachte er fünf codierte Nachrichten an Außenminister Wu durch; und während er in der Nacht auf Antwort wartete, schickten die Leute auf Vesta Nachrichtenprogramme von der Erde, die sie auf dem Mars noch nicht gesehen hatten. Alle diese Meldungen stellten, sofern sie überhaupt auf die Lage auf dem Mars eingingen, die Revolte als eine unbedeutende Störung dar, verursacht durch kriminelle Elemente, hauptsächlich entflohene Gefangene von Korolyov, die rasend sinnlosen Sachschaden angerichtet und dabei viele unschuldige Zivilisten getötet hätten. Immer wieder zeigten sie Bilder der erfrorenen nackten Wächter von Korolyov und Videos von den Wasserausbrüchen. Die skeptischsten Sendungen erwähnten, dass diese und alle anderen Bilder vom Mars von der UNOMA gemacht worden wären; und einige Sender in China und den Niederlanden stellten sogar ihre Richtigkeit infrage. Aber sie konnten keine alternative Erklärung der Ereignisse liefern, und zum größten Teil verbreiteten die terrestrischen Medien die transnationale Version der Dinge. Als Nadia darauf hinwies, knurrte Frank verächtlich: »Natürlich. Die Nachrichtendienste der Erde *sind* transnational.« Er stelle den Ton ab.

Hinten beugten sich Nadia und Yeli instinktiv auf der Bambuscouch vor, als ob das helfen würde, den Stummfilm besser zu hören. Die zwei Wochen, die sie von der Außenwelt abgeschnitten gewesen waren, waren ihnen wie ein Jahr erschienen; und jetzt starrten sie hilflos auf den Bildschirm und sogen jede noch so kleine Information auf. Yeli stand sogar auf, um den Ton wieder anzustellen, sah dann aber, dass Frank in seinem Sessel mit dem Kinn auf der Brust eingeschlafen war. Als eine Nachricht vom Außenministerium eintraf, schreckte Frank ruckartig hoch, drehte den Ton auf, starrte auf die kleinen Gesichter auf dem Bildschirm und gab mit heiserer Stimme eine knappe Antwort. Dann schloss er die Augen und schlief weiter.

Am Ende der zweiten Nacht der Verbindung über Vesta hatte er Außenminister Wu dazu gebracht zu versprechen, die UN in New York zu drängen, die Kommunikation wiederherzustellen und alle Polizeiaktionen einzustellen, bis man die Lage beurteilen konnte. Wu wollte sogar versuchen durchzusetzen, dass die transnationalen Kräfte auf die Erde zurückbeordert würden, obwohl das, wie Frank bemerkte, unmöglich sein würde.

Die Sonne war schon vor einigen Stunden aufgegangen, als Frank eine abschließende Dankesbotschaft an Vesta schickte und ausschaltete. Yeli war auf dem Fußboden eingeschlafen. Nadia erhob sich steif und ging zu einem Spaziergang in den Park, wobei sie das Tageslicht ausnutzte, um sich umzuschauen. Sie musste über schlafende Menschen steigen, die in kleinen Gruppen im Gras lagen, drei oder vier aneinander gekuschelt gegen die Kälte. Die Schweizer hatten große Küchen aufgestellt, und Reihen von Plumpsklos säumten die Stadtmauer. Es sah aus wie auf einer Baustelle, und plötzlich merkte sie, dass ihr Tränen die Wangen hinunterliefen. Sie ging weiter. Es war angenehm, im hellen Tageslicht herumlaufen zu können.

Schließlich kehrte sie zu den Stadtbüros zurück. Frank stand vor Maya, die auf einer Couch schlief. Er sah ausdruckslos auf sie hinunter und dann mit trüben Augen zu Nadia hoch. »Sie ist wirklich am Ende.«

»Wir sind alle erschöpft.«

»Hmm. Wie war es in Hellas?«

»Unter Wasser.«

Er schüttelte den Kopf. »Das muss Sax gefallen.«

»Das habe ich auch gesagt. Aber ich glaube, es ist für seinen Geschmack zu weit außer Kontrolle geraten.«

»O ja.« Er schloss die Augen und schien für eine oder zwei Sekunden im Stehen zu schlafen. »Tut mir leid wegen Arkady.«

»Ja.«

Wieder Schweigen. »Sie sieht aus wie ein Mädchen.«

»Ein wenig.« Eigentlich war Maya Nadia noch nie so alt erschienen. Sie gingen alle auf die achtzig zu und konnten nicht mehr Schritt halten, gerontologische Behandlung hin oder her. Innen drinnen waren sie alt.

»Die Leute auf Vesta haben mir erzählt, dass Phyllis und die anderen auf Clarke versuchen wollen, in einer Notrakete zu ihnen hinüberzugelangen.«

»Befinden sie sich nicht außerhalb der Ekliptik?«

»Derzeit ja, aber sie wollen zum Jupiter hinunterstoßen und ihn zu einem Flyby-Manöver zurück ins System benutzen.«

»Wird das nicht etwa ein Jahr dauern?«

»Ja, ungefähr ein Jahr. Ich hoffe, dass sie ihn verfehlen oder in den Jupiter stürzen. Oder dass ihnen die Nahrungsmittel ausgehen.«

»Sieht so aus, als wärst du wütend auf Phyllis.«

»Diese Schlampe! Sie ist für vieles hiervon verantwortlich. Sie hat die Transnationalen angelockt, indem sie ihnen jedes nur erdenkliche Edelmetall versprochen hat. Sie hat sich eingebildet, mit der Unterstützung all dieser Leute die Königin des Mars werden zu können. Du hättest sie da oben auf Clarke sehen sollen, als sie wie ein kleiner Popanz auf den Mars hinunterblickte. Ich hätte sie erwürgen können. Wie gern hätte ich ihr Gesicht gesehen, als Clarke davonschoss wie ein Champagnerkorken!« Er lachte rau.

Maya wurde von ihrem Gespräch aufgeweckt. Sie halfen ihr hoch und gingen in den Park auf die Suche nach einer Mahlzeit. Sie stellten sich in eine Warteschlange mit Leuten, die ihre Schutzanzüge trugen, husteten und die Hände aneinanderrieben. Ihr Atem kondensierte in der Kälte und sah aus wie kleine Baumwollknäuel. Nur wenige unterhielten sich. Frank betrachtete die Szene mit angewiderter Miene; und als sie ihre Teller mit *Röschti* und *Tabouli* erhielten, verschlang er seine Portion und führte nebenbei ein Gespräch auf Arabisch über sein Armbandgerät. Danach berichtete er: »Sie sagen, dass Alex, Evgenia und Samantha mit einigen Beduinenfreunden von mir hierher unterwegs sind.«

Das war eine gute Nachricht. Von Alex und Evgenia hatte man zuletzt aus Aureum Overlook gehört, einer Bastion der Rebellen, die einige UN-Schiffe im Orbit vernichtet hatte, ehe sie durch Beschuss von Phobos zerstört worden war. Und von Samantha hatte man während des ganzen letzten Monats nichts gehört.

Also gingen alle der Ersten Hundert in der Stadt an diesem Nachmittag zum Nordtor von Cairo, um sie zu begrüßen. Das

Tor lag am oberen Ende einer langen natürlichen Rampe, die zu einem der südlichsten Canyons von Noctis Labyrinthus führte. Die Straße stieg vom Boden des Canyons auf dieser Rampe empor, und von der Schleuse aus konnten sie die ganze Strecke überblicken. Am frühen Nachmittag tauchte eine Roverkarawane auf, die langsam fuhr und eine kleine Staubwolke hinter sich herzog.

Es dauerte fast eine Stunde, ehe die Wagen das letzte Stück der Rampe heraufgerollt waren. Sie waren nicht mehr als drei Kilometer entfernt, als zwischen ihnen große Stichflammen aufloderten und Trümmer überall hinflogen, die einige Rover gegen die Wand der Klippe drückten und andere über den Rand nach unten schleuderten. Der Rest blieb zertrümmert und brennend stehen.

Dann erschütterte eine Explosion das Nordtor, und sie duckten sich hinter die Mauer. Über die allgemeine Frequenz waren Schreie und Rufe zu hören. Nichts mehr. Sie standen wieder auf. Die Kuppel hielt noch, obwohl die Schleuse des Tors offenbar beschädigt war.

Unten auf der Straße stiegen dünne braune Rauchfahnen in die Luft, flatterten nach Osten und wurden vom Abendwind nach Noctis hinuntergeweht. Nadia schickte einen Robotrover hinunter, um nach Überlebenden zu suchen. Nichts als Statik drang aus dem Empfänger ihres Armbandgerätes, und Nadia war dankbar dafür. Worauf hätte sie hoffen sollen? Schreie? Frank fluchte in sein Armbandgerät und wechselte dabei zwischen Arabisch und Englisch hin und her. Er versuchte vergeblich herauszufinden, was geschehen war. Alexander, Evgenia, Samantha … Nadia sah ängstlich auf ihren kleinen Bildschirm am Handgelenk und schwenkte die Robotkameras. Zertrümmerte Rover. Einige Leichen. Nichts bewegte sich. Ein Rover rauchte noch.

»Wo ist Sasha?«, schrie Yeli. »Wo ist Sasha?«

Jemand sagte: »Sie war in der Schleuse. Sie wollte gerade zur Begrüßung hinausgehen.«

Sie machten sich daran, die innere Schleusentür zu öffnen. Nadia probierte alle Codes durch, machte sich dann mit Werkzeug an der Schleuse zu schaffen und brachte zuletzt eine Ladung Plastiksprengstoff an, die ihr jemand reichte. Sie zogen sich zurück, und die Verriegelung der Schleusentür schoss durch die Explosion heraus wie der Bolzen einer Armbrust. Dann drückten sie die schwere Tür mit einem Brecheisen auf. Nadia lief hinein und sank neben Sasha auf die Knie, die sich in der Notfallhaltung mit über den Kopf gezogener Jacke zusammengekrümmt hatte. Aber sie war bereits tot, das Gesicht blaurot und die Augen gefroren.

In dem Gefühl, dass sie sich bewegen musste, um nicht auf der Stelle zu versteinern, raste Nadia los, zurück zu den Stadtautos, mit denen sie gekommen waren. Sie kletterte in eines hinein und fuhr weg. Sie hatte keinen Plan, und der Wagen schien sich selbst den Weg zu suchen. Die Stimmen ihrer Freunde krächzten wie Grillen aus ihrem Armbandgerät. Maya schimpfte und heulte auf Russisch. Nur Maya war stark genug, um nach alledem überhaupt noch etwas fühlen zu können. »Das war wieder Phobos! Die da oben sind wahnsinnig!«

Die anderen standen unter Schock. Ihre Stimmen klangen wie die aus dem Computer. Frank sagte: »Sie sind nicht wahnsinnig. Das ist vollkommen rational. Sie sehen eine politische Versammlung hier entstehen und versuchen, so viele auf einmal wie möglich zu erwischen.«

»Mörderische Schweine!«, kreischte Maya. »KGB-Faschisten!«

Der Wagen hielt bei den Stadtbüros. Nadia lief hinein zu dem Zimmer, wo sie ihre Sachen abgelegt hatte, die jetzt alle in ihrem alten blauen Rucksack Platz fanden. Sie wühlte darin herum, noch ohne sich bewusst zu sein, was sie suchte, bis ihre verstümmelte Hand, die immer noch die stärkere war, in einen Beutel langte und ihn herauszog. Arkadys Fernzünder. Natürlich. Sie lief zurück zum Wagen und fuhr zum Südtor. Sax und Frank diskutierten noch. Sax hörte sich so an wie immer, als er sagte: »Jeder von uns, dessen Position bekannt ist, wurde getötet. Ich glaube, sie sind gezielt hinter den Ersten Hundert her.«

»Du meinst, sie greifen speziell uns an?«, sagte Frank.

»Ich habe einige Nachrichten von der Erde gesehen, in denen es hieß, wir wären die Rädelsführer. Einundzwanzig von uns sind gestorben, seit die Revolte begann. Weitere vierzig werden vermisst.«

Der Wagen kam am Südtor an. Nadia stellte ihren Interkom ab, stieg aus, ging in die Schleuse und zog Stiefel, Helm und Handschuhe an. Sie checkte alles durch, drückte dann auf den Knopf zum Öffnen und wartete, bis die Schleuse aufging. So wie Sasha gewartet hatte. Sie hatten alleine im letzten Monat so viel miteinander durchgemacht, dass es für ein ganzes Leben reichte. Dann war sie draußen auf der Oberfläche im Licht eines windigen diesigen Tages. Sie fühlte den ersten diamantharten Biss der Kälte. Sie trat mit ihren schweren Stiefeln gegen Grushaufen, und rote Staubwolken wehten davon. Die hohle Frau tritt zu bis aufs Blut. Draußen vor dem anderen Tor lagen die Leichen ihrer Freunde und anderer Menschen, die toten Gesichter purpurn und aufgedunsen wie nach Bauunfällen. Nadia hatte schon mehrere davon gesehen, hatte den Tod schon öfter erblickt; und jedes Mal war es entsetzlich gewesen. Aber das hier war kein Unfall. Das hier war vorsätzlich geschehen! Das hier war Krieg. Sie töteten Menschen mit allen möglichen Mitteln. Menschen, die tausend Jahre hätten leben können. Sie dachte an Arkady, an die tausend Jahre, und fauchte. Sie hatten sich in den letzten Jahren oft gestritten, meist über Politik. Nadia hatte gesagt: Deine Pläne sind alle anachronistisch. Du verstehst die Welt nicht. Ha!, hatte er gekränkt gelacht. Ich verstehe *diese* Welt. Sein Gesicht war finsterer gewesen als je zuvor. Und sie erinnerte sich daran, wie er ihr den Zünder gegeben hatte, wie er um John geweint hatte und wie rasend vor Wut und Kummer er gewesen war. Als sie ihn nicht nehmen wollte, hatte er sie angefleht: nur für den Fall, bitte. Nur für den Fall.

Und jetzt war es so weit. Sie konnte es nicht glauben. Sie nahm den Kasten aus der Schenkeltasche ihres Anzugs und drehte ihn in den Händen hin und her. Phobos stieg über den westlichen Horizont wie eine graue Kartoffel. Die Sonne war gerade untergegangen und das Alpenglühen so stark, dass es aussah, als stünde sie in ihrem eigenen Blut, als wäre sie eine winzige Kreatur, so klein wie eine Zelle, die auf der korrodierten Wand ihres Herzens stand, während um sie herum ihr staubiges Plasma im Wind tanzte. Shuttles landeten auf dem Raumflughafen nördlich der Stadt. Am Westhimmel glühten die Sonnenspiegel. Ein lebhafter Himmel. Bald würden die Schiffe der UN landen.

Phobos überquerte den Himmel in viereinviertel Stunden. Sie würde also nicht lange warten müssen. Er war als Halbmond aufgegangen, war jetzt aber bucklig, fast voll, auf halbem Wege zum Zenith, und bewegte sich gleichmäßig über den wolkengefleckten Himmel. Sie konnte einen schwachen Lichtpunkt der grauen Scheibe erkennen. Das waren die beiden überkuppelten Krater Semenov und Leveykin. Sie gab den Code – MANGALA – ein und richtete den Fernzünder auf Phobos. Es war wie eine Fernbedienung beim Fernsehen.

Ein helles Licht flammte an der vorderen Kante der kleinen grauen Scheibe auf. Die zwei schwachen Lichter erloschen.

Das helle Licht wurde noch stärker. Würde sie die Verlangsamung mit bloßem Auge sehen? Wahrscheinlich nicht. Aber es gab sie.

Phobos fiel vom Himmel.

Wieder in Cairo stellte sie fest, dass sich die Nachricht schon verbreitet hatte. Das Aufflammen war hell genug gewesen, um den Leuten aufzufallen; und danach hatten sie sich aus reiner Gewohnheit vor den leeren Fernsehschirmen zusammengedrängt und Gerüchte und Vermutungen ausgetauscht. Irgendwie hatte sich die Grundtatsache herumgesprochen, oder sie waren von alleine drauf gekommen. Überall, wo Nadia vorbeikam, riefen die Leute: »Phobos ist getroffen worden!« Und jemand lachte. »Sie haben die Roche-Grenze ausgedehnt!«

Sie glaubte schon, sich in der Medina verlaufen zu haben, fand dann aber doch zu den Stadtbüros zurück. Maya kam ihr entgegen und rief: »Hey, Nadia, hast du Phobos gesehen?«

»Ja.«

»Roger sagt, sie haben schon im allerersten Jahr, als sie die Basis einrichteten, ein System von Sprengsätzen und Raketen eingebaut. Hat Arkady dir das erzählt?«

»Ja.«

Sie gingen in die Büros. Maya dachte laut nach: »Wenn es ihnen gelingt, ihn ausreichend abzubremsen, wird er abstürzen. Ich frage mich, ob wir vorhersagen können, wo. Wir befinden uns hier verdammt nahe am Äquator.«

»Er wird sicher zerbrechen und an mehreren Stellen einschlagen.«

»Stimmt. Ich möchte wissen, was Sax dazu sagt.«

Sie fanden Sax und Frank vor einem Bildschirm beisammen, Yeli, Ann und Simon vor einem anderen. Ein UNOMA-

Satellit verfolgte Phobos mit einem Teleskop, und Sax maß die Durchgangsgeschwindigkeit des Mondes über der Marsoberfläche, um seine Geschwindigkeit zu bestimmen. In dem Bild auf dem Schirm leuchtete die Kuppel von Stickney wie ein Fabergé-Ei, aber das Auge wurde unwillkürlich von der Vorderkante des Mondes angezogen, die durch Gase und Flammen verwischte weiße Streifen bekommen hatte. Sax sagte, ohne jemanden direkt anzusprechen: »Seht, wie ausgeglichen der Schub ist! Bei einem zu plötzlichen Schub wäre das ganze Teil zerbrochen. Und ein unausgeglichener Schub hätte Phobos in Rotation versetzt und ihn dann sonst wohin fliegen lassen.«

»Ich sehe Anzeichen von stabilisierenden seitlichen Schüben«, sagte seine KI.

»Jets zur Stabilisierung«, erklärte Sax. »Die haben aus Phobos eine große Rakete gemacht.«

»Das haben sie im ersten Jahr getan«, sagte Nadia. Sie wusste nicht genau, warum sie überhaupt etwas sagte. Sie schien immer noch nicht wieder ganz bei sich zu sein und reagierte verzögert. »Ein großer Teil der Phobosbesatzung kam aus der Raketen- und Steuerungstechnik. Sie haben die Eis-Adern zu flüssigem Sauerstoff und Deuterium umgewandelt und das in ausgerichteten Säulen gespeichert, die im Chondrit steckten. Die Motoren und der ganze Steuerungskomplex wurden in der Mitte eingemauert.«

»Also wirklich eine große Rakete«, sagte Sax und nickte, während er Tasten bediente. »Umlaufperiode von Phobos 27 547 Sekunden. Also macht er ungefähr … 2,146 Kilometer in der Sekunde. Um ihn herunterzuholen, muss man ihn auf … 1,561 Kilometer in der Sekunde abbremsen. Also eine Verzögerung von 0,585 Kilometern in der Sekunde. Für eine Masse wie Phobos … Wow! Das ist eine Menge Treibstoff.«

»Um wie viel langsamer ist er schon geworden?«, fragte Frank. Sein Gesicht hatte einen düsteren Ausdruck, und seine Kiefermuskeln arbeiteten unentwegt unter der Haut – wütend, sah Nadia, über seine Unfähigkeit vorherzusagen, was als Nächstes geschehen würde.

»Ungefähr eins Komma sieben. Und die großen Schubraketen brennen immer noch. Er wird abstürzen. Aber nicht in einem Stück. Er wird zerbrechen. Ganz sicher.«

»Die Roche-Grenze?«

»Nein, die Belastung beim Eintritt in die Atmosphäre, und mit all diesen leeren Treibstoffkammern …«

»Was ist mit den Menschen, die auf Phobos waren?«, hörte Nadia sich fragen.

»Jemand hat gesagt, dass sie die gesamte Bevölkerung evakuiert hätten. Keiner blieb zurück. Keiner wird den Absturz verhindern.«

»Gut«, sagte Nadia und ließ sich schwer auf die Couch fallen.

»Wann wird er abstürzen?«, fragte Frank.

Sax zwinkerte. »Keine Ahnung. Hängt davon ab, wann er zerbricht. Aber ich schätze, recht bald. Er wird in einem Gebiet am Äquator einschlagen, vermutlich in einem breiten Streifen. Es wird ein großer Meteoritenschauer sein.«

»Das wird etwas von dem Aufzugskabel beseitigen«, sagte Simon leise. Er saß neben Ann und sah sie besorgt an. Sie starrte dumpf auf Simons Bildschirm gab durch nichts zu erkennen, dass sie etwas von dem, was um sie herum geschah, mitbekam. Sie hatten immer noch nichts von Peter gehört. War das besser oder schlimmer als ein Haufen Asche und ein Datenschild an der Hand? Besser, meinte Nadia. Aber immer noch hart.

»Seht!«, rief Sax. »Er zerbricht.«

Das Satellitenteleskop lieferte ihnen ein vorzügliches Bild. Die Kuppel über Stickney zerbarst nach außen in große Scherben, aus den Kraterreihen, die für Phobos charakteristisch waren, stießen Staubwolken hervor und rissen auf. Dann öffnete sich die kleine kartoffelförmige Welt wie eine Blüte und zerfiel in etliche unregelmäßige Stücke. Ein halbes Dutzend größerer Brocken verteilten sich langsam, der größte ganz vorne. Ein Felsen flog zur Seite weg, offenbar noch von einer der Raketen angetrieben, die im Innern des Mondes verborgen gewesen waren. Die restlichen Stücke begannen sich unregelmäßig auszubreiten, jedes mit unterschiedlicher Geschwindigkeit taumelnd.

»Nun, wir sind hier irgendwie in der Schusslinie«, bemerkte Sax und sah die anderen an. »Die größten Brocken werden bald in die Atmosphäre eintreten. Dann wird alles ziemlich schnell gehen.«

»Kannst du berechnen, wo sie runterkommen?«

»Nein. Es gibt zu viele Unbekannte. Längs des Äquators, das ist alles. Wir sind wahrscheinlich weit genug im Süden und sicher vor den größten Brocken; aber es wird ein Streueffekt eintreten.«

»Die Menschen auf dem Äquator sollten nach Norden oder Süden flüchten«, sagte Maya.

»Wahrscheinlich wissen sie das schon. Und der Fall des Kabels hat das Gebiet schon recht gründlich gesäubert.«

Sie konnten nicht mehr tun als abwarten. Keiner von ihnen wollte die Stadt verlassen – zu abgestumpft oder zu müde, um sich wegen langfristiger Risiken Sorgen zu machen. Frank ging im Raum hin und her, sein Gesicht zuckte vor Wut. Schließlich hielt er es nicht mehr aus und setzte sich wieder an seinen Bildschirm, um eine Reihe kurzer, bissiger Mitteilungen abzusenden. Jemand antwortete, und er knurrte: »Wir haben eine

Galgenfrist. Die UN-Polizei will nicht landen, bis der ganze Dreck eingeschlagen ist. Aber danach werden sie wie die Geier über uns kreisen. Sie behaupten, dass der Befehl zur Zündung der Explosionen auf Phobos von hier aus erfolgt wäre; und sie haben es satt, dass eine neutrale Stadt als Befehlszentrum für Revolutionäre benutzt wird.«

»Also haben wir Zeit gewonnen, bis die Einschläge vorbei sind«, sagte Sax.

Er klinkte sich in das UNOMA-Netz ein und rief ein Radarmosaikbild der Fragmente auf. Mehr konnten sie nicht tun. Sie setzten sich hin, standen wieder auf und gingen umher. Sie blickten auf die Bildschirme, aßen kalte Pizza, schliefen kurz ein. Nadia tat nichts dergleichen. Sie konnte gerade so dasitzen, nach vorne gebeugt, die Arme um den Bauch geschlungen, der sich wie ein kleiner Ball aus Eisen anfühlte. Sie wartete.

Als Mitternacht und der Zeitschlupf nahe waren, erweckte etwas auf den Bildschirmen Sax' Aufmerksamkeit, und durch Franks Kanäle kam er zu dem Observatorium auf Olympus Mons durch. Dort war es kurz vor der Morgendämmerung, und eine der Kameras gab ihnen einen niedrigen Blick in den Raum nach Süden, wo die schwarze Krümmung des Planeten die Sterne verdeckte. Meteore schossen leuchtend schräg aus dem westlichen Himmel herunter, so schnell und hell, als wären sie geradlinige Blitze oder titanische Leuchtspurgeschosse, die sich ostwärts verteilten. In den letzten Momenten vor dem Auftreffen brachen sie in Stücke. An jedem Einschlagsort warfen sie Phosphorblasen aus. Es sah aus wie die ersten Momente einer ganzen Reihe von Kernexplosionen. Das schwarze Feld wurde von gelben, durch Rauch getrübten Flecken gesprenkelt.

Nadia schloss die Augen und sah verschwimmende Nachbilder des Einschlags. Sie öffnete sie wieder und blickte auf den Schirm. Rauchwolken stiegen in den Himmel über West-Tharsis auf, so hoch, dass sie den Planetenschatten überragten und von der aufsteigenden Sonne in der Morgendämmerung beleuchtet wurden. Es waren riesige Pilzwolken, die Hüte blassrosa, die dunkelgrauen Stiele durch Reflektion von oben erhellt. Langsam glitt das Sonnenlicht an den sich bewegenden Säulen herunter, bis alles von der jungen Morgensonne beschienen wurde. Dann driftete die aufragende Reihe der gelben und rötlichen Wolken über einen Himmel in zartem Indigo. Es sah aus, als hätte Maxwell-Parrish einen Albtraum gemalt, zu fremdartig und schön, als dass es zu fassen war. Nadia dachte an den letzten Moment des Kabels, jenes Bild der leuchtenden Doppelspirale aus brennenden Diamanten. Wie konnte Zerstörung nur so schön sein? Lag es am Maßstab? Gab es in jedem Menschen ein dunkles Verlangen danach? Oder war es nur eine zufällige Kombination der Elemente, der endgültige Beweis, dass Schönheit keine moralische Komponente hatte? Sie starrte wieder auf das Bild, konzentrierte sich darauf. Aber sie konnte keinen Sinn darin erkennen.

»Das könnte genug Auswurfmaterial sein, um einen neuen globalen Staubsturm auszulösen«, bemerkte Sax. »Obwohl die Netto-Wärmezugabe für das System sicher beträchtlich sein wird.«

»Halt den Mund!«, sagte Maya.

»Jetzt sind wir wohl dran, nicht wahr?«, fragte Frank.

Sax nickte.

Sie verließen die Stadtbüros und gingen hinaus in den Park. Alle standen mit den Gesichtern nach Osten gewandt da. Es war still, als vollzögen sie ein religiöses Ritual. Es war ein ganz anderes Gefühl als beim Warten auf ein Bombardement durch die Polizei. Inzwischen war es Vormittag und der Himmel ein staubiges Rosa.

Dann schoss ein schmerzhaft heller Komet über den Horizont auf sie zu. Jeder Einzelne holte tief Luft, manche stöhnten auf, andere schrien. Die helle weiße Kurve krümmte sich auf sie zu, schoss dann über ihre Köpfe und verschwand über dem westlichen Horizont, so schnell, dass man mit den Augen nicht folgen konnte. Es war nicht einmal genug Zeit zum Atmen gewesen, als der Meteorit vorbeizog. Einen Moment später bebte der Boden leicht unter ihren Füßen, und die Stille wurde durch Rufe unterbrochen. Im Osten schoss eine Wolke hoch und stieß an das rote Himmelsgewölbe. Sie ragte zwanzigtausend Meter weit in die Höhe.

Dann überquerte ein neuer weißer Lichtblitz den Himmel über ihnen und zog feurige Kometenschweife hinter sich her. Dann noch einer und noch einer und dann ein ganzer brennender Schwarm. Alles zog über sie hinweg und sank über den Osthorizont hinab in die Valles Marineris. Irgendwann hörte der Schauer auf. Die Augenzeugen in Cairo waren halb blind und stolperten mit hüpfenden Nachbildern vor den Augen umher. Sie waren verschont geblieben.

Frank sagte: »Jetzt kommt die UN – im besten Fall.«

»Meinst du, wir sollten … Meinst du, wir sind …?«, fragte Maya.

»In ihren Händen sicher?«, sagte Frank bissig.

»Vielleicht sollten wir uns zu den Flugzeugen begeben.«

»Bei Tageslicht?«

»Nun, das könnte besser sein, als hier zu bleiben«, entgegnete sie. »Ich weiß nicht, wie du das siehst, aber ich will nicht an die Wand gestellt und erschossen werden.«

»Wenn es die UNOMA ist, werden sie das nicht tun«, sagte Sax.

»Da wäre ich mir nicht so sicher«, entgegnete Maya. »Auf der Erde halten uns alle für die Rädelsführer.«

»Es gibt überhaupt keine Rädelsführer«, meinte Frank.

»Aber sie wollen, dass es welche gibt«, sagte Nadia.

Das ließ sie verstummen.

»Vielleicht hat jemand entschieden«, sagte Sax ruhig, »dass die Dinge ohne uns leichter zu kontrollieren sind.«

Es trafen mehr Meldungen über die Einschläge in der anderen Hemisphäre ein, und Sax setzte sich vor die Monitore, um sie zu verfolgen. Ann stand hilflos hinter ihm und blickte über seine rechte Schulter. Einschläge dieser Art hatten sich in der noachischen Zeit beim Großen Bombardement ständig ereignet; und der Chance, einen live zu beobachten, konnte sie nicht widerstehen, selbst wenn es sich um das Resultat menschlicher Aktivität handelte.

Während sie zuschauten, drängte Maya sie unablässig, etwas zu unternehmen – aufzubrechen, sich zu verstecken, was auch immer, Hauptsache irgendwas. Sie beschimpfte Sax und Ann, als die ihr nicht antworteten. Frank ging fort, um nachzusehen, was sich auf dem Raumflughafen ereignete. Nadia begleitete ihn bis zur Tür des Stadtbüros. Sie fürchtete, dass Maya recht hatte, wollte ihr aber nicht weiter zuhören müssen. Sie verabschiedete sich von Frank und trat vor das Rathaus, um in den Himmel zu schauen. Es war Nachmittag, und die vorherrschenden Westwinde fingen an, den Tharsis-Hang herunterzuwehen. Sie führten den Staub der Einschläge mit sich. Er sah am Himmel aus wie Rauch, als wütete auf der anderen Seite von Tharsis ein Waldbrand. Das Licht in Cairo wurde schwächer, als die Staubwolken die Sonne verdunkelten, und die Polarisation der Kuppel schuf kurze Regenbogen und Nebensonnen, als ob die ganze Welt in kaleidoskopische Fragmente zerfiele. Zusammengedrängte Menschen unter einem brennenden Himmel. Nadia erschauerte. Eine dickere Wolke verdeckte die Sonne. Sie ging hinein, zurück in die Büros. Sax sagte gerade: »Die Verfinsterung dürfte global werden.«

»Das hoffe ich«, erwiderte Maya. Sie ging hin und her wie eine gefangene Tigerin im Käfig. »Das wird uns bei der Flucht helfen.«

»Flucht wohin?«, fragte Sax.

Maya sog zischend die Luft zwischen den Zähnen ein. »Die Flugzeuge sind bereit. Wir könnten zu den Hellespontus Montes zurückkehren, zu den dortigen Habitaten.«

»Sie würden uns sehen.«

Frank meldete sich bei Sax. Er blickte auf seinen Armbandcomputer, und das Bild zitterte. »Ich befinde mich mit dem Bürgermeister am Westtor. Da draußen ist ein Haufen Rover. Wir haben alle Tore verriegelt, weil sie sich nicht identifizieren. Offenbar haben sie die Stadt umzingelt und versuchen, die Versorgungszentrale aufzubrechen. Zieht eure Schutzanzüge an, und bereitet euch auf den Abmarsch vor.«

Maya schrie: »Ich hab es euch doch gesagt! Wir hätten abhauen sollen!«

»Das hätten wir nicht können«, erwiderte Sax. »Außerdem sind unsere Chancen in einem Durcheinander vielleicht besser. Wenn alle gleichzeitig einen Ausbruch wagen, sind wir ihnen zahlenmäßig überlegen. Wenn etwas passiert, treffen wir uns alle am Osttor, okay?« Er wandte sich wieder dem kleinen Bildschirm des Armbandgerätes zu: »Frank, du solltest auch dorthin kommen, wenn du kannst. Ich werde mit den Robotern der Versorgungsanlage einige Dinge ausprobieren, die diese Leute mindestens bis zur Dunkelheit aufhalten sollten.«

Es war jetzt drei Uhr nachmittags, obwohl es wie Dämmerung aussah, da der Himmel voller hoher, sich rasch bewegender Staubwolken war. Die Streitkräfte draußen behaupteten, von der UNOMA-Polizei zu sein, und forderten Einlass. Frank und der Bürgermeister von Cairo fragten sie nach ihrer Vollmacht seitens der UN in Genf und erklärten Waffen in der Stadt für verboten. Die draußen gaben keine Antwort.

Um 4.30 Uhr gab es in der ganzen Stadt Alarm. Die Kuppel war beschädigt worden, offenbar in katastrophalem Ausmaß, da ein plötzlicher Westwind durch die Straßen fegte und in jedem Gebäude die Warnsirenen ansprangen. Der Strom fiel aus. Aus einer Stadt wurde binnen Sekunden ein Trümmerhaufen voller rennender Gestalten in Schutzanzügen und mit Helmen. Sie drängten sich an den Toren zusammen, wurden durch Windstöße oder Rempeleien umgeworfen. Überall zerplatzten die Fenster, die Luft war voller Plastiksplitter. Nadia, Maya, Ann, Simon und Yeli verließen das Rathaus und kämpften sich durch die Massen zum Osttor durch. Dort herrschte großes Gedränge, weil die Schleuse offen war und die Leute sich hindurchquetschten. Jeder, der hinfiel und unter die Füße geriet, war so gut wie tot; und wenn die Schleuse irgendwie blockiert wurde, könnte das für jeden tödlich werden. Alles ging gespenstisch lautlos vonstatten, nur in den Helminterkoms war etwas zu hören, und es gab einige Explosionen im Hintergrund. Die Ersten Hundert hatten ihre alte Frequenz eingestellt, und durch das Rauschen der Statik drang die Stimme Franks: »Ich bin jetzt am Osttor. Löst euch aus dem Gedränge, damit ich euch sehen kann!« Seine Stimme war leise und sachlich. »Beeilt euch, draußen vor der Schleuse passiert etwas!«

Sie kämpften sich aus der Menge heraus und sahen Frank an der Wand. Er winkte ihnen zu. »Los, kommt her!«, rief er über Funk. »Seid nicht solchen Schafe! Es hat keinen Sinn, sich wie in einer Zahnpasta-Tube zusammenquetschen zu lassen, wenn die Kuppel sowieso schon beschädigt ist. Wir können uns einfach durchschneiden, wo wir wollen. Lasst uns direkt zu den Flugzeugen gehen!«

»Das habe ich von Anfang an gesagt«, fing Maya wieder an, aber Frank fuhr dazwischen: »Halt den Mund, Maya! Wir konnten nicht gehen, ehe sich nicht etwas Derartiges ereignet hat. *Verstehst du das nicht?*«

Es war jetzt kurz vor Sonnenuntergang. Einzelne Strahlen drangen durch eine Lücke zwischen Pavonis und dem Staub und beleuchteten die Wolken von unten in einem infernalischen Schauspiel violetter Marsfarben. Sie warfen ein teuflisches Licht auf das Menschengewühl. Jetzt strömten Gestalten in Tarnuniformen durch Risse in der Kuppel herein. Draußen standen große Shuttle-Busse vom Raumhafen, aus denen noch mehr Truppen hervorquollen.

Sax tauchte aus einer Gasse auf. »Ich glaube nicht, dass wir es zu den Flugzeugen schaffen werden«, sagte er.

Eine Gestalt im Schutzanzug erschien aus dem Dunkel vor ihnen. Sie sagte auf ihrer Frequenz: »Los, folgt mir!«

Sie starrten den Fremden an. Frank fragte: »Wer bist du?«

»Folgt mir!« Der Fremde war ein kleiner Mann, und hinter seiner Gesichtsscheibe konnten sie ein wildes Grinsen erkennen. Ein braunes, schmales Gesicht. Er ging in eine Gasse, die zur Medina führte, und Maya folgte ihm als Erste. Überall liefen Leute mit Helmen herum. Die ohne Schutzanzüge waren tot oder lagen sterbend auf dem Boden. Sie konnten durch die Helme Sirenen hören, sehr schwach; und sie spürten dröhnende Vibrationen unter den Füßen, irgendwelche seismische Erschütterungen. Abgesehen davon verlief die ganze hektische Aktivität völlig lautlos, nur unterbrochen durch das Geräusch ihres Atems und ihre Stimmen in den Helmempfängern. »Wohin?« – »Sax, bist du da?« – »Er ist dorthin gegangen!«, und so weiter. Eine seltsam intime Konversation in Anbetracht des düsteren Chaos, in dem sie sich abspielte. Als sie sich umschaute, trat Nadia fast auf den Kadaver einer Katze, die im Gras lag, als schliefe sie.

Der Mann, dem sie folgten, schien auf ihrer Frequenz eine Melodie zu summen, ein leises *bum, bum, badum-dum-dum*. Vielleicht Peters Thema aus »Peter und der Wolf«. Er kannte die Straßen von Cairo gut, bog in dem Labyrinth ab, ohne zu zögern, und führte sie in weniger als zehn Minuten zur Stadtmauer.

Dort angekommen, blickten sie durch das verzogene Gewebe der Kuppel nach draußen. Gestalten in Schutzanzügen rannten im Dunkeln allein oder in Gruppen davon, in einer Art Brown'scher Molekularbewegung auf den Südrand von Noctis Labyrinthus zu. »Wo ist Yeli?«, rief Maya plötzlich.

Niemand wusste es.

Dann machte Frank ein Zeichen. »Schaut!«

Im Osten war auf der Straße eine Anzahl Rover aus Noctis Labyrinthus herausgekommen. Es waren sehr schnelle Wagen, die ohne Scheinwerfer aus dem Dunkel auftauchten. Solche Fahrzeuge hatten sie noch nie gesehen.

»Wohin jetzt?«, fragte Sax. Er wollte sich an ihren Führer wenden, aber der Mann war weg, in den Gassen verschwunden.

Eine Stimme sagte: »Ist das noch die Frequenz der Ersten Hundert?«

»Ja!«, antwortete Frank. »Wer ist da?«

Maya schrie: »Das ist Michel!«

»Gut erkannt, Maya. Ja, es ist Michel. Wir sind hier, um euch wegzubringen, wenn ihr gehen wollt. Es scheint, dass sie systematisch jeden der Ersten Hundert, den sie in die Finger bekommen können, umbringen. Darum dachten wir, ihr würdet euch vielleicht gern mit uns zusammentun.«

»Ich denke, wir sind alle bereit, mit euch zu kommen. Aber wie?«, sagte Frank.

»Nun, das ist nicht ganz einfach. Ist bei euch ein Führer aufgekreuzt und hat euch zur Mauer geleitet?«

»Ja.«

»Gut. Das war Cojote. Der ist gut bei so etwas. Also wartet dort! Wir werden an einer anderen Stelle für Ablenkung sorgen und dann direkt zu eurem Abschnitt der Mauer kommen.«

Nach nur einigen Minuten, die ihnen wie Stunden vorkamen, erschütterten Explosionen die Stadt. Sie sahen im Norden Lichtblitze, in Richtung des Raumhafens. Michel meldete sich wieder. »Lasst eine Sekunde lang eine Helmlampe nach Osten scheinen, nicht länger!«

Sax richtete sein Gesicht nach Osten und stellte seine Helmlampe an, deren kegelförmiger Strahl kurz Rauch und Staubwolken erhellte. Die Sichtweite war auf hundert Meter oder weniger gesunken und schien immer weiter abzunehmen. Aber Michels Stimme sagte: »Kontakt. Nun schneidet euch durch die Wand und kommt raus! Wir sind fast da. Wir werden losfahren, sobald ihr in den Schleusen unserer Rover seid. Stellt euch also darauf ein! Wie viele seid ihr?«

»Sechs«, sagte Frank nach einer Pause.

»Wundervoll! Wir haben zwei Wagen, darum wird es nicht allzu voll sein. Drei von euch in jede Schleuse, okay? Macht euch bereit. Es muss schnell gehen.«

Sax und Ann schnitten mit kleinen Messern aus ihrem Werkzeugpack an den Unterarmen durch die Kuppelwand. Sie sahen aus wie Kätzchen, die an Gardinen kratzen, schafften aber schnell Löcher, die groß genug zum Hindurchkriechen waren; und sie alle kletterten über die hüfthohe Mauerkrone und hinaus auf den glatten Regolith. Hinter ihnen jagten Explosionen die Kraftwerke in die Luft und erhellten die zerstörte Stadt mit zuckendem Licht, die wie Fotoblitze durch den Dunst schnitten und einzelne Momente festhielten, ehe sie im Dunkel verschwanden.

Plötzlich erschienen aus dem Staub die fremdartigen Rover und hielten schlitternd vor ihnen an. Sie rissen die äußere Schleusentür auf und drängten sich hinein – Sax, Ann und Simon in die eine, Nadia, Maya und Frank in die andere. Sie fielen hin, als sich die Rover in Bewegung setzten und mit hoher Beschleunigung wegfuhren. »Au!«, schrie Maya.

»Alle an Bord?«, fragte Michel.

Sie riefen ihre Namen.

»Gut. Ich bin froh, dass wir euch gefunden haben!«, sagte Michel. »Es wird ziemlich hart. Dmitri und Elena sind tot, habe ich gerade erst erfahren. Getötet bei Echus Overlook.«

In der anschließenden Stille konnten sie hören, wie die Reifen über den Kies der Straße knirschten.

»Die Rover sind wirklich schnell«, merkte Sax an.

»Allerdings. Und sie haben großartige Stoßdämpfer. Genau für solche Situationen gemacht. Ich fürchte aber, wir werden sie aufgeben müssen, wenn wir unten in Noctis sind. Sie sind zu leicht zu sehen.«

»Habt ihr unsichtbare Autos?«, fragte Frank.

»Sozusagen.«

Nach einer halben Stunde in der Schleuse hielten sie kurz an, damit sie in die Haupträume der Rover klettern konnten. In dem einen saß Michel Duval, weißhaarig und runzlig – ein alter Mann, der Maya, Nadia und Frank mit Tränen in den Augen ansah. Er umarmte sie nacheinander und lachte eigenartig und gedämpft.

»Bringst du uns zu Hiroko?«, fragte Maya.

»Das will ich zumindest versuchen. Aber es ist ein weiter Weg, und die Verhältnisse sind schlimm. Aber ich denke, dass wir es schaffen können. Oh, ich bin so froh, dass ich euch gefunden habe! Ihr wisst nicht, wie schrecklich es war, immer nur Leichen zu finden.«

»Wir wissen es«, sagte Maya. »Wir haben Arkady gefunden, und Sasha wurde gerade erst heute getötet, und Alex und Edvard und Samantha, und ich vermute Yeli jetzt gerade eben …«

»Ja. Wir werden alles daransetzen, dass es nicht noch mehr Tote gibt.«

Ein Bildschirm zeigte das Innere des nachfolgenden Rovers, wo Ann, Simon und Sax von einem jungen Fremden etwas steif begrüßt wurden. Michel blickte über die Schulter aus der Windschutzscheibe und stieß einen Pfiff aus. Sie befanden sich am Anfang eines der vielen Trog-Canyons, die nach Noctis hinunterführten. Die gebogene Kante des Canyons fiel steil ab. Die nach unten führende Straße führte über eine künstliche Rampe, die jetzt aber mitsamt der Straße verschwunden war, durch eine Explosion weggefegt.

»Wir werden zu Fuß gehen müssen«, sagte Michel nach einer Weile. »Wir hätten diese Wagen ohnehin bald aufgeben müssen. Es sind nur ungefähr fünf Kilometer. Sind eure Anzüge voll aufgeladen?«

Sie füllten ihre Tanks aus denen der Rover nach und setzten die Helme wieder auf. Dann gingen sie durch die Schleusen hinaus ins Freie.

Als alle draußen waren, starrten sie einander an: die sechs Flüchtlinge, Michel und der jüngere Fahrer. Sie machten sich in der Dunkelheit zu Fuß auf den Weg. Während des tückischen Abstiegs auf dem zerstörten Teil der Straßenrampe ließen sie ihre Stirnlampen eingeschaltet. Als sie wieder auf der Straße waren, schalteten sie sie aus und verfielen auf dem steilen abschüssigen Kiesweg ganz von selbst in die langen, hüpfenden Schritte, die bei diesem Neigungswinkel die bequemste Gangart waren. Die Nacht war sternenlos, und der Wind pfiff um sie den Canyon hinunter, manchmal in so starken Böen, dass er sie von hinten anschob. Es schien, als braute sich tatsächlich ein neuer Staubsturm zusammen. Sax murmelte etwas über äquatorial versus global, aber keiner verstand, was er sagte. Michel meldete sich: »Hoffen wir, dass er global ist. Wir könnten die Deckung gebrauchen.«

»Ich glaube nicht, dass er das sein wird«, meinte Sax.

»Wohin gehen wir?«, fragte Nadia.

»In Aureum Chaos gibt es ein Nothabitat.«

Das lag am anderen Ende von Valles Marineris, volle fünftausend Kilometer entfernt!

»Wie sollen wir das schaffen?«, rief Maya.

»Wir haben Canyonwagen. Du wirst schon sehen«, antwortete Michel knapp.

Die Straße war steil, und sie behielten die schnelle Gangart bei, auch wenn ihre Gelenke schmerzten. Nadias rechtes Knie fing an wehzutun, und ihr Phantomfinger juckte zum ersten Mal seit Jahren. Sie war durstig und fror in dem alten Anzug.

Es wurde so staubig und finster, dass sie ihre Helmleuchten einschalten mussten. Die hüpfenden gelben Lichtkegel erreichten kaum die Straßenoberfläche, und beim Blick nach hinten dachte Nadia, sie sähen aus wie eine Kette Tiefseefische, deren leuchtende Flecken auf dem Boden eines großen Ozeans glühten. Oder wie Bergleute in einem stark verqualmten Stollen. Ein Teil von ihr begann die Situation zu genießen. Es war nur eine schwache, überwiegend physische Empfindung, aber immerhin das erste positive Gefühl, seit sie Arkady gefunden hatte. Eine Freude wie das Phantomjucken ihres verlorenen Fingers, schwach und verwirrend.

Es war noch mitten in der Nacht, als sie den Boden des Canyons erreichten, ein breites U, wie es für das Noctis Labyrinthus typisch ist. Michel trat an einen Felsblock, drückte mit einem Finger an eine Stelle und öffnete dann eine Luke in der Seite des Felsens. Er sagte: »Hereinspaziert!«

Wie sich herausstellte, gab es zwei solcher Felswagen: große Rover, die mit einer dünnen Schicht aus echtem Basalt überzogen waren. »Was ist mit den Hitzesignaturen?«, fragte Sax, als er in einen davon hineinkroch.

»Wir lenken alle Wärme in Spulen, die wir dann vergraben. Also gibt es keine nennenswerte Signatur.«

»Eine gute Idee.«

Der junge Fahrer half den anderen in den Wagen. »Sehen wir zu, dass wir hier wegkommen!«, sagte er schroff und schob sie fast durch die äußeren Schleusentüren. Licht aus der Schleuse erhellte sein vom Helm umrahmtes Gesicht. Asiatisch, vielleicht fünfundzwanzig Jahre alt. Er half den Flüchtlingen, ohne sie direkt anzuschauen. Er wirkte verstimmt, verärgert, vielleicht hatte er Angst. Er sagte vorwurfsvoll: »Wenn ihr das nächste Mal eine Revolution anzettelt, solltet ihr es besser anders angehen.«

ACHTER TEIL

SHIKATA GA NAI

Als die Insassen der Aufzugskabine Bangkok Friend erfuhren, *dass Clarke weggebrochen war und das Kabel abstürzte, eilten sie durch das Foyer zum Gepäckraum und zogen, so schnell sie konnten, Raumanzüge an. Keiner brach in Panik aus, zumindest nicht äußerlich. Die spielte sich im Inneren ab, nach außen hin war jeder sachlich und achtete auf die kleine Gruppe an der Schleusentür, die herauszufinden versuchte, wo genau sie waren und wann sie die Kabine verlassen sollten. Diese Nüchternheit erstaunte Peter Clayborne, dem das Blut in mächtigen Adrenalinstößen durch die Adern jagte. Er war nicht sicher, ob er etwas sagen können würde, falls ihn jemand angesprochen hätte. Ein Mann in der Gruppe vorn sagte ihm in ruhigem Ton, dass sie sich dem areosynchronen Punkt näherten. Darum drängten sie sich alle in der Schleuse zusammen, bis sie so dicht gepackt waren, wie es die Anzüge im Gepäckraum gewesen waren. Dann verschlossen sie die Tür und schalteten die Lebenserhaltungssysteme der Anzüge ein. Die Außentür glitt auf; und da war es – ein großes Rechteck tiefschwarzen Raumes, in dem die Sterne funkelten. Es war wirklich beängstigend, in einem nicht eingehakten Raumanzug da hineinzuspringen. Das kam dem jungen Mann wie Selbstmord vor. Aber die Vordersten stiegen aus, und der Rest folgte wie Sporen aus einer platzenden Samenkapsel.*

Der Wagen und der Aufzug verschwanden rasch in östlicher Richtung. Die Wolke aus Raumanzügen begann sich zu zerstreuen. Viele orientierten sich mit den Füßen zum Mars, damit er wie ein schmutziger Basketball unter ihnen lag. Die Gruppe, die die Berechnungen anstellte, besprach die Lage immer noch auf der allgemeinen Frequenz, so nüchtern wie ein Schachproblem. Sie befanden sich nahe am areosynchronen Orbit, aber mit einer Sinkgeschwindigkeit von mehreren hundert Kilometern in der Stunde. Die Hälfte ihres Haupttreibstoffs würde dem größtenteils entgegenwirken können, sodass sie eine stabilere Umlaufbahn erreichen würden; sogar stabiler als unbedingt nötig in Anbetracht ihrer Luftvorräte. Mit anderen Worten, sie würden entweder später ersticken oder früher durch die Hitze beim Eintritt in die Atmosphäre sterben. Aber darauf wollte man es ankommen lassen. Es war möglich, dass während der Gnadenfrist Retter erschienen. Sicher wollten die meisten es versuchen.

Der junge Mann zog seine Raketenkontrollstäbe aus den Konsolen an den Handgelenken und legte seine Finger und Daumen auf die Knöpfe. Er bekam den Mars zwischen seine Stiefel und schoss einige Zeit lang von ihm fort. Die anderen versuchten beisammen zu bleiben; aber er hielt das für unmöglich und eine Vergeudung von Treibstoff. Er ließ sie über sich davondriften, bis sie nur noch Sterne waren. Er war nicht so verängstigt wie vorhin im Gepäckraum, aber er war wütend und traurig. Er wollte nicht sterben. Kummer wegen seiner verlorenen Zukunft durchfuhr ihn wie ein Krampf. Er schrie laut und weinte. Nach einiger Zeit vergingen die physischen Reaktionen, obwohl er sich so elend fühlte wie zuvor. Er starrte dumpf auf die Sterne. Gelegentliche Wogen von Angst oder Verzweiflung durchfluteten ihn. Sie wurden aber seltener, als die Minuten vergingen, dann die Stunden. Er versuchte, seinen Stoffwechsel zu verlangsamen. Aber das hatte den gegenteiligen Effekt, also beschloss er, darauf zu verzichten. Allerdings rief er zuerst noch an seiner Armbandkonsole seine Pulsfrequenz ab. Hundertundacht Schläge in der Minute. Zum Glück hatte er nicht nachgesehen, als sie sich anzogen hatten und ausgestiegen waren. Er zog eine Grimasse und versuchte, Sternbilder zu bestimmen. Die Zeit verrann.

Er erwachte. Als er merkte, dass er eingeschlafen war, war er gleichzeitig erschrocken und belustigt und versank prompt wieder in Schlaf. Nach einiger Zeit wachte er dann wieder auf, diesmal endgültig.

Die anderen Flüchtlinge waren außer Sicht, obwohl einige Sterne sich vor dem Hintergrund zu bewegen schienen. Das könnten sie sein. Keine Spur vom Aufzug, weder im Raum noch auf der Marsoberfläche.

Es war ein seltsames Dahinscheiden. Wie die Nacht vor der eigenen Exekution, in der man einen Traum vom Weltraum träumte. Es war eigentlich ein langweiliges Warten, das ihn ungeduldig werden ließ, und er überlegte, ob er sein Heizsystem ausschalten sollte. Das wäre es dann gewesen. Das Wissen, dass er das tun könnte, machte das Warten leichter, und er nahm sich vor, es abzuschalten, wenn sein Luftvorrat zu versiegen drohte. Der Gedanke trieb seinen Puls auf einhundertdreißig, und er versuchte, sich auf den Planeten unten zu konzentrieren. Home sweet home. *Er war immer noch in fast areosynchronem Orbit. Noch nach Stunden hatte er Tharsis unter sich, wenn auch ein bisschen weiter westlich. Er war über Marineris.*

Stunden vergingen, und unbeabsichtigt schlief er wieder ein. Als er aufwachte, hing ein kleines silbernes Raumschiff vor ihm wie ein UFO. Er schrie vor Überraschung auf und begann hilflos zu trudeln. Er arbeitete fieberhaft mit den Raketen, um seine Bewegung unter Kontrolle zu bringen. Als er das geschafft hatte, war das Raumschiff immer noch da. Im Seitenfenster sah er ein weibliches Gesicht, das zu ihm sprach und auf ihr Ohr deutete. Er schaltete die allgemeine Frequenz ein, hörte aber nichts. Er schoss mit Raketenkraft auf das Schiff zu und erschreckte die Frau, weil er fast dagegen prallte. Es gelang ihm anzuhalten und sich etwas zurückzuziehen. Die Frau gestikulierte; wollte er hineinkommen? Er machte mit Zeigefinger und Daumen im Handschuh einen ungelenken Kreis und nickte so heftig, dass er wieder ins Taumeln geriet. Während er sich drehte, sah er hinter dem Fenster oben auf dem Fahrzeug eine Ladeluke aufgehen. Er stabilisierte seinen Flug und stieß auf die Öffnung zu. Er fragte sich, ob sie immer noch real sein würde, wenn er sie erreicht hatte. Er berührte die offene Luke, und Tränen traten ihm in die Augen. Er blinzelte, und die Tränen schwebten als Kügelchen auf seine Visierscheibe zu, während er sich auf dem Boden der Schleuse flach ausstreckte. Er hatte noch Luft für eine Stunde …

Als die Luke geschlossen und die Schleuse unter Druck gesetzt worden war, nahm er seinen Helm ab. Die Luft war rein, reich an Sauerstoff und kühl. Die Tür ging auf, und er zog sich hindurch.

Da hörte er Frauen lachen. Es waren zwei an Bord; und die waren sehr gut gelaunt. Eine fragte: »Wohin wolltest du denn? Wolltest du in dem Ding landen?«

Er sagte mit rauer Stimme: »Ich war auf dem Aufzug. Wir mussten aussteigen. Habt ihr sonst noch jemanden aufgefischt?«

»Du bist der Einzige, den wir gesehen haben. Sollen wir dich nach unten mitnehmen?«

Er konnte nur schlucken. Sie lachten ihn an.

»Kaum zu glauben, dass wir dich hier draußen gefunden haben, Junge! Wie viele g verträgst du?«

»Ich weiß nicht. Drei?«

Sie lachten wieder.

»Wie viel hältst du denn aus?«

»Jede Menge mehr«, sagte die Frau, die nach ihm Ausschau gehalten hatte.

»Jede Menge mehr«, spottete er. »Wie viel kann ein Mensch denn aushalten?«

»Das werden wir herausfinden«, sagte die andere Frau und lachte. Das kleine Schiff beschleunigte nach unten auf den Mars zu. Der junge Mann lag erschöpft in einem Andrucksessel hinter den beiden Frauen, stellte Fragen, trank Wasser und lutschte Cheddarkäse aus einer Tube. Die Frauen waren auf einem der kleineren Spiegelkomplexe gewesen und hatten dieses Notlandeschiff geklaut, nachdem sie die Spiegel in ein aus dem Orbit taumelndes Gewirr moleküldünner Membranen verwandelt hatten. Sie gingen in einen polaren

Orbit, was die Landung noch komplizierter machte. Sie wollten nahe der südlichen Polkappe landen.

Peter nahm das schweigend zur Kenntnis. Dann begann das Schiff wild zu hüpfen. Die Fenster wurden weiß, dann gelb und danach zornig orangerot. Gravitationskräfte drückten ihn gewaltsam in den Sessel, seine Sicht verschwamm, und sein Hals schmerzte. »Was für ein Federgewicht!«, sagte die eine Frau, und er wusste nicht, ob sie ihn oder das Landefahrzeug meinte.

Dann ließ die Beschleunigung nach, und das Fenster wurde klar.

Er schaute hinaus und sah, dass sie in steilem Sturzflug auf den Planeten zufielen und nur noch wenige tausend Meter über der Oberfläche waren. Er konnte es nicht glauben. Die Frauen hielten die Nase des Schiffes weiter senkrecht nach unten, und es schien, dass sie sich in den Sand bohren würden. Dann zogen sie im letzten Moment hoch, und er wurde wieder in seinem Sessel nach hinten gedrückt. »Sehr schön!«, kommentierte die eine Frau, und dann waren sie – zack! – unten und liefen über das geschichtete Terrain.

Wieder Schwerkraft. Peter kletterte nach den zwei Frauen aus dem Lander, folgte ihnen eine Röhre hinunter und stieg in einen großen Rover. Er fühlte sich benommen und den Tränen nahe. In dem Rover saßen zwei Männer, die die Frauen herzlich begrüßten und an sich drückten. Sie riefen: »Wer ist das denn?« – »Oh, den haben wir da oben aufgesammelt, er ist aus dem Aufzug gesprungen. Er steht noch etwas unter Schock. Hey«, sagte sie lächelnd zu ihm. »Wir sind unten. Alles okay.«

Manche Fehler kann man nie wieder gutmachen.

Ann Clayborne lag hinten in Michels Rover über drei Sitze ausgestreckt und fühlte, wie die Räder über die Steine auf und ab hüpften. Zum Mars zu fliegen und sich in ihn zu verlieben, das war ihr großer Fehler gewesen. Sich in eine Welt zu verlieben, die offenbar jeder andere vernichten wollte.

Außerhalb des Rovers wurde der Planet für immer verändert. Drinnen wurde der Hauptraum durch zwei Fenster kurz über dem Fußboden erhellt, die unter dem Rand des steinernen Wagendachs einen begrenzten Blick nach außen boten. Rohe Kiesstraße, herabgestürzte Steine auf der Strecke. Sie waren auf dem Noctis-Highway, aber viele Felsbrocken waren auf ihn gefallen. Michel machte sich nicht die Mühe, um die kleineren Stücke herumzufahren. Sie rollten mit etwa sechzig km/h dahin, und wenn sie über einen größeren fuhren, wurden sie alle in ihren Sitzen durchgeschüttelt. »Tut mir leid«, sagte Michel. »Wir müssen so bald wie möglich aus dem Kandelaber herauskommen.«

»Dem Kandelaber?«

»Noctis Labyrinthus.«

Dieser alte Name, erinnerte sich Ann, war ihm von den Geologen der Erde bei Betrachtung der Mariner-Fotos verliehen worden. Aber sie sagte nichts. Der Wille zum Sprechen hatte sie verlassen.

Michel redete im Plauderton weiter. Seine Stimme war leise und beruhigend. »Es gibt einige Stellen, an denen es unmöglich wäre, mit den Rovern hinunterzufahren, sollte die Straße blockiert sein. Querböschungen, die von einer Wand zur anderen verlaufen, riesige Steinfelder und so. Sobald wir in Marineris sind, wird es besser. Dort gibt es Wege abseits der Highways.«

»Sind diese Wagen für eine Fahrt den ganzen Canyon hinunter ausgelegt?«, fragte Sax.

»Nein. Aber wir haben Verstecke entlang der ganzen Strecke.« Offenbar hatten die großen Canyons zu den wichtigsten Transportkorridoren der verborgenen Kolonie gehört. Als der offizielle Canyon-Highway gebaut wurde, hatte ihnen das Schwierigkeiten bereitet, weil viele ihrer Routen abgeschnitten wurden.

Aus ihrer Ecke hörte Ann Michel ebenso aufmerksam zu wie der Rest. Sie war trotz allem neugierig auf die verborgene Kolonie. Wie sie die Canyons benutzten, war genial. Rover, die immer in den Canyons blieben, waren so getarnt, dass sie wie die Felsblöcke aussahen, die überall unter den Klippenhängen lagen. Die Dächer der Wagen waren tatsächlich Steine, die man von unten her ausgehöhlt hatte. Schwere Isolierung verhinderte, dass das Dach des Wagens aufgeheizt wurde, sodass es keine Infrarotspur gab, »zumal noch etliche Mengen Sax-scher Windmühlen hier unten verteilt sind, die das Bild stören.« Der Rover war auch auf der Unterseite isoliert, sodass er keine infrarote Schneckenspur hinterließ, die seinen Weg verraten hätte. Die Wärme aus dem Hydrazinmotor diente zur Heizung der Wohnräume, und jeder Überschuss wurde für späteren Gebrauch in Spulen geleitet. Wenn die sich bei der Fahrt zu sehr erhitzten, wurden sie in Löcher geworfen, die man unter dem Wagen grub und mit Regolith zuschüttete. Bis sich der Boden über der Spule erwärmt hatte, war der Rover längst fort. Also hinterließen sie kein Wärmesignal, benutzten keinen Funk und fuhren nur nachts. Tagsüber parkten sie zwischen anderen Felsblöcken, »und selbst wenn sie täglich die Satellitenfotos vergleichen und sehen, dass da ein neuer Felsblock steht, wären wir bloß einer unter tausend neuen Steinen, die nachts von den Klippen herunterfallen. Seit ihr mit dem Terraforming angefangen habt, gefriert es jede Nacht und taut tagsüber, und die Steilwände zermürben schneller. Morgens und abends kommt alle paar Minuten was herunter.«

»Also können sie uns auf keinen Fall entdecken«, sagte Sax. Er wirkte überrascht.

»Das stimmt. Kein visuelles Signal, kein elektronisches Signal, kein Wärmesignal.«

»Ein getarnter Rover«, sagte Frank über Interkom aus dem anderen Wagen und lachte in seiner rauen Art.

»Richtig. Die wahre Gefahr hier unten ist der Steinschlag selbst, der uns verbirgt.« Ein rotes Licht auf dem Armaturenbrett ging an, und Michel lachte. »Wir haben so gut geheizt, dass wir anhalten und eine Spule vergraben müssen.«

»Wird es nicht zu lange dauern, ein Loch zu graben?«, fragte Sax.

»Weiter vorne ist schon eins gegraben, das wir erreichen können. Noch vier Kilometer.«

»Ihr habt ein tolles System.«

»Nun, wir leben jetzt seit vierzehn Jahren im Untergrund – ich meine, vierzehn Marsjahre. Wärme-Entsorgung ist sehr wichtig für uns.«

»Aber wie regelt ihr das bei euren dauerhaften Habitaten, sofern ihr welche habt?«

»Wir leiten die Wärme in das tiefe Regolith und schmelzen damit Eis zur Wasserversorgung. Oder wir leiten sie durch kleine Schächte, die als eure Windmühlenerhitzer getarnt sind. Unter anderem.«

»Die waren keine gute Idee«, sagte Sax. Aus dem anderen Wagen lachte Frank ihn an. Diese Erkenntnis kommt nur dreißig Jahre zu spät, hätte Ann gesagt, wenn sie noch geredet hätte.

»O nein, eine ausgezeichnete Idee«, sagte Michel. »Die Windmühlen müssen inzwischen Millionen Kilokalorien in die Atmosphäre gepumpt haben.«

»Ja, ungefähr so viel, wie in einer Stunde aus irgendeinem Mohole aufsteigt«, sagte Sax pedantisch.

Er und Michel fingen an, die Terraformingprojekte zu diskutieren. Ann blendete ihre Stimmen aus, bis sie nur noch sinnloses Hintergrundgeräusch waren. Es fiel ihr erstaunlich leicht. Alle Unterhaltungen bewegten sich in diesen Tagen für Ann an der Grenze zur Sinnlosigkeit. Sie musste sich regelrecht anstrengen, um etwas zu verstehen. Sie entspannte sich, distanzierte sich von ihnen und fühlte den Mars unter sich dahinziehen. Sie hielten kurz an, um die Heizspule zu vergraben. Als sie weiterfuhren, wurde die Straße glatter. Sie befanden sich jetzt tief im Labyrinth, und in einem normalen Rover hätte sie durch die Fenster im Dach enge, steile Canyonwände gesehen. Risstäler, vergrößert durch Einbrüche. Auf dem Boden hatte es früher Eis gegeben, das jetzt vermutlich in die Compton-Wasserader am Grund von Noctis gewandert war.

Ann dachte an Peter und erzitterte hilflos. Sie wusste nichts mit Sicherheit, aber die Furcht nagte an ihr. Simon beobachtete sie verstohlen; sein Kummer war deutlich auf seinem Gesicht zu sehen. Und plötzlich hasste sie diese hündische Ergebenheit, diese hündische Liebe. Sie wollte nicht, dass sich jemand so um sie kümmerte. Das war eine unerträgliche Last, eine wahre Zumutung.

In der Morgendämmerung machten sie halt. Die zwei Felsrover parkten am Rand einer Stelle mit ähnlichen Felsblöcken.

Den ganzen Tag saßen sie in einem der Wagen beisammen, ruhten sich aus, aßen kleine rehydrierte oder mit der Mikrowelle aufgewärmte Mahlzeiten und versuchten, Fernseh- oder Funksendungen zu empfangen. Es gab keine, die der Rede wert gewesen wären, nur ein gelegentlicher Wortschwall und verschlüsselte Signale. Äthermüll, der sich zu einem unzusammenhängenden Mischmasch verquirlte. Laute Ausbrüche statischer Störungen schienen auf elektromagnetische Impulse hinzuweisen. Die Elektronik des Rovers war geschützt, sagte Michel. Er saß in einem Sessel, als meditierte er. Eine neue Ruhe bei Michel Duval, dachte Ann. Als wäre er es gewohnt, seine Tage im Verborgenen zu verbringen. Sein Gefährte, der junge Mann, der den anderen Wagen fuhr, hieß Kasei. Seine Stimme klang immer missbilligend und anklagend. Nun, das hatten sie verdient. Am Nachmittag zeigte Michel Sax und Frank auf einer topographischen Karte, die er auf die Bildschirme beider Wagen legte, wo sie waren. Ihre Route durch Noctis sollte von Südwest nach Nordost verlaufen, längs eines der größten Canyons des Labyrinths. Von da aus führte sie im Zickzack nach Osten und fiel steil ab, bis sie in dem großen Areal zwischen Noctis und den Anfängen von Ius- und Tithonium-Chasma waren. Michel nannte dieses Gebiet den Compton Break. Das war ein chaotisches Terrain; und bis sie es durchquert und Ius Chasma erreicht hatten, würde Michel sich nicht entspannen. Denn die Gegend war, erklärte er, ohne ihre heimliche Straße völlig unpassierbar. »Und wenn sie sich ausrechnen, dass wir von Cairo aus diesen Weg genommen haben, könnten sie die Strecke bombardieren.« Sie hatten in der vorangegangenen Nacht fast fünfhundert Kilometer zurückgelegt, fast die ganze Länge von Noctis. Noch eine Nacht, und sie würden unten in Ius sein und sich nicht mehr voll auf eine einzige Route verlassen müssen.

Es war ein dunkler Tag, die Luft dick von braunem Grus bei starken Winden. Ein neuer Staubsturm. Die Temperatur fiel. Sax lauschte einer Stimme über Funk, die sagte, der Staubsturm würde global werden. Michel war erfreut. Im Sturm könnten sie auch am Tag fahren und so ihre Reisezeit halbieren. »Wir müssen fünftausend Kilometer zurücklegen, und das meiste davon abseits der Straßen. Es wird wundervoll sein, bei Tag zu fahren. Ich habe das seit dem Großen Sturm nicht mehr gemacht.«

Also fingen er und Kasei an, rund um die Uhr zu fahren. Sie saßen drei Stunden hinter dem Lenkrad und hatten danach eine halbe Stunde frei. Noch ein Tag, und sie waren unten bei Compton Break, kamen nach Ius Chasma hinein, und Michel entspannte sich.

Ius war der engste aller Canyons im Marineris-System, an seinem Ausgangspunkt bei Crompton Break nur fünfundzwanzig Kilometer breit. Er trennte Sinai Planum von Tithania Catena. Der Canyon war eine tiefe Spalte zwischen diesen beiden Plateaus, seine Seitenwände mehr als drei Kilometer hoch, eine lange, enge, gigantische Schlucht. Aber sie erhaschten immer nur kurze Blicke auf die Wände, wenn sich die staubigen Winde kurz legten. Sie folgten weiter einer ebenen, aber mit Steinen übersäten Route und kamen während eines langen, trüben Tages gut voran. Im Wagen war es ruhig, die Lautstärke des Funkgeräts heruntergedreht, um die entnervenden Störgeräusche auf einem erträglichen Maß zu halten. Die Kameras, die höher als die Fenster angebracht waren, zeigten peitschenden Staub, sodass es schien, als würden sie sich kaum bewegen. Oft sah es so aus, als rutschten sie seitlich weg. Das Fahren war anstrengend, und Simon und Sax lösten Michel und Kasei ab, wobei sie deren Anweisungen folgten. Ann sprach immer noch nicht, und sie baten sie nicht zu fahren. Sax hielt selbst beim Fahren ein Auge auf seinen Computerschirm gerichtet, der ihm Atmosphärendaten übermittelte. Ann konnte sogar vom anderen Ende des Rovers erkennen, dass der Computer ihm anzeigte, der Phobos-Einschlag hätte die Atmosphäre erheblich verdichtet, vermutlich um zusätzliche fünfzig Millibar, ein außerordentlicher Betrag. Und die kürzlich entstandenen Krater gasten immer noch aus. Sax nahm diese Veränderung mit seiner eulenhaften Genugtuung zur Kenntnis, ohne an den damit verbundenen Tod und die Zerstörungen zu denken. Er bemerkte Anns Blick und sagte: »Ich nehme an, das ist wie beim Großen Bombardement in der noachischen Zeit.« Er hätte beinahe noch mehr gesagt, aber Simon brachte ihn mit einem Blick zum Schweigen und wechselte das Thema.

Im nächsten Wagen vertrieben Maya und Frank sich die Zeit damit, Michel Fragen über die verborgene Kolonie zu stellen oder über den Krieg zu spekulieren. Sie kauten alles endlos durch, versuchten, ihm einen Sinn abzugewinnen und sich klar zu werden, was eigentlich geschehen war. Reden, nichts als reden. Ann dachte, am Tage des Jüngsten Gerichts, wenn die Lebenden und Toten gemeinsam gerichtet werden würden, würden Maya und Frank immer noch darüber diskutieren, wo sie was falsch gemacht hatten.

Als die dritte Nacht vorbei war, fuhren die beiden Wagen das untere Ende von Ius hinab und kamen zu einem langen Sporn in Form einer liegenden Acht, der den Canyon teilte. Sie folgten dem offiziellen Marineris-Highway zur südlichen Gabelung hinunter. In der letzten Stunde vor Sonnenaufgang sahen sie über sich einige Wolken, und die Dämmerung war viel heller als an den vorigen Tagen. Das genügte, um sie wieder in Deckung gehen zu lassen, und sie machten am Fuß der Südwand des Canyons halt. Sie versammelten sich im Führungswagen, um den Tag über auszuruhen.

Hier konnten sie endlich die Weite von Melas Chasma überblicken, des größten Canyons von allen. Das Gestein von Ius war rau und schwärzlich gewesen im Vergleich zu dem glatten roten Boden von Melas. Ann hielt es für möglich, dass beide Canyons aus dem Material alter tektonischer Platten bestanden, die sich gegeneinander bewegt hatten und jetzt für immer nebeneinander ruhten.

Sie saßen den ganzen langen Tag da, redeten wenig, waren angespannt, erschöpft, die Haare fettig und ungekämmt, die Gesichter von dem allgegenwärtigen Grus eines Staubsturms verschmiert. Manchmal gab es Wolken, manchmal Dunst, manchmal plötzliche klare Momente.

Mitten am Nachmittag schaukelte der Rover ohne jede Vorwarnung auf seinen Stoßdämpfern. Jäh aufgeschreckt, sprangen sie auf, um die Kameras anzuschalten. Die rückwärtige Kamera des Rovers war auf Ius gerichtet, und plötzlich klopfte Sax auf den Bildschirm. Er sagte: »Reif. Ich möchte wissen …«

Die Kamera zeigte, dass der Reifnebel dichter wurde und sich nach unten auf sie zu bewegte. Die Straße lag auf einem Absatz oberhalb des eigentlichen Bodens der südlichen Gabelung von Ius. Das war gut so, weil mit einem Dröhnen, das den Rover erschütterte, dieser Boden verschwand, überspült von einer niedrigen Wand aus schwarzem Wasser und schmutzig weißem Brei. Es war ein Moloch aus Eisstücken, polternden Steinen, Schaum, Schlamm und Wasser, eine Brühe, die sich in der Mitte des Canyons auf sie zu wälzte. Das Getöse klang wie Donner. Selbst im Innern des Wagens war es zum Sprechen zu laut, und der Rover erzitterte.

Unter ihrem Vorsprung war der Boden des Canyons vielleicht fünfzehn Kilometer breit. Die Flut füllte binnen Minuten seine ganze Weite aus und stieg an einer langen Schutthalde an, die aus der Klippe unten im Canyon von ihnen wegführte.

Die Oberfläche der Flut beruhigte sich, als sie sich vor diesem Damm aufstaute, und erstarrte vor ihren Augen zu einem klumpigen, schmutzig farbenen Eis-Chaos, das seltsam still war. Jetzt konnten sie einander wieder hören, wenn sie das Knacken, Dröhnen und unablässige Getöse überbrüllten; aber niemand wusste, was er sagen sollte. Sie starrten nur bestürzt aus den niedrigen Fenstern oder auf den Bildschirm. Der Reifnebel von der Oberfläche lichtete sich zu einem dünnen Dunst. Aber nicht mehr als fünfzehn Minuten später barst das Eis an dem unteren Ende dieses Sees, und eine große Flutwelle aus schwarzem, dampfendem Wasser riss den Gerölldamm mit dem explosiven Dröhnen einer Gesteinslawine weg. Die Flut strömte weiter den Canyon hinunter. Ihr vorderes Ende geriet außer Sicht, als sie sich von Ius nach Melas Chasma hineinergoss.

Jetzt floss also ein Strom durch Valles Marineris, eine breite, dampfende, im Eis erstickende Flut. Ann hatte Videos von den Ausbrüchen im Norden gesehen, aber persönlich hatte sie keinen erlebt. Was sie sah, war unvorstellbar. Die Landschaft selbst redete jetzt in einer unverständlichen, wahnsinnigen Sprache. Das Gebrüll erschütterte die Luft und ließ ihre Eingeweide erzittern, als zerrisse das Weltgefüge selbst. Und es war auch ein visuelles Chaos, ein sinnloses Durcheinander, das sie nicht scharf erfassen konnte. Keine Unterscheidung von nah und fern, von vertikal und horizontal, von bewegt und ruhig oder hell und dunkel. Sie verlor die Fähigkeit, Sinneseindrücke auszuwerten. Nur mit Mühe konnte sie ihre Gefährten im Wagen verstehen. Sie war nicht sicher, ob es an ihrem Gehör lag oder nicht. Sie konnte es nicht ertragen, Sax anzusehen, aber Sax verstand sie wenigstens. Er versuchte, es vor ihr zu verheimlichen; aber es war klar, dass er wegen dem, was geschah, aufgeregt war. Das ruhige Äußere hatte stets seine leidenschaftliche Natur verborgen. Das hatte sie immer gewusst. Jetzt war sein Gesicht stark gerötet wie im Fieber, und er sah ihr nie in die Augen. Sie wusste, dass er wusste, was sie empfand. Sie verabscheute seine drückebergerische Unfähigkeit, die direkte Konfrontation mit ihr zu suchen, selbst wenn sie aus einer gewissen Rücksicht ihr gegenüber entsprang. Und die Art, wie er immer am Bildschirm klebte. Er schaute nie richtig aus den unteren Bodenfenstern des Rovers, um die Flut mit eigenen Augen zu sehen. Die Kameras bieten einen besseren Blick, sagte er sanft, wenn Michel ihn aufforderte, sich das anzusehen. Und nur eine halbe Stunde, nachdem er die Ankunft der Flut auf den Monitoren verfolgt hatte, hatte er sich wieder seiner KI zugewandt, um auszurechnen, was das für sein Projekt bedeuten würde. Wasser strömte Ius hinunter, gefror, brach auf und strömte weiter, bis nach Melas hinein. Würde sich dort genügend Wasser sammeln, um bis Coprates zu fließen und dann weiter hinab nach Capri und Eos und ins Aureum Chaos … Das war auf den ersten Blick unwahrscheinlich; aber das Compton-Reservoir war groß gewesen, eines der größten, die man je gefunden hatte. Marineris verdankte seine Existenz sehr wahrscheinlich solchen Ausbrüchen dieses Wasserdepots, und der Tharsis-Buckel hatte nie aufgehört auszugasen.

Sie fand sich auf dem Boden des Rovers liegend, die Flut beobachtend, und versuchte zu verstehen. Sie bemühte sich, im Kopf ihre Strömung zu berechnen; eine Möglichkeit, sich besser auf das zu konzentrieren, was sie sah, und es der Bedeutungslosigkeit zu entreißen, die sie zu überwältigen drohte. Wider Willen empfand sie die Faszination des Rechnens und der Aussicht und sogar der Flut selbst. So etwas hatte es auf dem Mars schon früher gegeben, vor Milliarden Jahren, und wahrscheinlich hatte es genau so ausgesehen. Überall gab es Spuren von verheerenden Überschwemmungen, Uferterrassen, rund geschliffenen Inseln, Kanalbetten, Plateaulandschaften … Und all die alten Wasserdepots waren vom Tharsis-Buckel wieder gefüllt worden, durch die Wärme und das ausströmende Gas. Es wäre langsam gegangen, aber in ein, zwei Milliarden Jahren …

Sie zwang sich, ihren Blick zu fokussieren. Der Rand der Flut war etwa einen Kilometer entfernt und lag zweihundert Meter unter ihnen. Der Fuß der Nordwand von Ius war ungefähr fünfzehn Kilometer entfernt, und die Flut reichte bis dahin. Sie war vielleicht zehn Meter tief, nach den riesigen Felsblöcken zu schließen, die wie Kegelkugeln des Großen Mannes stromabwärts rollten. Sie zertrümmerten Eisplatten und hinterließen schwarze Strudel in ihrem Gefolge. Das Wasser in den offenen Stellen schien sich mit vielleicht dreißig Kilometern in der Stunde zu bewegen. Also (sie tippte Zahlen in ihren Armbandcomputer) etwa viereinhalb Millionen Kubikmeter pro Stunde. Das waren ungefähr einhundert Amazonas-Ströme. Aber das Wasser lief unregelmäßig, gefror und brach in einer ständigen Folge von Eisdämmen, die entstanden und zerbarsten, auf. Dampfende Teiche ergossen sich in jeden Kanal oder Abhang, auf den sie trafen, hinunter, rissen erst die Felsen mit sich, dann das Muttergestein …

Ann fühlte, während sie auf dem Boden des Rovers lag, wie ihre Beckenknochen unter dem Ansturm der Flut heftig vibrierten. Solche Erschütterungen waren auf dem Mars seit Jahrmillionen nicht mehr aufgetreten, was etwas anderes erklärte, das sie gesehen, aber nicht hatte verstehen können: die Nordwand von Ius bewegte sich. Das Gestein der Klippen blätterte ab und fiel in den Canyon. Das erschütterte den Boden und löste weitere Hangrutsche und Steinschläge aus.

Die gigantischen Wellen, die beim Aufprall entstanden, liefen durch die Flut, gegen den Strom über das Eis. Die Felsen zerbarsten, wenn sie mit Wasser in Berührung kamen, und der dampfende Reif drang so heftig in die von Staub geschwängerte Luft, dass Ann die Nordwand immer nur für Augenblicke sehen konnte.

Sicher würde die Südwand auf ähnliche Weise zusammenbrechen, obwohl Ann diese Wand, die über ihre Straße nach rechts überhing, nur verkürzt und eingeschränkt sehen konnte. Aber sie würde fallen. Nach dem, was sie an der Nordwand gesehen hatte, würden die Chancen dafür bei fünfzig Prozent liegen. Aber da drüben war es vermutlich schlimmer; denn die Nordwand schien von der Flut unterspült zu werden, während die Südwand von ihr durch den Absatz getrennt war, über den die Straße führte. Also dürften die Klippen im Süden etwas stabiler sein …

Aber dann wurde ihr Blick stromabwärts nach vorn gelenkt. Dort brach die Südwand gerade wirklich zusammen. Große Felsbrocken fielen herunter. Die Basis der Klippe explodierte in einer Staubwolke, die sich über die Geröllhalde ausbreitete. Die oberen Abschnitte der Klippe rutschten in diese Staubwolke hinein und verschwanden. Nach einer Sekunde sah man die ganze Masse horizontal aus der Wolke herausschießen – ein seltsamer Anblick. Der Lärm war ohrenbetäubend, sogar im Wageninnern. Danach bewegte sich ein langer, langsamer Erdrutsch in die Flut hinein, wobei die Steine das Eis zertrümmerten und den Abfluss blockierten. Dieser zeitweilige Damm schnitt dem Canyonstrom den Weg ab, daher fingen die Ufer der Flut an zu steigen. Ann beobachtete, wie die Eisschicht der Küstenlinie unter ihnen aufriss. Dann waren es Eisschollen, die in einem See aus schwarzem, dampfendem, zischendem Wasser tanzten, das schnell anstieg. Wenn der Damm aus dem Erdrutsch lange genug hielt, würde die Flut sie verschlingen.

Ann schaute auf den langen schwarzen Felssturz vor ihnen. Von ihm war nur noch ein Streifen über der Flut zu sehen. Und der Matsch stieg weiter. Es war ein richtiges Wettrennen. Die Badewanne des Großen Mannes, die ablief, während er neue volle Eimer hineingoss. Die Geschwindigkeit des Anstiegs veranlasste Ann, ihre Schätzung der Strömungsrate nach oben zu korrigieren. Sie fühlte sich gelähmt, gelöst und auf eine seltsame Weise heiter. Es war ihr gleichgültig, ob der Damm brechen würde oder nicht, ehe die Flut sie erreichte. In dem alles überwältigenden Getöse fühlte sie kein Bedürfnis, mit den anderen darüber zu sprechen. Das war unmöglich. Irgendwie feuerte sie die Flut sogar an. Sie alle hatten das verdient.

Aber dann verschwand der durch den Erdrutsch gebildete Damm unter dem schmutzfarbenen Matsch und rutschte langsam und gleichmäßig zusammenbrechend stromabwärts. Der kurzlebige See wurde zusehends kleiner. Eisblöcke auf seiner Oberfläche krachten mit lautem Getöse zusammen und schossen hoch in die Luft. Alles war so unwahrscheinlich laut, wohl mehr als hundert Dezibel. Sie steckte sich die Finger in die Ohren. Der Wagen hüpfte auf und ab. Sie sah, dass von den Klippen stromabwärts weitere Erdrutsche abgingen, wahrscheinlich von der jäh angestiegenen Flut unterspült. Die davon ausgelösten Beben führten zu weiteren Zusammenbrüchen, bis es so aussah, als würde der ganze Canyon vollaufen. Dass in all dem Krach und Vibrieren ihre kleinen Rover überleben würden, schien undenkbar. Die Reisenden klammerten sich an ihre Sitze oder lagen wie Ann auf dem Boden, durch den Lärm voneinander isoliert. Durch ihre Venen pulste eine schreckliche Mischung aus Eis und Adrenalin. Selbst Ann, der es gleichgültig war, atmete heftig und hatte ihre Muskeln gegen die ruckartigen Bewegungen angespannt.

Als sie wieder hören konnten, was sie einander zubrüllten, fragten die anderen Ann, was geschehen sei. Sie blickte trübselig aus dem Fenster und ignorierte sie. Offenbar würden sie doch überleben – für den Moment jedenfalls. Die Oberfläche der Flut bildete jetzt das chaotischste Terrain, das sie je gesehen hatte. Das Eis war zu einer Fläche scharfkantiger Scherben zerbrochen. Die höchste Stelle des Sees war an ihrem Absatz emporgestiegen, bis er nur noch knapp hundert Meter unter ihnen gelegen hatte. Der wieder freigelegte und befeuchtete Boden war in weniger als zwanzig Sekunden von rostigem Schwarz zu schmutzigem Weiß übergegangen. Frost auf dem Mars.

Sax war die ganze Zeit in seinem Sessel geblieben, gefesselt von dem Flimmern seines Bildschirms. Eine Menge Wasser würde verdunsten oder vielmehr gefrieren und sublimieren, murmelte er zu niemandem im Speziellen, während er arbeitete. Es war eine schwer karbonisierte Salzlauge, würde aber als mit Staub gefüllter Schnee enden, der irgendwo anders fiel. Die Atmosphäre könnte wasserhaltig genug sein, dass es mehrere Male schneien würde oder sogar regelmäßig in Zyklen von Niederschlag und Sublimation. Somit würde das Wasser der Flut planetenweit schön gleichmäßig verteilt werden, außer vielleicht in den größten Höhen. Die Albedo würde dramatisch steigen. Man müsste sie senken, vielleicht durch die Schneealgen, die die Acherongruppe entwickelt hatte. (Aber Acheron gab es nicht mehr, sagte Ann ihm in Gedanken.) Schwarzes Eis würde bei Tag schmelzen und bei Nacht gefrieren. Sublimation und Ausfällung. Sie würden eine Wasserlandschaft bekommen. Ströme würden sich sammeln, Teiche bilden, abwärts fließen, in Gesteinsspalten gefrieren und expandieren, sublimieren, schneien, schmelzen und wieder fließen. Eine vergletscherte oder schlammige Welt. Aber immer noch eine Wasserlandschaft.

Und jedes Merkmal des alten Mars würde verschwinden. Der Rote Mars war Geschichte.

Ann lag beim Fenster auf dem Boden. Ihre Tränen strömten dahin wie die Flut, über den Damm ihrer Nase hinab, über ihre rechte Wange, das Ohr, bis eine Seite ihres Gesichts nass war.

»Das wird es erschweren, den Canyon hinunterzugelangen«, sagte Michel mit seinem leichten gallischen Lächeln, und im nächsten Wagen lachte Frank auf. Tatsächlich sah es so aus, als wäre es unmöglich, dass sie auch nur fünf Kilometer weiterkämen. Direkt vor ihnen war die Canyonstraße unter dem großen Erdrutsch verschwunden. Der neue Abhang bestand aus instabilem Geröll, unterspült durch die Flut und von oben durch nachfolgende Brocken bombardiert.

Die anderen debattierten lange, ob sie es nicht wenigstens versuchen sollten. Sie mussten laut sprechen, um über dem immer noch gewaltigen Lärm der Flut gehört zu werden. Nadia hielt es für Selbstmord, den Abhang hochzufahren, aber Michel und Kasei waren sich ziemlich sicher, dass sie einen Weg finden könnten; und es gelang ihnen nach einem ganzen Tag Erkundung zu Fuß, Nadia zur Zustimmung zu bewegen. Und der Rest war dafür, wenn Nadia es war. Und so verteilten sie sich am nächsten Tag, vor Beobachtung geschützt durch den allgemeinen Staubsturm und den Dampf der Flut, auf die zwei Wagen und fuhren langsam den Abhang hinauf.

Er bestand aus einer groben Masse aus Kies und Sand, dazwischen lagen überall Felsblöcke verstreut. Es gab aber eine

Zone, die sich am Absatz darunter orientierte und relativ eben war. Sie war das einzige Terrain, das eine Passage erlaubte. Es galt, einen befahrbaren Weg über eine Fläche von der Konsistenz schlecht gemischten Zements zu finden, herum um Felsblöcke und vorbei an einem gelegentlich klaffenden Loch. Michel fuhr kühn und mit einer an Sturheit grenzenden Rücksichtslosigkeit voran. »Verzweifelte Maßnahmen«, erklärte er fröhlich. »Könnt ihr euch vorstellen, unter normalen Umständen eine solche Route über einen solchen Boden zu nehmen? Das wäre verrückt.«

»Das *ist* verrückt«, sagte Nadia mürrisch.

»Nun, was sollen wir tun? Wir können nicht umkehren, und wir können nicht aufgeben. Das sind die Zeiten, in denen Männer auf die Prüfung gestellt werden.«

»Die Frauen schlagen sich gut.«

»Das war ein Zitat. Du weißt, was ich meine. Wir können einfach nicht umkehren. Ganz Ius wird von Wand zu Wand überflutet sein. Ich glaube, das macht mich irgendwie glücklich. Waren wir jemals so frei, keine Wahl treffen zu müssen? Die Vergangenheit ist ausgelöscht, nur auf das Jetzt kommt es an. Die Gegenwart und die Zukunft. Und die Zukunft ist dieser steinige Abhang, und wir sind hier. Und ihr wisst, dass man erst dann alle seine Kraft mobilisiert, wenn man weiß, dass es keinen Weg zurück gibt, dass der einzige Weg nach vorn führt.«

Also fuhren sie vorwärts. Aber Michels gute Laune erhielt einen starken Dämpfer, als der zweite Wagen in ein Loch stürzte, das durch eine Art Falltür aus Steinen verborgen gewesen war. Mit einiger Mühe gelang es ihnen, die vordere Schleuse zu öffnen und Kasei, Maya, Frank und Nadia herauszuziehen. Aber den Wagen konnten sie nicht frei bekommen. Sie hatten weder einen Ansatzpunkt noch genug Power. Also brachten sie alle Versorgungsgüter in den ersten Rover, bis der gänzlich vollgestopft war. Dann zogen sie weiter, zu acht und mit ihren Vorräten, jetzt alle in einem einzigen Wagen.

Als sie den Erdrutsch überwunden hatten, ging es leichter. Sie folgten dem Canyon-Highway nach Melas Chasma hinunter und stellten fest, dass die Straße dicht an der Südwand entlang führte. Und da Melas ein so breiter Canyon war, hatte die Flut Platz gehabt, sich auszubreiten, und war etwas nach Norden abgebogen. Außerhalb der Schleuse klang es immer noch so, als ob Luftsammler auf Hochtouren arbeiteten; aber die Straße verlief oberhalb und südlich der Flut, die Schleier aus dampfendem Reif ausstieß und die Sicht nach Norden blockierte.

So kamen sie einige Nächte ohne Schwierigkeit voran, bis sie den Geneva-Sporn erreichten, der aus der riesigen Südwand bis fast an den Rand der Flut hinausragte. Hier war die offizielle Straße dahin abgebogen, wo jetzt die Flut verlief, und sie mussten eine höhergelegene Passage finden. Die Geländefahrten über steinigen Boden an den unteren Hügeln des Sporns waren für den Rover wirklich schwierig. Einmal saßen sie auf einem vorstehenden abgerundeten Felsblock auf, und Maya beschimpfte Michel wegen seiner draufgängerischen Fahrweise. Sie übernahm das Steuer, während Michel, Kasei und Nadia in Schutzanzügen hinausgingen. Sie wuchteten den Rover von dem Stein und gingen dann voran, um die Route zu erkunden.

Frank und Simon halfen Maya bei der Ausschau nach Hindernissen, während sie fuhr. Sax verbrachte weiter seine ganze Zeit am Bildschirm. Ab und zu stellte Frank den Fernseher an oder suchte nach Funksignalen, darum bemüht, sich aus den verstümmelten und unverständlichen Stimmen, die das Gerät bei einem Suchlauf finden konnte, die Nachrichten zusammenzureimen. Ganz oben auf dem Geneva-Sporn, als sie den absurd dünnen Faden des Traverse-Highways kreuzten, waren sie weit genug von der Südwand entfernt, um einige Sendungen zu empfangen, wonach es schließlich doch keinen globalen Staubsturm geben würde. Und wirklich waren die Tage manchmal nur diesig, anstatt von Staub erfüllt. Sax wertete das als Beweis für den Erfolg der den Staub fixierenden Strategien, die seit dem Großen Sturm angewandt wurden. Niemand antwortete ihm. Frank meinte nur, der in der Luft befindliche Staub schien irgendwie zu helfen, schwache Funksignale zu verstärken. Sax nannte das stochastische Resonanz. Das Phänomen war kontraintuitiv, und Frank bat Sax um eine Erklärung dafür. Als er es begriffen hatte, dröhnte der Rover von seinem freudlosen Gelächter. »Vielleicht war die ganze Einwanderung stochastische Resonanz, die das schwache Signal der Revolution verstärkt hat.«

Sax erwiderte steif: »Ich glaube nicht, dass Analogien zwischen Physik und Sozialwissenschaften hier weiterhelfen.«

»Sei still, Sax! Geh zurück in deine virtuelle Realität!«

Frank war noch immer wütend. Bitterkeit ging von ihm aus wie der Reifdampf von der Flut. Er stellte Michel knappe Fragen über die verborgene Kolonie. Seine Neugier brach zweioder dreimal täglich hervor. Ann war froh, nicht an Hirokos Stelle zu sein, wenn sie und Frank sich wiederträfen. Michel beantwortete diese vorwurfsvollen Fragen ruhig. Er ignorierte den Sarkasmus und das wütende Glitzern in Franks Augen. Mayas Versuche, Frank zu beruhigen, steigerten dessen Wut nur noch, aber sie ließ nicht locker. Ann war von ihrer Beharrlichkeit und ihrer Unempfindlichkeit gegenüber Franks brüsken Zurückweisungen beeindruckt. Das war eine Seite von Maya, die Ann noch nie gesehen hatte. Normalerweise war

Maya die sprunghafteste Person in der Runde. Aber nicht jetzt, wenn die Lage wirklich kritisch war.

Schließlich hatten sie den Geneva-Sporn umrundet und kamen wieder auf die Felsleiste unter der südlichen Böschung. Der Weg nach Osten war oft durch Erdrutsche unterbrochen, aber sie hatten immer Platz, um sie zu umgehen. Sie kamen gut voran.

Aber dann gelangten sie an das Ostende von Melas. Hier verengte sich die größte Schlucht und fiel einige hundert Meter tief in die zwei parallelen Canyons von Coprates ab, die durch ein langes, schmales Plateau getrennt waren. Coprates Süd endete an einer steilen, etwa zweihundertfünfzig Kilometer entfernten Querwand in einer Sackgasse. Coprates Nord hatte eine Verbindung zu den niedrigeren Canyons weiter östlich, deswegen wollten sie ihn nehmen. Coprates Nord war auch das längste Einzelelement des Marineris-Systems. Michel nannte ihn La Manche; und er verengte sich wie der Ärmelkanal nach Osten hin, bis er bei etwa 60° Länge in eine gigantische Schlucht mündete – vier Kilometer hohe Steilklippen mit einer Lücke von nur fünfundzwanzig Kilometern dazwischen. Michel bezeichnete sie als Dover-Tor. Offenbar waren die Felswände in dieser Lücke weiß – oder es einmal gewesen.

Sie fuhren Coprates Nord hinunter, und die Klippen rückten jeden Tag näher zusammen. Die Flut füllte fast die ganze Breite des Canyonbodens und strömte so rasch, dass das Eis auf ihrer Oberfläche in kleine Eisberge zerbrochen war, die über stehende Wellen trieben und wieder aufs Wasser zurückprallten. Ein wilder Weißwasserkatarakt in der Stärke von hundert Amazonas-Strömen mit Eisbergen darauf. Der Boden des Canyons wurde weggerissen und donnerte in mächtigen Wogen aus rostrotem Wasser zu Tal, sodass es aussah, als verblute der Planet. Der Lärm war unglaublich, ein anhaltendes und durchdringendes Getöse, das den Geist benebelte und Reden fast unmöglich machte. Sie mussten alle aus Leibeskräften brüllen und beschränkten sich deshalb auf die dringendsten Mitteilungen.

Aber dann gab es eine dringende Notwendigkeit zum Brüllen. Denn als sie an das Dover-Tor kamen, stellten sie fest, dass der Boden des Canyons fast völlig überflutet war. Ihr Felsvorsprung unter der Südwand der Schlucht war nur zwei Kilometer breit und wurde von Minute zu Minute schmaler. Es war gut möglich, dass der ganze Absatz weggerissen werden könnte. Maya schrie, dass die Weiterfahrt zu gefährlich sei, und drängte auf Umkehr. Sie rief, wenn sie umdrehten und zum Ende von Coprates Süd hinauffuhren und es schafften, das Plateau darüber zu erklimmen, könnten sie an den Senken von Coprates vorbeifahren und so weiter nach Aureum gelangen.

Michel schrie, dass er darauf beharrte weiterzufahren und auf dem Vorsprung durch das Tor zu kommen. »Wenn wir uns beeilen, können wir es schaffen. Wir müssen es versuchen!« Und als Maya weiter protestierte, fügte er nachdrücklich hinzu: »Das Ende von Coprates Süd ist steil. Der Wagen würde nie dort hinaufkommen. Es ist so eine Klippe wie diese hier. Und wir haben nicht genügend Vorräte, um unsere Fahrt um so viele Tage zu verlängern! Wir können nicht zurück!«

Seine einzige Antwort war das wahnsinnige Getöse der Flut. Sie saßen in dem Wagen, durch den Lärm getrennt wie durch Kilometer im All. Ann wünschte sich, dass der Vorsprung unter ihnen wegrutschen möge oder ein Stück der Südwand auf sie fiele und ihrer Unschlüssigkeit ein Ende setzte – und dem schrecklichen, betäubenden Lärm.

Sie fuhren weiter. Frank, Maya, Simon und Nadia standen hinter Michel und Kasei und sahen ihnen beim Fahren zu. Sax saß an seinem Bildschirm, reckte sich wie eine Katze und blinzelte kurzsichtig auf das kleine Bild der Sintflut an seinem Handgelenk. Die Oberfläche beruhigte sich für einen Moment und gefror. Das Brüllen wurde zu einem intensiven tiefen Gemurmel. »Es ist wie der Grand Canyon in einem Super-Himalaya-Maßstab«, sagte Sax offenbar zu sich selbst, obwohl nur Ann ihn hören konnte. »Die Schlucht von Kala Gandaki ist ungefähr drei Kilometer tief, nicht wahr? Und ich denke, dass Dhaulagiri und Annapurna nur dreißig Kilometer voneinander entfernt sind. Wenn man das mit einer Flut wie dieser füllen würde, einer Flut wie …« Es gelang ihm nicht, eine vergleichbare Flut zu finden. »Ich möchte wissen, was das ganze Wasser so hoch auf dem Tharsis-Buckel gemacht hat.«

Ein Knallen wie von Kanonenschlägen kündigte einen neuen Schwall an. Die weiße Oberfläche der Flut riss auf, und Eis taumelte stromabwärts. Plötzlich umgab sie wieder weißer Lärm und übertönte alles, was sie sagten oder dachten, als erbebte das Universum selbst. Eine Stimmgabel …

»Ausgasen«, sagte Ann. »Ausgasen.« Ihre Kiefer waren steif, sie spürte in ihrem Gesicht, wie lange es her war, seit sie zuletzt gesprochen hatte. »Tharsis ruht auf hochquellendem Magma. Gestein allein konnte das Gewicht nicht tragen. Der Buckel wäre eingesunken, wenn er nicht durch einen aufquellenden Strom im Mantel getragen wäre.«

»Ich dachte, es gäbe keine Ströme im Mantel.« Sie konnte Sax durch den Lärm gerade noch hören.

»Nein, nein.« Es war ihr gleich, ob er sie hören konnte oder nicht. »Der Strom ist nur langsamer geworden. Aber es gibt ihn noch. Und seit der letzten großen Flut haben sie die hochgelegenen Reservoire von Tharsis aufgefüllt und Wasseradern wie Compton warm genug gehalten, dass sie flüssig blieben.

Schließlich wurde der hydrostatische Druck extrem hoch. Aber mit weniger Vulkanismus und weniger großen Meteoriteneinschlägen brach sie nicht auf. Sie könnte seit einer Milliarde Jahre voll gewesen sein.«

»Meinst du, dass Phobos sie geknackt hat?«

»Vielleicht. Wahrscheinlicher aber eine Kernschmelze in einem Reaktor.«

»Wusstest du, dass Compton so groß war?«, fragte Sax.

»Ja.«

»Ich wusste das nicht.«

»Nein.«

Ann starrte Sax an. Hatte er sie gehört?

Hatte er. Daten zurückhalten. Sie merkte, dass er schockiert war. Er konnte sich keinen hinreichenden Grund für Verheimlichung von Daten vorstellen. Vielleicht lag es daran, dass sie einander nicht verstanden. Wertsysteme, die auf völlig verschiedenen Grundlagen beruhten. Ganz unterschiedliche Arten von Wissenschaft.

Er räusperte sich. »Wusstest du, dass es flüssig war?«

»Ich habe es mir gedacht. Jetzt wissen wir es.«

Sax kniff die Augen zusammen und rief auf seinem Schirm das Bild von der linken Roverkamera auf. Schwarzes sprudelndes Wasser, grauer Schutt, zertrümmertes Eis, stehende Wellen, die sofort gefroren, zusammenstürzten und in Wolken aus Reifdampf davonfegten … Der Lärm hatte wieder seine tobende Lautstärke erreicht.

Sax rief: »Ich hätte es nie so gemacht!«

Ann starrte ihn an. Er sah ruhig auf den Bildschirm.

»Ich weiß«, erwiderte sie. Und dann hatte sie wieder genug vom Reden, hatte seine Nutzlosigkeit satt. Es war nie mehr gewesen als ein Flüstern gegen das große Dröhnen der Welt, halb gehört und noch weniger verstanden.

Sie fuhren so schnell sie konnten durch das Dover-Tor und folgten der Calais-Rampe, wie Michel ihr Felsband nannte. Sie kamen nur nervenaufreibend langsam vorwärts. Es war ein schwerer Kampf, den Rover über die Felsstürze zu bringen, die die schmale Terrasse bedeckten. Überall lagen Felsblöcke verstreut, und die Flut verzehrte das Land zu ihrer Linken und trug die Bank zusehends ab. Abhänge stürzten vor und hinter ihnen von den Wänden der Klippe herunter. Mehr als einmal krachten einzelne Steine auf das Wagendach, sodass sie alle hochsprangen. Es war durchaus möglich, dass ein größerer Brocken sie ganz plötzlich treffen und wie Käfer zerquetschen würde. Diese Möglichkeit bedrückte sie alle, aber Ann freute sich. Selbst Simon ließ sie in Ruhe. Er half bei der Navigation und erkundete mit Nadia, Frank oder Kasei zu Fuß den nächsten Streckenabschnitt – froh, von ihr wegzukommen, dachte sie. Warum auch nicht?

Sie zuckelten mit wenigen Stundenkilometern dahin. Sie fuhren eine ganze Nacht und den folgenden Tag durch, obwohl der Dunst sich so weit abgeschwächt hatte, dass man sie von Satelliten aus sehen konnte. Sie hatten keine andere Wahl.

Und dann waren sie durch das Dover-Tor hindurch, und Coprates öffnete sich wieder und gab ihnen etwas mehr Spielraum. Die Flut schwenkte ein paar Kilometer nach Norden ab.

In der Abenddämmerung hielten sie an. Sie waren mehr als vierzig Stunden am Stück gefahren. Sie standen auf und reckten sich, schlurften herum und setzten sich wieder hin, um Mikrowellenessen zu verspeisen. Maya, Simon, Michel und Kasei waren guter Dinge, Sax war wie immer, Nadia und Frank etwas weniger brummig als sonst. Die Oberfläche der Flut war im Moment gerade gefroren, und es war möglich, sich zu unterhalten, ohne sich heiser zu brüllen und doch gehört zu werden. Und so aßen sie, auf ihre kleinen Portionen konzentriert, und plauderten zwanglos.

Spät bei dieser ruhigen Mahlzeit schaute Ann ihre Gefährten an, plötzlich erstaunt von diesem Schauspiel menschlicher Anpassungsfähigkeit. Sie saßen da, aßen und redeten, das tiefe Grollen aus dem Norden übertönend, in einer perfekten Illusion einer Abendgesellschaft. Es hätte an jedem beliebigen Ort zu jeder beliebigen Zeit sein können, und ihre müden Gesichter strahlten wegen eines kollektiven Erfolgs oder auch nur wegen der Freude gemeinsam zu essen. Dabei dröhnte außerhalb ihrer Kammer die zerbrochene Welt, und ein Steinschlag konnte sie in jedem Augenblick vernichten. Ann fiel ein, dass die Freude und Beständigkeit von Speisesälen schon immer vor einem solchen Hintergrund verstärkt worden war, wenn eine Konfrontation mit einem universellen Chaos stattgefunden hatte. Solche Augenblicke der Ruhe waren vergänglich und flüchtig wie Seifenblasen, dazu bestimmt zu platzen, kaum dass sie entstanden waren. Gruppen von Freunden, die Räume, Straßen, Jahre – nichts davon war von Dauer. Die Illusion von Beständigkeit wurde durch eine gemeinsame Bemühung geschaffen, das Chaos zu ignorieren, in das sie eingebettet waren. Und so aßen sie, redeten und genossen ihre Gesellschaft. So war es schon in den Höhlen gewesen, in der Savanne, in den Wohnungen und Schützengräben von bombardierten Städten.

So war es auch in diesem Moment. Ann Clayborne gab sich einen Ruck. Sie stand auf und ging zum Tisch. Sie nahm den Teller von Sax, der sie zuerst aus der Reserve gelockt hatte, dann die von Nadia und Simon. Sie trug die Teller zu ihrer kleinen Magnesiumspüle. Und beim Tellerwaschen fühlte sie, wie sich ihre steife Kehle bewegte. Sie krächzte ihren Anteil an der Konservation und half mit ihrem kleinen Faden, das Gewebe der menschlichen Illusion zu gestalten. »Eine stürmische Nacht!«, sagte Michel zu ihr, als er beim Abtrocknen der Teller neben ihr stand. »Wirklich eine stürmische Nacht!«

Am nächsten Morgen erwachte sie als Erste und betrachtete die Gesichter ihrer Gefährten, die jetzt im Tageslicht höchst ungepflegt aussahen – schmierig, aufgedunsen, mit schwarzen Frostbeulen. Sie schliefen mit offenen Mündern den tiefen Schlaf der Erschöpfung. Sie wirkten wie tot. Und sie war ihnen keine Hilfe gewesen. Im Gegenteil! Sie hatte die Gruppe verlangsamt und behindert. Jedes Mal wenn sie nach einem Erkundungsgang in den Rover zurückgekommen waren, hatten sie über die verrückte Frau auf dem Boden steigen müssen, die dalag und sich weigerte zu sprechen, oft weinte, deutlich in schwerer Depression gefangen. So etwas hatte ihnen gerade noch gefehlt!

Beschämt stand sie auf und säuberte ruhig den Hauptraum und den Fahrerbereich. Später an diesem Tage löste sie ihre Kameraden beim Fahren ab. Sie übernahm eine sechsstündige Schicht am Steuer und war danach erschöpft. Aber sie brachte sie gut nach Osten durch das Dover-Tor.

Aber ihre Schwierigkeiten waren noch nicht vorbei. Coprates hatte sich etwas geweitet, ja, und die Südwand hatte zum größten Teil gehalten. Aber es gab in diesem Gebiet einen langen Grat, der jetzt eine Insel war, mitten durch den Canyon verlief und ihn in einen nördlichen und einen südlichen Kanal teilte. Unglücklicherweise lag der südliche tiefer als der nördliche, sodass der größte Teil der Flut durch ihn strömte und sie dicht an die Südwand drängte. Zum Glück ließ ihnen die Felsterrasse etwa fünf Kilometer Platz zwischen der Flut und der Steilwand. Aber mit der Flut so nahe zu ihrer Linken und den steilen Klippen zur Rechten fühlten sie sich ständig bedroht. Und sie mussten fast die ganze Zeit mit erhobenen Stimmen sprechen. Das krachende Getöse der Wogen schien ihnen direkt ins Hirn zu dringen und machte es schwerer denn je, sich zu konzentrieren, aufzupassen oder überhaupt zu denken.

Eines Tages schlug Maya mit der Faust auf den Tisch und schrie: »Könnten wir nicht warten, bis der Inselgrat weggerissen wird?«

Nach einer ungemütlichen Pause sagte Kasei: »Er ist hundert Kilometer lang.«

»Nun, zum Kuckuck, könnten wir nicht warten, bis diese verfluchte Flut aufhört? Ich meine, wie lange kann sie denn *noch* dauern?«

»Einige Monate«, sagte Ann.

»Können wir nicht so lange warten?«

»Uns wird die Nahrung knapp«, erklärte Michel.

»Wir müssen weiterfahren«, fuhr Frank Maya an. »Sei nicht blöd!« Sie blitzte ihn an und wandte sich ab, sichtlich wütend. Der Rover schien plötzlich viel zu klein zu sein, als hätte man einen Haufen Tiger und Löwen zusammen in einen Hundezwinger gesperrt. Simon und Kasei, durch die Spannung bedrückt, zogen Schutzanzüge an und gingen hinaus, um die Strecke vor ihnen zu erkunden.

Nach dem Inselgrat öffnete sich Coprates wie ein Trichter, mit tiefen Mulden unter den auseinanderstrebenden Canyonwänden. Die nördliche Mulde war Capri Chasma, das Coprates fortsetzte. Wegen der Flut hatten sie keine andere Wahl, als Eos zu folgen. Aber Michel sagte, dass sie diesen Weg ohnehin hatten nehmen wollen. Hier wurde die südliche Klippe endlich etwas niedriger. Sie war von tiefen Einbuchtungen zerschnitten und von einer Anzahl von Meteoritenkratern beachtlicher Größe durchbrochen. Capri Chasma bog nach Nordosten ab. Zwischen den zwei Canyonmulden war eine niedrige dreieckige Mesa, jetzt eine Halbinsel, die den Lauf der Flut in zwei Arme teilte. Leider lief der größere Anteil des Wassers in das etwas niedrigere Eos, sodass sie, obwohl sie der engen Umklammerung von Coprates entronnen waren, immer noch gegen eine Klippe gepresst wurden und nur langsam vorankamen, ohne jede Straße oder Spur und mit schwindenden Vorräten an Nahrung und Luft. Die Staufächer waren fast leer.

Sie waren müde, sehr erschöpft. Es war dreiundzwanzig Tage her, seit sie aus Cairo entkommen waren, inzwischen waren sie zweitausendfünfhundert Kilometer durch die Canyons gefahren. Und während dieser ganzen Zeit hatten sie in Schichten geschlafen, waren fast ständig gefahren und hatten in dem ohrenbetäubenden Ansturm der Flut gelebt, dem Getöse einer Welt, die ihnen in Stücken auf die Köpfe fiel. Sie waren zu alt dafür, betonte Maya mehr als einmal; und die Nerven lagen blank. Sie vermurksten Dinge, begingen kleine Fehler und fielen in Sekundenschlaf.

Der Absatz, der ihre Straße zwischen Klippe und Flut war, wurde zu einem immensen Labyrinth aus Steinblöcken, die größtenteils Auswurfmaterial naher Krater waren oder Schutt von wirklich riesigen Landrutschen. Ann hatte den Eindruck, dass die großen überfluteten Einbuchtungen in der südlichen Klippe Einbrüche waren, die sich zu Nebencanyons entwickeln könnten. Aber sie hatte nicht die Zeit, um genauer hinzuschauen. Oft schien es, als ob ihr Weg durch Felsblöcke völlig versperrt würde und dass sie, nach allen diesen Tagen und Kilometern, nachdem sie den größten Teil von Marineris in diesem heftigen unirdischen Kataklysmus überwunden hatten, kurz vor den riesigen Rinnen, die an seinem unteren Ende aus ihm hinausführten, zum Aufgeben gezwungen waren.

Aber dann fanden sie einen Weg, wurden aufgehalten; fanden wieder einen Weg und wurden wieder aufgehalten, und so weiter, einen Tag nach dem anderen. Sie gingen zu halben Rationen über. Ann fuhr mehr als die anderen, da sie frischer war als der Rest. Und sie war, vielleicht mit Ausnahme von Michel, die beste Fahrerin. Sie hatte außerdem das Gefühl, ihnen etwas schuldig zu sein nach ihrem beschämenden Zusammenbruch während des größeren Teils ihrer Reise. Sie wollte tun, was sie konnte; und wenn sie nicht fuhr, zog sie los, um den Weg zu erkunden. Draußen war es immer noch betäubend laut, und der Boden zitterte unter den Füßen. Sie konnte sich nicht daran gewöhnen, obwohl sie ihr Bestes tat, es zu ignorieren. Sonnenlicht stieß in breiten fahlen Strahlen durch den Nebel und Dunst; und bei Sonnenuntergang erschienen am Himmel Eisbögen und Nebensonnen, zusammen mit Lichtschleiern um die getrübte Sonne. Oft schien der ganze Himmel zu brennen, eine Turner'sche Vision der Apokalypse.

Bald machte auch Ann schlapp, und die Arbeit wurde erschöpfend. Sie verstand jetzt, warum ihre Gefährten so müde und warum sie untereinander und ihr gegenüber so kurz angebunden gewesen waren. Michel hatte die letzten drei Depots nicht lokalisieren können. Ob begraben oder unter Wasser, spielte keine Rolle. Die halben Rationen betrugen 1200 Kalorien am Tag, viel weniger, als sie verbrauchten. Nahrungsmangel, Schlafmangel und dann zumindest für Ann die gleiche alte Niedergeschlagenheit, beharrlich wie der Tod und in ihr aufsteigend wie eine Flut, wie ein schwarzer Matsch aus Schlamm, Dampf, Eis und Kot. Sie blieb stur bei der Arbeit; aber ihre Aufmerksamkeit setzte dauernd aus, und immer wieder wurden die Stimmen zu sinnlosem Geplapper und rissen in dem weißen Lärm der Verzweiflung alles fort.

Der Weg wurde schwieriger. Eines Tages schafften sie nur einen Kilometer. Am folgenden Tag schienen sie völlig festzusitzen. Die Felsblöcke lagen quer über dem Vorsprung wie die Panzersperren in der Maginotlinie des Großen Mannes. Sax bemerkte, es wäre ein perfektes fraktales Muster von etwa 2,7 Dimensionen. Niemand machte sich die Mühe, ihm zu antworten.

Kasei fand zu Fuß eine Passage direkt zur Flut hinunter. Schon die ganzen letzten Tage war der ganze sichtbare Bereich der Überschwemmung gefroren. Bis zum Horizont erstreckte sich eine wirre Fläche wie das Eismeer auf der Erde, nur viel schmutziger, ein großes Durcheinander aus schwarzen, roten und weißen Brocken. Aber das Eis war in Ufernähe eben und an vielen Stellen klar. Sie konnten hindurchsehen und stellten fest, dass es wohl nur einige Meter tief und bis zum Boden gefroren war. Also fuhren sie zu dieser Eisküste hinunter und an ihr entlang. Wenn Steine im Weg waren, lenkte Ann erst die linken Räder und dann den ganzen Wagen auf das Eis. Es hielt. Nadia und Maya amüsierten sich über die Nervosität der anderen. Nadia sagte: »Wir sind in Sibirien den ganzen Winter über zugefrorene Flüsse gefahren. Das waren die besten Straßen, die wir hatten.«

Ann fuhr einen ganzen Tag lang am rauen Rand der Flut entlang und auf ihrer gefrorenen Oberfläche. Sie schafften einhundertsechzig Kilometer, ihr bester Tag seit zwei Wochen.

Gegen Sonnenuntergang fing es an zu schneien. Der Westwind blies von Coprates her und trieb Schneeklumpen an ihnen vorbei, als bewegten sie sich überhaupt nicht von der Stelle. Sie kamen an einen frischen Bergrutsch, der bis auf das Eis der Flut gegangen war. Große Felsblöcke, die über dem Eis verstreut lagen, verliehen ihm einen Hauch einer verlassenen Wohngegend. Das Licht war trüb grau. Sie brauchten einen

Führer zu Fuß durch dies Labyrinth; und in einer müden Besprechung meldete sich Frank freiwillig für diese Aufgabe und ging hinaus. Zu diesem Zeitpunkt war er der Einzige von ihnen, der noch ein bisschen Kraft hatte, noch mehr sogar als der junge Kasei. Er kochte immer noch vor Wut, einem unerschöpflichen Treibstoff.

Er ging langsam vor dem Wagen her, prüfte Routen und kam wieder zurück. Entweder schüttelte er den Kopf oder machte Ann ein Zeichen weiterzufahren. Um sie herum stiegen dünne Schleier aus dampfendem Reif in den fallenden Schnee auf. Sie vermischten sich in dem starken Abendwind und verschwanden im Dunkel. Ann, die das düstere Schauspiel eines harten Windstoßes beobachtete, übersah die Stelle, wo Eis und Fels zusammentrafen, und der Rover stieß gegen einen runden Stein am gefrorenen Ufer, wobei das linke Hinterrad vom Boden abhob. Ann gab Gas, damit die Vorderräder über den Stein rollten; aber sie gruben sich in einen Fleck aus Sand und Schnee ein. Und plötzlich berührten beide Hinterräder kaum noch den Boden, während die Vorderräder sich leer in den Gruben drehten, die sie gewühlt hatten. Sie hatte den Rover festgefahren.

Das war schon mehrere Male passiert. Sie war auf sich selbst wütend, weil sie sich durch das unwichtige Schauspiel am Himmel hatte ablenken lassen.

»Was, zum Teufel, machst du da?«, brüllte Frank über das Interkom. Ann zuckte in ihrem Sitz zusammen. Sie würde sich nie an Franks bissige Heftigkeit gewöhnen. Er rief: »Fahr los!«

Sie sagte: »Ich habe mich an einem Stein festgefahren.«

»Verdammt! Warum passt du nicht auf, wo du hin fährst? Los, halt die Räder an! Stopp! Ich werde die Matten unter die Vorderräder legen und dich nach vorn hebeln. Dann fahr von diesem Stein herunter und den Hang hinauf, so schnell du kannst! Verstanden? Es kommt eine neue Flut.«

Maya schrie: »Frank, komm rein!«

»Sobald ich die verfluchten Matten drunter habe. Mach dich bereit!«

Diese Matten waren aus Metallgeflecht mit Spikes, die man unter die Räder schob, die sich in den Sand gewühlt hatten. Das Geflecht spreizte sich, sodass die Räder wieder Halt fanden. Ein alter Beduinentrick. Frank lief vorn um den Rover herum, fluchte vor sich hin und gab Ann kurze Anweisungen, die mit zusammengebissenen Zähnen und verkrampftem Magen gehorchte.

»Los!«, brüllte Frank. »Los!«

»Steig erst ein!«, rief Ann.

»Keine Zeit. Los, sie ist gleich hier! Ich werde mich an der Seite festhalten. Fahr, verdammt noch mal!«

Also setzte Ann vorsichtig die Vorderräder in Gang, fühlte, wie sie griffen und den Wagen nach vorn über den Stein zogen. Dann griffen die Hinterräder wieder, und sie waren frei. Aber das Getöse der Flut verstärkte sich und wurde hinter ihnen immer lauter. Dann flogen Eisstücke mit schrecklichem Krach am Wagen vorbei. Das Eis wurde von einer dunklen Woge überflutet, die über die Fenster des Wagens spülte. Ann trat das Gaspedal bis zum Boden durch und hielt das in ihren Händen zuckende Lenkrad eisern fest. Neben dem Donnern der Flutwelle hörte sie Frank schreien: »Los, du Idiot, los!« Der Rover erhielt einen harten Stoß, und der Wagen rutschte außer Kontrolle nach links. Ann hing am Lenkrad, das sie hin und her schleuderte. Ihr linkes Ohr schmerzte heftig, sie musste irgendwo angestoßen sein. Sie klammerte sich am Rad fest und drückte das Gaspedal auf den Boden. Die Räder griffen, und der Rover pflügte durch Wasser, das von rechts nach links strömte. Die Flanke des Wagens erhielt einen dumpfen Stoß. »Los!« Ohne den Fuß vom Gas zu nehmen, wandte sie sich bergauf. Sie hüpfte wild im Fahrersitz auf und ab. Alle Fenster und Bildschirme zeigten flüssigen Wahnsinn. Dann floss das Wasser unter den Rover, und die Fenster wurden klar. Die Scheinwerfer des Wagens zeigten steinigen Boden, Schneefall und voraus ein kahles, flaches Gebiet. Ann raste mit Vollgas darauf zu, während hinter ihnen die Flut herandonnerte. Als sie die leicht ansteigende Stelle erreichte, musste sie mit den Händen ihren Fuß vom Gaspedal reißen. Der Rover kam zum Stehen. Sie befanden sich auf einem schmalen Absatz. Es sah so aus, als ginge die Flut bereits zurück. Aber Frank Chalmers war verschwunden.

Maya bestand darauf, dass sie umkehrten und nach ihm suchten. Das taten sie auch, da die erste Flutwelle die größte gewesen zu sein schien. Aber es war vergebens. In dem Dämmerlicht schnitten die Scheinwerfer fünfzig Meter weit in den Schneefall; und in den zwei sich überkreuzenden gelben Lichtkegeln sahen sie nur die raue Oberfläche der Flut, ein treibendes Strandgut ohne die geringste Andeutung regelmäßiger Formen. Es sah aus, als wäre so etwas in dieser Welt unmöglich. In einem solchen Irrsinn konnte niemand überleben. Frank war tot, entweder von dem hüpfenden Wagen gefallen oder während der kurzen Begegnung von der Woge weggeschwemmt.

Seine letzten Flüche schienen noch aus der Statik im Interkom zu quellen, aus dem Dröhnen der Flut. Seine letzte beschwörende Aufforderung klang Ann in den Ohren wie ein Urteil: Los, du Idiot, los! Es war ihr Fehler gewesen, ganz allein ihr Fehler …

Maya weinte, erstickte in Seufzern und krümmte sich wie unter Krämpfen zusammen. »Nein!«, schrie sie. »Frank, Frank!

Wir müssen ihn suchen.« Dann weinte sie so, dass sie nicht mehr sprechen konnte. Sax wurde im Medizinschrank fündig und hockte sich neben sie. »Hier, Maya, willst du ein Beruhigungsmittel?« Sie richtete sich auf und schlug ihm die Pillen aus der Hand. »Nein! Das sind *meine* Gefühle und *meine* Männer. Hältst du mich für einen Feigling, denkst du, ich möchte ein Zombie werden wie du?«

Sie brach unter hilflosen, unmenschlichen, erschütternden Schreien zusammen. Sax beugte sich über sie, er zwinkerte mit verzerrtem Gesicht und bestürzter Miene. Ann fühlte sich schuldig und sagte: »Bitte … bitte!« Sie erhob sich aus dem Fahrersitz, ging zu ihnen zurück und fasste Sax kurz am Arm. Sie bückte sich, um Nadia und Simon zu helfen, Maya vom Fußboden aufzuheben und zu Bett zu bringen. Maya war schon etwas ruhiger geworden, mit roten Augen und triefender Nase. In ihrem Kummer umklammerte sie mit einer Hand Nadias Handgelenk. Nadia blickte auf sie mit der objektiven Miene eines Arztes hinunter, auf ihre eigene Art zurückgezogen und auf Russisch etwas murmelnd.

»Maya, es tut mir leid«, sagte Ann. Ihre Kehle war wie zugeschnürt. Das Sprechen tat weh. »Es war mein Fehler. Es tut mir leid.«

Maya schüttelte den Kopf. »Es war ein Unfall.«

Ann konnte sich nicht dazu überwinden, laut auszusprechen, dass sie nicht aufgepasst hatte. Die Worte blieben ihr im Hals stecken, dann schüttelte ein neuer Weinkrampf Maya. Die Chance war vorüber.

Michel und Kasei übernahmen das Steuer und setzten den Rover wieder entlang des Felsvorsprungs in Bewegung.

Nicht weit östlich davon senkte sich die südliche Wand des Canyons endgültig in die umgebende Ebene, und sie konnten sich von der Flut weg bewegen, die weiterhin Eos Chasma folgte, um sich dann nach Norden zu wenden und sich in der Ferne mit Capri Chasma zu vereinen. Michel fand die Spur der verborgenen Kolonie, verlor sie aber wieder, weil die Wegmarken oft vom Schnee verdeckt waren. Er versuchte einen ganzen Tag lang, ein verstecktes Depot zu finden, das er in der Nähe vermutete, aber es gelang ihm nicht. Anstatt noch mehr Zeit zu verlieren, beschlossen sie, mit voller Geschwindigkeit nach Nordosten weiterzufahren, direkt auf das Versteck zu, das sie zu erreichen versucht hatten. Laut Michel lag es in dem zerklüfteten Gelände genau südlich von Aureum Chaos. »Das ist nicht mehr unsere Hauptkolonie«, erklärte er den anderen. »Nachdem wir Underhill verlassen haben, wohnten wir zuerst dort. Aber Hiroko wollte in den Süden gehen, und das taten wir nach einigen Jahren. Sie sagte, dieses erste Versteck gefiele ihr nicht, weil Aureum eine Senke ist, und meinte, es könnte eines Tages ein See werden. Ich hielt das für verrückt. Aber jetzt sieht es so aus, als hätte sie recht. Aureum könnte der Endpunkt dieser Flut werden. Ich weiß es nicht. Aber das Habitat liegt höher, als wir uns jetzt befinden. Es wird also sicher sein. Vielleicht werden sich keine Menschen darin befinden, aber es wird mit Vorräten versorgt sein. In einem Sturm läuft man jeden Hafen an, nicht wahr?«

Niemand hatte die Kraft für eine Entgegnung.

Am zweiten Tag verschwand die Flut am Horizont im Norden. Bald danach verstummte auch ihr Lärm. Der mit einem Meter hohen schmutzigen Schnee bedeckte Boden zitterte nicht mehr unter den Füßen. Die Welt schien tot, seltsam still und in Weiß gehüllt. Wenn es nicht schneite, war der Himmel noch dunstig, schien aber klar genug, dass sie von oben gesehen werden konnten. Also fuhren sie tagsüber nicht mehr. Sie bewegten sich nachts ohne Scheinwerfer über eine Schneelandschaft, die schwach unter den Sternen schimmerte.

Ann fuhr während dieser Nächte. Sie erzählte nie jemandem von dem Moment der Unaufmerksamkeit am Steuer. Sie kam auch nie wieder so weit, dass sie es sagen wollte. Sie blieb verzweifelt konzentriert, biss sich auf die Unterlippe, bis sie blutete, und vergaß alles außer dem, was in den Lichtkegeln vor ihr lag. Gewöhnlich fuhr sie die ganze Nacht, vergaß, den nächsten Fahrer zu wecken, oder entschloss sich, es nicht zu tun. Frank Chalmers war tot, und es war ihr Fehler. Sie wünschte verzweifelt, sie könnte zurückkehren und die Dinge ändern, aber das war unmöglich. Es gibt Fehler, die man nie wieder gutmachen kann. Die weiße Landschaft war von unendlich vielen Steinen verunstaltet, die alle ihre eigene Schneehaube trugen; und die Pfeffer-und-Salz-Landschaft war wie ein Flickenteppich, sodass das Auge sich bei Nacht schwertat, etwas zu erkennen. Manchmal schienen sie unter dem Boden dahinzupflügen oder fünf Meter darüber zu schweben. Eine weiße Welt. In manchen Nächten kam es ihr vor, als lenkte sie einen Leichenwagen über einen toten Giganten, die Witwen Nadia und Maya auf dem Rücksitz. Sie war sich sicher, dass Peter tot war.

Zweimal hörte sie, wie Frank ihr etwas über das Interkom zurief. Einmal bat er sie, umzukehren und ihm zu helfen. Das andere Mal schrie er: Los, du Idiot, los!

Maya hielt sich gut. Sie war irgendwie zäh, trotz all ihrer Launen. Nadia, die Ann sich immer als die Zähe vorgestellt hatte, schwieg die meiste Zeit. Sax starrte auf seinen Bildschirm und arbeitete. Michel versuchte, mit seinen alten Freunden zu sprechen, gab es aber traurig auf, als ihm niemand antworten wollte. Simon beobachtete Ann wie immer mit unerträglicher Besorgnis. Sie konnte das nicht ertragen und mied seinen Blick. Der arme Kasei musste sich wie in einem Altersheim für Schwachsinnige fühlen. Das war fast ein komischer Gedanke. Aber er wirkte irgendwie gebrochen, verstört. Sie wusste nicht, warum. Vielleicht war es die Anstrengung, vielleicht die zunehmende Wahrscheinlichkeit, dass sie nicht überleben würden, vielleicht bloß Hunger. Die jungen Leute waren merkwürdig. Aber er erinnerte sie an Peter, und darum schaute sie ihn auch nicht an.

Der Schnee machte jede Nacht schimmernd und unruhig. Er würde einmal völlig schmelzen, neue Flussbetten graben und ihren Mars beseitigen. Mars war verschwunden. Michel saß in der Nacht während der zweiten Schichten oft neben ihr und hielt Ausschau nach Wegzeichen. »Haben wir uns verfahren?«, fragte Maya ihn einmal kurz vor der Morgendämmerung.

»Nein, keineswegs. Es ist nur … Wir hinterlassen Spuren im Schnee. Ich weiß nicht, wie lange sie halten werden oder wie gut sichtbar sie sind, aber wenn … Nun, für den Fall, dass sie sich halten, möchte ich den Wagen zurücklassen und den letzten Teil des Weges zu Fuß gehen. Darum möchte ich sehr genau wissen, wo wir uns befinden, ehe wir das tun. Wir haben einige Steine und Dolmen errichtet, die uns das zuverlässig anzeigen; aber ich muss einen davon finden. Sie werden am Horizont auftauchen. Felsblöcke, etwas höher als üblich, oder Säulen.«

»Sie werden bei Tag leichter zu sehen sein«, sagte Simon.

»Ja. Wir werden uns morgen umschauen, und das sollte genügen. Wir dürften ganz in der Nähe sein. Sie sind dafür gedacht, verirrten Menschen wie uns zu helfen. Wir werden bald in Sicherheit sein.«

Nur waren ihre Freunde tot. Ihr einziges Kind war tot. Und ihre Welt war endgültig hinüber. Wenn Ann frühmorgens an den Fenstern lag, versuchte sie, sich das Leben in dem versteckten Zufluchtsort vorzustellen. Jahre um Jahre unter der Oberfläche. Das konnte sie nicht. Los, du Idiot, los! Verdammt!

Noch in der Morgendämmerung stieß Kasei ein wildes Triumphgeheul aus. Draußen am Nordhorizont waren drei aufgerichtete Steine. Eine Schwelle über zwei Pfeilern, als ob ein Teil von Stonehenge hierhergebracht worden wäre. In dieser Richtung lag das Habitat, sagte Kasei.

Aber erst würden sie den Tag über warten. Michel wurde äußerst vorsichtig, um nicht von Satelliten gesehen zu werden, und wollte erst bei Nacht weiterfahren. Also legten sie sich nieder, um etwas Schlaf zu finden.

Ann fand keinen. Sie war durch einen neuen Entschluss voller Energie. Michel schnarchte zufrieden, sie alle schliefen zum ersten Mal seit etwa fünfzig Stunden. Ann schlüpfte in ihren Schutzanzug und ging auf Zehenspitzen in die Schleuse. Sie schaute sich um und betrachtete die Schlafenden. Ein hungriger, abgerissener Haufen. Nadias verkrüppelte Hand hing an der Seite herab. Das Aussteigen aus der Schleuse machte unvermeidbar ein Geräusch. Aber alle waren es gewohnt, bei Lärm zu schlafen, und das Summen und Knacken des Lebenserhaltungssystems übertönte ihren Ausstieg teilweise. Sie schaffte es, ohne jemanden zu wecken.

Die elementare Kälte des Planeten. Sie erschauderte darin und setzte sich nach Westen in Bewegung. Sie ging in den Spuren des Rovers, damit man ihr nicht folgen konnte. Die Sonne stach durch den Nebel. Es fiel wieder Schnee, rot gefärbt in Strahlen der Sonne. Sie trottete weiter, bis sie an einen kleinen Moränenhügel kam, dessen steile Seite schneefrei war. Sie konnte daran entlanggehen, ohne Spuren zu hinterlassen. Das tat sie, bis sie erschöpft war. Es war wirklich kalt. Der Schnee fiel in kleinen Flocken senkrecht herunter, wahrscheinlich um Sandkörner kristallisiert. Am Ende der Moräne war ein dicker, niedriger Felsblock. Sie setzte sich in seinen Windschatten, stellte die Heizung ihres Anzuges ab und bedeckte das blinkende Warnlicht auf ihrem Handgelenk mit einem Schneeklumpen.

Es wurde schnell kälter. Der Himmel war jetzt ein undurchsichtiges Grau mit einem Anflug von Rosa. Schnee fiel auf ihre Visierscheibe.

Sie hatte gerade aufgehört zu zittern und wurde angenehm kühl, als ein Stiefel sie hart am Helm traf. Sie wurde mit dröhnendem Kopf auf die Knie hochgezerrt. Eine Gestalt im Schutzanzug stieß mit ihrem Visier gegen ihres. Dann packten Hände wie Schraubstöcke fest ihre Schultern und warfen sie zu Boden. »Hey!«, rief sie schwach. Sie wurde an den Schultern auf die Füße gezogen, ihr linker Arm zurückgebogen und hoch auf ihrem Rücken festgehalten. Ihr Angreifer hantierte an ihrem Armband und schob sie dann schmerzhaft vorwärts. Ihr Arm wurde immer noch hochgehalten, sodass sie nicht hinfallen konnte, ohne ihn sich zu brechen. Sie fühlte, wie das rhombische Muster der Heizelemente sich in ihre Haut brannte. Alle paar Schritte bekam sie einen festen Schlag auf den Helm.

Die Gestalt führte sie direkt zu ihrem Rover zurück, was sie erstaunte. Sie wurde in die Schleuse geschoben, und der andere stolperte hinter ihr her, schloss die Kammer und nahm erst ihr den Helm ab, dann sich selbst. Zu ihrem höchsten Erstaunen war es Simon. Er hatte ein rotes Gesicht und brüllte sie an. Dabei schlug er sie mit tränenfeuchtem Gesicht. Ihr Simon, der Ruhige, brüllte jetzt: »Warum? Warum? Verdammt, du machst das *immer* so. Immer geht es nur um dich, immer bist du in deiner eigenen Welt. Du bist so selbstsüchtig!« Die Stimme hob sich zu einem schmerzhaften Kreischen. Ihr Simon, der nie etwas sagte, nie die Stimme erhob, nie mehr als ein

Wort sprach, schlug sie jetzt und brüllte ihr buchstäblich spuckend ins Gesicht, vor Wut keuchend. Das machte sie plötzlich rasend. Warum nicht schon früher, warum nicht, wenn sie jemand Lebendigen gebraucht hatte? Warum war er jetzt so wütend? Sie stieß ihn kräftig vor die Brust, und er fiel nach hinten. Sie schrie: »Lass mich in Ruhe!« Dann durchfuhr sie die Angst, der kalte Schauer des marsianischen Todes. *»Warum hast du mich nicht in Ruhe gelassen?«*

Er gewann das Gleichgewicht wieder, sprang nach vorn, packte sie an beiden Schultern und schüttelte sie. Sie hatte nie bemerkt, wie stark seine Hände waren. »Weil!«, brüllte er und machte eine Pause, um sich die Lippen zu lecken und zu Atem zu kommen – »Weil …« Seine Augen traten hervor und sein Gesicht wurde noch dunkler, als ob tausend Sätze auf einmal in seiner Kehle feststeckten. Ihr sanfter Simon! Dann gab er es auf, grunzte und schüttelte sie in seinen Armen.

»Weil! Weil! Weil!«

Es schneite. Obwohl es noch früh am Morgen war, war es schon trübe. Wind peitschte durch das Chaos und wirbelte die Nebelschwaden über das zerklüftete Land. Felsen groß wie Wohnhäuser lagen wirr durcheinander, und die Landschaft war in eine Million kleiner Klippen, Löcher, Mesas, Grate und Piks aufgebrochen. Hohe Bergspitzen, Türme und schaukelnde Felsen, nur durch *kami* auf ihrem Platz gehalten. Das steile oder vertikale Gestein in diesem chaotischen Terrain war noch schwarz, während flachere Stellen jetzt weiß von Schnee waren, sodass die Landschaft ein dichtes Schwarz-Weiß-Muster bildete. Alles wirbelte in Sicht und wieder fort, wenn Ballen und Schleier aus Schnee vorbeigetrieben wurden.

Dann hörte der Schneefall auf. Der Wind legte sich. Die schwarzen Vertikalen und weißen Horizontalen gaben der Welt ein ungewöhnliches Aussehen. Bei dem verhangenen Himmel gab es keine Schatten, und die Landschaft glühte, als ob Licht durch den Schnee auf die Unterseiten der dunklen niedrigen Wolken strömen würde. Alles war scharf und deutlich, wie in Glas gefasst.

Über dem Horizont erschienen sich bewegende Gestalten. Eine nach der anderen tauchten sie in einer gebrochenen Linie auf, sieben insgesamt. Sie bewegten sich langsam mit hängenden Schultern und nach vorn geneigten Helmen. Sie bewegten sich, als hätten sie kein Ziel. Die vordersten beiden schauten von Zeit zu Zeit hoch, machten aber nie eine Pause oder zeigten den Weg.

Die Wolken im Westen schimmerten wie Perlmutt, das einzige Anzeichen an diesem trüben Tag dafür, dass die Sonne sich senkte. Die Gestalten gingen einen langen Kamm hinauf, der aus der zerstörten Landschaft ragte. Von den oberen Abhängen des Grates konnte man weit in jede Richtung sehen.

Sie brauchten lange Zeit, um den Grat zu ersteigen. Endlich näherten sie sich dem Gipfel, einem Felsbuckel, hinter dem der Grat sich wieder senkte. Oben auf dem Buckel war etwas Seltsames. Ein großer Fels mit flachem Boden ragte hoch in die Luft. Er balancierte auf sechs schlanken Steinsäulen.

Die sieben Gestalten näherten sich diesem Megalithen. Sie blieben stehen und betrachteten ihn einige Zeit unter den dunklen zerrissenen Wolken. Dann traten sie zwischen die Säulen unter den Felsen. Er hing wie ein massives Dach über ihnen. Der kreisrunde Boden darunter war flach. Er bestand aus behauenem, poliertem Stein.

Eine der Gestalten ging zu einer Säule und berührte sie mit dem Finger. Die anderen starrten bewegungslos auf das Schneechaos hinaus. Im Boden öffnete sich eine Falltür. Die Gestalten gingen hin und kletterten nacheinander hinein.

Als sie verschwunden waren, begannen die sechs schlanken Säulen in den Boden zu sinken, und der große Dolmen, den sie hochhielten, senkte sich ebenfalls, bis die Säulen ganz verschwunden waren und der große Steinblock auf dem Grat ruhte, wieder in seine frühere Existenz als eindrucksvoller Gipfelstein zurückgekehrt. Hinter den Wolken war die Sonne untergegangen, und das Licht entschwand aus dem leeren Land.

Es war Maya, die sie in Bewegung hielt. *Maya drängte sie nach Süden. Der Unterschlupf unter dem Dolmen war genau das, eine Reihe kleiner Höhlen in dem Grat, versorgt mit Notrationen und Luftvorräten, sonst aber leer. Sie ruhten sich aus, aßen und holten ein paar Tage lang den Schlaf nach. Doch dann fing Maya an, sich zu beklagen. Sie sagte, das wäre keine Art zu leben, sie seien nicht mehr als Untote. Wo waren all die anderen? Wo war Hiroko? Michel und Kasei erklärten erneut, dass sich die verborgene Kolonie im Süden befände, und dass sie vor langer Zeit dorthin umgezogen seien. Okay, sagte Maya, dann werden wir auch nach Süden gehen. In der Garage des Refugiums waren weitere Steinrover. Sie würden bei Nacht fahren, sagte sie, und außerhalb der Canyons würden sie sicher sein. Das Refugium war auf jeden Fall nicht mehr selbstversorgend. Seine Bestände waren groß, aber beschränkt. Also würden sie es früher oder später sowieso verlassen müssen. Es war besser aufzubrechen, solange der Staubsturm ihnen noch eine gewisse Deckung für die Reise bot. Besser jetzt fahren als nie.*

So trieb sie die müde kleine Schar wieder an. Sie beluden zwei Wagen und brachen auf, nach Süden über die großen zerknitterten Ebenen von Margaritifer Sinus. Ohne Hindernisse wie in Marineris legten sie jede Nacht Hunderte von Kilometern zurück und schliefen bei Tag. In einer fast schweigend verlaufenen Fahrt kamen sie nach einigen Tagen zwischen Argyre und Hellas durch, über die endlose Kraterlandschaft der südlichen Hochebenen. Es schien allmählich, als hätten sie nie etwas anderes getan, als in ihren kleinen Wagen vorwärts zu fahren, und dass die Reise ewig dauern würde.

Aber dann kamen sie eines Nachts auf das terrassierte Gelände der Polregion. Kurz vor der Morgendämmerung leuchtete der Horizont vor ihnen, wurde dann zu einem schwachen weißen Strich, der immer dicker wurde, je weiter sie vorrückten. Schließlich stand er als weiße Klippe vor ihnen. Offenbar die südliche Polkappe. Michel und Kasei übernahmen das Steuer und sprachen leise über das Interkom. Sie fuhren, bis sie die weiße Klippe erreichten, dann weiter gerade darauf zu, bis sie auf gefrorenem verkrustetem Sand waren, der sich unter der Masse des Eises befand. Die Klippe war ein riesiger Überhang, wie eine Welle, die einen Augenblick innehielt, bevor sie auf den Strand stürzte. Am Fuß der Klippe war ein Tunnel in das Eis gegraben; und es erschien eine Gestalt im Schutzanzug und dirigierte die beiden Rover hinein.

Der Tunnel führte sie mindestens einen Kilometer weit in das Eis. Er war weit genug für zwei oder drei Rover und hatte eine niedrige Decke. Das Eis um sie herum war reinweiß. Trockeneis, das nur leicht durch Schichtenbildung gestreift war. Sie kamen durch zwei Schleusen, die den Tunnel ausfüllten, und in der dritten hielten Michel und Kasei die Rover an, öffneten deren Schleusen und stiegen aus. Maya, Nadia, Sax, Simon und Ann folgten ihnen nach draußen. Sie kamen durch eine Schleusentür und gingen schweigend weiter durch den Tunnel. Dann öffnete sich der Tunnel, und sie blieben stehen, gebannt durch den Anblick, der sich ihnen bot.

Über ihnen war eine riesige Kuppel aus schimmerndem weißem Eis. Sie standen darunter wie unter einer gigantischen umgedrehten Schale. Die Kuppel hatte mehrere Kilometer Durchmesser und war mindestens einen Kilometer hoch, vielleicht noch mehr. Sie stieg von der Peripherie steil auf und wölbte sich dann sanft zur Mitte. Das Licht war diffus, aber stark, wie an einem wolkigen Tag, und es schien aus der leuchtenden weißen Kuppel selbst zu kommen.

Der Boden war leicht welliger rötlicher Sand, in den tieferen Stellen mit Rasen oder Büschen aus hohem Bambus und knorrigen Kiefern begrünt. Zur Rechten waren einige kleine Hügel, und darin zusammengedrängt ein kleines Dorf, ein- und zweistöckige, weiß und blau gestrichene Häuser, dazwischen große Bäume, in deren dicke Äste Räume aus Bambus und Treppen eingebaut waren.

Michel und Kasei gingen auf dieses Dorf zu. Die Frau, die ihre Wagen in den Tunnel dirigiert hatte, lief voran und rief: »Sie sind hier, sie sind hier!« Unter der anderen Seite der Kuppel befand sich ein Teich aus schwach dampfendem, offenem Wasser, dessen Oberfläche weiß schimmerte, bewegt von Wellen, die sich am nahen Ufer brachen. Auf dem jenseitigen Ufer stand ein großer Rickover-Reaktor, der sich unscharf blau in dem weißen Wasser spiegelte. Böen aus kühlem, feuchtem Wind strichen ihnen um die Ohren.

Michel kam zurück zu seinen alten Freunden, die wie Statuen dastanden. Er sagte lächelnd: »Kommt, es ist kalt draußen. Die Kuppel besteht aus einer Schicht Wassereis. Darum müssen wir die Luft hier die ganze Zeit unter dem Gefrierpunkt halten.«

Aus dem Dorf strömten Leute herbei, die laut riefen. Unten an dem kleinen See erschien ein junger Mann, der auf sie zurannte, wie eine Gazelle in großen Sätzen über die Dünen springend. Selbst nach all den Jahren auf dem Mars erschien den Ersten Hundert ein solch fliegendes Laufen noch surreal; und es dauerte eine Weile, bis Simon Ann am Arm packte und rief: »Das ist Peter! Das ist Peter!«

Und dann drängten sich viele Menschen um sie, die meisten von ihnen junge Leute und Kinder, fremd, aber mit vertrauten Gesichtern, die sich ihren Weg nach vorn bahnten: Hiroko und Iwao, Raul, Rya, Gene und Peter, die sich auf Ann und Simon stürzten und sie an sich drückten. Da waren Vlad und Ursula und Marina und einige andere aus der Acheron-Gruppe, alle um sie gedrängt, die Arme ausgestreckt, um sie zu berühren.

»Was ist das für ein Ort?«, rief Maya.

»Dies ist Heimat«, sagte Hiroko. »Dies ist der Ort, von dem aus wir neu anfangen werden.«

Das Abenteuer geht weiter in:

KIM STANLEY ROBINSON

GRÜNER MARS

ANHANG

UNSER WEG ZUM MARS

Der Mars hat uns Menschen schon immer fasziniert. Er gehört zu den hellsten Gestirnen am Himmel, und seine ungewöhnliche rote Farbe ist mit bloßem Auge zu erkennen. Bereits in der Antike beobachteten wir ihn und schrieben seine seltsamen Bewegungen den Launen der Götter zu – denn der Mars scheint zuweilen auf seiner Bahn stehen zu bleiben und sogar rückwärts zu laufen. Mit der Erfindung des Teleskops um 1609 nahm unser Interesse am Mars weiter zu. Tycho Brahe vermaß im sechzehnten Jahrhundert die Marsbahn und brachte so Johannes Kepler auf die Idee, dass den Planetenbewegungen feste Gesetze zugrunde liegen. Giovanni Cassini entdeckte im siebzehnten Jahrhundert die weißen Polkappen. Giovanni Schiaparelli beobachtete im neunzehnten Jahrhundert Veränderungen auf der Marsoberfläche und schuf, ohne es zu wollen, den Mythos der Marskanäle, der im zwanzigsten Jahrhundert vom amerikanischen Astronom Percival Lowell ebenso aufgegriffen wurde wie von zeitgenössischen Science-Fiction-Autoren. Die Theorie, dass es intelligentes Leben auf dem Mars geben könnte, hielt sich bis Mitte der 1960er-Jahre, als die *Mariner*-Sonden erstmals am Mars vorbeiflogen; die zur Erde geschickten Bilder zeigten eine leblose Wüstenwelt, und 1976 bestätigten die beiden *Viking*-Lander *Mariners* Befunde: Der Mars scheint tot.

Doch wir verloren keineswegs das Interesse an ihm. Jedes neue Bild stellt uns vor Rätsel, und je mehr wir über den roten Planeten erfahren, desto mysteriöser wird er. Überall auf seiner Oberfläche gibt es Spuren, die auf flüssiges Wasser hindeuten – die Grundvoraussetzung für Leben, wie wir es kennen. Bedeutet das, es könnte einmal Leben auf dem Mars gegeben haben? Gibt es das vielleicht auch heute noch? Woher kommt die Mars-Dichotomie – der ausgeprägte Unterschied zwischen den glatten Tiefebenen des Nordens und den von Kratern zernarbten Hochebenen im Süden? Und wie hat der Mars sein planetares Magnetfeld verloren?

Diese Fragen können nicht nur durch Fotos beantwortet werden. Mobile Mini-Labors, die Marsrover *Sojourner, Spirit, Opportunity* und *Curiosity*, machten die nächsten Schritte zur Erforschung der Oberfläche des Planeten. Sie haben den Marsboden gekocht, angekratzt, angebohrt und ihn sogar mit Lasern beschossen. Aber dem größten Abenteuer – Menschen auf den Mars zu schicken – haben wir uns bisher noch nicht gestellt.

Doch es ist nur eine Frage der Zeit, bis die ersten Astronauten ihre Fußabdrücke im roten Sand des Mars hinterlassen werden. Der vierte Planet ist Neuland, das betreten und entdeckt werden will. Die Herausforderungen der Marsforschung erinnern uns an die Fahrten der großen Entdecker wie Christoph Kolumbus und Vasco da Gama, die einst mit Segelschiffen aufbrachen, um die Erde zu erkunden. Sie loteten die Grenzen der Welt aus und erschlossen neue Gebiete. Die Reise zum Mars ist die Fortsetzung dieser Entdeckungsreisen, denn die Grenze liegt nun nicht mehr auf der Erde, sondern im All. Marsforschung ist Wissenschaft und Abenteuer zugleich.

Pläne für einen bemannten Flug zum Mars gibt es schon lange. Bereits 1952 zeigte Wernher von Braun, dass sie realisierbar sind. In seinem neunzigseitigen Essay »Das Marsprojekt« skizzierte er neun Jahre bevor der Kosmonaut Yuri Gagarin als erster Mensch die Erde umrundete, seine Vision einer interplanetaren Forschungsreise: Raumschifffähren, die den späteren Space Shuttles glichen, befördern in 950 Flügen insgesamt 37 000 Tonnen Material in den Erdorbit. Daraus wird dann eine Flotte von zehn großen Schiffen erbaut. Sieben dieser Schiffe dienen dem Transport der aus insgesamt siebzig Personen bestehenden menschlichen Besatzung, drei sind reine Frachter, die die Ausrüstung und die Mars-Landungsboote befördern. Nach einer Flugzeit von rund 260 Tagen erreicht die Flotte den roten Planeten, und ein Großteil der Crew landet auf dem Mars. Der Rest bleibt im Orbit zurück. 449 Tage verbringen die Forscher auf der Marsoberfläche, bevor die Planetenkonstellation von Erde und Mars den Rückflug erlaubt. Alles, was nicht mehr gebraucht wird, lassen die Wissenschaftler auf dem Planeten, wenn sie die ebenfalls 260 Tage lange Rückreise zur Erde antreten.

Das Erstaunliche an von Brauns Marsprojekt ist, dass es bis heute in den Mars-Missionsentwürfen der NASA nachhallt. Die amerikanische Weltraumagentur plant drei aufeinanderfolgende bemannte Forschungsmissionen, die über einen Zeitraum von zehn Jahren hinweg stattfinden sollen. Über vieles, von Lebenserhaltungssystemen über die Gesundheitsrisiken für Astronauten bei einem längeren Aufenthalt in der Schwerelosigkeit bis hin zu den Gefahren der Reise durch Strahlung und Mikrometeoriten, konnte von Braun nur spekulieren. Dennoch weisen Missionspläne der NASA, wie die »90-Day Study« und die »Design Reference Missions« aus den Achtziger- und Neunzigerjahren bis hin zur »Human Exploration of Mars Design Reference Architecture 5.0« aus dem Jahr 2009, grundlegende Ähnlichkeiten mit seiner Vision auf: Für die verschiedenen Stadien der Reise, vom Start bis zur Landung auf dem Mars und der Rückkehr zur Erde, sind verschiedene Schiffstypen geplant. Das Transitschiff, das die Astronauten zum Mars bringt, soll im Erdorbit zusammengebaut werden. Und auch die heutigen Missionen dauern über 900 Tage.

Diese zeitlich langen Missionsprofile, die von Braun vorgeschlagen hat und denen bis heute der Vorzug vor kürzeren Flügen gegeben wird, fasst man unter dem Begriff »Konjunktionsklasse« zusammen, weil Mars und Erde bei der Ankunft auf dem roten

Planeten auf entgegengesetzten Seiten der Sonne stehen. Da sich die Kosten einer bemannten Marsmission auf mehrere Milliarden Dollar belaufen werden, müssen bestmögliche Ergebnisse erzielt werden – und dafür brauchen die Astronauten genug Zeit. Konjunktionsklasse-Missionen bieten nach heutigem Stand der Erkenntnisse das beste Kosten-Nutzen-Verhältnis.

Dank des technischen Fortschritts kommt die erste bemannte Marsmission mit wesentlich kleineren Besatzungen aus, als Wernher von Braun annahm. Die NASA erachtet eine sechsköpfige Astronautencrew, deren Mitglieder alle Qualifikationen auf mehreren Fachgebieten vorweisen können, für ausreichend. Es muss auch niemand mehr im Orbit zurückbleiben und auf das Schiff aufpassen; durch Computer- und Übertragungstechnologie, von der von Braun nicht einmal zu träumen wagte, kann die Bodenkontrolle auf der Erde die Funktionen des Schiffes überwachen und sogar in einem gewissen Maß eingreifen.

Während bei von Braun Astronauten wie Ausrüstung in einer großen Flotte unterwegs sind, sehen moderne Missionskonzepte vor, dass unbemannte Frachtschiffe einen Großteil der Ausrüstung – das Wohnhabitat für die Astronauten und die wissenschaftlichen Geräte – vorab zum Mars bringen. Die Marslandefähre fliegt ebenfalls voraus und erwartet die Crew im Marsorbit. Die Menschen folgen dann etwas mehr als zwei Jahre später mit dem großen Transitschiff. So hat die Bodenkontrolle genug Zeit, die auf dem Mars und im Orbit »geparkte« Ausrüstung von der Erde aus auf Fehlfunktionen zu überprüfen. Das bemannte Schiff startet nur, wenn die Ausrüstung auf dem Mars einwandfrei funktioniert. Die unbemannten Frachtmissionen vorab minimieren also das Risiko für die Mannschaft.

Sind die Astronauten im Marsorbit angekommen, steigen sie in das Landeschiff um, setzen in der Nähe ihres Habitats auf der Oberfläche des Planeten auf und haben dann rund 500 Tage Zeit, ihre Mission auszuführen. Danach fliegen sie zum Transitschiff und kehren damit zur Erde zurück, während eine zweite Crew, zusammen mit der Ausrüstung für eine dritte, bereits unterwegs ist.

In *Roter Mars* greift Kim Stanley Robinson viele dieser Ideen auf, wenn er die Ersten Hundert an Bord der *Ares* losschickt. Die *Ares* startet zwar nicht zur ersten bemannten Marsmission, sondern befördert bereits Kolonisten, doch die Herausforderungen sind beim zweiten, dritten oder hundertsten Marsflug immer noch dieselben wie beim ersten Mal: Das Schiff muss groß genug sein, und es muss seine Passagiere vor der lebensfeindlichen Umgebung im All schützen können.

Im Roman besteht die *Ares* aus alten externen Tanks der Space Shuttles. Diese waren 46,88 Meter lang und hatten einen Durchmesser von 8,4 Metern. Die orangefarbenen Tanks wurden vom Shuttle nach dem Abschalten der Haupttriebwerke abgesprengt und verglühten in der Atmosphäre. Grundsätzlich könnten Shuttle-Tanks jedoch als Basis für ein größeres Raumschiff genutzt werden. Die erste amerikanische Raumstation *Skylab* verwendete beispielsweise Teile der Saturn-Raketen. Die Idee, Raumstationen oder große Schiffe aus »recycelten« Bauteilen herzustellen, hat nach wie vor ihre Befürworter in den Planungsgremien der NASA. Doch sie bekommt vor allem durch aufblasbare Habitate Konkurrenz, die sehr leicht sind und sich platzsparend ins All transportieren lassen. Das Transitschiff, das die ersten Astronauten zum Mars bringt, könnte so ein *TransHab* mitführen, das erst nach dem Start aufgeblasen wird. Erste Versuche mit diesem Habitattyp im Erdorbit und an Bord der ISS, die bereits seit einigen Jahren von der Firma Bigelow Aerospace durchgeführt werden, sehen vielversprechend aus und könnten sich als echte Alternative zu einem großen und schweren Schiff wie der *Ares* erweisen. Auch mit aufblasbaren Elementen wäre ein Transitschiff für den Marsflug aber immer noch so groß und schwer, dass es nicht direkt von der Erde aus starten kann – wie die *Ares* muss es im Erdorbit zusammengebaut werden.

Die Flugroute der *Ares* ist eine sogenannte Typ-II-Hohmann-Transferbahn, auf der die Reise etwas mehr als 260 Tage dauert. 1925 veröffentlichte der deutsche Astronom Walter Hohmann seine Berechnungen für energetisch günstige Flugbahnen von der Erde zu jedem anderen Planeten, der weiter von der Sonne entfernt ist als die Erde. Auf dem Flug zum Mars durchfliegt das Schiff ohne Antrieb eine halbe Ellipse von 586,7 Millionen Kilometern Länge. Hohmann ging vom einfachsten Fall aus: zwei Planeten auf einer exakt kreisförmigen Umlaufbahn in derselben Ebene. Auch wenn die Realität etwas anders aussieht – im Weltall haben wir es mit elliptischen Bahnen und unterschiedlichen Bahnebenen zu tun –, eignet sich die Hohmann-Transferbahn als Grundlage für die Berechnung realer Flugbahnen.

Das Schiff kann die Strecke zum Mars auch schneller zurücklegen, wenn es mehr Treibstoff zur Verfügung hat. Die halbe Hohmann-Ellipse wird dabei nicht vollständig durchflogen; man spricht in diesem Fall von Typ-I-Hohmann-Transferbahnen. Will man statt Treibstoff lieber mehr Nutzlast – oder Marskolonisten – mitnehmen, wählt man die langsameren, aber treibstoffsparenden Typ-II-Flugbahnen. Weil sie den Transport größerer Nutzlasten zulassen, wird ihnen bis heute der Vorzug vor den schnelleren Typ-I-Bahnen gegeben.

Auf einem längeren Flug steigen jedoch auch die Risiken, dass dabei etwas schiefgeht. Neben den offensichtlichen Gefahren – etwa Mikrometeoriten, die die Schiffshülle beschädigen könnten – drohen der Besatzung auch unsichtbare Gefahren durch Strahlung und Schwerelosigkeit. Anders, als der Begriff »Vakuum« vermuten lässt, ist das All nicht leer. Gesteinsbrocken, Gase und kosmischer Staub treiben mit hohen Geschwindigkeiten durch unser Sonnensystem, und selbst winzige Stückchen von nur wenigen Millimetern Durchmesser können erheblichen Schaden anrichten, wenn sie auf die Schiffshülle treffen. Außeneinsätze zu Reparaturzwecken sind auf der ISS an der Tagesordnung, und sie werden es auch bei bemannten Marsflügen sein – auch wenn es auf dem Weg zum Mars unwahrscheinlich ist, dass ein richtig großer Brocken das Raumschiff trifft. Die wenigsten Asteroiden bewegen sich frei durch unser Sonnensystem, sondern sind auf festen Bahnen um Planeten oder im Asteroidengürtel zwischen Mars und Jupiter gebunden.

Die größte Gefahr für die Marscrew, die auch Robinsons Siedler auf der *Ares* betrifft, ist die Belastung durch kosmische Strahlung und Sonnenwind, deren Auswirkungen auf den menschlichen Organismus noch nicht hinreichend erforscht sind. ISS-Astronauten, die sich sechs Monate im Erdorbit aufhalten, sind ungefähr dem Vierzigfachen der Strahlenbelastung eines Jahres auf der Erdoberfläche ausgesetzt – je weiter man sich von dem schützenden Magnetfeld der Erde entfernt, umso direkter ist die Einwirkung der harten Strahlung des Alls. Die Gefahr für den Organismus hängt hierbei von mehreren Faktoren ab: der tatsächlichen Stärke der Strahlung, der Art der Strahlung und der Dauer der Strahlenbelastung. Ein gesunder Mensch kann ein recht hohes Maß an radioaktiver Strahlung über einen sehr kurzen Zeitraum verkraften. Je länger er allerdings der Strahlung ausgesetzt ist, desto gefährlicher wird es. Harte Gammastrahlung ist wiederum schädlicher als die ionisierten Partikel des Sonnenwindes. Weil alle diese Faktoren je nach »Weltraumwetter« schwanken, gehen die Expertenmeinungen über das tatsächliche Risiko, durch die Strahleneinwirkung an Krebs zu erkranken, weit auseinander. Die einen sprechen von beinahe tödlichen Strahlungsdosen, die das gesetzliche Limit der jährlichen Strahlenbelastung von Kernkraftwerksangestellten um das Fünfzehnfache übersteigen und das Erbgut irreparabel schädigen könnten; andere wiegeln ab und gehen lediglich von einem erhöhten Krebsrisiko von durchschnittlich 3,4 Prozent aus. Eine etwa zwölf Zentimeter dicke Schicht aus Wasser (oder Abwasser) würde jedenfalls ausreichen, den größten Teil der Strahlung aus dem All von der Besatzung fernzuhalten. Wenn das erste Mars-Transitschiff keinen eigenen Strahlenschutzraum wie Robinsons *Ares* hat, kann das Schiff so konstruiert werden, dass die Wassertanks außen liegen und so die Belastung für die Crew gesenkt wird.

Ist der Flug zum Mars überstanden, erwartet die Astronauten die nächste Herausforderung. Sie müssen in eine Umlaufbahn um den roten Planeten einschwenken. Im Roman wendet die *Ares* dabei ein riskantes Manöver an: das »Aerobraking«. Dabei tritt das ankommende Schiff in die höheren Schichten der Marsatmosphäre ein, während es den Planeten einmal halb umrundet. Der Luftwiderstand bremst es ab, die Marsschwerkraft fängt es ein und bringt es auf eine elliptische Bahn. Da das Schiff bei jeder neuen Umkreisung wieder in die Atmosphäre eintreten und irgendwann verglühen würde, muss es seinen Kurs mit Steuerraketen korrigieren und die Flugbahn wieder so weit anheben, dass es in einen stabilen Orbit gelangt. Dieses Manöver ist weitaus gefährlicher als ein konventionelles Abbremsen mit Raketen, weshalb es die NASA in ihren Missionsplänen für das bemannte Transitschiff verwirft. Aber für die unbemannten Frachter, die den Mars vor der Crew erreichen, ist eine Atmosphärenbremsung eine kostengünstige Alternative zur treibstoff- und damit kostenintensiven Raketenbremsung.

Nach der Landung auf dem Mars stehen den ersten Astronauten dieselben Aufgaben wie den Ersten Hundert in Robinsons Roman bevor: Sie müssen auf dem Mars überleben. Und dazu brauchen sie flüssiges Wasser. Vieles, was wir über den Mars wissen, deutet darauf hin, dass er über flüssige Grundwasservorkommen verfügt. Wenn die Existenz von flüssigem Wasser auf dem Mars eindeutig nachgewiesen werden kann, ist die Menschheit ihrem Traum von einer dauerhaften Kolonie einen großen Schritt näher gekommen. Daran schließt sich eine weitere entscheidende Frage an: Inwieweit lassen sich die auf dem Mars vorkommenden Rohstoffe von der Crew nutzen? Sei es eine Expedition zum Nordpol, eine wissenschaftliche Station in der Antarktis oder eine Mission zu einem anderen Planeten – Forschungsreisen sind teuer. Denn jede Crew, am Nordpol ebenso wie auf dem Mars, muss auf Ressourcen zurückgreifen: Wasser, Sauerstoff, Treibstoff. Wasser und Sauerstoff durchs All zu transportieren, ist kostenintensiv; wesentlich günstiger wäre es, wenn die Crew diese Stoffe auf dem Mars herstellen würde. Auch im Hinblick auf eine etwaige dauerhafte Forschungsstation oder gar eine Marskolonie wird es eine der wichtigsten Aufgaben der ersten bemannten Marsmission sein, herauszufinden, wie die Ressourcen auf dem Mars nutzbar gemacht werden können.

Hier sind die Kolonisten in *Roter Mars* bereits einen Schritt weiter. Sie wissen genau, wie man mittels unterschiedlicher chemischer Verfahren aus Marsrohstoffen Treibstoff, Atemluft und Wasser erzeugt. Viele der Technologien, die die Ersten Hundert aus Robinsons Roman auf dem Mars zur Verfügung haben, übertreffen den aktuellen Stand der Forschung bei Weitem. Doch einige, etwa Sabatier-Reaktoren, die Kohlenstoff und Wasserstoff in Methan und Wasser umwandeln, kommen heute bereits zur Anwendung, beispielsweise in den Lebenserhaltungssystemen der ISS.

Ausgefeilte Technik hin oder her – ohne Grundwasser sitzen auch die Ersten Hundert in Lunae Planum auf dem Trockenen. Diese Ebene liegt rund 25 Grad nördlich des Äquators und damit in einer Marsregion, von der man annimmt, dass sie nur wenig Grundwasser in Tiefen zwischen 200 und 400 Metern enthält. Etwas weiter nördlich oder südlich des Äquators stößt man bereits zwischen 50 und 200 Metern auf Eis im Boden, und in den Polregionen befindet sich das Eis noch dichter unter der Oberfläche. Eine Landung in Lunae (die nach der von *Viking I* die zweite in diesem Gebiet wäre) ist in den gegenwärtigen Missionsplanungen also auszuschließen.

Kim Stanley Robinsons Kolonisten brechen im Jahr 2026 auf, um sich auf dem Mars niederzulassen. Die NASA legt sich bisher nicht auf ein Startdatum fest, sondern spricht vage von den 2030er-Jahren. Finanz- und Wirtschaftskrisen, Kriege und Katastrophen schneiden ins Budget der Weltraumagenturen ein, und auch die Institutionen selbst geraten immer wieder in die Kritik. Robert Zubrin, Gründer der *Mars Society* und neben Buzz Aldrin einer der prominentesten Befürworter bemannter Marsmissionen, nennt die NASA unproduktiv und nicht auf das große Ziel fokussiert. Roskosmos, die russische Weltraumagentur, steht in dem Ruf, durch und durch korrupt zu sein. Der Flug zum Mars ist machbar, versichern Wissenschaftler und Ingenieure immer wieder, aber die Finanzierung einer solchen Mission ist lange noch nicht gesichert.

Private Raumfahrtfirmen wie SpaceX, die nicht von den Zuschüssen der Regierung abhängig sind, bringen allerdings frischen Wind in das Marsprojekt. SpaceX will Ende 2015 den *Mars Colonial Transporter* vorstellen, ein großes Schiff, das tatsächlich hundert Menschen zum Mars bringen soll. Mitte der 2020er-Jahre, sagte SpaceX-Gründer Elon Musk, könnte dieses Schiff bereits einsatzfähig sein. Vielleicht brechen also 2026 tatsächlich die ersten hundert Siedler zum Mars auf und erobern erstmals seit den großen Entdeckern der frühen Neuzeit unbekanntes Gebiet für die Wissenschaft und die gesamte Menschheit.

Elisabeth Bösl